两晋通俗演义（下）

蔡东藩●著

中国历代通俗演义

中国书籍出版社
China Book Press

图书在版编目（CIP）数据

两晋通俗演义：全2册/蔡东藩著. —北京：中国书籍出版社，2015.10
（中国历代通俗演义）
ISBN 978-7-5068-5236-4

Ⅰ.①两… Ⅱ.①蔡… Ⅲ.①章回小说-中国-现代 Ⅳ.①I246.4

中国版本图书馆CIP数据核字（2015）第249839号

两晋通俗演义（下）

蔡东藩 著

图书策划 武 斌 崔付建
责任编辑 刘 娜
责任印制 孙马飞 马 芝
出版发行 中国书籍出版社
地　　址 北京市丰台区三路居路97号（邮编：100073）
电　　话 (010)52257143(总编室) (010)52257153(发行部)
电子邮箱 chinabp@ vip. sina. com
经　　销 全国新华书店
印　　刷 阳谷毕升印务有限公司
开　　本 880毫米×1230毫米 1/32
字　　数 713千字
印　　张 28.5
版　　次 2016年1月第1版 2021年2月第2次印刷
书　　号 ISBN 978-7-5068-5236-4
总 定 价 980.00元（全十一卷）

第五十回

选将得人凉州破敌　筑宫渔色石氏宣淫

却说晋廷议加封桓温，将给豫章大郡。有一人出来梗议道："温若复平河洛，试问将赏他何地？"朝臣相率注视，乃是尚书左丞荀蕤，一时瞠目结舌，不知所对。于是改封温为临贺郡公、兼征西大将军、开府仪同三司。加谯王无忌为前将军，袁乔为龙骧将军、封湘西伯。

自从温平蜀后，威名大盛，震动朝廷。会稽王昱也不禁畏忌起来，乃引殷浩为心膂，阴欲抗温。浩方因父忧去职，扬州刺史一缺，由领司徒蔡谟摄任。至浩已服阕，复起为扬州刺史，兼建武将军，参预政权。秘书丞荀羡，即尚书左丞蕤弟，少有令名，浩特荐为征北将军，兼义兴太守。未几，又迁任吴国内史。所有桓温奏请，浩与羡尝互相抗议，酌量驳斥。看官试想！这时候的桓元子，温字元子，见前回。威势方隆，怎肯受制浩羡？不过因国无他衅，勉强容忍，心下实已是衔恨了。暗伏下文。

故丞相王导从子羲之，识见旷达，素有清名，表字叫作逸少，与导子王悦、湛子王承，皆以年少见称，时号为"王氏三少"。太尉郗鉴，尝使门生至王导府中，选择女夫，导令往就东厢，遍览子弟。门生览毕自归，向鉴复报道："王氏诸少并佳，但听到择婿二字，各自矜持，反至拘谨。独一人在东床坦腹，饮食自如，恍若不闻，此子应算是王氏翘楚了。"鉴惊喜道："佳婿佳婿，我当访明确实，即与联姻。"后来探知坦腹王郎，便是羲之，当即将女许嫁。

羲之生平，最工书法，尤长隶书，相传羲之笔势，飘若浮云，矫若惊龙。先是魏太傅钟繇以善书闻，繇曾孙女琰，颇得祖传，能文工书，嗣嫁与晋司徒王浑为妻，礼仪法度，为中表则，又与浑弟湛妻郝氏，和好无间。琰为世家，未尝挟贵陵郝。郝出卑族，未尝因贱谄琰，当时称为"钟有礼、郝有法"。古人最重妇德，所以钟夫人的文字，反搁起不提。钟女往适卫家，为故太子洗马卫玠母。玠祖卫瓘善草书，父卫恒善草隶书，因此卫氏子女，俱工书法。恒有从妹名铄，曾适太守李矩，笔法高妙，冠绝一时，时号为卫夫人。羲之家世琅琊，与王浑系出晋阳，虽是同姓不宗，但因伯叔通籍，当然与王、卫二家，互相往来。羲之少时，素慕锺繇书法，后得卫夫人笔迹，仿佛钟繇，才知她辗转传授，学有渊源，因即师事卫夫人，亲承指示，遂臻绝技。插入此段，叙明魏晋字学真传，且将钟郝礼法，及卫夫人墨技，亦就此补叙，借古以讽今也。初出为秘书郎，旋为征西长史，累迁宁远将军。

殷浩雅重羲之，复引为护军将军。羲之固辞不允，复求外调，乃命为右军将军，会稽内史。羲之既至会稽，闻浩与桓温不协，贻书劝浩，略称内外和衷，然后国家可安。浩私心未化，怎肯遽纳嘉言？因此内外嫌隙，越积越深。惟温素轻浩，虽然挟嫌，却瞧浩不起，以为容易捽去，倒不如再行图功；等到河洛平定，那时威震四海，就是皇帝老子，也在掌中，还怕什么殷浩呢？

是时，凉州牧张骏病殁，由世子重华嗣位。骏本誓守臣节，不愿称王，惟境内都以凉王相呼。到了晚年，分境地为二十三郡，始自称大都督大将军，假摄凉王，置百官，建旌旗，私拟王制，越年即殁。永和元年。重华自称凉州牧，假凉王，尊嫡母严氏为太王太后，生母马氏为王太后，轻赋敛，除关税，省园囿，赈贫穷，居然有宽仁气象。惟因赵主石虎，比晋为强，恐不免乘丧入犯，所以遣使报丧，先赵后晋。偏石虎不讲道理，一味蛮横，既闻张骏去世，嗣子重华，年未及冠，便道是机不可失，乐得兴兵图凉，略定河西。当下令将军王擢，引兵袭武街，擒去守将曹、权胡宣；再遣将军麻秋，为凉州刺史，进攻金城，胁降太守张冲，凉州大震。

重华亟使征南将军裴恒，统率境内全军，出御赵兵。恒行次广武，逗留不进。凉州司马张耽，进白重华道："臣闻国以兵为强，兵以将为主，将有优劣，关系存亡。所以燕任乐毅，几下全齐，及骑劫代将，立失七十余城，可见是将难轻任呢。今朝士举将，多推宿旧，臣独谓未尽合宜。试想，汉举韩信，齐用穰苴，吴用吕蒙，何尝是任用旧将？但教才足专阃，便可委任。今强寇在郊，诸将不进，人情骚动，国势岌岌，若再不另擢良将，主持军务，如何能却敌安民？臣见主簿谢艾，文武兼长，晓明兵略，若授彼斧钺，使彼专征，必能折冲御侮，歼除丑类，请殿下勿疑。"张耽不愧荐贤。重华听了，即召艾入询方略。艾答道："汉耿弇不欲以贼遗君父，蜀黄权愿以万人当寇，今殿下委心用臣，臣愿假兵七千人，自足扫贼。王擢麻秋，怕他什么？"重华大喜，即授艾为中坚将军，使统步骑五千人，出击麻秋。

艾拜命即行，道出振武，正值天暮，乃择地安营。到了夜半，有二枭飞止营帐，鸣声聒噪。艾闻声遽起道："六博得枭，便是胜兆。今枭鸣帐上，胜敌无疑。"这是借枭鸣以作士气，并非真寓胜兆。说着，即令部众齐起，埋锅造饭，饱餐一顿。不待天明，便拔寨前进，衔枚疾走，直逼赵营。赵将麻秋，因连日不得一战，懈怠元备，尚是高枕卧着，哪知营外鼓角乱鸣，一彪军奋勇杀到。待至麻秋惊起，垒门已被捣破，赵兵身不及甲，马不及鞍，又兼腹中饥饿，如何支持？眼见是弃营四散了。麻秋也跨马遁去，幸全性命。凉州兵乘势追杀，斩首五千级，天已大明，才收军退回。重华闻捷，大喜过望，即封艾为福禄伯，待遇甚隆。偏贵戚豪门，互嫉艾功，交相谮毁，乃出艾为酒泉太守。功臣之难处如此。石虎闻谢艾被斥，又遣麻秋进攻大夏。大夏护军梁式，执住太守宋晏，举城降秋。秋胁晏作书招降宛戍都尉宋距，距扯毁来书，逐出来使。秋得报大怒，麾众往攻。宋距自知不敌，向秋遥语道："辞父事君，当立功义，功义不立，当守名节。距宁为主死，不敢偷生。"说毕，即先杀妻子，然后自刎，戍卒皆散。秋遂移兵进攻枹罕，晋阳太守郎坦，谓枹罕城大难守，拟弃去外城。武城太守张悛道："不可、不可。外城一弃，众心摇动，内城亦不能守了。"宁戎校尉张璩赞成悛议，固守大城。秋屡攻不下，调集兵士八万人，把枹罕城四面围住，上架云梯，下穿地道，仰攻俯凿，日夕不休。张璩随方守御，用炬毁梯，用土塞穴，击毙赵兵甚多。赵复遣刘浑率兵二万，来助麻秋。张璩仍婴城死守，独郎坦恨己言不用，密嘱弁目李嘉，潜引赵兵千余人，乘夜登城。亏得璩防备甚严，立率诸将力战，杀退赵兵，斩获三百余人，且查出李嘉奸谋，诛嘉徇众。一面佯为嘉使，出诱赵兵，乘隙纵火，毁去赵兵攻具。麻秋、刘浑，没奈何退回大夏。张璩功绩，不亚谢艾，可惜郎坦未闻加诛。

石虎闻秋等败回，再遣中书监石宁为征西将军，率领并、司二州兵二万余人，会同秋等，再攻凉州。重华使部将宋秦，统兵堵御。秦畏赵势盛，反驱民二万户降赵。赵兵长驱直进，警报飞达重华，几与雪片相似。重华惶急非常，只好再召酒泉太守谢艾，使为军师将军，率骑兵三万人，往堵临河。艾乘轺车，戴白帽，鸣鼓进行，到了临河前面，遇着赵将麻秋带着大队，截住途中，他便叫过裨将张瑁，密嘱秘计，瑁奉命自去。

艾乃乘车径出，直呼麻秋答话。秋见艾冠服雍容，神情闲暇，不由的大怒道："艾一年少书生，身临大敌，乃敢这般闲雅，这明明是轻我呢。我与他有什么攀谈，但杀将过去，擒住了他，便好进捣凉州了。"遂督黑矟龙骧军三千人，鼓勇突阵。艾将李伟见赵兵踊跃过来，忙请艾退回阵内，易车乘马。就是艾众，亦俱有惧容，惟艾不慌不忙，容色自若，反令左右移出胡床，索性下车坐着，指挥军士，站立两旁，不准妄动。秋率赵兵驰至，距艾坐处，不过丈许，便令军士呐喊起来，响声震彻山谷，艾似不见不闻一般，仍然端坐。镇定如此，才足为将。秋不禁动疑，戒兵轻进，但呆呆的瞧艾举动。艾令左右大呼道："麻秋何不进兵？"呼声愈急，秋愈不敢进，猛听得赵兵阵后，喊声大振，秋回头一顾，见凉州兵绕出后面，慌忙还救。艾见秋退去，却上马麾军，并力追击，并下令军前，能擒斩麻秋，立加重赏。部众已经放胆追杀，更兼望赏心切，统不管死活，向秋进蹑；再加凉州将张瑁，在赵军后队杀入。两下夹攻，大败赵兵。秋从斜刺里逃去，凉州兵将，怎肯舍秋，只管前追。秋将杜勋、汲鱼，返身拦阻，被凉州将围裹拢来，一阵乱砍，杀死两人。秋得了两个替死鬼，一溜风的奔往大夏去了。

艾得此大捷，检点俘馘，约得一万三千名，当然返报。重华进艾为左长史，封邑五千户，赏帛八千匹。才阅两旬，麻秋又与石宁、王擢等集兵十二万，分道进攻。重华以寇众大至，拟亲出拒敌，艾极力谏阻。从事索遐，亦进谏道："一国主君，不应轻动，左长史谢艾，屡建奇功，足当大任。殿下但居中作镇，委艾御贼，已破贼有余了。"重华乃使艾持节，都督征讨诸军事，行卫将军，遐为正军将军，率二万人出拒赵兵。艾建牙誓众，适有西北风吹至，飘动旌旗，尽指东南。遐喜语艾道："风为号令，今使旗帜俱指东南，正天令我破贼哩。"也是鼓动士气之言。艾亦大悦，进次神乌，正值赵将王擢前锋，便驱众痛击，擢等败遁。艾又进击麻秋，斩首千余级，俘二千八百人，获牛羊十余万头，秋遁还金城。石虎屡接败报，不禁长叹道："我帅偏师定九州，所向无敌。今用九州兵力，出攻枹罕，反为所困，可见凉州有人，未可轻图呢。"遂无心西略，专事游畋。

太子宣亦日兴土木，使人四伐大树，充作宫材，役夫数万，吁嗟满道。领军王朗，据实白虎，请下禁令，为宣所恨。会星象告变，荧惑守房，宣使太史令赵揽进言道："房为天王，今为荧惑所守，必主祸殃，请陛下移祸贵臣，方可禳灾。"虎问何人可当此祸？揽答道："无如王领军。"虎踌躇道："此外尚有何人？"揽想了多时，便将中书监王波，对答出去。想是与波积有仇恨。虎乃下诏收波，追论波前议楛矢罪，楛矢事，见四十七回。把他腰斩，并杀波四子，投尸漳水，嗣复闵波无辜，追赠司空，封波孙为侯。虎第五子鉴，封义阳公，出镇长安，旋复令鉴弟乐平公苞，代鉴出镇，修治长安未央宫，又发诸州工役二十六万人，往缮洛阳宫阙。再使各州民出牛二万余头，配朔州牧场。增置女官二十四等，诸公侯七十余国，皆令置女官九等。凡民女二十以下，十三以上，概令应选，充作女官。郡县有司，仰承意旨，务求美色，往往夺人妻女，多至三万余名。太子及诸公，又私自采访，强取至万余人。

这四万妇女，驱至邺中，虎临轩简选。多是妙年韶秀，袅袅娉婷，不由的心花怒开，盛称采择得人，赏功封爵，计得十有二侯。当下按第分派，与众同乐，自己仗着一种虎力，糟蹋民妇，日夜不休。哪知义夫烈妇，不肯应命，或被杀，或自尽，已是不可胜计。河南人民流叛略尽，虎又坐罪守令，说他不善抚绥，下狱论死，共五十余人。金紫光禄大夫逯明，当面切谏，虎叱武士，将明拉死。自是朝臣杜口，莫敢发言。尚书朱轨，与中黄门严生未协，生屡思构陷，会值霪雨连绵，道路泞陷，生遂谮轨不修道途，讪谤朝政。虎当然动怒，收轨系狱。冠军将军蒲洪，上书直谏道：

臣闻圣王之御天下也，土阶三尺，茅茨不翦，食不累味，刑措而不用。亡君之驭海内也，倾宫琼台，象箸玉杯，截胫剖心，脯贤刳孕，故其亡也忽焉。今陛下既有襄国邺宫，足康帝宇，又修长安洛阳宫殿，将何以用之？盘于畋游，耽于女色，三代之亡，恒必由此。而忍为猎车千乘，环数千里，以养禽兽；夺人妻女数万口，以充后宫，圣帝明王之所为，固若是乎？尚书朱轨，纳言大臣，今以道路不修，将加酷法，此自陛下德政失和，阴阳灾沴。天降霪雨，七日乃霁；霁方二日，虽有鬼兵百万，亦未能去道路之涂潦，而况人乎？刑政如此，其如史笔何？其如四海何？愿止作徒，罢苑囿，出宫女，赦朱轨，以副众望，则天下安而国祚自永矣。伏乞明鉴施行！

虎览书不悦，惟畏洪强直，却也不敢加罪，为罢洛阳长安诸工役，但仍不肯赦轨，竟处死刑。一面聚敛金帛，贪多无厌，悉发前代陵墓，掘取宝货。沙门吴进白虎道：“国运将衰，晋当复兴，宜苦役晋人，镇压戾气。”虎乃使尚书张群，发近郡男女十六万人，车十万乘，运土至邺城北隅，筑华林苑。沿苑遍筑长墙，广袤数十里。是年八月，天大雨雪，积地三尺，役夫冻毙至数千人。赵揽申钟石璞等，上言：“天文错乱，百姓雕敝，宜停止工役。”虎大怒道：“我筑苑墙，干天甚事？就使阴至天谴，但得苑墙朝成，我虽夕死，也无遗恨。”遂促张群连夜赶造，四围燃烛，光同白昼，筑三观，辟四门。三门通漳水，皆用铁屏为障，忽遇暴风大雨，涨水丈余，漂没至数万人。扬州献黄鹄五雏，颈长一丈，声闻十余里，虎令游泳池中，俄化为龟，因号池为“玄武池”。此外，郡国牧守，先后献入苍麟十七头，白鹿七头。虎命司虞张昌柱，管驭麟鹿，驾以芝盖，每遇朝会，即将麟鹿站立殿庭，侈然有百兽率舞的意思。已而令太子宣出祀山川，为祈福计。虎不畏天，何需祈福？宣驾着大辂，羽葆华盖，建天子旌旗，前呼后拥，戎卒至十八万，出金明门，虎在后宫登凌霄观，遥见宣仪容庬赫，申仗如林，便掀髯笑语道：“我家父子，如此威武，若非天崩地塌，尚有何忧？我但当抱子弄孙，自求乐趣便了。”仿佛梦呓。

宣借祷祀为名，沿途驻足，辄列长围，驱逐禽兽。至暮皆集行幄，文武官吏，或跪或立，环绕幄外，烽炬连宵，照彻百里。夜间犹令劲骑驰射，自与姬妾乘辇临观，欢娱忘返，必至兽尽乃止。所过三州十五郡，有司供张，穷极珍奇，历年积储，皆无孑遗。及还邺复命，虎复命秦公韬继出，自并州至秦雍，亦与宣行径相似。宣本已忌韬，又闻韬与己匹敌，格外生嫌。宦官赵生，得宣宠幸，遂劝宣谋韬。宣性暴戾，往往与虎面谈，亦有傲色。虎尝谓悔不立韬，韬闻言益骄。宣恨韬及虎，隐起杀心。可巧韬在府第中筑起一堂，取名宣光殿，梁长九丈。宣当然闻知，引众往视，斥他逾制，斩匠截梁，悻悻而去。韬亦怒甚，重加修筑，增至十丈。宣乃与力士杨柸，及幸臣赵生牟成道：“凶竖傲愎，敢违我命，汝等如能杀却，我当将韬所有国邑，分给汝等。且韬既杀死，主上必亲临韬丧，我乘此得行大事，当无虑不济了。”柸等应声道：“殿下所委，敢不敬从。”宣因此大喜，便令柸等伺隙行事，要做出一种逆天害理的行为来了。小子有诗叹道：

到底豺狼种祸苗，一波才了一波摇。

东宫兴甲成常事，险衅都缘乃父招。

欲知宣如何逞谋，试看下回便知。

石虎以九州兵力，不能制一凉州，虽敌有谢艾，智力过人，而石赵之势，已衅濅衰，所谓“强弩之末，势不能穿鲁缟”者也。虎尚不少悛，反且大筑宫室，妄戮谏臣，甚至夺民妇数万人，驱入邺中。自淫不足，反导子弟尽为淫人，是亦安望有贤子弟耶？虎子邃阴谋弑父，为虎所杀，别立邃弟宣为太子。宣建天子旌旗，出祀山川，是其心目中已无君父。虎不加禁止，反有喜色，是明明纵子为恶，与人何尤？至悔不立韬，盖已晚矣！虽然，如虎之淫暴，而使其有令子，是善不足劝，而恶不必惧也，虽曰乱世，岂真无天道哉？

第五十一回

诛逆子纵火焚尸　责病主抗颜极谏

却说赵太子石宣谋害弟韬，并欲弑父，因恐计不得逞，往访高僧佛图澄。及与澄相见，并坐寺中，又不便直达私衷，但听塔上一铃独鸣，宣乃问澄道："大和尚素识铃音，究竟主何预兆？"澄答道："铃音所云，乃是'胡子洛度'四字。"宣不禁变色道："什么叫作'胡子洛度'？"究竟心虚。澄不好直答，诡词相对道："老胡为道，不能山居无言，乃在此重茵美服，这便叫做洛度呢。"说着，正值秦公韬徐步进来，澄起座相迎，待韬坐定，只管注目视韬。韬且惊且问，澄答道："公身上何故血臭？老僧因此疑视。"隐语。韬周视衣襟，毫无血迹，免不得又要诘问。澄只微笑不答。宣虑澄察泄秘谋，遂邀韬同行，辞澄出寺去了。

越宿，由石虎遣人召澄，澄即入见，虎语澄道："我昨夜梦见一龙，飞向西南，忽然坠地，不知吉凶何如？"澄应声道："眼前有贼，不出十日，殿东恐要流血，陛下慎勿东行。"虎素来信澄，倒也默然无言。忽见屏后有一妇人趋出，娇声语澄道："和尚莫非昏耄么？宫禁森严，怎得有贼？"澄见是虎后杜氏，便微笑道："六情所感，无一非贼，年既老耄，还属无妨，但教少年不昏，方才是好哩。"已经说出后事，可惜愚妇无知。已而遇秋社日，天空有黄黑云，由东南展至西方，直贯日中，及日向西下，云分七道，相去约数十丈，幻成白色，如鱼鳞相似，历时乃灭。韬颇解天文，顾语左右道：“天变不小，恐有刺客起自京师，未知由何人当灾哩。”是夕，韬与僚属会宴东明观，召令乐工歌伎，弹唱侑酒。宴至半酣，不觉长叹道：“人生无常，别易会难，诸君试畅饮一觥，各宜使醉，须知后会有期，应该乘时尽兴哩。”说至此，竟泫然涕下。死兆已见！大众听了，都不禁骇异，惟见韬涕泗横流，也不禁触动悲怀，相率欷歔，都非佳象。到了夜半，众皆别去，韬趁便留宿佛寺中。

哪知事出非常，变生不测，仅越半夜，好好一个石家主子，竟变做血肉模糊的死尸。天已大明，寝门尚闭，韬有侍役，怪韬高卧不起，撬户入视，已是腹破肠流，手断足折，倒毙在寝榻前。旁有刀箭摆着，也不辨是何人所置、何人所杀，当下慌乱无措，不得已着人飞报。偏宫中已经得知，赵主石虎正闻变惊恸，晕倒床上。宫人七手八脚，环集施救，好容易才得救醒，尚是悲号不止。究竟由何人先去报闻？查将起来，乃是赵太子石宣。应该由他先知。虎号哭多时，便拟亲往视丧。时百官已俱入请安，闻虎命驾将出，各欲扈从前去。独司空李农进谏道：“害死秦公，未知何人，臣料是衅起萧墙，危生肘腋，陛下不宜轻出，当速缉凶手，毋使幸脱。”虎得农言，猛然记起佛图澄语，不由的顿足叹息道：“是了，是了。究竟和尚通灵，朕到此才能觉悟呢。”遂停止不行。一面饬卫士戒严，一面派官吏治丧。太子宣驾坐素车，引东宫兵千人，往视韬殓，使左右举衾观尸，仔细一瞧，反呵呵大笑，掉头自去。实是一个莽汉，若使韬知预防，何至被杀。还至东宫，将委罪韬吏，命收大将军记室参军郑靖、尹武等人。韬曾为车骑大将军。

偏是恶报昭彰，难逃冥谴。有一东宫役吏史科，向石虎处讦发阴谋。虎始知祸由太子，气得两目咆哮，无名火高起三丈，亟命左右往召太子宣。宣不敢径往，中使诈称奉杜后命，叫他进去。宣还道是另有密商，因即入省。甫进宫门，便有人传着虎谕，把宣驱入别室，软禁起来。那时杨柸、牟成、赵生等，已闻风出走，生稍迟一步，致被卫士拘住，交与刑官拷讯。生无可抵赖，始供称杀韬情迹，实由杨柸等隐受宣嘱，伺韬留宿寺舍，夜用猕猴梯架墙，逾垣入室，因得逞凶。这供词呈将进去，虎不瞧犹可，既已瞧着，大呼："了不得，了不得。"便命将宣移禁席库，更用铁环穿通宣颔，锁诸柱上，且作数斗可容的木槽，中贮尘粪土饭，迫使宣食，仿佛似猪狗一般。一面取入杀韬刀箭，见上面尚有血痕，便伸舌吮舐，且舐且泣，哀声震彻内外。徒哭何益？百官俱入内劝解，哪里禁遏得住？

大众无法可想，只好往请佛图澄，前来解免。澄当然驰至，见了石虎，说出一番前因后果，稍得令虎止哀。惟虎即欲加宣极刑，澄复谏道："宣与韬皆陛下子，今宣杀韬，陛下又为韬杀宣，是反变成两重祸祟了。陛下今日，诚使息怒加慈，福祚尚保灵长，可延六十余年，若必欲诛宣，恐宣魂当化为彗星，将来要下扫邺宫呢。"这是何因何果？可惜尚未说明。虎执意不从，待澄趋退，便令左右至邺城北隅，堆积薪柴，就柴堆上竖一标竿，竿上架着辘轳，两端穿绳，悬垂上面，当下把宣牵就柴上，用绳系住。并使韬平时宠幸二阉，一叫郝稚，一叫刘霸，拔宣发，抽宣舌，斫宣目，刳宣肠，断宣手足，然后将宣尸用辘轳绞上，挂诸天空，下面纵火焚薪，薪燃火盛，烟焰冲天，不到半时，已将宣尸烂焦，如燔如炙，好一个烧烤。及绳被毁断，尸复下坠，立成灰烬。这是何刑？最可怪的是暴主石虎，挈领宫妾数千人，共登高台，了望火所，看它燔灼。莫非是看放焰火么？至火已垂灭，再令检出尸灰，分置诸门交道中，并收宣妻子二十九人，一并杀死。究竟是虎狼性格，名不虚传。宣有幼儿，年才数岁，伶俐可爱，虎不忍加诛，抱置膝上，向他垂涕。儿亦啼哭道："这非儿罪。"虎欲赦儿不诛，偏秦府属吏，定请并诛此儿，看虎恋恋不舍，竟向虎膝上牵夺。儿揽住虎衣，狂叫痛号，甚至带绝手脱，始被猛掷出去，"踢趾"一声，登时断命。虎掩面入宫，敕废宣母杜氏为庶人，诛东宫僚属三百人，阉寺五十人，统皆车裂支解，弃尸漳水，洿东宫以养猪牛。还有东宫卫卒十余万人，全体谪戍凉州。

太史令赵揽，已迁任散骑常侍，前曾入白道："宫中将有变乱，宜豫备不虞。"及虎既杀宣，疑揽预知宣谋，独不实告，亦勒令处死。可为王波泄恨。贵嫔柳氏，系尚书柳耆长女，才色俱优。耆有二子尝侍直东宫，为宣所宠，此时已共诛死。虎复令柳女连坐，逼使自尽。既而追念柳氏姿容，未免生悔，幸柳氏尚有一妹，在家待字，便饬左右驱车接入，就在芳林园引见。细瞧芳容，不亚乃姊，就下座掖入寝床，令做乃姊替身，恣情淫狎，不消细说。姊妹花并堕虎口，死者固已矣，生者亦去死无几。

过了匝月，虎复议册立太子，太尉张举道："燕公斌有武略，彭城公遵有文德，惟在陛下自择。"虎答道："卿言正合我意。"语尚未终，偏有一人闪出道："燕公母贱，又尝有过；彭城公与前太子邃同母，母郑氏已经坐废，怎得再立他次子？还请陛下三思！"虎闻言瞧着，发言的系戎昭将军，就是前掳刘曜幼女的张豺。曜女安定公主，掳入赵宫，得虎宠爱，小子在前文中，已曾叙过。至此生有一子，取名为世，已有十龄。豺因虎年长多疾，意欲立世为嗣，俟虎死后，世母刘氏为太后，必感豺德，令他辅政，所以特地进言，阴图逞志。果然虎为所动，沈吟多时，不答一言。豺乘机说虎道："陛下再立储宫，母皆倡贱，不足服众，所以祸乱相寻。今宜自惩前辙，必须母贵子孝，方可册立，免再生患。"虎爽然道："卿且勿言，朕已悟卿意了。"豺乃趋出。越宿由虎召集群臣，面加晓谕道："朕欲取纯灰三斛，自涤心肠，何故专生恶子？年过二十，便欲弑父。今少子世年方十岁，待他及冠，我已老了，就使世再不肖，也不至为我所见哩。"但期保全首领，也是无聊之思。道言未绝，即由太尉张举、司空李农，同时应声道："臣等愿奉诏立齐公。"原来齐公是世封爵，臣下不便直呼世名，因以"齐公"二字相代。农既倡议，大众便附和一辞，独大司农曹莫无言。张、李二人，又谓应完备手续，先由公卿联名上疏，请立世为太子，及疏已草就，莫复不肯署名。虎使张豺问明莫意，莫答道："天下重器，不应立少，故不敢署名。"虎闻言叹道："莫为忠臣，可惜未达朕旨。惟张举、李农，能体朕心，可转示委曲，免得误会。"举与农应命谕莫，相偕退去。虎遂立世为太子，进世母刘氏为皇后，命太常条攸为太子太傅，光禄勋杜嘏为太子少傅，并嘱使朝夕箴规，毋令太子再蹈前愆。何济于事？

又阅两月，虎在太武前殿，大飨百僚，佛图澄亦至。酒阑席散，澄起座告辞，褰衣行吟道："殿乎殿乎？棘子成林，将坏人衣。"吟毕自去。虎料澄语必有因，即令左右发殿下石，果有棘子丛生，立命拔去。哪知佛图澄所说的棘子，并不是真棘子，乃是一个棘奴。棘奴究是何物？看官不必急问，待至下文，自当说明。是作者用笔狡狯处。惟佛图澄还至佛寺，环视佛像，欷歔太息道："可怅可恨，不得长此庄严。"嗣复自作问答，先发问道："可得三年否？"答言："不得。"又问："可得二年么？一年么？百日么？一月么？"答言："不得，不得。"随即默然。返入禅房，弟子法祚等，见澄自说自话，多不可解，便随澄入问玄妙。澄乃明语道："今年岁次戊申，祸机已萌；明年己酉，石氏当灭。我尚在此干什么事，不如去罢。"法祚又问道："当去何地？"澄仍作隐语道："去！去！自有去处。"法祚等不敢再问，方才趋退。仅隔一夕，便遣徒侣往辞石虎道："物理必迁，身命难保，贫僧化期已及，不能再延，素荷恩遇，用敢上闻。"虎怆然道："昨尚无疾，今乃使人告终，岂不可怪？"便命驾自往省视，见澄形态如故，益加惊疑。澄微哂道："出生入死，乃是常理。人命短长，定数难逃。但道重行全，德贵勿怠，道德无亏，虽死犹生，否则生不如死。贫僧死期已至，自思生平尚无大过，死亦何妨。不过国家心存佛理，建寺度僧，本宜仰蒙天祐，奈何政事猛烈，淫刑酷滥，显违圣典，隐悖法戒，如此过去，怎能得福？若亟降心易虑，惠以下民，那时国祚永长，道俗庆赖，僧虽就尽，可无遗恨了。"见道之意，非常僧所能道。虎似信非信，支吾半晌，便即退回。

先是虎为澄先造生墓，至是因澄言将死，又为凿圹营坟。约阅旬余，澄竟圆寂，坐化禅林。百官并往视殓，即将澄平时所用锡杖、银钵，纳置棺中，移葬圹所，更由虎命为澄立祠，适天久不雨，陇土尽裂，虎诣澄祠虔祷，便有二白龙降下，引沛甘霖，泽遍千里。嗣有沙门从雍州来，曾见澄西入关中，及行至邺下，与僧侣晤谈，两不相符，彼此诧为奇事。又有郭门守吏，听得沙门传语，也猛忆前事，谓："澄曾携一履出城，当时疑为目眩，今又由沙门相见，莫非真在人间，确是未死。"为此两人语言，遂至传遍邺中，连石虎亦有所闻，暗生惊异，遂命石工掘墓启视，说也奇怪，棺中只有一履，并无澄尸，惟多了一石。工人当即飞报，石虎且惊且恨道："朕姓石，便是朕埋石棺中，莫非朕将死了么？"嗣是闷闷不乐，坐卧徬徨。尝见已死诸子孙，环立坐隅，不由的毛发森竖，悲悔交并，因此饮食无味，形体渐羸。蹉跎过了残冬，便是赵天王建武十五年的元旦，晋永和五年。虎疾少瘳，自恐余生有限，不如僭称帝号，借以自娱，乃命在南郊筑坛，即位称帝，改元太宁。诸子进爵为王，百官各增位一等，颁制大赦。惟前东宫卫卒等万余人，谪戍凉州，不在赦例。见上文。

卫卒中有一队长，呼做高力督，姓梁名犊，本来有些膂力，此时遇赦不赦，当然生怨；就是一班卫卒，也共抱不平。犊得乘隙煽动，聚众为乱，自称晋征东大将军，攻陷下辩，胁雍州刺史张茂为大都督，连拔秦雍间城戍，戍卒多半依附。进至长安，有众十万人。乐平王石苞，为长安镇帅，尽锐出战，反为所败，不得已回城固守。犊遂率众出潼关，趋洛阳。赵主石虎，忙命李农为大都督，行大将军事，统率卫军将军张贺度、征西将军张良、征虏将军石闵等，麾兵十万，出拒新安。犊众都挟着一种怨气，拼死前来，虽然兵甲不整，却是一可当十、十可当百。李农麾下，人数与犊众相等，只是气势不敌，一战败绩，再战又败，没奈何退保成皋。犊又东掠荥阳陈留诸郡，声焰大张。石虎惧甚，旧疾复发，再令燕王斌为大都督，与冠军大将军姚弋仲、车骑将军蒲洪，合兵讨犊。

弋仲入朝求见，虎适卧床养疴，传令免谒，但引弋仲至领军省，赐给御食。弋仲怒说道："国家有贼，令我出击，主上理应面授方略，才可破贼。今乃徒赐我御食，难道我来乞食么？"说至此，即欲趋归。当有人报知石虎，虎乃力疾传见，弋仲抢步进去，怒尚未息，既见虎面，便大声诋虎道："为儿生愁么？何故致病！有儿不教，纵使为逆，因逆加诛，还愁什么？我想汝病已久，反立幼儿为储，万一不测，天下必乱，汝先当忧及此事，贼尚不足忧哩。犊等穷困思归，相聚为盗，所过残虐，已失民心，我老羌当为汝出力，一举平贼。"看他口吻，仿佛《水浒传》中的李逵。虎听他出言不逊，也觉生忿，但因乱事日亟，要靠他出兵平乱，只好含忍三分。且弋仲素性戆直，到了气急时候，往往不顾尊卑，但呼"汝我"，事成惯例，更不足贵。所以虎耐着性子，嘱令旁坐，面授弋仲为征西大将军，特赐铠马。弋仲并不称谢，唯起座申语道："汝看我老羌能破贼否?”说着,即取铠披身,跨鞍上马,就中庭驰骋数周,乃扬鞭一挥,跃马自去。却是爽快。虎又气又笑,静待报命。

约过旬日,便得弋仲捷报,在荥阳大破犊众,已而捷音复至,将犊擒斩,扫平余党。虚写以省笔墨。虎传旨褒功,封弋仲为平西郡公,履剑上殿,入朝不趋。蒲洪为侍中车骑大将军,都督秦、雍诸州军事,领雍州刺史,封略阳郡公。弋仲等尚未回邺,虎病已日深一日,因授彭城王遵为大将军,使镇关右。燕王斌为丞相,录尚书事。张豺为镇卫大将军,并受遗诏辅政。独刘后心下不悦,密召张豺入商,意图害斌,免为后患。豺即为定谋,遣使给斌道:“主上疾已渐愈,王若留猎,尽可自便。”斌本好猎嗜酒,得了此谕,乐得朝畋暮饮,流连数日。刘后遂与张豺发出矫诏,谓斌藐视父疾,不忠不孝,勒令免官归第;且使豺弟雄领龙腾军五百人,逼斌入室,严加管束。彭城王遵时在幽州,奉诏至邺,刘后不令入省,但饬在朝堂受拜,即发给禁兵三万,遣往关右。遵涕泣而去。

石虎全未预闻,因病得小瘥,勉强起床,出问遵已到否?左右答言去已两日,虎愠道:“奈何不使见我?”说罢,复亲临西阁,见有龙腾中郎两军将士,环拜前面,约有二百余人。虎问他有何乞请?大众哗声道:“圣体不安,宜令燕王入值宿卫,监制兵马,还有几个随后续陈,请改立燕王为太子。”虎惊疑道:“燕王尚未到京么?”左右诈言燕王病酒,不能入朝。虎又道:“可持辇迎入,当付玺绶。”左右虽然答应,却是阳奉阴违,并未往迎。虎无力支撑,竟至头晕心摇,使左右掖还寝宫。张豺竟令雄矫诏杀斌,入报刘后。刘后大喜,擅命豺为太保,都督中外诸军,录尚书事。侍中徐统,自语亲属道:“大乱将作,我若再生,恐反遭夷灭了,不如早死为佳。”遂仰药自杀。邺宫内外,方无故自扰,那穷凶极恶的赵石虎,已不省人事，晕绝数次，结果是两眼一翻、两足一伸，呜呼毕命了。小子有诗咏道：

如此凶人得善终，上苍降鉴似非聪。
待看国乱家屠日，才识天心本大公。

虎既毙命，应由太子世入嗣，究竟有无乱端？容至下回续表。

石邃既诛，又有石宣，遣人杀弟，密谋弑父，其恶视邃为尤甚，杀之宜也。但此为石虎淫恶之报，虎不知反省，乃徒以毒刑加宣，令人惨不忍闻。况前诛邃妻子二十六人，至是又诛宣妻子二十九人，骨肉相关，全不体血。有罪则固诛之，无罪亦并戮之，待子孙尚且如此，何怪他人之灭其子孙乎？厥后信张豺言，舍长立幼。幼子世为刘女所生，刘曜一门，为虎所残，留女以祸石氏，亦一显然之报应也。姚弋仲快人快语，读之可浮一大白。虎尝滥杀群臣，独于出言不逊之姚弋仲，能优容之，并加厚赐。姚氏有昌后之机，固非石虎所能杀，抑亦由虎之隐有疚心，闻姚言而不能无愧欤？石虎祸刘，张豺祸石，一虎一豺，两两相对，大造之巧为播弄，尤足使人称异云。

第五十二回

乘羯乱进攻反失利　弑赵主易位又遭囚

却说赵太子石世，年甫十一，由张豺等拥他即位，尊世母刘氏为太后。刘氏临朝称制，进张豺为丞相，豺面辞不受，情愿让与彭城王遵、义阳王鉴。他恐二王不服，所以有此推荐。刘氏乃命遵为左丞相，鉴为右丞相。豺又与太尉张举，谋杀司空李农。举素与农善，遣人密告，农出奔广宗。豺使举统领宿卫精兵往围李农，一面授张离为镇军大将军，监中外诸军事，兼司隶校尉，作为己副。邺中群盗四起，迭相劫掠，豺与离不能禁遏，只好紧守宫门，得过且过。

彭城王遵往诣关右，途次闻丧，乃屯次河内。可巧冠军大将军姚弋仲，车骑大将军蒲洪、安西将军刘宁、征虏将军石闵等平乱班师，即前回梁犊之乱。与遵相遇，当下同声说遵道："殿下年长且贤，先帝尝欲立殿下为嗣，至晚年昏耄，乃为张豺所误。今女主临朝，奸臣用事，众心未服，京内空虚，殿下若声讨张豺，鼓行东进，哪有不倒戈开门，欢迎殿下哩？"遵欣然相从，即从河内举兵，还指邺都。洛州刺史刘国等并引兵往会，传檄至邺。张豺大惧，飞召张举还军。举未及归，遵已将到，急得豺形色仓皇，不能不调兵出御。偏都中耆旧羯士，互相告语道："天子儿来奔丧，我辈正当出迎，奈何反随张豺拒守哩？"于是相率逾城，陆续迎遵。豺虽严令禁止，滥加杀戮，终不能止。继闻镇军大将军张离，亦率龙腾军二千，斩关出迎，越吓得手足无措。适宫中有旨传召，只好应命趋入。刘太后向豺泣语道：“先帝梓宫未殡，便遇外祸，今上幼冲，国事尽托将军，将军将如何弭乱？现欲加遵重官，未知能撤兵免祸否？”这叫做一厢情愿，豺支吾半晌，说不出一句话儿，唯有唯唯听命。

刘太后乃遣使谕遵，命为丞相，领大司马大都督，统辖中外诸军，录尚书事，并加黄钺九锡，增封十郡。遵不受命，谢绝来使，且进至安阳亭，邺中恟惧。张豺一筹莫展，没奈何硬着头皮，引众往迎。遵面加叱责，令左右将豺拘住；当即贯甲耀兵，自太武门驰入，直登太武前殿，擗踊尽哀；退至东阁，命兵士牵出张豺，至平乐市中枭首，并夷三族。且假传太后令云“嗣子幼冲，为先帝私恩所授，但皇业至重，非幼子所能承受，今当令彭城王遵，入嗣大位，勉绍洪基”云云。遵伪让至三，朝臣依次劝进，乃御殿称尊，照例大赦。废石世为谯王，食邑万户，降刘太后为太妃。未几将刘氏母子一并鸩死。可怜十一岁的小皇帝，在位只三十三日，冤冤枉枉的送了性命，就是如花似玉的刘太后，享受了数载尊荣，也落得香消玉殒，一命呜呼。富贵原似春梦。遵遂立生母郑氏为太后，妻张氏为皇后，故燕王斌子衍为皇太子，义阳王鉴为侍中太傅，沛王冲为太保，乐平王苞为大司马，汝阴王琨为大将军，武兴公闵都督中外诸军事，兼辅国大将军，录尚书事，下诏罢广宗围，召还张举。李农亦入都谢罪，仍复原官。

遵嗣位仅及七日，邺中暴风拔树，雷雨大作，下雹如盂，水火俱下，毁去太武辉华殿及宫中府库，所有閶阖诸门观阁，亦尽成灰烬。乘舆服饰，大半被焚，火焰烛天，兼旬乃灭。已而，天复雨血，遍及邺城。时沛王石冲镇蓟，闻遵杀世自立，召语僚佐道：“世受先帝遗命，嗣立为君，遵敢擅加废弑，罪大恶极，孤当亲自往讨，可饬内外戒严，克日启行。”于是留宁北将军沐坚居守幽州，率众五万，由蓟南下。一面传檄燕赵，所至云集。及抵常山，有众十余万，进次苑乡，遇有中使自邺都到来，传示赦书。冲忽变初志，顾语左右道：“遵亦我弟，既得定位，我何必再加残害？况死不可追，生宜相顾，得休便休，不如归去罢了。”道言甫毕，部将陈暹闪出道：“彭城篡弑自尊，实负大罪。王欲北旆，臣愿南辕，俟平定京师，擒住罪首，然后奉迎大驾，入靖皇宫。”说着，即率部下兵自去。这是石冲的催命鬼。冲见遇前进，倒也不敢中止，只好麾兵随行。途中复接遵使王擢，赍到遵书，劝令罢兵。冲摇首不答，擢乃归报。遵假石闵黄钺金钲，令与司空李农等，统率精兵十万，出拒石冲。两军共至平棘，便即交锋，也是冲命数该绝，不幸碰着逆风，被石闵等顺风痛击，杀得七颠八倒，大败奔逃。冲策马还走，至元氏县，马蹄忽蹶，致为闵军追及，生生擒住。余众一半溃散，一半乞降。闵向遵报捷。遵下诏赐冲自尽，冲当然毕命。闵恐降兵变乱，掘坑诱入，全数活埋，共死三万余名，如此暴虐，怎得善终？乃班师还邺。

遵因石冲已平，不复加虑，独闵入内白遵道：“蒲洪是现今人杰，今领雍州刺史，镇守关中，恐将来秦、雍二州，非国家所得复有，还请早图为是！”遵信闵言，遂撤去蒲洪官职，洪因此挟嫌；自领部曲，径归枋头，且遣使降晋。晋征西大将军桓温已探得赵乱消息，出屯安陆，经营北方。赵扬州刺史王浃举寿春城归晋。晋命西中郎将陈逵往戍寿春。还有征北大将军褚裒也想借此扬威，上表晋廷，请即伐赵，当日戒严，直指泗口。朝议谓：“裒任重责大，不应深入，但宜先遣偏师，为渐进计。”这议案传到京口，裒不以为然，申表固请。略谓：“前遣先锋督护王颐之等，径诣彭城，遍示威信，继遣督护麋嶷，进军下邳，守贼不战自溃，已由嶷安据城池。今宜速发大兵，助成声势。”晋廷乃加裒为征讨大都督，使率众三万人，向彭城进发。河朔士民，闻裒出兵，日来降附。朝野人士，各怀奢望，都说是规复中原，就在此举。惟光禄大夫领司徒蔡谟，引以为忧，尝语亲友道："此举未足灭胡，就使胡人得灭，反为国家贻患，故我谓不如勿行。"亲友听了，不免疑问。谟复说道："古来顺天乘时，弘济苍生，拨乱世，大一统，类皆由大圣英雄，方能出此。此外只有度德量力，不可妄动。我看今日时局，欲要平胡，非常材所能办到。必且经营分表，劳民求逞，至才略疏短，终难如愿，那时财已尽了，力已穷了，智勇两困，尚能不忧及朝廷么？"果然事机不顺，竟如所料。

褚裒发兵北进，适有鲁郡民五百余家，起兵来附。裒遣部将王龛、李遇，率兵三千，往迎鲁民。行至代陂，正值赵都督李农带兵二万，南下防戍，龛等无路可避，不得不上前交战。究竟寡不敌众，一场鏖斗，全军覆没。李农进逼寿春，晋将陈逵恐为所乘，遂焚寿春积聚，毁城遁还。褚裒也不禁胆怯，退屯广陵，表请自贬。何前勇而后怯？有诏不许，但命他还镇京口，免去征讨都督职衔。会河北大乱，遗民二十余万渡河，欲来归附偏值褚裒退还，无人抚纳，大众流离荡析，死亡殆尽。裒还至京口，沿途只闻哭声，顾问左右，究为何因？左右答道："代陂覆师，家属犹存，怎得不哭？"裒未免惭愤。还镇未几，即至病终。讣闻晋廷，诏赠侍中太傅，予谥"文穆"。另迁吴国内史荀羡持节监徐、兖二州，及扬州属郡晋陵诸军事，领徐州刺史。羡年方二十有八，东渡以后诸方伯，羡为最少，这真叫做人无大小，达者为先哩。

且说赵乐平王石苞得着石冲败死的消息，也动了兔死狐悲的观感，拟就长安镇所起兵，进攻邺都。左长史石光及司马曹曜等，固谏不从，反被杀死，因此将吏离心。雍州豪酋料知苞难成事，统驰使告晋。晋梁州刺史司马勋率众往会，又有仇池公杨初也遥应晋兵，袭赵西城。仇池自杨茂搜死后，传子难敌，难敌本降附刘曜，受封武都王，既而病死，子毅嗣立，因刘曜已亡，遣使朝晋，愿为藩属。偏族兄初阴图篡夺，袭杀杨毅，据有世祚，称臣石赵，嗣闻石氏内乱，复向晋通好。晋廷但务羁縻，管什么篡位不篡位，即册初为征南将军，雍州刺史。仇池公初乃与晋兵约为犄角，共攻赵境。补叙前文所未及，且说明联晋情由。司马勋领兵出骆谷，破长城赵戍，进次悬钩，距长安约二百余里，遂遣治中刘焕进逼长安，阵斩赵京兆太守刘秀离，得拔贺城。三辅豪杰旧称京兆、左冯翊、右扶风为三辅。多杀守令应勋，共得三十余营，数约五万人。

赵乐平王石苞只好把攻邺计谋暂且搁起，专务防晋。当下派遣部将麻秋、姚回，引兵拒勋。赵主石遵已闻苞有异图，遂借击勋为名，使车骑将军王朗，带着铁骑二万，西趋长安。暗中却嘱使伺苞，俟击退晋兵，迫苞赴邺。晋司马勋闻赵兵大至，却也自虑兵少，不敢轻进。那赵将石遇，复奉赵主遵命令，攻陷宛城，擒去晋南阳太守郭启。勋亟移师往援，杀败石遇，克复宛城，斩赵新署南阳太守袁景，引还梁州。

是时，燕主慕容皝已经病殁，由世子俊嗣位，平狄将军慕容霸也欲乘石氏乱衅，兴兵攻赵，因上书白俊道：“石虎穷凶极恶，为天所弃，余烬仅存，自相鱼肉。今中原涂炭，群望仁施，若我军一出，势必投戈，此机不宜坐失哩。”北平太守孙兴，亦表言：“石氏大乱，宜乘时进取中原。”俊独以为新遭大丧，谢绝勿许。霸又驰诣龙城，当面语俊道：“时机难得易失，倘石氏衰后复兴，或有英雄凭借遗业，奋然跃起，不但我失此大利，且恐更为后患。”俊踌躇道：“邺中虽乱，尚有虏将邓恒据住乐安，兵精粮足。我若伐赵，乐安当我东路，恐难进取，势不能不绕道卢龙。卢龙山径险窄，若被虏乘高据要，夹击我军，岂不是首尾受困，何从制胜？”霸又道：“邓恒虽为石氏拒守，部下将士，已不免闻乱思家，各怀归志，若大军一至，当然瓦解。臣愿为殿下前驱，东出徒河，西越令支，出彼不意，两路并进，彼必惶骇，上不过闭城自守，下不免弃城溃去，还有何心御我呢？殿下尽可安步前行，毋劳多虑。”为后来灭魏伏线。俊尚狐疑未决，转问五材将军封弈。弈答道："敌强用智，敌弱用势，这是用兵要诀，所以大吞小如狼食豚，治易乱如日沃雪。大王自上世以来，积德累仁，兵强士练。石虎穷极凶暴，死未瞑目，子孙争国，上下乘乱，民苦倒悬，日望救拔。大王若扬兵南下，先取蓟城，继指邺都，宣耀威德，怀抚遗民，哪有不扶老携幼，恭迎大王？凶党将望旗胆落，逃死不暇，岂尚能为我害么？”从事中郎黄泓与折冲将军慕容恪亦先后进言。俊乃勉从众议，即命慕容恪为辅国将军，慕容评为辅弼将军，左长史阳骛为辅义将军，叫做三辅，分统军事。再令慕容霸为前锋都督、建锋将军，调集大兵二十余万，讲武戒严，定期攻赵。

赵尚未接燕军警信，已是内乱相寻，几闹得不可收拾。原来赵主遵入邺以前，曾许石闵为太子，嘱使努力。及入都篡位，自背前言，竟立燕王子衍为太子，遂致闵隐生怨望。闵素骁勇，屡立战功，为宿将所畏服，又复都督各军，得总内外兵权，声威益盛。平时抚循殿中将士，各奏署员外将军，爵关内侯，并各赐给宫女，隐树私恩。遵未悉闵意，但将闵所奏署的将士，注明善恶，使知劝戒。众将士未免介意，怨遵日甚，感闵日深。中书令孟准、左卫将军王鸾，私下劝遵裁抑闵权，遵因此疏闵，闵益恨遵不置。可巧乐平王苞，自长安至邺，遵不暇除苞，但欲除闵，当下召苞入宫，并及义阳王鉴，汝阴王琨，淮南王昭等，一并入议。郑太后亦出御内殿，由遵先晓示道："闵目无君上，逆迹已萌，今欲设法加诛，是否可行？”鉴等皆随声道："闵既谋逆，应该就诛。”附和同辞，实是一班好乱人物。独郑太后摇首道："河内旋师，若无棘奴，哪有今日？就使棘奴稍稍骄纵，也当格外宽容，怎得骤然处死哩？"看官听说，这棘奴就是石闵小字，前回中叙及棘子，乃是佛图澄的隐语，庸耳俗目，怎能预解？此番祸已临头，小子也应该说明了。回应前回。

遵闻母言，默然不应。鉴与苞等随即退出，遵送母入室，自往后庭寻乐，与妃妾等弈棋为欢。才毕数局，忽听得一片噪声，由外传入，不由的惊惧交并，便出琨华殿探视，正值将军周成、苏彦，带着许多甲士，持刀执械，蜂拥进来。看他形色狰狞，定非吉兆，一时无从趋避，只好勉强喝问道："汝等来做什么？敢是造反不成！"大众哗声道："来诛篡弑的逆贼！"遵又颤声道："反……反！究是何人造反？"成厉声答道："义阳王鉴，应该继立。"遵复道："似我尚有今日，汝等立鉴，能……能有几时？"说到"时"字，已被成挥众上前，乱刀砍死。成等遂闯入内庭，索性将郑太后、张皇后、太子衍等，随手斫去，杀得精光。复捕戮孟准、王鸾，及上光禄大夫张斐。遵僭位仅一百八十三日，至此一门毕命。比石世多百余日，地下亦好自夸。

看官欲问起乱原因，乃是石鉴出宫，密遣宦官杨环，报知石闵。闵即劫住司空李农，与右卫将军王基，同谋废立。当下遣苏、周二将，入行大事。迅雷不及掩耳，竟得侥幸成功。于是拥鉴即位，改元青龙，进武兴公闵为大将军，封武德王，李农为大司马，录尚书事，张举为太尉，郎闿为司空，刘群为尚书左仆射，卢谌为中书监。鉴恃闵得立，心中却很是忌闵，夜召乐平王苞，中书令李松，殿中将军张才，使攻石闵、李农。三人应命行事，总道是闵等无备，唾手可成，哪知闵却预防一著，自与农入宿琨华殿，分派殿中将士守卫。将士多系闵腹心，都抖擞精神，目不交睫，通宵守着。石苞等冒昧闯入，立被卫士杀退，霎时间禁中大扰。鉴知事无成，反诿罪石苞，及李松、张才，待他还报，竟喝令左右，斫毙三人，然后把三人首级，出示石闵、李农，诈言罪人已得，不必惊惶。闵亦料鉴预谋，但既有词可借，不如将错便错，俟后再图。乃下令将士，各归部伍，毋得再哗，总算安静了事。只平白地冤杀三人。

新兴王石祗，也是石鉴兄弟，久镇襄国，因闻闵、农为乱，遂与姚弋仲、蒲洪通和，合兵连谋，起攻闵、农。闵请诸石鉴，遣汝阴王琨为大都督，与太尉张举、侍中呼延盛等，率步骑七万人，往击石祗。中领军石成，侍中石启，前河东太守石晖，谋诛闵、农，反为闵、农所杀。龙骧将军孙伏都、刘铢，号召羯士三千人，拟挟鉴讨闵、农，适鉴在御龙观中，登台见伏都等，鱼贯而入，惊问何因？伏都答道："石闵、李农谋反，已至东掖门，臣欲严兵往讨，谨来启问。"鉴抚慰道："卿是功臣，好为官家出力，朕在台上观卿，事平以后，不吝重赏。"伏都等应声趋出，径攻闵、农，连战不利，退屯凤阳门。闵、农却率众数千，向金明门突入，来寻石鉴。鉴见闵、农等进来，料知伏都等战败，忙从台上传令道："孙伏都谋反，卿等何不速讨，来此做甚？"又用老法儿来做挡牌。闵、农等得了此令，便晓谕卫士，同击伏都，伏都虽有勇力，毕竟众寡不敌，眼见是败绩丧身。刘铢亦同时毕命，部下三千羯人，多被杀毙。自凤阳门至琨华殿，积尸累累，流血盈途。闵传令内外兵民，毋得执械，违令立斩。羯人或夺门窜去，或逾城出走，先后不可胜计。闵遂使尚书王简，少府王郁，领众数千，监守御龙观，不准鉴自由进出。就是鉴一饮一食，亦只由观门悬入，勿许他入进餐。好好一个赵主鉴，反变做瓮中鳖，釜中鱼了。小子有诗叹道：

腹中有剑笑中刀，入阱如何不获逃？

我欲害人人害我，才知作伪总徒劳。

闵既幽鉴，又想出一条计策，歼尽羯人，欲知他如何行计，且看下回表明。

石遵废世，石鉴又杀遵，石闵又幽鉴，数月之间，迭遭篡逆，石氏之乱，可云甚矣！夫如石虎之穷凶极恶，应该有此巨谴，不于其身，必于其子孙，固然无足怪也。惟石氏内乱如此，正予晋以可乘之隙。桓温之出屯安陆，犹不过徒示虚威；褚裒则一再上表，分兵北进，宜其规复中原。扫清宿耻。乃王龛等一败而即惧，便退屯广陵，自请贬职，嗒然若丧，是比诸庾亮、庾翼，且逊一筹矣。要之东晋诸臣，专尚空谈，虚骄之气盛，实行之略疏，《左氏传》所云"张脉偾兴，外强中干"者，正此类也，而蔡谟之意料远已。

第五十三回

养子复宗冉闵复姓　孱主授首石氏垂亡

却说石闵幽主擅权，复下令城中，略言："孙、刘构逆，已得伏事，支党并诛，不及良善。此后与官同心，尽可留住，否则任令他去，不复相禁。"遂大开城门，纵使出入。于是羯人相率出城，填门塞道，独赵人陆续趋入，远近争集，闵知羯人不为己用，因颁令内外赵人，斩一羯首送凤阳门，文官进位三级，武官立拜牙门。

看官！试想人生无不欲富贵，得了这种机会，哪有不欢跃奉命的道理？才阅一日，携首来献，多至数万。闵且亲率赵人，再行搜诛羯种，羯人共毙二十余万，弃尸城外，馁饲豺狼狐犬。就是一班外戍羯士，也由闵分投书札，令身为将帅的赵人，诛戮殆尽。太宰赵庶，太尉张举，中军将军张春，光禄大夫石岳，抚军将军石宁，武卫将军张季，及诸公侯卿校龙腾军等万余人，至此都恐连累，出奔襄国。汝阴王琨，亦奔据冀州，抚军张沈据滏口，张贺度据石渎，建义将军段勤据黎阳，宁南将军杨群据桑壁，刘国据阳城，段龛据陈留，姚弋仲据滠头，蒲洪据枋头，众各数万，皆不附闵。王朗、麻秋，也自长安奔洛阳。闵遣人召秋，令图王朗。秋袭杀朗部羯人千余名，朗幸逃免，转奔襄国。秋忽生悔意，亦走依蒲洪。

汝阴王琨及张举、王朗，纠众七万，向邺讨闵。闵自率骑兵出拒，列阵城北，遥见敌军如墙而来，便跃马出阵，手持两矛，直奔敌军。敌军前队，远来疲乏，不防闵轻骑杀到，一时不及招架，便致倒退。琨等尚在后面，见前军纷纷退后，还道闵军甚盛，抵敌不住，自己顾命要紧，也即拍马返奔。为这一走，遂致全军奔溃，仿佛天崩地塌一般。闵得任情追杀，斩首至三千级，待至琨等逃远，方收兵还邺，琨等仍奔还冀州去了。并非石闵善战，实是琨等无用。闵既大获胜仗，复与李农率三万骑兵，往攻石渎。石鉴被锢御龙观中，因闵、农外出，监守少懈，乃得写就一书，密令近侍赍送滏口，嘱令抚军张沈等，乘虚袭邺。哪知近侍不去报沈，反将鉴书持达闵、农。石苞、李松、孙伏都等，都为石鉴所卖，怪不得近侍使刁。闵、农当即驰还，突入御龙观，责鉴反复，褫去赵主的名目，又复赠他一刀，结果性命。鉴在位只一百零三日。闵索性大诛石氏，捕得石虎孙二十八人，骈戮无遗。惟尚有虎子数人，如石琨、石祗等，统居外境，尚未遭难。

邺中已无石氏遗种，闵即欲僭号称尊。司徒申钟，司空郎闿，密承闵旨，联络朝臣四十八人，同声劝进。闵佯为退逊，让与李农。农不敢受，誓死固辞。辞与不辞相等，始终难逃一死。闵乃语众道："我等本是晋人，今晋室犹存，愿与诸君分割州郡，各称牧守公侯，奉表迎晋天子还都洛阳，诸君以为何如？"诚能如是，倒也完名全节，可惜言不由衷。尚书胡睦进言道："陛下圣德应天，宜登大位，晋氏衰微，远窜江表，岂尚能总驭英雄，混一四海么？"看汝能长为闵臣否？闵欣然道："胡尚书可谓识机知命，我当勉从。"遂至南郊即位，公然称帝，易赵号魏，复姓冉氏。纪元永兴，追尊祖隆为"元皇帝"，父曜为"高皇帝"，奉母王氏为皇太后，妻董氏为皇后，子智为皇太子，余子亦皆封王。命李农为太宰，领太尉，录尚书事，加封齐王，农诸子皆为县公。文武各进位三等，封爵有差。并遣使持节，尉谕各处军戍，一律免罪。

诸军屯皆不受命，赵新兴王石祗，闻鉴被弑，也在襄国称帝，改元永宁，用汝阴王琨为相国，并授姚弋仲为右丞相，待以殊礼。弋仲子襄为骠骑大将军，时弋仲据滠头，蒲洪据枋头，各思称雄关右，互生疑忌。秦、雍流民，相率归洪，洪有众至十余万。弋仲恐洪过盛难制，遣子襄引兵击洪，为洪所破。洪遂自称大都督大将军大单于，兼三秦王。即前秦之刱始。且因谶文有“草付应王”一语，乃改姓苻氏。

洪第三子健，少娴弓马，勇武有力，尝为石氏父子所亲爱，洪因立为世子。赵将麻秋，既往依洪，洪命秋为军师将军。秋劝洪先收关中，然后东争天下，洪深服秋言。哪知人心不测，暗杀难防，洪引秋为知己，秋偏视洪若仇家，一无心，一有心，两人终夕昵谈，继以宴饮，秋竟置毒入酒，劝洪痛饮数杯。及秋辞宴退出，洪腹中忽然绞痛，不可忍耐，自知遭秋暗算，急召世子健入语道：“我拥众十万，据住险要，冉闵、慕容俊等，本可指日荡平；就是姚襄父子，亦在我掌握。所以迟迟入关，实欲先清中原，再行西略；不意为竖子所欺，致我中毒。我死后，看汝兄弟未能肖我，休得再想中原，不如鼓行西进，得踞关中，也好独霸一方呢。”一麻秋尚不能防，还说能平定中原，也是痴想。言讫竟死。健秘不举哀，即率亲兵往捕麻秋。秋正安排兵甲，将乘丧为乱，不防苻健已先到来，急切不能抵御，立被健麾众拿下，一刀两段，报了父仇，然后为父发丧，承袭遗业。且遣使向晋报讣，自削王号，用晋封爵。原来洪先降晋，见前回。曾受封征北大将军，都督河北诸军事，冀州刺史，广川郡公。此时健即自称征北将军，向晋请命。赵石祗甫经称帝，也欲笼络苻健，命为镇南大将军。健佯为受命，在枋头修缮宫室，督兵种麦，示不复出；暗中却部署兵马，谋取关中。

关中本为赵属土，由将军王朗居守。朗自长安奔洛阳，复自洛阳奔襄国，见上文。当时但留司马杜洪，居守长安。洪常恐苻氏入关，阴加戒备。及苻氏父死子继，已放心了一大半，嗣闻健课农筑舍，更觉不以为意，谁知苻健竟自称晋征西大将军，都督关中诸军事，领雍州刺史，尽众西行，在盟津架起浮桥，渡河直进。至大众毕济，将桥毁断，仿佛破釜沈舟，有进无退。健弟雄先驱至潼关，洪始得报，乃遣部将张先出拒，与雄交战，倒还不分胜负。及健继至，张先势孤难敌，败回关中。健虽得战胜，犹修笺致洪，并送名马珍宝，谓将自至长安，奉洪尊号。洪也虑苻健怀诈，顾语属吏道："这所谓币重言甘，明明是诱我呢。"乃尽召关中兵士，东出拒健。健已进次赤水，遣雄略地渭北，又追击张先至阴槃，把他擒住；再派兄子菁旁徇诸城，所至辄陷。洪出长安才数十里，迭接各处败报。又闻健乘胜杀来，急得面色仓皇。部众见主帅失色，越发惊心，你奔我逃，如鸟兽散。洪只剩得数百骑，眼见得不能对敌，并不敢再回长安，索性奔往司竹去了。

健竟入长安，据为都城，遣使至晋廷告捷，且向桓温修好。健有长史贾玄硕等，请依刘备称汉中王故事，表健为关中大都督大单于秦王。健佯怒道："我岂就好做秦王么？况晋使未返，我所应有的官爵，难道汝等所能预知么？"众始无言。越年为晋穆帝永和七年，晋使已归，不闻加封。他复密使心腹，讽玄硕等表上尊号。玄硕等不敢不从，遂请健为天王大单于。健尚假惺惺的谦让一番，至玄硕等两次劝进，便自号"秦天王大单于"，建元皇始。史家称为前秦。为十六国中之一。当下缮宗庙，置社稷，立妻强氏为天王后，子苌为天王太子，弟雄为丞相，都督中外诸军事，兼车骑大将军，领雍州刺史。自余封拜百官，位秩有差。又遣使四出，问民疾苦，旁求俊乂，除去赵时苛政。关中人民，赖是少安。

赵主祗方与冉闵相持，无暇西顾，因此健得从容布置，据有西秦。冉闵欲北向攻赵，赵主祗已遣汝阴王琨及张举、王朗等，统兵十万，南行攻闵。闵遣人临江传语晋使道："羯贼扰乱中原，已数十年，今我已诛去羯首，只有余党未平，江东若能共讨，可即发兵前来。"晋使转报晋廷，廷议以闵亦乱贼，置诸不睬。闵欲自出拒敌，恐李农居中为变，竟将农诱入杀死，并戮农三子。与人共事，人得利而己先受害，如李农辈，最不值得。还有尚书令王谟，侍中王衍，中常侍严震、赵升等，俱连坐农党，尽被骈诛。乃遣卫将军王泰为前锋，出击赵兵，自为后应。

会赵汝阴王琨，南入邯郸，与镇南将军刘国会师并进。途次遇着王泰，一战败绩，死伤万余人。琨退归邯郸，国亦还屯繁阳。既而国与段勤、张贺度、靳豚等复会兵攻邺，闵遣刘群为行台都督，率同诸将王泰、崔通、周成等，共十二万众，出堵黄城。闵自统精卒八万继进，与刘国大战苍亭。刘国等虽然连兵，却是将令不齐，众心未一，反不如魏兵一致，鼓动一股锐气，东冲西撞，斫毙刘国连合军，共二万八千人。国等败遁，靳豚稍迟一步，中槊被杀，残众尽溃。闵振旅归邺，旌旗钲鼓，绵亘百余里，仿佛如石氏全盛时。既入邺城，行饮至礼，群下欢舞。闵且欲笼络人心，求才兴学，特备玄纁束帛，礼征陇西辛谧。谧字处道，少有志操，博学能文，精草隶书，为时楷法，及长，尝杜门晦迹，谢绝交游。刘聪、石勒，再三征召，终不肯起，及得闵征书，依然不就，但复书答闵道：

昔许由辞尧，以天下让之，全其清高之节。伯夷去国，之推逃赏，皆显史牒，传之无穷，此往而不返者也。然贤人君子，虽居庙堂之上，无异山林之中，斯穷理尽性之妙，岂有识之者耶？是故不婴于祸难者，非为避之，但冥心至趣，而与吉会尔。谧闻物极则变，冬夏是也，致高则危，累棋是也。君王功已成矣，而久处之，非所以顾万全，远危亡之祸也。宜因兹大捷，归身本朝，指晋。必有许由、伯夷之廉，享乔松之寿，永为世辅，岂不美哉？

复书既去，尚恐闵不肯放过，竟自甘绝粒，不食而死。不没高人。闵怎肯听从谗言，又起步骑十万人，往攻襄国。封次子胤为太原王，进号大单于，署骠骑大将军，配以降胡千人，令他居守。光禄大夫韦祐谏言："降胡难恃，且不宜仿称单于。"哪知闵闻言大怒，反责祐离间戎夷，把他处斩，并杀謏子伯阳，直抵襄国城下，四面围攻。上筑土山，下穿地道，仰登俯凿，誓破坚城。赵主祗督兵固守，支持至百余日，幸还无恙。闵令军士筑室返耕，为久持计，于是祗相顾惶急，自去帝号，改称"赵王"。使张举诣燕乞师，许送传国玺，遣张春赴滠头，向姚弋仲处求援。弋仲即命子襄率骑兵三万八千，往援襄国；就是燕王慕容俊，也令将军悦绾，率骑兵三万人，救赵拒魏。再加赵汝阴王石琨，又从冀州赴急，三方会合，共得劲卒十余万，直逼闵垒。闵使将军胡睦御襄、孙威御琨，并皆战败，孑身遁还。

闵自拟出击，卫将军王泰谏阻道："今襄国未平，外援云集，若我军出战，必至腹背受敌，岂非危道？不若固垒相持，伺隙而动，方保万全。况陛下亲临行阵，万目共瞻，一或挫失，大事去了。请持重勿出，臣愿率诸将为陛下破敌。"闵点首称是。忽由道士法饶进言道："陛下围攻襄国，旷日逾年，尚无尺寸功效，今群寇趋至，又避难不击，试问将如何使众哩？且太白入昴，当应赵分，百战百克，何待踌躇。"闵被他一说，不由的眉飞色舞，攘袂大言道："我计决了，敢言不战者斩！"乃倾垒出发，与姚襄对阵交锋。可巧石琨从东面驰来，悦绾从西面趋至，尘头大起，惊动闵军。赵主石祗，又由城中冲出，前后左右，四集攻闵。闵军在外日久，已经疲敝，哪里挡得住四面兵马，顿时大溃，先走的得逃性命，后走的都做鬼奴。

闵与十余骑拼命飞跑，走还邺城。那知次子冉胤，已被降胡执住，往降襄国。邺中大乱，所有司空石璞，尚书令徐机，车骑将军胡睦，侍中李綝，中书监卢谌以下，尽被杀死，人物歼尽，盗贼蜂起，司冀大饥，人自相食。闵已潜入邺中，邺人尚未闻知，内外恟恟，讹言闵已败没。射声校尉张艾，劝闵亲出抚慰，安定众心。闵乃至南郊收劳军士，讹言少息，遂诛道士法饶父子，支解以徇，追尊韦謏为大司徒，已经迟了。一面搜卒补乘，再图御敌。姚襄已还军滠头，姚弋仲责他不擒冉闵，杖襄百下，惟不复用兵。燕将悦绾，也即退去。独赵主祗更遣部将刘显，率众七万，再攻冉闵，进次明光宫，去邺止二十三里。闵急召卫将军王泰，商议拒敌方法。泰恨前言不用，托病不入。至闵亲往访问，泰仍固称病笃，不能参议。闵不禁大怒，还宫语左右道："可恨巴奴，乃公岂定要靠他，才得保命吗？我当先灭群孽，再斩王泰。"说着，便悉众尽出，拼死杀去，得破显军，追至阳平，乘势斩杀，得首级三万余颗，杀得显穷蹙失措，几乎无路可奔，不得已遣使乞降，情愿杀祗自效。闵乃纵显使去，自还邺中。左右密承闵旨，诬言王泰将叛奔入秦。闵正要杀泰，听得此语，好似火上添油，立命将泰处斩，并夷三族。

过了匝月，果得刘显来文，报称杀赵主祗，及丞相乐安王炳，太保张举，太宰赵庶等十余人，据定襄国，纳质请命。闵喜如所望，尚未答复，那赵主祗的头颅，已自襄国献入邺中。闵令悬示三日，焚诸通衢，乃封显为大单于，领冀州牧。看官听着！赵主祗称帝襄国，只越一年，便即遭弑，后赵至是乃亡，总计后赵自石勒建国，至祗已易六人，共得七主，只合成二十三年。了结后赵。

刘显降闵，才阅百日，又欲自上尊号，谋袭冉闵，偏被闵预先探知，发兵邀击，杀退显兵，显狼狈走还。但闵虽得胜，所辖各土，已皆瓦解。徐州刺史刘启、兖州刺史魏统、豫州刺史张遇、荆州刺史乐弘，俱举州降晋。还有魏平南将军高棠，征虏将军吕护，执住洛州刺史郑系，也向晋请降。又如故赵将周成屯廪丘，高昂屯野王、乐立屯许昌、李历屯卫国，亦陆续归晋，就是刘显据住襄国，虽经屡败，也居然僭号称尊，且率众攻魏常山。常山太守苏彦，飞使至邺城乞援。闵使太子智留守邺城，以大将军蒋干为辅，自率锐骑八千人，往救常山，一战却敌。显前军大司马石宁，举枣强城降闵，闵势益盛，更进兵追显。显奔还襄国，大将军曹伏驹，知显无成，竟为闵内应，开门纳入追军。显无处奔避，眼见为闵军所困，乱刃分尸，所有家眷及伪署公卿，一股脑儿屠杀净尽。又放起一把无名火来，毁去襄国宫室；凡襄国遗民，尽被闵驱至邺中。可怜石氏遗种，单剩了一个汝阴王琨，系是石虎幼子，他已弄得无兵无饷，没奈何挈领妻妾，南走建康，向晋乞怜，保他一脉。晋廷追念宿仇，怎肯相容，立将琨绑缚起来，驱出市曹，一刀两段。琨妻妾亦同时骈首，于是石氏遂绝。小子有诗叹道：

莫道贻谋可不臧，祖宗积恶播余殃。
羯胡一败无遗类，到底凶人是速亡。

晋既杀死石琨，又想趁这机会，规复中原。欲知成功与否，待小子下回再详。

冉闵乘石氏之敝，起灭石氏，扫尽羯胡，僭帝号，复原姓，说者谓其志不忘晋，临江呼助，设晋果招而用之，亦一段匹磾之流亚。吾意不然。段匹磾之害刘琨，吾犹恨其昧公徇私，不能以厌次数言，遂为之恕。彼闵蒙乃父之余荫，受石氏之豢养，予以高官，给以厚禄；大马犹知报主，闵犹人耳，何竟不顾私恩，对宠我荣我者而反噬之？况羯虽异族，远系从同，必欲尽歼无遗，设心何毒？是可忍，孰不可忍？而谓其能顾祖国，必无是理。其所以临江相呼者，惧赵主祗之扼其背，与秦王健之掣其肘，不得已而为将伯之求耳。晋廷之置诸不理，吾犹幸晋吏之不为李农也。若赵主祗之终归陨灭，与汝阴王琨之被杀建康，覆巢之下，致无完卵，此乃石勒父子之孽报，不如是不足以暴其恶也，于他人乎何尤？

第五十四回

却桓温晋相贻书　灭冉魏燕王僭号

却说晋征西大将军桓温，因石氏乱亡，已屡请经略中原，辄不见报。晋穆帝年尚幼冲，褚太后女流寡断，一切国政，均归会稽王昱主持，领司徒光禄大夫蔡谟，本已实授司徒，诏书屡下，终不就职。褚太后遣使敦劝，谟仍固辞，且自语亲属道："我若实任司徒，必为后人所笑，义不敢受，只好违命罢了。"虽是谦让，但谓必贻笑后人，毋乃过虑。永和六年，复上疏陈疾，乞请骸骨，缴上光禄大夫领司徒印绶。有诏不许。会穆帝临朝会议，使侍中纪璩与黄门郎丁纂召谟入商。谟自称病笃，不能入朝。会稽王昱谓谟为中兴老臣，定须邀他与议，从旦至申，使人往返，几十数次，谟终不至。殊太偃蹇。时穆帝尚只八岁，不耐久持，顾问左右道："蔡司徒尚不见来，究怀何意？临朝已将一日，为他一人，遂致早晚不顾，岂不可恨？难道他不到来，今夕不能退朝么？"左右转禀太后，太后亦自觉疲倦，乃诏令罢朝。

会稽王昱不禁懊恨起来，顾语朝臣道："蔡公傲违上命，无人臣礼，若我辈都似蔡公一般，试问由何人议政呢？"群臣齐声应道："司徒谟但染常疾，久逋王命，今皇帝临轩，百僚齐立，候谟终日，若谟愿止退，亦宜诣阙自辞，今乃悖慢如此，自应明正国法，请即拘付廷尉，依律拟刑。"这番议案，尚未定夺，已有人传达谟第。谟方才惶惧，率子弟诣阙待罪。

当有一人趋入朝堂，厉声大言道："蔡谟今日，果无疾来阙么？欺君罔上，应当何罪？宜置诸大辟，为中外戒。"朝臣听他语言激烈，也觉一惊，连忙注视，乃是中军将军殷浩。当下互相讨论，议久未决，浩尚与固争，还是徐州刺史荀羡，私语殷浩道："蔡公望倾内外，今日被诛，明日必有人借口，欲为齐桓晋文的举动了，公何苦激成乱衅呢？"暗指桓温。浩乃无言。大众遂请由太后裁决，太后谓："谟系先帝师傅，宜从末减，不忍骤加重辟。"乃诏免谟为庶人。

那桓温闻浩擅权，很是动忿，一时无词劾浩，只把北伐为名，呈入一篇表文，略称："朝廷养寇，统为庸臣所误。"这句话明明是指斥殷浩。浩在内搁住温表，不使批答，谁知温竟率众数万，顺流东下，屯兵武昌，隐然有入清君侧的寓意。廷臣闻报，相率骇愕。浩亦急得没法，至欲去位避温。实是没用。吏部尚书王彪之进白会稽王昱道："浩若去职，人情必更张皇，殿下首秉国钧，倘有变乱，何从诿责呢？"又顾语殷浩道："温若抗表问罪，必举卿为首恶，卿虽欲自作匹夫，恐亦未能保全，不如静镇勿动，且由相王指会稽王。先与手书，为陈祸福，彼若不从，更遣中诏，再若不从，当用正义相裁，奈何无故匆匆，先自滋扰呢？"浩与昱依彪之议，即命抚军司马高崧，代昱草表，遣使致温。略云：

> 寇难宜平，时会宜接，此实为国远图，经略大算，能弘新会，非足下而谁？然异常之举，众情所骇，游声噂沓，想足下应亦闻之。苟或望风震扰，一时奔散，则望实并丧，社稷之事去矣。吾与足下，虽职有内外，安社稷，保国家，其致一也。天下安危，系诸明德，当先宁国而后图其外，使王基克隆，大义弘著，此吾之所深望于足下者也。区区诚怀，岂可复顾嫌而不尽哉？幸足下察之！

果然一缄书札，足抵十万雄师，才阅数日，即得温谢罪表文，自愿收军还镇去了。晋廷上下，才得放心。

已而姚弋仲遣使来降，有诏授弋仲为车骑大将军、六夷大都督，子襄为平北将军、兼督并州。弋仲年逾七十，有子四十二人，尝召集与语道："我因晋室大乱，起据西偏，嗣石氏待我甚厚，我欲替他讨贼，借报私情，今石氏已灭，中原无主，从古以来，未有戎狄可作天子。我死后，汝等便当归晋，竭尽臣节，毋得多行不义，自取咎戾呢。"越年为永和八年，弋仲老病缠身，竟致不起，卒年七十三。子襄秘不发丧，竟率众攻秦。

秦王苻健自僭称天王后，安据关中。嗣闻晋梁州刺史司马勋与故赵将杜洪相应，侵入秦川，当即出堵五丈原，击退勋兵，再移兵往攻杜洪。洪正由司竹出屯宜秋，洪奔司竹见前回。欲应晋军，不料司马张琚，忽生变志，诱众杀洪。琚自立为秦王，分置官属，部署未定，健军已经掩至。他却冒冒失失的出来拒敌，一战败死，身首两分。健奏凯入关，即僭称秦帝。进封诸公为王，命子苌为大单于，又遣弟雄及兄子菁分略关东，招纳晋降将豫州刺史张遇，仍命镇守许昌。姚襄与苻氏挟有宿嫌，所以父丧不发，便即与秦为难。但苻氏气势方盛，将勇兵精，恁你姚襄如何骁悍，也一时攻不进去。襄转向洛阳，行次麻田，与故赵将李历相遇，两下酣斗，襄马首忽中流矢，将襄掀下，部众相顾骇愕。李历乘隙闯入，飞马取襄，幸亏襄弟苌先到一步，把襄扶起，自将乘骑让兄，翼他出险，但经此一跌，部众已经奔散，丧亡无数。襄走回滠头，草草治丧，自悔前事冒昧，乃承父遗命，单骑南下，向晋款关，走依晋豫州刺史谢尚。尚自去仗卫，幅巾出见，推诚相待，欢若平生。襄为尚画策，令遣建武将军戴施，进据枋头。施奉令前往，果然得手，兵不血刃，即将枋头据住。可巧魏主冉闵，与燕鏖兵，战败被擒。闵子智尚守邺城，由将军蒋干为辅，派人至谢尚处乞援。尚即调戴施援邺，助守三台。

究竟冉闵如何战败，应该由小子表明大略。闵既克襄国，游食常山、中山诸郡。故赵立义将军段勤，聚胡羯至万余人，保据绎幕，自称赵帝。燕王慕容俊已遣辅国将军慕容恪略地中山，收降魏太守侯龛及赵郡太守李邽。还有辅弼将军慕容评，亦奉俊命，往攻鲁口，击斩魏戍将郑生。至是俊又命建锋将军慕容霸出击段勤，更调慕容恪专攻冉闵。闵率兵御恪，行至魏昌城，与恪相遇，即欲交战。大将军董闰、车骑将军张温俱向闵进谏道："鲜卑兵乘胜前来，锐不可当，且彼众我寡，不如暂避敌锋，待他骄惰，然后添兵进击，不患不胜。"闵瞋目道："我引军至此，方欲扫平幽州，擒慕容俊，今但遇一慕容恪，便这般胆小，将来如何用兵呢？"说毕，便将董、张二人叱出。狃于襄国一胜，故有此骄态。司徒刘茂及特进郎闿，私相告语道："我君刚愎寡谋，此行必不返了，我等怎好自取戮辱，不如速死为宜。"遂皆服药自尽。

闵素有勇名，部兵虽不过万人，却是个个强壮，善战冲锋，当下与燕兵接仗，十荡十决，燕兵统被击退。闵兵俱系步卒，因燕皆骑士，恐被意外冲突，乃引趋林中。慕容恪巡劳军士，遍加晓谕道："冉闵有勇无谋，不过一夫敌呢。且士卒饥疲，不堪久用，俟他怠弛，再击未迟。我军可分为三队，互相犄角，可战可守，怕他什么？"参军高开献议道："我骑兵利用平地，不宜林麓，今闵引兵入林，倚箐自固，不可复制。为目前计，应速遣轻骑挑战，只许败，不许胜，得能诱他转身，仍至平地，然后好纵兵挟击了。"恪依开计，便拨兵诱敌，且行且詈。冉闵听了，那里忍受得住，当即麾兵杀回。燕骑并不与战，拍马便走，惟口中辱骂如故。闵追了一程，停住不赶。燕骑复笑骂道："冉贼！冉贼！我料你只能避匿林中，怎敢再至平地，与我等大战一场?”这数语传入闵耳，闵越觉动怒，索性还就平地，列阵待战。确是有勇无谋。

恪已分军为三队，部署妥当，见闵复来就平原，喜他中计，因诫令诸将道：“闵性轻躁，又自知兵寡，不便久持。今复来迎战，必拼死来突我军，我但严阵以待，守住中坚，诸君亦在旁静候，但看中军与闵合战，便好前来夹击，左右环攻，定可破贼。”诸将应命而去。恪复选得鲜卑箭手，共五千人，各使乘马，连环锁住，成一方阵，令充前队，自率劲兵后列，竖起一面大纛旗，作为全军耳目，徐徐前进。那冉闵跨一骏马，号为“朱龙”，每日能行千里，此时拍马来争，当先突出，左操一杆双刃矛，右持一柄连钩戟，直至燕军阵前，连挑连拨，无人敢当。燕兵慌忙射箭，有几个脚忙手乱，连箭都发不出来。闵毫不畏怯，左手用矛飞舞，所来各箭，尽被拨开。右手用戟乱钩，燕兵稍不及避，便被钩落马下。闵众挟刃齐上，随手下刃，所有落马的燕兵，头颅都不知去向。

闵杀得性起，怎肯罢休，又望见前面有一大旗竖着，料是燕军中坚，索性趁势冲入，直攻慕容恪。恪正勒马观战，专待闵亲来送死，可巧闵引兵杀到，便令勇士摇动大旗，指挥各军，于是骑士大集，合力击闵。中军原一齐奋勇，抵敌闵军，就是左右两路，也从旁杀到，包围冉闵，环至数匝。究竟闵兵有限，单靠着自己勇力，总敌不住数万人马，他尚舍命冲突，形似猘犬，好容易杀透重围，向东奔去。狂走二十余里，距敌已远，方敢下马少息。旁顾左右，不满百人，只有仆射刘群与将军董闰、张温等还算随着。闵形色惨沮，如丧魂魄，身上亦血迹淋漓，创痕累累，勉强按定了神，想与刘群等商议行止。

不防鼓声四震，燕兵从后面追来，闵自知不能再战，仓皇上马，挥鞭急驰。刘群等也即随行。哪知燕兵来得真快，才经里许，便被追及，群回马与战，未及数合，即被杀死。董闰、张温，无路可逃，双双就擒。闵所骑的朱龙马，本来是瞬息百里，迅速异常，偏偏跑了一程，无缘无故的停住不行，闵用鞭乱击，直至鞭折手痛，马仍然不动，反颓然向地倒下；仔细一瞧，已是死了。总由临敌受伤之故，史称朱龙忽毙，关系闵命，亦未尽然。闵失了坐骑，好象失去性命，就使脚长力大，也是逃走不脱，眨眼间燕将攒集，七手八脚，把闵活捉了去，解送燕都。燕王慕容俊面加呵责道："汝乃奴仆下才，怎得妄自称帝？"闵仍不少屈，抗声答道："天下大乱，汝等凶横，人面兽心，还想篡逆，我乃中土英雄，为什么不得称帝呢？"却是个硬汉，可惜仁智不足。俊当然动怒，命左右鞭闵三百，拘禁狱中。

会接慕容霸军报，伪赵帝段勤，已与弟思聪举城出降。寻又得慕容恪捷书，谓已阵斩魏将金光，进据常山。俊即令恪为常山留守，召霸还军，另派慕容评等攻邺，邺中大震。闵子智与将军蒋干，闭城拒守，城外一带，俱被燕军陷没。智与干当然惶急，不得已遣使降晋，向谢尚外乞师。尚将戴施率壮士百余人，往邺助守。蒋干见来兵甚寡，大失所望。施得间给干道："汝主既降顺我朝，应该将传国玺出献。现今燕寇在外，道路不通，就使汝果献玺，也未便赍送江南，不如暂付与我，我当专使驰告天子，天子闻玺在我所，信汝至诚，必遣重兵，发厚饷，来救邺城。燕寇见我军大至，自然退去，保汝无恙。"好似一个大骗子。干尚怀疑未决，不肯出玺。适邺中大饥，人自相食，守兵无从觅粮，就将故赵宫人，烹食充饥。滋美如何？干弄得没法，只好将玺取出，交与戴施。施佯令参军何融，往枋头运粮，暗将传国玺付给融手，使至枋头转报谢尚。尚得融报，亟遣振武将军胡彬率骑兵三百，至枋头迎玺，送入建康。晋廷交相庆贺，不消细叙。

且说邺城被困，已经月余，城中孤危得很，还亏枋头运到粮米数百斛，暂救眉急，守兵暂免枵腹，勉力支撑。燕将慕容评，屡攻不克。燕王俊又遣广威将军慕容军、殿中将军慕容根、右司马皇甫真等，统率步骑二万人，至邺助评。邺城守将蒋干，闻燕兵继至，焦急万分，意欲乘夜出袭，期得一胜。当下挑选锐卒五千人，俟至夜半，开城杀出，直捣燕营。不防慕容评早已预备，四面设伏，等到蒋干驰至，一声号令，伏兵齐起，把干军尽行围住，逞情杀戮。干弃去盔甲，扮做小兵模样，才得混出围中，奔还邺城；五千人尽致覆没，守卒益惧。慕容评等围攻益急，魏长水校尉马愿等，开城迎降。蒋干戴施，缒城出走，逃往仓垣。魏后董氏、太子冉智，及太尉申钟，司空条攸等，一股脑儿做了俘虏，送往燕都。惟魏尚书令王简，左仆射张乾、右仆射郎萧，并皆自杀。冉氏篡赵建国，阅三年即亡。

是时，燕王俊方出巡常山，遣将分徇魏地。及邺城传到捷报，乃返至蓟郡，命将冉闵牵送龙城，祭告先祖考廆、皝庙中，然后推闵往遏陉山，枭首徇众。不料闵一杀死，山中草木，亦皆枯凋，并且连月不雨，蝗虫四起。自从闵被执至蓟，直至闵死后三月有余，尚是亢旱。俊疑闵暗中作祟，乃使用王礼葬闵，遣官致祭，谥为“悼武天王”。是日，遂得大雪三寸。崔鸿《十六国春秋》内，载冉闵被擒，系在四月，燕王杀闵，乃在八月，案八月深秋，草木应枯，且连月不雨，系是偏灾。闵何能为祟？俊之所为，不值一噱。旱灾未靖，符瑞盛传，是年燕都正阳殿，有燕来巢，生下三雏，项上统有直毛。各城又竞献五色异鸟，于是群僚附会穿凿，共上美词，或说燕首有直毛，便是大燕龙兴，应戴通天冠的征验，燕生三子，数应三统。或说神鸟五色，便是国家将继五行帝箓，统御四海。彼献颂，此贡谀，说得天花乱坠，斐然成章。燕相封弈，遂联络一百二十人，劝燕王俊即称尊号。俊尚作逊词道：“我世居幽漠，但知射猎，俗尚被发，未识衣冠，帝箓非我所有，何敢妄想？卿等无端推美，如孤寡德，不愿闻此”云云。

既而冉闵妻子等由慕容评解送至蓟，凡赵魏相传的乘舆法物，一并献入。俊诈称闵妻董氏，实献传国玺，特别传见，好言慰谕，封董氏为奉玺君，赐冉智爵为海滨侯，用申锺为大将军右长史，并授慕容评为司州刺史，使镇邺中。故赵将王擢等，前时拥兵，据有州郡，至此俱闻燕声威，遣使请降。俊任王擢为益州刺史、夔逸为秦州刺史、张平为并州刺史、李历为兖州刺史、高昌为安西将军，刘宁为车骑将军。惟故赵幽州刺史王午尚据住鲁口，自称安国王。俊命慕容恪往讨，恪出次安平，储粮整械，为讨午计。适中山人苏林起兵无极，伪称天子，恪乃先往讨林，又值慕舆根前来会攻，马到成功，将林击死。再攻王午，午已为部将秦兴所杀。恪乃奉表劝进，燕臣一致同词，共上尊号。俊始置百官，进相国封弈为太尉，恪为侍中，左长史阳骛为尚书令，右司马皇甫真为左仆射，典书令张悕为右仆射，其余文武均拜授有差。然后在蓟城即燕帝位，大赦境内，自谓得传国玺，改年元玺，追尊祖廆为“高祖武宣皇帝”，父皝为“太祖文明皇帝”，立妻可足浑氏为皇后，子晔为皇太子。晋廷方遣使诣燕，与燕修和，俊语晋使道：“汝归白汝天子，我承人乏，为中原所推，已得做燕帝了。此后如欲修好，不宜再赍诏书。”晋使怏怏自归。

相传石虎僭位时，曾使人探策华山，得玉版文，内有四语云：“岁在申酉，不绝如线；岁在壬子，真人乃见。”燕主俊僭号称帝，正当晋穆帝永和八年，岁次壬子，燕人即援作瑞应，史家号为前燕。即十六国中“三燕”之一。小子有诗咏道：

符谶遗文宁足凭，但逢战胜即龙兴。

须知乱世无真主，戎狄称尊问孰膺。

燕既称帝，与秦东西分峙，各称强盛，偏晋臣不自量力，又想规复中原。欲知底细，且看下回续表。

桓温之出屯武昌，胁迫朝廷，已启不臣之渐，然实由殷浩参权而起。浩一虚声纯盗者流，而会稽王昱，乃引为心膂，欲以抗温，是举卵敌石，安有不败？高崧代昱草书，而温即退兵还镇，此非温之畏昱服昱，特尚惮儒生之清议，未勇骤逞私谋耳。北伐北伐，固不过援为口实已也。彼冉闵之尽灭石氏，乃石虎作恶之报。闵一莽夫，宁能雄踞一方？燕王俊乘乱伐闵，得慕容恪之善算，即擒闵而归，诛死龙城，闵妻董氏，及嗣子冉智，尚得滥叨封爵，未受骈诛，此犹为冉氏之幸事耳。闵恶未稔而即毙，故妻子犹得幸存，彼慕容俊以草枯天旱，疑闵为祟，反追谥而礼祭之，毋乃慎欤！

第五十五回

拒忠言殷浩丧师　射敌帅桓温得胜

却说晋中军将军殷浩累蒙迁擢，都督扬、豫、徐、兖、青五州军事。他本来大言不惭，至此因桓温屡请北伐，便想自担重任，得能侥幸一胜，方好压倒桓温，免受奚落。当下拟定草表，自请北出许洛，相机恢复。尚书左丞孔严向浩进规道："近来众情摇惑，很足寒心，不识使君当如何善后哩？愚意以为材分文武，职区内外，韩彭应专征伐，萧曹宜守管钥，各有所司，方免误事。且廉、蔺屈身，始能全赵；平、勃交欢，方得安刘。使君材识过人，亦当先弭内衅，穆然无间，然后好保大定功呢。"浩不能从，竟将表文呈入。有诏依议，浩遂使安西将军谢尚、北中郎将荀羡为督统，进屯寿春。右军将军王羲之贻书谏浩，并不见报。谢尚既奉浩令，即约姚襄同攻许昌，襄方寓居谯城，招集部众，便出兵会浩，相偕北行。姚襄奔晋见前回。

许昌为秦降将张遇居守，闻晋军将至，即向关中乞援。秦主苻健使弟雄领兵往救，与谢尚等交战颍上。尚等大败，死亡至万五千人。尚奔还淮南，襄送尚至芍陂。尚尽将后事付襄，使屯历阳。苻雄击退晋军，驰入许昌，索性将张遇家属，及民户五万余家，迁到关中，另用右卫将军杨群为豫州刺史，留守许昌。张遇无法，只好随雄入关。遇有后母韩氏，年逾三十，华色未衰，丰姿依旧，入关以后，为健所闻，特别召见。韩氏应石入谒，由健仔细端详，果然是绝世芳容，不同凡艳。健妻强氏曾册为皇后，姿貌不过中人，就是后宫妾媵，也没有与韩氏相似，惹得健目迷心眩，不肯放还。韩氏嫠居有年，伤心别鹄，每遇春花秋月，未免增愁，此时身入秦宫，撩起一番情绪，也不觉心神失主，如醉如痴。况苻健春秋鼎盛，面貌魁梧，端的是个乱世枭雄、番廷狼主。彼此互相慕悦，当然凑成了一对佳偶，颠倒鸳鸯，交欢数夕，居然由苻健下旨，册韩氏为昭仪，授张遇为司空。遇不免怀惭，但寄人篱下，如何反抗？只好含垢忍耻，模糊过去。只恐对不住乃父。嗣闻江东又要出兵，当即令人探听虚实，想乘此袭杀苻健，报复私仇。究竟晋军再举，是由何人主张？说来说去，仍是那有名无实的殷深源。浩字深源，已见前文。殷浩自谢尚败还，未免扼腕，但雄心究还未死，仍拟整兵再举。王羲之因前谏不听，已遭败衄，一误不堪再误，乃更剀切陈书，重谏殷浩道：

近闻安西败丧，公私惋怛，不能须臾去怀。以区区江左，所营如此，天下寒心，固已久矣，而加之败丧，益令气沮。往事岂复可追？愿思弘济将来，令天下寄命有所，自隆中兴之业。正以道胜，宽和为本，力争武功，非所宜也。自寇乱以来，处内外之任者，未有深谋远虑，括囊至计，而疲竭根本，竟无一功可论，一事可记。忠言嘉谟，弃而莫用，遂令天下将有土崩之势。任其事者，岂得辞四海之责哉？今军破于外，资竭于内，保淮之志，非所复及，莫若还保长江，令督将各复旧镇。自长江以外，羁縻而已。秉国钧者，引咎责躬，深自贬降，以谢百姓，更与朝贤，思布平心，除其烦劳，省其贱役，与百姓更始，庶可允塞群望，救倒悬之急。使君起于布衣，任天下之重，尚德之事，未能事事允称，当重统之任，而丧败至此，恐阖朝群贤，未自与人分其谤者。今亟修德补阙，广延群贤，与之分任，尚未知获济所期。若犹以前事为未工，复求之于分外，宇宙虽广，自容何所？明知言不必用，或反取怨执政，然当情慨所在，正自不能不尽怀极言，惟使君谅之！

这书去后，又上会稽王昱一笺，无非是谏阻北伐，大致说是：

古人耻其君不为尧舜，北面之道，岂不愿尊其所事，比隆往代？况遇千载一时之运，何可自沮？顾智力有所不及，岂得不权轻重而处之也？今虽有可欣之会，内求诸已，而所忧乃重于所欣。传曰："自非圣人，外宁必有内忧。"今外不宁，内忧以深。古之弘大业者，或不谋于众，倾国以济一时功者，亦往往而有之。诚独运之明，足以迈众，暂劳之弊，终获永逸者可也。求之于今，可得拟议乎？夫庙算决胜，必宜审量彼我，万全而后动。功就之日，便当因其众而即其实。今功未可期，而遗黎歼尽，劳役无已，征求日重，以区区吴越，经纬天下十分之九，不亡何待？而不度德，不量力，不敝不已，此封内所痛心叹悼，而莫敢吐诚者也。往者不可谏，来者犹可追，愿殿下更垂三思，解而更张，令殷浩荀羡，还据合肥。广陵许昌谯郡梁彭城诸军，皆还保淮南，为不可胜之基，俟根立势举，谋之未晚，此实当今策之上者。若不行此，社稷之忧，可计日待也。殿下德冠宇内，以公室辅朝，最可直道行之，致隆当年，而未允物望，受殊遇者所以寤寐长叹，实为殿下惜之。国家之虑深矣，常恐伍员之忧，不独在昔，麋鹿之游，将不止林薮而已。愿殿下暂废虚远之怀，以救倒悬之急，可谓以亡为存，转祸为福，则宗庙之庆，四海有赖矣。

一书一笺，统是直言谠论，痛切不浮。无如殷浩是情急贪功，不顾利害。会稽王昱又是深信殷浩，总道他有作有为，一败不至再败，所以羲之书笺，都付高阁，并不见行。浩复出屯泗口，遣河南太守戴施据石门，荥阳太守刘遯戍仓垣，甚至饷源无着，停办太学，遣归生徒，把经费拨充军需。不啻因噎废食。谢尚留屯芍陂，亦遣冠军将军王侠攻克武昌，秦豫州刺史杨群，退守弘农。那晋廷却征尚为给事中，尚乃还戍石头。

最可怪的殷深源，未出兵时，不能听信良言，但好刚愎；既已出兵，又不能推诚任人，但务疑猜。他闻姚襄安次历阳，广兴屯田，训厉将士，未尝表请北伐，总道他别有异图，意欲先加除灭，免滋后患，乃屡遣刺客刺襄。襄雅善拊循，颇得士心，刺客阳奉浩命，到了历阳，反将实情转告。襄因此加防，日夕巡逻。浩复遣心腹将魏憬率众五千，潜往袭襄。偏被襄预先探知，出城邀击，杀死魏憬，并有憬众。浩恨计不成，索性明下军书，迁襄至梁国蠡台，表授梁国内史。襄益加疑惧，因使参军权翼，诣浩陈情。浩问翼道："我与姚平北共为王臣，休戚相关，为何平北尝举动自由，与我异趣呢？"晋封姚襄为平北将军，见前回。翼答道："姚平北英姿绝世，拥兵数万，乃不惮路远，来归晋室，无非因朝廷有道，宰辅明哲，想做一个盛世良臣。今将军轻信谗言，与彼有隙，愚谓咎在将军，不在平北。"浩忿然道："平北擅加生杀，又纵小人掠夺我马，这岂还好算得王臣么？"翼又道："平北归命圣朝，怎敢妄杀无辜？惟内奸外宄，有违王法，理宜为国行刑，怎得不杀？"浩又问："何故掠马"？翼正色道："闻将军猜忌平北，屡欲加讨，平北为自卫计，或至使人取马。诚使将军坦怀相待，平北也有天良，何至出此?”浩不禁笑语道：“我也何尝欲加害平北，尽请放怀!”试问你何故屡遣刺客？遂遣翼归报，翼拜辞而去。

浩又阴使人招诱秦将雷弱儿等，令杀秦主苻健，许以关中世爵。王师宜堂堂正正，乃专为鬼祟，如何成事？弱儿等复称如约，且请师接应。浩遂调兵七万，自寿春出发，进向洛阳。哪知弱儿等将计就计，伪称内应，并非真心从浩。惟一个降将张遇，为了苻健奸占后母，且居然呼他为子，心有不甘，因贿通中黄门刘晃，拟夜入袭健，偏偏事机不密，为健所闻，立将遇捕入处死。惟察得韩昭仪未曾与谋，不使连坐，仍然宠爱如常。想韩氏正交桃花运，所以有此侥幸。浩接得苻秦内变消息，未悉确状，还道是弱儿等已经发难，即调姚襄为先锋，自督大军急进。吏部尚书王彪之奉笺与昱，谓秦人多诈，浩不应率军轻行。昱似信非信，延宕多日，始拟着人往询军情。偏败报已经到来：姚襄叛命，返袭浩军，山桑一战，浩军大溃，辎重尽失，浩已走还谯城了。昱乃语王彪之道：“果如君言，张良、陈平亦不过如是哩。”有了张、陈，惜无刘季。原来姚襄已经仇浩，佯作前驱，诱浩至山桑，返兵袭败浩军，俘斩万余人，尽得浩军资仗，乃使兄益守山桑，自己仍往淮南。浩遭襄暗算，且惭且愤，复遣刘启、王彬之往攻山桑。襄从淮南还援，内外夹攻，刘、王以下，并皆败亡。前已死伤万余人，尚嫌不足，乃复以二将部曲加之，浩之不仁极矣！襄遂进屯盱眙，招掠流民，有众七万，分置守宰，劝课农桑。复遣使至建康，陈浩罪状，并自陈谢。诏乃命谢尚都督江西淮南诸军事，往镇历阳。嗣是殷浩大名一落千丈，投井下石的疏文，陆续进呈。就中有一疏最为利害，署名非别，便是那殷浩的仇家桓温。疏云：

按中军将军殷浩，过蒙朝恩，叨窃非据，宠灵超卓，再司京辇。不能恭慎所任，恪居职次，而侵官离局，高下在心。前司徒臣蔡谟，执义履素，位居台辅，师傅先帝，朝之元老，年登七十，以礼请退，虽临轩固辞，不顺恩旨，适足以明逊让之风，弘优贤之礼，而浩虚生狡说，疑误朝听，狱之有司，几致大辟。自羯胡天亡，群凶殄灭，而百姓涂炭，企迟拯接。浩受专征之重，无雪耻之志，坐自封殖，妄生风尘，遂致寇仇稽诛，奸逆并起，华夏鼎沸，黎元殄悴。浩惧罪将及，不容于朝，外声进讨，内求苟免，出次寿阳，即寿春。顿甲弥年，倾天府之资，竭五州之力，收合亡赖以自卫，爵命无章，猜害罔顾。羌帅姚襄，率命归化，浩不能抚而用之，阴图杀害，再遣刺客，为襄所觉，襄遂惶惧，用致逆命。生长乱阶，自浩始也。复不能以时扫灭，纵放小竖，鼓行毒害，身狼狈于山桑，军破碎于梁国，舟车焚烧，辎重覆没，三军积实，反以资寇，精甲利器，更为贼用。神怒人怨，众之所弃，倾危之忧，将及社稷；臣所以忘寝屏营，启处无地。夫率正显义，所以致训，明罚敕法，所以齐众。伏愿陛下上追唐尧放命之刑，下鉴春秋无君之典，即不忍诛殛，且宜退弃，摈之荒裔，虽未足以塞山海之责，亦粗可以宣诫于将来矣。谨此表闻。

晋廷接到温疏，因惮温威势，不得已废浩为庶人，徙浩至信安郡东阳县。浩抵徙所，口无怨言，夷神委命，谈咏不辍。惟有时忧从中来，辄用笔书空，作“咄咄怪事”四字。浩甥韩伯，为浩所爱，随浩至东阳，经岁还都。浩送至渚侧，口吟古诗云：“富贵他人合，贫贱亲戚离。”本曹颜远诗。吟毕泣下。未免有情。后来桓温权倾内外，语掾属郗超道：“浩有德有言，使作令仆，亦足仪型百揆。前时朝廷用为外藩，原非所长，今拟起浩为尚书令，卿可为我致他一书，看他如何复我？”超当即缮就一书，寄与殷浩。浩览书大喜，便即裁答，写了许多套话，无非是感激愿效的意思。当下折就方胜，用函封固，又恐语中尚有错误，开闭至十数次，弄得精神恍惚，反将信笺遗落案下，竟把那一个空函，复达桓温。温展函检阅，并无一字，疑浩故意使刁，大为忿恨，遂不复起召。越二年，浩竟病死。强作镇定，实是热中，患得患失，不死何为。

且说桓温既劾去殷浩，料知朝廷不敢反对，遂于永和十年二月，抗表伐秦。统率步骑四万，出发江陵；且命水师并进，自襄阳入均口，直达南乡；步兵由淅川趋武关，命梁州刺史司马勋出子午谷，直捣长安。别军攻上洛，擒住秦荆州刺史郭敬，进击青泥，连破秦兵。秦王苻健，遣太子苌、丞相雄、淮南王生、平昌王菁、北平王硕等率兵五万，出屯蓝田。雄与菁已见前文，生、硕皆苻健子。生幼即无赖，一目盲瞽，祖洪在日，甚不悦生，尝对生语左右道："我闻瞎儿一泪，未知信否？"左右答声称是。生竟拔佩刀，从瞽目中自刺出血，指示洪道："这岂不是一泪么？"洪不禁惊骇，寻又用鞭挞生。生不觉痛苦，反大喜道："性耐刀槊，不宜鞭捶。"洪叱道："汝乃贱骨，只配为奴。"生复道："难道如石勒不成？"洪正任石氏，恐因生妄言招灾，急起掩生口，且召健与语道："此儿狂悖，将来必破人家，应早除灭为是"。健虽然应诺，究竟情关父子，不忍下手，因转与弟雄熟商。雄劝阻道："待儿长成，自当改过，何必无故加诛。"说着，又向洪前替生缓颊，生得不死。既而年已成丁，力举千钧，雄悍好杀，能手格猛兽，走及奔马，击刺骑射，冠绝一时。至桓温入关，与太子苌等相偕出拒，生单骑前驱，一遇温军，便恃勇突入。温将应诞上前拦阻，才经交手，便被生大喝一声，劈落马下。他将刘泓又挺枪接战，才经数合，复被杀死。温军前队大乱，由生执刀旋舞，出入自如，再加太子苌等随生杀入，几乎把晋军前队，枭斩略尽。善战者颇多暴虐，叙此事以明苻生之发迹，为后文伏案。

忽听得晋军阵后，发出一声鼓号，声尚未绝，那箭杆似飞蝗一般，攒射过来。生用刀拨箭，毫不慌忙，偏背后有人狂叫，音带悲酸，急忙回首顾视，已见一人落马，那时不能不救，下马扶起，并非别人，乃是行军统帅太子苌。苌身中两矢，因此坠下，气息仅属，生只好掖他上马，保护回营。不防晋军纷纷杀来，势似暴风疾雨，不可遮拦，秦兵顿时披靡。苻生虽勇，只好保住太子苌，奔回要紧，不能再逞威风，眼见得全军溃散，一败涂地。看官阅此，应益知晋帅桓温确是有些能耐呢。温弟桓冲进军白鹿原，再与秦丞相雄交锋，又得胜仗。温亦转战直前，进至灞上。秦太子苌等退屯城南，秦主健领老弱兵六千，保守长安小城，尽发精兵三万，使雷弱儿为大司马，统率出城，会同苌军，并力御温。温抚谕居民，概令复业，禁兵侵犯。秦民多牵牛担酒，迎犒军前，男女多夹道聚观，耆老相顾泪下道："不图今日复睹官军。"于是三辅郡县，亦多遣使请降。三辅注见前。忽有一介儒生从容前来，身上穿着一件褐衣，不衫不履，进谒桓温。温志在延揽人才，不拒贫士，当下传入相见。他但对温长揖，昂然就坐，扪虱而谈，旁若无人。顿使一军皆惊，目为怪物。小子有诗咏道：

何来狂客谒军门？绝肖当年辩士髡。
岂是读书遵孟训，藐藐勿视大人尊。

究竟来人为谁，待下回表明姓名。

王羲之之谏殷浩，与桓温之劾殷浩，皆深中浩之过失。谏之者为爱浩起见，而其言固关痛切；劾之者为排浩起见，而其言亦非虚诬。浩不能从谏于先，安能免劾于后乎？浩一鄙夫，既忌姚襄而复用之，不败何待？且与桓温龋龁已久，而晚得温书，即欣喜过望，以致神情颠倒，误达空函，多疑寡断，嗜利无耻，彼尝咄咄书空，叹为怪事，吾谓如彼之行止，乃真可怪耳。桓温出师伐秦，蓝田一战，力挫苻氏，关中父老，牛酒欢迎，不可谓非一时杰；但进锐退速，外强中干，能败秦而不能灭秦，此贪功者之所以难成功也。

第五十六回

逞刑戮苻生纵虐　盗淫威张祚杀身

却说桓温方进逼长安，屯兵灞上，蓦来了一个狂士，被褐扪虱，畅谈当世时务，不但温军惊异，就是温亦怪诧起来。当下问他姓名，才知是北海人王猛。猛为苻秦智士，故特笔书名。猛字景略，幼时贫贱，尝鬻畚为业。贩至洛阳，有一人向猛购畚，愿出重价，但自云无钱，令猛随同取值。猛乃随往，不知不觉的行入深山，见一白发父老，踞坐胡床，由买畚人引猛进见。猛当即下拜，父老笑语道："王公何故拜我哩？"说着，即命左右取偿畚值，并送他白镪十两，即使买畚人送出山口。猛回顾竟无一人，只有峨峨的大山。走询土人，乃是中州的嵩岳。当下怀资归家，得购兵书，且阅且读，深得秘奥。嗣是往来邺都，无人顾问。及入华阴山中，得异人为师，隐居学道，养晦待时。至是闻温入关，方出山相见。温既问明姓氏，料非庸流，乃复询猛道："我奉天子诏命，率锐兵十万西来，为百姓扫除残贼，乃三秦豪杰，未见趋附，究是何因？"猛答道："公不远数千里，深入秦境，距长安不过咫尺，尚逗留灞上，未渡灞水，百姓未识公心，所以不至。"温沈吟多时，复注目视猛道："江东虽多名士，如卿却甚少哩。"遂署猛为军谋祭酒。

秦丞相苻雄等收集败卒，再来攻温。温与战不利，伤亡至万余人。温初入关中，因粮运艰难，意欲借资秦麦。偏秦人窥透温计，先期将麦刈去，坚壁清野，与温相持。温无粮可食，不得已下令旋师，招徙关中三千余户，一同南归。临行时赐猛车马，拜为高官督护，邀与同还。猛言须还山辞师，温准猛返辞，与约会期。及届期不至，温乃率众自行。原来猛还入山中，向师问及行止，师慨然道："汝与桓温岂可并世？不若留居此地，自得富贵，何必随温远行呢。"猛乃不复见温，但寄书报谢罢了。温循途南返，为秦兵所追，丧失不资，就是司马勋出子午谷，孤军失援，也被秦兵掩击，败还汉中。温驰出潼关，径抵襄阳，由晋廷派使慰劳，毋庸琐叙。惟温尝自命不凡，私拟司马、懿刘琨，有人说他形同王敦，大拂彼意。及往返西南，得一巧作老婢，旧为刘琨妓女，与温初见，便潸然泪下。温惊问何因？老婢答道："公甚似刘司空。"温闻言甚喜，出外整理衣冠，又呼老婢细问，谓与刘司空究相似否？老婢徐徐答道："面甚似，恨薄；眼甚似，恨小；须甚似，恨赤；形甚似，恨短；声甚似，恨雌。"温不禁色沮，自往寝处，褫冠解带，昏睡了一昼夜。至睡醒起床，尚有好几日不见欢容。不及刘琨，也非真是恨事。这且待后再表。

且说秦主苻健既击退晋军，正拟论功行赏，那丞相东海王苻雄得病身亡，健闻讣大哭，甚至呕血，且呕且语道："天不欲我定四海么？奈何遽夺我元才呢？"仿佛石勒之哭张宾。元才就是雄表字，雄位兼将相，权侔人主，独能谦恭奉法，下士礼贤，所以望重一时，交相推重。次子名坚，承袭雄爵。相传坚母苟氏尝游漳水，至西门豹祠中祈子，豹系战国时魏臣。是夜梦与神交，遂致有娠。貌尝禁为河伯妇，岂此时反祟苟氏么？越十二月生坚，有神光从天下降，照御庭中。坚生时背有赤文，隐起成字，仔细辨认，乃是"草付臣又土王咸阳"八字。祖洪很是奇异，因即将"臣又土"三字，拼做一字，取名为坚。坚幼即聪颖，状貌过人，臂垂过膝，目有紫光；及长，颇具孝思，博学有才艺。苻健尝梦见天使降临，命拜坚为龙骧将军，及醒寤后，诧为异事，因在曲沃设坛，即将龙骧将军印绶，亲自授坚，且嘱语道："汝祖曾受此号，今汝为神明所命，当思上承祖武，毋贻神羞。"坚顿首受命。嗣是厚自激厉，遍揽英豪，如略阳名士吕婆楼、强汪、梁平老等，皆与交游，为坚羽翼。坚因此驰誉关中，不让乃父。也隐为下文写照，坚既蒙父荫，得袭王爵，此外如淮南王生因功进中军大将军，平昌王菁升授司空，大司马雷弱儿代雄为相，太尉毛贵晋官太傅，太子太师鱼遵得为太尉，惟太子苌箭疮复发，竟至逝世。

健因谶文有三羊五眼，疑为生当应谶，乃立生为太子。命司空平易王菁为太尉，尚书令王堕为司空，司隶校尉梁楞为尚书令。未几，健忽罹疾，不能视事。平昌王菁阴谋自立，独勒兵入东宫，欲杀太子。偏太子生入宫侍疾，无从搜寻，空费了一番举动。自思一不做、二不休，索性移攻东掖门，讹称主上已殂，太子暴虐，不堪为君，借此煽惑军心。不意秦主健力疾出宫，自登端门，陈兵自卫，并下令军士，速诛祸首，余皆不问。菁众见健尚活着，当然骇愕，统弃仗逃生。菁亦拍马欲遁，经健指挥亲军，出门追捕，把菁拘住，面数罪状，枭斩了事。此外一概赦免，便即还宫。越数日，健病加剧，授叔父武都王安为大将军，都督中外诸军事，一面召入丞相雷弱儿，太傅毛贵、太尉鱼遵、司空王堕、尚书令梁楞、左仆射梁安、右仆射段纯、吏部尚书辛牢等，嘱咐后事，受遗辅政；并语太子生道："六夷酋帅及贵戚大臣，如有不从汝命，宜设法早除，毋自贻患！"教猱升木，能无速乱。生欣然受教。又越三日，健乃病殁，年三十有几。如何处置韩氏？太子生当日即位，大赦境内，改元寿光。群臣俱进谏道："先帝甫经晏驾，不应即日改元。"生勃然大怒，叱退群臣。嗣令嬖臣穷究议主，乃是右仆射段纯所倡，因即责他违诏，立处死刑。总算恪遵先命。已而追谥苻健为“明皇帝”，庙号“世宗”，尊母强氏为皇太后，立妻梁氏为皇后，命太子门大夫赵韶为右仆射，太子舍人赵诲为中护军著作郎，董荣为尚书。这三人素以谄佞见幸，故同时登庸。又封卫大将军苻黄眉为广平王，前将军苻飞为新兴王。两苻原系宗室，但也是与生莫逆，因得受封。命大将军武都王苻安领太尉，弟晋王柳为征东大将军并州牧，出镇蒲坂。魏王庾为镇东大将军豫州牧，出镇陕城。二王受命辞行，由生亲出饯送，乘便闲游，蓦见一缟素妇人，跪伏道旁，自称为强怀妻樊氏，愿为子延请封。实来寻死。生便问道：“汝子有何功绩，敢邀封典？”妇人答道：“妾夫强怀，前与晋军战殁，未蒙抚恤。今陛下新登大位，赦罪铭功，妾子尚在向隅，所以特来求恩，冀沾皇泽。”生复叱道：“封典须由我酌颁，岂汝所得妄求？”那妇人尚未识进退，还是俯伏地上，泣诉故夫忠烈，喃喃不休。当下惹动生怒，取弓搭箭，“飕”的一声，洞穿妇项，辗转毕命。生亦怏怏回宫。

越宿视朝，中书监胡文、中书令王鱼入奏道：“近日有客星孛大角，荧惑入东井，大角为帝座，东井乃秦地分野，恐不出三年，国有大丧，大臣戮死，愿陛下修德禳灾。”生默然不答。及退朝后，饮酒解闷，自言自语道：“星象告变，难道定及朕身？朕思皇后与朕对临天下，若皇后死了，便是应着大丧，毛太傅呢，梁车骑呢，梁仆射呢，统是受遗辅政的大臣，莫非应该戮死么？”想入非非。近侍听了，还道他是醉语呶呶，莫名其妙。谁知过了数日，他竟持着利刃，趋入中宫。梁后见御驾到来，当然起身相迎，语未开口，刃已及颈，霎时间倒毙地上，玉殒香消。这难道是乃父教他。生既杀死梁后，立即传谕幸臣，往拘太傅录尚书事毛贵、车骑将军尚书令梁楞、左仆射梁安，不必审问，即饬推出法场，一同斩首。贵系梁皇后母舅，安且是皇后生父，楞亦与后同族，朝臣俱疑椒房贵戚，有什么谋逆情事？哪知他们并无罪过，但为了胡文、王鱼数言，平白地断送性命，这真是可悲可痛呢！

生遂迁吏部尚书辛牢为尚书令，右仆射赵韶为左仆射，尚书董荣为右仆射，中护军赵诲为司隶校尉。两赵有从兄名俱，曾为洛州刺史。生本欲召俱为尚书令，俱托疾固辞，且语韶、诲道："汝等不顾祖宗，竟敢做此灭门事么？试想毛、梁何罪，乃竟诛死？我有何功，乃得升相？我情愿速死，不忍看汝等夷灭呢。"未几，果以忧愤告终。丞相雷弱儿刚直敢言，见赵韶、董荣等用事，导主为恶，往往面加指斥，不肯少容。荣等遂暗地进谗，诬他构逆，生因杀死弱儿，并及他九子二十二孙。弱儿系南安羌酋，素得羌人信服，至无辜受诛，羌人当然怨生。生不以为意，名为居丧，仍然游饮自若，弯弓露刃，出见朝臣，锤钳锯凿，备置左右。即位未几，凡后妃公卿，下至仆隶，已被杀毙五百余人。司空王堕又为董荣所谮，说是天变相关，把他处斩。堕甥洛州刺史杜郁，亦连坐受诛。

一日，生在太极殿召宴群臣，命尚书辛牢为酒监，概令极醉方休。群臣饮至尽醉，牢恐他失仪，不便相强。生大怒道："汝何不使人饮酒，乃坐视无睹么？"说至此，手中已取过雕弓，搭矢射去，适贯牢项，便即倒毙。吓得群臣魂魄飞扬，不敢不满觥强饮，甚至醉卧地上，失冠散发，吐食污衣，弄得一塌糊涂。生反拍手欢呼，引为大乐，又连喝了数大觥，也自觉支持不住，方返身入寝去了。群臣如蒙恩赦，乃踉跄散归。

越年二月，生谕征东将军晋王柳，命参军阎负、梁殊，出使凉州，招谕归附。凉州牧张重华自击退赵兵后，重任谢艾，事必与商。应五十回。偏庶长兄长宁侯祚与内侍赵长等，表里为奸，交谮谢艾，惹得重华也起疑心，复出艾为酒泉太守。嗣是重华不免骄怠，希见宾佐。晋廷尝遣御史俞归，册授重华为侍中，都督陇右关中诸军事，封西平公，重华方谋为凉王，不愿受诏，经归再三劝导，方才无言。嗣因燕降将王擢为秦所逼，率众奔凉，即命擢为秦州刺史，使与部将张弘、宋修，会兵攻秦，被秦将苻硕杀败，掳去弘、修，惟擢得脱身逃还。重华不加擢罪，再拨众二万，使复秦州。擢感激思奋，拼死报恩，果得大败苻硕，仍将秦州夺还。重华乃拜表晋廷，请会师伐秦。晋但遣使慰谕，实授重华为凉州牧。重华因晋未出师，也不敢冒昧用兵。

天下不如意事，十常八九，最难堪的是中冓贻丑，敝笱含羞，防不胜防，说无可说，遂令一位年富力强的藩帅，酿成心疾，郁郁而亡。史未详言重华病因，作者读书得间，故有此论。重华嫡母严氏，奉居永训宫；生母马氏，奉居永寿宫。马氏本有姿色，为重华父骏所宠，骏殁时年将四十，还是丰容盛鬋，螓首蛾眉。就中有一个登徒子，暗暗垂涎，靠着那宗室懿亲，脂韦媚骨，出入宫禁，侍奉寝帷，费尽了许多心思，竟得将马氏勾搭上手，演成一回鹑鹊缘。那马氏美等宣姜，淫同夏姬，倒也不惜屈尊降贵，甘献禁脔，两口儿朝栖暮宿，非常狎昵，只瞒过了一个张重华。后来年深月久，不免暴露，竟被重华闻知，懊恼得不可名状。看官道淫夫为谁？就是重华庶长兄长宁侯祚。祚虽非马氏所生，名分上也称母子，此时以子烝母，怎得不使重华恨煞？重华意欲诛祚，计尚未定，忽有厩卒入报，厩马四十匹，一夜都自断后尾，转令重华惊愕得很，只恐诛祚生变，未敢径行。既而十月闻雷，日中现三足乌，变异迭出，益使重华寒心，且忧且愤，竟致成病，渐渐的沈重起来。乃命子耀灵为世子，且手诏征谢艾入侍。艾尚未至，重华已殁，年才二十有四。《晋书》作二十七。在位只八年。

耀灵甫及十龄，承袭父位，内事由祖母马氏主张，外政当然被伯父张祚，把持了去。名为伯父，实可呼为祖父了。右长史赵长尉、缉等，向与祚秘密往来，结为异姓兄弟。至是矫托遗命，授祚为抚军大将军，都督中外诸军事。祚意尚未足，再嗾长等建议，说是时难未平，应立长君，一面自求马氏，乞从长意，立己为主。马氏身且委祚，哪有不从之理？这是枕席效劳的好处。当下废耀灵为宁凉侯，由祚自立，称大都督、大将军、凉州牧、凉公。祚既得志，索性大肆淫虐。重华妃裴氏，年方花信，也生得妩媚可人，他竟召令入室，逼使伴寝；就是重华妾媵，俱胁与宣淫；甚至未嫁诸妹，也公然纳入，轮流奸污。专喜奸淫本家妇女，也是奇癖。重华有女，才阅十龄，玲珑娇小，未解风情，偏又被祚引诱入内，强褫下衣，任情摆布。幼女怎堪承受，徒落得床褥呻吟，无从诉苦。三代被淫，不知是何果报。凉州人士，争赋墙茨三章，作为讽刺，祚还管什么清议，但教自快肉欲、彻夜寻欢罢了。

越年正月，赵长、尉缉等，复上书劝进，祚竟就谦光殿中，僭登王位，《晋书》作“帝位”，但观他尊三代为王，当是称王无疑。立宗庙，置百官，郊祀天地，用天子礼乐，下书谓：“中原丧乱，华夷无主，因勉徇众请，摄行大统，俟得扫秽二京再当迎帝旧都，谢罪天阙”云云。先是凉州遵晋正朔，未尝改元，惟沿用愍帝建兴年号，直至祚篡位时，尚称建兴四十一年，及是乃改建兴四十二年为和平元年，赦殊死，赐鳏寡粟帛，加文武爵各一级，追尊曾祖轨为“武王”，祖实为“昭王”，从祖茂为“成王”，父骏为“文王”，弟重华为“明王”。立妻辛氏，次妻叱干氏，俱为王后。何不立马、裴二氏？长子泰和为王太子，次子庭坚为建康王，弟天锡为长宁王，耀灵弟玄靓为凉武侯。是夕，天空有光，状如车盖，声若雷霆，震动城邑。翌日，大风拔木，日中如晦。祚反诱诛谢艾，大肆淫威。尚书马岌，直谏免官；郎中丁琪，再谏被杀。适晋征西大将军桓温入关，见前回。秦州刺史王擢时镇陇西，遣使白祚，谓：“温善用兵，如得克秦，必将及凉。”祚不禁惶惧，又恐擢乘急反噬，仍召马岌复位，与谋刺擢。密遣心腹将往陇西，不得下手，反被擢查出杀死。祚得报益骇，号召士卒，托词东征，实欲西保敦煌。嗣闻温已南归，更遣平东将军牛霸等攻擢。擢拒战失利，奔降苻秦。

河州刺史张瓘为祚宗室，外镇枹罕，士马盛强，祚常加猜忌，容忍了一年有余，不能再止，乃遣部将易揣张玲，带领步骑万余人，往击张瓘，并发兵三十余道，分剿南山诸夷。张掖人王鸾，素通术数，入殿白祚道："军不可行，出必不还。凉州将有大变，不可不防。"祚叱为妖言。鸾即直陈祚恶，说他无道三大事，恼得祚气冲牛斗，立命推出斩首。鸾至法场大呼道："我死后不出二十日，兵败王死，定难幸免了。"想鸾亦自知该死，故自来徼祸。祚不但杀鸾，又夷鸾族，然后发兵，再遣张掖太守索孚，往代张瓘。瓘不肯依令，斩孚誓众，出击易揣、张玲。玲正前驱渡河，瓘军掩至，猝不及防，被打得落花流水，尽入洪波。只易揣尚在岸上，单骑奔回。瓘遂济河追蹑，直逼凉州，且传檄州郡，拟将祚废去，仍立耀灵。骁骑将军宋混与弟澄聚众应瓘，引瓘并进。祚情急仓皇，想出一个釜底抽薪的计策，潜令亲将杨秋胡趋入东苑，拉死耀灵，埋尸沙坑。他还道是斩草除根，免得外兵借口，哪知宋混等越觉有词，即为耀灵缟素举哀，一片白旗白甲，直捣姑臧。

姑臧就是凉州的治所，祚愈急愈愤，命收瓘弟琚及瓘子嵩，先拟加诛。琚与嵩召集市人数百名，随处传呼道："张祚淫虐无道，我父兄纠合义旅，已到城东。若再敢与祚同恶，无故拿人，罪及三族。"兵民等相率袖手，不敢干预。琚、嵩等便杀死门吏四百余人，斩关招纳外军。祚避入神雀观，祚将赵长等惧罪，急忙入阁，呼马太后出谦光殿，改立耀灵弟玄靓为主，一面大开宫门，迎宋混等趋入殿中，顿时齐声欢呼，统称万岁，祚在神雀观中，听得一片欢呼声，错疑等已经平乱，便出观慰劳，谁知殿外列着，统是宋混等军，此时已无从躲避，只好拔剑大呼，饬令左右死战。左右无一答应，纷纷避去。从前极力逢迎的赵长，反手持长槊，向祚乱刺。祚仗剑招架，短剑不及长槊的利害，竟被刺中面颊，鲜血直喷，自知不能再战，还是逃命要紧，乃转身就跑，驰入万秋阁。兜头来了一个厨子，执刀劈来，正中祚首，立即晕毙阁下。小子有诗咏道：

残贼由来号独夫，况兼烝报效雄狐。
刀光一闪头颅落，如此淫凶应受诛。

欲知厨子姓名，容至下回续详。

苻生、张祚，同时肆恶，一在关中，一在陇右。吾不知两人具何肺肠，而顾若此之稔恶为也，生之好杀过于祚，而祚之好淫，亦甚于生。自古未有好淫好杀，而可以长享国祚者，况无故杀妻，灭绝人伦，公然烝母，遍污亲族，古称桀纣为无道，以苻生、张祚较之，吾犹谓其彼善于此矣。宇宙之下，竟有此人面兽心，至于斯极者，虽曰速亡，其亦戾气之独钟乎？

第五十七回

具使才说下凉州　满恶贯变生秦阙

却说张祚被杀，下手的厨子，叫做徐黑。名足副实。黑既劈倒张祚，便出报外兵，宋混等入阁枭祚，取首悬竿，宣示中外，并暴尸道旁。凉州士民，同称万岁。祚二子泰、和庭坚，均遭骈戮。总计祚篡国僭位，仅阅三年，已是恶贯满盈，身死子灭。将军易揣等，也已与宋混联络，引兵入殿，拿下赵长，并所有张祚幸臣，一一声罪伏诛。张瓘亦驰入姑臧，推立玄靓为大将军大都督凉王，尊马氏为太王太后。淫妇何堪再尊？怪不得凉乱未已。玄靓年才七岁，由瓘秉持政柄，自为尚书令、凉州牧，行大将军事，都督内外兵马。授宋混为尚书仆射，改易百官，废去和平年号，复称建兴四十三年。陇西人李俨，据郡抗命，擅杀大姓彭姚，自立为王，遥奉东晋正朔，旬月间有众万人。瓘遣将军牛霸往讨，霸至中途，忽闻西平太守卫綝，亦据郡为乱，与俨相应，霸众顿时大溃，单剩霸一人奔还。瓘更遣弟琚击綝，得破綝兵。西平人田旋，密劝酒泉太守马基，起兵应綝，谓："綝攻东面，我攻西面，不出六旬，可定凉州。"基信为奇谋，也即发难。哪知瓘司马张姚、王国，已奉瓘命，兼程到来，突入酒泉。基部署兵马，尚未办齐，怎能与他对敌，眼见得束手就擒。就是主谋人田旋，亦被拿下，两人杀死一双，好头颅送入姑臧。綝闻酒泉失败，当然不敢再出，就是李俨亦负嵎自守，不敢出兵。

瓘兄弟自恃有功，浸成骄侈，也不免跋扈起来。适秦使阎负梁殊，到了姑臧，与瓘相见。回应前回。瓘启问道："我凉州世为晋臣，不敢擅交外使，二君来此做甚？"阎负答道："我秦王现镇雍州，与贵国同为邻藩，所以遣使修好，何为见怪？"瓘又道："我君臣尽忠事晋，迄今六世，今若与苻征东通使，便是上违先训，下堕臣节，故不愿闻命。"负、殊齐声道："晋室衰微，久失天命，所以令先王尝幡然变计，称臣二赵，知机顺时，应该如此。今大秦威德方盛，凉王欲自帝河右，必非秦敌。诚使以小事大，亦何如舍晋事秦，得长保福禄呢？"瓘微笑道："中州无信，好食誓言。从前我国与石氏通好，使车方返，戎骑即来，如此欺诈，怎得令人信服？我国已不愿再闻和议了。"负、殊又道："三王异政，五帝殊风，岂可相提并论？况赵多奸诈，秦尚信义，本来是政教不同，风俗互异。今上更道合二仪，仁施四海，信义交孚，不分中外，奈何以二赵相比呢？"语多虚诈，但外交之道，应作别论。

瓘复说道："果如君言，秦已威德无敌，何不先取江南，使天下尽为秦有？乃徒劳君等跋涉，来做说客，苻征东亦未免失计哩。"梁殊道："我先帝大圣神武，开构鸿基，强燕纳款，八州效顺。是二语更属虚言。今主上缵承遗绪，威爱兼施，以为吴会倔强，必须力征，凉州柔顺，可以义服，故遣行人等先申大好，免动兵戈。如凉人未达天命，我国当缓图吴会，先讨凉州，恐河右便非君有了。"瓘勃然道："我地跨三州，带甲十万，西包葱岭，东阻大河，伐人尚且有余，何况自守，难道便怕秦不成？"阎负道："贵州山河虽固，未若崤函，五郡虽众，未若秦雍，试想杜洪、张琚，因赵成资，据天险，策锐卒，内陆外海，劲士风集，骁骑如云，兵强财富，自谓关中可据，天下可平。我先帝戎旗西指，冰消云散，才经旬月，便致易主。见五十四回。燕虽虎视关东，尚且震慑天威，俯首帖服。余如单于屈膝，名王内附，不可胜计。若我主上因贵州不服，赫然震怒，控弦百万，鼓行西来，未识凉州将如何对待哩？”好一副广长舌。瓘复道：“秦果威德普及天下，江南何不入朝？”问及此语，瓘已未免退怯了。梁殊道：“江南为文身旧俗，负阻江山，从古以来，道污必先叛，化盛且后宾，所以古诗有云：‘蠢尔蛮荆，大邦为仇。’这正说他顽梗无知，不应与语德义，只好兵甲示威，才能制服，岂凉州也复如是么？”

瓘又问及秦相如何？秦将如何？越问越馁。负、殊两人，把苻氏王亲国戚，以及内外文武，都一一陈报出来。不是誉他经世奇才，便是称他折冲健将，你一唱、我一和，端的把关中人士一股脑儿抬高声价，恍似伊吕重出、周召复生。这一席舌战词锋，说得瓘无言可驳，只能诿诸凉王玄靓，谓当禀命后行。负、殊再逼进一步道：“凉王虽英睿夙成，但年尚幼冲，究难明决。君居伊、霍重任，关系安危，见机而作，责无旁贷，何必互相推诿呢？”瓘自思国乱初平，河西又所在兵起，倘或秦兵再至，势不可敌，不若暂与修和，再作计较。乃用玄靓命令，特派行人，与负、殊偕行入秦，愿为藩属。秦王生即将来表所署官爵，授册赐封，毋庸细叙。

会姚襄遣使降燕，燕主慕容俊命襄夹攻苻秦，襄复报如约。俊乃遣将军慕舆长卿等率兵七千人，自轵关攻幽州，襄亦引众攻平阳。晋将军王度也乘隙攻青州。秦主苻生闻报，命建节将军邓羌拒燕，新兴王飞御晋，遥饬晋王柳救平阳。羌至裴氏堡南，与燕兵交战，大破燕兵，擒住长卿，枭得甲首二千七百余级。晋将王度接得燕兵败没消息，不战自退。独姚襄转战无前，击退苻柳援军，陷入平阳城外的匈奴堡，杀毙守将苻产，且将产众悉数坑死。既而襄却向秦假道，愿回陇西，秦主生欲从襄请，东海王坚谏阻道：“襄乃当今人杰，若纵还陇西，还当了得！不如诱以厚利，伺彼无备，击死了他，方绝后患。”生乃依坚议，遣使拜襄官爵。襄不愿受，杀死秦使，扯碎来册，又进兵侵掠河南，生当然大怒，适并州刺史张平，弃燕降秦，由生授为大将军，令率部众数万人击襄。襄自恐寡不敌众，乃卑辞厚币，与平结欢，面订盟约，结为兄弟，始各撤兵退回。

生因战事已平，乐得经营土木，遂发三辅民修治渭桥。金紫光禄大夫程肱谓：“有害农时，不应劳民。”反被生驱出斩首。未几，大风拔木，行人颠仆，秦宫中讹传贼至，自相惊扰，宫门昼闭，五日方息。生查得造谣数人，刳心剖胃，惨加极刑。光禄大夫强平为生母舅，实在看不过去，便入殿切谏，劝生爱民事神，缓刑崇德，才能上弭灾祲，下息奸回。语尚未完，已惹动生怒，命左右取凿过来，凿穿平顶，不得少延。卫将军广平王黄眉、前将军新兴王飞、建节将军邓羌，时正在侧，急忙叩头固谏，谓：“平系强太后弟，应从薄谴。”生哪里肯听，但促左右凿平。可怜平脑破浆流，死于非命。生且黜黄眉为左冯翊，飞为右扶风，羌为咸阳太守。这三人素有勇名，所以生尚不忍加诛，但示薄惩。那强太后却哭弟过哀，恨子不道，竟致忧郁成疾，绝食而亡。生毫无戚容，反自书手诏，颁示中外，略云：

> 朕受皇天之命，君临万邦，嗣统以来，有何不善？而谤讟之声，扇满天下，杀不过千，而谓之残虐，行者毗肩，未足为希，方当强刑极罚，复如朕何？

是时，潼关以西，长安以东，虎狼为害，日中阻道，夜间发屋，不食六畜，专务食人，百姓不敢耕桑，都徙居城邑。百官奏请禳灾，生狞笑道：“野兽腹饥，自然食人，饱即不食，何必过虑。天道本来好生，正因民多犯罪，特降虎狼替朕助威，为什么要去祈禳呢？”可笑可恨。一日，出游阿房，见有男女二人，行过道旁，容貌都尚秀丽，便令左右拉住二人，当面问道：“汝二人却是佳偶，已结婚否？”二人答道：“小民乃是兄妹，不是夫妻。”生笑道：“朕赐汝为夫妇，汝即可就此交欢，毋庸推辞。”奇语。二人固执不从，生即拔剑出鞘，把他砍死。旋与继妻登楼眺望，继妻指问楼下一人，是何官职姓名？生望将下去，乃是尚书仆射贾玄石，仪容秀伟，素有美名，禁不住惹起醋意，便顾语道：“汝莫非艳羡此人么？”亏你聪明，能知妻意。说着，即召过卫士，交与佩剑，嘱使取玄石首来。卫士携剑下楼，才阅片时，已取玄石首复命。生掷与继妻道：“赠汝何如？”继妻又惭又悔，弄得局蹐不安，匍匐待罪。生却怜妻有色，扶使起身，携手回宫去了。只枉死了玄石。

生平时最喜食枣，尝患齿痛，令太医令程延诊视。延诊毕语生道：“陛下并无他疾，不过食枣太多，因致损齿。”说至此，忽听得一声狂吼道：“咦！汝非圣人，怎知我多食枣？”延心胆俱落，急拟下跪谢过，不料剑锋已到，首即坠地。嗣又使别医合安胎药，加入人参，嫌太细小。医谓：“参质虽细，未具人形，但已可合用。”生怒道：“汝敢讥笑我吗？”遂使左右剜出医目，然后枭首。医官到死，尚未知所犯何罪，及他人察及剜目情由，才料到苻生误会，还道是借参寓讥，与自己瞽目有关，所以冤冤枉枉的杀死该医。

越年，为秦主生寿光三年，就是晋穆帝升平元年。穆帝年阅十五，预行冠礼，褚太后撤帘归政，故改永和十三年为升平元年。秦与晋东西分峙，年号原是不同，惟史家推晋为正统，因此随笔叙明，聊醒眉目，看官不要嗤我夹七夹八呢。是年二月，太白犯东井，秦太史令康权上言道：“东井系秦地分野，太白罚星，恐主暴兵犯京师。”生狂笑道：“太白入井，想是因渴求饮，与人事有何关系呢？”不但生自己好笑，就是我亦闻言笑倒了。

又越两月，接得边地急报，乃是姚襄入据黄落，将逼长安。生不得不遣将调兵，出击姚襄。襄前时出没淮北，隳突河南，自称大将军、大单于，据住许昌，并窥洛阳。洛阳本由魏将周成驻守，及冉魏败亡，成举城降晋，仍得晋廷委任。晋大将军桓温，尝请迁都洛阳，修复园陵，穆帝未许，但命温为征讨大都督，使讨姚襄。适周成复叛，襄亦引兵回洛，彼此相持，未分胜负。温乃自江陵发兵，遣督护高武据鲁阳，辅国将军戴施屯河上，自率大军继进。温登船楼北望中原，慨然叹道："使神州陆沈，百年邱墟，王夷甫诸人，实难诿责呢。"当下进次伊水。襄撤洛阳围，移兵拒温，先使部下精锐，避匿林中，乃遣人语温道："公率大军远来，襄愿奉身归命，与公相见，但请公敕兵少退，即当拜谒路旁。"温知襄有诈，掀须微哂道："我自来恢复中原，敬谒山陵，干君甚事？君既归顺，便当来见，何必烦劳使人，多费纠缠呢。"襄使返报，襄知所谋不遂，乃与温夹水对垒。温亲被甲胄，督众过击，襄众大败，死伤数千人，奔往北山。温追襄不及，进略洛阳，周成率众出降。温执成送建康，自徙屯金墉城，修复诸陵，分置陵令，表请调镇西将军谢尚都督司州诸军事，镇守洛阳。尚有疾不行，未几去世。温乃留戴施为河南太守，使与冠军将军陈祐居洛卫陵，自率大军还镇。

襄西奔平阳，收降秦并州刺史尹赤，乃改图关中，进屯杏城。羌胡及秦民，陆续趋附，得五万余户，遂据黄落。黄落在长安南境，相距不过二三百里，秦即遣广平王黄眉、东海王坚及将军邓羌，率步骑万五千人，直抵黄落。襄深沟高垒，固守不战。羌向黄眉献策道："襄被桓温杀败，锐气已尽，今固垒不战，明明是惊弓伤鸟，未肯轻发，但我若长此顿兵，亦非良计。襄性刚狠，可以刚克，今宜鼓噪扬旗，直压襄垒，使他怒不可遏，勃然前来，我用埋伏计诱他入阱，必擒无疑。”黄眉依计施行，便令羌率骑兵二千，前往诱襄，自与坚埋伏三原，专待襄至。羌引兵至襄垒门，大声诟骂，襄果忍耐不住，尽锐出战。羌且战且却，退至三原，始回马力战。襄恃兵众，麾兵围羌，喊杀声震动山谷。俄而黄眉与坚，左右杀到，反将襄军裹入里面，羌从内杀出，黄眉等从外杀入，把襄兵冲得七零八落。襄所乘骏马，叫做“黧眉騧”，雄骏非常。此时襄思急遁，慌忙挥鞭，不防马忽自倒，将襄倾落马下，即被秦兵擒住，牵至坚前。坚见襄年少面悍，料不可制，不如乘此翦除，乃叱令斩首，余众尽降。襄尝载父柩从军，亦为秦虏，坚因此招襄弟姚苌，谓苌若不降，当枭乃父尸。苌乃率诸弟投诚。坚能料襄，不能料苌，也是苻坚气运。秦兵奏凯班师，秦主生命葬襄父弋仲柩于孤磐，许用王礼，并用公礼葬襄，授苌为扬武将军。独黄眉等未得重赏，反加叱辱，黄眉忿甚，潜谋杀生，事发被诛。王公亲戚，亦多连坐，骈戮至数百人。

生尝梦大鱼食蒲，以为不祥，又闻长安有歌谣云：“东海有鱼化为龙，男便为王女为公，问在何所洛门东。”这三语是阴寓苻坚。坚为东海王，兼龙骧将军，住宅正在洛门东。生不明玄旨，反疑及广宁公鱼遵，平白地把他杀死，并诛及七子十孙。谁叫你姓鱼？长安市民，复起一种歌谣道：“百里望空城，郁郁何青青？瞎儿不知法，仰不见天星。”生听悉是歌，命将境内空城，悉数毁去。其实谣言预兆，乃是指清河王法。法为坚兄，后来起兵发难，便属此人，生怎能预知，一味儿轻举妄动罢了。

金紫光禄大夫牛夷，虑不免祸，乞请外调。偏生命为中军将军，召入与谑道：“牛性迟重，善持辕轭，虽无骥足，能负百石。”夷答道：“虽服大事，未经峻壁，愿试重载，乃知勋绩。”生笑道：“爽快得很，公尚嫌所载过轻么？朕将把鱼公爵位处公。”夷叩谢而出。转思生言，寓有别意，恐不免为鱼遵第二，遂服毒自杀。

生荒暴益甚，日夜狂饮，连月不出视事，或至日入时御朝，每醉必妄加杀戮，妻妾臣仆，误言残缺偏只字样，常以为讥他眇目，置诸死刑。暇时辄问左右道：“我自临天下以来，外人以我为何如主？想汝等应有所闻。”或答言：“圣明治世，举国讴歌。”生怒叱道：“汝为何媚我？”立即杀毙。他日又问，左右不敢再谀，只答言陛下稍觉滥刑。生又叱他何故谤我？亦令处斩。真是别有肺肠。所以臣下得保一日，如度十年。他尚有一种奇嗜，专喜观男女淫亵事，往往上坐饮酒，呼令宫人与近臣裸体交欢，如有不从，立杀无赦。或生剥牛羊驴马，活焰鸡豚鹅鸭，纵诸殿前，看它惨死。又尝剥死囚面皮，迫令歌舞，种种怪剧，不胜枚举。

寿光三年六月，太史令康权入奏，谓：“昨夜三月并出，孛星入太微，光连东井，且自去月上旬，沈阴不雨，直至今日，恐有下人谋上的隐祸。”生拍案道：“汝又敢来造妖言么？”立命扑死。御史中丞梁平老等与东海王坚友善，便私语坚道：“主上失德，人怀贰心，燕、晋二方，伺隙欲动。一旦祸发，家国俱亡，殿下何不早图呢？”坚颇以为然，但畏生趫勇，未敢遽动。会有宫婢报坚道：“主上昨夜饮酒，曾言‘阿法兄弟，亦不可信，便当除灭’云云。坚令转告兄法，法亟与梁平老、强汪等密商。梁、汪俱主张先发，法便遣人告坚，自与梁、汪两人，号召壮士数百，潜入云龙门。坚亦与侍中尚书吕婆楼，带领麾下三百余人，鼓噪继进。宿卫将士，皆释仗相从。生尚醉卧床中，至坚兵杀入，方起问左右道：“这等人何故擅入？”左右答言：“是贼。”生醉眼朦胧，尚满口胡言道：“既说是贼，何不拜他？”左右相将窃笑，连坚兵亦且笑且哗。生又催言何不速拜，不拜就斩。坚应声道：“不要汝拜，但教汝徙居别室。”说着，即指麾众士，至卧榻前，把生拖下，牵拉出去。生醉后无力，一任他拥入别室去了。小子有诗叹道：

不防天变不忧人，似此凶狂正绝伦。
待到萧墙生变祸，暴君毒已遍西秦。

欲知苻生性命如何，待至下回续叙。

阎负梁殊，受秦主苻生之命，往说张瓘。掉三寸舌以服凉州，大有战国策士遗风。本回特从详叙，寓有微意。为世道计，则以尚诈少之；为使才计，则以专对多之。抑扬并见，固非浪费笔墨也。姚襄往来侵掠，卒死黄落，善战必亡，可以概见。苻生之恶，古今罕有，依史叙入，穷极凶顽，此殆真丧心病狂者。二年乃亡，吾犹恨其不速诛也。

第五十八回

围广固慕容恪善谋　战东河诸葛攸败绩

却说苻生被徙入别室，醉尚未醒，当即有人传入，废生为越王，生亦不知为何人所授。及醒后已失权威，虽然懊恼异常，但已似鸟入笼中，无从跳跃，只好再向酒中寻乐，终日沉酣。那苻法、苻坚，已废去暴主，无人反抗，遂议另立嗣君。法与坚互相推让，法谓："坚系嫡嗣，且有贤名。"坚谓："法年较长，应该序立。"兄弟谦说多时，迄无定议。惟群臣多主张立坚，坚母苟氏趋入道："社稷重事，我儿既自知不能，不如让人。若谬膺大位，他日有悔，当由诸君任咎哩。"看到后文，才知苟氏所言，寓有深意。群臣一齐顿首，盛称坚贤，必能安邦定国。苟氏乃喜。遂由坚升殿即位，自立帝号，称大"秦天王"。诛董荣、赵韶等二十余人，复遣使逼生自尽。生临死时，尚饮酒数斗，醉倒地上，不省人事，当被坚使拉毙，年只二十三，在位二年有余，坚谥生为"厉王"。生子馗尚值幼冲，许袭越王封爵，总算是秦王坚的仁恩。句中有刺。当下大赦改元，年号永兴，追谥父雄为文桓皇帝，尊母苟氏为皇太后，妻苟氏为天王后，子宏为太子，兄法为丞相，都督中外诸军事。诸王皆降封为公。从祖永安公侯为太尉，晋公柳为车骑大将军尚书令，封弟融为阳平公，双为河南公，子丕为长乐公，晖为平原公，熙为广平公，叡为钜鹿公，命李威为左仆射，梁平老为右仆射，强汪为领军将军，吕婆楼为司隶校尉，王猛为中书侍郎。

猛自还居华阴后，隐遁如故。应五十六回。坚欲图生，令吕婆楼廷访人才，婆楼与猛有旧交，因即举荐。坚遂使婆楼往召，猛应召而至，与坚谈及时事，口若悬河，滔滔不绝，说得坚倾心悦服，自谓如刘玄德遇孔明，竭诚相待。及斩关废立，猛亦与谋。李威为苟太后姑子，坚事威如父，威亦知猛贤，劝坚委猛国事。坚尝语猛道："李公知君，不啻管、鲍。"所以猛事威如兄。坚又任薛赞为中书侍郎，权翼为给事黄门侍郎，令与猛并掌机密。赞与翼皆姚襄参军，降秦事坚，坚任为心膂，事辄与商，这且不在话下。

惟坚母苟氏，尊为太后，尝恐众心未附，嗣主不安，又因法为庶长，得揽大权，将来未免生变，特别加防。一日出游宣明台，路过法第，留心注视，正值车马盈门，非常热闹，他遂忧上加忧，返与李威密谋，即夕发出内旨，收法赐死。坚仓猝闻报，趋往东堂，与法诀别，流涕悲号，甚至呕血。法虽由内旨赐死，坚岂真不可挽回？乃佯为恸哭，欺人可知。及法死后，谥曰献哀，封法子阳为东海公，敷为清河公。于是举异才，修废职，课农桑，恤困穷，礼神祇，立学校，旌节义，如前时鱼遵、雷弱儿、王堕、毛贵、梁楞、梁安、段纯、辛牢等后嗣，俱量能授用，且追复本身官爵，依礼改葬，吏民大悦。无非噢咻小惠。尚书左丞程卓，案多不治，勒令免官，代以王猛。既而并州镇将张平，据州叛命，坚遣建节将军邓羌往讨，杀败平军，擒平养子蚝，送入长安。平乃悔罪投诚，坚特旨赦免，仍署平为右将军，并命蚝为武贲中郎将，但徙平部曲三千户入关。是年秋季天旱，坚减膳撤悬，发出金帛锦绣，充作赈资。后宫后妃，悉去罗绮，开垦山泽，与民共利，因此旱不为灾。看官！试想从前苻生在位时，如何暴虐，如何昏狂。此次得了这位英主，与苻生判若天渊，真是倒悬立解，事半功倍，还有何人不歌功颂德、想望太平呢？其实是牢笼手段。

且说燕主慕容儁，僭号称帝，雄长朔方，接应五十四回。大封宗室诸臣多授王爵。慕容军得封襄阳王，慕容恪得封太原王，慕容评得封上庸王，慕容霸得封吴王，慕容疆得封洛阳王。军为抚军将军，恪为大司马侍中大都督、录尚书事，皆留居蓟城。惟遣评为征南将军，都督秦、雍、益、梁、江、扬、荆、徐、兖、豫十州诸军事，使镇洛水。疆为前锋，都督荆、徐二州诸军事，进屯河南。霸为安东将军，领冀州刺史，留守旧都龙城。霸有勇略，前曾得乃父皝欢心，特名为霸，恩遇比世子为优。儁颇怀嫉忌，不过因霸常立功，未便加罪。霸少好畋游，堕马折齿，儁既僭位，令霸改名为䨥，霸不愿受命，至是乃令减去右旁，但留“垂”字。霸始易名为垂。垂既镇龙城，抚众课民，得收东北大利。儁又恐他势盛，仍复召还。儁母段氏系出徒河，与段辽从子龛，有中表谊。龛父名兰，兰死后，龛收遗众，东屯广固，自号齐王，向晋称藩，袭燕郎山，击走儁将荥国，乃贻书与儁，抗称中表，斥儁僭号。儁得书甚怒，即遣太原王恪为征讨大都督，尚书令阳骛为副，同讨段龛。

先是儁父皝临终时，曾有遗言嘱儁云：“恪智勇兼济，才堪任重，骛志行高洁，忠干贞固，可托大事。”儁谨记勿忘，凡军国重要，统与二人商决。此次因龛众方盛，特遣二人出师。龛弟罴骁勇过人，且有智谋，闻燕军将至，即向龛献议道：“慕容恪素善用兵，更有阳骛为助，率众前来，恐不可当。若听彼渡河，顿兵城下，虽欲乞降，亦不可得。王但固守城中，由罴带领精锐，往拒河上；幸得战胜，王可合兵力追，乘胜歼虏，使他匹马不返，万一不胜，即可请降，尚不失为万户侯哩。”龛不肯从。已而罴闻燕军近河，重申前议，龛仍不许，罴情急语戆，竟触龛怒，拔剑杀罴。未曾遇敌，先将亲弟杀死，安得不亡。那慕容恪方屯兵河上，安排舟楫，好几日不敢渡河，也恐龛遣兵掩击，格外持重。至探得杀罴消息，才知龛无能为，麾兵急渡，陆续东进，行至淄水南岸，方见龛自来拒战。恪与鸷分军为二，包抄龛兵，龛左右遇敌，招架不住，遂至败退。龛弟钦被擒，右长史袁范等统皆战死。

恪追龛至广固城下，龛闭门固守，恪但令军士筑栅，四面兜围，另分兵招抚旁郡。龛所有诸城，依次附燕。恪或仍令故吏居守，或请派新官往署，从容布置，进退咸宜；独未尝督攻围城，镇日里按兵不动。诸将莫名其妙，群请速攻。恪乃与语道："用兵不宜执一，或宜缓行，或宜急取。若彼我势均，外有强援，一或顿兵，腹背受敌，自应急攻为是，冀速大利；倘我强彼弱，又无外援，不如羁住守兵，静待彼毙，兵法所谓十围五攻，便是此意。龛恩结贼党，众未离心，前此淄南一战，彼非不锐，不过用兵未善，为我所败；今我得凭阻天险，上下戮力，攻守势倍。行军常法，必欲急攻，谅亦数旬可克；但恐困兽犹斗，必须恶战，伤我士众，定在意中。我国家连年用兵，未得休息，我每念士卒疮痍，几忘寝食，奈何再轻残民命哩？故我意持久以取，勿贪近功。"诸将始皆下拜，自称未及。我亦佩服。就是军士闻言，亦皆悦服。于是严固围垒，屯田课耕。齐民亦争运粮刍，馈给燕军。

好容易过了半年，城中粮储已尽，樵采路绝，甚至人自相食，龛不得已悉众出战。恪早防到此著，开垒接仗，潜令骑兵抄到龛兵背后，截他归路。龛兵统皆枵腹，怎能杀得过燕军？一经交锋，便即败却，龛只好退回。不意到了城边，又被燕骑截住，弄得进退两难，没奈何拼死杀入，才得冲开走路，踉跄入城。燕骑也不去追逼，唯驱杀龛众，斩馘殆尽，守兵从此夺气，莫有固志。龛穷蹙万分，因使部将段蕴缒城夜出，诣晋乞援。晋遣北中郎将荀羡率兵往救。进次琅琊，探得燕军强盛，不敢轻进。阳郡守将王腾方背龛降燕，他想讨好恪前，立些功绩，遂不待恪命，欲乘虚袭晋鄄城。将士方调发出去，谁知晋军已掩到城下，原来晋将荀羡，自恐逗留得罪，正思进攻阳郡，求功补过，凑巧阳郡出兵，城内空虚，遂引军扑城，日夜不休。老天有意做人美，连宵下雨，冲坍城墙，羡即乘隙攻入，把腾擒住，杀死了事。欲侮人者反为人侮，可见贪足杀身。腾所遣赴鄄将士，中途闻耗，当然骇散，不消细叙。惟段龛待援不至，无法支持，且经恪许他不死，乃面缚出降。恪入城安民，禁止侵掠，人民大悦，遂定齐地。命龛为伏顺将军，同返蓟城。留镇南将军慕容尘居守广固。龛后为俊所杀。

晋将荀羡，闻广固失陷，退还下邳，留泰山太守诸葛攸，及高平太守刘庄，率兵三千守琅琊；参军戴逯率兵二千守泰山。燕将慕容兰屯汴城。羡顺道进击，斩兰而去。越年燕太子晔病逝，谥曰“献怀”。俊立第三子暐为太子，改元光寿。是年即晋穆帝升平元年。晋泰山太守诸葛攸攻燕东郡，进兵武阳。俊复遣慕容恪、阳骛及乐安王臧，俊之子。引兵拒攸。攸才略有限，哪里是慕容恪的对手，一战即败，逃回泰山。恪遂进兵渡河，连陷汝、颍谯、沛诸郡县，分置守宰，振旅北归，还据上党，收降河内太守冯鸯，略定河北全境。燕主俊遂自蓟城徙都邺中，缮修宫殿，复作铜雀台。注见前。命昌黎辽东二郡，建庙祀廆。范阳燕郡，建庙祀皝，即派护军平熙，领将作大匠，监造二庙。独吴王垂素遭俊忌，垂妃段氏，为故鲜卑单于段末柸女，才高性烈，自恃贵姓，又不肯尊事俊后。后可足浑氏引为深恨，遂与中常侍涅浩密谋，诬称段氏为巫蛊事，收付廷尉讯验。亏得段氏抵死不认，垂始得免连坐。段氏不堪箠楚，竟死狱中。俊颇加悔悯，乃授垂为东夷校尉，领平州刺史，出镇辽东。幸有此妇，应该终身顶礼。

秦右将军张平复叛秦降燕，据有并州壁垒三百余所，得胡晋遗民十余万众。会燕调降将冯鸯为京兆太守，改令别将吕护代任。鸯与护阴相联络，通款晋廷，就是张平亦模棱两可，意欲联晋。俊遣上庸王慕容评讨鸯，鸯固守不下，再由燕领军将军慕舆根，奉命助评，合兵急攻。鸯乃开城夜遁，奔投吕护。评又移兵往攻张平，平正与兖州刺史李历、安西将军高昌通使连盟，阳事燕主，暗通秦晋。张平历见前文，李历、高昌见五十四回中。评侦实报闻，燕主俊使阳骛讨昌，乐安王臧讨历。历从濮阳奔荥阳，昌从东燕奔乐陵，平势日孤，所署征西将军诸葛骧、镇东将军苏象、宁东将军乔庶、镇南将军石贤等，又举并州壁垒百余所，降顺燕军。那时平支撑不住，也率众三千奔平阳，竟遣使向晋乞降。

俊因晋屡纳叛将，遂思大举南下，并拟经略关西，当下命州郡校阅现丁，详核隐漏，每户只准留一丁，余悉充当兵役，定额一百五十万，约期来春大集，进临洛阳。武邑人刘贵上书，极陈民力雕敝，不应过事征调，并陈时政失宜十三事。俊乃宽限征发，改来春为来冬，但中使仍然四出，募兵征饷，络绎道旁。郡县不堪供亿，相率咨嗟。太尉封弈，谓："调发事宜，尽可责成州郡，不必另行遣使，所有从前使臣，概请召还，以省烦扰。"俊总算依议。已而晋北中郎将荀羡攻入山茌，擒住燕泰山太守贾坚。坚祖父本皆晋臣，羡因劝坚降顺，语道："君世代事晋，不应忘本归虏。"坚答说道："晋自弃中原，并非坚甘心忘本。今既身为燕臣，怎得再思改节呢？"遂绝粒而死。愚忠亦不足道。

忽由燕将慕容尘遣司马悦明来救泰山。羡与战失利，只好退走，山茌复被燕军夺去，羡愤恚成病，上书求代。晋廷乃遣吴兴太守谢万为西中郎将，监督司豫、冀、并四州军事，领豫州刺史。再命散骑常侍郗昙为北中郎将，都督徐、兖、青、冀、幽五州军事，领徐兖二州刺史。二人才具，均不及羡，惟昙为故太尉郗鉴次子，万为故镇西将军谢尚从弟，皆以门阀邀荣，得列方镇。右将军王羲之曾贻万书，说他用非所长，既已受职建牙，应与士卒共同甘苦。万不能用。万兄谢安，亦诫万道："汝为元帅，须常接待诸将，联络欢心，不宜自命风流，矜才傲物。"万亦不少悛。临行时，由安亲托诸将，一一慰勉。万还道阿兄多事，怏怏而去。为后文败归伏线。荀羡解职还都，旋即去世。穆帝很加悲悼，叹为折一股肱，因追赠骠骑将军。羡尚有令名，故叙及病殁。

未几为升平三年，晋泰山太守诸葛攸大起水陆兵士，共得二万余人，再往伐燕，自石门进次河渚，分遣部将匡超据碻磝，萧馆屯新栅，督护徐冏带领水军三千，游弋河中，泛舟上下，作为东西声援。燕主俊即命上庸王评，率同长乐太守傅颜等，领兵五万，往拒攸军。评屡经战阵，纪律颇严，部下又统皆精锐，踊跃争先，行至东阿相近，正与攸军遇着，不待列营休息，便即麾兵上前，步骑相间，纵横驰骤。攸虽有志平虏，怎奈才力不济，徒靠着一时血气，究竟敌不过百战雄师。两下交战多时，攸军多半受伤，眼见是旗靡辙乱，不能再奋，没奈何败退下去。评趋兵追击，大杀一阵，俘斩不可胜计，遂乘胜围攻东阿，且分兵进窥河洛。

晋廷诏令西中郎将谢万出驻下蔡，北中郎将郗昙出驻高平。万在军中，仍然啸咏自如，未尝拊循士卒，每经升帐，不发一言，但手执如意，指麾四座。将士统不服万，万尚不以为意，引众出涡颍间，拟援洛阳。途次闻郗昙退屯彭城，不禁惶骇，也即拍马逃归。部将见他傲慢无能，相率鄙视，恨不得将他刃毙，只因受安嘱托，未敢妄言，但各走各路，分道引归罢了。究竟昙为何事退兵？后来传下诏书，才知昙因病自归。朝廷格外原谅，仅降昙为建武将军，惟谢万无故溃退，罪难轻恕，着即免为庶人。还是失刑。

燕上庸王慕容评，正想略定河洛，会接燕主儁寝疾消息，乃收兵还邺。儁自太子晔逝世，不免追悼，尝对群臣流涕，谓此儿若在，我可无忧。又因嗣子暐年轻质弱，未及乃兄，深以为虑，因此寝馈不安，酿成心疾。一夕，梦见石虎闯入，牵臂乱啮，不由的猛呼一声，才将梦魇驱出，醒后尚觉臂痛，乃命发掘虎墓，有棺无尸。寻复悬赏百金，购人告发。适有故赵宫女李菟，得知石虎葬处，在邺宫东明观下，因即应募报闻。儁遂令李女引示，发掘至数丈以下，果得一棺，剖棺出尸，僵卧不腐。儁亲往验视，用足蹴踏，对尸怒叱道："死羯奴敢梦扰活天子么？"说着，又命御史中丞杨约，数他罪恶，计数百件，遂加鞭挞，打得筋断骨折，乃投诸漳水中。死尚被罚，人何苦生前作恶？尸尚倚着桥柱，终未漂没。及苻秦灭燕，王猛始收尸埋葬，并杀女子李菟，这是后话。王猛亦未免好事。

惟儁既弃去虎尸，病仍未痊，因召大司马太原王恪，入室与语道："我病恐不起，将与卿等长别。人生寿数，本有定限，死亦何恨，但秦晋未平，景茂尚幼，暐字景茂。怎能遽当大位？我欲效宋宣公故事，即以社稷付汝，汝意以为何如？"恪答道："太子虽幼，秉性宽仁，必能胜残去杀，为守成令主。臣实何人，怎敢上干正统？"儁变色道："兄弟间还要虚饰么？"恪从容道："陛下既称臣能主社稷，难道不能辅少主吗？"儁乃转怒为喜道："汝果能为周公，我复何忧？"恪便趋退。儁复召吴王垂还邺，寻因病体少瘥，复欲遣兵寇晋。越年正月，且出郊阅兵，派定大司马恪，及司空阳骛为正副元帅，定期出兵。是夕还宫，自觉劳倦。翌日，旧疾复发，遂至危笃，即召恪与阳骛，暨司徒评，领军将军慕舆根等，受遗辅政，言毕遂殂，年五十三，在位十有二年。燕人称儁为令主，小子有诗叹道：

六朝衰运慨泯棼，遍地胡腥不忍闻。

但得一方中主出，民间已是号贤君。

俊既病逝，百官复议立恪，究竟恪是否从众，容至下回叙明。

慕容俊僭号称尊，国势日盛，所恃者莫如慕容恪，次为慕容垂，而慕容评尚不足道也。观恪之往围广固，不欲急攻，非特深谙兵法，并且体恤全军。迨段龛出降，禁止侵掠，不嗜杀而齐地自定，虽古之良将，无以过之。俊能承父遗命，倚恪为重，并及阳骛，其致强也宜哉。且平时虽尝忌垂，而不忍加罪。垂妻被诬，仍免垂连坐，使镇辽东，俊其固有知人之明乎？慕容评粗具战略，视恪与垂，相去实远，而晋将诸葛攸等，尚为所败，晋实无人，此燕之所以横行河朔，而益得称雄也。

第五十九回

谢安石应征变节　张天锡乘乱弑君

却说慕容恪受遗辅政，当然拥立太子暐。百官多倾心事恪，意图推戴。恪哪里肯从，但言国有储君，不容乱统，乃由暐升殿嗣位。暐年方十一，恪率百官入朝，谨守臣节，当下循例大赦，改元建熙，追谥儁为“景昭皇帝”，庙号“烈祖”。尊儁后可足浑氏为太后，进太原王恪为太宰，专掌百揆。上庸王评为太傅，司空阳骛为太保，领军将军慕舆根为太师，夹辅朝政。根自恃勋旧，举动倨傲，且有异图。适太后可足浑氏，干预外事，根欲从中播弄，煽乱徼功，乃先向恪进言道：“今主上幼冲，母后干政，殿下宜预防不测，亟思自全。且安定国家，全是殿下一人的功劳，兄终弟及，古有常制，应俟山陵事毕，废去幼主，由殿下自践尊位，永保国基，方为长策。”恪惊诧道：“公莫非酒醉么，奈何敢出此言？我与公同受先帝遗诏，口血未干，怎得异议？”根不禁怀惭，赧颜退去。

恪转告吴王垂，垂劝恪速即诛根，恪摇首道：“今国家新遭大丧，二邻方在旁观衅，若宰辅自相诛夷，就使内乱不生，亦招外侮，不如暂忍为是。”秘书监皇甫真又谓：“根已谋乱，不可不除。”恪仍然不听。无非慎重。哪知根竟入宫进谗，密白太后道：“太宰太傅，将谋不轨，臣愿率禁兵捕诛二人。”太后可足浑氏，素好猜忌，一闻根言，便欲依议。还是嗣主暐从旁进言道：“二公系国家亲贤，先帝特加选任，托孤寄命，想彼必不愿出此，莫非太师自欲为乱，因有此言?”小时了了，大未必佳。可足浑氏乃拒绝根议。根又思归东土，入白太后及暐道：“今天下萧条，外寇不一，国大忧深，不如仍还旧都。”太后与暐亦未从所请。

恪得闻根言，知根必将为乱，乃与太傅评联名，密陈根罪。即使右卫将军傅颜，引兵至内省诛根，并拘根妻子党与下狱，酌处死刑。中外未悉详情，还疑燕廷骤诛大臣，不免惊愕。恪独镇定逾恒，绝不张皇，每有出入，只令一人步从。或劝恪宜自戒备，恪答说道：“人情方怀疑贰，非静镇不足安众，怎得自相惊扰呢?”果然不到数日，人心复定。惟各郡县所征兵士，乍闻大丧，并有内乱谣传，往往乘间散归，自邺以南，路人拥挤，几至断塞。恪授垂为镇南将军，都督河南诸军事，领兖州牧，兼荆州刺史，出镇蠡台。又令孙希为并州刺史，傅颜为护军将军，带领骑士二万，观兵河南，临淮而还。于是全国兵民，各知朝内无事，相率安堵，不复生疑了。如恪才为社稷臣。

且说晋穆帝自亲政后，立散骑常侍何准女为皇后。准兄充尝为骠骑将军，后以名门应选，受册后正位中宫，柔顺有仪，毋庸细叙。司徒会稽王昱奉表归政，穆帝不许，内政仍付昱参决，外政多为桓温把持。前领司徒蔡谟，虽由褚太后特诏起复，仍使为光禄大夫，谟称疾固辞，不复朝见，寻即病殁。诏赠侍中司空，赐谥“文穆”。谟不失为良臣，故录及终身。

自升平纪元，荏苒五年，江淮一带，尚无大变，不过与燕兵争战数次，均皆失利。西中郎将谢万不战即溃，尤损国威。且王谢素号世家，当时风俗人心，统重门阀阶级，谢万得罪被黜，不但国家感受影响，就是谢氏门第，亦为一落。万兄谢安幼即风神秀彻，长益智识深沈，善行书，工诗文，朝中权贵，互相钦慕，累征不起。祖籍本为阳夏人氏，随晋东渡建康。安独寓居会稽，与王羲之等为友，游山眺水，歌咏自娱。有司奏安屡不就征，性情乖僻，应禁锢终身，安不以为意，索性栖迟东土，放情邱壑，每出必挟妓从游，不拘小节。会稽王昱素闻安名，尝语僚属道：“安石与人同乐，必肯与人同忧。”安石就是安小字。安妻刘氏，为丹阳尹刘惔妹，见伯叔多半富贵，独安隐居不仕，常语安道：“大丈夫当不若是呢。”妇人终难免势利。安掩鼻道：“卿所见未能免俗，岂丈夫定要富贵么？”及万已褫职，门第减色。安年已四十余，免不得顾虑家门，转思仕进。君亦未能免俗了。可巧征西大将军桓温，表请辟安为征西司马，朝旨立即召安。安便至都中。自新亭启行，朝士多往饯送，中丞高崧戏语道：“卿累违朝旨，高卧东山，诸人互相私议，谓安石不出，如苍生何？苍生今亦将如卿何？”说毕大笑。安被他一嘲，也不禁惭愧起来，勉强支吾，终席即去。

既到江陵，与温相见，谈笑竟日，甚惬温意。及安趋出，温问左右道：“汝等曾见有如此佳客否？”嗣温有事访安，至安居室，安适早起理发，久不出见。温在外坐待，始闻室内有人传呼，令人取帻。温即朗声道：“不必，不必，请司马即戴便帽，就好相见了。”安依言见温，坦然与语，取决如流。温满意乃去。晋廷复起谢万为散骑常侍，万受职未久，便即病死。安本不欲随温，无非借温干进，暂作过渡思想。及万已去世，遂假弟丧为名，投笺求归。温准令返家治丧，安此后不复诣温。寻由朝廷授为吴兴太守，便一麾赴郡去了。升平五年五月，穆帝有疾，数日即逝，年仅十有九岁，在位十七年。帝尚无子，当由会稽王昱等入白褚太后，请迎成帝长子琅琊王丕嗣位，褚太后依议施行，因即下令道：

帝奄不救疾，胤嗣未建，琅琊王丕，中兴正统，明德懋亲，昔在咸康，属当储贰，以年在幼冲，未堪国难，故显宗高让。今义望情地，莫与为比，其以王奉大统，毋坠厥命！

这令下后，当由百官备齐法驾，至琅琊王第迎丕入宫，升殿即位，是为哀帝。丕时年二十有二，曾纳司徒左长史王濛女为妃，至是册为皇后。封弟奕为琅琊王，奉葬穆帝于永平陵，庙号“孝宗”。尊所生母周氏为皇太妃，穆帝后何氏为穆皇后，又诏谕中外道：

显宗成皇帝顾命，以时事多艰，弘高世之风，树德博重，以隆社稷，而国故不已，康穆早世，祚胤不融。朕以寡德，复承先绪，感惟永慕，悲痛兼摧。夫昭穆之义，固宜本之天属，继体承基，古今常道，宜上嗣显宗以修本统。特此诏告中外，俾使周知。

越年，改元隆和。会闻北方降将吕护，又背晋归燕，将攻洛阳。乃命吴国内史庾希为北中郎将，领徐、兖二州刺史，镇守下邳；前锋监军袁真为西中郎将，监督司、豫、并、冀四州军事，领豫州刺史，镇守汝南。两将方才莅镇，那燕吕护已驱动燕军，进逼洛阳。守将河南太守戴施闻风奔宛，只冠军将军陈祐，飞使至桓温处告急。温留戴施、陈祐守洛阳事，见五十七回。温急檄北中郎将庾希及竟陵太守邓遐，同率水师援洛阳。遐为建武将军广州刺史邓岳子。岳见前文。岳镇交、广二州，垂十余年，岭南颇仰岳声威，相率畏服。岳又得击破夜郎，加督宁州，进征虏将军，迁平南将军。当时伏波将军葛洪迁官避地，居罗浮山炼丹，岳素重洪，极力劝挽，表请任洪为东官太守。洪固辞不就，只留兄子望在广州，为岳记室参军。

洪自号抱朴子，著书一百十六篇，类言长生要诀，分作内篇外篇，即以《枹朴子》名书。此外著作，不一而足，大约以方技杂事为最多，如《金匮药方》百卷，《肘后要急方》四卷，阐究医药，流传后世，医家奉为金针。洪至八十一岁时，寄书与岳，自言将远行寻师。岳即往送别，及抵罗浮山石室中，见洪兀坐不动，抚视已无气息，不过颜色如生。岳乃为棺殓，瘗葬山间。役夫举棺甚轻，因皆疑为尸解成仙。

未几岳亦谢世。因邓遐事，补叙及岳，复因岳补叙葛洪，俱是文中销纳法。子遐勇力绝人，时人比诸樊哙，桓温辟为参军，从战有功。晋任冠军将军，累充各郡太守。襄阳城北沔水中，有蛟蛰伏，屡为人害。遐拔剑入水，与蛟角斗。蛟绕住遐足，遐挥剑斩蛟，截为数段，携蛟首而出，自是遂无蛟患。可与周处齐名。及为竟陵太守，受温檄使，便引兵进屯新城。庾希遣部将何谦为先驱，驾舟援洛，与燕将刘则交战檀邱，得获胜仗。刘则败去。西中郎将袁真，又从汝南运米五万斛，接济洛阳。洛城既得外援，复足粮食，当然支撑得住。

桓温复表请迁都洛阳，谓："自永嘉以后，东迁诸族，须一切北徙，仍返故土。再由御驾朝服济江，仪表两河，宅中驭外。臣虽庸劣，愿宣力先锋，廓清中原"云云。看官！试想河洛一带，迭经戎马，已闹得乱七八糟，不可收拾，此时虽经桓温规复，终究是劫灰满目，景物萧条。况燕人又屡次窥伺，烽火不绝，怎好仓猝迁都，举乘舆为孤注哩？只是满廷大臣，多半畏温，明知温言难从，却又不敢驳斥。独散骑常侍兼著作郎孙绰上疏道：

昔中宗龙飞，非惟信顺协于天人，实赖万里长江，画而守之耳。今自丧乱以来，六十余年，洛河邱墟，函夏萧条，士民播流江表，已经数世。存者老子长孙，亡者邱陇成行，虽北风之思，感其素心，而目前之哀，实为交切。

温今此举，试欲大览终始，为国远图，而百姓震骇，同怀危惧，岂不以反旧之乐赊，而趋死之忧促哉！何者？植根江外数十年矣。一朝顿欲拔之，驱蹙于穷荒之地，提挈万里，逾险浮深，离坟墓，弃生业，田宅不可复售，舟师无从得依，舍安乐之国，适习乱之乡，将顿仆道涂，漂溺江川，仅有达者，此仁者所宜哀矜，国家所宜深虑也。臣之愚见，以为且宜遣将帅有威名资实者，先镇洛阳，扫平、梁许，清一河南。运漕之路既通，开垦之积已丰，豺狼远窜，中夏小康，然后可徐图迁徙耳。奈何舍百胜之长理，举天下而一掷哉？谨此疏闻，伏希睿鉴！

绰系晋初冯翊太守孙楚孙，表字兴公，少慕高尚，尝著《遂初赋》以见志。自此表为温所闻，温甚是不乐，特遣人传语道："致意兴公，何不寻君《遂初赋》，乃来预人家国事呢。"时朝廷忧惧，将遣使止温。扬州刺史王述道："温但欲虚声威人，并非实事，朝廷亦何妨允许哩。"乃有诏复温道：

在昔丧乱，忽涉五纪，戎狄肆暴，继袭凶迹，眷言西顾，慨叹盈怀。如欲躬率三军，荡涤氛秽，廓清中畿，光复旧京，非忘身殉国，孰能若此？诸所处分，委之高算，但河洛邱墟，所营者广，经始之勤，致劳怀也。

温得诏后，果然不行。何必虚张声势！寻且议迁洛阳钟簴。晋廷因述智足料温，复命述答辞道："永嘉不靖，暂都江左。方期荡平区宇，旋轸旧京；万一不克如期，亦当改迁园陵，不应先徙钟簴。"这数语理直气壮，又使温无可置喙，只好罢议。全是无谓。会燕将吕护攻洛，中箭受伤，退守小平津，疮裂而死。他将段崇收兵北去，晋得解严。庾希自下邳还屯山阳，袁真自汝南还屯寿阳，这且待后再表。

且说凉州大将军张瓘恃功骄恣，阴蓄异图。仆射宋混素性忠直，为瓘所惮，瓘谋杀混及混弟澄，即废主自立，乃征兵数万，会集姑臧。混诇悉瓘谋，遂与澄率壮士数十人，奄入南城，宣告诸营道："张瓘谋逆，我兄弟奉太后令，速诛此贼。汝等助顺有赏，从逆立诛。"各营兵听到此言，立即趋附，得众二千，随混攻瓘。瓘出战败却，混策马追瓘，忽刺斜里有一槊刺来，几中腰下，亏得身穿坚甲，槊不能入。混将槊夺住，与他坚持。宋澄等复引兵拥上，那人料不可敌，弃槊返奔。混乘他转身，用槊横击，那人站立不住，倒地成擒，讯明姓氏，叫做玄胪。胪系张瓘部下的勇士，既被擒住，余众皆投械乞降。瓘势孤力尽，即与弟琚同时刎死。混夷瓘家族，声罪安民。凉王玄靓乃进混为骠骑大将军，代瓘辅政。混劝玄靓去凉王号，复称凉州牧。又召玄胪与语道："卿前刺我，幸得不伤，今我辅政，卿可知惧否？"胪答道："胪受瓘恩，彼时但知有瓘，不知有公，尚恨刺公未深，有何足惧？"混称为义士，亲为释缚，优加待遇，胪始拜谢。

既而混罹重疾，不能起床。玄靓及祖母马氏，同往探视，且与语道："将军倘有不测，寡妇孤儿，将托谁人？可否以林宗继任？"混答说道："臣儿林宗，年尚幼弱，不堪重任。殿下若不弃臣家，臣弟澄尚可参政。但恐他材质迂缓，未足达权，还望殿下随时策励，才免误事。"既知澄之迂缓，不宜推荐，且玄靓幼弱，能知策励乃弟么？及玄靓随马氏同归，混复召诫子弟道："我家受国厚恩，当以死报，慎勿挟势骄人。"嗣见朝臣俱来问疾，又惟举忠君爱国四字，一再劝勉，余无他言，寻即殁世。路人闻丧，统皆挥涕。

玄靓即命澄为领军将军，使代兄任。才阅半年，偏有一右司马张邕，恶澄专政，竟胁众杀澄，并灭澄族。未始非夷瓘宗族之报。澄虽不及乃兄的贤明，惟骄恣却不若张瓘，邕敢擅杀大臣，罪应立诛。乃玄靓反授邕为中护军，使与叔父中领军天锡，同掌国政，说来也有一种原因。玄靓祖母马氏，本来是个淫妇班头，前次曾与张祚私通，祚死后复伤岑寂，见邕身材雄伟，不亚张祚，复不禁暗暗动心。邕知情识意，乐得乘间凑奉，居然两相情愿，合成好事。此番擅杀宋澄，马氏非不预闻，所以并未加罪，反令他代执政权。玄靓冲幼无知，一由马氏作主，从此淫人得志，生杀自专，复为国患。

天锡年未及壮，所结党羽，亦多属少年。有郭增刘肃二人，年皆止十八九，尝为天锡腹心，因密白天锡道："国家恐将复乱了。"天锡惊问何因？二人齐声道："今护军出入，仿佛长宁，张祚封长宁侯见前。怎得不乱？"天锡道："我亦早疑此人，未敢出口，今当如何处置？"肃答道："何勿早除了他。"天锡道："何人可使？"肃便自请效力。天锡道："汝年太少，须更求臂助。"肃又道："同僚赵白驹颇有胆力，得他为助，便足诛邕。"天锡大喜，便召集壮士四百人，诘旦入朝。肃与白驹当然随入。正值邕在门下省，肃即拔刀斫邕，被邕闪过。白驹继进，持刀乱斫。邕颇有勇力，跳跃盘旋，巧为趋避。嗣见壮士齐集，乃翻身逸去。天锡急与肃等驰入禁中，闭住禁门。才过须臾，即闻门外有呼噪声，由天锡登屋俯望，见邕领着甲士数百，前来攻门，便凭高大呼道："张邕凶逆，横行不道，既灭宋氏，又欲倾覆我家。汝将士世为凉臣，何忍兵戈相向？我不怕死，实恐先人废祀，不得不为除逆计。今我但欲取邕，他无所问，天地有灵，我不食言。"汝心亦未必可质天地。邕众闻言，陆续散去。天锡即下屋开门，引众出击。邕只剩孤身，自知不能脱逃，遂引刃自杀。天锡悉诛邕党，入见玄靓，备陈邕罪。玄靓便令天锡为冠军大将军，都督中外诸军事，执掌朝政。天锡乃奉东晋正朔，改去建兴年号，并遣使通好建康。晋授玄靓为大都督，领凉州刺史，护羌校尉，封西平公。

已而玄靓祖母马氏，得病而死，该死久矣。因尊生母郭氏为太妃。郭氏以天锡权盛，与疏宗张钦等密谋，拟诛天锡，偏为天锡所闻，搜杀张钦，并引兵入宫，质问玄靓母子。玄靓大惧，情愿让位。天锡不应，悻悻趋出。刘肃已升任右将军，便向天锡进言，劝他自立。天锡遂使肃等入弑玄靓，诈称暴卒，年才十四，谥曰“冲公”；自称大都督、大将军、护羌校尉、凉州牧；西平严氏为太王太后，生母刘美人为太妃，且遣司马纶骞奉表建康，请命乞封。小子有诗咏道：

世变纷纷太不平，乱臣贼子敢胡行。
江东气运衰微久，谁奉天威仗钺征？

欲知晋廷曾否给封，待至下回再表。

谢安放情山水，无心仕进，及弟万被黜，即应温召，可见当时之屡征不起，无非矫情，而益叹富贵误人，非真高尚者，固不能摆脱名缰也。高崧戏言，可抵《北山移文》一篇，幸谢安聪敏过人，借温干进，旋即辞温告归，不致连污逆名耳。彼桓温之屡请迁洛，但骛虚声，王述且能逆料之，固无待谢安也。凉州之乱，始之者张祚，终之者天锡，而实皆成于马氏。不有马氏之通祚，则祚不得废耀灵，而张瓘之祸可免矣；不有马氏之通邕，则邕不得杀宋澄，而天锡之乱可免矣。张氏世笃忠贞，而误于一妇人之手，此尤物之所以万不可近也。

第六十回

失洛阳沈劲死义　阻石门桓温退师

却说凉州使臣，奉表至晋。晋廷徒务羁縻，管什么篡逆情事，但教他奉表称臣，已是喜出望外，当下厚待来使，即将前封玄靓的官爵，转授天锡，来使拜谢自去。天锡又使人向秦报丧，并陈即位情形。秦王苻坚亦遣大鸿胪至凉州，拜天锡为大将军凉州牧，兼西平公。天锡受两国封册，安然在位，遂以为太平无事，乐得纵情酒色，坐享欢娱。越年元日，专与嬖幸亵饮，既不受群僚朝贺，又不往谒太后太妃。从事中郎张虑舆榇切谏，并不见从。少府长史纪锡上疏直言，又复不答。那太王太后严氏，本来是静居深宫，不预外事，及内变迭起，已不免忧惧交乘；天锡嗣位，名为尊奉，仍然不见礼事，越觉惹起懊恨，抑郁以终。天锡亦没甚悲戚，但循例丧葬罢了。

话分两头。且说晋哀帝不嗣位逾年，又改元兴宁。太妃周氏在琅琊第中寿终，帝出宫奔丧，命会稽王昱总掌内外诸务。嗣因燕兵入寇荥阳，太守刘远弃城东走，乃加征西大将军桓温为侍中大司马，都督中外诸军事，并假黄钺。且命西中郎将袁真，都督司、冀、并三州军事。北中郎将庾希都督青州诸军事。桓温令王坦之为长史，郗超为参军，王珣为主簿。超多鬓，时人号为“髯参军”；珣身矮，时人号为“短主簿”。尝有歌谣云：“髯参军，短主簿，能令桓公喜，能令桓公怒。”温尝睥睨一切，予智自雄，惟谓超才不可测，待遇甚厚。超亦深自结纳，为温效忠。又有谢安兄子玄，亦为温掾属。温辄语左右道："谢掾年至四十，拥旄仗节，王掾当作黑头公。二人皆非凡才，前途正不可限量呢。"

越年，哀帝寝疾，复请褚太后临朝摄政，拜温为扬州牧，使侍中颜旄，宣温入朝参政。温上表固辞，朝旨不许，再发使征温。温乃启行，至赭圻，不料来了尚书车灌，止温入都，无非说是"秦燕内侵，仍须赖公外镇"云云。想是虑他权重难制，故使中止。温不肯即还，便在赭圻筑城，暂时驻节，遥领扬州牧。那哀帝因迷信方士，好饵金石，以致毒性沈痼，生就一种慢性症，一时不至遽死，亦不能复愈。迁延过了一年，已是兴宁三年了，皇后王氏，却得了暴病，骤致不起，因即棺殓治丧，追谥曰"靖"。上元令节，变作哀期，适燕太宰慕容恪，复拟取晋洛阳，先遣镇南将军慕容尘，攻陷许昌、汝南诸郡，然后使司马悦希驻盟津，豫州刺史孙兴驻成皋，渐渐的进逼洛水。洛阳守将陈祐，检阅部兵，不过二千，粮饷又不过数月，自知不能固守，不如引众先走。遂借援许为名，出城径去，但留长史沈劲守洛阳。劲系王敦参军沈充子，充受诛后，劲逃匿乡里，年三十余，不得入仕。吴兴太守王胡之受调为司州刺史，特请免劲禁锢，起为参军。有诏依议。偏胡之忽婴疾病，未得莅镇。劲独上书自请，愿至洛阳效力。晋廷乃命劲为冠军长史，使自募兵士，赴洛从军。劲募得壮士千人，入洛助祐，前此得却燕围，劲力居多，至祐出城自行，将士多由祐带去，只剩下五百人，随劲留守。劲明知孤危，却反欣然道："我志在致命，今可偿我初志了。"遂率五百人誓死守城。

那陈祐自洛阳出发，并未往许，竟奔趋新城。晋廷得报，即由会稽王昱，亲赴赭圻，与大司马桓温议御燕事。温乃移镇姑孰，表荐右将军桓豁监督荆州、扬州的义城，及雍州的京兆诸军事；振威将军桓冲，监督江州、荆州的江夏的随郡，及豫州的汝南、西阳、新蔡、颍川诸郡军事。豁与冲俱系温弟，温虽是举不避亲，究竟有阴布羽翼、广拓声威的意思。直诛其心。会闻哀帝大渐，会稽王昱匆匆返都，及抵建康，哀帝已经升遐了。昱入见太后，与议嗣位事宜。哀帝无子，只好令哀帝弟奕，入承大统，当由太后褚氏下令道：

帝遂不救厥疾，艰祸仍臻，遗绪泯然，哀恸切心。琅琊王奕，明德茂亲，属当储嗣，宜奉祖宗，纂承大统，俾速正大礼以宁人神，特此令知。

昱奉令出宫，颁示百官，当即迎奕入殿，缵承帝祚，颁诏大赦，奉葬哀帝于安平陵。哀帝崩时才二十五岁，在位只阅四年。晋廷丧君立君，方忙碌的了不得，那燕兵竟乘隙进攻洛阳，遂使壮士丧躯，园陵再陷，河洛一带，复为强虏所有了。言之慨然。

燕太宰慕容恪，探知洛阳兵寡，遂与吴王垂，率兵数万，共攻洛阳。恪语诸将道："卿等尝患我不肯力攻，今洛阳城虽高大，守卒孤单，容易攻下，此番可努力进取，不必疑畏。倘或顿兵日久，敌得外援，恐反不能成功了。"缓攻广固，急攻洛阳，慕容恪却是知兵。诸将得了恪令，个个是摩拳擦掌，踊跃直前。一到洛阳城下，便四面猛扑，奋勇争登。城中只有五百兵士，怎能挡得住数万雄师？守将沈劲，见危授命，明知城孤兵寡，当不可支，但一息尚存，不容少懈，因此登陴守御，力拒燕军。起初是备有矢石，掷射如注，就使燕军志在拔帜，前仆后继，究竟是血肉身躯，不能与矢石争胜，所以攻了数日，那一座孤危万状的围城，兀自保持得住。后来矢尽石空，守城无具，尚仗着一腔热血，赤手空拳，与敌鏖斗。待至粮食已尽，兵士饥疲，五百人丧亡一大半，眼见得势穷力尽，不能再持。

燕兵并力登城，城上不过一二百人，如何拦阻？遂遭陷没。劲尚引着残卒，拼死巷斗，毕竟双拳不敌四手，被燕兵左右攒集，把他活捉了去，牵往见恪。恪劝劲降燕，劲神色自若，连说不降。恪暗暗称奇，欲加宽宥。中军将军慕容度道："劲虽奇士，看他志趣，终不肯为我用。今若加宥，必为后患。"恪乃将劲杀死，令左中郎将慕容筑为洛州刺史，镇守金墉，留卫洛阳；自与吴王垂略定河南，直至崤渑，关中大震。秦王坚亲率将士，出屯陕城，备御燕军。恪见秦有备，方收兵还邺。惟使垂为征南大将军，领荆州牧，都督、荆、扬、洛、徐、兖、豫、雍、益、凉、秦十州军事，配兵一万，驻守鲁阳。晋廷始终不发一兵，往复河洛，但追赠沈劲为东阳太守，聊旌忠节罢了。劲若有知，尚留余恨。

是年七月，帝奕立妃庾氏为皇后。后为前荆江都督庾冰女，亲上加亲，当然乾坤合德，中外胪欢。只是帝奕后来被废，殁无尊谥，历史上但称帝奕，小子不得不沿例相呼。特别提明。庾氏得列正宫，好象是预知废立，不愿久存。才阅十月，便安然归天，予谥曰"孝"，当即奉葬。进会稽王昱为丞相，录尚书事，入朝不趋，赞拜不名，履剑上殿。是年，改元太和，算是帝奕嗣位的第一年。益州刺史周抚病殁，诏令抚子楚继任。抚镇益州三十余年，甚有威惠，远近詟服。梁州刺史司马勋，久思据蜀，只因抚有威名，惮不敢发，及抚死楚继，遂举兵造反，自称成都王，攻入剑阁，围住成都。周楚遣使至下流告急，桓温遣江夏相朱序往援，会同楚兵，内外夹攻，得将司马勋击毙，蜀地复平。序收兵东归。

惟燕兵复屡寇晋境，燕抚军将军慕容厉寇兖州，连陷鲁高平数郡。晋南阳督护赵亿举宛城降燕。燕令南中郎将赵盘戍宛。越年初夏，燕镇南将军慕容尘，又寇晋竟陵，亏得晋太守罗崇应变有方，出兵击退燕军，又与荆州刺史桓豁合兵攻宛，走赵亿，逐赵盘，夺还宛城，崇还戍竟陵。豁追赵盘至雉城，复杀败盘兵，且将盘活擒归来，燕人始稍稍夺气，敛兵自固。并且燕室长城慕容恪得病垂危，不能视事，所以境外军务，暂从搁置，不复进兵。

恪尝虑燕主庸弱，太傅评又好猜忌，将来军国重任，无人承乏，因此时在记心。适乐安王臧前来探疾，恪即握手与语道："今南有遗晋，西有强秦，二寇都想伺机进取，只因我未有隙，不敢来侵。从来国家废兴，全靠将相，大司马总统六军，更宜量能授职，若果推才任忠，和衷协恭，就使混一四海，亦非难事，怕什么秦、晋二寇呢？我本庸才，猥受先帝顾托，每欲扫平关陇，荡一瓯吴，续成先帝遗志，乃忽罹重疾，势且不起，岂非天命？我死后以亲疏论，大司马一职，若非授汝，应该轮着中山王冲。汝两人未始无才，但少不更事，难免疏忽。惟吴王垂天资英敏，才略过人，汝等能交相推让，使握军权，自足安内攘外，幸勿贪利徇私，不顾国计哩。"臧唯唯而出。已而慕容评至，恪又申述大意，及病至弥留，由燕主暐亲往省视，恪复将垂面荐，再三叮咛，未几即殁，追谥曰"桓"。临死荐贤，不得谓其非忠。

暐偏不从恪言，竟令中山王冲为大司马。冲为暐弟，才不及垂。暐总道是懿亲可恃，所以舍垂任冲，但进垂为车骑大将军。会秦将苻庾举陕降燕，请兵接应，暐欲发兵救庾，因图关右。太傅评素无经略，谓不宜远出劳师。魏尹范阳王慕容德，表请乘机出兵，又为评所阻。时太尉阳骛，又相继谢世，继任的乃是司空皇甫真。真与垂统主张西略，并得苻庾来笺，极力怂恿，当由垂私下语真道："今我所患，莫若苻坚、王猛。主上年少，未能留心政事，太傅才识，远不及苻坚、王猛。现在秦方有衅，可取不取，恐正如苻庾来笺，将有甬东后悔哩。"《春秋左传》越灭吴，置吴王于甬东，苻庾笺中，曾引此为喻。真答道："我亦与殿下同意，但言不见用，奈何！奈何！"说着，与垂相对欷歔，挥涕而别。

旋闻陕城失守，苻庾被杀，还有庾党苻双、苻柳、苻武等，俱由秦王猛等讨平，一场好机会，坐致失去，垂与真更太息不已，徒恨蹉跎。俄而警报大至，晋兵大举西犯，前锋攻陷湖陆，宁东将军慕容忠，已经败没了。垂即自请出拒，燕主暐尚未肯任垂，但饬下邳王慕容厉为征讨大都督，给兵二万，使他前往。厉受命即行。

究竟晋兵由何人率领，原来是晋大司马桓温。先是燕主慕容俊病殁，晋廷将相，统说是中原可图，独温谓慕容恪尚存，未可轻视。及闻恪死耗，温乃疏请伐燕，拟即大举。适平北将军徐、兖二州刺史郗愔因病辞职，朝旨授温兼代愔任，准令出师。温遂率弟南中郎将桓冲及西中郎将袁真等，引兵五万，大举西进。参军郗超谓漕运未便，不如缓行。温不肯依议，遣建威将军檀玄为先锋，进攻湖陆，一鼓即下，擒住守将慕容忠。温闻捷甚喜，即率大军进次金乡。

时为太和四年六月，天气亢旱，水道不通。温使冠军将军毛虎生，凿通钜野三百里，引汶水会入清水，乃从清水挽舟入河，舳舻达数百里。郗超又入谏道："清水入河，仍难通运。若寇坚持不战，运道必绝，再思因寇为资，复无所得，岂非危道？计不若率众趋邺，彼惮公威，或即望风奔溃，北归辽碣，我即唾手可得邺城；若彼能出战，便与交锋，一战可决。倘恐胜负难必，务欲持重，何如顿兵河济，控引漕运，待粮储充足，来夏乃进。舍此两策，徒连兵北上，进不速决，退更为难。寇得迁延岁月，设法困我，渐及秋冬，水更滞涸。北方早寒，三军未带裘褐，必叹无衣，不但无食可忧哩。"温仍然不从。超为温所信任，何此时两不见从？岂胜败果有数么？已而慕容厉领兵来战，温与厉对垒黄墟，鏖兵猛斗，大败厉众，厉匹马奔还。燕高平太守徐翻望风降晋。温复分遣前锋将邓遐朱序，往攻林渚，击败燕将傅颜，温节节进兵。适燕乐安王臧奉燕王命，再统各军堵截晋师，被温迎头痛击，又大败亏输，逃之夭夭了。晋军随温进驻武阳，燕故兖州刺史孙元挈领族党，起应温军，温直至枋头。

是时，燕主暐及太傅评连接败报，吓得魂魄飞扬，一面遣散骑常侍李凤向秦求救，一面召集大臣，谋奔和龙。吴王垂奋然道："臣愿统兵击敌，如再不胜，走亦未迟。"暐乃命垂为南讨大都督，使与征南将军范阳王德等，调集步骑五万，出御晋军。垂请令司空左长史申胤。黄门侍郎封孚、尚书郎悉罗腾，皆为参军。暐当然允准，惟尚恐垂难却敌，再遣散骑侍郎乐嵩驰赴关中，催促援兵，情愿将虎牢西境，作为赠品。秦王坚与群臣集议东堂，群臣俱进言道："从前桓温侵我，屯兵灞上，燕未尝发兵相援，今温自攻燕，与我无涉，我何必往救。且燕从未向我称藩，我更不宜往救呢。"温至灞上，见五十五回。大众异口同声，并作一词，只王猛在旁默坐，不发片言。胸有成竹。秦王坚退入后庭，召猛入问。猛答说道："燕虽强大，慕容评实非温敌，若温举山东，进屯洛邑，收幽、冀兵士，得并、豫食粟，观兵崤渑，恐陛下大事去了。今不若与燕合兵，并力退温，温退燕亦疲，我可承他劳敝，一举取燕，岂不是良策么?"计固甚是，可惜太毒。坚抚掌称善。因遣将军苟池、洛州刺史邓羌率步骑二万人救燕，出自洛阳，进至颍川。更遣散骑常侍姜抚至燕报使，名为赴援，实是借此观衅，要想并吞燕土哩。

且说燕大都督慕容垂，带领将士，行近枋头，择地驻营，按兵不动。参军封孚，密向申胤道："温众强士整，乘流直进。今我军徒逡巡南岸，兵不接刃，如何能击退强敌哩?"胤答道："如温今日声势，似足有为，但我料他决难成功。现在晋室衰弱，温跋扈专制，想晋臣未必尽肯服温，所以温得逞志，众必不愿，势且多方阻挠，使温无成。且温恃众生骄，应变反怯，率众深入，应该急进，今反逍遥中流，坐误事机。彼欲持久取胜，岂不思粮道悬绝，转运为难么？我料他师劳粮匮，情见势绌，必且不战自溃了。”孚喜道：“诚如君言，我可坐待胜仗哩。”

翌日，慕容垂升帐，但命参军悉罗腾，与虎贲中郎将染干津等，引兵五千，授他密计，出营拒温。腾行至中途，遥见一敌将跃马前来，背后引着晋兵千余人。仔细辨认，乃是燕人段思，叛燕降晋，便语染干津道：“可恨此贼，定是来作向导，卿可诱他过来，我当设法擒他。”染干津听着，便率五百人前进，遇着段思，便与交锋。才经数合，便虚晃一枪，拍马就走。思不知是计，纵马追去，不料悉罗腾纵兵杀出，染干津亦回马夹攻。段思能有偌大本事，禁得起两路兵马？一场厮杀，被腾生擒活捉去了。腾将思解送大营，自与染干津共往魏郡。可巧兜头碰着李述，乃是故赵部将，归属晋军，当下告染干津道：“我都督曾料晋兵旁掠，特遣我等到此。今果与敌相遇，须力斩来将，方好挫他锐气。”借腾口中，叙明密计。染干津便跃马摇枪，往战李述。述非染干津敌手，战了片时，力怯欲遁。悉罗腾纵辔出阵，向述一刀，砍去左肩，返身坠地。染干津下马枭首，述众皆遁，被腾杀死大半，回营报功。垂已令范阳王德，与兰台侍御史刘当，分率骑士万五千人，往屯石门，截温运漕。更使豫州刺史李邦带领州兵五千，截温陆运。温方命袁真攻克谯梁，拟通道石门，以便运粮。偏燕将慕容德等已在石门扼住，不能前进。德复令将军慕容寅，前往挑战，引诱晋军追来，用埋伏计，杀毙晋军多人。温闻粮道梗塞，战又失利，当然不能久留，且探得秦兵又至，没奈何焚舟弃仗，遵陆退归。小子有诗叹道：

行军第一是粮需，饷道艰难即险途。
锐进由来防速退，事前何不用良谟。

欲知温退兵情形，本回不及再表，须看下回自知。

洛阳可救而不救，徒致沈劲之死节，晋廷可谓无人。然尸其咎者非他，桓温也。哀帝崩，帝奕立，当交替之际，晋廷之不能援洛，犹为可原；温自赭圻移镇姑孰，何不即日出师，往援洛阳乎？彼沈劲能盖父之愆，为晋殉节，变凶逆之族，为忠义之门，此本回之所以特从详叙也。桓温利恪之死，乃大举伐燕，不知恪虽死而垂尚存。垂之才不亚于恪，宁必为温所败？况郗超二策，上则悉众趋邺，次则顿兵河济，诚为当日不易之良谟。温两不见听，徒迂道兖州，被阻石门，师已老而屡战无功，粮将竭而欲输无道，卒致焚舟却走，仓猝退师。人谓温智，温亦自谓予智，智果安在哉？故洛阳之陷，有识者已为温咎，至枋头之败，温之咎更无可辞云。

第六十一回

慕容垂避祸奔秦　王景略统兵入洛

却说桓温自枋头奔归，焚舟弃仗，丧失不赀，但命毛虎生督东燕等四郡军事，领东燕太守。温从东燕出仓垣，凿井而饮，沿途饥渴交乘，很觉困顿。那燕大都督慕容垂却未曾急追。诸将争请追击，垂与语道："我并非不欲往追，但行军须知缓急，不应轻动。今温方引兵退去，必严兵断后，我若骤然追击，恐难得志。不如展缓一两日，他见追兵未至，定当昼夜疾趋，速离我境，至离我已远，力尽气衰，然后我倍道往追，无虑不胜了。"如垂智谋仿佛似恪，故恪之推荐，确有特识。说着，乃亲督精骑八千人，徐徐进行。

温果兼程疾驰，力行至七百里，总道是去敌已遥，可以无忧，乃安营休息。早有燕骑探知消息，向垂返报。垂遣范阳王德率劲骑四千名，从间道抄至襄邑，埋伏东涧中，截温去路。自引四千骑急进，直逼温营。温麾下尚有数万人，只因连日奔波，不堪再战，忽遇燕兵追到，顿时人人失色，个个惊心。温也捏了一把冷汗，没奈何出营厮杀。本来是我众彼寡，尽可支持，无如众无斗志，见敌即怯，温禁遏不住，只好且战且走。行至东涧相近，蓦听得一声胡哨，旷野中遍竖旗帜，引着许多铁骑，截杀过来。晋军统吓得胆落，不暇辨视来兵多寡，只恨身上少生两翅，无术腾空，不得已觅路四窜，你也走，我也逃，越想逃走，越是送死。燕兵前拦后逼，煞是厉害，见一个，杀一个，好似斫瓜切菜一般。好容易逃脱一半，已是二三万人，断送性命了。温垂头丧气，还至谯郡，谁知又有一彪军杀出，截住温军。温慌忙挈着轻骑，拼命冲过，后队被来兵拦杀，死伤又近万人。好似曹操之战赤壁。究竟来兵从何处杀到？原来是援燕的秦军，统将叫作苟池。接应六十回。池得胜归去，晋军七零八落，回至姑孰，五万人只剩得六七千了。

温经此挫，自觉脸上无光，不得不设法分谤。适袁真自石门奔归，温遂说他拥兵观望，贻误饷源，以致粮尽丧师。当下拜表劾真，并把邓遐亦牵连在内。晋廷惮温如故，即免真为庶人，并夺遐官。遐得休便休，只袁真心下不服，也上表劾温罪状。好几日不见复诏，真竟据住寿春，叛晋降燕，遣人诣邺中求救。无罪遭诬，原是难受，但背主降虏，究属不合。燕遣大鸿胪温统，持册拜真为征南大将军，领扬州刺史，封宣城公。统在道病殁，免不得稽延使事，真望眼将穿，不得邺中消息，又通使关中，向秦乞降去了。这真叫做朝摩燕阙，暮谒秦关。惟燕故兖州刺史孙元，前次起应温军。及温军败还，元据武阳拒燕，燕使左卫将军孟高，率兵讨元。元战败遭擒，当然毕命。晋东燕太守毛虎生，在淮北站足不住，逾淮南归，温使虎生为淮南太守，镇守历阳。晋廷反遣侍中罗含，赍牛酒犒温军。又由会稽王昱，诣温会议，再图后举。昱返都后，诏授温世子熙为征虏将军，领豫州刺史，败不加诛，反给封赏，可怪不可怪呢！明是教猱升木。

且说燕将吴王垂，自襄邑还邺，威名益振。太傅评向来忌垂，至此益甚，垂表列将士功赏，统被评抑置，无一照行。垂不免忿怼，入阙面请，与评争论廷前。燕主暐不能裁决，燕臣又惮评威势，不敢助垂，可怜垂舌敝唇焦，终无效果，反与评多结怨恨罢了，就中尚有一段情由，关系垂事。垂妃段氏，为燕太后可足浑氏所谮，冤死狱中。事见五十八回。垂格外悲悼，因娶段妃女弟为继室。偏可足浑氏胁令出妻，硬把亲妹长安君嫁垂。垂虽勉强遵命，心中很是不乐，名目上配合长安君，其实是心怀故剑，不及新欢，所以伉俪无情，看同陌路。这长安君遭夫白眼，怎能不上诉椒房？因此可足浑太后，时常恨垂。再加燕主暐新立一后，就是可足浑太后的侄女，姑侄变成婆媳，亲上加亲，联同一气，太后与垂有嫌，皇后自应表同情，宫帏里面，交口毁谤；任你燕主暐如何英明，也未免听信谗言，况暐原是个糊涂虫，怎能不为所迷，太后可足浑氏，见暐亦嫉垂，遂召太傅评入议，将加垂罪，置诸死刑。独不怕阿妹守寡么？

故太宰恪子楷，及垂舅兰建，暐得秘谋，即往告垂道："先发制人，后发为人制。今但除太傅评及乐安王臧，余众自无能为了。"垂慨然道："骨肉相残，自为乱首，我虽死，不忍出此！"二人乃退。越宿，又来告垂道："内意已决，不如先发。"垂复答道："如果不可弥缝，我宁可出奔他方，此外不敢与闻！"心术可取。二人复进说道："就使出亡，也宜早行，等到祸机一发，欲行亦无及了。"说毕自去。垂踌躇未决，在家闷坐，世子令尚未得知，但见垂有忧色，乃就前禀问道："我父面带愁容，莫非因主上庸弱，太傅猜疑，功高身危，因劳忧虑么？"垂说道："汝既能知吾心，可有良策否？"令答道："主上方委政太傅，一旦祸发，必似迅雷。今欲保族全身，不失大义，莫若逃往龙城，逊辞谢罪。如古时周公居东，静待主悟，再得还邺，方为大幸。否则内抚燕代，外睦群夷，守险自固，亦不失为中策哩！"垂起语道："汝言甚是，我计决了！"翌晨，即托词游猎，挈领诸子，微服出邺，径向龙城进发。行次邯郸，不意少子麟背地逃还。垂素不爱麟，料知麟必走归邺中，告发隐情，乃亟令世子令断后，自率左右前进。

果然不到半日，西平公慕容疆率骑追来，幸亏追兵不多，由世子令在后截住，倒也不敢进逼。延至日暮，追骑渐退，令走与垂语道：“本欲保守东都，为自全计，今事机已泄，谋不及行，现闻秦王方延揽英豪，不如暂时往投，再作计较！”垂不甚愿意，摇头道：“我自有计，何必投秦！”当下散骑晦迹，仍向南山绕道还邺，暂憩城外显原陵。适有猎人数百骑，四面环集，垂进退两难，仓皇失措，可巧猎鹰飞逸，众骑追鹰四散，才得无虞。垂乃杀马祭天，誓告从者。世子令又语垂道：“太傅评忌贤嫉能，不惬众情，邺中人士，莫不瞻望我父。若掩入城中，攻其无备，都人必欣然相应，定能唾手成功。事定以后，除害简能，匡辅主上，既能安国，更足保家。这乃今日上计，决不可失，但教给儿数骑，便可措办了。”策固甚佳。垂半晌才道：“似汝谋图，事成原是大福；倘或不成，追悔何及。汝前劝我西入关中，今日事等燃眉，不如依汝前言，就此西奔罢！”遂潜召段夫人，与兄子楷、舅兰建等，一同奔秦，只继妃可足浑氏，即长安君。听她居邺，不与偕行。到了河阳，为津吏所阻，垂拔刀杀毙津吏，挈众渡河，奔入关中。

秦王苻坚，方思图燕，只惮慕容垂。蓦有关吏入报，垂弃燕来奔，不禁大喜，急率吏郊迎。握手与语道：“天生俊杰，必相与共处，共成大功。今卿果前来依我，我当与卿共定天下，告成岱宗，然后还卿本邦，世封幽州。卿去国仍不失为孝，归我亦不失为忠，岂非一举两善么？”垂拜谢道：“远方羁臣，得蒙收录，已为万幸，怎能有他望呢！”坚又接见慕容令、慕容楷等，都称为后起英雄，延入都城，优礼相待。关中士民，素慕垂名，交相倾慕，独王猛入谏道：“慕容垂父子，譬如龙虎，若借彼风云，必不可制，不如早除为是！”坚愕然道：“我方欲收揽英雄，肃清四海，奈何反杀降臣？况我已推诚相与，视同心腹，匹夫尚不食言，难道万乘主反好欺人么？”坚不肯杀垂，原是驾驭群雄之道，不得以后来叛去遽咎当时。

坚遂令垂为冠军将军，封宾都侯。垂兄子楷，为积弩将军，赏赐巨万，待遇甚隆。

是时，秦与燕方敦和好，使节往来。燕散骑常侍郝晷，及给事黄门郎梁琛，相继赴秦。晷与王猛有旧，彼此叙谈，免不得将燕廷情事，约略告知。独琛自尊国体，不肯轻泄一语。琛从兄弈，仕秦为尚书郎，秦特使他为招待员，延琛往寓私舍。无非欲探刺隐情。琛说道："从前诸葛瑾为吴聘蜀，与诸葛亮本为兄弟，亮惟公朝相见，退不私面。我与兄迹等古人，应该效法前贤，怎敢擅留兄室呢？"弈乃如言返报，秦主坚又命弈过问燕事。琛答道："今秦燕分据东西，兄弟并蒙荣宠，食禄忠君，各尽本职。琛欲言东国美政，恐非西国所乐闻，此外又非使臣所得妄言，兄来问我做甚！"好一个使臣。弈又复报闻。王猛劝坚留琛，坚留琛月余，至慕容垂入秦，乃遣琛归燕。

琛兼程回国，一入邺城，便往见太傅慕容评，坐定即说道："秦人日阅军旅，聚粮陕东，无非意图东略，必不能与我久和。今吴王又去归秦，多一虎伥，太傅宜赶早筹备，勿堕敌谋！"评沈着脸道："秦岂肯信我叛臣，自败和好么？"呆话。琛答道："今二国分据中原，常思吞并。近来桓温入寇，彼发兵来援，并非真心爱我，实借援我为名，探我虚实。我若有衅，彼岂遽忘本志么？"评问秦王为何如人？琛说是英明善断。评又问王猛如何？琛说是名不虚传。评始终不信，冷笑作罢。琛再入告燕主暐，暐亦不以为然。琛复退告皇甫真，真疏请拨兵防边，毋恃和议。暐乃召评入商，评嚣然道："秦国小力弱，当恃我为援。苻坚名为贤主，亦未必肯纳叛臣。我何必无故自扰，反启寇心！"暐随口称善。

已而秦遣黄门郎石越报聘，评反盛设供张，夸示富丽。尚书郎高泰，及太傅参军刘靖，相偕语评说："秦使言动目肆，居心可知，公宜示以兵威，或可折服彼意。今反示以奢侈，恐益使轻视了!”评仍然不从，泰遂谢病归家。尚书左丞申绍，见燕政日紊，内由可足浑太后专政，外有太傅评等擅权，贪冒无厌，引用非才，不由的忧愤交并，因上书言事，极陈时弊。大略说是：

臣闻汉宣有言：“与朕共治天下者，其惟良二千石乎!”是以特重此选，必揽英才。今之守宰，率非其人，或武臣出自行伍，或贵戚生长绮绔，既不闻选举之方，复不得黜陟之法，贪惰者无刑戮之惧，清修者无旌赏之劝，百姓困敝，侵昧无已，兵士逋逃，寇盗充斥，纲颓纪紊，莫相纠摄。且吏多政烦，由来常患，今之现户，不过汉之一大郡，而备置百官，加之新立军号，虚假名位，公私驱扰，人不聊生，是非并官省职，何由饬政安民？彼秦、吴二虏，僭据一方，尚能任道捐情，肃谐伪郡，况大燕累圣重光，君临四海，而可政治失修，取陵奸寇哉！邻之有善，众之所望，我之不修，众之愿也。秦吴狡猾，地居形胜，非惟守境而已，乃有吞噬之心。中州丰实，户兼二寇，弓马之劲，秦吴莫及，比者赴敌后机，兵不速济何也？皆由赋法靡恒，役之非道，郡县守宰，每于差调之际，无不舍置殷强，首先贫弱，行留俱窘，资赡无所，人怀嗟怨，遂致奔亡，进阙供国之饶，退离蚕桑之要。

兵岂在多，贵于用命，宜严制军务，精择守宰，复习兵教战，使偏伍有常，从戎之外，足营私业。父兄有陟岵之观，子弟怀孔迩之顾，虽赴水火，何所不从？夫节俭省费，先王格言，去华敦实，哲后恒宪，故周公戒成王，以丰财为本，汉文以皂帏变俗，孝景宫人，弗过千余，魏武宠赐，不盈十万，薄葬不坟，俭以率下，所以割肌肤之惠，全百姓之力也。今后宫之女，四千有余，僮仆厮役，过兼十倍，一日之费，价盈万金，绮縠罗绔，岁增常额，戎器弗营，奢玩是务，帑藏空虚，军士无赖，宰相王侯，迭尚侈丽，风靡之化，积习成俗，卧薪之谕，未足甚焉。

宜罢浮华非要之役，峻定婚姻丧葬之条，禁绝奢靡浮烦之事，出倾宫之女，均农商之额，公卿以下，以四海为家，赏必当功，罚必当罪，如此则纲纪肃举，公私两遂。温猛之首，可悬之白旗，秦、吴二主，可礼之归命，岂特保境安民而已哉！陛下若不远追汉宗弋绨之风，近崇先帝补衣之美，臣恐颓风弊俗，亦且改变靡途，中兴之歌，无以轸诸弦咏矣！更有请者，索虏什翼犍，疲病昏悖，虽乏贡御，无能为患，而劳兵远戍，有损无益，不若移置并豫，控制两河，重晋阳之戍，增南藩之兵，严战守之备，衔千金之饵，蓄力待时，庶乎一举而灭二寇，如其虔刘送死，俟入境而断之，可使匹马不返，非惟绝二国之窥窬，抑亦戡乱殄寇之要图也。惟陛下览焉！

这篇书牍，正是救燕的良策，偏燕主暐，毫不加省，反令他出守常山。且秦使来索前约，请割虎牢西境，见六十回。燕太傅评反语秦使道："行人失辞，救患分灾，系邻国常理，奈何来索重赂呢？"看官试想！这秦王坚早思西略，只恨无隙可乘，一时不便兴兵，此次燕人负约，正是师出有名，怎肯坐失机会！当下用王猛为辅国将军，使率建威将军梁成，洛州刺史邓羌，率领步兵三万，直压洛阳。洛阳守将乃是燕洛州刺史武威王慕容筑。他闻秦兵入境，当然集众守城，只苦部兵寥寥，挡不住西来雄师，因急遣使至邺，速请援兵。时值燕主暐建熙十年冬季，燕廷方准备过年，竟把洛阳事搁起。越年元旦，且援例庆贺，喜气盈廷，哪知洛阳已是万急，警报日至，才遣乐安王臧，出兵援洛。是年燕亡，故特提叙燕历，以醒眉目。慕容筑苦守孤城，待援不至，已是焦急异常，适有敌书从城外射入，由军吏拾起呈览，因即展阅，内云：

我国家已塞成皋之险，杜盟津之路，大驾虎旅百万，自轵关取邺都。金墉穷戍，外无救援，城下之师，将军所监，岂三千敝卒所能支乎？语云：识时务者为俊杰。吴王已导于前，将军何不随踵其后。否则孤城一破，玉石俱焚，愿将军图之。

筑阅书后，自思吴王垂尚且降秦，燕必危亡，不如依了敌书，出降秦军，随即复书请降。王猛陈兵城下，待筑开城，筑率众出迎，由猛欢颜接见，麾兵入城，抚众安民，不劳而定。当命偏将杨猛往探路踪，以便进取。杨猛行至石门，适值燕乐安王臧引兵前来。急切无从趋避，手下又不过数百骑，如何抵敌？当被燕军困住，活擒了去。臧遂筑新乐，进屯荥阳，王猛得知消息，便遣梁成、邓羌，统众往击，大破臧军，俘斩万余人。臧退保石门，梁、邓二将乘胜进逼，相持经旬。因得王猛军书，召他还洛，于是徐徐引退，羌在前，成在后。那乐安王臧，不知好歹，还道秦兵引退，乐得追赶。先锋杨璩又是个冒失鬼，策马轻进，刚值梁成返军待着，兜头拦住，两下交战，才经数合，被成舒开猿臂，将杨璩一把抓来，掷诸地上，眼见由秦兵绑去。成复驱兵转杀，斩首至三千余级，吓得慕容臧伏鞍急逃，奔回石门，成始收兵还洛。王猛一一记功，留邓羌居守金墉，自与梁成等退入关中。

先是王猛出发时，引慕容令为参军，使作向导，且至慕容垂处叙别。垂设宴饯行，猛且饮且语道："今当远别，君将何物赠我，使我睹物怀人？"垂莫名其妙，便解佩刀相赠。猛宴毕即行，慕容令当然随去。及抵洛阳，猛却召入帐下走卒，叫作金熙，密赠金帛，叫他诈充垂使，即将垂所赠佩刀，使他赍去给令，且嘱使传语，伪为垂词道："我父子奔入关中，无非为逃死起见。今王猛嫉人如仇，谗毁交至。秦王虽阳示厚善，隐情究不可知。若我父子仍不免一死，何如归死首丘。近闻东朝已渐悔悟，主后相尤，我所以决计东归，已经就道，汝亦速行为要！汝若不信，可视佩刀。"令未识猛计，且前时赠刀一事，亦未得闻，总道是来使可信，况金熙曾在垂处，充过役使，佩刀又非赝鼎，尚有何疑？当下遣还金熙，悄悄的奔出军营，往投乐安王臧，猛即表令叛状，垂闻报即走。到了蓝田，被追骑赶着，不得已再回关中。秦王坚召垂入见，垂惶恐谢罪。坚怛然道："卿家国失和，委身投朕，贤郎心不忘本，仍然返国，倒也不足深咎。不过燕已将亡，非贤郎所能使存，徒入虎口，有损无益。朕非暴主，也知父子兄弟，罪不相及，卿何必畏罪骇走呢？"垂拜谢而出。小子有诗讥王猛道：

楚材晋用亦何妨，但免忮求罔不臧。
尽说英雄王景略，如何作幻惯诪张！

慕容垂幸得免罪，慕容令能否脱祸，容至下回表明。

微子奔周而商亡，由余奔秦而戎灭，伍胥奔吴而楚覆。自来豪杰出亡，甘为敌用，必致祖国沦胥，如慕容垂之奔秦，亦犹是也。燕之存亡，关系于垂之去留，垂去而燕尚能久存乎？本回特别叙明，志燕之所由亡也。况如梁、琛皇甫、真申绍等之进谏，而无一见用，内有妒后，外有贪相，虽欲不亡，不可得已。王猛以燕之背约，统兵入洛，理直气壮，无虑不胜，但必以慕容垂父子未可轻信，即劝秦王坚杀之，劝之不听，又设种种诈谋以陷害之，是何褊窄若此！厥后垂兴坚败，乃坚骄盈之咎耳，岂不杀垂之咎哉！

第六十二回

略燕地连摧敌将　拔邺城追掳孱王

却说慕容令奔至石门，见了乐安王臧。臧恐他来做奸细，面上佯表欢迎，心中很怀疑窦，当下报知燕廷，表明己意。燕主暐立即复谕，饬将慕容令谪徙沙城。沙城在龙城东北六百里，令被他徙往该处，正是满目荒凉，不堪郁闷，自思终不免祸，不如冒险图功，于是联络沙城戍卒，谋袭龙城。偏有人告知龙城守将，预先防备，往攻不克，恼丧而返。戍卒恐为令所累，竟将令刺死，函首送燕。东西跋涉，空落得身首分离，父子长别，这也是命数使然，可悲可叹呢。实是王猛害他。

且说晋桓温自枋头败还，尚拟再举，闻得秦人取洛，正好乘隙图燕，乃亟发徐、兖州民，增筑广陵城，自率麾下兵士，由姑孰移镇广陵。当时征役繁重，疫疠又兴，十死四五，民不堪命。秘书监孙盛是一个文章妙手，与散骑常侍干宝齐名，干宝尝作《搜神记》二十卷，刘惔号为“鬼董狐”，嗣复著《晋纪》二十卷，自宣帝起，宣帝即司马懿。至愍帝止，词旨婉直，世称良史。从孙盛带叙干宝，不没文名。盛亦继作《魏晋春秋》直书时事，如桓温败绩枋头，他却据实纪载，毫不讳言。温得见盛文，怒不可遏，便召盛子潜与语道：“枋头虽然失利，何至如尊君所言，若此史得传，君家门户，亦休想保全呢!”说至此，张目如铃，奋须似戟，吓得孙潜魂不附体，慌忙下拜，情愿还家告父，即为修改。温乃将潜叱退。潜知盛家法素严，到老更辣，此时为身家计，不得不回家禀白，备述情形。盛愤愤道："桓元子丧师辱国，还想我替他掩饰么？我若下一曲笔，算什么史家书法！"潜跪请道："现在桓氏权盛，朝廷尚且怕他，还请我父三思！"盛益怒道："我不怕死！"潜再叩头泣请，就是一门家口，无论长幼，统环跪盛前，固请删改，保全家门。盛奋袖入室，仍然不许，且另钞别本，寄往北方。潜急得没法，只好瞒过乃父，私下修改，持示桓温，伪称是乃父手笔。温见原文已改去大半，并为极力回护，方才转怒为喜，令潜持还，一面部署兵马，先讨袁真。

真据住寿春，受燕封为扬州刺史，逾年病毙。陈郡太守朱辅，与真友善，也随真降燕，因立真子瑾为建武将军，领豫州刺史，保住寿春，遣子乾之及司马彝亮，赴邺请命。燕授瑾为扬州刺史，辅为荆州刺史，且遣兵助瑾，进至武邱。晋将竺瑶，已奉桓温军令，往击袁瑾，正值燕兵到来，便移军与战，得破燕兵。南顿太守桓石虔，为温从子，又由温遣攻寿春，突入南城。温连得捷报，亲率二万人继进，至寿春城下，筑起长围，内遏敌冲，外截援道。燕复遣左卫将军孟高，引兵救瑾，途中接得邺中急诏，乃是秦兵大举，攻克壶关，促高返御秦寇。高只好匆匆还军，不暇顾及寿春了。接入秦、燕交兵，时序不紊。

先是王猛旋师，正因粮道不继，所以急归。秦王坚进猛为司徒，录尚书事，封平阳郡侯。猛固辞不许，乃整兵储粟，再拟伐燕。筹备至半年有余，俱已安排妥当，乃由坚下令，仍使猛为统帅，督同镇南将军杨安等十将，步骑六万人，祃纛出关。坚亲送猛至灞上，执卮与语道："今委卿经略关东，当先破壶关，继平上党，长驱取邺，如迅雷不及掩耳，方可成功。我当亲率万众，继卿星发，舟车粮运，水陆并进，卿尽管前行，可勿劳后顾呢。"说着，便将酒卮给猛，使猛取饮。猛拜受饮毕，慨然答说道：“臣得仗威灵，奉成算，往平残胡，如风扫叶，不烦銮舆亲犯尘雾，但愿预敕有司，处置俘虏便了！”踌躇满志。坚闻言大悦，再赐猛尚方宝剑，准令便宜行事。猛拜领而去，坚当然还都。

猛麾军直逼壶关，遣杨安等往攻晋阳。燕主暐闻秦兵入境，亟令太傅慕容评，调集中外兵马三十万，出拒秦军。会邺中屡有妖异，暐颇以为忧，乃召散骑侍郎李凤，黄门侍郎梁琛，中书侍郎乐嵩入见，问及军事道：“秦兵多少如何？今我军大出，王猛能与我战否？”好似呓语。李凤答道：“秦国小兵弱，怎能敌我王师？王景略乃是常才，又非我太傅敌手，何劳忧虑！”简直是梦话了。琛与嵩却接入道：“将在谋不在勇，兵贵精不贵多。秦兵远来为寇，怎肯不战？我当用谋求胜，奈何反望他不战呢！”暐初闻凤言，颇有喜色，及听得二人言论，又变作怒容。正愤闷间，外面已传入警报，乃是壶关失守，上党太守、南安王越，被敌擒去，郡县相继降秦，急得暐面目又改，变做了一片土色；但使李凤出外催评，速即进兵。凤受命趋出，琛与嵩亦相继告退。

慕容评领兵出发，行至潞川，探得秦兵甚锐，不敢前进，便在潞川逗留。朝命虽然敦促，他总是顾命要紧，仍然不动。那王猛已攻入壶关，留屯骑校尉苟苌守着，自引兵往助杨安。安攻晋阳，连日未下。及猛至城下，见城池高深，不易力取，乃使虎牙将军张蚝，督领壮士数百人，夜凿地道。至地道已成，即由蚝与壮士，从地道偷入城中。燕兵但防秦军登城，不料蚝等从地下突出，大呼斩关，招纳秦军。燕并州刺史东海王庄，为晋阳守将，蓦闻急警，忙率兵拦阻。秦军如潮涌入，就使庄三头六臂，也是不及抵挡。当下拍马返奔，被张蚝持矛追及，刺落马下，捆绑了去。余众多降，晋阳遂破。两个燕室懿亲做了俘囚先导。猛又使将军毛当戍晋阳，自引大军趋入潞川，与评对垒。

评素贪鄙，在潞川逗留多日，私据郭固山泉，令军人入绢一匹，方得给水二石。军人无可如何，只得向他购水，纳入钱帛，高等邱陵。这叫做死要铜钱。至闻猛悬军深入，仍然闭住营门，不准将士出战，但言当持重制敌，毋得妄动。猛侦知情形，不禁冷笑道："慕容评真是奴才，虽有众百万，也不足惧，何况止二三十万呢！我此行定能灭燕了。"遂召游击将军郭庆入帐，使率骑兵五千，夜袭燕兵辎重，不得有误。庆领命而去，当夜出发，从间道绕出燕营后面。正值三更时候，遥望燕辎重营，扎住山上，一些儿没有影响，料知辎重兵都已睡着，便令部众各燃火炬，跃马登山，呼噪直上。燕兵守住辎重，不过数千，仓猝惊醒，睡眼朦胧，向下一望，差不多有几万火炬，大家惊惶得很，还是趁先逃走，较为见机，一动百动，纷纷乱窜，霎时间逃得精光。郭庆驰至辎重旁，已无一人，便集五千火炬，焚毁辎重。火盛风炽，山高焰飞，连邺城里面，都得了见，邺中大震。黄门侍郎封孚私问司徒长史申胤道："此城可得保存否？"胤答道："此城必亡，我辈亦必为秦虏；但目前福德在燕，秦虽得志，不出一纪，燕可重兴了。"燕主暐遣侍中兰伊，驰赴潞川，传敕责评道："王系高祖嗣子，当以社稷宗庙为忧，奈何不抚战士，反榷卖泉水，自谋货殖呢？试想国家府库，朕与王应同享受，何虑贫穷？若寇得直进，家国破亡，王持钱帛，存置何处？皮且不存，毛将怎附？可急将钱帛散给三军，振作士气，得能平寇凯旋，立功报国，朕与王才得安荣了！"

评接到此敕，惊惧交并，没奈何致书秦营，向猛请战。猛批回战期。届期这一日，猛陈师渭源，向众宣誓道："王景略受国厚恩，任兼内外，今与诸君深入战地，应该竭力致死，有进无退，誓报国家，待功成归国，受爵君廷，称觞亲室，岂不是一大喜事么?”大众齐声应命，于是破釜弃粮，大呼竞进。猛在后督军，望见燕兵大至，趋集如蚁，也恐众寡不敌，私自踌躇。旁顾邓羌在侧，乃手抚羌背道：“今日大敌当前，非将军不能破灭，成败利钝，在此一举，愿将军努力!”羌应声道：“若能给我司隶一职，公可无忧!”羌亦太贪富贵。猛答道：“这非我所能及，将军如得立功，我当表请为安定太守，万户侯。”羌默然不答，反向后退去。猛不禁着急，驰呼羌还，准如所请。羌即与张蚝、徐成等，跨马运矛，突入燕阵。秦军一齐随上，横厉无前。燕兵虽数倍秦军，可奈人无斗志，各思趋避，你推我诿，任凭秦军，出入自由。战至日中，燕兵大溃，秦军乐得追杀，俘斩至五万余人，逃去约十余万，乞降又六七万，评单骑走还邺城。

猛长驱围邺，一面遣使告捷。秦王坚返报道：“将军役不逾时，便即大捷，直抵寇都，功无与比。朕当亲率六军星夜前来，将军可休养将士，静待朕至。”猛乃屯兵城下，严申军律，法简政宽，远近帖然。燕民各安生业，喜相告语道：“不图今日复见太原王。”猛闻知舆论，不禁叹息道：“慕容玄恭，确是奇士，可称为古时遗爱了!”遂特具太牢，亲往祭墓。看官听着！这慕容玄恭，就是太原王恪的表字。

过了七日，秦王坚已自率精锐十万，到了安阳。猛潜往谒坚，坚戏语道：“昔周亚夫不迎汉文帝，今将军独临敌弃兵，究是何意?”猛答道：“亚夫不纳汉文，太觉好名，臣尝未敢赞同；且臣奉陛下威灵，东讨残虏，釜底游魂，立可荡平，何劳陛下远临?”坚又道：“朕留太子监国，李威为辅，内顾无忧，所以率甲远来，看卿灭贼。”猛太息道：“监国冲幼，未能守国，倘有不测，追悔何及！陛下独不记臣灞上语么?”坚但说无妨，俟平邺后，即当西归，猛乃辞别回营，督兵急攻。

先是燕宜都王桓，率众万余，屯居沙亭，为评后援。及闻评败，移驻内黄。坚使邓羌攻信都，信都与内黄相近，桓闻风惶惧，奔往龙城，邺中益震。燕散骑常侍余蔚等，率同扶余高句丽及上党质子五百余人，夜开邺城北门，纳入秦军。

燕主暐与太傅评，乐安王臧，定襄王渊，左卫将军孟高，殿中将军艾朗等，溃围北去。秦王坚得入邺城，即使游击将军郭庆，麾骑追暐。暐出邺城时，卫士尚有千余骑，既而沿途四散，惟十余人随暐北行，道旁又是荆棘，群盗又四起如毛。孟高扶侍燕主，护持二王，非常劳瘁，且所在遇盗，转斗而前。好几日行至福禄，依冢暂憩，不意有剧盗数十人，张弓挟矢，吆喝前来。高即持刀与战，杀伤数盗。及刀折力穷，自知不免，乃直前抱住一贼，同仆地上，凄声大呼道："男儿今日死了！"言未已，身上已中数箭，呕血而亡。艾朗见高独战，也上前奋斗，与高俱死。暐乘马中箭，乃下鞍步行，踉跄急走。偏有大队人马，从后追到。回头一望，并非暴客，乃是秦将郭庆部下的先驱，叫作巨武。既至暐前，便指挥兵士，上前缚暐。暐叱道："汝是何人，敢缚天子？"还要自称天子，总算大胆。武厉声答道："我奉诏缚贼，何物小丑，尚敢自称天子呢！"暐无法撑拒，只好束手受擒，被武牵回邺中。独慕容评北奔龙城，外此数人，统作俘虏，一并解入邺中。秦王坚见暐后，问他何故不降？暐答道："狐死尚正首丘，但欲归死先人墓侧呢。"坚也觉动怜，敕令还宫，使率文武出降。总计前燕自慕容廆据大棘城，至俊僭号，传暐亡国，共八十五年。前燕了。

坚又使郭庆进攻龙城，慕容评东奔高句丽，慕容桓也逃往辽东。辽东太守韩稠已通款降秦，闭城拒桓。桓攻城不下，复因郭庆追至，弃众潜奔。庆遣部将朱嶷追捕，嶷率轻骑急驰，行至数十里，便得见桓，击杀了事。慕容评被高句丽人拘住，械送邺中，秦王坚也加赦宥。封降王暐为新兴侯，命评为给事中，所有燕宫子女玉帛，俱分赐将士，且下诏大赦道：

> 朕以寡薄，猥承休命，不能怀远以德，柔服四维，至使戎车屡驾，有害斯民，虽百姓之过，然亦朕之罪也。其大赦五下，与之更始，特此诏闻！

先是燕黄门侍郎梁琛使秦，曾用侍辇苟纯为副，一切应对事宜，琛未尝与纯商议，纯因此挟嫌。及与琛返邺，当即进谗道："琛在长安，与王猛很是亲善，莫非有异谋不成！"暐尚未深信，琛屡言坚猛多才，不可不防，果然不到期年，秦即攻燕。燕兵屡败，暐乃疑琛知秦谋，收琛系狱。琛若与秦通谋，岂肯劝暐豫防？暐如此不明，怎得不亡？至是，秦王坚将琛释出，授中书著作郎。又闻孟高、艾朗，随主殉难，称为忠臣，俱命厚加殓葬，且引高朗子入见，拜为郎中。于是，授王猛为关东六州都督，领冀州牧，进爵清河郡侯，镇守邺中。守令有阙，得便宜补授。封杨安为博平侯，邓羌为真定侯，郭庆为襄城侯。此外与战将士，封赏有差。州县守令，悉仍旧贯，惟进燕常山太守申绍为散骑侍郎，使与散骑侍郎韦儒，并为绣衣使者，循行关东州郡，观省风俗，劝课农桑，赈恤穷困，收葬死亡，旌扬节行，改革敝政。关东大悦，就是六夷渠帅，无不望风输诚。

秦王坚乃启驾西还，所有慕容暐以下，如后妃王公百官，暨鲜卑四万余户，一股脑儿徙入长安。复拜暐为尚书，皇甫真为奉车都尉，李洪为驸马都尉，李邽为尚书，封衡为尚书郎，慕容德为张掖太守，平睿为宣威将军，悉罗腾为三署郎。凡故燕稍有才望的官僚，各得署秩。独慕容垂见燕故僚，常有愠色。前郎中令高弼，私语垂道："大王具命世才，遭无妄运，流寓外邦，备极困苦。今虽国家倾覆，怎知不剥极再复，更得龙兴？他日重造江山，舍大王尚有何人？愚谓宜恢弘度量，延纳旧臣，为山九仞，始自一篑，若徒记前嫌，反失众望，窃谓大王不取哩！”却是良谋。垂欣然受教，从此待遇旧僚，仍归和好，惟不肯放过慕容评。独入白秦王道：“臣叔父评，为亡燕首恶，不宜再污圣朝，愿陛下声罪加诛，以谢燕人。”坚不愿戮评，惟出为范阳太守。余如故燕诸王亦徙补边郡。燕故太史黄泓叹道：“燕必中兴，将来定属吴王，可惜我年已老，恐不及见呢！”还有汲郡人赵秋，亦私语亲友道：“天道在燕，偏为秦灭，不出十五年，秦必复为燕有了。

是时，晋桓温已攻破寿春，擒住袁瑾、朱辅，送往建康。秦将王鉴、张蚝，曾由秦王坚差遣，带领步骑二万人，往援寿春，为温击败，引兵退归。袁瑾、朱辅到建康后，当然处斩，无庸细叙。惟秦王坚因南援无功，改图西略，特命博平侯杨安等带领步骑七万人，往伐仇池。仇池自杨初嗣位后，尝遣使至建康，向晋称藩。晋命初为雍州刺史，封仇池公。初为族弟宋奴所杀。初子国，又杀宋奴。国从父俊复杀国，俊传子世，世传子纂。世臣事秦晋，纂独与秦绝好，所以秦兴兵往讨。众至鹫峡，纂集众得五万人，出拒秦军。晋扬州刺史杨亮也遣督护郭宝卜靖，领千余骑助纂，与秦军交战峡中。秦军久经百战，个个是骁悍绝伦，仇池兵怎能与敌？一经交手，勇怯悬殊，只落得步步倒退。秦军直前乱斫，杀死仇池兵一二万人，连郭宝等亦俱战殁。纂拼命遁还。武都太守杨统系纂叔父，素与纂相仇杀，至此遂举城降秦。秦军进攻仇池，纂保守不住，没奈何面缚出降。当由杨安送纂入关，秦王坚接得捷报，即加安都督南秦州诸军事，留镇仇池，使杨统为南秦州刺史。小子有诗叹道：

外侮都缘内乱兴，仇池虽小亦堪惩。

从知骨肉相争日，瓦解无非兆土崩。

仇池被灭，梁州孤危，晋廷也无暇西顾，那大司马扬州牧桓温，平空起浪，闯出一场绝大的事情。看官欲问为何事，请即续阅下回。

燕有致亡之事四：忌慕容垂而逼之出奔，一也；任慕容评而令其专国，二也；轻许秦地，旋即背约，三也；不听谏臣，自弛边防，四也。王猛一入，三十万大众，不堪一战。潞川败绩，邺城遽陷，燕主暐仓皇北遁，终为所擒，其不致遽死也，尚为幸事！秦王坚灭燕以后，观其所为，几若汤武之流亚，诚使持盈保泰，始终不渝，则混一天下不难矣，燕亦何能再复乎？惜乎其有初而鲜终也！

第六十三回

海西公遭诬被废　昆仑婢产子承基

却说桓温得专晋政，威权无比。他本来是目无君相，窥觎非分，尝卧对亲僚道：“为尔寂寂，恐将为文景所笑！”文景、指司马师兄弟。嗣又推枕起座道：“不能流芳百世，亦当遗臭万年！”为此一念，贻误不少。又尝经过王敦墓，慨望太息道：“可人！可人！”先是有人以王敦相比，温甚不平，至此反慨慕王敦，意图叛逆。会有远方女尼前来见温，温见她道骨珊珊，料非常人，乃留居别室。尼在室中洗澡，温从门隙窥视，见尼裸身入水，先自用刀破腹，继断两足，温大加惊异。既而尼开门出来，完好如常，且已知温偷视己浴，竟问温道：“公可窥见否？”温料不可讳，便问主何吉凶？尼答云：“公若作天子，亦将如是！”温不禁色变，尼即别去。术士杜炅能知人贵贱；温令言自己禄秩，炅微笑道：“明公勋格宇宙，位极人臣。”温默然不答。若非此二人相诫，温已早为桓玄了。

他本欲立功河朔，收集时望，然后还受九锡。自枋头败归，声名一挫，及既克寿春，因语参军郗超道：“此次战胜，能雪前耻否？”超答言尚未。既而超就温宿，夜半语温道：“明公当天下重任，年垂六十，尚未建立大功，如何镇惬民望！”温乃向超求计，超说道：“明公不为伊、霍盛举，恐终不能宣威四海，压服兆民。”温皱眉道：“此事将从何说起？”超附耳道：“这般这般，便不患无词了。”此贼可恶。温点首称善，方才安寝。越日，便造出一种谣言，流播民间，但说“帝奕素有痿疾，不能御女，嬖人朱灵宝等，参侍内寝，二美人田氏孟氏，私生三男，将建立太子，潜移皇基”云云。看官试想！这种暧昧的情词，从何证实？明明是无过可指，就把那床笫虚谈，架诬帝奕，这真所谓欲加之罪，何患无词呢。

温既将此语传出，遂自广陵诣建康，奏白太后褚氏，请将帝奕废去，改立丞相会稽王昱，并将废立命令，拟就草稿，一并呈入。适褚太后在佛屋烧香，由内侍入启云：“外有急奏。”太后出至门前，已有人持入奏章，捧呈太后。太后倚户展阅，看了数行，便怅然道：“我原疑有此事。”疑奕耶？疑温耶？说着，又另阅令草，才经一半，即索笔写入道：“未亡人不幸罹此百忧，感念存殁，心焉如割。”写毕，便交与内侍，饬令送还。废立何事，乃草草批答，褚太后亦未免冒失。温在外面待着，但恐太后不允，颇有忧容。及内侍颁还令草，无甚驳议，始改忧为喜。越日，温至朝堂，召集百官，取示令草，决议废立。百官都震栗失色，莫敢抗议；只是两晋相传，并没有废立故事，此次忽倡此议，欲要援证典章，苦无成制，百官都面面相觑，无从悬定。就是温亦仓皇失措，不知所为。仓猝废立，典礼都未筹备，乃百官莫敢抗议，晋廷可谓无人。独尚书仆射王彪之，毅然语温道：“公阿衡皇家，当参酌古今，何不追法先代？”温喜语道：“王仆射确是多能，就烦裁定便了。”彪之即命取汉《霍光传》援古定制，须臾即成，乃朝服立阶，神采自若。逢迎权恶，装出什么仪态。然后将太后命令，宣示朝堂道：

王室艰难，穆哀短祚，国嗣不育，储宫靡立。琅琊王奕，亲则母弟，故以入纂大位。不图德之不建，乃至于斯！昏浊溃乱，动违礼度。有此三孽，莫知谁子。人伦道丧，丑声遐布。既不可以奉守社稷，敬承宗庙，且昏孽并大，便欲建树储藩，诬罔祖宗，倾移皇基，是而可忍，孰不可怀！今废奕为东海王，以王还第，供卫之仪，皆如汉朝昌邑故事。指昌邑王贺。但未亡人不幸罹此百忧，感念存殁，心焉如割。社稷大计，义不获已。丞相录尚书事会稽王昱，体自中宗，明德劭令，英秀玄虚，神契事外，以具瞻允塞，故阿衡三世，道化宣流，人望攸归，为日已久，宜从天人之心，以统皇极。饬有司明依旧典，以时施行。此令。

总计帝奕在位六年，无甚失德，不过奕虽在位，好似傀儡一般，内有会稽王昱，外有大司马温，把持国政。他尝自虑失位，召术士扈谦筮易，卦象既成，谦据实答道："晋室方如磐石，陛下未免出宫。"至是竟如谦言。温使散骑侍郎刘享，收帝玺绶，逼奕出宫。时值仲秋，天气尚暖，奕但着白帢单衣，步下西堂，乘犊车出神兽门，群臣相率拜辞，莫不欷歔。有何益处？侍御史殿中监，领兵百人，送奕至东海第中。一面具备法驾，由温率同百官，至会稽邸第，迎会稽王昱入殿。昱戴平巾帻，单衣东向，拜受玺绶，呜咽流涕。何必做作？当即入宫改着帝服，升殿受朝，即改太和六年为咸安元年，史家称他为简文帝。温出次中堂，分兵屯卫，有诏因温有足疾，特命乘舆入朝。温欲陈述废立本意，及引见时，但见简文帝泣下数行，倒也无词可说，只好默然告退。

太宰武陵王晞与简文帝系出同胞。简文即位，顾念本支，当然优礼相待。惟晞素好武事，又与殷浩子涓，常相往来。浩殁时，温遣人赍书往吊，涓并不答谢，为温所恨，因并及晞。新蔡王晃系从前新蔡王腾后裔，亦与温有隙。还有广州刺史庾蕴、太宰长史庾倩、散骑常侍庾柔，皆为前车骑将军庾冰子，就是废帝奕皇后庾氏的弟兄。庾后既连带被废，降为东海王妃，温恐庾家族大宠多，阴图报复，于是想出一法，先扳倒武陵王晞，诬他父子为恶，曾与袁真同谋叛逆，因即免官归藩。简文帝不得不从，出晞就第，罢晞子综缝等官。温又迫令新蔡王晃，诬罪自首，连及武陵王晞父子，并殷涓、庾倩、庾柔等，一同谋逆，且将太宰掾曹秀、舍人刘强，凭空加入，一股脑儿收付廷尉。御史中丞谯王恬即谯王承孙。阴承温旨，请依律诛武陵王晞。简文帝复诏道："悲惋惶怛，非所忍闻，应更详议。"温复自上一表，固请诛晞，语近要挟，简文帝手书给温，内有"晋祚未移，愿公奉行前诏；若大运已去，请避贤路"云云。

温览到此诏，也不觉汗流色变，始奏废晞及三子家属，皆徙新安郡，免新蔡王晃为庶人，徙锢荥阳。殷涓、庾倩、庾柔、曹秀、刘强，一律族诛。简文帝不便再驳，勉依温议。可怜殷、庾两大族，冤冤枉枉死了若干人。炎炎者灭，隆隆者绝。庾蕴在广州任内，闻难自尽，蕴长兄前北中郎将庾希，季弟会稽王参军庾邈及希子攸之，并逃往海陵陂泽中。独东阳太守庾友也是蕴兄，因子妇为温从女，特邀赦免。温自是气焰益盛，擅杀东海王奕三子，及田氏、孟氏、二美人。旋复奏称东海废黜，不可再临黎元，应依昌邑故事，筑第吴都。简文帝商诸褚太后，请太后下令，谓不忍废为庶人，可妥议徙封。温复奏可封海西县侯，有诏徙封奕为海西县公。废后庾氏，积忧病殁，尚追贬为海西公夫人。会吴兴太守谢安，入为侍中，遥见温面，便即下拜。温惊呼道："安石谢安表字见前。何故如此？"安答道："君且拜前，臣难道敢揖后吗？"温明知安有意嘲讽，但素重安名，不便发作；且默记前时女尼微言，也有戒心，因即上书鸣谦，求归姑孰。诏进温为丞相，令居京师辅政。温仍然固辞，乃许他还镇。

秦王坚闻温废立，顾语群臣道："温前败灞上，后败枋头，不知思愆自贬，遍谢百姓，反且废君逞恶。六十老人，作此举动，怎能为四海所容？古谚有云‘怒其室，作色于父。’便是桓温的注脚呢。”

温虽然还镇，揽权如故。且留郗超为中书侍郎，名为入值宫廷，实是隐探朝事。简文帝格外拱默，尚恐温再有异图，会荧惑星逆行入太微，简文帝越觉惊惶。原来帝奕被废以前，荧惑尝守太微端门，仅逾一月，即有废立大事。此番又经星文告变，哪得不危悚异常。当下召语郗超道：“命数修短，也不遑计，但观察天文，得勿复有前日事么？”超答道：“大司马温，方思内固社稷，外恢经略，非常事只可一为，何至再作？臣愿百口相保，幸陛下勿忧！”简文帝道：“但得如此，尚有何言！”超即告退。侍中谢安，尝与左卫将军王坦之，诣超白事，超门多车马，络绎不休，待至日旰，尚未得间。坦之欲去，安密语道：“君独不能为身家性命，忍耐须臾么？”坦之乃忍气待着，直至薄暮，才得与超清谈，语毕乃别。超父愔卸职家居，偶有不适，由超请假归省，简文帝与语道：“致意尊翁，家国事乃竟如此，自愧不德，负疚良深，非一二语所能尽意。”说至此，因咏昔人诗云：“志士痛朝危，忠臣哀主辱。”二语本庾阐诗。咏罢泣下，超无言可对，拜别而去。

好容易过了残年，复遣王坦之征温入辅，温复固辞，惟与坦之言及，请将海西公外徙。坦之返报，乃徙海西公至吴县西柴里。敕吴国内史刁彝，就近防卫，并遣御史顾允，监督起居，免有他变。蓦闻庾希、庾邈，联结故青州刺史武子沈遵，聚众海滨，掠得鱼船，夤夜突入京口城。晋陵太守卞耽，猝不及防，逾城奔曲阿，于是建康震惊，内外戒严。嗣又得庾希等檄文，托称受海西公密旨，起诛首恶桓温，累得京畿一带，讹言蜂起，益相惊扰。平北参军刘奭，高平太守郗逸之，游军督护郭龙等，引兵往击，就是卞耽，亦调发县兵，并讨庾希等人。希众统是乌合，一战即败，闭城自守。再由桓温遣到东海太守周少孙，也有锐骑数千，合力攻城，攀堞杀人。庾希兄弟子侄，以及沈遵等人，没处逃奔，遂致陆续被擒，送到建康市中，伏诛了案。一番乱事，数日即平，晋廷诸臣，入朝庆贺，又像是化日光天。冷隽语。

哪知吉凶并至，悲喜相寻，简文帝忽然得病，医治罔效，差不多将要归天。当时皇后太子，俱尚未立，说将起来，又须溯述源流，表明颠末。

简文帝为元帝少子，生母郑氏，受封建平国夫人，咸和元年病殁。简文帝受封主爵，追号郑氏为会稽太妃，嗣位后时日尚浅，故未及追尊。惟简文帝先娶王氏，生子道生为世子，后来母子并失帝意，俱被幽废，王氏忧郁成疾，亦即去世，此外妾媵颇多，生有三男，又皆夭逝。未几道生又亡。简文帝年垂四十，迭丧诸子，未免悲悼，况膝下竟致无男，诸姬偏皆绝孕，不由的寸心焦灼，百感彷徨。会闻术士扈谦，善能卜易，因召令入筮。谦筮毕作答道："后房中已有一女，当生二贵男，长男尤贵，当兴晋室。"简文帝乃转忧为喜，但麒麟佳种，究未识属诸谁人，适徐贵人生下一女，眉目韶秀，酷肖生母。徐氏本以秀慧见幸，既得破胎，总望她接连有娠，得产麟儿。谁料一索再索，音响寂然。简文帝却年齿日增，望子愈切，不得已访求相士，得一叔服后人，叔服系周时内史，具相人术。令他入视诸姬，能否生男？偏他接连摇首，无一许可。乃再将婢媵等一齐出示，仍未称善。最后看到一个织婢，身长色黑，仿佛似乡僻女子一般，不禁惊诧道："这才算是贵相，必生贵男。"别具只眼。宫人听了，都葫芦大笑道："昆仑婢要发迹了！日前的好梦，才得实验了！"简文帝叱道："何故罗唣？"大众始不敢再言。

嗣经简文帝问明底细，始知此婢姓李，名叫陵容，家世寒微，入充织坊女工。旁人因她形体壮硕，替她取一绰号，叫做昆仑婢。她尝梦见两龙枕膝，日月入怀，便欣然称为吉兆，屡与同侪说及。同侪相率揶揄，不是说她要做皇后，就是说她要做皇娘。偏偏弄假成真，变虚为实，简文帝竟令她侍寝。一度春风，遽结珠胎，十月分娩，居然一雄。临盆以前，李氏复梦一神人，送给一儿，且嘱咐道："此儿畀汝，可取名昌明。"李氏向神接受，忽觉一阵腹痛，遂致惊醒，当下起床坐蓐，立即产出一儿，呱呱坠地。时值黎明，李氏记受神嘱，使侍媪转启简文帝，呼婴儿为昌明。简文帝闻报，谓既得诸神授，当然不宜更换，惟以昌明为字，即将"昌明"二字的寓意，取名为曜，后来简文帝猛记前事，曾见一谶文云："晋祚尽昌明！"不觉流涕道："天数天数，只好听天由命罢！"看到后文，又觉似是而非。既而李氏又生一男一女，男名道子，后得封王专政，女长成后，至昌明嗣位，封为鄱阳长公主，这且再表。

且说简文帝寝疾经旬，渐至弥留，乃立皇子昌明为太子，并封道子为琅琊王，领会稽内史，使奉帝母郑太妃祀，又召大司马温入辅，一日一夜，连发四诏，未见温至。此番架子却摆错了！乃命草遗诏，使大司马温依周公居摄故事，且谓少子可辅最佳，如不可辅，卿可自取。这草诏颁将出去，被王坦之接着。坦之已迁官侍中，看了草诏，便即趋入，直抵简文帝榻前，把草诏撕作数片。简文帝瞧着，已知坦之用意，便顾语道："天下系傥来物，卿有何嫌！"坦之道："天下乃宣帝、元帝的天下，陛下怎得私相授受呢！"帝乃使坦之改诏道："家国事一禀大司马，如诸葛武侯、王丞相指王导。故事。"坦之改就，乃持诏而出。是夕，简文帝崩，年五十有三，在位实不满一年。只因过一元旦，两个半年，算做两年。

群臣会集朝堂，未敢立嗣，互相私议，或谓须归大司马处分。尚书仆射王彪之正色道："天子崩，太子代立，这乃古今通例，大司马何致异言？若先面咨，恐反为所责了。”朝议乃定，遂奉太子昌明嗣即帝位，颁诏大赦，是为孝武帝，帝年尚只十龄，褚太后以冲人践阼，并居谅闇，不如使温依周公居摄故事，令照前议施行。王彪之又进言道：“这乃异常大事，大司马必当固让，恐转使万机倍滞，稽废山陵，臣等未敢奉令，谨即封还！”于是议遂不行。桓温颇望简文临终，召已禅位，否则或使居摄，不意遗诏颁到，大失所望，乃贻弟冲书道：“遗诏但使我依武侯、王公故事呢。”一语已写尽怨望。是年十月，彭城妖人卢悚，自称大道祭酒，煽惑愚民八百余家，因遣徒许龙如吴，驰入海西公门，诈传太后密诏，奉迎兴复。海西公奕，几为所惑，幸保母在旁谏阻，始却龙请。龙愤然道：“大事垂成，奈何听信儿女子言！”奕答道：“我得罪居此，幸蒙宽宥，怎敢妄动？且太后有诏，应使官属来迎，汝系何人，乃敢妄来传旨呢？”一经说明，其假立见，然非保母提醒，几去送死。龙尚不肯行，当由奕叱令左右，上前缚龙，尤始仓皇遁去。

是时，宫廷方料理丧葬，奉安简文皇帝于高平陵，庙号“太宗”。葬事才毕，忽有乱徒，突入云龙门，哗称海西公还都，直达殿廷，略取武库甲仗，卫士骇愕，不知所为，亏得游击将军毛安之，闻变入云龙门，引着部曲，奋击乱党。又有左卫将军殷康，中领军桓秘，从止车门驰入，也有部众数百人，与安之并力夹击。乱党不过三四百名，哪里敌得过猛将三员，虎旅千余，顿时死的死、逃的逃，那头目也情急欲遁，被毛安之截住厮杀，不到十合，已将他打倒地上，用绳捆住。讯明姓名，便是妖贼卢悚，当即按律拟罪，伏法市曹。海西公曾拒绝乱徒，得免连坐，但经此一吓，越觉小心，索性杜聪塞明，无思无虑，有时借酒消遣，有时对色陶情。时人怜他无辜遭废，为作哀歌。奕却屏去一切，得过且过，直至太元十一年冬，安然病逝，享年四十有五。小子有诗叹道：

废主由来少善终，居吴幸免海西公。
天心似为冤诬惜，不使孱王剑血红！

越年，改元宁康。大司马温，竟自姑孰入朝，都中复大起讹言，惝惧的了不得。究竟有无祸事，俟至下回说明。

桓温败绩枋头，仅得寿春之捷，何足盖愆，乃反欲仿行伊、霍，入朝废主，真咄咄怪事！从前如操、懿辈，皆当功名震主之时，内遭主忌，因敢有此废立之举。不意世变愈奇，人心益险，竟有如晋之桓温者也。况帝奕在位五年，未闻失德，乃诬以暧昧，迫使出宫，温不足责，郗超之罪，可胜数乎？会稽王昱，不思讨贼，居然受迎称帝，徒作涕泣之容，反长凶残之焰，朝危主辱，嗟何及乎？昆仑女入御以后，虽得生二男，然昌、明道子，后来皆不获善终，且致斫丧晋祚。有子无子，同归于尽，徒庆宜男，亦何益哉？

第六十四回

谒崇陵桓温见鬼　重正朔王猛留言

却说孝武帝宁康元年，国乱粗定，大司马桓温，竟从姑孰入朝。朝臣重望，要算谢安、王坦之，安已迁任吏部尚书，坦之仍任侍中。都下人士相率猜疑，群谓温无故入朝，不是来废幼主，就是来诛王谢。谢安却不以为忧，独坦之未免焦灼。偏宫廷又发出诏命，竟使安与坦之，赴新亭迎温。坦之接诏，惊得面色如土，安仍谈笑自若。且语僚属道："晋祚存亡，在此一行。"安而行之，可谓名不虚传。当下启行出都，径往新亭，百官相随甚众。及与温遇，温大陈兵卫，延见朝士，凡位望稍崇的官员，但恐得罪，都向温遥拜，战栗失容。坦之更捏着一把冷汗，趋诣温前，几似魂灵出窍，连手版都致倒持。人生总有一死，何必这般股栗？惟谢安从容步入，一些儿不拘形迹。温见他态度异人，自然加敬，便即起身延坐，两下坐定。安眼光如炬，已有所见，乃即语温道："安闻诸侯有道，守在四邻，明公亦何须壁后置人？"温笑答道："恐有猝变，不得不然。"说着，即顾令左右，撤去后帐，帐后本列甲士，亦一齐麾退。安与温笑语移时，方才请温动身，同入建康。坦之呆若木鸡，一语不发，只背上的冷汗。已经湿透里衣，幸温无一语相责，始得将魂魄收回，偕行还都。他平时本与安齐名，经此一举，优劣乃分。

温入朝谒见孝武帝，讯及卢悚犯阙事，由尚书陆始，检察不严，以致贼入禁门，乃将陆始收付廷尉，按律治罪；此外没甚举动，朝臣才得少安。温寓居建康数日，安与坦之，屡往议事。忽觉凉风入室，吹开后帐，内有一榻，榻上卧着一人，安略略瞧着，便识是中书侍郎郗超，当即微笑道："郗生可谓入幕宾了。"超本受温密嘱，留卧帐后，窃听客谈，既被安瞧破机关，不得已起身出帐，与安相见，安谑而不虐，转使温、超两人，愧赧交并。及安等去后，温心下亦很觉忌安，但因安素孚物望，一时未便下手，只好暂从容忍，观衅后动。于是拟谒高平陵，诘旦登车，左右见他凭轼起敬，统暗暗称奇。途次复顾语道："先帝究属有灵，汝等可得见否？"左右听着，亦不知他说何鬼话。到了陵前，温下车叩拜，且拜且语道："臣不敢！臣不敢！"及拜毕后，还说"臣不敢"三字，左右俱莫名其妙。温仍驾车还寓，复问左右道："殷涓如何形状？"左右答称涓身肥矮，温不觉失色道："不错不错，他亦曾在先帝左侧呢。"疑心生暗鬼。是夕，即寒热交作，谵语不休，经医诊治，好几日才得少瘥，乃辞行还镇。

既抵姑孰，病又转剧，他还想荣膺九锡，特遣人入都请求。谢安、王坦之未敢峻拒，不过逐日延挨，至温使再三催促，乃令吏部郎袁宏具草。宏有文才，援笔即就，偏谢安吹毛索瘢，屡嘱修改，遂至匝月未成。宏密问仆射王彪之，究应如何著笔，彪之道："如卿大才，何烦修饰，这是谢尚书故意如此，彼知桓公病势日增，料必不久，所以借此迁延呢。"宏始释然。

温未得如愿，当然恚恨。适温弟江州刺史冲过问温疾，见温病垂危，便问及王谢二人。温喟然道："渠等非汝所能处分，我死后熙等庸弱，所有部曲，归汝统率便了。"冲应命而出。看官听说，温有六子，长名熙，次名济，又次为韵、祎、伟、玄。熙闻冲面受温命，将统遗众，心中很是不服。遂与弟济谋诸叔秘，意欲杀冲。冲诇悉阴谋，不敢复入，嗣由熙等报温死耗，召冲临丧，冲即遣力士直入丧次，拘住熙、济，且逐秘出外，然后举哀。已而奏徙熙、济至长沙，罢黜秘官，且称温遗命，以少子玄为嗣。晋廷追赠丞相，赐赙衮冕，予谥“宣武”，此外丧葬礼仪，一依汉大将军霍光及晋太宰安平献王孚故事，即命玄袭封南郡公。玄年才五岁，冲总道他幼弱易制，可无后忧，哪知他长成后，比乃父还要凶险呢？暗伏下文。相传玄为温庶子，生母马氏，夜坐月下，见流星坠盆水中，用瓢掬吞，因得有娠。及生玄时，有光照室，家人诧为神奇，乃取一小名，叫作灵宝。乳媪每抱玄省温，经过重门，必易人乃至，说是沉重异常，故温甚加宠爱。冲立玄为嗣，或果承温遗命，亦未可知，这且待后慢表。

且说桓温既死，有诏进冲为中军将军，都督扬、雍、江三州军事，兼扬、豫二州刺史，使镇姑孰。加右将军荆州刺史桓豁为征西将军，都督荆、扬广三州军事。豁子竟陵太守石秀为宁远将军，兼江州刺史，使镇寻阳。或劝冲入诛王谢、专执朝权，冲将他叱退。冲力反温政，一切生杀予夺，皆先时奏闻，然后施行，晋廷上下，始得解忧。

谢安尚恐桓冲干政，拟请褚太后临朝；褚太后为康帝后，康帝系元帝孙，与孝武帝本为叔嫂，从前简文入嗣，比褚太后辈分较长，但因她既为太后，不得以家人礼相待，故仍称为太后，且因她居住崇德宫，特尊为崇德太后。至是由谢安倡议，再请训政，群僚皆无异词，独尚书仆射王彪之抗议道：“前代人主，幼在襁褓，母子一体，故可请太后临朝，但太后亦未能专断，仍须顾问大臣。今主上年逾十岁，将及冠婚，反令从嫂临朝，表示人君幼弱，这难道好光扬圣德么？”议固甚是。安不肯从，竟率百官奏白太后，大略说是：

王室多故，祸难仍臻，国忧始周，复丧元辅，天下惘然，若无攸济。主上虽圣明天亶，而春秋尚富，兼在谅闇，蒸蒸之思，未遑庶事。伏维太后陛下，德应坤厚，宣慈圣善，遭家多艰，临朝亲览，光大之美，化洽在昔，讴歌流咏，播益无外，虽有莘熙殷，任姒隆周，未足以喻。是以五谋克从，人鬼同心，仰望来苏，悬心日月。夫随时之义，《周易》所尚，宁固社稷，大人之任，伏愿陛下，抚综万几，厘和政道，以慰祖宗，以安兆庶，不胜喁喁待命之至！

褚太后俯从众议，便即复诏道：

王室不幸，仍有艰屯，览省启事，感增悲叹。内外诸君，并以主上春秋冲富，加以蒸蒸之慕，未能亲览，号令宜有所由。苟可安社稷，利天下，亦未便有所固执。当敬从所启，但暗昧之阙，自知难免，望尽弼谐之道，献可替否，则国家有攸赖焉。

这诏既下，次日便即临朝。进王坦之为尚书令，谢安为仆射，两人同心辅政，终安晋室。越年令坦之出督徐、兖等州军事，但命谢安总掌中书。安好声律，虽遇期功丧服，不废丝竹，士大夫相率仿效，浸成风俗。坦之尝贻书苦谏，安不能用。这是谢安短处。安又尝与王羲之登冶城，慨然遐想，有出世志，羲之独规诫道："夏禹勤王，手足胼胝，文王旰食，日不暇给。今四郊多垒，宜思自效，若虚谈废务，浮文妨要，恐非当世所宜为呢。"安笑答道："秦用商鞅，二世即亡，岂必是清谈贻祸么？"未几，坦之病殁，留有遗书，分贻谢安、桓冲，语不及私，但以国家为忧。晋廷追赠安北将军，赐谥曰

“献”。坦之为故尚书令王述子，父子俱有重名，殁后不衰。只倒持手版一事，未免贻笑大方。

中军将军桓冲因谢安素洽时望，愿将扬州刺史兼职，转让与安，自求外出。桓氏族党，莫不苦谏，冲竟出奏。有诏调冲为徐州刺史，令安领扬州刺史。宁康三年，孝武帝年已十三，册立前司徒长史王濛孙女为皇后，后即哀帝后侄女，以贵戚入选中宫，又越年正月朔日，帝行冠礼。褚太后归政，仍居崇德宫，下诏改元，号为太元元年。进谢安为中书监，录尚书事，征郗愔为镇军大将军，加桓豁为征西大将军，迁桓冲为车骑将军，兼尚书仆射。此外，文武百官，各进位一等，毋庸絮述。

惟苻秦雄踞北方，尝出兵寇晋，连陷梁、益二州。梓潼太守周虓，固守涪城，遣兵送母妻东下，拟由汉水趋江陵，使她避难，偏途中为秦将朱肜所获，牵至城下，迫令招虓，虓不得已出降。秦王坚素闻虓名，欲拜为尚书令，虓愀然道：“虓蒙晋室厚恩，理宜效死，只因老母见获，没奈何屈节偷生，今得母子两全，已出望外，怎敢再邀富贵呢？”遂辞不受官，坚更加器重，时常引见。虓有时箕踞坐着，谩骂不逊，甚至呼坚为氐贼，既已降敌，何必再作此态。秦人无不动怒，坚独不以为意，反加优待，这也是大度包荒，非人所及。一面召冀州牧王猛入关，使为丞相，另调阳平公苻融为冀州牧。猛至长安，复加都督中外诸军事。猛辞章屡上，终不见许，乃受命就职。嗣是放黜贪庸，擢拔幽滞，督课农桑，练习军旅，官必当才，刑必当罪，国家大治，驯致富强。

会有彗星出尾箕间，长十余丈，经太微，历夏秋冬三季，光尚未灭。秦太史令张亚上言道：“尾箕二星，当燕分野，东井乃秦分野，今彗起尾箕，直扫东井，明是燕兴秦亡的预兆。十年后燕当灭秦，二十年后，代当灭燕。臣想慕容暐父子兄弟，是我仇敌，今乃布列朝廷，贵盛无比，将来必为秦患。天变已著，不可不防。”果有天道，亦非人力所能挽回。坚不肯听。嗣又接到阳平公融谏书，略称燕据六州，南面称帝，经陛下劳师累年，然后得灭，彼本非慕义前来，不过穷蹙乃降。陛下格外亲信，令他父子兄弟，森然满朝，狼虎心肠，终未可养，况天象已经告变，务须留意为是。坚仍然未信，且报书道：“朕方混六合为一家，视夷狄如赤子，不劳汝等多忧。且修德方可禳灾，岂多杀反能免祸？诚使内求诸已，无亏德行，还怕什么外患呢！”果如汝言，自可不亡，可惜心口未符。已而，又有人入明光殿，厉声呼道：“甲申乙酉，鱼羊食人，悲哉无复遗！”坚听到此语，叱左右立即搜捕，人忽不见。于是秘书监朱彤、秘书侍郎赵整同请诛诸鲜卑，以为“鱼羊”二字，便是“鲜”字左右两旁，坚又复不睬。

慕容垂寓居关中，常恐遭祸，特遣夫人段氏屡入秦宫，侦探举动。段氏小字元妃，幼即敏慧，具有志操，尝语妹季妃道：“我终不作凡人妻。”季妃亦答道：“妹亦不作庸夫妇。”元妃姊曾嫁慕容垂，遭谗致死。见前文。元妃得为垂继室。季妃亦适慕容德，果然得配英雄。及元妃随垂入秦，为夫所遣，常入谒坚，凭着那玉貌冰肌，锦心绣口，惹得秦王坚目迷耳软，惟言是从。一日，坚竟引元妃同辇，游玩后庭。这岂是道德行为？赵整随辇同行，信口作歌道：“不见雀来入燕室，但见浮云蔽白日。”坚听得歌声，回首返顾，见是赵整，也不觉内省怀惭，乃命元妃下辇，且改容谢整。整本来是个宦官，博闻强记，善属文，好讽谏，颇得坚宠，故语多见从。

至秦王坚建元十一年，就是晋孝武帝宁康三年，秦丞相王猛有疾，秦王坚亲祈宗庙社稷，又分遣近臣，遍祷河岳，冀疗猛病，果得少痊。当复为猛赦死录囚，猛乃上疏称谢，且进规道：

臣累蒙宠遇，得总百揆，报称无方，忽罹重疾。不图陛下以臣之命，而亏天地之德，开辟以来，未之有也。臣闻报德莫如尽言，谨以垂没之命，窃献遗款。伏惟陛下威烈振乎八荒，声教光乎六合，九州百郡，十居其七，平燕定蜀，有如拾芥。夫善作者，不必善成，善始者，不必善终，是以古先哲王，知功业之不易，战战兢兢，如临深谷，伏惟陛下追踪前圣，天下幸甚！

坚览到此疏，不禁泪下。过了旬余，猛病复转剧，势且垂危。坚亲往省视，问及后事，猛喘着道："晋虽僻处江南，究竟正朔相承，上下安和。臣闻亲仁善邻，足为国宝，臣死后，愿陛下勿再图晋。惟鲜卑、西羌，是我仇敌，终为大患，宜逐渐翦除，免误社稷！"说到稷字，语不成声，两目一翻，呜呼毕命，年五十有一。

坚大哭一场，因即还宫，拨给帛三千匹，谷万石，使充丧费、又遣谒者仆射，监护丧事，追赠侍中尚书，余官如故。安排就绪，复诣猛第哭灵，且挈太子宏同往。至棺殓时，往返已历三次，且语太子宏道："天不欲使我平六合么？奈何夺我景略，有这般迅速呢？"随命葬礼如汉霍光故事，谥为"武侯"。朝野巷哭三日，方才罢休。猛之死，关系前秦存亡，故叙笔从详。先是王猛在日，因凉州牧张天锡，遣使诣秦，骤告绝交，猛奉坚命，特作书贻天锡道：

昔贵先公称藩刘石者，惟审于强弱也。今论凉土之力，则损于往时；语大秦之德，则非二赵之匹。而将军幡然自绝，无乃非宗庙之福也欤？以秦之威，旁振无外，可以回弱水使东流，返江河使西注。关东既平，将移兵河右，恐非六郡士民，所能抗也。刘表谓汉南可保，将军谓西河可全，吉凶在身，元龟不远，宜深算妙虑，自求多福，毋使六世之业，一旦而坠地也！

天锡得书，却也知惧，因复通使修好，谢罪称藩。秦王坚不复苛求，待遇如初。惟天锡沉湎酒色，不恤国事，敦煌处士郭瑀虽屡经天锡征聘，终因他不足有为，屏居绝迹。凉使孟公明拘瑀门人，强胁瑀至，瑀叹道："我乃逃禄，并非逃罪，如何害及门人！"乃出诣姑臧。适值天锡母刘氏病殁，瑀即括发入吊，三踊遂出，仍返南山隐居去了。天锡也不再强留，由他自去。将军刘肃、染景曾助天锡诛死张邕，因功得宠，赐姓张氏，并使预政。又使肃景诸子，入侍左右，作为义儿，肃景得横行无忌，弄法舞文。

天锡长子大怀，已立为世子。偏天锡得了一个焦氏女，宠冠后庭。生子大豫，尚在襁褓。焦氏因宠生骄，屡在天锡面前，求立己子为世子。天锡为色所迷，竟遣大怀为征西将军，封高昌郡公，改立大豫为世子，号焦氏为左夫人。另有美人阎、薛二姬，也为天锡所宠。天锡尝患重疾，顾语二姬道："汝二人将如何报我？我若不测，难道汝等愿为他人妻么？"二姬齐声道："尊驾倘若不讳，妾当死随地下，供给洒扫，决不敢再生异心！"既而天锡疾笃，二姬果皆自杀。二女入《烈女传》、故并表明。哪知二姬死后，天锡反得渐瘳，因特加悲悼，丧葬用夫人礼。只天锡怙过不悛，荒耽如故，二姬亡后，仍然别选丽姝，入充下陈。

忽闻秦遣河州刺史李辩据守枹罕，储粟募兵。枹罕系凉州要塞，为秦所踞，整顿戎务，当然不怀好意。那天锡也未免寒心，因就姑臧立坛，宰杀三牲，率领官属，遥与晋三公为盟，即遣从事中郎韩博赍送盟文，直达江南，约为声援。偏偏弄巧成拙，得罪秦廷。至晋太元元年仲夏，秦王坚拟并吞凉州，下令国中道：

张天锡虽称藩受任，然臣道未纯，可遣使持节武卫将军苟苌，左将军毛盛，中书令梁熙，步兵校尉姚苌等，将兵临西河。尚书郎阎负、梁殊，奉诏征天锡入朝，若有违王命，即进师扑讨，毋得稽延！

这令下后，就调集步骑十三万，归各将分领。再命秦州刺史苟池，河州刺史李辩，凉州刺史王统，率三州部众，作为继应。阎负、梁殊，先期出发，直赴姑臧。小子有诗叹道：

十三万众下西凉，九世华宗一旦亡。
莫怨苻秦专黩武，败家覆国是淫荒。

究竟张天锡如何对付，且看下回再详。

桓温入朝，都下恟惧，而一无拳无勇之谢安，犹能以谈笑折强臣之焰，此由温犹知好名，阴自戒惧，故未敢倒行逆施，非真为安所屈也。且当其谒陵时，满口谵言，虽天夺其魄，与鬼为邻，而未始不由疚心所致。及还镇以后，复求九锡，理欲交战于胸中，不死不止。幸有弟如冲，能修温阙，桓氏宗族，不致遽覆，揆厥由来，犹食桓彝忠贞之报，至桓玄而祖泽乃斩矣。彼王猛之不愿随温，未尝无识，迨为苻秦将相，立功致治，而临殁遗言，唯以图晋为戒，后人谓其不忘祖国，相率称之。然何如终隐华山，不受虏职之为愈也。秦王坚以诸葛孔明比猛，坚固不得为刘先主，猛其亦自愧孔明乎！

第六十五回

失姑臧凉主作降虏　守襄阳朱母筑斜城

却说秦使阎负、梁殊，行至姑臧，赍传秦命，征天锡入朝。天锡召集官属，与商行止道："今若朝秦，恐必不返；如或不从，秦兵必至，如何是好？"禁中录事席仂道："先公原有故事，遣质爱子，赂遗重宝。今且照旧施行，缓兵退敌，徐作计较，这也是孙仲谋即吴孙权。屈伸的良法呢！"语才说毕，即由群僚指驳道："我世事晋朝，忠节著闻海内，今一旦委身贼廷，辱及祖宗，岂不可耻？且河西天险，百年无虞，若悉众出拒，右招西域，北引匈奴，与秦一战，难道定不能胜敌么？"天锡听了，即攘袂大言道："我计决了，言降即斩！"乃引负、殊入语道："汝两人欲生还呢？还是死返呢？"负、殊仍不少屈，朗声辩论。天锡大怒，叱左右拿下负、殊，牵缚军门，即命军吏射死二人，且出令道："射若不中，是不肯与我同心，就当坐罪。"军吏齐声得令，弯弓竞射。忽有天锡母严氏出来，且泣且语道："秦王起自关中，横制天下，东平鲜卑，南取巴蜀，兵不留行。汝若出降，尚可苟延性命。今欲将蕞尔一隅，抗衡大国，又命射死秦使，激怒敌人，国必亡了！家必灭了！"莫谓妇人无识。天锡不听，仍促军吏急射，两人是血肉身子，怎能禁得起许多箭镞，当然为国捐躯。

那张天锡即使龙骧将军马建率兵二万，出拒秦兵。秦将梁彪、姚苌、王统、李辩等，已至清石津，攻凉河会城。凉守将骁烈将军梁济，举城降秦。秦苟池又自石城津济师，与梁熙等会攻缠缩城，又得陷入。凉将马建，途次闻两城失守，不禁惊惶，反令前队变作后队，退屯清塞，且飞报姑臧，再请添兵。天锡复遣征东将军常据，率众三万，戍洪池；自领余众五万，驻金昌。安西将军宋皓，入白天锡道：“臣昼察人事，夜观天文，秦兵不可轻敌，不如请降。”天锡怒道：“汝欲令我为囚奴么?”遂将皓叱出，贬为宣威护军。广武太守辛章，保城固守，与晋兴相彭知正、西平相赵疑商议道：“马建出自行阵，必不肯为国家效死；若秦兵深入，彼若不走，定即迎降。我等须自为定计，且合三郡精卒，断他粮道，与争死命，方可保全陇西。”彭、赵二人，恰也赞成，惟欲先通报常据，约为声援，当下由辛章遣报常据，据请诸天锡，天锡搁置不理，于是一条好计，徒付空谈！

秦兵却连日进行，姚苌为先驱，苟苌等陆续继进。行近清塞，马建只好出兵迎战，一边是奋勇直前，有进无退；一边是未战先怯，有退无进，彼此成了一个反比例，自然秦胜凉败。马建见不可敌，便即弃甲下马，匍匐乞降，余众多半逃散。苟苌既收纳马建，复移兵攻洪池。常据率兵奋斗，与马建却不相同，无如凉兵都不耐战，一经交锋，统是徬徨却顾，不敢直前。秦兵着着进逼，东斫西劈煞是厉害，单靠常据一腔忠忱，究竟不能支住，终落得旗靡辙乱，一败涂地。据马被秦兵刺死，偏将董儒另授他马，劝据奔避，据慨然道：“我三督诸军，再秉节钺，八统禁旅，十总外兵，受国宠荣，无人可比，今在此受困，应该致死，还要走到何处呢?”说着，步行回营，免胄西向，稽首再拜，自刎而死。军司席仂，见据已死节，也慷慨赴敌，格杀秦兵多名，伤重身亡。张轨四世忠贞，总算得此两人。

秦兵遂入清塞。天锡闻耗，亟遣司兵赵充哲、中卫将军史荣等领兵五万，往拒苟苌。不意赤岸一战，全军覆没。秦兵长驱至金昌城，天锡不得已，出城自战。兵刃初交，狂风大起，天昏地黑，白日无光，凉兵本无斗志，经此一变，立即骇散。天锡也欲回城，偏是城门紧闭，不纳天锡，眼见得城中已叛，只好带着骑兵数千，奔还姑臧。金昌城内的守吏即开城迎纳。秦军苟苌等休息一宵，便向姑臧进发。

先是张骏为凉州刺史时，已有童谣行："刘新妇簸米，石新妇炊羖羝，荡涤簸张儿，张儿食之口正披。"这种不伦不类的歌谣，大众视为胡诌，不值研索。谁知一传十，十传百，百传千万，到了秦兵攻凉的时候，姑臧城内的童儿，无一不歌此曲。后来有人解释，谓刘曜石虎，先后伐凉，均不得克，及秦兵一至，方才迎降。解释亦不甚确当。

还有天锡所居西昌门，及平章殿，无故自崩。天锡又尝梦见一绿色狗，形甚长大，从城东南跃入，欲噬天锡，天锡避匿床上，狗尚未舍，惊极乃寤。自知此梦不祥，阴有戒心。及败回姑臧，婴城固守，才阅数日，秦兵已到城下。天锡登城巡阅，俯见敌军统帅，身著绿地锦袍，手执令旗，跨马指挥，督兵攻城，当下顾问军士，秦帅姓甚名谁？军士有几个认识苟苌，便即报告。天锡猛悟道："绿色狗，绿袍苟，梦兆果不虚了！"遂下城太息，闷坐厅中。

接连警报数至，或说东门紧急，或说南门孤危，累得天锡心似辘轳，惊惶不定。可巧左长史马芮驰入，喘声说道："东南门要被攻陷了！"天锡顿足道："奈何！奈何！"马芮道："现在已无他法，只有屈节出降，保全一城生灵。"天锡道："能保我一门生全否？"芮答道："待芮出投降书，凭着三寸不烂舌，为王请命。"天锡允诺，遂令芮草就降表，遣他出去。未几即得芮返报，许令不死，且保富贵。天锡大喜，因即素车白马，舆榇出城，走降秦营。秦帅苟苌，释缚焚榇，送天锡诣长安，于是凉州郡县，相继降秦。

秦王坚命梁熙为凉州刺史，留镇姑臧。天水太守史稷前曾暴殁，五旬复苏，谓见凉州谦光殿中，尽生白瓜，至此梁熙镇凉，小名正是白瓜二字，岂非奇验。熙奉秦王坚命，徙凉州豪右千余户入关，余皆安堵如故。天锡入秦，亦得受封为归义侯，任比部尚书，迁右仆射。凉自张轨牧守凉州，至天锡降秦，共历九主，计七十六年。天锡后事，下文慢表。

且说秦既灭凉，复拟攻代。凑巧匈奴部酋刘卫辰，为代所逼，向秦乞援。秦正好借此兴兵，即令幽州刺史行唐公洛，会同镇军将军邓羌，尚书赵迁，李柔，前将军朱彤，前禁将军张蚝，右禁将军郭禁等，共出步骑三十万，东向击代。代王什翼犍本来是有些能力，尝与燕彼此和亲，燕为秦灭，又向秦入贡，不相侵犯。就是刘卫辰亦曾娶什翼犍女为妻，有翁婿谊，惟刘卫辰系刘虎孙，绰有祖风，素好反复，俄而附代，俄而叛代。什翼犍恨他无礼，发兵往讨，卫辰西走降秦。秦王坚送还朔方，遣兵助守。什翼犍拟部署兵马，再击卫辰，适部将长孙斤密图内乱，引兵入帐，将弑什翼犍，亏得什翼犍子实，侍直帐中，奋身格斗，得将长孙斤截住。斤持槊刺入实胁，实尚忍痛与战，帐外卫士，也来助实，遂把斤擒住，乱刀砍死。实受伤已重，越月竟殁，实尝娶东部大人贺野干女，生一遗腹子，取名涉圭，后改名珪。即拓跋珪，为后魏之祖。什翼犍喜得生孙，令赦境内死罪。一面因兵马整齐，复讨卫辰，卫辰南走，仍然向秦乞救。秦遂大发兵众，令卫辰为向导，侵入代境。叙事简净，且得回应前文。

代王什翼犍忙使白部、独孤部南御秦兵。两部出战数次，统遭败衄，乃改遣南部大人刘库仁抵敌秦军。库仁与卫辰同族，不过库仁为什翼犍甥，所以特遣，婿不可恃，甥可恃耶？且调发十万骑兵，归库仁统带。库仁行至石子岭，正与秦军相值，战了一场，又复败绩，四面逃散。什翼犍又适患病，不能出拒，只得北奔阴山。已而秦兵渐退，乃还次云中。犍弟孤，尝分据部落，比犍先殁。孤子斤，失职怨望，时思构乱。犍子实本居嫡长，由犍立为世子。实死后，尚未立嗣。犍继妃慕容氏生有数子，俱尚稚弱，独有贱妾子寔君年龄最长，秉性悍戾。斤正好乘间煽祸，密语寔君道："王将立慕容妃子，恐汝不服，先拟杀汝，汝肯束手就毙么？"寔君听了，无名火高起三丈，便浼斤为助，私集兵甲，突攻犍帐，杀死诸弟。

犍闻寔君为乱，正思出帐弹压，偏乱众已经杀入，不管尊卑上下，竟持刀乱劈，把犍杀死。慕容妃已早亡故，尚有实妻贺氏，挈子珪走依贺讷。讷就是野干嗣子，与珪有甥舅谊，当然容纳。此外如后庭男妇，都仓皇奔散，有几个反往投秦军，向敌乞援。秦兵虽然渐退，尚在君子津驻扎，既闻代乱，乐得乘机急进，直趋云中，家必自毁，然后人毁之，国必自伐，然后人伐之。寔君方拟据位，猝遇秦兵到来，如何抵敌？况部众俱已倒戈，益觉无力支撑，只好迎降秦军。秦将露布告捷。秦王坚召代长史燕凤，问明情状，也勃然怒道："天下有这等乱贼么？身为臣子，敢弑君父，我当代为问罪，诛除大逆。"你自己思想果能无愧么？当下飞敕尚书李柔等，拘送寔君及斤，到了长安，用五马分尸法，车裂以徇。又引问燕凤，谓什翼犍有无遗嗣，凤以珪对，坚欲遣使征珪母子，凤申请道："代王新亡，群下叛散，遗孙幼弱，不能统摄。别部刘库仁，骁勇有智；刘卫辰狡猾善变，各难独任。今宜将代众分属两部，就令他两人分辖。两人素有深仇，莫敢先发。俟珪年已长，方为册立。陛下果俯纳臣言，兴灭继绝，再存代祀，人非木石，能不感恩？他时子子孙孙，不侵不叛，永作秦藩，岂不是安边长策么？"坚喜从凤言，乃分代众为二部，河东属库仁，河西属卫辰，划境分管。

库仁迎珪母子，居养帐中，恩礼备至，未尝以废兴易意，且语诸子道："此儿志趣不凡，将来必能恢隆祖业，汝等须善加待遇，慎勿忘怀！"为拓跋珪兴魏张本。随即招抚离散，厚意怀柔，凡代郡流亡人民，多半趋附，恩信聿著。秦王坚加库仁为广武将军，赏给幢麾鼓盖，隐示劝功的意思。卫辰无从得赏，向隅抱怨，攻杀秦五原守吏。秦令库仁往讨，库仁遂率众往击卫辰。卫辰屡战屡败，北奔阴山，经库仁追逐至千余里外，虏得卫辰妻子，方才还兵。卫辰自知穷蹙，不得已向秦谢罪，秦乃命卫辰为西单于，督辖河西杂胡，屯代来城。但从此僻处偏隅，无复从前威焰了。

秦王坚荡平西北，威声大振，凡东夷西羌诸国，联翩入贡。外使盈廷。坚大喜过望，免不得骄侈起来。是前秦兴亡之枢纽。故赵将作功曹熊邈，屡次白坚，谓"石氏宫室器玩，多用金银，非常华丽"。坚乃命邈为将作长史，领尚方丞，大修舟舰兵器，就将石氏金银移用，作为饰品，备极精巧。慕容垂从子绍，为秦阳平国常侍，私与兄楷相语道："秦王自恃强大，转战不休，北戍云中，南守蜀汉，转运万里，民不堪命。今复筑舟铸兵，穷极奢侈，眼见是盛极必衰了！冠军叔父，智识英伟，必能恢复燕祚。我等但当爱身待时，不患无成。"还有垂子慕容农，亦密语垂道："自从王猛死后，秦法日颓，今乃加以汰侈，祸必不远。父王宜结纳豪杰，仰承天意，兴复燕宗，机不可失了！"垂笑道："天下事非尔等所及知，我自有区处呢！"意在言中。

会秦王坚欲图统一，经略江南，当有细作报知建康。晋廷诏敕内外诸臣，整顿防务。荆州刺史桓豁，表请调兖州刺史朱序，为梁州刺史，驻守襄阳，孝武帝自然依议。已而桓豁病殁，有诏令桓冲代任，都督江荆梁益宁交广七州军事。冲以秦人强盛，欲移扼江南，乃奏自江陵徙镇上明，使冠军将军刘波，守江陵，谘议参军杨亮守江夏。孝武帝除准奏外，复诏求文武良将，捍御北方。尚书仆射谢安，即以兄子玄应诏。孝武帝加安侍中，令都督扬、豫、徐、兖、青五州军事，即授玄领兖州刺史。监辖江北。又授五兵尚书王蕴，都督江南诸军事，领徐州刺史，蕴上表固辞，安劝阻道："卿为后父，与国家同休戚。不应妄自菲薄，致失上意。"蕴乃受命。

中书郎郗超，尝以父愔资望，出谢安右，偏安握重权，愔居散地，未免心下不平，屡生讥议。及闻安举兄子玄，却很是赞成，谓安能违众举亲，不失为明，如玄材具，将来必不负所举。或疑超如何变议，超答道："我尝与玄共在桓公府，早知玄有使才，足任方面，若无端加毁，岂非太诬蔑时贤么?"果然玄出镇广陵，练兵募材，连日不懈。得彭城人刘牢之，使为参军。牢之智勇兼全，常领精锐为前锋，所向披靡，时人号为北府兵。自有北府兵成立，方得与强秦抗衡，保全江左。暗伏下文。郗超且惭且愤，先父病殁。超本擅时誉，交游皆一时俊秀，惟党同桓温，遂为遗玷，父愔虽无甚功业，但心却忠晋，与子异趋。超平生与桓温计议，多不使愔知，临殁时，自出一箧，付与门生道："我死以后，倘我父为我悲悼，致损眠食，汝等可将此箧呈父，否则焚毁为要。"后来愔果悲超，寝食俱废，门生依超遗言，呈入一箧，经愔启阅，统与温往返密计，不禁大怒道："小子死已迟了!"遂不复记忆，病亦渐瘥。及太元九年乃殁，追谥"文穆"。叙此以别郗超父子之忠奸。这且无庸絮叙。

且说太元三年二月，秦王坚大举侵晋，遣征南大将军长乐公丕，都督征讨诸军事，率同武卫将军苟苌，尚书慕容暐，共步骑七万人，南寇襄阳。又命秦荆州刺史杨安，率樊、邓二州兵马为先锋，与征虏将军石越，步骑万人，出鲁阳关；冠军将军京兆尹慕容垂、扬武将军姚苌，率众五万，出南乡；领军将军苟池、右将军毛当、强弩将军王显，率众四万，出武当；统在襄阳城下会齐，限期攻克。襄阳守将朱序，闻秦兵大至，不以为虞。看官道是何因？他恃汉水为阻，且探得秦兵，不具舟楫，总道他无术飞渡，可以放心。不料秦将石越，竟驱骑兵五千，浮渡汉水，直逼襄阳。序仓皇得报，才不觉脚忙手乱，立即调兵守城，中城已布置妥当，外城尚不及严防，竟被石越攻入，且夺去战船百艘，往渡余军。秦长乐公苻丕等，次第得渡，同来攻城，城中大震。

序有老母韩氏颇通兵略，自挈婢仆等登城，亲行察视。至西北隅，便蹙眉道："此处很不坚固，怎能保守得住呢？"说着，即督同婢仆，在城内增筑斜城，婢仆不足，另募城中妇女为助，即将库中布帛，及室内饰玩，作为犒赏，一日一夜，即将斜城筑就。工役方竣，那西北隅果被攻陷，坍坏数丈，秦兵一齐拥进，亏得城内尚有一道斜城，兀然竖着，仍将秦兵阻住，秦兵但得了一埭濠沟，仍无用处，襄阳人至此，始知序母确有识见，齐呼新城为"夫人城"。小子有诗咏道：

寇兵十万下襄阳，守备孤单未易防。
幸有夫人城不坏，彤编留得姓名香。

究竟襄阳城能否固守，且至下回续叙。

降敌，非良策也。承先人数世之遗业，不能自振，乃伈伈伣伣，屈膝虏廷，宁不可耻？但如张天锡之沈湎酒色，毫无备御，乃欲以一战屈人，谈何容易，况以十三万之秦军，猝然压境，就使凉兵素号精练，亦未必果能却敌，盖强弱之势，固不相同，客主之形，又甚悬绝故也。席仂一谏而不听，严母再诫而又不从，卒致忠臣毕命，陇右为墟，与其舆榇出降，亦何若先机谢罪之为愈乎？秦王坚乘天锡之愚而灭凉，复因寔君之乱而灭代，狃胜而骄，遽忘王景略遗言，下令侵晋，劳师近二十万，不能遽破襄阳；徒顿兵于夫人城下。城传而夫人益传，巾帼中有英雄，固宜特别阐扬也。

第六十六回

救孤城谢玄却秦军　违众议苻坚窥晋室

却说襄阳被围，西北隅坍陷数丈，幸有朱母预筑斜城，才得敛众拒守。但秦兵未肯退去，单靠这埭夫人城，仍是孤危得很。晋江荆都督桓冲屯兵上明，有众七万，也怕秦兵强盛，未敢径进。秦长乐公苻丕欲急攻襄阳，武卫将军苟苌道："我军十倍敌人，糗粮山积，但稍得汉沔人民，移往许洛，塞彼运道，断彼兵援，彼似网中鱼，笼中鸟，无虑不获，何必多杀将士，急求成功呢?"丕乃依议，暂从缓攻，惟饬兵围着，杜绝内外。

既而秦冠军将军慕容垂攻克南阳，执住太守郑裔，亦至襄阳会师秦复遣兖州刺史彭超，都督东讨诸军事，使与后将军俱难，右禁将军毛盛、洛州刺史邵保，统领步骑七万，寇晋淮阳、盱眙，进攻彭城。晋命右将军毛虎生，率众五万，出镇姑孰。彼此相持多日，已阅暮冬。秦御史中丞李柔劾奏长乐公丕，师老无功，请收下廷尉治罪。秦王坚因使黄门侍郎韦华，持节责丕，且赐丕剑道："来春不捷，汝可自裁，不必再来见我了!"丕接到此谕，当然惶急，时已残腊，在城下过了新年，乃誓众急攻。朱序督兵固守，有时见秦兵少懈，出奇猛击，杀伤秦兵多人，丕引退数里。序见秦兵退去，防守少疏，且因士卒多苦，略命休息。不料过了数日，秦兵又蜂拥攻城。序仓皇抵御，正在危急的时候，忽然北门洞开，纳入秦军，事出意外，令人不测，序只好拼命搏战。可巧督护李伯护前来，由序呼同效死，伯护佯为应诺，及趋近序旁，竟拔剑击伤序马，马负痛倒地，序亦坠下。伯护即麾动左右，缚序送秦军。看官不必细问，便可知这李伯护卖主求荣，私通外国了。罪不容于死。序母韩氏却挈着健婢，及兵役数百人，从西门出走，绕道东归，幸得脱祸。智妇总不至枉死。

序被执送长安，秦王坚闻序能守节，拜为度支尚书，独责李伯护不忠，将他斩首。令中垒将军梁成为荆州刺史，配兵一万，使镇襄阳。秦将军慕容越复将顺阳夺去，擒送太守丁穆。坚欲授穆官爵，穆固辞不受。还有晋魏兴太守吉挹，也为秦将韦钟所攻，粮尽被陷，挹拔刀在手，意欲自刎，偏左右夺去挹刀，挹求死不得，为秦所执。挹自草遗疏，密授参军史颖，令他逃归建康，自在秦营数日，绝不一言，并不一食，竟尔饿死。秦王坚叹为忠臣。晋得史颖归报，亦追赠挹为益州刺史，不没忠忱。

惟彭城被围已久，由晋兖州刺史谢玄，率众万余，往救彭城。行次泗口，拟遣使往报彭城太守戴逯，大众都互相推诿，不敢轻往。惟部将田泓慨然愿行，玄当然遣去。是时彭城外面，统是秦营扎住，端的是水泄不通，无路可入。泓泅水潜行，到了城下，探头出望，正与秦巡兵打个照面。巡兵大声呼捉，泓知不可逃，索性登岸，趋入秦营，秦将彭超，啖以重利，使他传语城中，只言南军已败，泓佯为允许。及趋至城下，却扬言道："戴太守以下诸将士听着！我是兖州部将田泓，单行来报，南军将至，望诸军努力待援，我不幸为贼所得，已不望生还了！"说至此，被秦将喝令斩首，刀光起处，碧血千秋，好与吉挹并传不朽。

秦兵急攻彭城，旦夕将陷。亏得晋后军将军何谦奉谢玄命，来劫秦兵辎重。秦将彭超方引兵还御，彭城太守戴逯遂乘隙出奔，兵民始不致全没。但何谦一退，彭城便被秦兵占去。超留治中徐褒守城，自督兵南攻盱眙，掳去高密内史毛璪之，得将盱眙陷入。秦将俱难，亦攻克淮阴。再加秦将毛当、王显，又从襄阳出发，来会彭超，俱难两路人马，进攻三阿。三阿距广陵百里，晋廷大震，临江列戍，一面遣征虏将军谢石，谢安弟。率舟师出屯涂中，右卫将军毛安之，率步兵出屯堂邑。秦将毛当、毛盛，夜袭毛安之军，安之惊溃，一毛不及二毛。独谢玄自广陵往救三阿，至白马塘，击斩秦将都颜，直至三阿城下，彭超、俱难，并马来战，被谢玄麾军杀去，纵横驰骤，锐不可当。超与难虽经百战，未曾见过这般锐卒，顿时惊退，部兵折伤甚多，余兵随着两将，走保盱眙。谢玄入三阿城，与刺史田洛，招集邻境士卒，得五万人，进攻盱眙。难、超出战，又复败绩，奔往淮阴。玄复遣后军将军何谦带领舟师，乘潮直上，夤夜纵火，焚毁淮桥。秦淮阴留守邵保出兵拦截，怎禁得火焰直冲，敌势又猛，徒落得焦头烂额，一命呜呼！难、超欲上前救应，只见淮桥左右，笼着一片火光，不由的逡巡畏缩，再奔淮北。玄与何谦、戴逯、田洛等，并力追击，又大破难、超等军。难、超仓皇北遁，仅以身免。秦王坚闻报大怒，征超下狱，超惧罪自杀，难削爵为民。用毛当为徐州刺史，使镇彭城；毛盛为兖州刺史，使屯湖陆；王显为扬州刺史，使戍下邳。

晋谢玄凯旋广陵，详报捷状。孝武帝进玄为冠军将军，加领徐州刺史。并进谢安为司徒，领卫将军，开府仪同三司。桓冲亦并授开府，如谢安例。他将亦赏功有差。

越年为孝武帝太元五年，即秦王坚建元十六年，坚徙行唐公苻洛为散骑常侍，都督宁益西南夷诸军事，兼征南大将军，领益州牧，使镇成都。洛雄武有力，为坚所忌，故但使外任，不令预政。此次在幽州奉命，又要他由东至西，心甚不平，乃商诸将佐，意欲谋变。幽州治中平规促令起事，洛遂自称大都督秦王，用平规为谋主，就在幽州发难，集众七万，西指长安，关中震动，盗贼四起。坚遣使责洛道："天下尚未统一，全仗兄弟戮力同心，廓清区宇，奈何无故谋反？请即还和龙，当仍以幽州为世封。"洛不受命，且语来使道："汝可还白东海王，幽州偏僻，不足容万乘，须还王咸阳，上承高祖遗业；若能在潼关迎驾，当位为上公，爵归本国。"这数语由使人返报，坚当然大愤，立遣左将军窦冲及步兵校尉吕光，统率步骑兵四万，东出拒洛。又命右将军都贵，驰传诣邺，发冀州兵三万为前锋，授阳平公融为征讨大都督，率兵援应；再使屯骑校尉石越率骑一万，从东莱出石迳，浮海四百余里，往袭和龙。

洛领众至中山，适北海公重，亦率众来会，共计得十万人。未几，由窦冲等驰至，与洛交战数次，洛皆失利。校尉吕光素有勇略，料知洛将奔回，急从间道驰出洛后，截洛归路，果然洛引众退走，被光截住厮杀。洛将兰殊。拍马与战，才及数合，只听得"踢蹋"一声，殊已坠地，即为光手下捉去。洛众大溃，洛夺路欲逃，马蹄忽蹶，也致掀倒，为光所擒。独重没命乱跑，行至幽州附近，被光追及，一刀断命。和龙尚未接败报，但由平规居守，未曾加防，突来了一支秦军，掩入城门，劈死平规，及叛党百余人。这支人马，便是石越的骑兵，一鼓驰入，立下幽州。吕光械洛入关，并将兰殊随解。秦王坚特加赦宥，仍署兰殊为将军，惟流洛至凉州西海郡，屏诸远方，终身示罚。洛虽立平，然已是衰乱之兆。当下征阳平公融为中书监，都督诸军，录尚书事。长乐公丕为冀州牧，平原公晖为豫州牧。且因诸氐族类繁滋，不便聚处，特将三原、九嵕、武都、汧、雍、氐十五万户，使诸宗亲分道率领，散居方镇，如古诸侯世封成制。长乐公丕分得氐众三千户，辞阙启行。坚亲送至灞上，一嘱属别，父子俱有戚容；就是三千户子弟，拜别父兄，亦皆恸哭失声，哀感行路。秘书侍郎赵整，援琴作歌道："阿得脂，阿得脂，伯劳舅父是仇绥。尾长翼短不能飞，远徙种人留鲜卑，一旦缓急当语谁？"坚知他有意嘲讽，但微笑不答。他为了苻洛一乱，格外加防，所以分遣氐众，免得他变生肘腋。哪知同族不可恃，他族更不可恃，坚徒防同族，不防他族，这真是顾及眉睫，不防肩臂呢！为慕容氏叛秦张本。已而坚调左将军都贵为荆州刺史，屯驻彭城，特置东豫州；令毛当为刺史，屯守许昌；都贵遣司马阎振，及中兵参军吴仲，领兵二万，入寇竟陵。晋江荆都督桓冲，飞饬从子南平太守石虔，与虔弟参军石民，出兵截击，大破秦军。振与仲退保管城，石虔乘胜攻入，擒住振仲，斩首七千级，俘虏万人，飞章告捷。有诏授石虔为河东太守，特封桓冲子谦为宜阳侯，仍令江淮戒严，防备秦寇。

秦王坚好大喜功，日思统一，尝就渭城作教武堂，命旁通兵法的太学生，教授将士。秘书监朱彤谏阻道："陛下南征北讨，已得海内十分之八，此时宜偃武修文，与民休息；乃反立学教战，徒乱人意，何足致治！况将士多经过战阵，莫不知兵，今更使受教书生，亦不足激厉志气，与实无益，与名有损，不如不设为是。"坚乃罢议。

太常韦逞素受母训，饬学成名。坚平时尝留心儒术，故命逞典礼。一日由坚亲临太学，问及博士经典。博士卢壶答道："废学已久，书传零落，近年多方搜辑，粗集正经。惟《周官》礼注，尚乏师资。窃见太常韦逞母宋氏，世学《周官》，夙承父业，今年垂八十，耳目犹聪，非此母不能讲解《周官》音义，传授后生。"坚不待说毕，便欣然道："既有韦母，何妨令诸生就学哩。"随即召逞与议，使他禀白老母，即就逞家设立讲堂，特遣生员百二十人，偕往受业。宋氏当然依命，隔幔授经，连日不辍。坚复赐给侍婢十人，号宋氏为宣文君，自是《周官》学复得发明，时称为韦氏宋母，传名后世。不没贤母。

还有才女苏蕙，表字若兰，系陈留令苏道贤第三女，幼通文史，雅善诗歌，智识精明，仪容妙丽，年十六为窦滔妇，滔很是敬爱。嗣滔为秦州刺史，复纳一妾，叫做赵阳台，妖冶善媚，未免夺宠。苏蕙虽号多才，究不脱儿女性质，由妒生恨，渐与窦滔反目，滔因此疏蕙。旋滔坐罪被谴，徙往流沙，但挈阳台西去，留蕙家居。蕙独处岑寂，不免思夫，乃为回文诗数首，织诸锦上，宛转循环，寓意悱恻，共得八百四十字，寄与窦滔，滔接阅《回文旋锦图》，反复吟哦，也为泣下。可惜回文诗未曾录入。可巧秦王坚亦赦令回家，马上启行，东归探妇，伉俪重逢，和好如初。这也是一段情天佳话，后人播为美谈，看官幸勿笑我夹杂哩。不没才妇。

且说秦王坚阳若好文，阴仍尚武，始终不忘南略。勉强捱延了两年，正拟大举南侵，偏东海公苻阳，及侍郎王皮，尚书郎周虓，通同谋叛，定期举事。阳系法子，皮系猛子，虓系晋故益州刺史周抚孙，降秦受官，三人纠众作乱，倒也是一场大难。偏偏逆谋预泄，被坚饬人收捕，面加讯鞫。阳抗声道："臣父哀公。苻法死谥哀公，事见前文。死不当罪，臣欲为父复仇呢！"坚不禁流涕道："哀公致死，事不在朕，如何错怪？"虽由苟太后主张，坚亦不能尽诿。说至此，复问皮何故谋逆？皮答道："臣父丞相猛，有佐命大功，臣乃不免贫贱，为富贵计，不得不然。"遁辞。坚叱道："丞相临终，只贻汝十具牛，嘱汝治田，未尝为汝求官，朕念汝先父有功，擢汝为侍郎，汝反忘恩肆逆，这真叫做知子莫若父哩！"说着，又顾虓问状。虓答道："世受晋恩，生为晋臣，死为晋鬼，何劳再问？"虓果忠晋，不宜受秦官爵，既受秦封，如何谋叛？坚喝令系狱，叹息入宫。旋即颁发命令，曲贷三人死罪，惟徙阳至高昌，皮、虓至朔方塞外，算作了案。未免失刑。

会西域车师、鄯善二国，遣使入朝，愿为向导，引秦兵经略西域，秦王坚即遣将军吕光为都督，统兵十万，往定西域。阳平公融入谏道："西域荒远，得民未必可使，得地未必可食。从前汉武西征，得不偿失，臣愿陛下毋循覆辙呢！"坚不肯从，竟令吕光西行。光出陇西，越流沙，收服焉耆诸国，惟龟兹王白纯一作帛纯。拒命，为光所逐。光遂居龟兹，威爱兼施，远近悦服，秦威大震。

适前高密内史毛璪之等，由秦逃亡，仍归晋室。璪之被获，事见上文。秦王坚乃亲御太极殿，大会群臣，当面宣谕道："今四方略定，只有东南一隅，未沾王化，现计我国兵士，可得九十余万，朕欲大举亲征，卿等以为可否？"尚书左仆射权翼道："昔商纣不道，三仁在朝，武王犹且旋师。今晋虽微弱，未有大恶；谢安、桓冲，并皆江表伟人。君臣辑睦，内外同心，依臣愚见，晋却未可速图呢。"坚沉吟半晌，又左右旁顾道："诸卿可各言所见。"太子左卫率石越应声道："今岁镇二星，适守南斗，福德在吴，未可轻讨。且彼有长江天险，民尚乐用，臣以为不宜加兵。"权翼是畏晋人和，石越并说及天时地利。坚说道："从前武王伐纣，逆岁违卜，天道幽远，未易可知。夫差、孙皓，皆保据江湖，终归覆灭。今凭我百万兵马，投鞭江中，已足断流，怕什么天险呢？"越又答道："三国君主，统淫虐无道，所以敌国往取，易如拾芥。今晋虽寡德，究无大愆；愿陛下且按兵积谷，坐待敌衅，果使有隙可乘，发兵未迟。"此外群臣各言利害，纷纭莫决。坚懊怅道："这便是筑室道旁，无时可成，看来惟我独断罢！"群臣见坚有愠色，自然不敢再言，相率退出。独阳平公融尚在座侧，坚顾语道："人主欲定大事，不过一二臣可以与谋。今众议纷纭，徒乱人意，我当与卿专决此事。"融答道："今欲伐晋，却有三难，天道不顺，就是一难；晋国无衅，就是二难；我国屡经征讨，兵力已疲，势转怯斗，就是三难。群臣谓不宜伐晋，确是忠谋，愿陛下依从众议！”坚忿然道：“汝也来作此说么？我尚何望？试想我有强兵百万，资械如山；我虽未为令主，究非暗劣；乘我累胜，击彼垂危，何患不克？怎可复留此残寇，长为国忧呢？”融泣语道：“晋未可灭，昭然易知，今欲劳师大举，实非万全计策。且如臣所忧，更不止此。陛下宠养鲜卑，羌、羯布满畿甸，这统是萧墙大患。如陛下督师南征，太子独与弱卒留守京师，一旦变生肘腋，悔何可追？臣本顽愚，言不足采。王景略乃一时俊杰，陛下尝比为诸葛武侯，他临殁时，曾有遗诫，难道陛下忘记么？”比权、石二人还要说得明白，这真是苦口忠言。坚愈加不乐，退入内庭，融当然趋出。

适太子宏入内问安，坚与语道：“我欲伐晋，以强临弱，可保必胜，朝臣皆言未可，我实不解！”宏婉答道：“今岁在吴分，晋君又无大过；若南征不捷，外损国威，内殚民力，所伤实多，无怪群下疑沮呢。”坚摇首道：“前我出兵灭燕，亦犯岁星，天道原不可尽凭。况古时秦灭六国，六国君主，岂必皆暴虐么？”说罢，便顾令左右，宣召冠军将军慕容垂入议。垂应召即至，坚问及伐晋事宜，垂抵掌道：“弱肉强食，乃是古今通例。如陛下神武应运，威加海内，虎旅百万，韩信白起满朝；乃蕞尔江南，独违王命，不伐何为？古诗有云：‘谋夫孔多，是用不集。’愿陛下断自圣衷，不必多虑！陛下可记得晋武平吴，只有张、杜二三臣，与他同意；若必从众议，如何能统一中原呢？”美疢不如恶石。坚不禁起舞道：“与朕共定天下，独卿一人。余子碌碌，何足与谋！”遂命赐帛五百匹，垂拜谢而出。

坚即命阳平公融为司徒，领征南大将军；并调谏议大夫裴元略为巴西、梓潼二郡太守，嘱令速具舟师，指日南下。阳平公融，辞不受职，且再入谏道：“知足不辱，知止不殆。自来穷兵黩武，鲜有不亡。况国家本系戎狄，正朔未归，江东虽然微弱，尚存中华正统，天意亦必不遽绝哩？”坚作色道：“帝王历数，有何定例？刘禅非汉室苗裔么？何故为魏所灭？汝所以不能及我，就在此拘执的弊病呢！”融无言而退。坚仍授融为征南大将军，不过取消司徒职衔。融无奈受命。

坚素信沙门道安，群臣托他乘机进谏，道安允诺。一日得与坚同辇，出游东苑，坚笑语道：“朕将与公南游吴越，泛长江，临沧海，公以为可乐否？”安接口道：“陛下应天御宇，居中宅外，自足比隆尧舜，何必栉风沐雨，亲往遐方哩？况东南卑湿，容易染疫，舜禹俱巡游不返，陛下幸勿亲行！”坚驳说道：“天下必统属一尊，方可太平，朕经略四海，已得八九，难道使东南一隅，独不被泽么？必如公言，是古时圣帝明王，何为不惮劳苦，巡狩四方呢？”道安见不可谏，乃更易一说道：“陛下如必欲南征，也只可驻跸洛阳，但遣一使贻书江南，怵以兵威，彼亦必稽首称臣，无烦圣驾跋涉了。”坚终不从，小子有诗叹道：

帝典王谟戒面从，矧经群议已知凶。
如何骄主矜张甚，但务穷兵未敛锋。

既而后宫又有一人，上书谏坚，请勿伐晋！究竟书中如何措词，待至下回再表。

秦兵横行江淮，连破名城，迭擒晋将，至三阿一役，彭超俱难，屡战屡败，仅以身免，此可见师劳力疲，不堪久用。秦之转盛为衰，已见一斑，非谢玄之果能无敌也。况苻洛发难，内讧已起，而鲜卑、羯羌，杂伏关中，尤为苻秦之隐患，此时唯急谋镇定，与民休息，尚足制治保邦，奈何好大喜功，尚思大举侵晋耶？权翼一谏而不从，石越再谏而又不从，至苻融详陈利害，尚不见听，利令智昏，不败何待？彼慕容垂之赞成坚议，固将觇坚之胜负，以定从违耳。坚但知面从为忠，适中垂计，天下事失之毫厘，谬以千里，坚其殆犹是乎！

第六十七回

山墅赌弈寇来不惊　淝水交锋兵多易败

却说秦王坚有一宠妾张氏，明敏有识，素得坚宠，号为张夫人。她闻坚欲侵晋，亦以为兵凶战危，不宜常动，乃上书规谏道：

> 妾闻天下之生万物，圣王之驭天下，皆因其自然而顺之，故功无不成。是以黄帝服牛乘马，因其性也；禹濬九川，障九泽，因其势也；后稷播殖百谷，因其时也；汤武率天下而攻桀纣，因其心也。自来有因则成，无因则败。今朝野之人，皆言晋不可伐，陛下独决意行之，妾不知陛下何所因也？《书》曰："天聪明，自我民聪明。"天犹因民，而况人主乎？妾又闻王者出师，必上观乾象，下采众祥。天道崇远，非妾所知；以人事言之，未见其可。谚云：鸡夜鸣者，不利行军；犬群嗥者，宫室将空；兵动马惊，军败不归。自秋冬以来，众鸡夜鸣，群犬哀嗥，厩马多惊，武库兵器，自动有声。此皆非出师之祥也，愿陛下详而思之！

坚得书览毕，搁过一边，且自语道："妇人有何见识；来管什么军旅大事？"正懊恨间，幼子中山公诜亦驰入面谏道："臣闻国家兴亡，系诸贤才，用贤必兴，不用贤即亡。今阳平公为一国谋主，陛下奈何不用？晋有谢安、桓冲，皆号贤才，陛下乃欲往伐，臣不胜滋疑，故敢直陈无隐！”坚又叱道：“天下大事，孺子何知，也敢来饶舌吗？”儿女犹知危殆，坚奈何不知？说得诜满怀惭愤，低头退出。

好容易又阅一年，晋桓冲率众十万，攻秦襄阳；使前将军刘波等，攻沔北诸城；辅国将军杨亮，攻蜀涪城；鹰扬将军郭铨，攻武当。冲攻襄阳未下，分兵拔筑阳。当有警报飞达长安，秦王坚亟遣征南将军钜鹿公睿、冠军将军慕容垂等，率步骑五万救襄阳；兖州刺史张崇救武当；后将军张蚝、步兵校尉姚苌救涪城。桓冲闻秦兵大至，退屯沔南，惟郭铨击败张崇，掠得二千户东还。慕容垂为秦军前驱，进临沔水，与桓冲夹岸对垒。他却想出一法，夜命军士，各持十炬，燃系树枝，光彻数十里。冲果被吓退，自沔南还保上明。张蚝出斜谷，杨亮亦引兵东归，桓冲表荐从子石民为襄阳太守，使戍夏口，自求领江州刺史，有诏依议，乃各莅镇辖守。

秦王坚以晋敢先发，倍加震怒，遂下令全国，集众侵晋。约计民间十丁，抽一为兵，良家子年在二十以下，如有材勇，皆入选为羽林郎，共得三万余骑。拜秦州主簿赵盛之为少年都统，且预先下令道：“平晋以后，可令司马昌明为尚书左仆射，谢安为吏部尚书，桓冲为侍中。”朝臣闻令，俱嗤为太早。我亦要笑。独慕容垂、姚苌，及良家子等，怂恿苻坚，即速发兵。阳平公融又进谏道：“鲜卑、羌虏，实我仇雠，所陈计划，无非利我疲敝，彼得乘间逞志，如何可从？良家少年，类皆富饶子弟，不娴军旅，但知逢迎上意，希宠求荣。陛下误信彼言，轻举大事。臣恐功既不成，且有后患，后悔将无及了。”坚始终不听，反饬融督同张蚝、慕容垂等，率步骑二十五万为前锋，自率大军为后应。又命兖州刺史姚苌，为龙骧将军，监督益、梁二州军事，并面语苌道：“朕尝为龙骧将军，得建王业，今特将此职授卿，愿卿勉力！”左将军窦冲，在旁进言道：“王者无戏言，这乃是不祥征验呢！”坚默然不答。亦自知失言么？苌即辞去。

慕容楷、慕容绍私语慕容垂道：“主上骄矜日甚，亡象已见。叔父此行，正好规复旧业哩。”垂点首道：“这须由汝等合力，方可成功；今且勿言，俟南下观衅便了。”乃随坚出发长安，戎卒共六十余万，骑士约二十七万，旗鼓相望，前后千里。是时为晋孝武帝太元八年仲秋，凉风拂地，玉露横天。正好行军。秦王坚左杖黄钺，右秉白旄，安坐云母辇，徐徐启行，留太子宏居守。宠妃张夫人自请从征，当由坚敕备副车，令她随着，端的是须眉巾帼，八面威风。力为后文反照。

到了九月初旬，行抵项城。凉州兵始达咸阳，蜀汉兵方顺流东下，幽、冀兵已到彭城，东西万里，水陆并进。苻融等前驱兵二十五万，先至颍口。江淮各戍，飞报建康。孝武帝急命尚书仆射谢石，为征虏将军，兼征讨大都督，并授徐、兖二州刺史；谢玄为前锋都督，与辅国将军谢琰、谢安子。西中郎将桓尹等，督众八万，出御秦军。又使龙骧将军胡彬，带领水军五千，往援寿阳。谢玄既奉朝命，也恐众寡不敌，未免加忧，因向谢安问计，安夷然答道：“已别有旨。”玄待了多时，并不闻有什么计议，自己不便渎陈，因令僚属张玄重请。安从容道：“且俟明日再谈。”到了翌晨，玄再往请教，安却召集亲朋，同游山墅，命玄亦相偕出游。玄只好随去。及抵山墅中，安绝口不谈军务，反令玄对坐弈棋。玄棋本胜安一筹，此时怀着鬼胎，无心下子，所以应接多疏，反致见输。约下数局，少胜多负，玄殊不耐烦。偏安强令续弈，直至傍晚，方才撤枰。安又与亲朋登山览水，入夜乃还，终不道及军情。矫情镇物。越日得桓冲来书，拟遣精锐三千人，入援京师。安对来使道：“朝廷处分已定，兵甲无阙，不劳桓公遣兵；且西藩关系重大，幸勿疏防！”来使受命返报，桓冲顾语僚佐道：“谢安石有庙堂雅量，可惜不谙军略。今大敌将至，尚务游谈，但遣诸不经事的少年，督师拒敌，兵又单弱，天下事已可知了，恐我辈不免左衽呢！”谁知后来偏出所料。

又越一月，秦苻融攻克寿阳，擒去守将徐元喜。晋龙骧将军胡彬，闻寿阳被陷，退保硖石，融复引兵进攻。秦卫将军梁成等，又率众五万，进屯洛涧，沿淮列栅，阻遏东兵。谢石、谢玄等，至洛涧南岸，距梁成军二十五里，惮不敢进。胡彬因粮食将尽，潜遣人告石等道：“今贼势甚盛，硖石乏粮，倘或不测，恐不能再见大军。”这使人行至中途，为秦逻骑所获，送入融营。融讯悉情形，便驰使白秦王坚道：“贼少易擒，但恐逃去，宜急击勿失！”坚乃留大军在项城，自引轻骑八千名，倍道就融，且遣朱序至谢石营，劝令速降。序本晋臣，志在保晋，因私语谢石谢玄道：“秦兵不下百万，若同时并至，诚不可敌。今乘诸军未集，宜速与战；若得败秦前锋，余众夺气，将不战自溃了！”亏有此人。石尚踌躇未决，玄赞成序议，并嘱序俟机归晋，序唯唯而去。玄既送序出营，便促石进兵。石仍有难色，谓秦王坚已到寿阳，未可轻敌，不如固垒勿动，待彼师老，然后进兵。辅国将军谢琰道：“机不可失，敌不可纵，朱序此来，正天授我机宜，奈何勿从！”石乃依议，遂与玄商定进行。

玄遣广陵相刘牢之率精骑五千，直趋洛涧。秦将梁成阻涧列阵，静待厮杀。牢之麾兵渡水，奋击成军，成开阵与战，不防牢之持槊突入，左挑右拨，杀退秦兵，竟至成前，成措手不及，被牢之一槊刺来，正中腰胁，痛极坠马，死于非命。秦弋阳太守王咏忙来救成，两下交手，才及数合，由牢之用槊格住咏刀，右手拔出宝剑，用力砍去，把咏劈作两段。秦兵既失梁成，又丧王咏，吓得心胆俱裂，各自逃生。再加谢玄、谢琰，又来接应，大杀一阵，俘斩数千。牢之更往截秦兵归津，秦兵尽弃甲抛戈，越淮奔窜，有数千人不善泅水，并皆溺死。秦扬州刺史王显等一并受擒。共计秦兵死伤万五千人，所有器械军资，都被晋军载归。于是晋军水陆继进，连谢石亦放大了胆，策马前行。

秦苻融得洛涧败报，趋回寿阳，与秦王坚登城遥望，见晋军踊跃到来，步伐井井，很是严整，已不禁暗暗生惊。再向东北隅的八公山，眺将过去，差不多有千军万马，布满山上。坚愕然语融道：“这也好算得劲敌哩！怎得说他弱国？”融也觉寒心，乃下城部署，更谋一战。看官听说！八公山上并无兵马，不过草木蕃衍，经冬未衰，苻坚由惊生疑，还道是草木皆兵呢。有幸心者，易生惧心。坚既疑惧交并，累得寝食不安，但骑虎难下，只好督同苻融等人，再与晋军一决雌雄。当下驱动各军，出寿阳城，径至淝水沿岸列阵。谢玄见对岸尽是秦军，苦不得渡，乃遣使语苻融道：“君悬军深入，志在求战，乃逼水为阵，使我军不得急渡，究竟是欲速战呢，还欲久持呢？若移阵稍退，使我军得济，与决胜负，也省得彼此久劳了。”融即转白苻坚，坚欲依晋议，诸将皆谏阻道：“我众彼寡，不如遏住岸上，使不得渡，才保万全。”坚驳说道：“我军远来，利在速战，若夹岸相持，何时可决？今但麾兵小却，乘他半渡，我即用铁骑围蹙，可使他片甲不回，岂不是良策么？”计非不是，乃天人不肯相从奈何？融也以为然，遂麾兵使退。

秦军正如墙列着，一闻退军的命令，便即掉头驰去，不可复止。那晋军已控骑飞渡，齐集岸上，一面用着强弓硬箭，争向秦兵射来。秦兵越觉着忙，竞思奔避，忽又有一人大呼道：“秦兵败了。”于是秦兵益骇，顿时大溃。苻融拍马略阵，还想禁遏部军，偏部众不肯回头，晋军却已杀到，急得融无法可施，拟加鞭西奔，哪知马足才展，忽然倒地，自己不知不觉，随马坠下。说时迟，那时快，晋军并力杀上，刀枪并举，乱斫乱戳，将融菹成肉泥。苻坚见融落马，惊惶的了不得，便即返奔，连云母辇都弃去。晋军乘胜追击，直达青冈，秦兵大败，自相践踏，死亡不可胜计。或侥幸逃脱性命，听得道旁风声鹤唳，都疑是晋军将至，昼夜不敢息足，草行露宿，冻饿交并，可怜百万大兵，十死七八，仿佛是曹操赤壁、王寻昆阳。

当时秦兵仓皇四散，究不知由何人呼败，惊动全军，后来朱序与徐元喜乘势奔晋，始由序自述前因，佯呼兵败，吓退秦兵。照此看来，朱序实是破秦的第一功臣。还有前凉主张天锡，也随序归晋。谢石、谢玄等，统表欢迎。复引兵夺还寿阳，拘住秦淮南太守郭褒。惟苻坚宠妃张夫人，得由亲兵保护，从寿阳城出走，奔依苻坚。坚身上亦中流矢，单骑狂奔。到了淮北，闻后面已无声响，料知距敌已远，方敢下马少憩。可奈饥肠乱鸣、辘轳不息，一时无食可觅，只得徬徨四顾，做了一个墦间乞食的齐人。百姓前来问讯，方识是秦王坚，乃进壶飧，奉豚髀，坚方得一饱。正虑无物可酬，凑巧张夫人驰至，带有绵帛等物，坚且悲且喜，即命取下绵帛若干，分赏百姓。百姓辞谢道："陛下厌苦安乐，自取危困，臣民为陛下子，陛下为臣民父，怎有子奉父食，乃思求报么？"遂不顾而去。坚深为叹息，旁顾张夫人，见她花容憔悴，云鬓蓬松，不由的怜悯起来。转念自己狼狈至此，灭尽前日威风，便且泣且语道："我今还有何面目再治天下？"何不当时依张妃言？张夫人不便答坚，也唯有相对下泪。未几，有散骑陆续趋集，报称冠军将军慕容垂独得全师，部众三万人，不折一名。坚乃率骑往依，垂迎坚入营，谨执臣礼。

垂子宝密白垂道："祖国倾覆，天命人心，皆归至尊。不过因时运未至，晦迹埋名。今秦王兵败，委身属我，是天意亡秦，使我兴燕，此时不图，尚待何时？幸勿徒顾微恩，自忘社稷！”垂徐徐道：“汝言也自有理，但彼既诚心投我，如何加害？天若弃秦，何患不亡？不如暂为保护，聊报旧德！待至有衅可乘，然后举事，方不致有负宿心；且可仗义执言，取服天下。”宝乃无言。奋威将军慕容德入白道：“秦强时并吞我燕，今秦已弱，正可报仇雪耻，并非有负宿心，兄奈何得而不取，坐失机会呢？”垂说道：“我前为太傅所不容，置身无地，乃逃死关中，秦王以国士待我，恩礼备至。嗣复为王猛所卖，不能自明，赖秦王明我心迹，毫不加谴。此恩此德，何可遽忘？若氐运必穷，我当怀集关东，规复旧业，关西却非我所愿有了。”冠军行参军赵秋道：“明公当绍复燕祚，图谶甚明，今天时已至，尚复何待？若杀秦王，据邺都，鼓行西进，三秦可唾手而定，何必迟疑？”垂终不从，因举兵授坚。坚收集离散，偕垂同归。行至洛阳，溃兵次第趋还，尚不下十余万。百官仪物，才得少备。垂子农复启垂道：“尊不迫人于险，义声足感动天地。但尝闻秘记云，燕若复兴，当在河阳。譬如取果，或在未熟，或待自落，先后相去，原不过旬日间，但难易美恶，未免悬殊，还请尊见裁择！”垂点首道：“我自有区处。”心已动了。

嗣又自洛阳抵渑池，将入潼关，垂向坚面请道：“北鄙人民，闻王师不利，互相煽动。臣愿得一诏书，驰往抚慰，且乘便过谒陵庙，请陛下准议！”想出法子来了。坚即许诺，垂欣然告退。

左仆射权翼亟进谏道：“国家新败，四方皆有贰心，应即召集名将，置诸京师，自固根本。垂勇略过人，世长东夏，前次西来，不过为避祸起见，岂得一冠军职衔，便已足望？陛下独不见养鹰么？饥乃附人，一遇风起，便思凌霄。只可谨备绦笼，系住不放，若一经宽纵，任彼所欲，难道还重来不成？”坚爽然道：“卿言亦是。但朕已许他前去，匹夫尚不食言，况为万乘主呢？天命果有废兴，亦非智力所能挽回，只好听诸天命罢了！”语近迂腐。翼又说道：“陛下重小信，轻社稷，终嫌失算。臣料垂一去不返，关东祸乱，从此开始了！”坚不肯听，即遣将军李蛮、闵亮、尹固等，率众三千送垂，又令骁骑将军石越，率精卒三千戍邺；骠骑将军张蚝，率羽林五千戍并州；镇军将军毛当，率部曲四千戍洛阳；俟各军分头出发，乃西入关中。

权翼密遣壮士百人，潜伏河桥，谋刺慕容垂。垂预防不测，使典军程同，扮作自己模样，衣冠马匹，悉数给同；自己却微服轻装，从凉马台编结草筏，悄悄渡河。那程同却挈着僮仆，夜逾河桥，黄昏遇伏，同急驰获免。权翼闻垂得脱去，自恨计策不成，垂头丧气，随坚入关。坚抵长安，在郊外辟坛祭融，大哭一场，追谥曰“哀”。方才入城，下令大赦，抚恤阵亡家属，这且不必细表。

且说谢石、谢玄既得破秦，便驰书告捷。司徒谢安，方对客围棋，接到捷书，草草一阅，便搁置案上，弈棋如故。客问为何事？安徐答道：“小儿辈已经破贼了！”客起身道贺，安仍无喜色，邀客终局。及弈毕，客去，返入内室，急跨门限，屐齿为折。看官阅此，应知谢安是未尝忘情，不过对客时，故示镇定，好似忧怒不形，具有绝大度量。至客已辞去，遂不觉趾高气扬，流露喜色了！小子有诗咏道：

一生忧乐本常情，露布传来喜气生。
怪底当年谢太傅，欺人只是一棋枰。

既而谢石班师，奏凯还朝，晋廷当有一番封赏，且至下回说明。

秦苻坚大举伐晋，而谢安围棋别墅，一若行所无事，誉安者称其镇定，毁安者讥其轻弛，此皆属一偏之见，未足垂为定评。典午东迁，积弱已久，欲以八万士卒，敌秦兵百万之众，虽有孙吴，亦难为谋，安非全无心肝，宁不知军情重大，成败难料。不过因万全无策，只可委心气运，与其张皇自扰，益乱人意，不若勉示镇静，稍定众心，此乃为安之苦衷，不足与外人道也。幸而，朱序通谋，苻融失利，谢石、谢玄等得一战而胜，奏功淝水，天不亡晋，幸有此捷，何怪安之喜出望外，屐齿为折乎？故誉安者非，毁安者更非。诸葛空城，得退司马，乃其生平之第一幸事，安亦犹是耳。彼慕容垂之不忍杀坚，犹有知己之感，余尝以此多之。盖垂固不欲灭秦，第欲复燕，设秦王坚不遇姚苌，则燕秦并存可也，欲复燕为承祖计，不灭秦为报德计，垂其尚知有义乎？

第六十八回

结丁零再兴燕祚　索邺城申表秦庭

却说谢石班师，还至建康，孝武帝按功加赏，进谢石为尚书令，谢玄为前将军，谢安为太保，他将亦各从优叙。惟玄固辞不受，有诏嘉奖，赐钱百万，彩锦千段。并封张天锡为散骑常侍，兼西平公，朱序为琅琊内史，行赦境内，中外解严。嗣由谢安上疏，请乘苻坚丧败，经略淮北，乃复命前锋都督谢玄，率同冠军将军桓石虔再趋涡颍，往定兖、青、冀各州。这三州俱为秦有，守吏当然报达长安。无如天下事，不堪一败。为了淝水战事，秦兵大挫，遂致土崩瓦解，乱端四起，累得秦王坚不遑抚近，哪里还能顾及远方！小子且先将苻秦乱事，依次叙来。

陇西有乞伏氏，系出鲜卑。从前有一部酋纥干，雄悍过人，得统附近部落，号乞伏可汗，传至祐邻，部众寖盛，据住高平川。祐邻四传至司繁，复迁居度坚山，为秦将王统所破，因向秦请降。秦王坚赐号南单于，征居长安，寻遣令西讨叛胡，留镇勇士川，甚有威惠。司繁死后，子国仁嗣，坚征为前将军，使从大军侵晋，但留国仁叔父步颓居勇士川。及淝水败还，步颓首先叛秦，坚使国仁往抚。步颓迎国仁入寨，愿推国仁为主，背秦独立。国仁乃置酒高会，攘袂大言道："苻氏因石赵乱衅，妄窃名号，穷兵黩武，跨僭八州。疆宇既宁，应该修德行仁，与民休息。彼乃广骛虚威，专谋远略，骚动苍生，疲敝中国，天怒人怨，致有此败。自来物穷必亏，祸盈必覆，天道如此，苻氏怎能违天？看来是终要覆亡了。我当与诸君据守一方，勉成霸业哩。”大众齐声应命，乃召集诸部，自张一帜，遇有未肯归附的胡人，即用兵力胁服，有众十余万。为西秦立国基础。

秦王坚正拟加讨，哪知铜山西崩，洛钟东应，丁零翟斌又起兵为乱，谋攻洛阳。丁零系西番种落，世居康居，辗转徙入河洛，服属苻秦。秦命翟斌为卫军从事中郎，至是因秦败挫，遂有贰心。再加燕族慕容凤，燕臣王腾，辽西段延等，各率部曲依斌，斌乐得拥众自主，兴兵图洛。

豫州牧平原公苻晖，飞书报坚。坚亟遣使至邺，嘱使冀州牧长乐公丕传谕慕容垂，令率部兵讨斌。垂自离长安后，行至安阳，即遣参军田山奉笺启丕，作问候状。丕也恐垂有异图，密谋袭击。侍郎姜壤进谏道：“垂未露反形，明公擅加诛杀，似未合臣子大义。不如以礼接待，严加管束，密表情状，待敕后行。”丕乃依议，乃出郊迎垂，馆诸邺西。可巧长安使至，令转饬垂讨丁零，丕乃召垂与语道：“翟斌兄弟，因王师小失，便敢肆逆。今得长安来敕，欲烦冠军一行。冠军英略盖世，定能灭贼。”垂答道：“下官乃大秦鹰犬，敢不唯命是听！”垂亦自比为鹰，将乘此扬去了。丕乃厚给金帛，垂皆不受，惟请赐还旧田园，丕当然应允。独拨给羸兵二千，归垂统领；又遣部将苻飞龙，率领氐骑千人，作为垂副。临行时密嘱飞龙道：“卿系王室肺腑，官秩虽卑，义同统帅。此去用兵制胜，防微杜贰，一委诸卿，愿卿毋忽！”飞龙受命，遂偕垂同行。镇将石越，驰入白丕道：“王师新败，人心未定，丁零一倡，旬日间即得众数千，公奈何复遣垂出发，垂系故燕宿将，常思规复，今复畀彼兵甲，这真似为虎添翼了。”丕说道：“垂在邺中，好似伏虎寝蛟，常恐为患，今遣令外出，可纾内忧。且翟斌凶悖，必不肯为垂下，使他两虎相斗，我得乘彼敝，用兵制伏，这就是卞庄子的遗策哩。”偏偏不从汝料奈何？

正议论间，有一外吏入禀道：“慕容垂私谒燕庙，擅戕亭吏，且将亭毁去了。”丕尚未答言，石越在旁问吏道：“垂已去否？”外吏道：“已出城了。”越复顾丕道：“垂敢轻侮方镇，杀吏烧亭，反形已露，望殿下速除此人！”丕说道：“垂曾向我前面请，欲入城拜谒故庙，我尚未许，今敢烧亭杀吏，咎固难辞。但淮南一役，王师败衄，垂独侍卫乘舆，此功亦不可遽忘呢。”越应声道：“垂为燕臣，事燕尚且不忠，怎肯尽忠事我？失今不取，必为后患！”丕终不信。越出告僚佐道：“长乐公父子，好为小仁，不顾大计，终当为人所擒呢！”

垂挈家属出行，只留慕容农、慕容楷、慕容绍在邺，使丕勿疑。及达汤池，适有私党从邺来报，述及丕与飞龙密语，垂不禁怒起，便宣告部属道：“我事苻氏，不为不忠，彼乃专图我父子，我岂可束手就毙吗？”乃托言兵寡，暂停河内募兵，约阅旬日，得众八千。秦豫州牧苻晖，促使进兵，垂语飞龙道：“今距寇不远，当昼止夜行，出彼不意，方可制胜。”飞龙亦以为然，谁知中了垂的诡计。垂少子麟，前曾告讦乃父，为垂所嫉。见六十一回。燕为秦灭，麟与母仍然归垂。垂杀死麟母，尚不忍杀麟，惟尝置外舍，罕得侍见。此次往来河洛，麟得随从军中，为垂画策，谋杀飞龙。飞龙不能诇破，还道昼止夜行，却是好计。

时当岁暮，寒夜无光，垂遣世子宝率兵居前，季子隆勒兵居后，令飞龙约束氐骑，五人为伍，居中急走，行至夜半，一声鼓号，宝与隆前后合兵，围杀飞龙。飞龙寡不敌众，又因昏夜，不辨南北，徒落得一刀两段，连氐兵都杀得精光，不留一人。未免残忍。垂自是以麟为能，宠爱如初。一面使田山赴邺，潜告慕容农等，令起兵相应。慕容绍因先出蒲池，盗丕骏马数百匹，守候农、楷。到了除夕，农、楷微服出邺，与绍相会，同奔往列人去了。翌晨为晋太元九年元旦，秦长乐公丕，大宴宾客，使人往邀慕容农，不见下落，才知农等已经遁去。再令左右四出侦察，遍求至三日有余，方闻他已往列人，追悔无及，徒唤奈何！

那秦苻晖待垂不至，只好另檄他将毛当，往剿翟斌。斌与慕容凤等商议对敌方法，凤奋然道："凤今将为先王雪耻，愿代将军斩此氐奴！"说毕，即披甲上马，当先出寨。丁零部众，随凤驰出，劲气直达，所向无前，秦兵相率披靡。凤闯入秦阵，突至毛当面前，手起刀落，竟将毛当砍倒，再加一刀，结果性命。当仓猝被杀，连魂灵儿都莫名其妙，只模模糊糊的走诣枉死城。

秦兵大溃，凤乘胜攻入凌云台戍，获得甲仗马匹，不计其数。会闻慕容垂济河焚桥，有众三万，将抵洛阳，凤乃劝翟斌迎垂，推为盟主。斌从凤议，遣使白垂，垂尚虑有诈，乃拒绝斌使道："我来救豫州，不来赴君。君既欲建大事，成败祸福，由君自择，我不愿与闻！"斌使乃去。及垂抵洛阳，苻晖闭门不纳，且责他擅杀飞龙。垂正在徬徨，适翟斌又遣长史郭通，来申前议。垂尚有疑色，通进言道："将军屡拒和议，莫非因翟斌兄弟，山野异类，无甚远略，所以不愿与谋。独不思将军今日，与斌合兵，可济大业。否则将军进为秦阻，退为斌扼，恐反致进退两难了！"垂乃允议，遣通返报翟斌。斌率众来与垂会，因劝垂即称尊号，垂谦言道："新兴侯指慕容暐，见前。乃是我主，当迎归反正，我怎好背主自尊呢！"恐非由衷之言。遂向众宣谋道："洛阳四面受敌，北阻大河，若欲控驭燕赵，实非易事，计不如北取邺都，较得形便。"众齐声称善，垂因复东还。故扶余王余蔚，正为荥阳太守，邀同昌黎鲜卑卫驹等，迎垂入荥阳，垂又得万余人。群下再请上尊号，垂乃依晋中宗故事，称大将军大都督燕王，承制行事，号为统府，群下称臣，文表奏报，封拜官爵，皆如王制。命弟德为车骑大将军，封范阳王；兄子楷为征西大将军，封太原王；翟斌为建义大将军，封河南王；余蔚为征东将军，封扶余王；卫驹为鹰扬将军；慕容凤为建策将军。部署已定，即从石门筑起浮桥，渡河向邺。

慕容农奔列人时，借宿乌桓人鲁利家，利置馔饷农，农但笑不食。利入内语妻道："慕容郎乃是贵人，今到我家，自恨贫微，不能备具盛馔，为之奈何？"妻答道："郎有雄才大志，今无故到此，岂徒为饮食起见？妾料他必有隐图，君宜亟出与议，不必多疑。"此妇颇有特识。利因复出见，农语利道："我欲在此募兵，锐图兴复，卿可从我否？"利便答应道："死生唯命！"谨遵阃教！农大喜进食，醉饱尽欢。嗣又往约乌桓部豪张骧，骧亦愿为效死。于是农驱居民为士卒，斩木为兵，裂裳为旗，并使赵秋说下屠各、东夷、乌桓等众，约同举事。远近趋集，众至数万。农号令整肃，随才署职，上下帖然，兵民共悦。

长乐公丕，使部将石越，率着步骑万人，往击农军。农众请治列人城以便战守，农笑道："今纠众起义，惟敌是求，若得战胜，当以山河为城池，区区列人，何足整治呢！"旋闻越军将至，便命赵秋及参军綦毋滕击越前锋，斩俘数百人，得胜回营。参军赵谦白农道："越甲仗虽精，人心危骇，容易破灭，请急击勿延！"农答道："彼甲在外，我甲在心。若与彼昼战，我军见他外貌，未免怯惧，不如待暮出击，可保必胜！"遂令军士严装待命，毋得妄动。会见越立栅自固，复笑语诸将道："越兵精士众，不知乘锐来攻，反立栅为防，我知他无能为呢！"应为所笑。待至日暮，乃鸣锣动众，出阵城西。牙将刘木，请先攻越栅。农即使为先锋，令率壮士数百，前往拔栅，自率大众继进。刘木奋勇直前，毁栅直入，秦兵抵挡不住，向后退却。石越素号骁勇，不肯遽退，便持枪跃马，来与刘木决斗。月光隐约，火具模糊，彼此一来一往，战了数十回合，不分胜负。偏慕容农麾众入栅，喊声震地，刀光闪处，血肉横飞，秦兵多半骇散，越亦无心恋战，虚晃一枪，回马便走。木眼明手快，就从越背后直刺一刀，越不及顾避，大叫一声，撞落马下，木即下马割了越首，复上马追杀秦兵，血流数里，方才收军回城。越与毛当，皆秦骁将，秦王坚特使帮助二子，镇守冀豫，及相继败亡，秦人夺气。叙毛、石二人战殁，笔法不同。

慕容农即使刘木函送越首，驰报垂军，自引兵随后赴邺。垂至邺下，先接刘木捷报，继与农等相会。农本由大众推戴，权称骠骑大将军，都督河北诸军事。垂即令实授官阶；立世子宝为太子，改秦建元二十年为燕元年，史家称为后燕。亦十六国中之一。服色朝仪，概如旧章，大封宗室功臣，计王公侯伯子男百余人。

秦长乐公丕使属吏姜让至垂营，责他负德。垂答道："孤受秦王厚恩，未尝背负。故欲保全长乐公，使他率众往赴长安，然后修我旧业，与秦永为邻好。若长乐公执迷不悟，未肯举邺城归还，孤只可悉众与争；一经决裂，恐长乐公匹马求生，也不可得了。"让厉声道："将军不容本国，奔命我朝，岂尚得有故燕尺土么？主上与将军风殊类别，一见倾心，亲如宗族，宠逾勋旧，从来君臣际遇，有如此隆厚么？今因王师小败，遂有异图，长乐公乃主上元子，受命镇邺，岂肯低首下心，便将全邺相让。将军欲裂冠毁冕，自可穷极兵势，何劳多言！不过将军年垂七十，叛道致败，悬首白旗，高世忠臣，反为逆鬼，实未免令人可惜哩！"垂听了让言，倒也无言可驳。惟左右都恨让不逊，俱请杀让，垂摇首道："彼此各为其主，让有何罪？”仍依礼遣归。因即麾众攻邺，且遣使上表长安，愿送丕入关，乞还邺城。表文有云：

臣才非古人，致祸起萧墙，身婴时难，归命圣朝。陛下恩深周汉，猥叨微顾之遇，位为列将，爵忝通侯，誓在戮力输诚，尝惧不及。去夏桓冲送死，一出云消，回讨郧城，俘馘万计，斯诚陛下神算之奇，抑亦愚臣忘死之效。方将饮马桂州，悬旗闽会，不图天助乱德，大驾班师，陛下单马奔臣，臣奉卫匪贰，岂惟陛下圣明，鉴臣丹心，皇天后土，实亦知之。臣奉诏北巡，受制长乐，丕外失众心，内多猜忌，令臣野次外庭，不听谒庙。丁零逆竖，寇逼豫州，丕迫臣单赴，限以师程，惟给敝卒二千，尽无兵仗，复令飞龙潜为刺客。及至洛阳，平原公晖，复不信纳。臣窃维进无淮阴功高之虑，退无李广失利之愆，但惧青蝇，交乱黑白，颠倒是非。丁零夷夏，以臣忠而见疑，乃推臣为盟主，臣受托善始，不遂令终，泣望西京，挥涕即迈。军次石门，所在云赴，虽周武之会于孟津，汉祖之集于垓下，不期之众，实有甚焉。语太自豪。臣欲令长乐公尽众西还，以礼发遣，而丕固守匹夫之志，不达变通之理。臣息农，收集故营，以备不虞，而石越倾邺城之众，轻相掩袭，兵阵未交，越已陨首。臣既单车悬轸，归者如云，斯实天符，非臣之力。且邺系臣国旧都，应即惠及，然后西向受命，永守东藩，上成陛下遇臣之意，下全愚臣感报之诚。今进兵至邺，并喻丕以天时人事，而丕不察机运，杜门自守，时出挑战。兵刃相交，恒恐兵矢误中，以伤陛下天性之念。臣之此诚，未简天听，辄遏兵止锐，不敢穷攻。夫运有推移，来去常事，惟陛下鉴之！

秦王坚得表，当然愤恨，也有一书报垂道：

> 朕以不德，忝承灵命，君临万邦，二十余年矣。遐方幽裔，莫不来庭，惟东南一隅，敢违王命。朕爰奋六师，恭行天罚，而玄机不吊，王师败绩，赖卿忠诚之至，辅翼朕躬，社稷之不陨，卿之力也。中心藏之，何日忘之！方拟任卿以元相，爵卿以郡侯，庶弘济艰难，敬酬勋烈，何意伯夷忽毁冰操，柳惠倏为淫夫，览表惋然，有惭朝士。卿既不容于本国，匹马而投命，朕则宠卿以将位，礼卿以上宾，任同旧臣，爵齐勋辅，歃血断金，披心相付，谓卿食椹怀音，保之偕老，岂意畜水覆舟，养兽反害，悔之噬脐，将何所及！诞言骇众，夸拟非常，周武之事，岂卿庸人所可并论哉！失笼之鸟，非罗所羁；脱网之鲸，岂罟所制，翘陆任怀，何烦闻也。念卿垂老，老而为贼，生为叛臣，死为逆鬼，侏张幽显，布毒存亡，中原士女，何痛如之！朕之历运兴丧，岂复由卿，但长乐平原，以未立之年，遇卿于两都，虑其经略，未称朕心，所恨者此焉而已，余复何言！

垂览书不顾，但督兵围住邺城，攻入外郛。秦苻丕退守中城，与垂相持，经旬未下。垂遣老弱至魏郡肥乡，筑造新兴城，置守辎重。复令弟范阳王德，及从子太原王楷等，攻据枋头馆陶，置戍而还。自是关东六州郡县，依次降燕。

秦北地长史慕容泓，系前燕主慕容暐弟，闻垂已起兵恢复，遂亡奔关东，收集鲜卑遗众，得数千人，还屯华阴，自称都督陕西诸军事，大将军，雍州牧，济北王。秦王坚急命钜鹿公睿为大将军，都督中外诸军事，并授左将军窦冲为长史，龙骧将军姚苌为司马，拨兵五万，使往讨泓。兵队方发，忽报平阳太守慕容冲，亦起兵河东，攻秦蒲坂。冲系泓弟，从前秦灭燕时，冲年尚只十有二岁，与乃姊清河公主同为秦俘，充入掖廷。清河公主，年方二七，具有绝色，正是芬含豆蔻，艳若芙蕖，坚怎肯放过，逼令侍寝。亡国女儿，不能自主，只好由他摆布，充做玩物。冲亦面若冠玉，与乃姊不相上下，坚又视若娈童，晨夕与共，扑朔雌雄，迷离莫辨。当时长安有歌谣云："一雌复一雄，双飞入紫宫。"王猛在日，极言切谏，坚不得已遣冲出宫。俟冲稍长，便令为平阳太守，哪知他得了尺符，也乘势发难，竟与兄起兵响应，小子有诗咏道：

到底男戎胜女戎，龙阳崛起亦称雄。
可知伊训由来旧，误毗顽童长乱风。

冲复叛秦，秦王坚不得不防，又只好调兵往御。欲知何人为将，且待下回再表。

秦王坚父子之纵垂，同一失策。垂可取坚而不取，至赴邺以后，杀吏烧亭，始露异谋。嗣且借征讨之名，袭杀苻飞龙，联合翟斌，公然叛秦，自号燕王。何其舍易而就难，先顺而后逆也，推垂之意，以为英雄举事，不迫人险，纵坚所以报私恩，联斌所以复旧业，晋文公退避三舍，卒败楚于城濮，后世不讥其负德，垂亦犹是耳。且观其上表秦庭，犹以臣道自处，虽仿之周武汉高，不无过夸，然其不欲以叛人自处，已在言表。坚之报书责垂，有悔恨语。不知坚之致亡，咎由自取，违众寇晋，一败涂地，即无慕容氏之发难，而姚苌等伺隙而动，宁不足以乱秦！秦固无久安之理也，于慕容垂乎何尤？

第六十九回

据渭北后秦独立　入阿房西燕称尊

却说慕容冲起兵平阳，进攻蒲坂，秦王坚欲调兵抵御，一时苦无统将，只好将钜鹿长史窦冲拨使讨冲。钜鹿公苻睿少了一个帮手，未免势孤，但睿是少年使气，粗猛任性，不管什么利害，即倍道往攻华阴。慕容泓接得探报，说他来势凶猛，却也寒心，当下引众东走，将奔关东。睿便欲率兵邀击，司马姚苌进谏道："鲜卑各众，并皆思归，所以群起为乱。今彼既东行，正好驱令出关，由彼自去，不宜阻遏。试想鼷鼠甚微，被人执尾，尚能反噬；况乱党甚多，凶猛可知，倘或进退无路，必将向我致死，我一失利，悔将何及！故不若鸣鼓相随，但教张皇声势，彼已是奔避不遑了。"睿悍然道："今日驱出关外，他日待我旋师，彼又入关，终为后患，俗语有云：斩草除根。能乘此斩尽根株，岂不较善！况我兵比寇倍蓰，怕他什么？"匹夫之勇，徒自取死。遂不从苌议，自为前驱，往截慕容泓。

泓正防秦军掩击，却故意逗留华泽，分兵四伏，专待苻睿到来。睿未曾探明路径，但知向前乱闯，纵辔急进，行至华泽附近，见有一簇人马，停驻泽旁，便麾兵杀去。泓略略接战，当即退走，睿不肯舍泓，从后追赶。到了泽畔，正值春草繁茂，一碧连天，看不出什么高低，辨不出什么燥湿，睿尚自恃兵众，不以为意。猛听得胡哨声起，草泽里面，钻出许多伏兵，各执长槊，前来厮杀，睿忙督众抵敌，不防一面伏发，四面俱起，一齐围裹拢来，累得睿前后左右，统是敌兵。睿自知不佳，只好退兵，为了一退，顿致行伍错乱，没路乱窜。华泽中多是泥淖，一不经心，立即滑倒，断送性命。睿亦急不暇择，误蹈淖中，马足越陷越深，一时无从自拔，那敌兵即乘势攒集，你一槊，我一槊，戳得苻睿身上有几十百个窟窿，就使铜头铁脚，也是活不成了。余众亦大半陷没，只剩得残卒数千，还亏姚苌驰来援应，方得救回。

苌返至华阴，检查兵士，十失七八，几难成军。乃遣龙骧长史赵都速诣长安，报明败状，一面谢罪，一面请示。哪知赵都去后，杳无复音，派人探听，才知都被杀，且有敕命来拿姚苌。苌当然惶急，潜奔渭北，转至马牧。西州豪族尹详、赵曜、王钦、狄广等，共挈五万余家，愿推苌为盟主，苌未肯照允。天水人尹纬进言道："百六数周，秦亡已兆。如将军威灵命世，必能匡济时艰，所以豪杰驱驰，共乐推戴，将军宜降心从议，曲慰众望，不可坐观沉溺，同就沦胥。"苌踌躇半晌，自思秦已与绝，无路可归，不如就此独立，较为得计。全是苻坚激成。遂依了纬议，据万年为根本地，自称大将军大单于秦王，大赦境内，改元白雀。即用尹详、庞演为左右长史，姚晃、尹纬为左右司马，狄伯支、焦虔等为从事中郎，王钦、赵曜狄广等为将帅。历史上称苻氏为前秦，姚氏为后秦。为十六国中三秦之一。

时慕容冲为秦将窦冲所破，奔依兄泓。泓仍屯华阴，集众至十余万，因贻书秦王坚道："吴王指慕容垂。已定关东，可速资备大驾，奉送家兄皇帝，指慕容暐。泓当率关中燕人，翼卫皇帝还主邺都，与秦以武牢为界，分王天下，永为邻好。钜鹿公轻戆锐进，为乱兵所害，非泓本意，还幸俯原！"若讥若讽，比唾骂还要利害。坚得书大怒，即召慕容暐入责道："卿兄弟干纪僭乱，乖逆人神，朕应天行罚，拘卿入关。卿未必改迷归善，乃朕不忍多诛，宥卿兄弟，各赐爵秩，虽云破灭，不异保全。奈何因王师小败，便猖獗至此？垂叛关东，泓冲复称兵内侮，岂不可恨！今泓书如此，付卿自阅。卿如欲去，朕当相资助，如卿宗族，可谓人面兽心，不能以国士相待呢。”说着，将来书掷示慕容暐，暐连忙叩头，流血泣谢。坚怒意少解，乃徐徐说道：“古人云‘父子兄弟，罪不相及’，今三竖构兵，咎不在卿，朕非不晓，许卿无罪，仍守原官。但卿宜分书招谕，令三叛速即罢兵，各还长安，须知朕不为已甚，所有前愆，概从恩宥便了。”全是呆气。暐唯唯而出，名为奉命致书，暗中却遣密使嘱泓道：“秦数已终，燕可重兴，惟我似笼中禽鸟，断无还理。且我不能保守宗庙，自知罪大，不足复顾。汝可勉建大业，用吴王为相国，中山王暐曾封冲为中山王。为太宰，领大司马，汝可为大将军，领司徒，承制封拜，听我死耗，汝便即尊位，休得自误！”亡国主自知死罪，死期亦不远了。泓得暐使传言，乃进向长安，改元燕兴，且致书与垂，互结声援。

垂围攻邺城，日久未下，因向右司马封卫问计，卫请决漳水灌城。垂依议施行，水入城中，固守如故。垂未免焦烦，特自往游猎，聊作消遣，顺便过饮华林园。不意为内城所闻，出兵掩袭，将园围住，飞矢如注，垂几不得脱，幸冠军将军慕容隆，麾骑往援，冲破秦兵，才得翼垂出围。

垂既得回营，太子宝入白道：“翟斌恃功骄恣，潜有贰心，不可不除！”垂说道：“河南盟约，不应遽负，况罪状未露，便欲下手，人必谓我嫉功负义。我方欲收揽豪杰，恢弘大业，奈何示人褊狭，自失人望呢！果使彼有异谋，我当豫先防备，彼亦无能为了。”宝趋退后，范阳王德、陈留王绍、骠骑大将军农，俱进见道：“翟斌兄弟，贪骄无厌，必为国患。”垂又驳道：“贪必亡，骄必败，怎能为患？彼有大功，当听他自毙罢。”既而斌嘱使党与，代请为尚书令，垂复语道：“翟王功高，应居上辅；但现在台尚未建，此官不便遽设，且俟邺城平定，自当相授。”斌以所求不遂，竟致怀怒，潜与城中勾通，使人泄去漳水。当有人向垂报闻，垂不动声色，佯召斌等议事，斌与弟檀敏入帐，由垂叱令左右，将他弟兄拿下，面数斌罪，按律斩首。檀敏亦被杀，余皆不问。

斌从子真却夜率部众，北走邯郸。嗣又还向邺下，欲与苻丕内外相应。垂太子宝与冠军大将军隆，凑巧碰着，迎头痛击，得将真众击退，向垂报功。垂又遣农、楷二人，带着骑兵数千，北往追真。驰至下邑，见真众驻扎前面，多是老弱残兵。楷即欲进战，农谏阻道：“我兵远来，已经饥疲，且贼营内外，未见丁壮，定有诈谋，不如安营自固，免堕彼计！”楷不听农言，径击真营，真弃营佯退，诱楷往追。楷恃勇追去，果为伏兵所围，冲突不出，势将覆没。还是农急往相救，杀开血路，方将楷拔出围中，狼狈驰还，兵士已伤毙不少了。垂见楷等败归，乃宣告大众道：“苻丕穷寇，必且死守；丁零叛扰，乃我心腹大患。我且迁往新城，纵丕西还，既可谢秦王宿惠，复可防翟真来侵，这也未始非目前至计呢。”众无一异议，垂遂引兵去邺，北屯新城，再遣慕容农往攻翟真。真转趋中山，据住承营，复遣从兄辽，往扼鲁口，作为犄角。农乃先攻翟辽，辽屡战屡败，仍奔依翟真去了。垂借翟起兵，旋为翟累，他人之不可恃也如此。

后秦王姚苌，进屯北地，秦王坚调集步骑二万人，亲出讨苌。行次赵氏坞，使护军杨璧带领游骑三千，堵苌去路。又令右军徐成、左军窦冲、镇军毛盛等，三面攻苌，连破苌兵，并将苌营水道，扼住上源，不使通入。时当盛夏，苌军无从得水，当然患渴。苌令弟尹买出营，领着劲卒二万，往击上流守堰的秦兵，期通水道。不防秦将窦冲，埋伏鹳雀渠，待至尹买到来，一鼓齐出，竟将尹买击死，斩首至一万三千级，只余数千人逃回。苌众大惧，向地掘坎，不得涓流，去路又被塞断，好似竹管煨鳅，危险万状。约莫过了三五日，苌营内渴死多人，急得苌仰天长叹，焦灼异常。忽然间，黑云四布，雷电交乘，大雨倾盆而下，滂沛周流，苌众得饮甘霖，不由的欢跃逾恒，精神陡振。更可怪的是苌营里面，水深至三尺许，距营百步外，水仅寸余。秦王坚方在营用膳，得着雨信，甚至投箸起座，出指空中道："老天，老天！难道汝亦佑贼么？"汝何尝非贼？秦军见天意归苌，并皆气馁。苌军转衰为盛，又通使慕容泓，约为奥援。

会燕谋臣高盖等因泓持法严峻，德望不及乃弟冲，竟引众杀泓，推立冲为皇太弟，承制行事，署置百官，即用高盖为尚书令。杀兄者反举为首辅，可见冲实与谋。姚苌闻冲得众心，特致书相贺，且遣子崇往质冲营，令冲速赴长安，牵制苻坚。一面集众七万，径攻秦军。秦将杨璧挡住去路，被苌冲杀过去，立即荡破，且将杨璧擒住。再分头掩击徐成、毛盛各营，无不摧陷。连徐、毛二将，一并擒来，只窦冲得脱。苌却厚待杨璧、徐成、毛盛三人，与他宴饮，好言抚慰，以礼遣归。乐得客气。

秦王坚很是懊丧，又接长安警报，慕容冲兵马日逼，不得已舍了姚苌，奔回长安。适平原公苻晖，率领洛阳、陕城兵众七万人，还援根本，坚遂命晖都督中外诸军事，配兵五万，出拒慕容冲。行至郑西，与冲接战，秦兵已成弩末，所向皆靡，晖只得退走。坚又遣前将军姜宇与少子河间公琳，率众三万，御冲坝上，又复败绩。琳与宇相继战死，冲遂入据阿房城。冲小字凤皇，当时长安有歌谣道："凤凰凤凰止阿房。"秦王坚还道阿房城内，将有真凤凰到来，意谓凤凰非梧桐不栖，非竹实不食，特植桐竹数十万株，专待凤凰。哪知来的是人中凤凰，不是鸟中凤凰，反使秦王坚一番奢望，变作深愁。这岂非变生不测么？

俗语说得好，喜无双至，祸不单行。秦既为慕容氏姚氏所困，已闹得一塌糊涂，偏江左的桓谢各军也乘势进略淮北，连下各城。荆江都督桓冲已自愧前时失言，悔不该轻视谢氏，遂至恚愤成疾，病殁任所。回应六十七回中桓冲语，且因冲尚为贤臣，故随笔叙及冲之病殁。晋廷追赠冲为太尉，予谥宣穆。只从子桓石虔，方随谢玄逾淮北行，拔鲁阳，下彭城，逐去秦徐州刺史赵迁，玄表石虔为河东太守，使守鲁阳。自为彭城镇帅，使内史刘牢之，攻秦兖州，击走秦守吏张崇。崇奔依燕王慕容垂，牢之得进据鄄城，晋军大振。河南城堡，陆续归晋，晋授太保谢安为大都督，统辖扬、江、荆、司、豫、徐、兖、青、冀、幽、并、梁、益、雍、凉十五州军事，并加黄钺，余官如故。安表辞太保职衔，情愿统兵北征，恢复中原全境，有诏不许。适谢玄进图青州，特遣淮阳太守高素，率兵三千，往攻广固。秦青州刺史苻朗，系秦王坚从子，放达有余，韬略不足，急得手足无措，只好奉书乞降。玄当即收纳，送朗入都，再分檄各将，北攻冀州。刘牢之进据碻磝，济阳太守郭满，又进据滑台，将军颜肱刘袭等复进逼黎阳。秦冀州牧苻丕闻报大惊，急遣将军桑据至黎阳抵御晋军。不料黎阳又被陷没，更闻燕军复来围邺，正是愁不胜愁，拒不胜拒，没奈何遣参军焦逵，向晋乞和，宁让邺城与晋，但请假途求粮，西赴国难。

逵奉命后，密语司马杨膺道："今丧败至此，长安阻绝，存亡且不可知。就使屈节竭诚，径乞粮援，尚恐不得见许。乃长乐公豪气未除，语设两端，事必无成，奈何奈何？"杨膺道："这也何难，但教改书为表，自称降晋，许以王师一至，便当致身南归。我想晋军方锐图冀州，定必前来援邺了。"焦逵犹有难色，膺附耳与语道："君虑彼未肯相从吗？如果晋军到来，我等可逼令出降，否则生缚与晋，看他何法拒我？"好一个参谋。说罢，便将丕书私下改窜，令逵赍送晋军。

晋将接着，送逵往见谢玄，玄欲征丕子入质，然后出援。逵固陈丕无他志，且将杨膺所嘱，亦约略表露。玄始有允意，遣使转白谢安。安正与琅琊王道子有隙，乐得借此为名，出外督军，遂许玄收邺，自请往镇广陵，经略中原。孝武帝当即批准，亲饯西池，由安献觞赋诗，从容尽欢，然后别主出都，尽室偕行，径赴广陵去了。

且说慕容垂屯兵新城，遣子麟攻入常山，收降秦将苻定、苻绍、苻亮、苻评，进拔中山，执住守将苻鉴，遂得入中山城。慕容农引兵会麟，与麟共攻翟真，驰至承营。两人并辔先驱，观察形势，随从只数千骑兵，真却驱众齐出，竟来角斗。燕兵俱逡巡欲退，慕容农语麟道："丁零非不勇悍，翟真却是懦弱，我若简率精锐，专攻翟真，真必却走，众亦自散，可麾使尽歼了。"说着，便回头返顾，见骁骑将军慕容国方在背后，就使他率领锐骑百余，径冲翟真，真果返奔，众亦驰还。农与麟从后追逐，迫压营门，真众争门奔入，自相践踏，死伤甚众。燕军得夹杂进门，遂拔承营外郛。真慌忙逃入内城，闭门守住，有一半未及奔入，统弃械降燕。慕容农收了降众，再攻内城。相持多日，真粮将尽，潜开门遁往行唐。真司马鲜于乞叛真，将真刺死，自称赵王。真众不服，又共杀乞，拟推立翟辽为主。偏辽已奔往黎阳，只有从弟翟成，尚在军中，大众就奉为主帅，据住行唐，苟延残喘罢了。

慕容垂拟北都中山，将自新城启行。闻苻丕在邺，引晋援师，不由的怒气上冲，便语范阳王德道："苻丕可去不去，与我争邺，且向晋乞援助守，情实可恨，我且去赶走了他，再作计较。"德也即赞成，因复引兵围邺，但留出西门一路，纵丕出奔。丕仍不肯去，居守如初。

垂在城下数日，接得慕容冲来书，乃是故主慕容暐被杀，在秦诸宗族，一律就歼，只垂幼子柔与垂孙盛，脱奔冲营，幸得无恙，请垂放心。且说自己“承暐遗命，已在阿房城称尊即位，勉承燕祚”，云云。垂不禁悲叹，将佐统向垂劝进，垂谓冲已称号关中，不应遽自加号，且从缓议为是，垂非不愿称尊，实恐柔、盛为冲所害，故置诸缓图。将佐方才无言。究竟慕容暐如何被杀，应该约略叙明。

暐在长安，尚有宗族千余人，他本思奔往关东，苦无间隙。慕容绍兄肃与暐密谋，将乘暐子婚期，请坚入室，为刺坚计，坚全未得知。既而婚期已届，暐入见坚，稽首称谢道：“臣弟冲不识义方，辜负国恩，臣罪该万死。蒙陛下恩同天地，许臣更生。臣次子适当结婚，愚意欲暂屈銮驾，幸臣私第，臣得奉觞上寿，不胜万幸！”坚当即许诺，会遇大雨，坚果不出，暐计遂败。乃决意出奔，密令部酋悉罗腾、屈突铁侯等，潜告鲜卑遗众，诈言自己将受命出镇，旧部俱可随去，应预先会集，在城外伺候。部众信以为真，内有一人名叫突贤，往与妹别。妹为秦将窦冲妾，不忍乃兄远离，请诸窦冲，乞留突贤。冲即入白秦王，秦王坚惊诧道：“朕并未有遣暐情事，为何设此谎言？”冲答道：“陛下既未有此意，定是慕容暐有异谋了。请速传召悉罗腾，讯明虚实。”坚即召腾入讯，备悉暐谋，因复传召暐、肃。肃语暐道：“无故猝召，事必泄了，入即俱死，不如杀死来使，斩关出奔，或可得一生路。”暐尚谓秦王未必知谋，当有别事相商，遂与肃并入见坚。坚果盛气相向，叱暐负恩谋叛。暐尚思抵赖，肃直答道：“家国事重，顾不得小恩小惠，我等不幸事泄，外面二王即至，秦祚总不久了。”坚竟大怒，喝斩暐肃。并令卫兵搜捕鲜卑各众，无论男女老幼，尽加诛戮。惟慕容柔寄养阉人宋牙家，幸得免死，且与慕容盛乘隙逃出，奔依慕容冲。

冲为暐发丧，托称受遗即位，称帝阿房，改元更始，因即贻书与垂，如上所述。史称慕容冲为西燕，但因他历年短促，不列入十六国中。特别提醒。小子有诗叹道：

桐竹纷披引凤凰，矫雏一举入阿房。

当年僭国俱垂史，独略西燕为速亡。

冲既称帝，复西逼长安。欲知秦王坚如何拒冲，请看官续阅下回。

本回事实，最为拉杂，总之为苻秦衰亡之兆。慕容垂、慕容泓、慕容冲，皆燕臣而降入于秦者也。姚苌为姚弋仲第二十四子，亦因兄襄之败没，率诸弟而降入于秦者也。垂之叛，秦纵之；苌之叛，秦实激之，纵之已为失策，激之尤属非计，故秦王坚之败亡，皆其自取耳。慕容泓、慕容冲，因垂之发难而并起，紫宫之谶，凤凰之谣，何莫非坚之自召，乐极悲生，理有固然，无足怪者。晋与秦本为仇敌，其乘秦乱而出兵，尤势所必至者也。翟斌辈特其导线耳。故本回虽头绪纷繁，而实可一言以蔽曰：苻秦之乱亡。

第七十回

堕虏谋晋将逾绝涧　应童谣秦主缢新城

却说慕容冲进逼长安，众至数万。秦王坚登城俯视，见冲在马上耀武扬威，不禁失声道：“此虏从何处出来，乃敢猖獗至此！”当还问自己。说着，复大声呼冲道：“奴辈止可牧牛羊，何苦自来送死！”前时何亦引入紫宫？冲答道：“正因不愿为奴，所以欲取尔位！”坚令将士登陴守御，自下城踌躇多时，乃遣使赍取锦袍一袭，出城送入冲营，且令传谕道：“古人交兵，不绝使人，朕想卿远来草创，岂不惮劳，特命使臣赐汝一袍，聊明本怀，朕与卿何等恩情，卿为什么变志？”冲亦遣詹事复答，自称皇太弟，谓现今心在天下，岂顾一袍小惠，如果知命，便可君臣束手，早送出皇帝梓宫，孤当宽贷苻氏，借报前惠，省得汝口口声声，自矜旧谊。龙阳之宠，原不足道。这一席话，气得苻坚两目圆睁，且怒且悔道：“我不用王景略、阳平公言，使白虏胆敢至此，岂不可叹！”秦人向呼鲜卑为白虏。遂调兵出战，互有杀伤。两下里相持兼旬，已战过了好几次，未决胜负。秦王坚不觉愤发，亲督将士，与冲交战仇班渠，得破冲军，进至雀桑再战又捷，复进至白渠，陷入伏中，为冲所围。又是骄兵之过。殿中上将军邓迈、左中郎将邓绥、尚书郎邓琼，自相告语道：“我家世受秦恩，怎可不死君难！”当下各执长矛，拼死突围，三将在前，诸军随后，一齐奋勇，立将冲兵冲散。坚得着走路，始克驰归。

冲收兵不进，到了夜间，却遣尚书令高盖引众疾走，潜袭长安。城中未曾戒备，晨启南门，突被冲军掩入，门不及闭，幸左将军窦冲、前禁将军李辩等，从内城杀出，猛厉无前，得把高盖杀退，斩首八百，脔尸分食。盖败退后，复移兵往攻渭北诸垒，与秦太子宏相值，战复失利，奔回冲营。秦王坚又自出击冲，大获胜仗，逐冲至阿房城，城尚未阖。秦将请乘胜杀入，偏坚惩着前败，只恐城内有伏，不敢径进，竟鸣金收军，退回长安。前次轻进，此次轻退，总之气数将尽，无一合宜。

后秦王苌，闻冲入关，与僚佐共议进止，齐声道："大王宜亟西行，得能先取长安，方可立定根本，再图四方。"苌笑说道："诸君所论，皆非明见。今日燕人起兵，意在规复故土，就使得志，也必不愿久留关中，我当移屯岭北，广收资实，坐待秦亡，俟燕人既去，然后引众入关，长安可唾手而取了。"是即鹬蚌相争，渔翁得利之策。僚佐方才拜服，苌乃留长子兴居守北地，自率部众趋新平。从前石虎季年，清河人崔悦为新平相，被郡人杀死，悦子液奔入长安，至苻坚僭位，得官尚书郎，自表父仇不共戴天，欲与新平人拼命，坚代为调停，削去新平城角，作为纪念。新平土豪引为己耻，常思自立忠义，得补前恨。及苌至新平，太守苟辅因兵单难守，即欲降苌，郡人冯杰等入谏道："天下丧乱，忠臣乃见，昔田单仅守一城，尚得存齐，今秦犹连城数百，难道便灭亡不成？况既为臣子，服事君父，要当尽心竭力，除死方休，奈何甘作叛臣，遗臭万年呢？"辅乃誓众固守，多方抵御。苌筑土山，辅亦筑土山，苌凿地道，辅亦凿地道，内外相制，屡挫苌众。辅又为诈降计，诱苌入城，伏兵邀击，几得擒苌。苌幸得逃脱，部众丧亡万余人。嗣是苌不与辅战，但在城外，筑起长围，堵截粮汲，辅坚守数月，粮尽矢竭，连水道尚且不通，眼见是无力再支。苌探得消息，即遣吏语辅道："我方以义取天下，岂忍仇害忠臣？君可率众男女还长安，请勿他虑，我但求此城设镇罢了。”辅信为真言，遂率男女万五千口，开城西走，哪知苌已预设陷坑，坑旁置伏，一俟辅众出来，即发伏四蹩，迫使入阱，可怜万五千口兵民，都堕落陷坑中，尽被坑死，无一孑遗。如此暴虐，哪得久长？苌得入据新平，专探听长安消息，再议进行。

那邺城为燕王垂所困，再遣使至晋促援。晋前锋都督谢玄，乃遣刘牢之率兵二万，北援邺城，并馈秦兵粮米二万斛，燕王垂督众逆战，挡不住牢之锐气，纷纷溃退，垂不得已撤围北走。牢之不愿入城，便即长驱追击。秦长乐公丕正出城迎接牢之，偏牢之已经过去，乃亦督兵继进。牢之恃勇轻追，昼夜疾驰二百里，至董唐渊，将及垂兵。垂语将佐道：“秦晋瓦合，各自争强，胜不相让，败不相救，实非同心。今两军相继追来，势尚未合，我宜用计，先破晋军，晋军败去，苻丕亦何能为呢？”遂在五桥泽旁，散置辎重，作为晋饵，使慕容德、慕容隆两将，分兵伏住五丈桥，静候晋军。牢之引众越五桥泽，见沿路尽是辎重，不禁欣羡起来，晋军又个个好利，统望前争取，遂致不顾行列。哪知慕容德、慕容隆两军，左右杀出，急切里如何抵挡？再加慕容垂统着大众，又复杀回，三面受敌，料难招架，不得不拍马返奔。回至桥畔，禁不住叫一声苦，原来桥板已被燕兵拆去，只有涧水潺潺，络绎不绝。牢之逃命要紧，索性退后数步，将马缰一提，幸亏是匹骏马，腾空跃起，得将五丈涧跳过。也是牢之命尚未绝。部众无此马匹，相率投入涧中，好许多卷入漩涡，随水漂没，惟素能泅水的，还得幸逃性命。偏燕兵尚不肯舍，架起桥板，仍逾桥追来。牢之倍觉着急，适值苻丕踵至，才得保救牢之，击退燕兵。牢之随不回邺，邺中大饥，前时由晋给与二万斛，经旬散尽。丕不得已引众至枋头，就食晋谷，令刘牢之入守邺城。谢玄以牢之兵败，征还原镇。丕亦仍然回邺，察知杨膺前谋，将他诛戮，自是仍不服晋。

慕容垂亦无从觅粮，趋回中山，沿途但取桑椹代食，饥疲异常。关东前时，曾有谣言道："幽出𩨨，生当灭，若不灭，百姓绝。"𩨨系慕容垂原名。曾见前文。垂与丕相持经年，害得百姓不安耕稼，遂致野无青草，人自相食，应了前日谣言；这也未始非劫运侵寻，所以有此兵争呢。实是争城者之罪。

且说慕容冲败回阿房，收集败军，再加整缮，复四出寇掠。秦平原公苻晖屡次为冲所败。秦王坚使人责晖道："汝为我子，拥众数万，不能制一白虏小儿，还想活着做甚？"晖闻言恚慨，竟至自杀。前禁将军李辩、都水使者彭和正，恐长安不守，召集西州人，出屯韭园，坚征召不至。高阳公苻方与尚书韦钟父子，驻守骊山。方与冲战殁，钟父子并皆擒住。冲命钟子谦为冯翊太守，使招降三辅士民。冯翊垒主邵安民等，责谦道："君系雍州望族，今乃从贼自失忠义，有何面目对人！乃尚敢来饶舌吗？"谦羞惭满面，返白父钟，钟不胜悔叹，仰药以殉，谦南下奔晋。秦左将军苟池、右将军俱石子，率骑五千，与冲争麦。冲族人征西将军慕容永，击杀苟池，石子奔邺。秦复遣骁将杨定引兵击冲。定系故仇池公杨纂族人，仇池陷没，降入苻秦，秦灭仇池，见六十二回。坚爱定骁勇，招为女婿，拜领军将军，至是率左右精骑二千五百人，前击冲军，十荡九决，无人敢当，冲众大败，被定掳得万余人，还城报功。坚命将俘虏一并坑毙，再令定出徇坝上，又破慕容永，永退语慕容冲，谓定难力敌，宜用智取。冲乃设堑自固，俟养足锐气，再行进攻。嗣闻长安城上有群鸟数万翔鸣，俱作悲声，关中术士，多言长安将破，冲乃悉众攻长安，秦王坚亲出督战，飞矢集身，流血满体，不得已走还城中。

冲纵兵暴掠，民皆流散，道路断绝，千里无人烟。惟冯翊堡壁三十余所，推平远将军赵敖为统主，共结盟誓，辄遣人负粮助坚，途中多为燕兵所杀，不过二三人得入长安。坚使人传语道："闻来使多不得达，忠义可嘉，死亡可悯。当今寇氛日恶，非数人可能拒灭，但望明灵照护，祸绝灾退，方有转机，卿等当善保诚顺，为国自爱，裹粮坐甲，静听师期，不可徒劳役夫，轻糜虎口。为此谕令周知"等语。既而三辅豪民，又遣人告坚，请拨兵攻冲，愿放火为内应。坚又与语道："诸卿忠诚，可敬可哀，但时运剥丧，恐无益国家，空使诸卿夷灭，益足伤心！试想我猛士如虎，利刃若霜，乃反为小丑所困，岂非天意，愿卿等善思为是！"天道恶盈，坚其果知此义否？偏豪民又复固请，情愿效死，坚乃遣骑士八百，往劫冲营。三辅人却也纵火，无奈风势不顺，焰反倒冲，竟致自焚，十有九死。

坚闻报益哀，就在长安设祭招魂，且亲制诔文道："有忠有灵，来就此庭，归汝先父，勿为妖形。"一面遣护军仇腾为冯翊太守，往抚郡县，大众都感激涕零，誓无贰志。无如人心尚固，天意难回，长安城中，但闻有人夜呼道："杨定健儿应属我，宫殿台观应坐我，父子同出不共汝。"到了诘旦，遍索此人，查无踪迹。长安又有遗书，叫做《古苻传贾录》，内有"帝出五将久长得"一语。又秦人亦有谣传云"坚入五将久长得"。坚知长安东北有五将山，还道是往至五将，便可久长得国。乃嘱太子宏留守长安，且与语道："谶文谣言，统谓我宜出五将。大约天意欲导我出外，集兵剿寇。今留汝兼总兵政，善守城池，不必与贼争利，我当出陇收兵，输粮给汝便了。"计议已定，先使将军杨定，出西门击冲，截住冲军，自与宠妃张夫人，及幼子中山公诜，幼女宝锦，率骑数百，东出五将。正要启行，即有败卒入报道："杨将军为贼所算，追贼不慎，堕入陷坑，竟被贼捉去了！"杨定被擒，事从虚写。坚不禁大骇，匆匆嘱别，出城自去。

长安城中的战将，首推杨定，定既被擒，阖城惊惧。燕兵又猛攻不息，秦太子宏料不能守，奉母挈妻及宗室男女等，西奔下辨。百僚逃散，司隶校尉权翼等数百人，奔投后秦。慕容冲入据长安，纵兵大掠，死亡不可胜计。那秦王坚出长安城，行过韭园，麾骑袭击，前禁将军李辩奔燕，都水使者彭和正走死，坚乃径往五将山。

后秦主姚苌，探得苻坚出奔，正拟往袭，适值权翼奔来，益知苻氏虚实，遂遣骁骑将军吴忠带领骑兵，往围五将山。忠星夜前进，行抵五将，一声鼓噪，把山围住。秦兵当即骇走，只侍御十余人，随着苻坚。坚神色自若，尚召宰人进膳，从容下箸。俄而后秦兵至，把坚拘往新平。所有坚妾张夫人以下，一并被掳，幽禁新平佛寺中。姚苌不见苻坚，但使人向坚求玺道："苌次应历数，可将传国玺见惠。"坚瞋目怒叱道："小羌敢干逼天子，太无天理，图纬符命，有何依据？五胡次序，无汝羌名，玺已送晋，岂授汝小羌么？"苌尚不肯已，再遣右司马尹纬迫坚禅位。坚见纬状貌魁梧，志气英挺，身长八尺，腰带十围，不由的惊问道："卿在朕朝，曾否得官？"纬答道："曾做过几年吏部令史。"坚叹息道："卿仪容不亚王景略，也是一宰相才，朕无耳目，独不知卿，怪不得今朝败亡哩？"纬乃援尧舜禅让故事，从容讽坚。坚变色道："禅让故事，惟圣贤可为，姚苌叛贼，怎得上拟古人！"汝也不配为圣贤。说着，复大骂姚苌背恩负义，唠叨不休。纬知不可说，返报姚苌，苌竟遣使逼坚自尽。坚临死时，顾语张夫人道："不可使羌奴辱我女儿。"遂拔出佩剑，先杀宝锦，然后投缳毕命，计年四十八岁。张夫人向尸再拜，大哭一场，就把坚佩剑拾起，向颈一横，碧血飞溅，红颜委逝。中山公诜，也取剑自刎，随那父母灵魂，同往鬼门关去了。难得有此烈妇孝子！

后秦将士得知此变，也为哀恸。姚苌至此，亦不欲自播恶名，只言坚父子自尽，许为殓葬，追谥坚为“壮烈天王”。先是关中，尝有童谣云：“河水清复清，苻坚死新城。”坚闻谣知戒，每出征伐，遇有地方名新，便即避去，但到头终缢死新平。又有童谣云：“阿坚连牵三十年，后若欲败时，当在江淮间。”又云：“鱼羊田升当灭秦。”前谣是应在淝水一役，后谣是应在鲜卑亡秦；“鱼羊”便是鲜字，“田升”乃是卑字，总计坚在位二十七年，为晋所败，后二年，燕人长安，走死五将，俱如谣言，这且不必细表。

且说秦太子宏，奔至下辩，为南秦州刺史杨璧所拒。璧妻本是坚女，叫作顺阳公主，为太子宏女兄，他却欲自保身家，不认郎舅，竟致拒绝。世态炎凉，可见一斑！宏乃转奔武都，顺阳公主也恨夫薄情，弃璧投宏。尚恐璧发兵来追，索性南下归晋。晋廷令处江州，寻给辅国将军职衔。惟秦长乐公苻丕，趋还邺城，尚有部众三万人，会王猛子幽州刺史王永与平州刺史苻冲，屯兵壶关，遣使迎丕。丕恐燕军复来攻邺，不如先机出走，乃率男女六万余口，西往潞州。秦骠骑将军张蚝、并州刺史王腾，趋候途中，迓丕入晋阳。王永闻信，留苻冲守壶关，自率万骑见丕，述及长安失守，及故主凶终等情。乃就晋阳举哀，三军缟素，追谥坚为“宣昭皇帝”。

丕即日嗣位，为坚立庙，号称“世祖”，改建元二十一年为太安元年。命张蚝为侍中司空，王永为侍中，都督中外诸军事，兼车骑大将军尚书令，王腾为中军大将军，司隶校尉，苻冲为尚书左仆射，封西平王，余官亦进职有差。立妃杨氏为皇后，子宁为皇太子，颁告远近，大赦境内。适前尚书令魏昌公苻纂，自长安奔晋阳，丕拜纂太尉，封东海王。就是苻定、苻绍、苻谟、苻亮等，亦皆闻风反正，自河北遣使谢罪。四苻降燕见前回。还有中山太守王兖，固守博陵，为秦拒燕，上表沥陈。丕授兖为平州刺史，兼平东将军，且拜苻定为冀州牧，苻绍为冀州都督，苻谟为幽州牧，苻亮为幽、平二州都督，并进爵郡公。秦左将军窦冲、秦州刺史王统，河州刺史毛衅、益州刺史王广俱奔集陇右，合图规复。领军将军杨定，亦从燕营脱走，趋至陇上，即如南秦州刺史杨璧，也居然为秦效节，一股脑儿奉表晋阳，请讨姚苌。杨璧拒宏奉丕，可谓狡变。丕大喜过望，封杨定等俱为州牧，即令王永传檄州郡，声讨慕容氏及姚苌。小子有诗叹道：

存亡继绝亦当然，一脉留贻得再延。
可惜苻丕非令主，晋阳兴替仅逾年。

欲知檄文中如何命词，请看下回便知。

苻氏衰微，兵端四起，正予东晋以规复之机会。谢安请命北征，正其时也。顾苻丕请援，即授意谢玄，遣将援邺。苻坚寇晋，仅越年余，淝水之战，侥幸一捷，此仇此恨，何可遽忘？声其罪而讨之，谁曰不宜？乃贪一邺城，反为寇援，已足见讥于外族。且刘牢之有勇鲜谋，冒险轻进，卒为慕容垂所算，弃师遁还。河洛以北，仍为左衽，是何莫非谢氏之失策耶？彼秦苻坚因骄致败，困守长安；假使招集三辅，背城借一，犹可图存，乃徒示口惠，复惑谶书，猝奔五将，受虏姚氏新平之幽，靳玺不予，亦何益哉？惟如张夫人之殉节，中山公诜之殉孝，虽曰戎狄，犹秉纲常，坚死有知，其尚足自豪乎？

第七十一回

用僧言吕光还兵　依逆谋段随弑主

却说苻丕嗣位以后，令侍中王永都督诸军，拟讨慕容氏及姚苌，因先传檄州郡，号召吏民，檄文有云：

大行皇帝弃背万国，四海无主。征东大将军长乐公，先帝元子，圣武自天，受命荆南，威振衡海，分陕东都，道被夷夏，仁泽光于宇宙，德声侔于下武。永与司空蚝等，谨顺天人之望，以季秋吉辰，奉公绍承大统，衔哀即事，柄谷总戎，枕戈待旦，志雪大耻。慕容垂为封豕于关东，泓冲继凶于京邑，致乘舆播越，宗社沦倾。羌贼姚苌，我之牧士，乘衅滔天，亲行大逆，有生之巨贼也。永累叶受恩，世荷将相，不与骊山之戎，荥泽之狄，共戴皇天，同履厚上。诸牧伯公侯，或宛沛宗臣，或四七勋旧，岂忍舍破国之丑竖，纵杀君之逆贼乎？主上飞龙九五，实协天心，灵祥休瑞，史不辍书，投戈效义之士，三十余万，少康光武之功，可旬朔而成。今以卫将军俱石子为前军师，司空张蚝为中军都督，武将猛士，风烈雷震，志殄元凶，义无他顾。永谨奉乘舆，恭行天罚，君臣始终之义在三，忘躯之诚，戮力同之，以建晋郑之美，因申羿奡之诛，宁非善乎？特具檄以闻。

这篇檄文，传递出去，却亦说得有条有理。无如苻氏已衰，不能复振，徒凭那纸上空谈，唤不起什么义举！还有秦将吕光，自略定西域后，得受封西安将军西域校尉，光定西域，见六十六回中。他闻关中大乱，拟留居龟兹，不愿东归。惟当时有西僧鸠摩罗什，为光所得，颇加信用，独劝光亟还陇右。光乃用橐驼二万余头，载运外国珍宝，及奇技异戏，殊禽怪兽千百余品，并骏马万余匹，启程而还。

小子叙到此处，记得那鸠摩罗什的履历，也与后赵时的佛图澄同一怪异，说将起来，又有一番特别源流。鸠摩罗什世居天竺，祖宗尝为国相，父鸠摩罗炎，秉性聪懿，将嗣相位，独辞避出家，东度葱岭，行至龟兹，龟兹王闻他重名，出郊迎入，尊为国师。王有妹年已二十，才慧过人，邻国交来乞婚，俱不见许，惟见了鸠摩罗炎，却是芳心相契，愿订丝萝。才女亦喜配和尚么？炎不甚乐从，偏国王硬为要求，只好勉从王命，谐成一番欢喜缘。未几炎妻有孕，慧解逾恒，十月满足，产生罗什。过了七年，见罗什已有知识，乃挈与出家，命罗什从师受经。罗什过目成诵，日读千偈，无不记忆，且尽通晓。既而鸠摩罗炎，不知所适，罗什母也挈子远游，行至沙勒，颇得国王优待，乃暂寓沙勒国中。罗什更博览五明密论，及阴阳星算，莫不阐幽尽妙，所以吉凶休咎，都能豫知。年至二十，声名大噪，国人多奉以为师。

龟兹国王，遣使迎归，罗什广说诸经，四远学徒，无人能及。罗什母亦悟彻禅机，欲往天竺求佛，但留罗什传教东土，孑身西去，后来得成正觉，进登第三果，坐化了事。惟罗什留居龟兹，专以大乘教课徒，远近景仰。秦王苻坚，亦有所闻，拟密迎罗什至国。可巧太史奏称西域分野，出现明星，当有大智人辅中国，坚憬然道："莫非就是鸠摩罗什么？"及将军吕光受命西征，坚特与语道："若得罗什，即当驰驿送来，休得迟慢！”光唯唯而去。罗什闻光军将至，便语龟兹王白纯道：“国运已衰，将有勍敌从中国来，宜尽礼迎纳，勿抗敌锋。”白纯不从，果被光陷入国都，将纯逐走，掳住纯家属多人。一面搜访罗什，竟得相见。光因罗什年齿尚少，未有妻室，当将龟兹王女，强使为妻。罗什坚辞不受，光笑道：“道士贞操，岂过乃父，何必固辞？”罗什尚不肯依，光乃佯言罢议，但使罗什酣饮醇醪，待他沉醉，扶卧密室，又迫龟兹王女与他同寝。至罗什酒醒，始知中计，不得不将错便错，同效于飞。可谓作述重光。会光引军出巡，使罗什从行，道经山麓，下令安营，将士已皆休息，罗什白光道：“将军在此，必致狼狈，宜徙军陇上。”光以为妄言，笑而不纳。到了夜半，天果大雨，洪潦暴起，水深数丈，溺死至数千人，光始服罗什先见。及光欲久居龟兹，罗什又进谏道：“此处乃凶亡故土，不宜淹留，关陇自有福地可居，请即东还！”光因前次不从罗什，致遭水患，此番怎好再违忠告，自蹈凶机？乃决计引归。

行至玉门，为凉州梁熙所拒，责光擅命还师，特遣子胤与部将姚皓、别驾卫翰，引众五万，出击光军。一战即败，再战又败，胤率轻骑数百人东奔，被光将杜进追着，活擒而去。于是武威太守彭济诱执梁熙，向光乞降。光杀熙父子，遂入姑臧，自领凉州刺史，护羌校尉，表杜进为抚国将军武威太守，封武始侯，自余封拜各有差。陇西郡县陆续归附，惟酒泉太守宋皓、南郡太守索泮，不服光命。光发兵往攻，依次陷入，执住宋皓索泮，责他违令不臣。泮朗声道：“将军受诏平西域，未闻受诏略凉州，梁公何罪，乃为将军所杀，泮不能为国报仇，深加惭恨，主灭臣死，何必多言！”却是个硬头子。光竟令斩泮，并及宋皓。

先是张天锡南奔，见六十七回。世子大豫不及随从，走依长水校尉王穆家，穆与大豫同走河西。魏安人焦松、齐肃、张济等，纠众数千，迎大豫为主帅，占据一方。光入凉州，令部将杜进招讨，大豫麾众杀退杜进，追逼姑臧。王穆谏阻道："吕光粮多城固，甲兵精锐，未可轻攻，不如席卷岭西，厉兵秣粟，然后东向与争，不出期年，便可得志了。"大豫不从，遣穆至岭西乞师。建康太守李隰，祁连都尉严纯、阎袭等，统起兵相应。又有鲜卑旧部秃发思复鞬，即晋初叛酋树机能侄曾孙，避居河西，渐复旧业，树机能事见前文。此时也愿助大豫，遣子奚于等至姑臧。大豫屯兵城西，王穆与奚于屯兵城南，光猝发兵出南门，袭击奚于兵营，奚于不及防御，骤为所乘，竟至败殁。王穆亦被牵动，全军俱溃，就是大豫所率的兵士，也闻风骇退。于是大豫奔广武，王穆奔酒泉。广武人执住大豫，送至姑臧，被斩市曹。

会光得接长安音信，才知秦王坚为姚苌所害，乃令部曲丧服举哀，设祭城南，谥坚为"文昭皇帝"，大临三日。乃大赦境内，建元太安，自称中外大都督大将军，领护匈奴中郎将凉州牧酒泉公。

看官欲知吕光的身世，原来就是秦太尉吕婆楼的长儿，源出氐族，素居略阳。婆楼为秦王坚佐命功臣，故得享尊荣，垂及子嗣。相传光生时曾有光绕室，因名为光。年十岁，与村童嬉戏，喜为战阵，自作统领，部署精详，俦类莫不悦服。惟不乐读书，专好驰马，及成年后，身长八尺四寸，目有重瞳，左肘有肉印，沉毅凝重。王猛尝目为异人，白诸苻坚，举为美阳令，颇有政声。嗣迁鹰扬将军，调任步兵校尉，累著战绩。及往略西域，左臂肉印中现出赤文，有"巨霸"二字，夜间安营，尝有黑物护住营外，头角崭然，目光如电，诘旦即云雾四周，不得复见。光疑为黑龙，杜进谓即龙飞九五的预兆，光以此自喜，遂有大志。返据凉州，乘机自立，这便是后凉建国的权舆。亦列入十六国中，故特从详叙。

同时乞伏国仁亦在勇士川筑城为都，国仁见六十八回。自称大都督大将军大单于，领秦、河二州牧，改元建义。何义之有？设置将相，分属境为十二郡，是为“西秦”。彼分此裂，不相统属，可见得苻秦一败，逐鹿已多，单靠着晋阳苻丕，孤危一线，欲系千钧，谈何容易！惟故尚书令魏昌公苻纂，为丕宗亲，自关中奔至晋阳，与丕相见，丕拜纂为太尉，进封东海王，遇事必咨，共图恢复。兵尚未发，那邺城已早被燕将慕容和据去。且博陵守将王兖，本是苻氏第一忠臣，偏被那燕王垂子慕容麟引兵围住，害得粮尽援穷。功曹张猗逾城出降，并为慕容麟招募丁壮，编成队伍，号为义兵。引至城下，呼兖答话，劝令降燕，兖登城叱责道：“卿为秦人，我为卿主，卿乃纠众应贼，反称义旅，何名实不符，竟至如此？古人有言，求忠臣于孝子之门，卿有老母在城，甘心弃去，还说出什么忠义！我不料中州文物，偏出一卿，不孝不忠，试问卿有何面目长居人世呢？”说着，弯弓欲射。猗急忙驰退，才免箭伤。阅数日，城被陷没，兖被擒不屈，便即遇害。还有秦固安侯苻鉴也为麟所杀。能为宗邦殉节，不论夷夏，俱属忠臣。

麟向慕容垂报功，垂已至中山，见城郭缮固，宫室构新，所有府库仓廪，统皆充溢，便顾语诸将道：“这是乐浪王的大功，就使汉代萧何，想亦不过如是了。”看官，你道乐浪王为谁？乃是前燕主慕容儁第四子温。垂起兵攻邺时，温亦引众往会，由垂命为征东将军，封乐浪王，使与慕容农等同定中山，即留温居守。温劝课农桑，怀远招携，外拒丁零，内抚郡县，吏民争馈粮糈，遂得富足，缮城筑室，措置裕如。垂既得此安乐乡，当然不愿他去，将佐复联笺劝进，乃以中山为国都，就南郊燔柴祭天，自称燕帝，改元建兴。署置公卿百官，缮修宗庙社稷，立世子宝为太子，余子农为辽西王，麟为赵王，隆为高阳王，范阳王德为尚书令，太原王楷为左仆射，乐浪王温为司隶校尉，领冀州刺史。追尊生母兰氏为文昭皇后，徙鯱后段氏神主至别室，改奉兰氏配飨。博士刘详、董谧，谓尧母位列第三，并未尝因尧为天子，上陵姜源，王道贵示大公，不宜自存私见。垂不肯依议，又废鯱后可足浑氏，说她倾覆社稷，不足祔庙。实是报复前怨，事见六十一回。尊俊昭仪为景德皇后，配飨龙陵。龙陵为慕容俊墓。追谥先妃段氏为成昭皇后，册立继室段氏为皇后。可记秦王见幸时否？太子宝为先段后所出，后来宝多失德，后段后劝垂易储，议不果行，反惹出许多祸乱，事见下文。

且说西燕主慕容冲，逐去秦王坚父子，遂入据长安，怡然自得，渐即淫荒，赏罚不均，号令不明。慕容柔与慕容盛，尚在冲麾下。柔与盛奔依慕容冲，见六十九回。盛年方十三，密语叔父柔道："从来为十人长，亦须才过九人，然后得安，今中山王指冲，见前文。智未迈众，才不逮人，功尚未成，先自骄侈。据盛看来，恐必不能持久哩！"这也所谓小时了了，大未必佳。冲遣尚书令高盖，率众五万，往伐后秦。行至新平南境，与姚苌兵马相遇，两下交战，盖兵大败，十亡七八，盖恐还军得罪，索性与残众数千人，降附姚苌，苌令为散骑常侍。这音耗传到长安，冲好似失一左臂，乃惟与左仆射慕容恒、右仆射慕容永协图政事，但也不甚信用，遂致群怨交集，众叛亲离。将军韩延等因众心未悦，即与前将军段随商议道："今主上骄侈日甚，臣民不安，如何而可？我与将军百战疆场，才得关中，怎堪令庸主败坏呢！"段随道："据君意见，应该如何处置？"韩延附耳说了两语，随只是摇头。延变色道："将军如不见信，恐难免灭族了！"随不觉失惊，延说道："韩信、彭越，功高天下，尚且被诛，试问将军能如韩、彭么？"随听此一语，也觉动心，因即依延计，乘夜行事。

到了黄昏，便密召兵士，攻入宫中。冲尚在酣饮，猛见乱兵入室，始起坐惊问，一语未完，刀锋及项，立即颈血模糊，倒毙地上，左右皆已骇散。延即率兵登殿，石集文武，高声宣令道："慕容冲饮酒淫荒，不堪为主，我等已为众除暴，另议立君，今段将军威德日闻，可为燕主，愿诸公同心辅戴，不得有违！"文武百官，皆错愕失容，不知所对。延竟顾视左右，令拥段随御座，且厉声道："如不服新主，便当处斩！"大众闻一"斩"字，一时不敢违慢，只好勉强谒贺，再作后图。段随居然受谒，改元昌平。草草毕礼，才命殓葬慕容冲。当时冲将王嘉，曾劝冲东还邺城。冲见长安宫阙崇宏，后庭充牣，便乐得久居，无志东归。嘉作歌讽冲道："凤凰、凤凰，何不高飞还故乡？何故在此取灭亡？"冲亦知"凤皇"二字，是自己的小字，六十八回中亦曾叙过。只因志在苟安，始终不从，遂遭此祸。

慕容永与慕容恒，与冲同族，怎肯坐观成败，竟令外人霸据成业，安然称王？当下两人密谋，号召旧部，袭杀段随，并诛韩延等人，推立宜都王慕容恒子凯为主。恒系慕容俊弟，尝留镇辽东，燕亡时为秦将朱嶷所杀。长子便是慕容凤，曾劝丁零翟斌迎慕容垂，遂归垂麾下。见六十八回。垂为燕王，令凤承袭父爵。凤弟即慕容顗，随冲入关，永与恒乃奉为燕王，改元建明。且率鲜卑男女四十万，出关东行。才至临晋，不意恒弟慕容韬阴怀异志，竟将顗刺死。永与武卫将军刁云攻韬，韬战败遁去。恒再立冲子瑶为主，改元建平，谥冲为"威皇帝"。大众不服恒所为，情愿依永，当即奉永攻恒，恒亦败走，瑶不及脱身，竟死乱军中，于是众情一致，戴永为主。永系慕容廆从孙，祖名运。自言序不当立，决计让去，另立慕容泓子忠。忠既嗣立，改元建武，即授永为丞相，封河东公。再东行至闻喜，始知慕容垂已称尊号，惮不敢进，即在闻喜县中筑造燕熙城，为自固计。偏刁云等又复杀忠，定要推永为主，永乃自称大将军大单于，领雍、秦、梁、凉四州牧，录尚书事，兼河东王。置君如弈棋。总之晦气几个鲜卑小鬼。一面遣使至中山，向慕容垂处称藩，一面遣使至晋阳，向秦主苻丕处假道。看官试想！这秦主丕与慕容永，具有不共戴天的大仇，难道就肯假道么？小子有诗叹道：

大仇未复慢投戈，假道何堪谬许和。
可惜苻秦王气尽，遗灰总莫障颓波！

欲知苻丕当日情形，容至下回续叙。

佛图澄与鸠摩罗什，先后相继，留传史乘，此皆由世道衰微，圣王不作，乱臣贼子盈天下，故羽客缁流，得挟异技以干宠耳。佛图澄之于石勒，鸠摩罗什之于吕光，当其佐命之初，几若一指南之圭臬，然卒之徒炫小智，无关大体，此其所以忽兴忽衰，难与言治也。慕容冲以龙阳之姿，一跃而称燕帝，自宋朝弥子瑕以来，从未闻有此奇遇者，彼狡童者，何能为国？观其僭号以后，仅逾年而即死人手，不亦宜乎？惟段随既为冲臣，甘从韩延之逆谋，躬与篡弑，罪不容诛，虽延为主动，随为被动，然据位称尊，随实尸之。晋赵穿之弑灵公，春秋犹书赵盾，况段随乎？故本回以段随为首恶，遵《春秋》之大义也。

第七十二回

谋刺未成秦后死节　失营被获毛氏捐躯

却说秦自博陵失守，燕兵四至，冀州牧苻定、镇东将军苻绍、幽州牧苻谟、镇北将军苻亮自知不能御燕，复向燕请降，受封列侯，就是王统、王广、毛兴等，亦互相攻夺。广败奔秦州，为鲜卑人匹兰所执，解送后秦，兴亦为枹罕诸氐刺死，改推卫平为河州刺史。平年已老，不能驭众。坚有族孙苻登，素有勇略，得受封为南安王，拜殿中将军，迁长安令，寻坐事黜为狄道长。关中陷没，登走依毛兴，充河州长史。兴颇重登才，妻以爱女，擢为司马。至兴被戕时，登孤掌难鸣，只好含忍过去。后来枹罕诸氐，悔立卫平，再议废置，连日未决。会七夕大宴，氐将啖青拔剑大言道："今天下大乱，豺狼塞路，我等义同休戚，不堪再事庸帅，前狄道长苻登，虽系王室疏属，志略却很是英强，今愿与诸君废昏立明，共图大事；如有不从，便申异议，休得一误再误呢！"说至此，仗剑离座，怒目四视，咄咄逼人。大众莫敢仰视，俱俯首应诺；乃拥登为抚军大将军，都督陇右诸军事，领雍河二州牧，称略阳公。与众东行，攻拔南安，因遣使至晋阳请命。登为九年秦主，故不得不详所由来。秦主丕不能不从，准如所请，且授登为征西大将军，仍封南安王，命他同讨姚苌。

是时，王永进为左丞相，已二次传檄，预戒师期。丕乃留将军王腾守晋阳，右仆射杨辅戍壶关，自率众四万进屯平阳。

适值慕容永驰使假道，自愿东归，丕当然不许，且下令云：

> 鲜卑慕容永，乃我之骑将，首乱京师，祸倾社稷，豕凶继逆，方请逃归，是而可忍，孰不可忍？其遣左丞相王永，及东海王纂，率禁卫虎旅，夹而攻之，即以卫大将军俱石子为前锋都督，誓歼乱贼，以复国仇，其各努力毋违！

令甲既申，诸军并出，总道是旗开得胜，马到成功，哪知天下不如意事，十常八九。丕在平阳静待数日，起初尚接得平安军报，只说是军至襄陵，与贼相遇，未决胜负；后来即得败报，前锋都督俱石子战死了；最后复得绝大凶信，乃是左丞相王永，亦至阵亡，全军俱败溃了。虚写战事，又另是一种笔墨。丕不禁大惊，忙问东海王纂下落，侦吏报称纂亦败走，惟兵士死伤，尚属不多。这语说出，急得不失声大呼，连说不佳。看官道是何因？原来纂从长安奔晋阳，麾下壮士，本有三千余人，丕恐纂为乱，胁令解散，此次又惧纂报复，所以越觉惊惶。匆匆不及细想，便率骑士数千，狼狈南奔，径赴东垣。探得洛阳兵备空虚，意欲率众掩袭。洛阳时已归晋，当由晋西中郎将桓石氏，探知消息，即遣扬威将军冯该，自陕城邀击苻丕。丕不意中道遇敌，仓猝接仗，部骑惊溃，丕跃马返奔，马蹶坠地，可巧冯该追至，顺手一槊，了结性命。不度德，不量力，怎能不死？总计丕僭称帝号，不过二年。尚有秦太子宁，长乐王寿，及左仆射王孚，吏部尚书苟操等，俱被晋军擒住，连丕首共送建康。还算蒙晋廷厚恩，命将丕首埋葬，所有太子宁以下，一体赦免，饬往江州，归苻坚子宏管束。宏降晋见七十回。

东海王纂与弟尚书永平侯师奴，招集余众数万，奔据杏城。此外后妃公卿，多被慕容永军掳去。永遂入长子，由将佐劝称帝号，便即被服衮冕，居然御殿受朝，改元中兴。他见丕后杨氏，华色未衰，即召入后庭，迫令侍寝。杨氏貌若芙蕖，心同松柏，怎肯失节事仇，含羞受辱？当下拒绝不从。永复与语道：“汝若从我，当令汝为上夫人；否则徒死无益！”杨氏听了“徒死无益”四字，不由的被他提醒，便佯为进言道：“妾曾为秦后，不宜复事大王，但既蒙大王见怜，妾亦何惜一身，上报恩遇！但必须受了册封，方得入侍巾栉，免致他人轻视呢。”永闻言狞笑道：“这亦不妨依卿，俟明日授册，与卿欢叙便了。”说罢，即使杨氏出宿别宫。翌日，下令册封杨氏为上夫人，令内官赍册入奉，杨氏接得册宝，勉为装束，专待夜间下手。

夜餐已过，永即至杨氏寝室，来与调情。杨氏起身相迎，假意拜谢，永见杨氏浓妆如画，秀色可餐，比昨日更鲜艳三分，禁不住欲火上炎，便欲与她共上阳台，同谐好梦。偏杨氏从容进言道：“今夕得侍奉大王，须待妾敬奉三觞，聊表敬意。”永不忍推辞，乃令侍女取出酒肴，自己坐在上面，由杨氏侧坐相陪。杨氏先斟奉一觞，永一吸而尽，第二觞亦照样的喝干了。到了第三觞上奉，杨氏左手执觞，递至永口，右手却从怀中拔出短刀，向永猛刺。也是永命不该绝，先已瞧着，急将身子一闪，避过刀锋。杨氏扑了一个空，又因用力过猛，将刀戳入座椅，一时反不能拔出，更被永左手一挥，把杨氏推开数步，跌倒尘埃。杨氏自知无成，才竖起黛眉，振起娇喉，向永诟詈道：“汝系我国逆贼，夺我都，逐我主，反思凌辱我身，我岂受汝凌辱么？我死罢了！恨不能揕汝逆贼！”说着，已被永抽刀一掷，正中杨氏柔颈，血花飞溅，玉碎香消。完名全节，一死千秋！永怒尚未息，喝令左右入室，拖出尸身，自向别室寻乐去了。

慕容盛叔侄，随永至长子，见永所为不合，恐自己不免遭殃，因密白叔父柔道：“闻我祖父已中兴幽、冀，东西未一，我等寄身此地，自居嫌疑地位，好似燕在幕上，非常危险，何不乘此机会，便即高飞，一举万里，免得坐待罗网哩！”柔也以为然，遂与盛等悄悄出奔，从间道趋往中山。途次遇着群盗，拦住去路，盛慨然与语道：“我是六尺男儿，入水不溺，在火不焦，还问汝敢当我锋否？汝若不信，试离我百步，高举汝手中箭镞，我若射中，汝可小心仔细，防着丧命，倘射不能中，便当束手待毙，由汝处置罢！”盗见他年少语夸，必有奇技，乃退至百步以外，举箭待着。脚才立定，已听得飕的一声，有箭射到，不偏不倚，插入箭镞。盗不禁咋舌，掷箭拱手道，“郎君乃贵人子，具有家传绝技，我等但欲相试，岂敢相侵！”说罢，反从囊中取出白镪，作为赆仪，让路送行。盛也不多辞，受赠作别，径往中山去了。

永闻盛等私奔中山，勃然大愤，竟收捕慕容俊子孙，无论男女少长，骈戮无遗。如此淫虐，能活几时？这且待后再表。

且说后秦主姚苌，探得慕容永等出关，料知长安空虚，遂自新平西进，驰入长安，御殿称帝，改元建初，国号大秦，改名长安为常安。立妻蛇氏为皇后，子兴为太子，分置百官，服色尚赤。追谥父弋仲为“景元皇帝”，兄襄为魏武王。命弟绪为征虏将军，领司隶校尉，留守长安，自率众往安定，击破平凉胡金熙，及鲜卑支酋没柔干，乘势转趋秦州。秦州刺史王统尚为苻氏旧将，出兵相拒，连战失利，不得已举城降苌。苌授弟硕德为征西将军秦州刺史，都督陇右诸军事，领护东羌校尉，镇守上邽。适秦南安王苻登，招集夷夏三万余户，兵马浸盛，进攻秦州。姚苌正自上邽启行，欲还长安，途中闻秦州被攻，亟引兵返援，与硕德同出胡奴阪，截击苻登。不料苻登部下，勇健善斗，个个是冲锋上选，苌众无一敢当，竟被他蹂躏一场，伤亡至二万余人。苌连忙返奔，背上已着了一箭，为登将啖青所射，深入骨髓，犹幸未中要害，还得忍痛逃归。硕德亦走还上邽，婴城拒守。

时岁旱众饥，饿莩载道，登每战杀敌，即取尸肉蒸啖，号为熟食，且语军士道："汝等旦日出战，暮即得饱食人肉，还愁什么饥馁呢？"以人食人，真是禽兽世界。军士闻令，争取死人为粮，每食必饱，故壮健如飞。姚苌察悉情形，急召硕德同归，并传语道："汝若不来，恐麾下兵士，定将苻登食尽了！"硕德遂弃去秦州，亦东奔长安。

登既得胜仗，再图进取，适值丕尚书寇遗，奉丕子渤海王懿、济北王昶，自杏城奔至登军，述及丕败死等情，于是登为丕发丧，三军缟素。拟即立懿为嗣主，部众都趋进道："渤海王虽先帝嗣子，但年尚幼冲，未堪继立。国家多难，须立长君，这是《春秋》遗义。今三虏跨僭，寇贼盛强，豺狼枭獍，举目皆是，大王挺剑一起，便败姚苌，可谓威振华夷，光极天地，宜即正大位，龙骧武奋，光复旧京，再安社稷宗庙，怎可徒顾曹臧、吴札小节，自失中兴盛业呢！"这一席话，恐是由苻登嘱使出来。曹臧、吴札并见《春秋》。登乃命在陇东设坛，嗣为秦帝，改太安二年为太初元年，仿置文武官属。且就军中设立苻坚神主，仍依苻丕旧谥，称坚为"世祖宣昭皇帝"，见七十回。载以辒軿，卫以龙贲，凡所欲为，必启主后行。当下集众五万，将讨后秦，便在坚神主前，拜祷读祝道：

维曾孙皇帝臣登，以太皇帝之灵，恭践宝位。昔五将之难，贼羌肆害于圣躬，实登之罪也。今收合义旅，众逾五万，精甲劲兵，足以立功，年谷富穰，足以资赡。即日星驰电迈，直造贼庭，奋不顾命，陨越为期，庶上报皇帝酷怨，下雪人民大耻。维帝之灵，降监厥诚！

读祝既毕，唏嘘泣下。将士莫不悲恸，志在必死，各刻鍪铠中，为死休字样，每战辄用长槊钩刃，列为方圆大阵，遇有厚薄，从中分配，所以人自为战，所向无前。前中垒将军徐嵩、屯骑校尉胡空，各聚众五千，结垒自固。既而受姚苌官爵，借避兵锋。及苻坚遇害，嵩等请领坚尸，以王礼营葬。苻登称帝，嵩与空复率众请降。登拜嵩为镇军将军，领雍州刺史；空为辅国将军，兼京兆尹，改葬坚柩，用天子礼。

越年正月，登立妃毛氏为后，渤海王懿为皇太弟，遣使拜东海王纂为太师，领大司马，都督中外诸军事，进封鲁王，纂弟师奴为抚军大将军，领并州牧，封朔方公。纂不欲受命，怒叱来使道："渤海王系世祖孙，为先帝遗体，南安王何不拥立，乃妄自称尊呢？"来使以国难未平，须立长君为词，纂意终未释。独长史王旅进谏道："南安已立，理难中改，今国虏未平，不宜先仇宗室，自相鱼肉，容俟二虏平定，再作后图。"说得有理。纂乃对使受职，遣令归报。登复调梁州牧窦冲为南秦州牧，雍州牧杨定为益州牧，南秦州刺史杨璧为梁州牧，并授乞伏国仁为大将军大单于，封苑川王。

杨定与东海王纂，会攻后秦，进至泾阳，正值姚硕德奉行兄令，率众来战。被定纂两路夹攻，顿致大败。姚苌自督兵往救，纂乃退守敷陆，檄令他镇济师。窦冲进拔后秦汧、雍二城，苌移兵击冲，冲战败退还。秦冯翊太守兰椟引众二万，自频阳入和宁，贻书苻纂，共图长安。纂正喜得一帮手，偏乃弟师奴，谓不如背了苻登，自进尊号，纂不肯从，竟为师奴所杀。师奴遂自称秦公，欲袭长安，途次遇着苌军，逆战大败，奔亡鲜卑。杀兄贼怎能济事！兰椟闻报，亦即退去，苌更遣将军梁方成引兵攻秦雍州刺史徐嵩军垒，嵩兵单力弱，不能支持，竟被陷入，且为所擒。方成责嵩反复不忠，徒自取死。嵩怒骂道："汝姚苌已坐死罪，乃蒙先帝恩赦，授任内外，备极荣宠，今乃负恩忘义，身为大逆，连犬马尚且不如。汝附逆为虐，不知责己，反来责我，我不幸被执，情愿速死，早见先帝，收汝逆苌生魂，治罪地下。”说至此，怒眦尽裂，噀血横喷，惹得方成大愤，拔剑杀嵩，连斫三剑，嵩始陨命，遗众数千，俱被方成坑死。嵩虽曾降苌，仍为苻秦殉节，不失为忠。姚苌亦引兵来会，发掘秦王坚墓，劈棺鞭尸，剥去殓服，裹以荆棘，埋入坎中。伍胥鞭尸，且贻讥后世，何况姚苌！

苻登闻姚苌猖獗，出屯胡空堡，招集戎夏兵民十余万众，循陇西下，径入朝那。苻懿得病而死，予谥献哀。登乃立子崇为太子，弁为南安王，尚为北海王。姚苌亦移据武都，与登相持，大小经数十战，苌多败少胜，退营安定。登粮亦垂尽，令大军就食胡空堡，自率精骑万余，进围苌营。四面大哭，哀声动人，苌亦命三军皆哭，与外相应，登乃引还。苌见登军中，载着苻坚神主，遂疑是坚有神验，故登战辄胜。当下想入非非，亦在军中立坚神主，作文致祝。文词似涉诙谐，颇堪一噱，由小子录述如下：

往年新平之祸，非苌之罪。臣兄襄从陕北渡，假路求西，狐死首邱，欲暂见乡里，陛下与苻眉要路距击，不遂而殁。襄敕臣行杀，非臣之罪。苻登陛下末族，尚欲复仇，臣为兄报耻，于情理何负？昔陛下假臣龙骧之号，尝谓臣曰：“朕以龙骧建业，卿其勉之！”明诏昭然，言犹在耳，陛下虽没世为神，岂假手于苻登而图臣，竟忘前征时言耶？今为陛下立神像，可归休于此，勿记臣过，鉴臣至诚，永言保之！杀其身，鞭其尸。还欲向之求庇，苌之愚暴，一何可笑。

既而苻登复进兵攻苌，望见苌军亦立坚神主，便登车楼语苌道："从古到今，难道有身为弑逆，反立神像求福，还想得益么?"苌闻言不答，登又大呼道："弑君贼姚苌出来，我与汝决一死战，看汝果能胜我否?"苌仍然不应。登乃下楼，督军攻苌。苌遣将出战，败回营中，再战又败，军中每夕数惊。苌乃伐鼓斩像，将像首掷入登营，自引兵退入安定城内，潜遣中军将军姚崇袭大界营。大界营是苻登安顿辎重的地方，所有登后毛氏及登子弁、尚等，俱在营中居住，留作后应。崇从间道绕至大界，偏为登所闻知，还军邀击，大破崇军，俘斩至二万五千人，崇狼狈遁还。

登因此次得胜，总道苌不敢再来掩袭，便进拔平凉，留尚书苻愿居守，再进拔苟头原，逼攻安定。哪知姚苌复自率铁骑三万，夜袭大界营，营中不及预防，竟被攻入。登后毛氏颀皙多力，且善骑射，仓猝上马，带领壮士力战，左手张弓，右手发箭，弦声所至，无不倒地，苌众被射死七百余人。待至箭已放尽，寇仍未退，反一重一重的围裹拢来，毛氏弃弓用刀，尚拚死格斗，终因寡不敌众，马蹶被擒。就是登子弁尚，亦俱被拘去。

苌军将毛氏推至苌前，苌见她皎皎芳容，亭亭玉立，刚健婀娜，宜武宜文，另有一番态度。不觉惹动情魔，便令军士替她释缚，且涎脸与语道："卿能依我，仍不失为国母。"毛氏当面唾骂道："呸！我为天子后，怎肯为贼羌所辱！"苌老羞成怒道："汝不怕死么?"毛氏又道："羌奴！羌贼！可速杀我。"苌尚未忍加刑，毛氏仰天大哭道："姚苌！汝既弑天子，又欲辱皇后，皇天后土，岂肯容汝长活么?"苌听她越说越凶，遂命左右推出斩首，一道贞魂，上升天国去了。与杨氏并传不朽。登子弁、尚，亦相继受戮。小子有诗赞毛氏道：

贞心亮节凛冰霜，一死留为青史光。

写到苻秦三烈妇，笔头也觉绕余香。

苌既杀毛氏母子，诸将请往击登军。究竟苌是否允议，且看下回便知。

本回叙述二苻兴亡，实为杨、毛二后作传。苻丕嗣坚称帝，不二年而即亡，其材之庸劣可知。苻登虽稍胜苻丕，然徒知黩武，害及妻孥，是亦未足与语中兴耳。惟坚之时有张夫人，后又有杨氏、毛氏二后，义不受辱，并皆殉节。苻氏之家法不足传，独此三妇得并传不朽，名播千秋，是亦苻氏之光也。《晋书·列女传》但载坚妾张氏，登妻毛氏，而于丕妻杨氏独略之，殊为不解。《十六国春秋》中，虽经备述，但徒厕入秦后妃中，亦未足表扬贞节。得此书以阐发之，而幽光乃毕显云。

第七十三回

拓跋珪创兴后魏　慕容垂讨灭丁零

却说姚苌既破大界营，诸将欲乘胜击登，苌摇首道："登众尚盛，未可轻视，不如回军为是。"乃驱掠男女五万余口，仍归安定。登闻大界营失陷，妻子覆没，悲悔的了不得，经将佐从旁劝慰，乃退回胡空堡，收合余众，暂图休养，两秦始罢战半年。是时，中华大陆除江东司马氏外，列国分峙，大小不一。秦分为三：若秦，若后秦，若西秦。燕别为二：若燕，若西燕。尚有凉州的吕光，史称后凉，共计六国。此外又有一国突起，乃是死灰复燃，勃然兴隆，渐渐的扫清河朔，雄长北方，传世凡九历年至百有五十，好算是当时最盛的强胡。这人为谁？就是前文六十五回中所叙的拓跋珪。特笔。

珪为代王什翼犍孙，与母贺氏同依刘库仁，库仁待遇甚优，母子乃得安居。已而，库仁为燕将慕舆文等所杀，库仁弟头眷代统部众。头眷破贺藻，败柔然，兵势颇盛，偏库仁子显，刺杀头眷，自立为主，并欲杀拓跋珪。显弟亢埿妻为珪姑母，得知显意，走告珪母贺氏。又有显谋主梁六眷，系代王什翼犍甥，亦使人告珪。珪年已十有六，生得聪颖过人，亟与母贺氏商定秘谋，安排出走。贺氏夜备筵宴，召显入饮，装出一番殷勤状态，再三劝酒，显不好推辞，又因贺氏虽然半老，丰韵犹存，免不得目眩神迷，尽情一喝，接连饮了数巨觥，醉得朦胧欲睡，方才归寝。珪已与旧臣长孙犍元他等，轻骑遁去。

到了翌晨，贺氏又潜至厩中，鞭挞群马，马当然长嘶，显从睡梦中惊醒，急至厩中探视，但见贺氏作搜寻状，当下问为何因？贺氏竟向显大哭道："我子适在此处，今忽不见，莫非被汝等杀死么？"显忙答道："哪有此事！"贺氏佯不肯信，仍然号啕不休。显极力劝慰，但言珪必不远出，定可放心，贺氏方返入后帐。显也不加疑，总道珪未识己谋，不致他去，所以劝出贺氏，仍未尝遣人追寻。

珪已奔入贺兰部，依舅贺讷，诉明详情，讷惊喜道："贤甥智识不凡，必能再兴家国，他日光复故物，毋忘老臣！"珪答道："果如舅言，定不相忘！"已而贺氏从弟贺悦，为刘显部下外朝大人，亦率部亡去，潜往事珪。显待珪不归，正在怀疑，及闻贺悦复遁，料知阴谋已泄，由贺氏居中设法，纵使他去，遂持刀往杀贺氏，贺氏走匿神车中，接连三日，幸得亢埿夫妇，向显力请，始得幸免。嗣南部大人长孙嵩亦率所部七百余家，叛显归珪。显追嵩不及，怅怅而还。哪知中部大人庾和辰，乘显他去，竟入迎贺氏，投奔贺兰部。及显回帐，贺氏早已远扬，气得显须眉直竖，徒呼恨恨罢了。

珪居贺兰部数月，远近趋附，深得众心，偏为贺讷弟染干所忌，使党人侯引七觑隙刺珪。代人尉古真又向珪告知染干诡谋，珪严加防备。侯引七无隙可乘，只好复报染干。染干疑古真泄计，将他执讯，用两车轴夹古真头，伤及一目，古真始终不认，才命释去。惟引众围住珪帐，珪母贺氏出语道："染干！汝为我弟，我与汝何仇？乃欲杀死我子呢？"染干亦惭不能答，麾众引退。又阅数旬，珪从曾祖纥罗兄弟，及诸部大人，共请诸贺讷，愿推珪为主，贺讷自然赞成，遂于次年正月，奉珪至牛川，大会诸部，即代王位，纪元登国。即晋孝武帝太元十一年。使长孙嵩为南部大人，叔孙普洛为北部大人，分统部众。命张兖为左长史，许谦为右司马，王建、和跋、叔孙建、庾岳等为外朝大人，奚牧为治民长，皆掌宿卫。嵩弟长孙道生等侍从左右，出纳教命，于是十余年灭亡的故代，又得重兴。珪嫌牛川地僻，不足有为，因徙居盛乐，作为都城，务农息民，众情大悦。北人谓土为拓，后为跋，因以拓跋为姓，且改代为魏，自称魏王。

先是前秦灭代，徙代王什翼犍少子窟咄至长安，从慕容永东徙，永令窟咄为新兴太守。刘显为逼珪计，特使弟亢埿引兵数千，往迎窟咄，使压魏境，并代为传告诸部，说是窟咄当为代王，诸部因此骚动。魏王珪左右于桓等，与部人同谋执珪。往应窟咄，幢将代人莫题等亦潜与窟咄勾通。幸桓舅穆崇与珪莫逆预向珪处报明。崇亦知大义灭亲耶？珪捕诛于桓等五人，莫题等赦免不问。为了这番乱衅，珪不免日夕戒严，尚恐内难未绝，暗算难防，不得已再逾阴山，往依贺兰部。更遣外朝大人安同向燕求救。燕主慕容垂因遣赵王麟援珪。麟尚未至魏，窟咄又与贺染干联结，侵魏北部。北部大人叔孙普洛未战先遁，亡奔刘卫辰，魏都大震。麟在途中闻报，急遣安同归报魏人。魏人知援军将至，众心少安。窟咄进屯高柳，珪与燕军同攻窟咄，杀得窟咄大败亏输，奔投刘卫辰。卫辰把他杀死，余众四散，由珪招令投诚，不问前罪，散卒当然归魏。乃改令代人库狄干为北部大人，犒赏燕军，送令归国。燕主垂封珪为西单于，兼上谷王，珪不愿受封，但托言年少材庸，不堪为王，即将燕诏却还。已见大志。

刘卫辰久居河西，招军买马，日见强盛。后秦主姚苌封卫辰为河西王，领幽州牧，西燕主慕容永亦令卫辰为朔州牧。卫辰因遣使诣燕，贡献名马，行至中途，被刘显部兵夺去，使人逃往燕都，只剩了一双空手，不得不向燕泣诉。燕主垂勃然大愤，便拟兴兵讨显。可巧魏主珪虑显进逼，再遣安同至燕乞师，燕主垂一举两得，立遣赵王麟与太原王楷，率兵击显。显地广兵强，浸成骄很，士众无论亲疏，均有贰心，至是倾寨出拒，略略交锋，便即溃散。显知不可敌，奔往马邑西山。魏王浸复引兵会同燕军，再往击显，大破显众。显走入西燕，所有辎重牛马，都为燕、魏两军所得。彼此分肥，欢然别归。

自是魏势日盛，连破库莫奚、高车、叱突邻诸部落，雄长朔方，甚且密谋图燕，特遣太原公仪，以聘问为名，至燕都窥探虚实。夷狄无信，即此可见。燕主垂诘问道："魏王何不自来？"仪答道："先王与燕尝并事晋室，约为兄弟，臣今奉使来聘，未为失礼。"垂作色道："朕今威加四海，怎得比拟前日！"仪从容道："燕若不修德礼，但知夸耀兵威，这乃将帅所司，非使臣所得与闻呢。"语有锋芒，但如垂所言，亦有令人可讥处。垂见他语言顶撞，虽然怒气填胸，却也无词可驳。留仪数日，遣令北还。仪返魏告珪道："燕主衰老，太子闇弱。范阳自负材气，非少主臣，若燕主一殁，内难必作，乃可抵隙蹈瑕，掩他不备，今尚未可速图呢！"珪点首称善，因与燕仍然往来，不伤和气。

彼此敷衍了一两年，珪复与慕容麟会集意辛山，同攻贺兰附近纥突邻、纥奚诸部，所过披靡，相率请降。会刘卫辰收合余烬，又来出头，令子直力鞮攻贺兰部，贺讷忙向魏乞援。魏王珪引兵援讷，直力鞮望风退走。珪乃徙讷部众，居魏东境。既而讷弟染干，与讷相攻，构兵不已。珪欲并吞贺兰部，想出一条借刀杀人的计策，使吏告燕，请讨贺讷兄弟，情愿自为向导。报舅之道，如是如是！燕主垂即遣麟督兵，出击贺讷，讷本没有什么能力，更兼兄弟阋墙，闹得一塌糊涂，怎能再敌燕军？至燕军已经逼寨，向魏请救，杳无复音，没奈何硬着头皮，自出抵敌，打了一仗，兵败力竭，被麟军擒了过去。贺染干不敢进战，便诣燕营乞降。麟驰书告捷，燕主垂还算有恩，命麟归讷部落，但徙染干入燕都，且召麟班师。麟还都告垂道："臣看拓跋珪举动，必为我患，不如征令来朝，使该弟监国，较可无虞。"垂未以为然，经麟一再请求，方遣使至魏，征使朝贡。珪令弟觚，至燕修好，慕容麟等劝垂留觚，更求良马。珪不肯照给，使张衮至西燕求和，燕遂不肯释觚。觚伺隙潜逃，又被燕太子宝追还，燕与魏就从此失好了。为燕、魏交战张本。

且说西燕主慕容永，称帝逾年，屡出兵侵晋河南，旋复率众寇晋洛阳。时晋太保谢安，曾在广陵遇疾，卸职还都，竟至病逝。晋廷赠官太傅，追谥"文靖"。不略谢安之殁，意在重才。另命琅琊王道子领扬州刺史，录尚书事，都督中外诸军，加前锋都督谢玄，统辖徐、兖、青、司、冀幽并七州军事。寻又录淝水战功，赠谢安为庐陵公，封谢石为南康公，谢玄为康乐公，安子琰为望蔡公。会泰山太守张愿叛晋，北方不靖，谢玄上疏请罪，自乞罢职。孝武帝不从所请，只令玄还镇淮阴，调豫州刺史朱序代镇彭城。玄又称病谢职，有诏令为会稽内史。未几，玄殁，年止四十六，比乃叔谢安寿数，短少二十年。特叙此笔，补出谢安年纪。晋廷追赠车骑将军，予谥"献武"。乃命朱序都督司雍诸州军事，移戍洛阳，谯王恬无忌子。都督兖冀诸州军事，就镇淮阴。会值慕容永侵洛，序即带领兵马，从河阴渡河，击走永军。永走还上党，序追至白水，尚未收军。忽由洛阳守吏，递到急报，乃是丁零翟辽，谋袭洛阳，序始引军亟归。中道与翟辽相遇，一阵猛击，辽众俱仓皇遁去。

看官阅过前文，应知辽奔就黎阳，丁零遗众奉翟成为主帅，驻守行唐；见六十九回。后来成为燕灭。惟辽尚存，晋黎阳太守滕恬之，为辽所欺，非常爱信，辽竟起歹心，乘恬之出外时，闭城峻拒，恬之无路可归，东奔鄄城，又被辽引众追及，擒还恬之，据住黎阳。朱序曾遣将军秦膺等讨辽，辽且先发制人，遣子钊南寇陈颍，正与秦膺等相值，被膺击退。嗣高平人翟畅执住太守徐含远，举郡降辽。高平已为燕属，燕主垂怎肯干休，即亲自出讨，命太原王楷为前锋都督，杀往黎阳。辽众皆燕赵遗旅，俱云太原王子，犹我父母，不可不降，遂相率投诚。辽闻风惊惧，亦输款燕营，垂乃授辽为徐州牧，封河南公，受降而还。不到数月，辽又叛燕，出掠燕境，寻又遣司马眭琼，诣燕谢罪。燕主垂恨他反复，斩琼绝辽。辽竟自称魏天王，也居然建设百僚，改元建光，引众徙屯滑台，南图晋，北窥燕，阴使人赴冀州，诈降燕刺史乐浪王慕容温。见七十一回。温留置帐下，竟被刺死。燕辽西王慕容农往捕刺客，得诛数人。辽自幸得计，又欲袭晋洛阳，幸为朱序击败，方才退还。序留将军朱党守石门，自引兵还镇。辽却雄心未死，又命子钊寇晋鄄城。晋将刘牢之领兵邀击，钊始败去。前泰山太守张愿叛晋，为燕所破，复投翟辽，辽令愿来敌牢之。愿知辽不可恃，致书牢之，自陈悔过，牢之乃许愿归降，并进逼滑台，再破辽众。辽入城固守，牢之猛攻不下，自恐饬运难继，才撤兵退回。

已而辽竟病死，由钊继立，改元定鼎。复欲承父遗志，攻燕邺城，失利而还。再遣部将翟都，侵燕馆陶，屯苏康垒。好兵不戢，必致自焚。于是燕主垂不能再忍，下令亲征，自率步骑十万，径压苏康垒前。翟都弃垒夜走，奔还滑台。翟钊闻燕兵大至，也不禁惶急起来，连忙缮就哀书，借兵西燕。西燕主慕容永，召集群臣商议行止。尚书郎鲍遵道："两寇相争，势必俱敝，我随后出兵，乘敝制寇，便是卞庄刺虎的遗策了。"中书侍郎张腾道："强弱异势，何至遽敝，不如率兵往救，使成鼎足，方可牵制强燕，一面分兵直趋中山。昼设疑兵，夜设火炬，使彼自相疑惧，引兵自退，然后我冲彼前，钊蹑彼后，必可蹙燕，这乃天授机会，万不可失呢！"永不肯依腾，却回翟使，使人返报翟钊。钊只好调集部众，出拒黎阳。

燕主垂至黎阳北岸，临河欲济，钊列兵河南堵截。燕军见钊众气盛，颇有惧色，俱劝垂留兵缓渡。垂掀髯笑道：“竖子有何能为？卿等可随朕杀贼哩！”诸将始不敢多言，但静待军令，严装候着。到了次日，垂忽下令拔营，迁往西津，去黎阳西四十里，具备牛皮船百余艘，载着兵仗，将溯流东上，进逼黎阳。钊见垂引兵西向，不得不随向西趋，防垂渡河。哪知垂是诱他过去，到了夜半，却暗遣中垒将军桂阳王镇，率骁骑将军国等，仍到黎阳津偷渡。平风息浪，竟达河南，当即乘夜筑栅，及旦告成。钊得知燕军东渡，急忙麾众赶回，来夺燕寨。偏燕军依栅自固，坚壁勿动，钊一再挑战，统被燕军射退。待至午后，钊士卒往来饥渴，只好引还，不意燕营内一声鼓角，驱兵杀出，竟来追钊。钊亟回军抵敌，两下里正在酣战，突有一彪人马到来，为首大将，乃是燕辽西王慕容农。他因钊众东回，得从西津渡河，前来助镇，左右夹攻钊众。钊如何抵挡得住，慌忙引众返走，已被燕军杀得七零八落，只带得残骑数百，奔归滑台。燕军陷入黎阳，再乘胜进逼，钊力不能支，没奈何挈着妻子，率数百骑北走，渡河登白鹿山，凭险自守。

燕军追至山下，望见山路险仄，林箐朦胧，急切不敢进去，便在山下安营。一住数日，并无一人出山，慕容农语将士道：“钊仓猝入山，粮必不多，断不能久居山中，惟我军常围山下，彼且惮死不出，不如佯为退兵，诱他下山，方可一鼓歼灭了。”父子兵略，俱属可观。将士当然赞成，便即引退，钊果下山西走，行未数里，燕军已两面突至，掩杀钊众。亏得钊乘着骏马，飞奔而去，所有妻子部曲，悉数被擒。钊所统七郡将吏，均向燕请降。垂从子章武王宙为兖、豫二州刺史，居守滑台，徙徐州七千余户至黎阳，亦留从子彭城王脱居守，领徐州刺史，自引军还中山，命辽西王农都督兖、豫、荆、徐、雍五州军事，屯兵邺城。独翟钊单骑奔入西燕，西燕主慕容永好意延纳，授钊车骑大将军，领兖州牧，封东郡王，偏钊住了年余，又生异志，复思叛永。永察出阴谋，方将钊杀死了事，翟氏乃绝。小子有诗叹道：

居心反复太无诚，不信如何得幸生！
试看丁零衰且尽，益知作伪总难成。

欲知后事如何，且看下回分解。

拓跋珪母子，屡濒死地，而卒得不死，是得毋天将兴魏，王者不死耶！然观诸珪之心术，实无足取，彼赖舅贺讷而得存，乃未几而导燕灭贺矣；彼恃慕容氏之援而得兴，乃未几而遣仪窥燕矣，无信无义，何以立国？顾竟得雄长朔方，历祚至百五十年，天道茫茫，殊不可问！岂其时方丁闰运，固凭力不凭理欤？丁零翟氏，燕之所借以规复者也，翟斌忽迎垂，忽又欲叛垂，事泄被诛，咎由自取。然翟真、翟成、翟辽、翟钊等，辗转构难，虽相继败死，卒归于尽，而慕容氏之兵力，盖亦已半敝矣。夷狄无亲，难与共事，慕容垂固尝负秦，亦曷怪翟氏之反复哉？

第七十四回

智姚苌旋师惊噩梦　勇翟瑆斩将扫孱宗

却说秦主苻登，自退屯胡空堡后，按兵不出。接应前回。后秦主姚苌使弟硕德镇守安定，分置秦州守宰，派从弟常戍陇城，邢奴戍冀城，姚详戍略阳。秦益州牧杨定出攻陇冀，阵斩姚常，并擒邢奴。姚详大惧，即将略阳城弃去，奔往阴密。定遂自称秦州牧，晋爵陇西王。秦主登方借定拒苌，不便斥责，只好许称王号，且加定为左丞相上大将军，都督中外诸军事，领秦、梁二州牧。一面进窦冲为大司马，兼骠骑大将军，都督陇东诸军事，领雍州牧；杨璧为大将军，领南秦益二州牧，约与共攻后秦。三人才略心术，俱难重任，登所用非人，宜其致败。又敕并州刺史杨政、冀州刺史杨楷，各率部曲相会，再图大举。

姚苌遣将军王破虏，略地秦州，为杨定所破，狼狈奔还。秦主登出攻鸯泉堡，由姚苌亲自驰救，登亦引退。苌嘱使东门将军任瓮等致书与登，诈为内应。登得书后，即欲轻骑践约。征东将军雷恶地在外将兵，得知此事，即驰入白登道："姚苌多诈，怎可轻信？请三思后行！"登乃中止。嗣探得任瓮诈降，悬门以待，乃惊语左右道："雷征东料敌如神，若非彼言，我几为竖子所欺了。"恶地因谏苌有功，亦未免语带矜夸，偏登又阴怀猜忌，只恐他另生恶念，逐渐见疏。莫非因他以恶为名故致生忌，但好猜如此，何由御人？恶地果然疑惧，竟往降后秦，姚苌命恶地为镇军将军。

既而秦镇东将军魏褐飞，自称“冲天王”，号召氐胡部落，围攻杏城。杏城为后秦安北将军姚当成所守，便驰使报告姚苌，请速济师。苌自引精兵千六百人，往援杏城。哪知降将恶地又与褐飞相应，反攻李润。镇名在冯翊西。两人会合拢来，众至数万，氐胡又相继奔赴，络绎不绝。苌固垒不战，佯示怯弱。褐飞见苌兵弱少，意存轻藐，毫不加防，不意后面有苌兵掩入，立致惊溃。苌既分兵绕击褐飞，自己在营中眺着，望见褐飞后营，尘头扰乱，料知褐飞中计，便即驱兵杀出，直击褐飞前营。褐飞前后受敌，吓得手足无措，只好没路的乱撞。偏偏冤家路狭，正与姚苌相值，再欲回头返奔，已是不及，那好头颅即被人取去了。褐飞有众三万人，死了一万，降了一万，逃去一万，霎时间成为平地。杏城守将姚当成，出迎姚苌，苌命就营址间，每一栅孔，改植一树，作为战胜纪念。当成嫌营地太小，苌笑道：“我自结发以来，与人交战，从没有这般奇捷。试想我军不过千余，能骤破三万贼众，可见营地以小为奇，如贼大营，有什么用处哩！”说着，复命移兵往击恶地。兵方启行，恶地已前来谢罪，俯伏投诚。苌传命宥免，令他随归长安，待遇如初。恶地首鼠两端，实可杀却。

过了一年，冯翊人郭质，忽起兵应秦，移檄三辅，数苌过恶。三辅多贻书归附，独郑县人苟曜不从，聚众数千，与质为敌。秦授质为冯翊太守，后秦授曜为豫州刺史。曜与质互相战争，质屡次失利，败奔洛阳，后来苟曜为秦所诱，密约秦主登出兵，愿为内应。胡人真多反复。登督兵赴约，竟至马头原，姚苌引众逆战，为登所败，右将军吴忠阵亡。姚硕德等拼命拦截，才得勉强收军，不致大挫。苌令军士饱食干粮，再行进战，硕德旁问道：“陛下每战不胜，即有奇谋，今战既失利，又欲进攻，果有何策？”苌答道：“登用兵迟缓，不识虚实，今轻兵直进，竟据我东首，这定是苟曜竖子与他通谋，所以冒险前来；若再不与战，日久势增，祸更难测，故不如更与交锋，使苟曜未得连合，登尚疑信参半，当可转败为胜，解散贼谋哩。”说毕，上马督兵，进攻登营。登不防姚苌再至，仓皇接仗，士无斗志，纷纷溃退，苌驱众追杀一阵，斩获无算，直至登奔往郿城，始命凯旋。诸将益佩服苌谋。

嗣闻登复移攻安定，苌命太子兴居守长安，自往拒登。临行时嘱兴道：“苟曜好为奸变，他闻我北行，必来见汝，汝宜将他捕戮，免贻后患。”兴唯唯受教。果然苌就道后，曜即入关见兴，当被兴喝令拿下，推出枭首，然后报达姚苌。苌闻苟曜已死，安心前行。至安定城东，见登引众来前，立即麾众与斗，把登击退。苌入城犒军，宴集将佐，诸将进言道：“今日魏武王尚存，苌谥兄襄为魏武王见七十二回。必不令此贼久盛，陛下但务拒守，不愿进击，所以养寇到今，尚未荡平呢。”苌微哂道：“我原是不及亡兄，约算起来，共有四种。我兄身长八尺五寸，臂垂过膝，人一望见，便觉生畏，这是我第一种不及处；我兄与天下争衡，虽遇十万雄师，毫不畏缩，当先直进，横厉无前，这是我第二种不及处；我兄谈古知今，讲论道艺，善遇英雄，广罗俊异，这是我第三种不及处；我兄董率大众，履险如夷，上下咸服，人人愿尽死力，这是我第四种不及处。我事事不及亡兄，尚得建立功业，策任群贤，无非靠了一些智略，稍得过人一筹。苻登穷寇，将来总要覆亡，何必急速求功，反致败事哩！”于是群下咸称万岁。越日苌复下书，令诸镇各置学官，不得偶废，考试优劣，量才擢叙。会秦骠骑将军没奕于，率户六千，来降姚苌，苌授没奕于为车骑将军，封高平公。

既而苌遇重疾，因遣弟硕德镇李润、仆射尹纬守长安，亟召太子兴驰诣行营。那秦主苻登，方立昭仪李氏为继后，连日庆宴；闻得姚苌有病，不禁大喜，便欲乘机往攻，厉兵秣马，特向苻坚神主前祷告道：

> 曾孙登自受任执戈，几将一纪，未尝不上天锡佑，皇鉴垂矜，所在必克，贼旅冰摧。今由太皇帝之灵，降灾疢于逆羌，以形类推之，丑虏必将不振。登当因其陨毙，顺行天诛，拯复梓宫，谢罪清庙。神祖有灵，实式凭之！

祷毕，复大赦境内，加百僚位秩各二等，遂督兵出行，进逼安定。去城只九十余里，忽由侦骑入报道："姚苌已引兵出城，想是前来迎战了。"登惊诧道："敢是苌已病愈了么？"随即带领轻骑，自往觇苌。行至中途，又有探马来报道："姚苌已遣将姚熙隆，从间道绕出，攻我大营去了。"登又恐大营有失，勒马回营，望见距营数里，果有敌军扎住。因天色已晚，不欲往攻，但命部众戒严，枕戈夜宿，好容易过了一宵，差幸夜间无事。黎明即起，正在营中早餐，忽有逻骑入告道："贼营都空空洞洞，不知所向了！"登大惊道："这是何人？去令我不知、来令我不觉，人人说他将死，他偏又来出现，我与此羌同时，真是不幸极了！"遂引兵徐退，途次亦严勒部伍，井井不紊，才得安然还雍。究竟姚苌用何计策，得退登军。原来登出兵时，苌病小愈，他不欲与登剧战，所以想出了一条疑兵计，诡去诡来，使登无从测摸。等到登退兵还雍，他本已绕出登前，伏兵待着。及见登行列整齐，料不可犯，也乐得让他过去，自还安定罢了。确是狡猾。

秦雍州牧窦冲，已进任右丞相，冲徙屯华阴，被晋河南太守杨佺期击走，他尚矜才使气，上书登前，自请加封天水王。是由杨定为王引使出来。登偏不许，冲竟僭称秦王，改年元光。登闻报大怒，即引兵攻冲。厚杨定而薄窦冲，登实不公。冲情急生变，遂向后秦乞降，请发援师。姚苌欲力疾赴救，尹纬进言道："太子纯厚有声，惟将略未曾著闻，可遣令代征，使示威武，也是固本的要着哩。"苌乃召兴入嘱道："闻冲兵现屯野人堡，汝若趋救，必有一场恶战，胜负未可逆料；不若径攻胡空堡，使苻登撤围还援，那时冲围自解，汝亦可全军引还了。"兴受计而去，行抵胡空堡，登果还救，兴遵着父命，不与交战，便即退归。

苌因久病未痊，命兴先还长安，自引从臣继发。到了新支堡，夜宿驿中，朦胧中见一金甲皇帝，领着数多将士毁门进来，仔细一瞧，那皇帝不是别人，正是秦王苻坚。当下骇惧欲奔，回头急望，恍惚见有宫门开着，便踉跄跑入。可巧有宫人出来，便向他们呼救，宫人手中，各有长矛持着，应声拒敌，争把手中矛掷去；不意敌兵未曾击倒，自己的肾囊上，反被掷中一矛，顿致痛彻肺腑。更可恨的是敌兵哗笑，拍掌欢语道："正中死处，正中死处！"那时又痛又愤，咬着牙根，将矛拔去。矛才拔出，血即狂流，越觉痛不可耐，一声号呼，竟致惊悟，才知是一魇梦。心虚易致鬼揶揄。挑灯审视，既没有什么皇帝，又没有什么将士，不过肾囊上却是有些暴痛，卸裳俯视，略略红肿，也不知是何病症。挨至天明，肿势又添了一半，便召医官入视，医官就病论病，无非说是疝气等类；外敷内治，全不见效，只觉得囊胀难忍，令医用针刺治。医官不得已如言施针，竟致血出不止，仿佛似梦，苌痛极致晕，不省人事。好容易灌救得活，仍是神志不清，狂言谵语，或云臣苌该死；或云杀死陛下，实为兄襄，并非臣罪，幸勿枉臣！半真半假，死且欺人。从官见苌病亟，不便逗留，只得将苌舁置车中，使他卧着，匆匆还入长安。

苌偶觉清醒，便召太尉姚旻、尚书左仆射尹纬、右仆射姚晃、尚书狄伯支等，受遗辅政，且嘱太子兴道："受遗诸公，统是我患难至交，如有人无端诬毁，慎勿轻信！汝能抚骨肉以仁，接大臣以礼，待物以信，字民以恩，四德具备，自可永年，我虽死无忧！”言毕即逝，时年六十有四，在位八年。

兴恐内外有变，秘不发丧，急调叔父绪镇安定、硕德镇阴密，召弟崇还镇长安。硕德部下诸将佐，各进白硕德道：“公威名素振，部曲最强，今闻故主已终，新君甫继，恐不免与公相猜；公不若径赴秦州，观望时势，自作良图，免贻后戚。”硕德怫然道：“太子志度宽明，必无疑阻。今苻登未灭，即自寻干戈，是蹈三国时二袁覆辙，袁谭、袁尚。徒取灭亡，我宁死不愿出此呢！”随即启行至长安，与兴相见，兴优待如常，遣令赴镇。一面自称“大将军”，授尹纬为长史、狄伯支为司马，部署将士，严备苻登。

登屡使侦骑觇视，探得姚苌死耗，当即还报，登欣然道：“姚兴小儿，怎能敌我，但折杖以笞，便足使他屈服了。”夜郎自大。遂驱众尽出，但留弟安成王广守南安、太子崇守胡空堡，自督兵径向关中。复遣使拜金城王乞伏乾归为河南王，领秦、梁、益、凉、沙五州牧，并加九锡。这乞伏乾归，就是乞伏国仁弟。国仁尝受苻登封爵，称苑川王，见七十二回。逾年即殁，子公府尚在幼年，部众谓宜立长君，因推乾归为大将军大单于，改元太初，徙居金城。且向秦报闻，秦遣使册封乾归为金城王。乾归雄武英杰，不亚乃兄，征服附近部落，威振边陲。立妻边氏为王后，用出连乞都为丞相，悌眷为御史大夫，也是一个小朝廷制度。苻登欲规取长安，所以加封乾归，联为声援，自引兵急进，从六陌趋废桥。后秦始平太守姚详，据住马嵬堡，堵截登军。姚兴恐详不能御，特遣长史尹纬，率兵助详。纬径至废桥拒登，登争水不得，兵多渴死，遂麾众攻纬。纬正欲与战，忽见狄伯支驰至，传达兴命，教他持重，不可轻战。纬勃然道：“先帝升遐，人情震惧，今不思奋力歼寇，乃使逆竖压境，日久变生，大事去了！纬情愿死争，不敢闻命！”说罢，便麾众出战，一当十、十当百，竟将登众杀败，追奔数里，斩馘甚多。

是夜，登竟溃归，纬乃旋师奏功。兴始为父发丧，举哀成服，命在槐里筑坛，嗣即帝位，大赦境内，改元皇初。寻由长安至安定，调集人马，再击苻登。登败回南安，不料弟广与子崇，都因闻败心惊，弃戍远窜，转令登穷无所归。没奈何奔至平凉，收集溃卒，走入马毛山。蓦闻姚兴又率众来攻，自思众心携散，不能再战，乃亟遣子崇驰诣金城，向乞伏乾归处求援，并进封乾归为梁王，愿将妹东平长公主嫁与乾归。乾归乃遣前将军乞伏益州、冠军翟瑥，分领骑兵二万，往救苻登。登闻援兵将至，出山探望，遥见山南有大兵驰到，正道是援兵前来，便即踊跃欢迎。待至两下遇着，才觉叫苦不迭，原来不是援兵，乃是姚兴进袭的潜师。那时退避不遑，只好与他交战。不到半时，部众一半伤毙，一半逃去，单剩登一人一马，返身乱跑，被兴兵快马追及，你矛我槊，戳死马下。总计登在位九年，大限五十二岁。

登子崇窜至湟中，得悉乃父死耗，还想据位称尊，草草登极，改元延初，再遣人至乾归处乞师。时乞伏益州等不及援登，中道折回，报明苻登战死情状，乾归即变易初心，逐回崇使。崇孤立无助，自知艰危，乃走依陇西王杨定。定闻乾归不肯发兵，投袂而起，召集步骑二万人，与崇共攻乾归。乾归得报，顾语诸将道：“杨定勇虐聚众，穷兵逞欲，我看他此次前来，乃是恶贯已盈，徒自取死。天方授我，此机正不可错过呢！”乃遣凉州牧乞伏轲殚、秦州牧乞伏益州、立义将军诘归等，出拒杨定。

益州为乾归弟，素称骁勇，先驱急进，驰至平川，正值杨定麾兵进来。益州兵少，杨定兵多，毕竟双拳不敌四手，被定杀败，夺路奔回。轲殚、诘归，亦引众退还。独冠军翟瑥，趋入轲殚营中，仗剑进言道："我王具神武英姿，开基陇右，东征西讨，无不席卷，所以威振秦梁，声光巴汉。将军身膺重寄，位重维城，理应宣力致命，保安家国。秦州虽败，二军犹全，奈何不思赴救，便即返奔？将军自思，尚有什么面目，敢见我王呢？瑥虽不才，愿为国效死！"可谓壮士。轲殚听了，不禁怀惭，便向瑥谢过道："我所以未赴秦州，正恐众心摇动，未肯向前，今如将军所言，已知众愤，且败不相救，当坐军罚，我难道敢自偷生，徒取罪戾么！"说着，即命瑥为先锋，自率骑兵继进；且遣人分报益州、诘归。益州诘归，也勒众再进，夹攻杨定。定恃胜无备，陡遇三路杀来，竟至无法抵挡。主将慌忙，众愈骇散，那翟瑥舞着大刀，左斩右劈，如入无人之境。定尚思拦阻，不防瑥已至马前，"砉"的一声，头竟落地。就是秦嗣主崇，亦不及奔逃，致为敌军所杀。秦自苻健僭号，传至苻崇，合计六主，共四十四年而亡。小子有诗叹道：

善败不亡善战亡，苻秦一代费评章。
寿春六陌重寻辙，祸始佳兵终不祥。

苻氏已亡，乾归并有陇西、巴、蜀诸地，遂增置官属，张示声威，欲知他一切详情，待至下回再叙。

五胡十六国中，苻秦最盛，而衰败亦最速。苻坚以淝水之败，便至不振，卒死姚秦之手。苻登以废桥之败，即无所归，仍为姚氏所杀，而苻崇更不足道焉。即是以观，可见姚苌之梦见苻坚，并非坚之真能为祟，不过苌私心负疚，恐遭冥谴，迨至病危神散，乃有此梦魂之可怖耳。不然，坚能祸苌，宁独不能自保子孙耶？惟坚之得国，由于篡弑，故其后卒不得令终；苌虽叛坚，而为兄复仇，犹有可说，其得保首领以殁，盖于侥幸之中，有理数存焉。谁谓乱世之必无天理哉！

第七十五回

失都城西燕被灭　压山寨北魏争雄

却说乞伏乾归，增置官属，令长子炽磐领尚书令左长史，边芮为尚书左仆射右长史，秘宜为右仆射，翟瑥为吏部尚书，翟勍为主客尚书，杜宜为兵部尚书，王松寿为民部尚书，樊谦为三公尚书，方弘、麴景为侍中。此外拜授，一如魏武晋文故事，犹自称大将军大单于。惟杨定死后，天水人姜乳袭据上邽，因遣乞伏益州往讨。边芮王松寿入谏乾归道：“益州贵为介弟，屡立战功，因胜致骄，常有德色；古人谓骄兵必败，若令他专阃，恐非所宜。”乾归道：“益州骁勇，非诸将所能及，我但恐他刚愎自用，或致偾事，今当另简重佐，便可无忧！”说着，遂派韦乾为行军长史，务和为司马，令与益州偕行。至大寒岭，益州果不加部勒，反纵军士解甲游畋，日夕酣饮；且下令道：“敢言军事者斩！”韦乾看不过去，只好邀同务和，违令进谏道：“将军为王室懿亲，受命专征，期殄凶丑，今贼已逼近，奈何解甲自宽，宴安鸩毒，古有明戒，望将军三思！”益州大言道：“乳众乌合，闻我到来，理应远窜，若欲与我决战，便是自来送死，我自有擒贼方法，卿等勿忧！”全是骄态，惟不杀韦乾，还算气宽。韦乾等只好退出，自加戒备。果然姜乳引众劫营，益州未曾预防，竟被陷入，仓皇惊溃。还亏韦乾等救护益州，且战且行，才得逃脱性命。乾归闻益州败还，也仿秦穆公悔过语云：“孤违蹇叔，致有此败，将士何罪，罪实在孤呢！”乃概令复职，悉置勿问。并令兵士休养，暂息干戈。

杨定无子，从弟盛先守仇池，特为定发丧，追谥“武王”，自称“秦州刺史仇池公”。仇池前为秦灭，曾由杨安镇守，见六十二回。后来杨安他徙，辗转为杨定所据，定死盛继，仍算未绝，并遣使称藩东晋，晋廷但务羁縻，封盛为仇池公。盛与定原属氐族，因分氐羌为二十部护车，各自镇戍，不设郡县。乞伏乾归也不愿过问，仇池始得少安。

事且慢表，且说燕主慕容垂，扫灭丁零，还至中山；闻翟钊奔入西燕，乃议兴兵西略，往攻慕容永。诸将俱说道：“永未有大衅，不宜轻伐，且近来连岁战争，士卒久劳，居民亦不暇耕织，疮痍满目，哭泣盈途。宜乘此安抚兵民，待时而动，区区长子，无庸深忧呢！”独司徒范阳王德驳议道：“昔三祖积德，遗训在耳，所以陛下龙兴，人皆思燕，不谋而合。永与陛下系出同宗，乃独僭称尊号，煽动华夷，惑民视听，致令群竖纵横，逐鹿不息。今若不先加除灭，恐民心不一，后患方长，怎得谓不足深忧！就使士卒疲劳，此举亦不能再缓了！”垂掀须语诸将道：“司徒所议，与我同意，古称：‘二人同心，其利断金。’我计决了！且我年虽老，扣囊底智，尚足歼除此贼，不宜再留遗患，累我子孙呢！”除去慕容永，亦未必子孙久长。乃发步骑七万人，遣镇西将军丹阳王瓒，及龙骧将军张崇，往攻晋阳，征东将军平视，往攻沙亭，自率大军赴邺。晋阳守将为西燕主永弟武乡公友，沙亭守将为西燕镇东将军段平。西燕主永尚恐两处有失，因再遣尚书令刁云，与车骑将军慕容钟，率众五万，出屯潞川，使为援应。垂复使太原王楷出滏口，辽西王农出壶关，自出沙亭击永。

永急令从子征东将军小逸豆归、镇东将军王次多、右将军勒马驹等，率兵万余，往戍台壁。又派遣诸将，分道拒守。偏燕军沿途逗留，月余不进。永莫名其妙，但恐垂声东击西，佯从邺城进兵，暗中却分兵潜入太行，山名。绕击背后，所以预防一着，特调诸军还扼太行，严守轵关；惟留台壁军不遣。垂正要他调开各军，好使部众前进，既闻慕容永中计，立即趋就慕容楷，同进滏口，入天水关，直抵台壁。小逸豆归飞报慕容永，永遣太尉大逸豆归，至台壁助战；适垂将平视引兵驰至，垂即使与大逸豆归交锋，一阵痛击，大逸豆归败去。小逸豆归不得已与王、次多勒马驹等，开壁出战。平视再与奋斗，正杀得难解难分的时候，忽由慕容楷、慕容农杀到，两支统是生力军，纵横驰骤，锐不可当。小逸豆归自知不敌，急忙收兵入壁，偏敌军两面围裹，一时不能杀出，等到死命冲突，才得一条血路奔入垒中。部兵万余名，伤亡了六七千。就是王次多、勒马驹，也相继战死，连骸骨都无从夺回。更可怕的是台壁外面统是敌军，围得铁桶相似，除非插翅腾空，不敢出去。小逸豆归坐守孤城，只眼巴巴的向西望着，专待援军到来。

时大逸豆归已奔还报永，永乃自率精兵五万，驰救台壁，屯兵河曲，贻垂战书。垂批回战期，列阵台壁南面，分农、楷二军为左右翼，又使慕容国率兵千人，伏深涧下。越日交兵，由垂亲往挑战，两下里不及答话，便将对将、兵对兵，角斗起来。才及片时，垂竟拍马返奔，将士亦佯作败状，曳械遁走。永不管好歹，挥兵急追，人驰马骤，争向深涧中跃过，似乎有灭此朝食的气象。不料驰至半途，那慕容楷、慕容农两军，出来截住，夹攻永军，垂又翻身转来，迎头痛击，永三面受敌，如何支持？只得回马奔还。追兵变做逃兵，逃兵反变做追兵，胜负变幻，真不可测。永驰还涧旁，不防慕容国又复杀出，截住去路。垂与农楷等在后紧追，累得永进退两难，顿致全军大乱，或被杀、或被溺，死了无数士卒。永还须迟死数月，所以幸得逃脱，奔还长子。永已用兵数年，连诱敌计都未预防，实是个没用家伙。

晋阳、沙亭、潞川各守将，统闻风逃散，慕容钟且奔降垂营。永闻钟叛去，竟将钟妻子拘住，悉数骈戮。死在目前，还要如此暴虐。又恐长子受围，拟留太子亮居守，自奔后秦。侍中兰英道："昔石虎攻我龙城，我太祖坚守不去，终得创业垂基，造成大燕。今垂七十老翁，厌苦兵革，难道能连年不返，长此围攻么？为今日计，但当缮修守备，坚壁勿战，待他师老粮尽，自然退去了。"永乃依议，婴城拒守。那燕兵即陆续趋至，环集城下，四面筑栅，把一座长子城，团团围住。一攻一守，约莫有四五十日，城中虽未被陷，却已孤危得很。乃遣子常山公泓，赍取玉玺一方，缒城夜出，向晋雍州刺史郗恢处求救，恢即请命晋廷。晋虽有诏许援，但征发需时，一时如何应急？永恐晋兵不至，又遣太子亮诣魏乞师。亮出城时，被燕将平视探知，引兵追及，把亮擒回。只有随骑逃脱，得至盛乐，见魏王拓跋珪，涕泣求援。珪本与西燕通好，见七十三回。乃命陈留公虔，将军庾岳，率骑五万，出屯秀谷，相机进行。怎奈长子城日危一日，晋魏兵又皆未至，急得守城将士，朝不保暮。大逸豆归与部将窦韬等起了歹心，竟潜通外兵，开城延敌。慕容永惊悉内变，忙挈着眷属，奔往北门。冤冤相凑，兜头碰着燕军前队，一声呐喊，把永围住。永无从逃脱，只好束手受擒，所领家属，无一幸免，统被缚至慕容垂前。垂责他僭据位号，滥杀宗族，罪无可恕，叱出斩首，妻子等当亦受戮。慕容俊子孙前时被永所杀，至此始得瞑目。又执住刁云等四十余人，一体加诛。大逸豆归昂首进谒，还道是开城有功。得邀重赏，偏被垂叱他不忠，赏他一刀两段。该死！总计西燕自慕容泓改元，至永亡国，已易六主，合计只十有一年。

垂既灭西燕，得永所统八郡七万余户。令宜都王慕容凤为雍州刺史，丹阳王慕容缵为平州刺史，镇守晋阳；自率军驰还邺城，复东巡阳平平原，因闻晋有救永意，特使慕容农渡河，与镇南将军尹国，攻晋廪丘阳城，先后陷入，晋平东太守韦简，引兵截击，败死平陆。晋高平太守徐含远，遣使至刘牢之处乞援；牢之不能赴援，遂致高平泰山琅琊诸郡，陆续奔溃。慕容农进兵临海，分置守宰，方才引还。垂北往龙城，告捷太庙。

会接得北方军报，谓魏王珪已出师秀谷，侵逼附塞诸郡。垂本拟亲出伐魏，因年已衰迈，疲病难行，乃遣太子宝为统帅，使与辽西王农、赵王麟等，率步骑八万人，自五原伐魏。是时慕容柔、慕容楷诸人，相继病殁，惟慕容德、慕容绍掌兵如故。垂令绍统步骑一万八千，为宝后应，散骑常侍高湖，上书谏垂道："魏与燕世为姻婚，结好已久，今因求马不得，拘留彼弟，彼直我曲，不宜用兵。且拓跋珪沉鸷善谋，幼历艰难，饱尝世故，兵精士盛，更难轻敌。太子年少气壮，必且藐视珪众，诸多玩忽，万一挫失，大损国威，愿陛下慎重将事"云云。语皆合理。垂非但不从，反褫湖官爵，竟令宝等北进。老昏颠倒。

魏王拓跋珪，方讨平刘卫辰，斩获卫辰父子，并诛他宗党五千余人。只卫辰少子勃勃，逃往薛干部，不及追获。当下掠得战马三丨余万匹，牛羊四百余万头，载归盛乐，充做国用。嗣又向薛干部索交勃勃，薛干部酋太悉伏，拒绝魏使，竟将勃勃一人，送往后秦高平公没奕于。魏王珪又恨他抗命，袭破薛干部帐，逐去太悉伏，入帐屠掠，尽把财物取归，因此国帑充足、士饱马腾。补叙数行文字，上结刘卫辰，下引赫连勃勃。此次燕军入境，长史张衮语珪道："燕灭丁零，杀慕容永，一入滑台，再陷长子。今复倾众前来，总道我亦无能为，一战可取；我不如暂避凶锋，佯示羸弱，使他骄怠无备，然后发兵邀击，定可得胜！这就是兵志所谓'居如处女，出如狡兔'呢。"珪喜从衮议，遂徙部落畜产，西行渡河，直至千余里外，方才休息。

燕军进至五原，收降魏别部三万余家，割取穄田百余万斛，穄读祭，形似麦而性不粘，为朔方特产。移置黑城。复进军临河，采木造船，作为济具，约历旬余，才得制成千余艘。魏王珪闻燕兵将济，始发兵出拒，并遣右司马许谦，至后秦借兵，遥乞声援。燕太子宝，正备齐船只，督兵下船，忽河中刮起一阵狂风，吹动船只，有数十艘牵勒不住，竟顺风漂往对岸。适魏兵前队，濒河游弋，即将燕舟缆住，搜获甲士三百余人，魏王珪与语道："燕主已死，燕太子何不早归，反要渡河前来呢？"说毕，即令一一释缚，纵使归营。燕兵得命，即将珪言还报，太子宝不免惊疑。原来宝引兵至五原，与中山使命往来，屡不见答，还道垂果有不测情事。其实中山非无复使，统被魏暗地遣兵，绕出燕营后面，把他截住，牵缚了去，所以出兵多日，不得闻垂起居。魏王珪既将燕兵纵归，使他传言，复令所执燕使人，隔河传语燕营，伪证燕主死状，益令宝等惊惶，士卒骇动，因此不敢径渡。珪遂使陈留公虔率五万骑屯河东、东平公仪率十万骑屯河北、略阳公遵，率七万骑绕出河南，堵截燕军归路。再加后秦亦遣将杨佛嵩，引兵救魏，魏势益盛。

先是燕太子宝行至幽州，所乘车轴无故自断，术士勒安极言不祥，劝宝还军，宝不肯从。至是安复白宝道："天时不利，咎征已集，急速还军，尚可幸免！"宝仍然不听。安退出告人道："我辈并将委尸草野，不得生还了！"赵王麟部将慕舆嵩，疑垂真死。密谋作乱，将就军中奉麟为主，事泄被诛。宝因此忌麟，自思顿兵非计，遂焚船夜遁。时值初冬，天不甚寒，河冰未结，宝料魏兵必不能渡，未设斥堠。偏偏隔了一宵，河上朔风暴吼，天气骤冷，河冰四合。魏王珪竟引兵渡河，挑选锐骑二万余名亟追燕军。

燕军还屯参合陂，突有大风裹着黑气，状若堤防，或高或下，从后过来，覆压军上。沙门支昙猛，知为凶象，急向宝进言道："风气暴迅，魏兵将至，请遣兵抵御为要！"宝以为去敌已远，尽可无虑，但从鼻中"嗤"了一声，余不复言。昙猛固请不已，慕容麟在旁发怒道："如殿下神武过人，拥兵甚众，自足威行沙漠，索虏怎敢远来？今昙猛无端絮聒，摇惑众心，按律当斩！"昙猛泣语道："秦王苻坚驱动百万雄师，南下侵晋，一败涂地，正由恃众轻敌，不信天道所致。今天象已经告警，还斥昙猛多言，昙猛死亦何恨，只可惜许多将士哩！"宝虽不欲杀昙猛，但总未肯尽信。还是范阳王德谓："宁可预防，毋贻后悔。"宝乃遣麟率众三万，作为殿军，借防不测。既从德言，何不即使德断后，乃仍委麟充任，总之，麟、宝各有忮心。麟之誉宝实欲败宝，宝之遣麟即欲害麟，营私如此，怎得不败！麟虽依令断后，总道魏兵不至来追，但纵骑游猎，不肯设备。

俄而黄雾四塞，日月无光，宝遣侦骑还诇魏兵，侦骑只行了十余里，即解鞍卧着。魏兵昼夜兼行，到了参合陂西偏，燕军尚未察觉。靳安又白宝道："今日西北风甚劲，定是追兵将至的应兆，宜饬兵士倍道速归；否则定难免祸了！"宝尚以诘旦为期，是夜还安宿营中。至次日天明，晨曦已上，方拟饬军启行，哪知山上已鼓角乱鸣，震动天地。开营仰望，见魏兵正从山腰下来，好似泰山压卵一般。这一惊非同小可，吓得燕军个个股栗、各思逃生。再加宝平日在营，不善拊循，毫无纪律，仓猝遇敌，哪个肯为宝效死，一声哗噪，都弃营飞奔。魏兵从上临下，正如风扫残叶，所过皆靡。燕军急不择路，统向涧中乱走。涧中虽有坚冰，到了人马腾踔的时候，或被滑倒、或致踏碎，不是压死、就是溺死，迟一步的即被魏兵杀死。及逾涧后，死伤已达万人；再经魏拓跋遵率兵冲出，截住去路，燕军四五万人，都恨宝不用良言，致陷绝地，索性投戈抛甲，敛手就擒。只有数千将佐，保住太子宝等，杀开一条血路，踉跄走脱。陈留王慕容绍被杀，鲁阳王倭奴、桂阴王道成、济阴公尹国等，及文武将吏数百人被擒，还有太子宝宠妻，及东宫侍女，出兵打仗，何必挈此妻小？宝之淫昏，可见一斑！以及兵甲辎重，军粮资财，一股脑儿被魏掠去。

魏王珪但欲拣留数人，余皆赦还。偏有一人出阻道："不可，不可！"珪看将过去，乃是中部大人王建。便问他有何评议，建抵掌高谈，强说出一番大道理来，遂令被擒的燕军都做了异域的鬼奴。小子有诗叹道：

大德由来是好生，如何入帐敢相争。
片言断送多人命，惨比长平赵卒坑。

欲知王建如何说法，待至下回声明。

本回叙后燕战事，一胜一负，恍若有特别之报应，寓乎其间。慕容垂之顿兵不进，拓跋珪之避敌远徙也。慕容垂之分道攻永，拓跋珪之分军蹙宝也。慕容垂善于诱敌，而拓跋珪适似之。垂能灭人国，覆人师，方自诩为囊底智术，运用无穷，而不意其子之不能肖父，竟为拓跋珪所赚，参合之败，全军覆没，父若虎而子若豚犬，何相反之若是其甚也！意者由父不修德，但务骋智，天道恶盈，乃有此极端之报复欤？靳安、支昙猛辈，虽极口苦谏，宁能挽天道于无形哉？

第七十六回

子逼母燕太后自尽　弟陵兄晋道子专权

却说王建入帐，请魏王珪尽杀燕军，略谓“燕恃强盛，来侵我国，今幸得大捷，俘获甚众，理应悉数诛戮，免留后患，奈何反纵使还国，仍增寇焰”云云。珪尚以为疑，顾语诸将道：“我若果从建言，恐南人从此仇视，不愿向化，我方欲吊民伐罪，怎可行得？”吊民伐罪一语，不免过夸，但珪之本心，却还可取。偏诸将赞同建议，共请行诛。建又向珪固争，珪乃命将数万俘虏，尽数坑死，才引还盛乐去了。燕太子宝弃师遁还，不满人口，宝亦自觉怀惭，请再调兵击魏。范阳王德亦向垂进言道：“参合一败，有损国威，索虏凶狡，免不得轻视太子，宜及陛下圣略，亲往征讨，摧彼锐气，方可免虑，否则后患恐不浅了！”即能摧魏，亦未必果无后患！垂乃命清河公会领幽州刺史，代高阳王隆镇守龙城，又使阳城王兰汗为北中郎将，代长乐公盛镇守蓟郡。会为太子宝第二儿，与盛为异母兄弟；盛妻兰氏，即兰汗女，且与垂生母兰太后，系出同宗，所以亦得封王。垂使两人代镇，是要调还隆盛部曲，同攻北魏，定期来春大举。太史令入谏道：“太白星夕没西方，数日后复见东方，不利主帅，且此举乃是躁兵。躁兵必败！”垂以为天道幽远，不宜过信，仍然部署兵马，准备出师。惟自参合陂败后，精锐多半伤亡，急切招募，未尽合用。尚幸高阳王隆，带得龙城部曲，驰入中山，军容很是精整，士气方为一振。垂复遣征东将军平视，发兵冀州，不料平视居然叛垂。视弟海阳令平翰，又起兵应视，镇东将军余嵩，奉令击视，反至败死。垂不得已亲出讨逆，视始怯遁。翰自辽西取龙城，亦由清河公会，遣将击走，奔往山南。于是垂留范阳王德守中山，自率大众密发，逾青岭，登天门，凿山开道，出指云中。

魏陈留公拓跋虔，正率部落三万余家，居守平城。垂至猎岭，用辽西王农、高阳王隆为前锋驱兵袭虔。虔自恃初胜，未曾设防，待至农隆两军掩至城下，方才知悉。他尚轻视燕军，即冒冒失失的率兵出战。龙城兵甚是勇锐，呐一声喊，争向虔军队内杀入。虔拦阻不住，方识燕军厉害，急欲收兵回城，那慕容隆已抄出背后，堵住门口。待虔跃马奔回，当头一槊，正中虔胸，倒毙马下。内外魏兵，见虔被杀，统吓得目瞪口呆，无路奔逃，只好弃械乞降。隆等引众入城，收降魏兵三万余人，当即向垂报捷。垂进至参合陂，见去年太子宝战处，积尸如山，不禁悲叹，因命设席祭奠。军士感念存亡，统皆哀号，声震山谷。垂由悲生惭，由惭生愤，霎时间胸前暴痛，竟致呕血数升，几乎晕倒。左右忙将垂舁登马车，拟即退还，垂尚不许，仍命驱军前行，进屯平城西北三十里。太子宝等本已赴云中，接得垂呕血消息，便即引归。魏王珪闻燕军深入，却也惊心，意欲北走诸部；嗣又有人传报，讹言垂已病死阵中，复放大了胆，率众南追。途次得平城败耗，更退屯阴山。垂驻营中十日，病且益剧，乃逾山结营，筑燕昌城，为防魏计，既而还至上谷，竟至殁世。遗命谓“祸难方启，丧礼务从简易，朝终与殡，三日释服，惟强寇在迩，应加戒备，途中须秘不发丧，待至中山，方可举哀治葬”等语。太子宝一律遵行，密载垂尸，亟还中山，然后发丧。

垂在位十三年，殁年已七十有一。由太子宝嗣即帝位，谥垂为“神武皇帝”，庙号“世祖”。尊母段氏为太后，改建兴十一年为永康元年。垂称王二年，虽易秦为燕，未定年号，至称帝以后，方改年建兴。事见前文。命范阳王德，都督冀、兖、青、徐、荆、豫、六州军事，领冀州牧，镇守邺城；辽西王农，都督并雍、益、梁、秦、凉六州军事，领并州牧，镇守晋阳；赵王麟为尚书左仆射，高阳王隆为右仆射，长乐公盛为司隶校尉，宜都王凤为冀州刺史。余如异姓官吏，亦晋秩有差。宝为慕容垂第四子，少时轻狡，也无志操；弱冠后冀为太子，乃砥砺自修，崇尚儒学，工谈论，善属文，曲事乃父左右，购得美名。垂因立为储贰，格外宠爱。其实宝是假名窃位，既得逞志，复露故态，中外因此失望。垂继后段氏，尝乘间语垂道："太子姿质雍容，轻柔寡断，若遇承平时候，尚足为守成令主；今国步艰难，恐非济世英雄，陛下乃托以大业，妾实未敢赞成！辽西、高阳二王，本为陛下贤子，何不择一为嗣，使保国祚！赵王麟奸诈强愎，他日必为国患，这乃陛下家事，还乞陛下图谋，毋贻后悔！"垂不禁瞋目道："尔欲使我为晋献公么？"段氏见话不投机，只好暗暗下泪，默然退出。原来宝为先段后所出。麟、农、隆、柔、熙出自诸姬，均与继后段氏，不属毛里。段氏生子朗、鉴，俱尚幼弱，所以垂疑段后怀妒，从中进谗，不得不将她叱退。

段氏既怏怏退出，适胞妹季妃入见，季妃为慕容德妻，见六十四回。因即流涕与语道："太子不才，内外共知，惟主上尚为所蒙。我为社稷至计，密白主上，主上乃比我为骊姬，真是冤苦！我料主上百年以后，太子必丧社稷！赵王又必生乱，宗室中多半庸碌，惟范阳王器度非常，天若存燕，舍王无第二人呢！"段元妃未尝无识，惟为此杀身亦是失计。季妃亦不便多言，但唯唯受教罢了。古人说得好，属垣防有耳，窗外岂无人？段后告垂及妹，虽亦秘密相商，但已被人窃听，传出外面，为太子宝及赵王麟所闻。两人当然怀恨，徐图报复。到了宝已嗣位，故旧大臣，总援着旧例，尊皇后为皇太后，宝说不出从前嫌隙，只好暂时依议。过了半月，即使麟入胁段太后道："太后前日，尝谓嗣主不能继承大业，今果能否？请亟自裁，还可保全段宗！"段太后听了，且怒且泣道："汝兄弟不思尽孝，胆敢逼杀母后，如此悖逆，还想保守先业么？我岂怕死，但恐国家将亡，先祖先宗，无从血食呢！"说毕，便饮鸩自杀。虽不做凡人妻，但结果亦属欠佳。麟出宫语宝，宝与麟又复倡议，谓段氏曾谋嫡储，未合母道，不宜成丧。群臣也不敢进谏。惟中书令眭邃抗议道："子无废母的道理，汉时阎后亲废顺帝，尚得配享太庙。况先后语出传闻，虚实且未可知，怎得不认为母？今宜依阎后故事，遵礼发丧。"宝乃为太后成服祔葬，追谥为"成哀皇后"。这且慢表。

且说晋孝武帝亲政以后，权由己出，颇知尽心国事，委任贤臣。淝水一战，击退强秦，收复青、兖河南诸郡，晋威少振。事俱散见前文。太元九年，崇德太后褚氏崩，朝议以帝与太后，系是从嫂，服制上不易规定。褚氏为康帝后，康帝为元帝孙，而孝武为元帝少子，简文帝三男，故对于褚后实为从嫂。独太学博士徐藻，援《礼经》夫属父道、妻皆母道的成训，推衍出来，说是夫"属君道，妻即后道，主上曾事康帝为君，应事褚后为后，服后应用齐衰，不得减轻"云云。孝武帝遂服齐衰期年，中外称为公允。惟孝武后王氏，嗜酒骄妒，有失阃仪，孝武帝特召后父王蕴，入见东堂，具说后过，令加训导。蕴免冠称谢，入宫白后，后稍知改过，不逾大节。过了五年，未产一男，竟至病逝。褚太后与王皇后，并见六十四回中。当时后宫有一陈氏女，本出教坊，独长色艺，能歌能弹，应选入宫。孝武帝方值华年，哪有不好色的道理；花朝拥、月夜偎，尝尽温柔滋味，竟得产下二男，长名德宗，次名德文。本拟立为继后，因她出身微贱，未便册为正宫，不得已封为淑媛，但将中宫虚位，隐然以皇后相待。偏偏红颜不寿，翠袖生寒，到了太元十五年，又致一病告终。孝武帝悲悼异常。幸复得一张氏娇娃，聪明伶俐，不亚陈淑媛，面庞儿闭月羞花，更与陈淑媛不相上下；桃僵李代，一枯一荣，孝武帝册为贵人，得续欢情，才把陈淑媛的形影，渐渐忘怀，又复易悲为喜了。为下文被弑伏线。

惟自张贵人得宠，日伴天颜，竟把孝武帝迷住深宫，连日不亲政务。所有军国大事尽委琅琊王道子办理。道子系孝武帝同母弟，俱为李昆仑所生。见六十三回。孝武即位，曾尊李氏为淑妃，嗣又进为皇太妃，仪服得与太后相同。道子既受封琅琊王，进位骠骑将军，权势日隆。太保谢安在位时，已因道子恃宠弄权，与他不和。见六十九回。安婿王国宝，系故左卫将军王坦之子，素性奸谀，为安所嫉，不肯荐引。国宝阴怀怨望，会国宝从妹，入选为道子妃，遂与道子相昵，常毁妇翁，道子亦入宫行谗。孝武帝素来重安，安又避居外镇，故幸得考终。但自安殁后，道子即首握大权，录尚书事，都督中外诸军，领扬州刺史。道子嗜酒渔色，日夕酣歌，有时入宫侍宴，亦与孝武为长夜饮，纵乐寻欢。又崇尚浮屠，僧尼日集门庭，一班贪官污吏，往往托僧尼为先容，无求不应。也是结欢喜缘。甚至年轻乳母、貌俊家僮，俱得道子宠幸，表里为奸。道子又擢王国宝为侍中，事辄与商，国宝亦得肆行无忌，妄作威福，政刑浊乱，贿赂公行。

尚书令陆讷，望宫阙叹道：“这座好家居，难道被纤儿撞坏不成?”会稽处士戴逵，志操高洁，屡征不起。郡县逼迫不已，他见朝政日非，越加谢绝，逃往吴郡。吴国内史王珣，在武邱山筑有别馆，逵潜踪往就，与珣游处兼旬，托珣向朝廷善辞，免得再召。珣与他设法成全，逵乃复返入会稽，隐居剡溪。不略逸士。会稽人许荣，适任右卫领营将军，上疏指陈时弊，略云：

> 今台府局吏，直卫武官，及仆隶婢儿，取母之姓者，本臧获之徒，无乡邑品第，皆得命议，用为郡守县守，并带职在内，委事于小吏手中。僧尼乳母，竞进亲党，又受货赂，辄临官领众，无卫霍之才，而妄比古人，为患一也。佛者清虚之神，以五诫为教，绝酒不淫，而今之奉者，秽慢阿尼，酒色是耽，其违二矣。夫致人于死，未必手刃害之，若政教不均，暴滥无罪，必夭天命，其违三矣。盗者未必躬窃人财，讥察不严，罪由牧守，今禁令不明，劫盗公行，其违四矣。在上化下，必信为本，昔年下书，敕使尽规，而众议毕集，无所采用，其违五矣。僧尼成群，依傍法服，五诫粗法，尚不能遵，况精妙乎？而流惑之徒，竞加敬事，又侵逼百姓，取财为害，亦未合布施之道也。

疏入不报。会孝武帝册立储贰，命子德宗为皇太子。德宗愚蠢异常，口吃不能言语，甚至寒暑饥饱均不能辨，饮食卧起，随在需人，所以名为储嗣，未尝出临东宫。似此蠢儿，怎堪立为储君！许荣又疏言太子既立，应就东宫毓德，不宜留养后宫，孝武帝亦置诸不理。

惟道子势倾内外，门庭如市，远近奔集，孝武帝颇有所闻，不免怀疑。王国宝谄事道子，隐讽百官。奏推道子为丞相，领扬州牧，假黄钺、加殊礼。护军将军车胤道：“这是成王尊崇周公的礼仪，今主上当阳，非成王比；相王在位，难道可上拟周公么？”乃托词有疾，不肯署疏，及奏牍上陈，果触主怒，竟把原奏批驳下来，且因奏疏中无车胤名，嘉他有守。

中书侍郎范宁徐邈，守正不阿，指斥奸党，不稍宽假。范宁尤抗直敢言，无论亲贵，遇有坏法乱纪，必抨击无遗。尝谓王弼、何晏二人，浮词惑众，罪过桀纣，所以待遇同僚，必以礼法相绳。王国宝为宁外甥，宁恨他卑鄙，屡戒不悛，乃表请黜逐国宝。国宝仗道子为护符，反构隙谮宁。不顾妇翁，宁顾母舅！宁且恨且惧，遂乞请外调，愿为豫章太守。豫章一缺，向称不利，他人就任，辄不永年，朝臣视为畏途。孝武帝览表亦惊疑道："豫章太守不可为，宁奈何以身试死哩！"宁一再固请，方邀允准。宁临行时尚申陈一疏，大略说是：

臣闻道尚虚简，政贵平静，坦公亮于幽显，流子爱于百姓，子读若慈，见《礼记》。然后可以轻夷险而不忧，乘休否而常夷，否上声，读如痞。先王所以致太平，如此而已。今四境晏如，烽燧不举，而仓庾虚耗，帑藏空匮。古者使民，岁不过三日，今之劳扰，殆无三日休息，至有残形剪发，要求复除，生儿不复举养，鳏寡不敢妻娶，岂不怨结人鬼，感伤和气！臣恐社稷之忧，积薪不足以为喻。臣久欲粗启所怀，日延一日，今当永离左右，不欲令心有余恨，请出臣启事，付外详择，不胜幸甚！

孝武帝得了宁疏，却也颁诏中外，令公卿牧守，各陈时政得失。无如道子国宝，蟠踞宫廷，虽有良言，统被他两人抹煞，不得施行。就是范宁赴任后，也有一篇兴利除害的表章，大要在省刑减徭、戒奢惩佚数事，结果是石沉海底，毫无音响。惟王国宝前被纠弹，尝使陈郡人袁悦之，因尼妙音，致书后宫，具言国宝忠谨，宜见亲信。这书为孝武帝所见，怒不可遏，即饬有司加罪悦之，处以斩罪。国宝越加惶惧，仍托道子入白李太妃，代为调停，方得无恙。

道子贪恣日甚，卖官鬻爵，无所不为。嬖人赵牙出自倡家，贡金献妓，得官魏郡太守。钱塘捕贼小吏茹千秋，纳贿巨万，亦得任为谘议参军。牙且为道子监筑东第，迭山穿沼，植树栽花，工费以亿万计。道子且就河沼旁开设酒肆，使宫人居肆沽酒。自与亲昵乘船往饮，谑浪笑敖，备极丑态。孝武帝闻他筑宅，特亲往游览，道子不敢拒驾，只好导帝入游。帝眺览一周，使语道子道："府内有山，足供游眺，未始不佳；但修饰太过，恐伤俭德，不足以示天下！"道子无词可答，只好随口应命。及帝既还宫，道子召语赵牙道："皇上若知山由版筑，汝必坐罪致死了！"赵牙笑道："王在，牙何敢死！"倡家子也读过《鲁论》么？道子也一笑相答。牙退后并不少戒，营造益奢。茹千秋倚势敛财，骤致巨富，子寿龄得为乐安令，赃私狼藉，得罪不诛，安然回家。博平令闻人奭据实弹劾，孝武帝虽怀怒意，终因道子袒护，不复查究。道子又为李太妃所爱，出入宫禁，如家人礼，或且使酒𧆞骂，全无礼仪。

孝武帝愈觉不平，意欲选用名流，任为藩镇，使得潜制道子。当时中书令王恭、黄门郎殷仲堪世代簪缨，颇负时望，孝武帝因召入太子左卫率王雅，屏人密问道："我欲外用王恭、殷仲堪，卿意以为何如?"雅答道："恭风神简贵，志气方严；仲堪谨修细行，博学能文，但皆器量褊窄，无干济才。若委以方面，天下无事，尚足称职，一或变起，必为乱阶。愿陛下另简贤良，勿轻用此二人!"雅颇知人。孝武帝不以为然，竟命恭为平北将军，都督青、兖、幽、并、冀五州军事，领青、兖二州刺史，出镇京口；仲堪为振威将军，都督荆、益、宁三州军事，领荆州刺史，出镇江陵。又进尚书右仆射王珣为左仆射、王雅为太子少傅，内外分置心膂，无非欲监制道子。哪知内患未去，反惹出一场外患来了。小子因有诗叹道：

恶习都由骄纵成，家无贤弟咎由兄。
尊亲尚且难施法，假手群臣乱益生！

欲知晋廷致乱情形，且至下回再表。

家无贤子弟，家必败，国无贤子弟，国必亡。慕容垂才略过人，卒能恢复燕祚，不可谓非一世雄，其独择子不明，失之于太子宝，反以段后所言为营私。垂死而段后遇弑，子敢弑母，尚有人道乎？即无北魏之侵扰，其必至亡国，可无疑也。所惜者，段元妃自诩智妇，乃竟不免于祸耳。彼晋孝武帝之纵容道子，弊亦相同。道子固同母弟也，然爱弟则可，纵弟则不可。道子不法，皆孝武帝酿成之，委以大权，与之酣饮，迨至道子贪婪骄恣，宠昵群小，乃始欲分置大臣以监制之，何其谬耶！而王国宝辈更不值评论也。

第七十七回

殷仲堪倒柄授桓玄　张贵人逞凶弑孝武

却说孝武帝防备道子，特分任王恭、殷仲堪、王珣、王雅等，使居内外要津，分道子权。道子也窥透孝武帝心思，用王国宝为心腹，并引国宝从弟琅琊内史王绪，作为爪牙，彼此各分党派，视同仇雠。就是孝武帝待遇道子也与从前大不相同，还亏李太妃居间和解，才算神离貌合、勉强维持。道子又想推尊母妃，阴竖内援，便据母以子贵的古例，启闻孝武帝，请尊李太妃为太后。孝武帝不好驳议，因准如所请，即改太妃名号，尊为太后，奉居崇训宫。道子虽为琅琊王，曾领会稽封国，为会稽太妃继嗣。会稽太妃就是简文帝生母郑氏，见六十三回。郑氏为元帝妾媵，未列为后。故归道子承祀，至是亦追尊为简文太后，上谥曰宣。群臣希承意旨，谓宣太后应配飨元帝，独徐邈谓太后生前，未曾伉俪先帝，子孙怎得为祖考立配？惟尊崇尽礼，乃臣子所可为，所建陵庙，宜从别设。有诏依议，乃在太庙西偏，另立宣太后庙，特称宣太后墓为“嘉平陵”。

又徙封道子为会稽王，循名责实，改立皇子德文为琅琊王。德文比太子聪慧，孝武帝常使陪侍太子，凡太子言动，悉由德文主持，因此青宫里面，尚没有什么笑话，传播人间。何不直截了当立德文为储嗣！惟道子内恃太后，外恃近臣，骄纵贪婪，终不少改。

太子洗马南郡公桓玄，就是前大司马桓温少子，见六十四回。五龄袭爵，及长颇通文艺，意气自豪；朝廷因父疑子，不给官阶，到了二十三岁，始得充太子洗马。玄以为材大官小，很是怏怏，乃往谒道子，为夤缘计。凑巧道子置酒高会，盛宴宾朋，玄得投刺入见，称名下拜。道子已饮得酣醉，任他拜伏，并不使起，且张目四顾道："桓温晚年，想做反贼，尔等曾闻知否？"玄听到此言，不觉汗流浃背，匍伏地上，未敢起来。还是长史谢重，在旁起答道："故宣武公温谥宣武，亦见六十四回中。黜昏登圣，功超伊、霍，外间浮议纷纭，未免混淆黑白，还乞钧裁！"道子方点首作吴语道："侬知！侬知！"因令玄起身，使他下座列饮。玄拜谢而起，饮了一杯，便即辞出。自是仇恨道子，日夕不安。未几得出补义兴太守，仍郁郁不得志，尝登高望震泽湖，即鄱阳湖。欷歔太息道："父做九州伯，儿做五湖长，岂不可耻！"因即弃官归国，上书自讼道：

臣闻周公大圣而四国流言，乐毅、王佐而被谤骑劫，巷伯有豺虎之慨，苏公兴飘风之刺，恶直丑正，何代无之！先臣蒙国殊遇，姻娅皇极，常欲以身报德，投袂乘机，西平巴蜀、北清伊洛，使窃号之寇系颈北阙，园陵修复，大耻载雪，饮马灞浐，悬旌赵魏，勤王之师，功非一捷。太和之末，太和系帝奕年号，见前文。皇基有潜移之惧，遂乃奉顺天人，翼登圣朝，明离既朗，四凶兼澄，向使此功不建，此事不成，宗庙之事，岂堪设想！昔太甲虽迷，商祚无忧，昌邑虽昏，弊无三孽。因兹而言，晋室之机，危于殷汉，先臣之功，高于伊、霍矣。而负重既往，蒙谤清时，圣帝明王黜陟之道，不闻废忽显明之功，探射冥冥之心，启嫌谤之途，开邪枉之路者也。先臣勤王艰难之劳，匡平克复之勋，朝廷若其遣之，臣亦不复计也。至于先帝龙飞九五，陛下之所以继明南面，请问谈者，谁之由耶？谁之德耶？岂惟晋室永安，祖宗血食，于陛下一门，实奇功也。自顷权门日盛，丑政实繁，咸称述时旨，互相煽附；以臣之兄弟，皆晋之罪人，臣等复何理可以苟存身世，何颜可以尸飨封禄？若陛下忘先臣大造之功，信贝锦萋菲之说，臣等自当奉还三封，受戮市朝，然后下从先臣，归先帝于玄宫耳。若陛下述遵先旨，追录旧勋，窃望少垂恺悌覆盖之恩，臣虽不肖，亦知图报。犬马微诚，伏维亮鉴！

看官阅读此疏，应知玄满怀郁勃，已露言中，后来潜谋不轨，逞势行凶，便可概见。那孝武帝怎能预料，惟将来疏置诸不理，便算是包荒大度。就是道子瞧着，也因玄无权无势，不值一顾，但视为少年妄言罢了。

及殷仲堪出镇江陵，玄在南郡，与江陵相近，免不得随时往来。桓氏世临荆州，为士民所畏服。仲堪欲牢笼物望，不能不与玄联结，并因玄风神秀朗、词辩雄豪，便推为后起隽杰，格外优待，渐渐的大权旁落，反为玄所把持。孝武方倚为屏藩，乃不能制一桓玄，无能可知。玄尝在仲堪厅前，戏马舞槊，仲堪从旁站立，玄竟举槊向仲堪，作欲刺状。中兵参军刘迈，在仲堪侧，忍不住说出二语，谓玄马槊有余，精理不足。玄听到迈言，并不知过，反怒目视迈，仲堪也不禁失容。及玄既趋出，仲堪语迈道：“卿系狂人，乃出狂言，试想桓玄久居南郡，手下岂无党羽？若潜遣刺客，乘夜杀卿，我岂尚能相救么？况见他悻悻出去，必思报复，卿不如赶紧出避，尚可自全。”倘玄欲刺汝，汝将奈何？迈乃微服出奔，果然玄使人追赶，幸迈早走一时，不为所及，才得幸免。征虏参军胡藩，行过江陵，进谒仲堪，乘便进言道："桓玄志趣不常，每怀怨望，节下崇待太过，恐非久计。"仲堪默不一言，藩乃辞出。时藩内弟罗企生，为仲堪功曹，藩即与语道："殷侯倒戈授人，必难免祸，君不早去，恐将累及，后悔不可追了！"企生亦似信非信，不欲遽辞，藩嗟叹而去。良言不听，宜乎扼腕。

看官听说，殷仲堪不能驾驭桓玄，哪里能监制道子？道子权威如故，孝武帝越不自安。中书侍郎徐邈，从容入讽道："昔汉文明主，尚悔淮南；指厉王长事，见《汉史》。世祖聪达，负悔齐王，见前文。兄弟至亲，相处宜慎。会稽王虽稍有失德，总宜曲加宽贷，借释群疑，外顾大局，内慰太后，庶不致有他变呢！"孝武帝经此一言，气乃少平，委任道子，仍然如初。爱弟之道，岂必定要委任！

惟王国宝有兄弟数人，皆登显籍。长兄恺尝袭父爵，入官侍中，领右卫将军，多所献替，颇能尽职；次兄愉为骠骑司马，进辅国将军，名逊乃兄；弟忱少即著名，历官内外，文酒风流，睥睨一切。王恭、王珣，才望且出忱下。恭出镇江陵以前，荆州刺史一职系忱所为，别人总道他少不更事、不能胜任，谁知他一经莅镇，风裁肃然，就是待遇桓玄，亦尝谈笑自如，令玄屈服。只是素性嗜酒，一醉至数日不醒，因此酿成酒膈，因病去官，未几即殁。国宝欲奔丧回里，表请解职，有诏止给假期。偏国宝又生悔意，徘徊不行，事为中丞褚粲所劾。国宝惧罪，只得再求道子挽回，都下不敢露迹，竟扮作女装，坐入舆中伪称为王家女婢，混入道子第中，跪请缓颊。道子且笑且怜，即替他设法进言，终得免议。权相有灵，国宝当自恨不作女身为他作妾。

已而假满复官，更加骄蹇，不遵法度，后房妓妾，不下百数，天下珍玩，充满室中。孝武帝闻他僭侈，召入加责，经国宝泣陈数语，转使孝武帝一腔怒气自然消融。他素来是个逢迎妙手，探得孝武帝隐憎道子，遂竭力迎合，隐有闲言，并厚赂后宫张贵人，代为吹嘘，竟至相府爪牙，一跃为皇宫心腹。媚骨却是有用！道子察出情形，很觉不平，尝在内省遇见国宝，斥他背恩负义，拔剑相加，吓得国宝魂胆飞扬，连忙奔避。道子举剑掷击，又复不中，被他逃脱。嗣经僚吏百方解说，才将道子劝回。孝武帝得悉争端，益信国宝不附道子，视作忠臣，常令国宝侍宴。酒酣兴至，与国宝谈及儿女事情，国宝自陈有女秀慧。孝武帝愿与结婚，许纳国宝女为琅琊王妃，国宝喜出望外，叩头拜谢。至宴毕出宫后，待了旬余，未见有旨，转浼张贵人代请，才得复音，乃是"缓日结婚"四字，国宝只好静心候着，少安毋躁罢了。恐阎王要来催你性命奈何？当时有人戏作云中诗，讥讽时事云：

相王沉醉，轻出教命，捕贼千秋，干预朝政。
王恺守常，国宝驰竞，荆州大度，散诞难名。
盛德之流，法护王宁，仲堪仙民，特有言咏。
东山安道，执操高抗，何不征之，以为朝匠？

诗中所云千秋王恺国宝，实叙本名，想看官阅过上文，当然了解。"荆州"系指王忱，不指殷仲堪，"法护"系王珣小字，"宁即"王恭，"仙民"即徐邈字，"安道"即戴逵字。这诗句传入都中，王珣欲孚民望，表请征戴逵为国子祭酒，加散骑常侍，逵仍不至。太元二十年，皇太子德宗，始出东宫。会稽王道子兼任太子太傅，王珣兼任太子詹事，与太子少傅王雅，又上疏道：

会稽处士戴逵，执操贞厉，含味独游，年在耆老，清风弥劭。东宫虚德，式延正士，宜加旌命，以参僚侍。逵既重幽居之操，必以难进为美，宜下诏所在有司，备礼发遣，进弼元良，毋任翘企！

孝武帝依议，复下诏征逵，逵仍称疾不起，已而果殁。那孝武帝溺情酒色，日益荒耽，镇日里留恋宫中，徒为了一句戏言，酿出内弑的骇闻，竟令春秋鼎盛的江东天子忽尔丧躯，岂不是可悲可愤么！

当孝武帝在位时，太白星昼现，连年不已，中外几视为常事，没甚惊异。太元二十年七月，有长星出现南方，自须女星至哭星，光芒数丈。孝武帝夜宴华林园，望见长星光焰，不免惊惶，因取手中酒卮，向空祝语道："长星劝汝一杯酒，从古以来，没有万年天子，何劳汝长星出现呢？"真是酒后呓语。既而水旱相继，更兼地震，孝武帝仍不知警，依然酒色昏迷。仆射王珣系故相王导孙，虽然风流典雅，为帝所昵，但不过是个旅进旅退的人员，从未闻抗颜谏诤，敢言人所未言。颇有祖风。太子少傅王雅，门第非不清贵。祖隆父景，也尝通籍，究竟不及王珣位望。珣且未敢抗辩，雅更乐得圆融，所以识见颇高，语言从慎。时人见他态度模棱，或且目为佞臣，雅为保全身家起见，只好随俗浮沉，不暇顾及讥议了。孝武帝恃二王为耳目，二王都做了好好先生，还有何人振聋发聩？再经张贵人终日旁侍，蛊惑主聪，酒不醉人人自醉，色不迷人人自迷，越害得这位孝武帝，俾昼作夜，颠倒糊涂。

太元二十一年秋月，新凉初至，余暑未消，孝武帝尚在清暑殿中与张贵人饮酒作乐，彻夜流连，不但外人罕得进见，就是六宫嫔御，也好似咫尺天涯，无从望幸。不过请安故例，总须照行，有时孝武帝醉卧不起，连日在床，后宫妾媵不免生疑，还道孝武帝有什么疾病，格外要去问省，献示殷勤。张贵人恃宠生骄，因骄成妒，看那同列娇娃简直是眼中钉一般，恨不得一一驱逐，单剩自己一人，陪着君王，终身享福。描摹得透。有几个伶牙利齿的妃嫔，窥透醋意，免不得冷嘲热讽，语语可憎。张贵人愤无可泄，已是满怀不平。

时光易过，转瞬秋残，清暑殿内，銮驾尚留。一夕与张贵人共饮，张贵人心中不快，勉强伺候，虚与绸缪。孝武帝饮了数大觥，睁着一双醉眼，注视花容，似觉与前少异；默忖多时，猜不出她何故惹恼，问及安否，她又说是无恙。孝武帝所爱惟酒，以为酒入欢肠，百感俱消，因此顾令侍女，使与张贵人接连斟酒，劝她多饮数杯。张贵人酒量平常，更因怀恨在心，越不愿饮，第一二杯还是耐着性子，勉强告干，到了第三四杯，实是饮不下了。孝武帝还要苦劝。张贵人只说从缓。孝武帝恐她不饮，先自狂喝，接连数大觥下咽，又使斟了一大觥，举酒示张贵人道："卿应陪我一杯！"说着，又是一口吸尽。死在眼前，乐得痛快。张贵人拗他不过，只得饮了少许。孝武帝不禁生忿，迫令尽饮，再嘱侍女与她斟满，说她故意违命，须罚饮三杯。本想替她解愁，谁知适令增恨！张贵人到此，竟忍耐不住，先将侍女出气，责她斟得太满，继且顾语孝武帝道："陛下亦应节饮，若常醉不醒，又要令妾加罪了！"孝武帝听了"加罪"二字，误会微意，便瞋目道："朕不罪卿，谁敢罪卿，惟卿今日违令不饮，朕却要将卿议罪！"张贵人蓦然起座道："妾偏不饮，看陛下如何罪妾？"孝武帝亦起身冷笑道："汝不必多嘴，计汝年已将三十，亦当废黜了！朕目中尽多佳丽，比汝年轻貌美，难道定靠汝一人么？"说到末句，那头目忽然眩晕，喉间容不住酒肴，竟对张贵人喷将过去，把张贵人玉貌云裳吐得满身肮脏。侍女等看不过去，急走至御前，将孝武帝扶入御榻，服侍睡下。孝武帝头一倚枕，便昏昏的睡着了。

惟张贵人得宠以来，从没有经过这般责罚，此次忽遭斥辱，哪里禁受得起，凤目中坠了无数泪珠儿。转念一想，柳眉双竖，索性将泪珠收起，杀心动了。使侍女撤去残肴，自己洗过了脸，换过了衣，收拾得干干净净。又踌躇了半晌，竟打定主意，召入心腹侍婢，附耳密嘱数语。侍婢却有难色，张贵人大怒道："汝若不肯依我，便叫你一刀两段！"侍婢无奈，只好依着闺令，趋就御榻，用被蒙住孝武帝面目，更将重物移压孝武帝身上，使他不得动弹。可怜孝武帝无从吐气，活活闷死！过了一时，揭被启视，已是目瞪舌伸，毫无气息了。看官记着！这孝武帝笑责张贵人，明明是酒后一句戏言，张贵人伴驾有年，难道不知孝武帝心性？不过因华色将衰，正虑被人夺宠，听了孝武帝戏语，不由的触动心骨，竟与孝武帝势不两立，遂恶狠狠的下了毒手，结果了孝武帝的性命。总计孝武帝在位二十四年，改元两次，享年只三十有五。小子有诗叹道：

恩深忽尔变仇深，放胆行凶不自禁。
莫怪古今留俚语，世间最毒妇人心！

张贵人弑了孝武帝，更想出一法，瞒骗别人。究竟如何用谋，待看下回分晓。

桓玄一粗鄙小人耳，智识远不逮、莽懿，即乃父桓温，犹未克肖，微才如王忱，且能以谈笑折服之，固不待谢安石也。殷仲堪懦弱无能，纵之出柙，至玄执槊相向，益复畏之如虎，莫展一筹。孝武帝欲借之以制道子，庸讵知其更纵一患耶？王雅谓其必为乱阶，何见之明而词之悚也。但孝武不能测一张贵人，安能知一殷仲堪，床闼之间，危机伏焉，环珮之侧，死象寓焉。经作者演写出来，尤觉得酒食之祸，甚于戈矛。褒妲之亡殷周，犹为间接，而张贵人竟直接弑君，甚矣！女色之不可近也！

第七十八回

迫诛奸称戈犯北阙　僭称尊遣将伐西秦

却说张贵人弑主以后，自知身犯大罪，不能不设法弥缝，遂取出金帛，重赂左右，且令出报宫廷，只说孝武帝因魇暴崩。太子德宗比西晋的惠帝衷还要暗弱，怎能摘伏发奸？会稽王道子，向与孝武帝有嫌，巴不得他早日归天，接了凶讣，暗暗喜欢，怎肯再来推究？外如太后李氏，以及琅琊王德文，总道张贵人不敢弑主，也便模糊过去。王珣、王雅等，统是仗马寒蝉，来管什么隐情，遂致一种弥天大案千古沉冤。后来《晋书》中未曾提及张贵人，不知她如何结局，应待详考。

王国宝得知讣音，上马急驰，乘夜往叩禁门，欲入殿代草遗诏，好令自己辅政。偏侍中王爽当门立着，厉声呵叱道："大行皇帝晏驾，太子未至，无论何人，不得擅入，违禁立斩！"国宝不得进去，只好怅然回来。越日，太子德宗即位，循例大赦，是谓安帝。有司奏请会稽王道子，谊兼勋戚，应进位太傅，邻扬州牧，假黄钺，备殊礼，无非讨好道子。有诏依议，道子但受太傅职衔，余皆表辞。诏又褒美让德，仍令他在朝摄政，无论大小政事，一律咨询，方得施行。道子权位益尊，声威益盛，所有内外官僚，大半趋炎附热，奔走权门。最可怪的是王国宝，本已与道子失欢，不知他用何手段，又得接交道子，仍使道子不念前嫌，复照前例优待，引为心腹，且擢任领军将军。无非喜谀。从弟王绪随兄进退，不消多说。阿兄既转风使舵，阿弟自然随风敲锣。

平北将军王恭，入都临丧，顺便送葬、见了道子辄正色直言。道子当然加忌。惟甫经摄政，也想辑和内外，所以耐心忍气，勉与周旋。偏恭不肯通融，语及时政，几若无一惬意，尽情批驳，声色俱厉。退朝时且语人道："榱栋虽新，恐不久便慨黍离了！"过刚必折。道子知恭意难回，更加衔恨。王绪谄附道子，因与兄国宝密商，谓不如乘恭入朝，劝相王伏兵杀恭。国宝以恭系时望，未便下手，所以不从绪言。恭亦深恨国宝。有人为恭画策，请召入外兵，除去国宝，恭因冀州刺史庾楷，与国宝同党，士马强盛，颇以为忧，乃与王珣密谈，商决可否。珣答说道："国宝虽终为祸乱，但目前逆迹未彰，猝然加讨，必启群疑。况公拥兵入京，迹同专擅，先应坐罪，彼得借口，公受恶名，岂非失算？不如宽假时日，待国宝恶贯满盈，然后为众除逆，名正言顺，何患不成！"恭点首称善。已而复与珣相见，握手与语道："君近来颇似胡广。"汉人以拘谨闻！珣应声道："王陵廷争，陈平慎默，但看结果如何，不得徒论目前呢。"两人一笑而散。

过了一月，奉葬先帝于隆平陵，尊谥为"孝武皇帝"。返祔以后，恭乃辞行还镇，与道子等告别。即面语道子道："主上方在谅闇，冢宰重任，伊周犹且难为，愿相王亲万机，纳直言，远郑声，放佞人，保邦致治，才不愧为良相呢！"说着，睁眼注视道子。旁顾国宝在侧，更生愠色，把眼珠楞了数楞。国宝不禁俯首，道子亦愤愤不平，但不好骤然发作，只得敷衍数语，送恭出朝罢了。

到了次年元旦，安帝加元服，改元隆安。太傅会稽王道子稽首归政，特进左仆射王珣为尚书令，领军将军王国宝为左仆射，兼后将军丹阳尹。尊太后李氏为太皇太后，立妃王氏为皇后。后系故右军将军王羲之女孙，父名献之，亦以书法著名，累官至中书令，曾尚简文帝女新安公主，有女无子。及女得立后，献之已殁，至是始追赠光禄大夫，与乃父羲之殁时，赠官相同。史称羲之有七子，惟徽之、献之，以旷达称，两人亦最和睦。献之病逝，徽之奔丧不哭，但直上灵床，取献之琴，抚弹许久，终不成调，乃悲叹道："呜呼子敬，人琴俱亡！"说毕，竟致晕倒，经家人舁至床上，良久方苏。他平时素有背疾，坐此溃裂，才阅月余，也即去世。叙此以见兄弟之友爱。徽之字子猷，献之字子敬，还有徽之兄凝之，亦工草隶，性情迂僻，尝为才妇谢道韫所嫌。事见后文。

且说王国宝进官仆射，得握政权。会稽王道子，复使东宫兵甲，归他统领，气焰益盛。从弟绪亦得为建威将军，与国宝朋比为奸，朝野侧目。国宝所忌，第一个就是王恭，次为殷仲堪，尝向道子密请，黜夺二人兵权。道子虽未照行，谣传已遍布内外，恭镇戍京口，距都甚近，都中情事，当然早闻，因即致书仲堪，谋讨国宝。仲堪在镇，尝与桓玄谈论国事，玄正思利用仲堪，摇动朝廷，便乘隙进言道："国宝专权怙势，唯虑君等控驭上流，与他反抗，若一旦传诏出来，征君入朝，试问君将如何对付哩？"仲堪皱眉道："我亦常防此着，敢问何计可以免忧？"玄答道："王孝伯即王恭表字。嫉恶如仇，正好与他密约，兴晋阳甲，入清君侧，援引《春秋》晋赵鞅故事。东西并举，事无不成！玄虽不肖，愿率荆楚豪杰，荷戈先驱，这也是桓文义举呢。"仲堪听着，投袂而起，深服玄言。

遂外招雍州刺史郗恢，内与从兄南蛮校尉殷顗，南郡相江绩，商议起兵。顗不肯从，当面拒绝道："人臣当各守职分，朝廷是非，与藩臣无涉，我不敢与闻！"绩亦与顗同意，极言不可，惹得仲堪动怒，勃然作色。顗恐绩及祸，从旁和解。绩抗声道："大丈夫各行己志，何至以死相迫呢？况江仲元绩自称表字。年垂六十，但恨未得死所，死亦何妨！"说着，竟大踏步趋出。仲堪怒尚未平，将绩免职，令司马杨佺期代任，顗亦托疾辞职。仲堪亲往探视，见顗卧着，似甚困顿。乃顾问道："兄病至此，实属可忧。"顗张目道："我病不过身死，汝病恐将灭门。宜求自爱，勿劳念我！"仲堪怀闷而出。嗣得郗恢复书，亦不见允，因复踌躇起来。适值王恭书至，乃想出一条圆滑的法儿，令恭即日先驱，自为后应。恭得了复书，喜如所愿，便即遣使抗表道：

> 后将军国宝，得以姻戚频登显列，道子妃为国宝妹，故称姻戚，事见七十六回。不能感恩效力，以报时施，而专宠肆威，以危社稷。先帝登遐，夜乃犯阙叩扉，欲矫遗诏，赖皇太后明聪，相王神武，故逆谋不果。又夺东宫现兵，以为己用，谗嫉二昆，甚于仇敌。与其从弟绪同党凶狡，共相煽连，此不忠不义之明证也。以臣忠诚，必亡身殉国，是以谮臣非一，赖先帝明鉴，浸润不行。昔赵鞅兴甲，诛君侧之恶，臣虽驽劣，敢忘斯义！已与荆州督臣殷仲堪，约同大举，不辞专擅，入除逆党，然后释甲归罪，谨受铁钺之诛，死且不朽！先此表闻。

为了王恭这篇表文，遂令晋廷大臣个个心惊。当下传宣诏命，内外戒严，道子日夕不安，即召王珣入商大计。珣本为孝武帝所信任，孝武暴崩，珣不得预受顾命，名虽加秩，实是失权。及应召进见，道子便问道："二藩作逆，卿可知否？"珣随口答辩道："朝政得失，珣勿敢预；王殷发难，何从得知？"道子无词可驳，只好转语王国宝，且有怨言。国宝实是无能，急得不知所措。此时用不着媚骨了。没奈何派遣数百人，往戍竹里，夜遇风雨，竟致散归。国宝越加惶惧，王绪进语国宝道："王珣阴通二藩，首当除灭，车胤现为吏部尚书，实与珣同党。为今日计，急矫托相王命，诱诛二人，拔去内患；然后挟持君相，出讨二藩，人心一致，怕什么逆焰呢？”计颇凶狡。国宝迟疑不答，被绪厉声催逼，方遣人召入珣胤。至珣胤到来，国宝又不敢加害，反向珣商量方法。珣说道：“王、殷与君，本没有什么深怨，不过为权利起见，因生异图。”国宝不待说毕，便愕然道：“莫非视我作曹爽不成！”曹爽事见《三国志》。珣微哂道：“这也说得过甚，君无爽罪，王孝伯亦怎得比宣帝呢？”宣帝即司马懿。国宝又转顾车胤道：“车公以为何如？”胤答道：“昔桓公围攻寿春，日久方克。即桓温攻袁真事，见六十二回。今朝廷发兵讨恭，恭必婴城固守，若京口未拔，荆州军又复到来，君将如何对待呢？”国宝闻言失声道：“奈何、奈何？看来只好辞职罢！”珣与胤窃笑而去。胤字武子，系南平人，少时好学，家贫不常得油，夏月取萤贮囊，代火照书，囊萤照读故事，便是车胤古典。一长可录，总不轻略。成人后得膺仕籍，累迁至护军将军。前时王国宝讽示百官，拟推道子为丞相，胤不肯署名，独与国宝反对，所以绪将他牵入，欲加毒手。至计不得遂，因长叹道：“今日死了！”国宝置诸不睬，即上疏解职，诣阙待罪。嗣闻朝廷不加慰谕，又起悔心，乃矫诏自复本官。不料道子与他翻脸，竟因他诈传诏命，立遣谯王尚之，收捕国宝及绪，付诸廷尉，越宿赐国宝死，命牵绪至市曹枭首。一面贻书王恭，自陈过失，且言国宝兄弟已经伏诛，请即罢兵。恭乃引兵还屯京口。殷仲堪闻国宝已死，才遣杨佺期出屯巴陵，接应王恭。旋亦接到道子来书，并知恭已退归，因亦召还佺期，一番风潮，总算暂平。

国宝兄侍中王恺、骠骑司马王愉与国宝本是异母，又素来不相和协，故得免坐，悉置不问。惟会稽世子元显，年方十六，才敏过人，居然得官侍中，他却禀白乃父，谓王、殷二人，终必为患，不可不防。道子乃即奏拜元显为征虏将军，所有卫府及徐州文武，悉归部下，使防王殷。于是除了两个佞臣，又出一个宠子来了。道子门下，无非厉阶。

这且待后再表。且说凉州牧吕光，背秦独立，据有河西。回应七十一回。武威太守杜进，是吕光麾下第一个功臣，权重一时，出入羽仪，与光相亚。适光甥石聪自关中来，光问聪道："中州人曾闻我政化否？"聪答道："止知杜进，不知有舅。"光不禁愕然，遂将杜进诱入，把他杀死。好良心。既而光宴会群僚，谈及政事，参军段业进言道："明公乘势崛起，大有可为，但刑法过峻，尚属非宜。"光笑道："商鞅立法至峻，终强秦室；吴起用术无亲，反霸荆蛮，这是何故？卿可道来。"业答道："公受天眷命，方当君临四海，效法尧舜。奈何欲将商鞅吴起的敝法，压制神州？难道本州士女，归附明公，反自来求死么？"光乃改容谢过，下令自责，改革烦苛，力崇宽简。会酒泉被王穆袭入，也自称大将军凉州牧，见七十一回。诱结吕光部将徐炅及张掖太守彭晃。光遣兵讨炅，炅奔往张掖，光亟自引步骑三万，倍道兼行，直抵张掖城下。晃不意光军骤至，仓猝守城，并向王穆处乞援。穆军尚未赴急，城中已经内溃，晃将寇颛，开城纳光。晃不及脱身，被光众擒斩。光复移兵掩入酒泉，王穆正出援张掖，途中闻酒泉失守，慌忙驰还，偏部将相率骇散，单剩穆一人一骑，窜至騂马。騂马令郭文，顺手杀穆，函首献光。光乃从酒泉还军，适金泽县令报称麒麟出现，百兽相随，恐未必是真麒麟。光目为符瑞，遂自称"三河王"，改年麟嘉。立妻石氏为王妃，子绍为世子，追尊三代为王，设置官属。中书侍郎杨颖上书，请依三代故事，追尊吕望为始祖，立庙飨祀，世世不迁。吕望并非氐族，如何自认为祖？光欣如所请，因自命为吕望后人。

会张掖督邮傅曜，考核属县，为邱池令尹兴所杀，投尸入井，急图灭迹。偏是冤魂未泯，竟向吕光托梦，自陈履历，且言“尹兴赃私狼藉，惧为所发，是以将臣杀害，弃尸南亭枯井中。臣衣服形状，请即视明，乞为伸冤”云云。光闻言惊寤，揭帐启视，灯光下犹有鬼形，良久乃灭。次日即遣使案视，果得尸首，因即诛兴抵罪。时段业已任著作郎，犹谓光平日用人，未能扬清激浊，以致贤奸混淆，乃托词疗疾，径至天梯山中，拨冗著作，得表志诗九首，叹七条，讽十六篇，携归呈光。光却也褒美，但究竟未能听从，不过空言嘉许罢了。业在此时也想做个直臣，奈何始终不符？

南羌部酋彭奚念，入攻白土。守将孙峙，退保兴城，一面飞使报光。光遣武贲中郎将庶长子纂，与强弩将军窦苟，带领步骑五千，往讨奚念，大败而还。奚念进据枹罕，光乃大发诸军，亲自往击。奚念才觉惊慌，命在白土津旁，迭石为堤，环水自固，并遣精兵万名，守住河津。光遣将军王宝，潜趋河水上游，绕越石堤，夜压奚念营垒；光从石堤直进，隔岸夹攻，守兵俱溃，遂并力攻奚念营，奚念亦遁。光驱众急追，乘势突入枹罕，逼得奚念无巢可归，没奈何逃往甘松，光留将士戍枹罕城，振旅班师。

先是光徙西海郡民，散居诸郡。侨民系念土著，不乐迁居，乃编成歌谣道：“朔马心何悲，念旧中心劳；燕雀何徘徊，意欲还故巢！”光恐他互相煽乱，因复徙还。并因西海外接胡虏，不可不防，乃复使子复为镇西将军，都督玉门以西诸军事，兼西域大都护，镇守高昌。

光又自号“天王”，称大凉国，改年龙飞。立世子绍为太子，诸子弟多封公侯。进中书令王详为尚书左仆射，著作郎段业等五人为尚书，此外各官，不胜殚述。时为晋孝武帝太元二十一年。史家称他为后凉。西秦王乞伏乾归，见七十四回。尝向吕光称藩，未几即与光绝好。光曾遣弟吕宝等，出攻乾归，交战失利，宝竟败死。光屡思报怨，只因彭奚念入扰，不暇顾及乾归，坐此迁延。奚念本依附乾归，曾受封为北河州刺史。至奚念败窜后，光还称尊号，更欲仗着天王威势，凌压西秦。可巧乾归从弟乞伏轲殚，与乞伏益州有隙，奔投吕光，光不禁大悦，即日下令道：

乞伏乾归，狼子野心，前后反复，朕方东清秦赵，勒铭会稽，岂令竖子鸱峙洮南，且其兄弟内相离间，可乘之机，勿过今也。其敕中外戒严，朕当亲征！

这令下后，即引兵出次长最，使扬威将军杨轨、强弩将军窦苟，偕子纂同攻金城，作为中路；又遣部将梁恭金石生等，出阳武下峡，会同秦州刺史没奕于，从东路进兵；再命天水公吕延，征发枹罕守卒，出攻临洮武始河关，向西杀入。延为光弟，最号骁悍，接了光命，首先发兵，奋勇前驱，所向无敌。

当有警报传达乾归，乾归已徙都西城，便召集将佐，商议拒敌。众谓光军大至，不易抵敌，且东往成纪，权避寇锋。乾归怫然道：“昔曹孟德击败袁本初，陆伯言摧毁刘玄德，皆三国时事。统是谋定后战，以少胜多。今光兵虽众，俱无远略，光弟延有勇无谋，何足深虑！我能用谋制延，延一败走，各路皆退，乘胜追奔，当可尽歼了！”颇有小智。

正议论间，帐外驰入金城来使，报称万急。乾归只好亟援金城，自率部兵二万，行至中途，又接着急报。乃是金城陷没，太守卫鞬被擒。接连复得数处警耗，临洮失守了，武始失守了，河关又失守了，乾归至此，也不觉大惊。小子有诗咏道：

扰扰群雄战未休，雄师三路发凉州。
须知兵众仍难恃，用力何如用智谋！

欲知乾归如何拒敌，待至下回表明。

会稽王道子，贪利嗜酒，实是一个糊涂虫。假使朝右有人，自足制驭道子，遑论王国宝。乃王珣王雅辈，徒事模棱，毫无建白，而又奉一寒暑不辨之司马德宗，以为之主，安得不乱！王恭之兴师京口，以讨王国宝兄弟为名，旧史已称之曰反。吾谓此时之王恭，志在诛佞，犹可说也。不然，国宝兄弟，窃位擅权，靡所纪极，将待何时伏诛耶！后凉主吕光，无甚才略，不过乘乱窃地，独据一方，观其所为，俱不足取。至倾师而出，往攻西秦，竭三路之兵力，不足以制乾归，毋怪为乾归所评笑也。

第七十九回

吕氏肆虐凉土分崩　燕祚浸衰魏兵深入

却说乞伏乾归连接警耗，不禁惶急起来。沉思多时，乃泣语将士道："今事势穷蹙，无从逃命，死中求生，正在今日。凉军虽四面到来，究竟相去尚远，不能立集，我果能败他一军，不怕凉军不退。"将士听了，统踊跃应声道："如大王命，愿效死力！"乾归道："我意总在杀退吕延。延甚骁勇，不可力敌，我当用计取他便了。"遂分派将士，散伏要隘，人卷甲、马衔枚，静候不动。一面令敢死士数人，佯探延兵，故意被擒，伪说本军退走。果然延拘讯死士，信为真言，即释令不诛，使为前导。此引彼随，直入陷阱，那死士不知去向。但听得数声胡哨，伏兵四面杀出，把延兵冲成数段。延情急失措，正要寻路返奔，又被万弩竞射，就使力大无穷，也禁不住许多硬箭，眼见是一命呜呼了。无谋者终不可行军。延有司马耿稚，本戒延轻进，延不用忠言，因致败死。稚尚在后队，急与将军姜显，结阵自固，收集逃卒，徐徐引退，才得还屯枹罕。光闻延败殁，神色沮丧，遂命各军退回，自己匆匆返入姑臧。乾归复进据枹罕，使定州刺史翟瑥居守，召入彭奚念为镇卫将军，命镇西将军屋弘破光为河州牧，因即还师。

惟吕光遭此一挫，声威顿减，遂令部将离心，又生出南北二凉来了。南凉为秃发乌孤所建，乌孤就是思复鞬次子。思复鞬尝使长子奚于，助张大豫拒光，为光所杀，事见前文。见七十一回。未几，思复鞬亦死，乌孤嗣立，欲报兄仇，因与大将纷陁，谋取凉州。纷陁道："凉州方盛，未可急取，请先务农讲武，招俊杰，修政刑，巩固根本，然后观衅而动，可报前仇。"乌孤依议施行，才越数年，已易旧观，振作一新。吕光欲羁縻乌孤，特遣使封乌孤为冠军大将军，领河西鲜卑大都统。乌孤问诸将道："吕氏远来授官，可接受否？"诸将多应语道："吕氏与我有仇，怎可与和？况近来士强兵盛，难道还受人制么？"乌孤道："我意亦是如此。"独有一人抗声道："欲拒吕光，今尚未可。"乌孤瞧着，乃是卫弁石真若留。便诘问道："卿怕吕光么？"石真若留道："今根本未固，邻近未服，还宜随时遵养，未可轻动。况吕光势尚未衰，地大兵众，若向我致死，恐不可敌，不如暂时受屈，使他不防，彼骄我奋，一举成功了。"胡人亦多智士。乌孤道："卿言亦是，我且依卿。"乃对使受封。及凉使去后，乌孤即整顿兵马，出破乙弗折掘二部落，又遣将石亦干筑廉川堡，作为都城。乌孤遂徙居廉川。

已而登廉川大山，但泣不言。石亦干在旁进言道："臣闻主忧臣辱，主辱臣死，大王今日不乐，想是为了吕光一人。光年已老，师徒屡败。今我得保据大川，养足锐气，将来一可当百，岂尚怕吕光不成！"乌孤道："吕光衰老，我非不知，但我祖宗德威及远，异俗倾心。今我承祖业，未能制服诸部，近且未怀，怎思及远！悲从中来，不能不泣呢。"旁又闪出大将苻浑道："大王何不振旅誓众，讨服邻近部落？"乌孤道："卿等肯同心协力，我便当出师。"苻浑等齐声应命。可见乌孤一泣，实是一激将法。随即出兵四略，迭破诸部。吕光闻乌孤日盛，进封乌孤为广武郡公。广武人赵振，少好奇略，弃家依乌孤。乌孤素慕振才，立即引见，与言国政，无不称意。遂大喜道："我得赵生，大事成了！"适凉州又有使人到来，进乌孤征南大将军益州牧左贤王，并给鼓吹羽仪等物。乌孤语来使道："吕王擅命专征，得有此州，今不能怀柔远人，惠安黎庶，诸子贪淫，群甥肆暴，郡县土崩，远近愁怨，我岂尚可违反人心，助桀为虐么？帝王崛起，本无常种，有德即兴，无道即亡。我将应天顺人，为天下主，不愿再事吕王了！"遂将鼓吹羽仪，一并留住，但拒绝封册，仍交原使赍回。于是自称大都督大将军大单于西平王，纪元太初，是年为晋安帝隆安元年。治兵广武，攻凉金城。凉王吕光，遣将军窦苟往援，到了街亭，被乌孤率兵邀击，苟兵大败，狼狈奔还。金城遂被乌孤夺去。复取凉乐都湟河浇河三郡，收纳岭南羌胡数万家，就是凉将杨轨王乞基，亦率户数千降乌孤。乌孤复改称武威王。史家因他占据各地，在凉州南面，所以号为南凉，免与前后凉相混，这也是史笔的界划呢。

南凉既兴，北凉又起，首先发难的，叫作沮渠蒙逊。蒙逊系张掖郡卢水胡人，先世尝为匈奴左沮渠王，因以沮渠为氏。蒙逊有伯父二人，一名罗仇，一名麹粥，均在吕光麾下，从光往伐西秦。吕延败死，光众退还，麹粥语兄罗仇道："主上荒耄，骄纵诸子，朋党相倾，谗人侧目。今兵败将亡，必多猜忌，我兄弟素为所惮，必不见容。倘或徒死无名，何若勒兵径向西平，道出苕藋，奋臂一呼，凉州可立下了。"罗仇道："汝言亦自有理，但我家世代忠良，为西土所归仰，宁人负我，我却不忍负人哩。"既而光果听信谗言，竟将败军的罪名诿诸罗仇、粥身上，将他骈戮。死若有知，麹粥亦不免与兄相阋了。蒙逊素有谋略，博涉经史，并晓天文，突遭此变，当然悲愤交并，不得已殓葬两尸。诸部多为沮渠氏姻戚，多来送葬，数达万人，蒙逊向众哭语道："吕王昏耄，滥杀无辜，我先世尝统辖河西，保安诸部，今乃受人戮辱，岂不可耻！我欲与诸公并力，为我二伯父复仇雪恨，不使他埋怨泉下，未知诸公肯助我否?”大众听了，都齐称万岁。当下结盟起兵，攻凉临松郡，阵斩凉护军马邃。临松令井祥，屯据金山。凉主吕光，遣子纂率兵往攻，蒙逊抵敌不住，逃入山中。

适蒙逊从兄男成，由晋昌纠众数千，起应蒙逊。酒泉太守垒澄，引兵出击，临阵败死，男成遂进攻建康。此与东晋之都城异地同名。建康太守段业，正为仆射王详所排，出就外任，男成遣人说业道：“吕氏政衰，权臣擅命，刑杀无常，人皆生贰，百姓嗷然，无所依附，近已瓦解，将必土崩。府君奈何以盖世英才，效忠危地！男成等今倡大义，欲屈府君抚临鄗州，造福百姓，尽使来苏，岂不甚善!”业不肯从，登陴拒守，且向姑臧乞师，相持至二旬余，援兵不至，郡人高逵史惠等，劝业不如俯从男成，业恐王详等居中反对，阻住援军，乃决与男成联络，开城纳入。男成即推业为大都督龙骧大将军，领凉州牧，号建康公，改吕氏龙飞二年为神玺元年。男成派人往召蒙逊，蒙逊遂出山投业。业授男成为辅国将军，委任国事，蒙逊为镇西将军，兼张掖太守。

蒙逊请速攻西郡，将佐互有异言。蒙逊道：“西郡为岭南要隘，不可不取。”业乃令蒙逊为将，引兵往攻。蒙逊到了城下，相视地势，见城西有河相通，遂佯为攻扑，暗堵河流。西郡太守吕纯，为吕光从子，专在城上守着，不防河水灌入城中，汹涌澎湃，势如奔潮，兵民相率惊徙，不暇拒战。蒙逊得乘际杀入，城即被陷，吕纯无从奔避，被蒙逊督众擒归。于是晋昌太守王德，敦煌太守孟敏，俱举郡降业。业封蒙逊为临池侯，命德为酒泉太守，敏为沙州刺史，再使男成及王德，进攻张掖。张掖为光次子常山公弘所守，未战即溃，弃城东走。男成等得入城中，向业告捷。业即驰至张掖，誓众追弘。蒙逊谏阻道：“归师勿遏，穷寇勿追，这乃兵法要言，不可不戒。”业不以为然，竟率众往追。适值纂奉了父命，领兵迎弘，望见业众追来，便分部兵为二队，使弘率右翼，自率左翼，夹道以待。至业已驱至，一声号令，两队夹击，杀得业左支右绌，慌忙返奔。吕纂等哪里肯舍，当然追赶。业落荒急走，手下不过百余人，幸得蒙逊前来救应，方得保业退还。吕纂见有援兵，也收兵自去。段业叹道："孤不能用子房言，致有此败！"以张子房视蒙逊，可惜汝不似沛公！懊怅了好几日，又命兵役往筑西安城，用部将臧莫孩为太守，蒙逊又谏道："莫孩有勇无谋，知进忘退，今乃令彼往守，是无异与彼筑坟，怎得称为筑城呢？"业复不从。奈何又不信子房。俄而吕纂兵至，莫孩战死，西安城果然失守，枉费了许多财力，蒙逊自此轻业。为后文弑业伏笔。业尚侈然自大，自号凉王，又复改元天玺，进蒙逊为尚书左丞，梁中庸为右丞，即以张掖为国都。张掖在凉州北面，所以史家号为北凉，南北相对，都从后凉分出，后凉吕氏，就此寖衰了。十六国中有五凉，上文叙过共计四凉。

话分两头。且说后燕主慕容宝，嗣位以后，即弑太后段氏，已失众心。回应七十六回。嗣又违背父命，溺爱少子，立储非人，益致内乱。宝有数子，最长为长乐公盛，次为清河公会，又次为濮阳公策，皆非嫡出。惟策母本出将门，最得宝宠；盛母较贱，会母尤贱。盛与会颇有智略，会更为祖垂所爱，每遣宝北伐，必令会代摄东宫诸事，已寓微意。嗣又以龙城旧都，宗庙所在，特使会往镇幽州，委以东北重任，国官府佐，俱采选一时名俊，使崇威望。及垂临死嘱宝，须立会为宝嗣，宝虽承遗嘱，心下却爱怜少子，未肯立会。会生年本与盛同，不过因月日较先，号为长男。盛因自己不得立储，也不愿会得嗣立，索性让与季弟，因向宝陈词，请立弟策。宝正合意旨，尚恐族议未同，特与赵王麟等商及，麟极口赞成。乃即立策为太子，并立策母段氏为皇后。策年才十二，外若秀美，内实蠢愚。盛为排会起见，劝宝立策。麟更怀着私意，利立愚稚，将来容易捽去，好行僭逆。宝怎知两人隐衷，无非是溺爱不明，背父遗言，暂图快意。还有会怏怏失望，很觉不平。暗中伏着如许祸祟，试想这后燕还能平静么？语足儆世。宝虽进封盛会为王，终难释怨。再加那北方新盛的后魏，常来惊扰，因此内乱外患，相继迭乘。

魏王拓跋珪，养兵蓄马，日见盛强。群臣劝称尊号，珪始建天子旌旗，出警入跸，改登国十一年为皇始元年。魏王珪纪元登国，见七十三回。魏人所惮惟一慕容垂，垂既去世，拓跋珪以下，无不心喜。参军张恂遂劝珪进取中原，珪乃大举攻燕，率步骑四十余万，南出马邑，逾句注山，旌旗达二千余里，鼓行前进，直逼晋阳，又分兵东袭幽州。燕并州牧慕容农，与骠骑将军李晨，督兵出战，挡不住魏兵锐气，并因寡不敌众，竟至大败，奔还晋阳。不料司马慕舆嵩在城居守，忽起歹心，竟将慕容农妻子，驱出城外，把城门紧紧关住。不杀慕容农妻子，还算好人。

农跑至城下，遇着妻孥诉苦，气得不可名状，但退无所归，进不能战，只好挈了妻子，向东急走。偏部众统皆惊骇，沿途四散，单剩数十骑随农。到了潞川，后面尘头大起，乃是魏将长孙肥，引兵追来。农逃命要紧，连妻子都不及顾了，挥鞭疾驰。距敌少远，背上尚着了一箭，忍痛逃脱，还至中山，随从只有三骑，那爱妻娇儿，久不见归，想总被魏兵拘去，悲亦无益，只好入见燕主。燕主宝不好斥责，略略慰谕数语，令他归第休息。越日，即得警报，晋阳降魏，并州陷没了。

又过了两三天，复有急报传到，乃是魏将奚牧，攻入汾州，擒去丹阳王买德，及离石护军高秀和。燕主宝也觉着忙，亟召群臣会集东堂，咨问拒敌方法。中山尹苻谟道："今魏兵强盛，转战千里，乘胜前来，勇气百倍，若纵入平原，更不可敌。亟宜遣兵扼险，遏住寇锋，方可无虑。"中书令眭邃道：

“据臣意见，不如令郡县人民，聚众为堡，坚壁清野，但守勿战。彼寇骑往来剽锐，马上赍粮，不过旬日可以支持；若进无所掠，粮何从出，数日食尽，自然退去了。”尚书封懿道：“眭中书所言，亦属未善；今魏兵数十万，蜂拥前来，百姓虽欲营聚，势难自固，且屯粮积食，转为寇资，计不如阻关拒战，还不失为上策哩。”宝听了众议，无从解决。胸无主宰，总难济事。因旁顾及赵王麟，麟答道：“魏兵大至，锐不可当，宜完守设备，与他相持。待他粮尽力敝，然后出击，当无虑不胜了。”主意与封懿略同。于是修城积粟，为持久计，且命辽西王农，出屯安喜，作为外援。所有军事调度，悉归赵王麟主持。

魏主拓跋珪，已使部将于栗磾、孙兰等，带领步骑二万，从晋阳出井陉路，拔木通道，俾便往来，复自率大军驰出井陉，进拔常山，擒住太守苟延。常山以东诸守宰，统皆惶惧，或望风输款，或弃城逃生。只有邺与信都二城，尚固守不下。魏主珪即命征东大将军东平公拓跋仪，率五万骑攻邺；冠军将军王建、左将军李栗等攻信都；自进兵直攻中山，掩至城下。城中已有预备，当然不致陷入。珪督兵围攻数日，毫不见效，乃顾语诸将道：“我料宝不能出战，定当凭城固守，急攻必伤我士卒，缓攻又费我粮糈；不如先平邺与信都，然后还取中山，我众彼寡，自然易克了。”诸将齐声称善。珪尚为示威计，再麾众猛扑一场，南城墙不甚固，几为魏兵所毁。燕高阳王慕容隆，镇守南郭，一面派兵修缮，一面率锐力战。自旦至暮，杀伤至数千人，魏兵乃退，乘夜南行。

先是燕章武王慕容宙，奉垂及段后灵车，往葬龙城，并由燕主宝命，叫他毕葬回来，顺便将前镇军慕容隆家属部曲，带还中山。清河王会，方代镇龙城，见七十六回。阴蓄异志，把他部曲，多半截留，不肯遽遣。宙拗他不过，只得挈隆家眷，及隆参佐等，趋还中山。途次闻有魏寇，驰入蓟州，与镇北将军慕容兰登城守御。兰系慕容垂从弟。魏将石河头，往攻不克，退屯渔阳。应上文东袭幽州句。魏主珪南抵鲁口，博陵太守申永，弃城奔河南，又有高阳太守崔宏，也出奔海渚。珪素闻宏名，遣骑追及，把宏擒归。急命释缚，用为黄门侍郎，使与给事黄门侍郎张衮，并掌机要，创立礼制。博陵令屈遵降魏，也即命为中书令，出纳号令，兼总文诰。后来拓跋氏各种制度，及所有谕旨，多出二人手裁。小子有诗咏道：

楚材入晋再弹冠，用夏变夷易旧观。
只是华人甘事虏，史家终作贰臣看！

欲知魏兵南下情形，且至下回再表。

秃发乌孤之背吕光，乘光之衰也，沮渠蒙逊之叛吕光，因光之暴也。乌孤与光，本有杀兄之宿嫌，不得已敛尾戢翼，受光之封。至毛羽已丰，不飞何待？蒙逊本为光臣，与光无怨，待诸父罗仇麹粥无辜被杀，挟愤而起。一则蓄之于平素，一则迫之于崇朝，要之皆有词可援，非无因而至也。然使吕光能修明政刑无怠厥治，则乌孤不能崛兴，蒙逊何至猝变？分崩之祸，不戢自消，乃知瓦解土崩之患，莫非自召耳。后燕主慕容宝，背父弑母，舍长立幼，揆诸天理，必亡无疑，魏之大举深入，尚不足以亡燕，故当时之主战主守，不足深评，必至内乱纷起，然后外侮一乘，而国即亡矣。要之立国之道，惟仁与义，夷狄举仁义而尽废之，其速亡也宜哉！

第八十回

拓跋珪转败为胜　慕容宝因怯出奔

却说邺中镇守的燕将，乃是范阳王慕容德。见七十六回。他闻魏将拓跋虔来攻，便使安南王慕容青，系慕容皝曾孙。率领将士，夤夜出城，袭击魏营。拓跋虔未及防备，竟被捣破，伤了许多兵马，踉跄返奔，退入新城，青回城报功。到了次日，还要引兵追击，别驾韩谆劝阻道：“古人先谋后战，昨夜掩他无备，才得胜仗，今不可轻击魏军，共有四端。悬军远客，利在野战，一不可击；深入近畿，向我致死，二不可击；前锋既败，后阵必固，三不可击；彼众我寡，四不可击。并且官军不宜轻动，亦有三要，本地争战，胜且扰民，一不宜动；倘或不胜，众心难固，二不宜动；城隍未修，敌来无备，三不宜动。为今日计，不如深沟高垒，持重勿战，彼师远来，无粮可因，难道能久留不去么？”慕容德依了谆言，止青勿出。

魏辽西公贺赖卢为魏主珪母舅，奉了珪命，来会拓跋仪攻邺。适魏别部大人没根，为珪所忌，投奔中山，燕主宝命为镇东大将军，封雁门公。没根素有胆勇，请还袭魏营，宝尚未深信，只给百余骑随去。行近魏主珪大营，适当日暮，没根走入僻处，令群骑吃了干粮，悄悄伏着；待到夜半，方踅至魏营门外，仿着魏兵口号，叩营径入。魏兵还道他是巡卒，并未拦阻，至没根直入中帐，始被珪卫兵截住，两下里动起手来，喊声震动。魏主珪才从帐中惊醒，跣足趋入后帐，急命将士拒战。没根等东斫西劈，已得了首级百余，及见魏兵陆续趋集，方大喝一声，夺路走脱。魏兵因月黑天昏，不敢追赶，一听没根驰回。这次魏营被劫，虽然不致大损，但魏主珪常有戒心，倒也有三分胆怯了。无人不怕死。只拓跋虔围邺逾年，终未退去。燕范阳王德也守得力倦神疲，不得已遣使入关，至后秦姚兴处乞救。后秦太后蛇氏，正患寝疾，兴颇有孝思，日夕侍奉，不愿出兵。兴尊母蛇氏为太后，见七十四回。邺使只好返报，守兵闻秦援不至，颇加恟惧。忽城外有书射入，经守兵拾呈慕容德，德展览后，颇有喜色。原来魏辽西公贺赖卢，自恃国戚，不愿受拓跋仪节制，互相猜疑。仪司马丁建阴与德通，因射书入城，报明魏营情形，令德放怀。德知魏军必有变动，当然易忧为喜。又越数日，大风暴起，白日如昏，赖卢营中爇炬代光。丁建伪报拓跋仪道："贺营已纵火烧营了，必乱无疑。"仪不禁着忙，急引兵趋退。贺赖卢莫名其妙，但见仪众退去，也只好撤还。丁建竟入邺降德，且言仪师老可击，德乃遣慕容青等带着精骑七千，追击魏兵；果然大得胜仗，夺了许多军械，搬回邺城。燕主宝得邺城捷报，也使左卫将军慕舆腾，收复博陵高阳，杀魏所置守令诸官，堵塞魏军粮道。

魏主珪因邺城难下，信都又复未克，乃亲督军赴信都，往助冠军将军王建。建攻信都与仪攻邺，俱见前回。燕冀州刺史宜都王慕容凤，已守了七十余日，粮食将尽，又闻魏主珪亲来围攻，自知不支，竟逾城夜走，奔归中山。信都失了主帅，所有将军张骧徐超等，不能再拒，便即开城出降。

燕失去信都，却得拔杨城，杀毙守兵三百余人。慕容宝拟大举击魏，尽取出府库金帛，购募壮士，不论良莠，悉数录用，甚至金帛不足，把宫中闲散侍女，也作为赏赐。还是活口赏人，可省口粮，似为得计，一笑。于是盗贼无赖，统皆应募，数日间得数万人。乌合之徒，宁足成事！会没根兄子丑提，为并州监军，闻叔降燕，恐连坐被诛，因即还国作乱。魏主珪防国都有失，意欲北归，乃遣国相涉延，诣燕求和。燕主宝不肯照允，使冗从仆射兰真，责珪负恩，悉发部众出拒，统计步卒十二万，骑兵三万六千，行至钜鹿郡内的柏肆坞，临滹沱河沿岸为营。可休勿休，岂靠着一班无赖，便足徼功么？魏主珪不得所请，当然怒起，叱还燕仆射兰真，即引兵至滹沱河南，与燕军夹岸列寨。

燕主宝见魏兵势盛，又有惧容，还是高阳王隆，想出一计，自请潜师夜渡，往劫魏营。宝依了隆计，自在营中戒严，作为后援。隆从募兵中挑出勇士万人，各执火具，待到夜静更深，悄然渡河。一经登岸，便乘风纵火，且烧且进，突向魏营杀人。魏营中虽有夜巡，未及入报，魏兵从睡梦中惊醒，顿致大乱，自相践踏。魏主珪仓猝起视，见外面尽是火光，也不由惊心动魄，连衣冠都不及穿戴，匆匆逃脱。燕将乞特真，捣入魏主寝帐，那魏主已经走远，只剩得衣靴等件，劫取而回。魏主珪前曾被劫，至此又复弃营，也算善循覆辙。此外粮械，由燕兵悉数搬运，你抢我夺，竟至互相争论，私斗起来。可见兵宜训练，临时召募之徒，虽胜亦不中用。魏主珪惊走数里，觉后面并无追兵，乃敢少息。溃兵亦次第趋集，仍然择地安营。复登高遥望，见燕军抢夺各物，自相斫射，不禁欣喜道：“今夜尚可转败为胜哩!”随即回营伐鼓，号召散卒，在营外遍布火炬，然后纵骑冲击燕兵。

燕兵方才罢斗，由慕容隆弹压平静，捆载各物，正要渡河还营，不防魏兵来打还复阵，好似怒虎咆哮，逢人便噬。燕军已无行列，又无斗志，逃的逃、死的死。将军高长，略略对敌，便被魏兵攒绕拢来，把他打翻，捆绑了去。慕容隆到此，也只好自管性命，奔回宝营。宝忙出兵援应，才得救回一二千人，此外不是被杀、就是被擒。越宿，魏兵又整队临河，对营相持，军容很是严肃，燕人大惧，上下夺气。慕容麟与慕容农劝宝还师，宝乃拔营急归。魏兵越河追蹑，屡败燕军，并因春寒未解，风雪交乘，士多冻死，枕藉道旁。宝驱马急驰，不遑顾及全军，只带旧兵二万骑，匆匆北走。尚恐被魏兵追及，令士卒抛仗弃甲，赶紧行路。所有兵器数十万，一齐丧失，寸刃无遗。

燕尚书闵亮、秘书监崔逞、太常孙沂、殿中侍御史孟辅等，不及奔还，但为魏兵所虏，悉数降魏。崔逞素有才名，魏张衮常为称扬，至是魏主珪得逞甚喜，即授官尚书，使录三十六曹，委以政事。一面麾众再进，竟抵中山城外，屯芳林园。

燕主宝奔入中山，喘息未休，尚书郎慕舆皓，竟阴谋杀宝，推立赵王麟。幸有人预先开发，宝即派兵严查，皓自知谋泄，斩关奔魏。宝本欲罪麟，又闻魏兵进逼，不敢遽发，只好飞使往达龙城，召清河王会入援。会犹怀私怨，未肯遽赴。事见前回。但使征南将军库傉官伟，建威将军余崇，率兵五千，先驱进行。伟等到了卢龙，静待后应，约莫至三阅月，未见会至，所带粮饷，早已食尽，甚至宰牛杀马，烹食充饥，亦且无余。时中山已被困多日，燕主宝累诏催会，会尚托词练兵，迁延不发，目无君父。伟在卢龙，也觉焦急，意欲使轻骑先进，侦敌强弱，且为中山遥接声援，诸将皆互相推诿，不敢奉令，独余崇奋然道："今巨寇滔天，都城危迫，匹夫尚思致命，往救君父，诸君受国重任，乃如此贪生怕死么？若社稷倾覆，臣节不立，死有余辜。诸君尽管居此，崇愿自往一行，虽死无恨！"可惜会不闻此言！伟极口褒许，便选给精骑数百人，随崇出发。行至渔阳，遇魏游骑千余人，众皆彷徨，且前且却，崇又励众道："彼众我寡，不战必死，与战或尚可求生。"遂当先进击，众亦随上，格杀数十人，活捉十余人，魏骑骇退，崇亦引还。当下讯明俘虏，得知魏主亦有归志，乃驰使报会，会方引兵就道，沿途还是逗留，好几日才至蓟城。

燕都被围日久，将士统欲出战，高阳王隆，向宝献议道："魏主虽得小利，但顿兵经年，锐气已挫，士马亦大半死伤，人心思归，诸部离散，正是可击的机会；且城中将士，已尽思奋，彼衰我盛，战无不克。若持重不决，将士气丧，日益困逼，事久变生，恐无能为力了。"宝颇以为然，令隆整兵出战，偏赵王麟多方阻挠，竟致隆孤掌难鸣，欲出又止。

宝急得没法，因使人至魏营请和，愿送还魏主弟觚，并割让常山西境，即以常山为燕魏分界。魏主珪因母后贺氏，念觚致疾，竟至谢世，未免怀着余哀。回应前文，并了结贺氏。此次由燕许归觚，并得常山西境，乐得乘机罢兵，便不复多求，愿如所约。燕使请即撤围，然后照约履行，珪亦许诺，遣还燕使，自引兵退屯卢奴。谁知宝又复翻悔，不肯照行和约，自食前言。好似儿戏。魏主珪待了数日，杳无音信，复督诸将进攻中山，燕将士数千人，俱入殿自请道："今坐守孤城，终致困敝，臣等早愿出战，陛下一再禁止，难道待死不成？且受围多日，无他奇策，徒欲延时积日，待寇自退。臣等见内外形势，强弱悬殊，彼必不肯无故舍去。请从众决战，背城借一，彼见我尚能奋力，自然知难即退了！"宝当面允许，又命隆率众出击。隆被甲上马，勒兵诣门，将要出城，偏慕容麟驰马急至，不准开门。隆亦未便与争，涕泣还第，大众从此灰心，各悻悻散去。

到了夜间，麟竟带领部众，迫左卫将军慕容精，入宫弑宝。精抗议不从，惹动麟怒，拔刀杀精，自率妻子出城，奔往西山，于是人情骇震。

燕主宝闻报大惊，只恐麟出夺会军，拟遣将迎会追麟。可巧麟麾下属吏段平子，背麟奔还，报称麟赴西山，招集丁零余众，谋袭会军，东据龙城。宝顿足道："果不出我所料，奈何？奈何？”说着，即召农、隆二王入议，欲弃去中山，走保龙城。呆极。隆应声道：“先帝栉风沐雨，成此基业，今崩未逾年，大局遽坏，岂非孤负先帝，但外寇方盛，内乱又起，骨肉乖离，百姓疑惧，原是不足拒敌，北迁旧都，未始非权宜计策。但龙城地狭民贫，若移众至彼，要想足食足兵，断非旦夕可成。陛下诚能节用爱民、务农训士，待至公私充实，可守可战。将来赵魏遗民，厌苦寇暴，追怀燕德，当不难返旆南来，克复故业。否则不如凭险自固，静镇不动，或尚足优游养锐哩。”语意亦太模棱。宝答道：“卿言确有至理，朕当一从卿意，今日是不能不迁了。”隆默然退出，农亦随退。辽东人高抚，素善卜筮，为隆所信。隆返第后，抚即入见，附耳与语道：“殿下北行，恐难及远，太妃亦未必相见，若使主上独往，殿下留守都城，不但无祸，并得大功。”隆家属留居蓟城，事见前回，故云太妃未必相见。隆摇首道：“国有大难，主上蒙尘，老母又在北方，我若得归死首丘，亦无所恨，怎得另生异志呢？”乃遍召僚佐，预嘱行期。僚佐多不愿从行，惟司马鲁恭、参军成岌尚无异言。隆喟然道：“愿从者听，不愿从者亦听！”僚佐闻言，便各散归，隆遂部署行装，准备出走。慕容农与隆同意，亦即日整装，部将谷会归进谏道：“城中兵士，俱因参合一战，家属多亡，恨不得与敌拼命，只因赵王禁遏，不能伸志。今闻主上北徙，大众互相私议，俱谓得慕容氏一人，奉为主帅，与魏力战，虽死无怨。大王尽可留此，俯从众望，击退魏军，抚宁畿甸，奉迎大驾，重整河山，岂不是忠勇兼全么？”比高抚言更为豪爽。农怫然不悦，意欲拔刀杀归。转思归有才勇，不忍下手，但作色与语道：“必如汝言，才可望生，我终不愿，宁可就死！”农从垂起兵时，颇有才识，此时何亦无生气耶？归只得告退。是夜燕主宝开城北走，除农隆二人随行外，尚有太子策、长乐王盛等，带着万骑，衔枚急奔。河间王熙、渤海王朗、博陵王鉴，皆垂子，见七十六回。年尚幼弱，不能出城，隆复入城迎接，护令同行，方得走脱。燕将王沈等降魏，乐浪王惠、中书侍郎韩范、员外郎段宏、太使令刘起等，挈工役三百余人，奔往邺城。

燕都无主，百姓惊惶，东门连夜不闭。事为魏主珪所闻，即欲引兵入城；偏冠军将军王建，志在掳掠，偏至魏主面前，谓夜间昏黑，恐士卒入盗库物，无从彻查，不如待至天明，魏主乃止。及晨鸡报晓，旭日已升，魏主始引兵至东门，哪知门已紧闭，城上守兵俱列，反比前日整齐，不由的惊诧起来。遂饬众功，反伤害了数百人。次日，又复攻扑，仍然无效，乃使人上登巢车，招谕守兵道："慕容宝出城奔走，已弃汝等北去，汝等百姓，复替何人把守？难道汝等俱不识天命，徒自取死么？"守兵齐声答道："从前参合一役，降且不免，今日守亦死，降亦死，所以不愿出降，情愿死守！况城中并非无主，去一君、立一君，难道汝魏人能杀尽我么？"魏主珪听了，顾视王建，直唾建面。当下遣中领将军长孙肥、左将军李栗，率三千骑追慕容宝。行至范阳，尚不见有宝踪迹，但新城戍兵，约有千人，索性攻将进去，俘得数百名，还报大营。魏主珪懊悔无及，尚拟攻克中山，未肯撤围。究竟中山由何人主持？原来是燕开封公慕容详。详系慕容青弟。详未曾出城，即由守兵奉为主帅，闭城拒守，因此宝虽北去，城尚保存。小子有诗叹道：

国都未破主先逃，遗族留屯差自豪。
假使岩垣长不坏，维城宗子也名高。

欲知慕容宝在途情状，待至下回再详。

慕容宝一鄙夫耳，喜怒靡常，进退无主，观其所为，即安内尚且不足，遑问拒外！魏人一至，可和不和，可战不战，可守不守，虽欲不败，乌得而不败？虽欲不亡，乌得而不亡？不然，魏主拓跋珪，智术亦疏，没根二击而惊走，慕容隆再击而猝奔，当两军对垒之时，无备若此。向令宝父尚存，珪亦安能逞志乎？慕容农与慕容隆，名为燕室忠臣，乃父中兴，两人亦尝佐命，乃小胜即喜，小败即怯，既不能监制慕容麟，又不能匡正慕容宝，都城可弃，何一不可弃耶？观此回可知后燕败亡之由来云。

第八十一回

攻旧都逆子忘天理　陷中山娇女作人奴

却说慕容宝弃都出走，行至阱城，适与赵王麟相遇。麟不意宝至，还道他亲自出讨，顿致惊溃，奔往蒲阴。宝不遑追击，但驱众北趋，到了蓟城。随从卫士，散亡略尽。惟慕容隆部下四百骑，留卫行幄。慕容会率骑兵二万人，方至蓟南，闻宝已入蓟，乃进城相见。父子叙谈，会语多讽刺，面上亦很觉不平。宝俟会退出，即召农、隆二人，入语会不平情形。二人均说道："会尚年少，专任方面，习成骄盈，所以有此情状。臣等执礼相绳，料彼也不致生异了。"除非立会为太子，或可释嫌。宝虽然许可，心中总未免疑会，遂欲夺会兵权，归隆统辖。隆恐会有变，当面固辞。宝犹分拨会众，给与农、隆。又遣西河公库傉官骥，率兵三千，助守中山，一面尽徙蓟中库藏，北趋龙城。

魏将石河头引兵追宝，驰至夏谦泽，得及宝军。宝不欲与战，会抗声道："臣抚练士卒，正为今日。今大驾蒙尘，人思效命，乃狡虏敢来送死，太违情理。兵法有言：'归师勿遏。'又云：'置之死地而后生。'彼犯二忌，我得二利，若再不战，益启寇心，龙城亦岂可长保么？"宝乃从会言，列阵拒敌。会出当敌冲，使农、隆二军，分攻魏兵左右，三路夹击，大败魏兵，追奔百余里，斩首数千级。隆尚未肯罢休，再追至数十里外，夺得许多甲仗，方才回军，归途语故吏阳璆道："中山城积兵数万，不得伸展我意，今日虽得一胜，尚令我遗恨无穷。”说着，慷慨太息，泪下数行。独会经此一捷，骄夸愈甚，隆不得不从旁训勉。会非但不听，反加忿恨，又因农、隆俱常镇龙城，名望素出己右，恐宝至龙城后，大权必在农、隆掌握，自己越致失势，乃潜谋作乱。幽、平二州士卒，统已受会牢笼，不愿归二王节制，遂向宝陈请道：“清河王勇略过人，臣等愿与同生死，今请陛下与太子诸王，留住蓟宫，臣等从清河王南征，解京师围，还迎大驾便了。”宝似信非信，默然不答。大众退后，宝左右进言道：“清河王不得为太子，神色已很是不平，且材武过人，善收人心；陛下若从众诸，臣恐解围以后，必有卫辄故事，不可不防。”卫辄拒父事，见《东周列国》。宝点首示意。侍御史仇尼归系会私党，探悉宝情，便私下告会道：“大王所恃惟父，父已异图，所仗在兵，兵已去手，试问将如何自全呢？不如诛二王，废太子，由大王自处东宫，兼任将相，匡复社稷，方为上策。”双方谗间，怎得不乱？会尚犹豫未决。

宝语农、隆道：“我看会已有反志，今若不除，难免大祸。”农、隆齐声道：“今寇敌内侮，中土纷纭，社稷危如累卵，会镇抚旧都，来赴国难，威名远震。逆迹未彰，若一旦加诛，不但父子伤恩，人心亦必将不服呢。”宝慨然道：“逆子已不顾君亲，卿等兹恕，尚不忍诛。一旦变起，必先害诸父，然后及我，后悔恐无及了。”农、隆为妇人之仁，不知弭乱，宝既知子恶，仍不加防，是亦妇人之见而已。话虽如此，但也不肯急切下手，仍向龙城进行。

到了广都黄榆谷，时已天晚，因即驻宿。农与隆二人为卫，卧至夜半，忽有一片哗噪声从外而入。隆急忙起视，见有十数人持刀进来，料知有变，便欲返身入报，不防背上已中了一刀，痛彻心窝，立致晕倒；接连又被一刀剁下，自然断命。

时农已拔甲出来，跨马欲遁，偏被那强人阻住，用刀乱斫，农急忙闪避，左臂已着了刀伤，忍痛走脱。背后却有数健卒相随，代抱不平，俱奋力留拒强人，格翻几个；赶去几个；独擒得一个头目，仔细辨认，正是侍御史仇尼归。当下将他捆住，牵送慕容农。农已窜入山谷，健卒亦跟了进去，待至追及，由农讯问仇尼归，供称为会所遣。农乃裹创待晓，然后出山，返报慕容宝。

宝夜间闻变，正在惊惶，突见会踉跄趋入道："农、隆谋逆，臣已将他二人除去了。"宝知会有诈，一时不便叱责，乃佯为慰谕道："我素疑二王，果然谋变，今得除去，甚好！甚好！"此时倒还有急智。会喜跃而出。翌晨，由会排齐兵仗，严防他变，始拥宝就道。建威将军余崇请收殓隆尸，载往龙城。会尚未许，经崇涕泣固请，方得邀允。即由崇殓隆入棺，用车载行。适慕容农自来谒宝，并押献仇尼归。宝不令农诉明情迹，但伪叱道："汝何故负我？"遂令左右将农拿下。仇尼归乐得狡赖，只说农等为逆，拒战被擒，宝即令释缚，仍复原官。约行十余里，正要午餐，宝召群臣同食，且议加农罪。会方就坐，宝目顾卫军将军慕舆腾，暗嘱杀会。腾拔剑出鞘，向会行刺。会把头一低，冠被劈去，略受微伤，身子向外一掠，竟得逃走。腾不及追杀，慌忙奉宝急奔，飞驰二百余里，得抵龙城，时已夕阳下山了。会号召徒党，追宝至石城，终不得及，乃使仇尼归为前驱，径攻龙城。

令壮士夤夜出击，得破仇尼归。会且上书要求，请诛左右佞臣，并求立为太子。宝当然不许，惟乘舆器物及后宫妾御，不及随宝进城，尽被会掠去，分赏将吏；擅置官属，自称皇太子，录尚书事，引众再攻龙城，以讨慕舆腾为名。宝登城责会，会跨马扬鞭，意气自如，且令军士鼓噪扬威。城中将士，见会如此无礼，统皆愤怒，开城迎战。天下事全仗理直，理直自然气壮，一鼓作气，锐不可当，便将会众杀退，毕竟人心未死。会走还营中。到了夜半，侍御史高云又从城中潜出，带着敢死士百余人，袭击会营。会众大乱，相率逃散。会不能成军，只带十余骑奔往中山。开封公慕容详，怎能容会，立将会拘住斩首，并派人传报龙城。宝乃颁令大赦，凡从前与会同谋，悉置不问，使复旧职。免罪尚可说得，复官未免太宽。又论功行赏，封侯拜将，共数百人。命慕容农为左仆射，兼职司空，领尚书令，进高云为建威将军，封夕阳公，养为义儿，追赠高阳王隆为司徒，予谥曰“康”。龙城一隅，暂得少安。

惟邺城尚被围住，积久未退，慕容详尚有能耐，坚持到底。魏主珪因军食不继，命东平公仪撤去邺围，徙屯钜鹿，筹运粟米。慕容详又暗遣步卒，出袭魏营，虽然魏主有备，杀败守兵，但终因粮道未通，解围自去，就食河间。详还道是威足却魏，竟僭称皇帝，改元建始，用新平公可足浑谭为车骑大将军，领尚书令。此外设官分职，居然备置百官。且闻慕容麟出屯望都，即遣兵掩击，逐麟入山，擒麟妻子还都。燕西河公库傉官骥，本奉燕主宝命，助守中山，见上文。及详既僭位，便思逐骥。骥与他反抗，遂致互阋，结果是众寡不敌，为详所杀。详尽灭库傉官氏，又杀中山尹苻谟，诛及家族。惟谟有二女娀娥、训英，娇小玲珑，幸得走脱，后文自有表见。天生尤物，不肯令其遽死。详既得逞志，便即淫荒，嗜酒无度，横加杀戮。所授尚书令可足浑谭直言进谏，适值详酒醉糊涂，竟不分皂白，喝令左右，把谭推出斩首。官吏等当然不服，均有异言，详更使人监谤，遇有私议政事的人员，不论贵贱，一体处斩。自详僭号以后，但阅一月，所诛王公以下，已五百余人，内外屏息，莫敢发言。

城中又复饥迫，百姓欲出外觅粮，偏详下令严禁，不准出入，因此人多饿死，举城皆恨详无道，欲就近往迎赵王麟。麟与详相去几何？百姓亦但管目前，未遑顾后。详尚未察悉，但因城中乏食，遣辅国将军张骧，率五千余人赴常山，督办粮糈。慕容麟伺隙复出，招集丁零余众，潜袭骧军。骧正在灵寿县，严加督责，戕害吏民，众心浮动；一闻麟至，都去欢迎，连骧部下各兵士，亦弃骧就麟。骧仓皇窜去，麟即引众掩至中山，城门不闭，得一拥直入。城中兵民，见麟到来，无不喜慰，从前被杀诸大臣家属，乐得乘机报怨，各引麟趋入伪宫，往捉慕容详。详醉后酣寝，未及逃避，即被大众七手八脚，把他捆住，牵出见麟。详尚睡眼模糊，不知为何人所执，但听得一片杀声，才开眼一睁，那刀光已到颈上，未及开言，头颅已落。得做醉鬼，详亦甘心。又搜杀详亲党三百余人。麟复僭称尊号，听民四出觅食，大众才得一饱。

魏主珪闻中山变乱，即遣中领军将军长孙肥，带领轻骑七千人，潜袭中山，得入外郛。麟忙集众出拒，肥始退去。麟复率步骑四千，追至派水，由肥麾众返击，彼此各有杀伤。麟丧失铠骑二百，肥亦身中流矢，两造统收军引还。魏主珪移驻常山九门，军中大疫，人马多死，将士多半思归。珪觇知众意，便语众将道："前闻丑提作乱，本即北返，嗣因燕主悔约，丑提乱亦得平。从珪口中了丑提。我意决拔中山，再作归计，今全军遇疫，岂天意不欲我取中山么？但四海以内，人民众多，无处不可立国，诚使我抚驭有方，谁不悦服？目前病死多人，也不足顾恤呢。"语不足法。诸将始不敢再言。珪即令抚军大将军略阳公拓跋遵，引兵再袭中山，割取禾稻，捆载而还。中山失禾，饥荒益甚。慕容麟不能安居，因率众三万余人，出据新市。

魏主珪已进兵攻麟，太史令晁崇进谏道："今日进军，恐防不吉。"珪问为何因？崇答道："纣以甲子亡，故后世称甲子日为疾日，今日适当甲子，不宜出兵。"珪笑道："纣以甲子亡，周武不以甲子兴么？”崇无言可对。珪即启行至新市，与麟对垒。麟不免心怯，退屯派水，依渐洳泽立营，意图自固。彼此相持数日，魏兵进压麟营，麟不得已开营出战，一场交手，哪里敌得过魏兵？二万人死了九千余，逃去一万余，单剩得数十骑，随麟奔还。麟妻子前为详所拘，未曾处死，见上文。麟入中山，当然放出，此次复挈了妻子，遁入西山，从间道赴邺。魏主珪驰入中山，凡麟所署公卿将吏，及守城士卒，统皆迎降，共约二万余人。又得燕所传皇帝玺绶，并图书府库珍宝，以巨万计，还有后宫妇女，数亦盈千。并得慕容详遗女一人，年青貌美、秀色可餐，珪即纳为妾媵，晚令侍宿。详女亦只好随缘作合，供他淫污。越日，又发慕容详冢，锉尸焚骨，并查得拓跋觚死时，由燕人高霸、程同下手，便将两人磔死，并夷五族。霸固为详所使，本不应置重辟，况又夷及五族，珪之淫虐如此，无怪其不得令终。于是班赏将士，多寡有差。

慕容麟奔至邺城，与范阳王慕容德相见，便向德献议道：“魏兵既克中山，必来攻邺，邺中虽有蓄积，但城大难固，且人心恇惧，恐难坚守，不如南赴滑台，较为万全。”德闻言心动，遂拟南迁。时滑台守将，为燕鲁阳王慕容和，亦遣人迎德，德因决计徙屯。好容易又是残冬，越年为燕主宝永康三年，即晋安帝隆安二年。正月上旬，德率户四万，南徙滑台，将吏当然随行。无故弃邺，也是失策。魏东平公拓跋仪，已进封卫王，引众入邺，追德至河，不及乃还。慕容麟等向德劝进，德依兄慕容垂故事，自称燕王元年；摄行帝制，备设官属，用慕容麟为司空，领尚书令，慕容法为中军将军，慕舆拔为尚书左仆射，丁通为右仆射，这便是南燕的始基。是为四燕之殿。看官听说！慕容麟劝德南徙，仍然为自己起见，他因河间常有麟现，自谓与己名相应，必得君临燕土。中山僭号，不满三月，匆匆奔邺，欲用德为傀儡，迁往河南，仍好废德自立。那知天不助逆，竟至谋泄，被德赐死，狡猾半生，终归不得善终。可作晨钟之警。

那慕容宝尚未知滑台情形，还遣鸿胪卿鲁邃，册拜慕容德为丞相，领冀州牧，封南夏公，一面大阅兵马，仍欲规复中原。会魏主北归，慕容德亦命侍郎李延，向宝报闻，谓“魏军已返，中原空虚，正好及时收复”等语。宝心下大喜，即拟南行。辽西王农，长乐王盛进谏道：“今方北迁，兵疲力弱，魏新得志，未可与争，不如养兵观隙，更俟他年。”宝颇欲依议，偏抚军将军慕舆腾抗言道：“寇虏已返，我师大集，正宜乘机进取。百姓可与乐成，难与图始，惟当独决圣虑，不应广采异同，阻挠大计。”宝闻言奋袂道：“我计决了，敢谏者斩！”遂留慕容盛居守龙城，命慕舆腾为前军大司马，慕容农为中军，自为后军，统率步骑三万，自龙城依次出发，南屯乙连。

燕制称卫兵为长上，素随乘舆出入，不令迁调。此次宝统众南行，当然随着，但众情俱不愿征役，各有怨言。卫弁段速骨、宋赤眉等，本为高阳王隆旧部，入充宿卫。此次因众心蠢动，遂纠众作乱，逼立隆子崇为主帅，立即发难，杀毙司空乐浪王慕容宙、中牟公段谊诸人。惟河间王熙，素与崇善，崇代为庇护，始得免难。燕主宝突然遇变，急率十余骑奔往农营。农急忙出迎，左右抱住农腰，谓营卒亦恐应乱，不宜轻出。农抽刀吓退左右，才得出营见宝，接入营中。一面遣人追还前军慕舆腾，一面拔营回讨段速骨等。谁知军心都变，俱弃仗散走，就是慕舆腾部下，亦皆溃散。宝与农只好奔还龙城，乱兵尚在后追赶。亏得龙城留守长乐王盛，引兵出接，才得迎入宝与农。小子有诗叹道：

不从众议妄行师，祸起军中悔已迟。

纵使一时能幸脱，窜身便是杀身时。

宝与农既入龙城，乱兵亦进逼城下，欲知乱事如何结果，容待下回表明。

君君臣臣，父父子子，此为修齐治平之要素，先圣固尝言之矣。慕容宝之不君不父，乌足为国？观其立太子时，已启内乱之渐，以立长言，则宜立长乐公盛，以受遗言，则宜立清河王会，策为少子，又非嫡嗣，徒以溺爱之故，越次册立，无惑乎会之谋乱也。会固不子，宝实不父，而又当断不断，徒受其乱，亲为父子，反成仇敌，家且不齐，国尚能治乎？幸而会乱已平，正宜与民更始，休养生息，徐图规复，乃不察民生之困苦，不问将士之罢劳，冒昧径行，侈言南讨，是君不君也。君不君，臣即不臣，段速骨等之作乱，亦意中事，无见怪也。彼慕容农与慕容隆，心固无他，才实不足。慕容麟好行不义，终至自毙，燕事如此，即无拓跋氏之外侮，亦终必亡而已矣。

第八十二回

通叛党兰汗弑君　诛贼臣燕宗复国

却说段速骨等引着乱兵，进逼龙城。城中守兵甚少，由慕容盛募民为役，始得万人，登陴奋力拒守。速骨等人数虽多，但同谋不过百人，余皆胁从为乱，并无斗志。惟尚书顿丘王兰汗，本为慕容垂季舅，又是慕容盛妇翁，他偏起了歹心，与速骨等通谋，所以速骨等有恃无恐，日夕鼓噪，威吓城中；且诱慕容农出城招抚，愿与讲和。农恐城不能守，潜自夜出，往抚乱兵。乱兵未曾被衄，怎肯投诚？农潜往招抚，不啻送死。速骨怎肯依农，反把农拘住不放。翌晨，复引众攻城，城上守兵，拒战甚力，伤毙乱卒百余人。守兵正在得势，忽见速骨牵出慕容农，指示城上，呶呶乱语。农亦有口，奈何畏死不言？守兵本恃农为重，忽见农在城下，也不暇问明情由，骤然夺气，一哄而散。速骨等得缘梯登城，纵兵杀掠，死亡相枕。燕主宝与慕舆腾、余崇、张真、李旱等，轻骑南奔。

速骨尚不敢杀农，但将他幽住殿内。另有同党阿交罗，为速骨谋主，意欲废崇立农，偏被崇左右闻知，就中有鬷让出力鞬两人，为崇效力，骤入杀农，并及阿交罗。农故吏左卫将军宇文拔，亡奔辽西，速骨恐人心忆农，必且生变，因归罪鬷让出大鞬，把他诛死。哪知与他反对的，不是别人，就是前时通谋的兰汗。汗阳与勾通，暗中仍然嫉忌；速骨未曾防着，突被汗纠众袭击，见一个、杀一个，才阅半日，已将速骨等亲党百余人，一股脑儿送他归阴。当下废去慕容崇，奉太子策监国，承制大赦，且遣使迎宝北归。

时长乐王盛等，已逾城从宝，同至蓟城，接见兰汗来使，宝即欲北还。盛等俱进谏道："兰汗忠诈，尚未可知，今若单骑往赴，倘汗有异志，悔不可追，不如南就范阳王，合众取冀州；就使不捷，亦可收集南方余众，徐归龙城，这却是万全计策呢。"宝乃依议，从间道趋邺。邺人颇愿留宝，宝独不许。南至黎阳，暂驻河西，命中黄门令赵思，召北地王慕容钟，使他迎驾。钟为慕容德从弟，曾劝德称尊，至是执思下狱，并即报德。德召僚属与语道："卿等为社稷大计，劝我摄政，我亦因嗣主播越，民神乏主，暂从群议，聊系众心。今天方悔祸，嗣主南来，我将具驾奉迎，谢罪行辕，然后角巾还第，不问国事，卿等以为何如？"全是假话。黄门侍郎张华应声道："陛下所言，未免失计，试想天下大乱，断非庸材所能济事，嗣主暗弱，不足绍承先绪。陛下若蹈匹夫小节，舍天授大业，恐威权一去，身首不保，社稷宗庙，岂尚得血食么？"将军慕容护亦接入道："嗣主不达时宜，委弃国都，自取败亡，尚何足恤？从前蒯聩出奔，卫辄不纳，《春秋》尚不以为非，孔圣亦未尝赞成。彼为子拒父，尚属可行，况陛下为嗣主叔父，难道不可拒犹子吗？"正要你二人说出此话。德半晌才道："古人逆取顺守，终欠合理，所以我中道徘徊，怅然未决呢。"护又道："赵思南来，虚实未明，臣愿为陛下驰往诇察，再作计较。"德乃遣护前往，佯为流涕。多此做作。护率壮士数百人，偕思北往。适宝得樵夫言，谓德已僭号，料知不为所容，仍转身北去，护追宝不及，复执思南还。

德闻思练习掌故，召他入见，欲为己用。思慨然道："犬马尚知恋主，思虽刑臣，颇识大义，乞加惠赐归。"德作色道："汝在此受职，与在彼何异？"思亦发怒道："周室东迁，晋郑是依，陛下亲为叔父，位居上公，不能倡率群臣、匡扶帝室，乃反幸灾乐祸，欲效晋赵王伦故事！思虽不能效申包胥，乞援存楚，尚想如王莽时的龚胜，不屑偷生，归既不得，死亦何妨！”阉人中有此义士，恰也难得。德被他揶揄，容忍不住，便命将思推出斩首，真情毕露。嗣是遂与宝绝。

宝遣盛与慕舆腾，收兵冀州，盛因腾请兵启衅，激成祸乱，且素来暴横不法，为民所怨，因即将他杀死。总嫌专擅。行至钜鹿，遍谕豪杰，俱欲起兵奉宝，约期会集。偏宝闻兰汗祀燕宗庙，举动近理，便欲北还龙城，不肯再留冀州，于是召盛速还，即日启行。到了建安，留宿土豪张曹家。曹素武健，自请纠众效劳，盛又劝宝缓归，俟确觇兰汗情状，再定行止。宝乃遣冗从仆射李旱，往见兰汗，自在石城候信。

会兰汗遣左将军苏超，至石城迎宝，极陈兰汗忠诚。宝信为真言，不待李旱返报，遂自石城出发。盛涕泣固谏，宝仍不从，但留盛在后徐行。盛与将军张真等下道避匿，不肯遽赴。盛为宝子，知父有难，不肯随往，亦太忍心。宝匆匆急返，抵索莫汗陉，去龙城只四十里，城中皆喜。兰汗惶惧，欲自出谢罪，兄弟同声谏阻。汗因遣弟加难率五百骑出迎，又令兄提闭门止仗，禁人出入。城中皆知汗有变志，但亦无法挽回。加难驰至陉北，与宝相见，拜谒甚恭。宝即令他护驾，昂然进行。颍阴公余崇，密白宝道：“加难形色不定，必有异谋，陛下宜留待三思，奈何径往？”宝尚说无妨。又行了十余里，加难忽喝令骑士向前执崇。崇徒手格斗，毕竟寡不敌众，终为所缚。崇大骂道：“汝家幸为国戚，迭沐宠荣，今乃敢为篡逆，天地岂肯容汝？不过稍迟旦暮，便当屠灭，但恨我不得手脍汝曹呢！”加难听了，竟拔刀杀崇。宝至此悔已无及，只好随了加难，同入龙城。加难不令入殿，但使寓居外邸，用兵监守。到了夜间，便遣壮士潜入邸中，将宝拉死。莫非自取。兰汗闻报，命为棺殓，追谥曰灵。又杀太子策及王公卿士以下百余人。汗自称大都督大单于大将军，昌黎王，改元青龙，令兄提为太尉，弟加难为车骑将军，封河间王熙为辽东公。使如周时杞宋故例，备位屏藩。居然想作周天子了。

慕容盛在外闻变，即拟奔丧入城，将军张真，极力劝阻。盛说道："我今拼死往告，自述哀穷，汗性愚浅，必顾念婚姻，不忍害我。约过旬月，我得安排妥当，便足伸志，这也是枉尺直寻的办法呢。"遂不从真言，径入城赴丧，先使妻兰氏进求汗妻，为盛乞免。汗妻乙氏，究是女流，见女涕泣哀请，自然代为缓颊。汗本意颇欲害盛，但见了一妻一女，宛转哀鸣，免不得心肠软活，化刚为柔。惟兄提及弟加难，谓"斩草留根，终足滋患，不如一并杀盛"。盛妻又向伯叔叩头，哀吁不已，提与加难尚有难色，汗独恻然道："我就赦汝夫婿，但汝当为我传言，须怀我德，毋记我嫌。"盛妻当然应命。汗即遣子迎盛，引入宫中。盛见汗匍伏，且泣且谢。亏他忍耐。汗还道他是诚心归附，一再劝慰，且伪言宝实自尽，并非加害。当即为宝治丧，令盛及宗族亲党，一律送葬，复授盛为侍中，兼左光禄大夫。还有太原王奇，系前冀州牧慕容楷子，为汗外孙，汗亦将奇宥免，命为征南将军。奇既得受职，遂与盛同列，两人俱怀报复，且系从曾祖兄弟，当然患难相亲，于是盛得了一个帮手，尝与密谋。

兰提等随时防着，屡次劝汗杀盛，汗终不从，兄弟间遂有违言。提又骄狠荒淫，动逾礼法，就是与汗相见，亦往往恶语相侵。汗情不能忍，益生嫌隙。盛得乘间媒孽，如火添薪，又潜使奇出外招兵，为恢复计。奇密往建安，募集丁壮，得数千人，使据城自固。提闻变报汗，汗即遣提往讨，偏盛入白汗道："善驹即奇表字。小儿，怎敢起事？莫非有假托彼名，谋为内应不成？"汗瞿然道："这是由太尉入报，当不相欺。"盛屏人语汗道：“太尉骄诈，不宜轻信，若使发兵出讨，一或为变，祸不胜言了。”汗闻盛言，即饬罢提兵，汗实愚夫，若使有一隙之明，定必不信。另遣抚军将军仇尼慕，率众讨奇。时龙城数月不雨，自夏及秋，异常亢旱。汗疑得罪燕祖，致遭此谴，乃每日至燕太庙中，顿首拜祷，又向故主宝神主前，“叩陈前过实由兄弟二人起意，应当坐罪”，云云。提与加难，得悉汗言，统怒不可遏，竟擅领部曲将士，出袭仇尼慕军，杀毙无算。

仇尼慕幸得不死，奔回告汗。汗不禁惊骇，立遣长子穆出讨。穆临行时，密语汗道：“慕容盛与我为仇，今奇起兵，盛必与闻，这是心腹大患，急宜除去，再平内乱未迟。”汗半疑半信，欲召盛入见，觇察情实，然后加诛。盛妻兰氏，稍有所闻，忙即告盛。盛伪称有疾，杜门不出。汗亦搁着不提。燕臣李旱、卫双、刘忠、张豪、张真等，本与盛有旧交，因见兰穆势盛，虚与周旋，穆遂引为腹心，使旱等往来盛室，为监察计。哪知旱等反向盛输情，为盛谋主，伺隙起事。会穆击破兰提等军，回城献捷，汗遂大飨将士，欢宴终日，父子统饮得酩酊大醉，分归就寝。当有人诣盛通报，盛夜起如厕，逾墙趋出，直往东宫。李旱等已先待着，即拥盛斩关，入室寻穆。穆高卧未醒，被旱等手起刀落，立即毙命。盛得穆首级，携带出门，徇示大众。众未解严，尚扎住东宫外面，一闻盛起兵杀穆，大都踊跃赞成，便听盛指挥，往攻兰汗。汗醉寝宫中，至大众突入，才得惊醒，起视门外，遥见一片火光，滚滚前来，火光中露出许多白刃，料知不是好事，亟呼卫卒保护，偏卫卒已逃散，不知去向，任他喊破喉咙，并无一人答应。他想返身避匿，奈两脚如痿躄一般，急切不能逃走。那外兵已趋近身边，不由分说，便即劈头一刀；但觉脑袋上非常痛苦，站立不住，就致晕倒，一道灵魂，与长子穆先后归阴，同登森罗殿上，同燕主宝对簿去了。恐怕是同去喝黄汤哩！

汗尚有子和与扬，分戍令支白狼，盛连夜使李旱张真，驰往诱袭，相继诛死。兰提加难，也由盛遣将掩捕，同时受戮。人民大悦，内外帖然，盛因妻为汗女，当坐死罪，因拟遣她出宫，迫令自尽，盛之复兴，半由妻兰氏营救之功，奈何遽欲杀妻，男儿薄幸，可为一叹。亏得献庄太子妃丁氏，从旁力争，始得免死。看官道献庄太子为谁？就是慕容垂长子令。令前时走死，事见上文。在六十三回。垂称帝时，曾追谥令为“献庄太子”，令妻丁氏，尚得生存，宝尝迎养宫中，以礼相待。盛妻兰氏，奉侍维谨，所以丁氏一力保护，极言兰氏相夫有功，如何用怨报德？说得盛无词可驳，不得不曲予通融。但后来盛称尊号，仍不立兰氏为后，终未免心存芥蒂，这且无庸絮言。

且说慕容盛得复父仇，便告成太庙，大赦境内，一时不称尊号，暂以长乐王摄行统制，降诸王爵为公，文武各复旧官，并召太原公奇还都。奇听信谗言，竟抗不受命，勒兵叛盛，回屯横沟，去龙城只十里。盛亲督将士，出城击奇，奇手下虽有三万余人，究竟是临时召募，没有纪律，乘兴便至，见敌即逃。奇不能禁遏，如何拒盛？盛驱兵追杀，又令军士接连射箭，射倒奇马，奇坠地受擒，牵入龙城，立即处死。奇党“严生”王龙等，一并捕诛。遂命河间公熙为侍中，都督中外诸军事，改谥先主宝为惠闵皇帝，庙号“烈宗”。宝尚有庶子元，受封阳城公，兼卫将军，东阳公根，为尚书令，张通为左仆射，卫伦为右仆射，李旱为辅国将军，卫双为前将军，张真为右将军，皆封郡公。又进刘忠为左将军，张豪为后将军，并赐姓慕容氏。既而步兵校尉马勒等谋反，事泄伏诛，案连高阳公崇，即段速骨等所立之慕容崇。因即将崇赐死。这是盛有心杀崇。

是夕，大风暴起，拔去阙前七大树，宫廷震悚。可见天道有知，隐隐为崇鸣冤。偏群臣一味迎合，还要向盛劝进。盛初尚不许，嗣复屡接奏牍，请上尊号，盛乃即燕帝位，改元建平，追尊伯考献庄太子为皇帝，宝后段氏为皇太后，献庄太子妃丁氏为献庄皇后，谥太子策为献庄太子。后来张豪、张真、张通及尚书段成、昌黎尹留忠等，相继谋叛，依次发觉，一并伏诛。就是东阳公慕容根，亦株连被戮。即用阳城公元为尚书令，改封平原公。才阅一年，复改元长乐。每有罪犯，盛必自矜明察，亲加鞫讯；且因宝宽弛失国，务从严刻，无论宗族勋旧，稍有过失，便置重刑。辽西太守李朗在郡十年，威行境内，盛屡征不至，且阴召魏兵，阳吓燕廷。盛察知有诈，便将他留居龙城的家属，尽加屠戮，并遣辅国将军李旱率骑讨朗。旱奉命出次建安，忽又接到朝使，召他还都。旱只得驰还。及抵阙下，谒盛问故。盛但云："恐卿过劳，所以召归休息。"旱乃退出。越宿，又遣旱从速出兵，群臣都莫名其妙，就是旱亦无从索解，只好依令奉行。

朗初闻旱兵出击，当然防守，及旱中途却还，总道是龙城有变，不复设备，留子养守住令支，即辽西治所。自往北平迎候魏兵。旱兼程前进，掩入令支，擒斩李养，复遣广威将军孟广平，引骑追朗。朗尚未抵北平，已被孟广平追及，纵骑奋击，攻他无备。朗慌忙抵敌，与广平战了数合，因见从骑溃散，未免胆怯，手下一松，即由广平觑隙猛刺，中朗左胁，坠落马下。广平再加一槊，断送朗命，当下枭了首级，取回报旱。旱即传首龙城，盛得捷报，方明谕群臣道："朗甫谋叛，必忌官威，或纠合同类，与我力敌，或亡窜山泽，据险自固，一时如何荡平？我所以前召旱还，使他无备，再令旱出，猝加掩击，这是避实击虚的妙计。今果一鼓平逆，得歼渠魁，总算是计不虚行了。"徒矜小智，无当大体。群臣自然贡谀，群称神圣。盛即将朗首悬示三日，一面召旱班师。旱应召西归，途次得卫双被诛消息，不禁惶骇，弃军潜奔，走匿板陉。盛知旱无他意，不过畏罪逃亡，乃遣使往谕，说是："卫双有罪，不得不诛，与旱无涉，可即日还朝。"旱乃入都谢罪，盛仍令复职，惟讨平辽西的功劳，已付诸汪洋大海，搁起不提了。小子有诗咏道：

用宽用猛贵相兼，但尚刑威总太严。
罚不当辜功不赏，君臣怎得免猜嫌！

盛虽得平辽西，魏兵却已出境，欲知燕魏交战情形，且至下回详叙。

观本回兰汗之弑慕容宝，与慕容盛之杀兰汗，芒刃起于萧墙，亲戚成为仇敌，皆权利思想之为害也。兰汗身为国舅，其女又为长乐妃，亲上加亲，应同休戚，乃潜通外叛，诱杀国君，宝不负汗，汗实负宝，盖比莽操之恶，为尤过矣。盛阳归兰汗，阴纵反间，冒险忍辱，卒举汗父子兄弟而尽戮之，甚且欲连坐贤妇，忘德报怨，阴鸷若此，可惊可畏，论者不以为暴，无非因盛之手刃父仇，大义灭亲故耳。然卒之好猜嗜杀，安忍无亲，宗戚勋旧，多罹刑网，诩诩然自矜明察，而以为杜渐防微，人莫予毒，庸讵知治国之道，固在仁不在暴耳，而盛之遇祸亦不远矣。

第八十三回

再发难王恭受戮　好惑人孙泰伏诛

却说魏主拓跋珪，自中山还军以后，复徙都平城。营宫室，建宗庙，立社稷，正封畿，制郊甸，遣使循行郡国，考核守宰，明正黜陟。又命尚书吏部郎刘渊立官制，协音律，仪曹郎董谧制礼仪，三公郎王德定律令，太史令晁崇考天象。进黄门侍郎崔宏为吏部尚书，总司典要，纂定各制，垂为永式。就于魏皇始三年十二月，即晋安帝隆安二年。即皇帝位，改元天兴，命朝野皆束发加帽，追崇远祖毛以下二十七人，皆称皇帝。尊六世祖力微为“神元皇帝”，庙号“始祖”，祖什翼犍为“昭成皇帝”，庙号“高祖”，父寔为“献明皇帝”，仿行古制，定郊庙朝飨礼乐。又用崔宏条议，自谓黄帝后裔，以土德王，徙六州二十二郡守宰，及土豪二千家至代郡。凡自代郡以西，善无以东，阴馆以北，参合以南，俱为畿内。此外四方四维，分置八部帅监守，居然有体国经野的遗规。魏自拓跋珪称帝，为北方强国，故叙述从详。平城附近有秀容川，旧有酋长尔朱羽健服属魏主，且随攻晋阳中山，立有战功。魏主珪特别加赏，即就秀容川四围三百里，给为封土，于是尔朱氏亦蕃盛起来。独志祸本事，见《南北史演义》。

会因燕李朗遣使借兵，乃命材官将军和拔，入袭幽州。幽州刺史卢溥，旧为魏民，戕吏据州，叛魏降燕，至是被和拔突入，擒溥及子涣，押送平城，车裂以徇。燕主盛闻幽州被兵，亟遣广威将军孟广平往救，已是不及，但斩魏戍吏数人，引师退还。盛复去皇帝号，贬称“庶人天王”，封弟渊为章武公、虔为博陵公、子定为辽西公。适太后段氏病殁，谥为惠德皇后。襄平令段登，与段太后同宗，忽然谋变，由盛遣将捕诛。前将军段玑系段太后兄子，迹涉嫌疑，恐致连坐，即逃往辽西，嗣复还都归罪，得邀赦免，赐号思悔侯，使尚公主，入直殿庭。养虎贻患。一面尊献庄皇后丁氏为皇太后，立子辽西公定为皇太子，颁制大赦，命百僚会集东堂，亲考器艺，超拔十有二人。并在新昌殿遍宴群臣，令各言志趣。七兵尚书丁信，年方十五，因为丁太后兄子，擢居显要，他独起座面陈道：“在上不骄，居高不危，这是小臣的志愿呢。”这数语是因盛好杀，暗加讽谏，盛亦知他言中寓意，便微笑相答道：“丁尚书年少，怎得此老成论调呢？”话虽如此，但盛终不肯反省，仍然苛刻寡恩，免不得激成众怒，终罹大祸。事且慢表。

且说晋青兖刺史王恭，及荆州刺史殷仲堪，分镇长江，势倾朝右。会稽王道子，惧他侵逼，既令世子元显为征虏将军，配给重兵，使为内备，事见七十八回。复因谯王尚之，及尚之弟休之，素有才略，引为谋士。尚之休之系谯王承子，无忌孙。尚之向道子进议道：“今方镇强盛，宰相权轻，大王何不外树腹心，自增藩位？”道子听着，即令司马王愉为江州刺史，都督江州及豫州四郡军事。偏豫州刺史庾楷不愿分权，抗疏辩驳，略言：“江州系是内地，与豫州四郡，素不相连，不应使王愉分督。”疏入不报。楷因遣子鸿往说王恭道：“尚之兄弟，为会稽羽翼，权过国宝，欲借朝威，削弱方镇；王愉又是国宝兄弟，前来督豫，公等若不早图，恐必来报复前嫌，祸且不测了。”王国宝事，亦见七十八回。王恭本虑道子报怨，一闻此言，当然着急，忙遣人报告殷仲堪。仲堪即与桓玄商议，玄本是个闯祸的头目，那有不劝令为乱，况当时又有一种刺激，更增玄忿，尤觉得跃跃欲动，乘隙寻仇。

原来玄在荆州，料为道子所忌，特故意上书，求为广州刺史，果得朝廷允准，且敕令兼督交、广二州。当下佯为受命，暗中实无意启行。凑巧遇着王恭来使阴约仲堪，此时不怂恿起事，更待何时？乃与仲堪拟就复书，愿推恭为盟主，约期同趋建康。恭得书后，便欲发兵，司马刘牢之进谏道："将军为国家元舅，义同休戚，恭为孝武后王氏之兄。会稽王乃天子叔父，又当国秉政，前因将军责备，诛及王国宝、王绪，自割所爱，为将军谢过，将军亦已可谓得志了。现在王愉出镇江州，虽未惬人意，亦不为大失，就是豫州四郡，割配王愉，与将军何损？晋阳兵甲，可一不可再呢。"牢之谏恭之言，不为不忠，可惜后来变卦。恭不肯从，即上表请讨王愉，及尚之兄弟。

道子闻庾楷从恭，即使人说楷道："孤前与卿恩如骨肉，帐中共饮，结带与言，也好算是亲密了。卿今弃旧交、结新援，难道竟忘王恭前日的欺侮么？若欲委身事恭，使恭得志，恭也必疑卿反复小人，怎肯诚心亲信？身首且不可保，还望什么富贵呢！"楷本为王国宝私党，事见前文，故道子又有此言。楷闻言大怒，即令使人还报道："王恭前赴山陵，相王忧惧无计，我知事急，发兵入卫，恭乃不敢猝发。去年恭勒众内向，我亦櫜鞬待命，我事相王，未尝有负；相王不能拒恭，反杀国宝兄弟，国宝且死，何人再为相王尽力？庾楷身家百口，怎能再不见几，自取屠灭呢？相王今且责己，毋徒责人。"这一篇话报知道子，道子素来胆小，急得不知所为。独世子元显奋然道："前不讨恭，致有今日，今若再姑息，难道还有朝廷么？我虽年少，愿出当逆贼。"道子听了，稍稍放怀，乃将兵马大权，悉付元显，自在府第中日饮醇酒，作为排遣罢了。

殷仲堪闻恭已举兵，也即勒兵出发；但平时素无将略，所有军事，尽委南郡相杨佺期兄弟，使佺期率舟师五千，充作前锋。桓玄继进，自督兵二万为后应。佺期到了湓口，王愉尚全然无备，惶遽奔临川。桓玄遣偏将追愉，愉不及逃避，竟被擒去。建康闻报，很是震动，内外戒严，当即加会稽王道子黄钺，命元显为征讨都督，遣卫将军王珣，右将军谢琰率兵讨王恭。谯王尚之率兵讨庾楷。楷方出兵至牛渚，突遇尚之统众杀来，一时惊惶失措，立致溃散，楷单骑奔投桓玄。会稽王道子，遂授尚之为豫州刺史。尚之有弟三人，除上文所叙的休之外，尚有恢之、允之，此时均授要职。休之为襄城太守，恢之为骠骑司马丹阳尹，允之为吴国内史，各拥兵马，为道子声援。不意桓玄乘锐杀入，所向无前，连破江东各戍，由白石直进横江。尚之驱军与战，竟为所败，仓皇遁走。恢之所领各舟军，又被玄捣破，悉数覆没，于是都城大震。道子自屯中堂，令王珣守北郊，谢琰屯宣阳门，严兵守备。元显独出守石头城，英气直达，毫不畏缩。当时会稽府中，多半谀媚元显，说他聪明英毅，有明帝风。他亦自命不凡，居然以安危为己任，因见敌势甚锐，遂多方探刺敌情，果被察出破绽，想就一条反间计来。

自王恭不用刘牢之言，贸然出兵，牢之虽尚随着，却不愿为恭效死。恭又淡漠相待，越使牢之灰心。正在懊怅的时候，忽有庐江太守高素，借入报军机为名，得与牢之密语，啖以厚利，大略劝牢之背恭，事成后即将恭位转授。牢之自然心动，踌躇不答。素见牢之情状，乐得和盘托出，便从怀中取出一书，交与牢之，作为凭信。牢之启视，乃是会稽王道子署名，书中所说也与素言相符。这封书是元显手笔，托名乃父，牢之未尝不知；但已闻元显握有全权，足为道子代表，便深信不疑，因即遣素返报，愿如所约。一面语子敬宣道：“王恭曾受先帝大恩，今为帝舅，不能翼戴王室，反屡发兵寇逼京师，我想恭蓄志不轨，事果得捷，尚肯为天子相王所制么？我今欲奉国威灵，助顺讨逆，汝以为可行否?”敬宣答道：“朝廷近政，虽不能媲美成康，究竟没有幽、厉的残暴，恭乃自恃兵威，陵蔑王室。大人与恭，亲非骨肉，义非君臣，不过共事有年，略联情好；但彼既营私负国，大人原不宜党逆叛君，今欲助顺讨逆，理应如此，何必多疑。”敬宣此言，原是正论。牢之乃与敬宣密谋，将乘间图恭。

恭参军何澹之素与牢之不协，至是侦知机密，急入白恭。恭尚疑澹之挟嫌进谗，不肯遽信，且特置盛宴，邀请牢之，就在席间拜他为兄，所有精兵坚甲悉归牢之统领，使率帐下督颜延为先锋，进攻建康。一误再误，且送死一个颜廷。牢之谢过了宴，立即登程。行至竹里，即将颜延一刀两段，送首入石头城。并遣子敬宣及女婿东莞太守高雅之，还军袭恭。恭方出城阅兵，拟为牢之后继，不防敬宣麾骑突至，纵横驰骤，乱杀乱剁，霎时间将恭兵驱散。恭匹马回城，城门已闭，城上立着一员大将，便是东莞太守高雅之。他已混入城中，据城拒恭。恭知不可入，忙纵马奔往曲阿。他平时本不善骑，急跑了数十里，髀肉溃裂，流血涔涔，不得已下马觅舟。适有曲阿人殷确，为恭故吏，乃用舟载恭，送往桓玄军营；行至长塘湖，偏被逻吏截住，将恭擒送建康。恭至此还有什么希望，眼见是引首就刑。惟临死时，尚自理发鬓，颜色自若，顾语刑吏道：“我误信匪人，致遭此祸，但原我本心，岂真不忠？使百世以下，知有王恭，我死已值得了。”以此为忠，何人不忠？恭既受诛，所有子弟党与，当然骈戮无遗。晋廷遂命刘牢之为辅国将军，都督兖青冀幽并徐扬各州军事，代恭镇守京口。

俄而杨佺期桓玄至石头，殷仲堪至芜湖，俱上表为恭伸冤，请诛刘牢之。元显见他势盛，却也生畏，遂悄悄的驰还京师，令丹阳尹王恺等发京邑士民数万人，共往石头。佺期与玄，方在石头城下耀武扬威，猖獗得很。忽见建康兵士如蜂拥、如蚁攒，漫山遍野，踊跃前来。两人不禁失色，当即麾军倒退，回屯蔡州。惟仲堪尚在芜湖，拥众数万，气焰未消。晋廷不知虚实，尚以为忧。左卫将军桓修，入白道子道："西军情实，修已了如指掌了，彼纠众为逆，殷桓以下，单靠王恭，恭既破灭，西军气沮。今若以重利啖玄，并及佺期，二人必然心喜，桓玄已足制仲堪，再加一佺期，便可使倒戈取仲堪了。"道子乃令玄为江州刺史，召还雍州刺史郗恢，使为中书，即命佺期代刺雍州，并都督梁、雍、秦三州军事。任修为荆州刺史，权领左卫文武，即日赴镇。遣刘牢之带领千人，护修前行。黜仲堪为广州刺史，使仲堪叔父太常殷茂，赍诏敕仲堪回军。

仲堪接诏，愤怒的了不得，便一再遣使，催促桓玄、佺期进军。玄等得着朝命，颇为所动，犹豫未决。仲堪防他生贰，急从芜湖南归，又着人传谕蔡州军士道："汝辈若不早散归，我至江陵，当尽诛汝等家属了。"蔡州军士听到此言，当然恟惧。佺期部将刘系，潜率二千人先归，一军已去，余众皆动。玄与佺期，不能禁遏，也只好随众西还。众惧家属被诛，倍道还趋，行至寻阳，得与仲堪相值。仲堪已经失职，不能不倚玄等为援，玄等见仲堪众盛，一时也不便相离，虽是两下猜嫌，表面上只好联络。所以彼此叙面，各无异言，且比前日较为亲昵，你指天、我誓日，俨然有沥肝披胆的情形，甚至各出子弟，互相抵质。就在寻阳筑台，歃血为盟，仍皆不受朝命，并连名上疏，提出三大条件：一是请申理王恭；二是求诛刘牢之，及谯王尚之；三是诉仲堪无罪，不应独被降黜。明明兴兵犯阙，如何说得无罪？不过玄与佺期同罪异罚，仲堪应也呼冤。这篇奏牍呈将进去，又令道子以下，无法抗辩，莫展一筹。统是酒囊饭袋。结果是召还桓修，仍将荆州给与仲堪，还要优诏慰谕，明示和解。成何体统！御史中丞江绩，且劾桓修专为身计，贻误朝廷，于是修被褫官爵，放归田里。冤哉枉也！

仲堪等得了诏谕，虽尚未尽如愿，但名位各得保全，已足令人意快，不如得休便休，受了诏命。偏佺期又来作怪，密语仲堪，谓："将来玄必为患，索性乘早袭击，杀死了他，方免后忧。"仲堪非不忌玄，但寻阳联盟，还是仗玄声望，得吓朝廷；且佺期素有勇略，兄广及弟思平，又皆粗悍强暴，不易驾驭，若杀玄以后，必更嚣张，势益难制，所以不从佺期，且加禁止。佺期孤掌难鸣，只得罢手，辞别赴镇。仲堪亦与玄相别，各就镇所去了。

三镇暂息战云，东南忽生妖雾，遂致建康都内，又复恐慌。正是祸端日出、防不胜防，这也是典午将亡，所以有此剧变呢。先是钱塘人杜子恭，挟有秘术，为众所推，尝就人借一瓜刀，数日不还。刀主向他索取，子恭道："当即相还，但不必由我亲交呢。"刀主似信非信，不过因刀为微物，未便强索，乃辞即去。会刀主有事赴吴，舟行至嘉兴，忽有大鱼一条跃入舟中，当下将鱼获住，剖腹待烹；腹中有刀一柄，仔细审视，就是前日借与子恭的瓜刀。刀主很是惊异，免不得传示他人，一传十、十传百，顿时哄动远近，大都称子恭为神，多往就学，负笈盈门。国家将亡，必有妖孽。

当时有琅琊人孙泰，系是西晋时孙秀的后裔，世奉五斗米道，汉张陵有异术，往学者必先奉五斗米，故称五斗米道。闻子恭有异术，特南访子恭，愿为弟子。子恭即收泰为徒，便将生平秘技一一传授。已而，子恭病死，泰为子恭高弟，就将那师家秘传，试演一二，便得愚民信仰，奉若神明。泰性狡猾，青出于蓝，往往借端敛钱，自供挥霍，甚且为人禳灾祈福，见有年轻女子，便乘机引诱，据为婢妾。愚民有何知识，但教有福可求，有灾可避，就使倾资竭产，也是甘心。至若女生外向，本要嫁给人家，何妨进奉仙师，可徼全家福利。于是泰既得财帛，又得子女，食必粱肉，衣必文绣。最快乐的是左拥娇娃、右抱丽姝，日夜演那彭祖采战的秘戏，生下六个红孩儿。

左仆射王珣，闻他妖言惑众，即请诸会稽王道子，把泰流戍广州。偏广州刺史王怀之，为泰所惑，竟使为郁林太守。他复借术欺人，名驰南越。太子少傅王雅本与泰交游，竟向孝武帝前推荐，说他养性有方，因复召还都城，使为徐州主簿，寻迁辅国将军，兼新安太守。王恭发难，泰私集徒众，得数千人，号为义兵，为国讨恭。黄门郎孔道、鄱阳太守桓放之、骠骑谘议周勰等，都替泰揶扬，声誉日盛。就是会稽世子元显也时常诣泰，求习秘术。泰见天下起兵，以为晋祚将终，乃聚资巨亿，号召三吴子弟，意图作乱。

朝士多知泰异谋，只因元显与泰相契，惮不敢发。独会稽内史谢輶，密白道子，揭发泰隐。道子乃使元显诱泰入都。泰昂然进见，不防道子厅前，伏着甲士，见泰进来，一齐突出，立将泰拿下，推出斩首，并发兵捕泰六子，尽加诛戮。只泰兄子孙恩，逃奔入海，愚民尚说泰蝉蜕成仙，纠资送往海岛中，接济孙恩。恩得聚合亡命百余人，潜谋复仇。小子有诗叹道：

> 人道反常妖自兴，瓜刀幻术有何凭？
> 渠魁虽戮余支在，东海鲸波又沸腾。

究竟孙恩能否起事，待至下回再表。

王恭初次发难，以讨王国宝兄弟为名。国宝兄弟，骄纵不法，讨之尚属有名，至罪人已诛，收军还镇，已可谓遂志矣！谚有之：“得意不宜再往。”况庾楷本国宝余党，王愉之兼镇豫州，所损惟楷，于恭无与，恭奈何偏信楷言，竟为楷所利用乎？引兵犯顺，一再不已，其卒至身首异处者，非不幸也，宜也。殷仲堪、桓玄、杨佺期，约恭进击，罪与恭同，幸得无恙。晋固威柄下移，而仲堪等蔑视朝廷，自相猜忌，有不至杀身不止者。无操懿之功，而思为操懿之行，未有不身诛族灭者也。孙泰妖言惑众，妄思借讨恭之名，号召徒党，乘机作乱，不旋踵而父子骈戮，同归于尽。《书》曰："惠迪吉，从逆凶。"亶其然乎？

第八十四回

戕内史独全谢妇　杀太守复陷会稽

却说孙恩逃往海岛，还想纠众作乱，只因亡命诸徒，陆续趋附，尚不过百余人，所以未敢猝发。适会稽王道子有疾，不能视事。世子元显，竟暗讽朝廷，解去道子扬州刺史兼职，授与元显，朝廷竟允所请。及道子疾得少痊，始知此事，未免懊恼，但事成既往，无可奈何，徒落得一番空恨罢了。谁教你溺爱不明。元显既得领扬州，引庐江太守张法顺为谋主，招集亲朋，生杀任意，并发东土诸郡，凡免奴为客诸人民，尽令移置京师，充作兵士。免奴为客，是得免奴籍，侨居东土诸客户，故有是称。东土嚣然苦役，各有怨言。孙恩因民心骚动，遂得乘势号召，集众至千余人，从海岛中出发，登岸入上虞境，戕官据城，沿途劫掠，复引众进攻会稽。

会稽内史谢輶，已经去职，换了一个王凝之。凝之就是前右军羲之的次子，由江州刺史调任，素性迂僻，工书以外，没甚才能，但奉五斗米道，讲习符箓祈祷诸事。他妻便是谢道韫，乃安西将军谢奕女，素有才名，略见前文。少时已善属诗文，叔父安尝问道韫，谓《毛诗》中何句最佳？道韫答云：“全诗三百篇，莫若《大雅·嵩高篇》云，吉甫作颂，穆如清风。仲山甫永怀，以慰其心。”安一再点首，谓道韫有雅人深致。又尝当冬日家宴，天适下雪，安问雪何所似？兄子谢明道：“撒盐空中差可拟。”道韫微哂道：“未若柳絮因风起。”

安不禁大悦，极称道韫敏慧。已而适王凝之，归宁时谒见伯叔，很是怏怏。安问道："王郎乃逸少子，羲之字逸少见前。并不恶劣，汝有何事未快呢?"道韫怅然道："一门叔父，有阿大中郎。群从兄弟，有封胡羯末，不意天壤中乃有王郎。"以凤随鸦。无怪不乐。安也为叹息不置。阿大疑即指安，中郎系指谢万。万曾为西中郎将。万长子韶，小字为封，曾任车骑司马。胡系朗小字，父据早卒，朗官至东阳太守，乃终。羯即玄小字，乃是道韫胞兄，位望最隆，详见上文。还有谢川小字，就叫作末，也是道韫从兄，青年早逝。这四人俱有才名，为谢氏一门彦秀，所以道韫提及，作为凝之的反比例。看官阅此，便可知凝之的本来面目了。

凝之弟献之，雅擅风流，为谢安所器重，辟为长史。他本来善谈玄理，有时与辩客叙议，或至词屈。道韫在内室闻知，即遣婢白献之道："欲为小郎解围。"宾客闻言，一座皆惊。少顷用青绫步障，施设屏前，即由道韫出坐帷内，再申献之前议，与客辩难，客亦词穷而去。才女遗闻，应该补叙。及凝之赴任会稽，挈家同行，才越半年，即由孙恩乱起，将逼会稽城下。凝之并不调兵，亦不设备，厅室中向设天师神位，每日焚香讽经。至是闻寇氛日逼，但在天师座下，日夕稽颡，且叩且诵，几把那道教中无上宝咒，全体念遍；又复起立东向，仗剑焚符，好象疯子一般，令人可笑。张天师以捉妖著名，恩虽为妖人余裔，奈部众统是强盗，并非妖怪，天师其如恩何?官吏入见凝之，请速发兵讨贼。凝之大言道："我已请诸道祖，借得神兵数千，分守要隘，就使有十万贼众，也无能为了。"哪知凝之虽这般痴想，神兵终未见借到，反致贼势日逼日近，距城不过数里。属吏连番告急，凝之方许出兵，兵未调集，贼已麕至，城中人民，夺门避难；凝之尚在道室叩祷，忽有隶役入报道："贼已入城了。"凝之方才惊起，急挈诸子出走，连妻谢道韫都不暇带去。才行至十里左右，已被贼众追及，仆从骇散，天尊无灵，只剩下父子数人，无从逃避，徒落强人手中，牵缚至孙恩面前；由恩责讯数语，但说他殃民误国，叱令枭首。凝之尚念念有词，不知诵什么避刀咒，无奈咒语仍然没效，但听得几声刀响，那父子数人的头颅，统已砍去了。好去见天师了。

谢道韫尚在内室，举动自如，及得凝之父子凶闻，始失声恸哭，下了数行痛泪。百忙中还有主宰，命婢仆等舁入小舆，自己挈着外孙刘涛，乘舆出走，弃去细软物件，但使各携刀械，防卫身体。甫出署门，即有数贼拦住，道韫使婢仆与斗，杀贼二人，余贼返奔，复去纠贼百余，前来抢掳。道韫见不可敌，索性下舆持刃，凭着那生平气力也与贼奋斗起来。贼猝不及防，竟被砍倒数人，后来一拥齐上，才为所执。外孙刘涛尚止数龄，自然一并掳去。道韫毫无惧色，但请往见孙恩。既至恩前，从容与语，说得有条有理，反令恩暗暗称奇，不敢加害；惟见了幼儿刘涛，却欲把他杀毙，道韫又抗声道："这是刘氏后人，今日事在王门，何关他族？必欲杀儿，宁先杀我！"恩也为动容，乃不杀涛，各令释缚，使她自去。

道韫自是嫠居会稽，矢志守节，律身有法。后来孙恩被逐，会稽粗安，太守刘柳闻道韫名，特往求见。道韫素知柳才，亦坦然出来，素髻素褥，自坐帷中，与柳问答。柳整冠束带，侧坐与谈。道韫风韵高迈，叙谈清雅，先述家事，慷慨流涟，徐酬问意，词理圆到。柳谈了片时，乃告退自叹道："巾帼中罕见此人，但瞻察言气，已令人心形俱服了。"强盗且不敢加害，何况刘柳？道韫亦云："亲从阔亡，始遇此士，听他问语，亦足开人心胸。"这也是惺惺惜惺惺的意思。先是同郡张玄亦有慧妹，为顾家妇。玄每向众自夸，足敌道韫。有济尼往游二家，或问及谢、张两女优劣，济尼道："王夫人神情散朗，自有林下风；顾家妇清心玉映，也不愧为闺房翘秀哩。"

道韫所著诗赋诔颂，辑成卷帙，至寿终后，遗集流传，脍炙人口。但古来才女，总不免有些命薄，曹大家读若姑，见《汉书》。中年丧夫，谢道韫自伤不偶，且致守孀，难道天意忌才，果不使有美满姻缘么？感慨中寓郑重之意。话休叙烦。

且说孙恩既陷入会稽，遂高张巨帜，号召远近。吴国内史桓谦、临海太守王崇、义兴太守魏隐，皆弃郡窜去。凡会稽、吴郡、吴兴、义兴、临海、永嘉、东阳、新安八郡，土豪蜂起，戕吏附贼。吴兴太守谢邈、永嘉太守司马逸、嘉兴公顾胤、南康公谢明慧、黄门侍郎谢冲张琨、中书郎孔道等相继被杀。冲、邈皆谢安从子，明慧又是冲子，过继南康公谢石，故得袭封。邈兄弟且至灭门，罹祸尤惨。邈先纳妾郗氏，颇加宠爱；嗣娶继室郗氏，貌美心妒，为邈所惮。妾郗氏竟致见疏，阴怀忿怼，遂作书与邈，凄词诀绝。邈知文非妾出，疑为门下士仇玄达所作，因黜玄达。玄达竟投依孙恩，引贼执邈，逼令北面下跪。邈厉声道："我未尝得罪天子，何用北面？"此时颇有丈夫气，奈何前惮一妇。说毕被害。玄达复搜邈家族，屠戮无遗。

时三吴承平日久，兵不习战，但知望风奔溃，或且降附孙恩。恩住会稽旬余，得众至数十万，遂自称征东将军，胁士人为官属，号为"长生党"。士民或不肯相从，立屠家属，戮及婴孩。每拘邑令，辄醢为肉酱，令他妻子取食，一不从令，即支解徇众。所过诸境，掠财物，毁庐舍，焚仓廪，无论男女，悉驱往会稽充役。妇人顾恋婴儿，未肯即行，便把她母子尽投水中，且笑祝道："贺汝先登仙堂，我当随后就汝。"想是恩自知结果，故有此谶语。百姓横遭酷虐，不可胜数。恩恐师出无名，未足动众，乃上表罪会稽王父子，请即加诛。晋廷当然不许，遂内外戒严，复加会稽王道子黄钺，进元显为领军将军，命徐州刺史谢琰，兼督吴兴、义兴诸军事，征兵讨恩。青、兖七州都督刘牢之，自请击贼，拜表即行。谢琰为谢安次子，颇负重望，既奉诏督军，即调集兵士，长驱直进。行至义兴，与贼党许允之，一场大战，便将允之首级取来，义兴城唾手夺还。召回前太守魏隐，仍令照前办事。再移兵进攻吴兴，又破贼邱尫，可巧刘牢之亦麾军到来，遂与他分头征剿，转斗而前，所向皆克。琰留屯乌程，遣司马高素助牢之，南临浙江。有诏命牢之都督吴郡诸军事，牢之引彭城人刘裕为参军。

看官听说，这刘裕系乱世枭雄，就是将来的宋武帝。此时正当发轫，自然英武特出，比众不同。相传裕为汉楚王交二十一世孙，交尝受封彭城，后裔就在彭城居住。嗣随司马氏东迁，方移居丹徒县京口里。裕字德舆，小名寄奴，幼时贫贱，粗识文字，好骑射，善樗蒱，无计谋生，没奈何织屦为业。尝至荻州伐荻作薪，忽遇着大蛇一条，长约数丈，他急拔箭射去，适中蛇两目间，蛇负痛自去。次日复往，见有群儿捣药，便问作何用？一儿答道："我王为刘寄奴所伤，故遣我等采药，捣敷伤痕。"裕又问："汝王为谁？"儿答为山神。裕惊诧道："山神岂不能杀一寄奴？"儿又谓："寄奴王者不死。"裕听了儿言，胆气益壮，便叱退群儿，把臼中药取归，每遇伤痕，一敷即愈。自此襟期远大，有出仕意，遂往投冠军将军孙无终麾下，充入行伍，未几，即擢为司马。裕为一朝主子，故叙明履历。

牢之尝闻裕智勇过人，因即引参军事，与商计议，多出意表。牢之使裕率数十人，往探贼势。裕毅然径行，途次遇贼数千名，即挺身与斗，从人多死，裕亦逼坠岸下。贼欲下岸刺裕，裕手中执着长刀，仰斫数人，复一跃登岸，大呼杀贼，贼竟骇走。适牢之子敬宣，见裕久出不归，恐他遇险，因引兵往寻，及见裕孑身驱贼，不禁惊叹，遂助裕进击，斩获贼党千余人，然后回营。

孙恩前据会稽，闻八郡响应，喜出望外，便笑语党羽道："取天下如反掌了，我当与诸君朝服至建康。"嗣因贼党屡败，又闻牢之兵已临江，复对众叹息道："我割浙江以东，尚不失为越勾践哩。"至牢之引兵渡江，防贼相继溃归，恩扼腕道："孤不羞走，将来再出未迟。"遂驱男女二十余万口，向东急奔，沿途抛散宝物子女，赚弄官军。果然官军从后追蹑，见了珍奇的宝物，髫秀的子女，无不争取，遂至趱路迟滞，不得及恩，恩复逃入海岛中去了。高素亦连破贼党，斩恩所署吴郡太守陆瑰、吴兴太守邱尪、余姚令孙穆夫。东土人民，稍稍还复旧居。惟官军亦不免纵掠，以暴易暴，殊失民望。朝廷虑恩复至，用谢琰为会稽太守，都督五郡军事，率领徐州文武，镇守海浦。琰以资望守越，时论总道他驾驭有方，可无后患；那知他莅任以后，荒废职务，既不抚民，又不训兵，镇日里闲居厅舍，饮酒自遣。将佐多入请道："强贼在海，伺人形便，宜广扬仁风，宽以济猛，俾彼自新。"琰傲然道："苻坚拥兵百万，尚自送死淮南，况孙恩败奔海岛，怎能复出？如或出来，乃是天歼贼党，令他速死了。"遂不从所请。

既而孙恩果复寇浃口，入余姚，破上虞，进逼邢浦，距山阴北只三十五里。琰乃遣参军刘宣之引兵往击，得破贼众，恩又退还海中。宣之还军报琰，琰益以为贼不足虑，高枕无忧。偏孙恩探得官军已返，复领众登岸，再攻上虞。太守张虔硕驱兵出战，为恩所破，败走邢浦。恩乘胜进击，戍兵多望风骇退，于是贼势复张，人情大骇。警报纷至琰所，琰尚不以为意，将吏又请诸琰前，谓："宜严加防堵，挫遏贼锋。"琰还摇首道："彼来送死，待我一出，便可立歼了。"谈何容易。或谓："贼颇猖獗，未可轻视，最好是预遣水军，埋伏南湖，俟他到来，发伏邀击，不患不胜。"此计最妙。琰付诸一笑，总道是贼党乌合，容易破灭，不必多设机谋。

迁延了一两日，贼已大至，琰尚未朝食，闻报即出，招集将士，便命击贼。帐下督张猛，请食毕后行。琰瞋目道："么麽小丑，一鼓可平，我当先灭此寇，再来会食未迟。"猛又道："众皆枵腹，如何从戎？"琰不待说毕，便厉声喝道："汝敢违我军令么？左右快与我拿下，斩讫报来！"他将见琰动怒，乃环跪帐前，为猛乞免。琰尚执着"死罪可免，活罪难饶"二语，令把猛笞杖数十，然后发放。一面出厅上马，命广武将军桓宝为先锋，匆匆出战。行至江塘，与贼相遇，宝颇有胆力，前驱陷阵，杀贼甚多。琰见先锋得胜，麾兵急进，怎奈塘路迫狭，不能四面直上，只好鱼贯而前。琰尚恨迟慢，从后催趱，不防江外有贼舰驱至，舰中贼弯弓迭射，竞向官军射来。官军无法避免，多被射倒。贼复从舰中登岸，上塘冲击，把官军截做两段，官军前后不能相顾；前面的贼党，顿时起劲，围住桓宝。宝虽称骁悍，究竟不能久持，手下所领的兵士又是饥敝得很，无力再战，宝自知必死，索性下马格斗，杀贼数十人，刀缺力竭，自刎而亡。余众尽做了刀下鬼兵。

那谢琰领着后队，不得前进，自然倒退。到了千秋亭，贼众不肯相舍，还是恶狠狠的赶来。琰正在着忙，忽背后有一骑驰至，用刀斫琰马尾，马负痛倒地，琰亦坠下，顶上又着了一刀，便即归阴。究竟是为何人所杀？原来就是帐下督张猛。猛既杀琰泄恨，逼官军降贼，官军或逃或降，贼得与猛同入会稽。一不做、二不休，可恨逆猛忍心，还要屠琰家眷。琰有二子肇、峻，俱为所害，只有少子混曾尚晋陵公主，孝武帝女。就职都中，幸得免难。后来刘裕破贼左里，活擒张猛，押送与混。混刳出猛肝，生食泄忿。有诏谓："琰父子陨于君亲，忠孝萃于一门，应并加旌典。"乃追赠琰为侍中司空，予谥"忠肃"。琰子肇得赠散骑常侍，峻得赠散骑侍郎。小子有诗叹道：

谢家琪草本多栽，况复东山受训来。
谁料骄兵遭败劫，捐躯徒使后人哀！

孙恩再入会稽，转寇临海，晋廷当然遣将抵御，欲知后事，请看官续阅下回。

孙恩能杀王凝之，而不能杀谢道韫，非有幸有不幸也。凝之迷信道教，不知战守，其死也固宜；道韫以一妇人，能从容抗贼，不为所屈，恩虽剧盗，亦诧为未有，纵之使去。林下高风，令人倾倒，是固《列女传》中独占一席者也。造物忌才而故阨之，又若怜才而特佑之，道韫有知，其亦可无遗恨欤？谢琰为安次子，资望并崇，当其奉诏讨贼，累战皆克，亦非真庸劣无能者比。厥后镇守会稽，乃不听将佐之谋，仓猝战败，致为忿将所戕，斯皆由“骄”之一字误之耳。曹操、苻坚，拥兵百万，犹以骄盈复众，况谢琰乎！

第八十五回

失荆州参军殉主　弃苑川乾归逃生

却说晋廷闻谢琰战殁，亟遣将军孙无终、桓不才、高雅之等，分讨孙恩。恩转寇临海，为雅之所击，退走余姚。雅之进兵再战，竟至败绩，退保山阴，部众十死七八。诏令刘牢之都督会稽五郡，率众击恩。恩颇惮牢之兵威，复走入海。牢之乃东屯上虞，使刘裕戍勾章，吴国内史袁崧筑垒沪渎，作为后备，才得少安。

惟荆州刺史殷仲堪，前次虽不听佺期，未袭桓玄，但心中也恐玄跋扈，足为己患，所以与佺期仍相联络，互结姻缘。玄也颇闻佺期密谋，先事豫防，督兵屯戍夏口，用始安太守卞范之为长史，充作谋主；且引庾楷为武昌太守。楷尝挟嫌寻衅，见嫉朝廷，故仲堪等免罪，楷独不得遇赦。玄引罪人为心腹，已隐与朝廷反抗，偏又上告执政，谓"殷、杨必再滋事，请先给特权，以便控制"云云。会稽王道子等，亦欲三人自相构隙，使他乖离，乃加玄都督荆州四郡军事。又以玄兄桓伟，代佺期兄广为南蛮校尉，佺期原是不平，广更忿恨的了不得，定要兴兵拒伟。惟佺期尚未敢遽发，禁广暴动，且出广为宜、都建平二郡太守。会后秦主姚兴，寇晋洛阳，擒去河南太守辛恭靖，河洛一带，相继陷没。佺期想出一条声西击东的计策，部署兵马，阳言援洛，暗中实欲袭玄；自思兵力未足，仍遣使商诸仲堪。何苦寻衅？仲堪又恐佺期得势，也非己利，因复书苦劝，并遣从弟遹屯北境，防遏佺期。佺期不能独举，且未测仲堪命意，因此敛兵不动。仲堪多疑少决，谘议参军罗企生密语弟遵生道：“殷公优柔寡断，终必及祸，我既蒙知遇，义不可去，将来必与彼同死了。”遵生也为太息。但见兄已决死，不好劝他引退，只好听天由命罢了。前时胡藩曾劝罗早去，罗终未决，虽士为知己者死，但仲堪非忠义臣，何必与同死生！是时，荆州水溢，洪流遍地，仲堪偏发仓廪，赈济饥民。桓玄欲乘他空虚，先攻仲堪，继及佺期，表面上也以救洛为名，筹备军事，先遣人致书仲堪道：

佺期受国恩而弃山陵，宜共罪之。今当入沔，讨除佺期，已屯兵江口。若公与同心，可速收杨广杀之。如其不尔，便当率兵入江，公其毋悔！

仲堪得书，不答一词。玄遂遣兵袭入巴陵，夺取积谷，作为军粮。适梁州刺史郭铨，奉命赴官，道经夏口，玄把铨留住，诈称朝廷遣铨助己，使为前锋，拨给江夏部曲，督同诸军并进，且密报兄伟，使为内应。伟毫不预备，急切不知所为。仲堪亦稍有所闻，便迫伟入见，诘问桓玄消息。伟恐为所杀，只好和盘说出，谓与自己无干。仲堪将伟拘住，使与玄书，说得情词迫切，吁乞退军。玄览书微笑道：“仲堪为人，素少决断，必不敢加害我兄，我可无忧，尽管准备进兵便了。”遂使部将郭铨、苻宏，掩至江口，与殷遹军相值。遹仓猝接战，败还江陵。仲堪再遣杨广及从子道护等往拒，又为玄军所败，江陵震骇；且因城中乏食，用胡麻代粮，权时充饥。偏桓玄乘胜进逼，前锋距江陵城，仅二十里。仲堪大惧，急召杨佺期过援。佺期道：“江陵无粮，如何待敌？可请来相就，共守襄阳。”仲堪得报，不欲弃州他往，乃复遣人给佺期道：“现已收储粮米，不虞无食了。”此事岂可骗得？佺期信以为真，即率步骑八千，直趋江陵，仲堪无粮可给，但使人挑出数担胡麻饭，饷佺期军。莫非使他尽去登仙？佺期始知被绐，勃然大怒道：“这遭又败没了！”遂不暇入见仲堪，忙与兄广一同击玄。玄闻佺期挟锐前来，暂避凶锋，退屯马头，但令郭铨留戍江口。佺期杀将过去，铨兵少势孤，怎能抵敌？险些儿被他擒住，幸亏逃走得快，才保性命。佺期等既得胜仗，休息一宵，锐气已减，谁知桓玄领着大兵，突然杀到，闯入佺期营内。佺期兵立时哗散，单剩佺期兄弟二人，如何退敌？没奈何拼命逃生，奔往襄阳。途次被玄将冯该引兵追到，佺期及广无处可奔，束手受死。冯该怎肯容情，便将他兄弟缚去献玄。玄立命枭斩，传首建康。佺期弟思平，与从弟尚保孜敬，逃入蛮中。

仲堪闻佺期败走，即出奔酂城，旋接佺期死耗，又率数百人西奔，将赴长安。行至冠军城，为玄军追及，数百人逃避一空，只有从子道护随着，四顾无路，两叔侄被捉去一双，还至柞城，逼令仲堪自杀。道护抚尸恸哭，也为所害。仲堪尝信奉释道，不吝财贿，惟专务小惠，未识大体；及桓玄来攻，尚求仙祷佛，毫无战守方略，终致败死。后由仲堪子简之，觅得遗骸，移葬丹徒，庐居墓侧，有复仇志，事且慢表。

先是仲堪出走时，文武官属，无一人送行，独罗企生随与同往。路经家门，适弟遵生待着，便语企生道：“今日作这般分离，何可不握手言别？”企生乃停辔授手，遵生素有膂力，竟将企生牵腕下马，且与语道：“家有老母，去将何往？”企生挥泪道：“我决与殷公同死，不宜失信；但教汝等奉养老母，不失子道。便是罗氏一门忠孝两全，我死亦无遗恨了。”遵生仍然牵住，不令脱身。仲堪回头遥望，见企生被弟掖住，料无脱理，因即策马自去，故企生尚得不死。及桓玄已杀仲堪，唾手得了荆州，自然急诣江陵。江陵人士，统去迎谒，惟企生不往，专为仲堪办理家事。有友人驰语企生道：“君为何不识时务？恐大祸就在目前了。”企生道：“殷公以国士待我，我何忍相负？前为我弟所制，不得随行，共除丑逆，今有何面目去见桓玄，屈志求生呢？”这数语为玄所闻，当然忿恨，但颇怜惜企生材具，乃使人传语道：“企生若肯来谢我，必不加罪。”企生慨然道：“我为殷荆州属吏，殷荆州已死，我还去谢何人？”玄因企生不屈，遂将他收系狱中，复遣人问企生，尚有何言？企生道：“前文帝尝杀嵇康，康子绍仍为晋忠臣。今我不求生，只乞活一弟，终养老母。”玄乃引企生至前，自与语道：“我待汝素厚，何故见负？难道真不怕死么？”企生道：“使君兴音阳甲，出次寻阳，与殷荆州并奉王命，各还本镇，当时升坛盟誓，言犹在耳。今口血未干，乃遽生奸计，食言害友。企生自恨庸劣，不能翦灭凶逆，死已嫌迟，还怕什么！”玄被他诘责，益觉恼羞成怒，因令左右将企生斩讫，总算释免遵生，不使连坐。企生母胡氏，尝由玄赠一羔裘，及企生遇害，胡母即日焚裘。玄虽然闻知，也置诸不理。企生尝列《晋书·忠义传》中，非不足以风世，但企生出处，亦欠斟酌。

惟上表归罪殷杨，自求兼领荆州。晋廷但务羁縻，并不责玄专杀，只调玄都督荆司雍秦梁益宁七州军事，领荆州刺史，另起前将军桓修为江州刺史。玄得了荆州，失去江州，心仍不甘，再上疏固求江州。于是加督八州，兼领江、荆二州刺史。玄兄伟未曾被害，由玄擅授为雍州刺史，且令从子振为淮南太守。朝廷不敢违忤，遂致玄肆无忌惮，越要恃势横行了。为下文谋逆伏案。

是时，河北诸国，后秦最强。秦主姚兴，礼耆硕，登贤俊，讲求农政，整饬军容，尝遣弟姚崇寇晋洛阳。晋河南太守辛恭靖，固守百余日，援绝粮尽，城乃被陷。恭靖被执至长安，得见姚兴。兴与语道：“卿若肯降我，我将委卿以东南重任，可好么？”恭靖厉色道：“我宁为国家鬼，不愿为羌贼臣。”再叙辛恭靖事，无非称美忠臣。兴虽不免动怒，将他幽锢别室，但也未尝加刑。后来恭靖逾垣逃归，兴也不欲追赶，由他自返江东。惟自洛阳陷没，淮汉以北诸城多半降秦，姚兴并不矜夸；且因日月薄蚀，灾眚屡见，自削帝号，降称秦王。凡群公卿士，将帅牧守，俱令降级一等，存问孤寡，简省法令，清察狱讼，严定赏罚，远近肃然，推为美政。

西秦主乞伏乾归，自杀退凉主吕光后，与南凉主秃发乌孤和亲，互结声援；又讨服吐谷浑，攻克支阳、鹯武、允吾三城，威焰日盛。接应七十九回。只因所居西城南景门，无故忽崩，虑及不祥，乃复自西城迁都苑川。后秦主姚兴，恐乾归逼处西陲，势大难制，乃拟先发制人，特遣征西大将军陇西公姚硕德，统兵五万攻西秦，趋南安峡。乾归出次陇西，督率将士，抵御硕德。俄闻兴潜军将至，因召语诸将道：“我自建国以来，屡摧劲敌，乘机拓土，算无遗策。今姚兴倾众前来，兵势甚盛，山川阻狭，未便纵骑与敌，计惟诱入平川，待他懈怠，然后纵击。国家存亡，在此一举，愿卿等努力杀贼，毋少退缩。若能枭灭姚兴，关中地便为我有了。”于是遣卫军慕容允，率中军二万屯柏阳。镇军将军罗敦，率外军四万屯侯辰谷。乾归自引轻骑数千，前候秦军。

会大风骤起，阴雾四霾，军士无故自骇，东奔西散，致与中军相失。姚兴却驱军追来，乾归忙驰入外军。诘旦，天雾少晴，开营出战，敌不过秦军锐气，前队多半伤亡，后队便即奔溃。乾归见势不佳，弃军急走，逃归苑川，余众三万六千，尽降姚兴。兴遂进军枹罕，乾归不能再战，复自苑川奔金城，泣语诸豪帅道：“我本庸才，谬膺诸军推戴，叨窃名号，已逾一纪。今败溃至此，不能拒寇，只好西趋允吾，暂避寇焰，但欲举众前往，势难速行，倘被寇众追及，必致俱亡。卿等且留居此城，万一不能保全，尽可降秦，免屠家族，此后可不必念我了。”何前倨而后恭？诸豪帅齐答道：“从前古公杖策，豳人归怀，玄德南奔，荆楚襁负，临歧泣别，古人所悲；况臣等义深父子，怎忍相离？情愿随着陛下，誓同生死！”乾归道：“从古无不亡的国家，如果天未亡我，再得兴复，卿等复可来归，何必今朝俱死呢？况我将向人寄食，亦不便携带多人。”诸豪帅见乾归志决，乃送别乾归，恸哭而返。乾归遂率着家属，数百骑西走允吾，一面遣人至南凉，奉书乞降。

南凉主秃发乌孤，因酒醉坠马，伤胁亡身，僭位仅及三年。遗命宜立长君，乃立弟凉州牧利鹿孤为嗣主，改元建和，追谥乌孤为“武王”。才阅半年，即得乾归降书，乃令弟广武公傉檀，往迎乾归，使居晋兴，待若上宾。镇北将军秃发俱延，入白利鹿孤道：“乾归本我属国，妄自尊大，今势穷来归，实非本心。他若东奔姚氏，必且引兵西侵，为我国患，故不如徙置西陲，使他不得东往，才可无忧。”利鹿孤道：“我方以信义待人，奈何疑及降王，徙置穷边？卿且勿言！”俱延乃退，已而乾归得南羌梁弋等书，谓：“秦兵已撤回长安，请乾归还收故土。”乾归即欲东行，偏为晋兴太守阴畅所闻，驰白利鹿孤。利鹿孤遣弟吐雷，率骑三千，屯扪天岭，监察乾归。乾归恐为利鹿孤所杀，因嘱子炽磐道：“我因利鹿孤谊兼姻好，情急相投，今乃忘义背亲，谋我父子，我若再留，必为所害。今姚兴方盛，我将往附，若尽室俱行，必被追获，现惟有送汝兄弟为质，使彼不疑，我得至长安，料彼也不敢害汝呢。”炽磐当然从命。乾归即送炽磐兄弟至西平，作为质信。果然利鹿孤不复加防，乾归得潜身东去。去了二日，利鹿孤始得闻知，急遣俱延往追，已是不及。

那乾归径诣长安，往降姚兴。兴喜得乾归，即命他都督河南军事，领河州刺史，封归义侯。寻复迁还苑川，使收原有部众，仍然留镇。乞伏炽磐质押西平，常思乘间窃逃，奔依乃父。一日已得脱行，偏被利鹿孤探知，遣骑追还。利鹿孤欲杀炽磐，还是广武公傉檀，替他解免，说是："为子从父，乃是常情，不足深责，宜加恩宽宥，表示大度。"利鹿孤乃赦免炽磐，不复加诛。炽磐心终未死，过了年余，竟得逃还苑川。乾归大喜，使他入朝姚兴。兴命为振忠将军，领兴晋太守。炽磐父子，总算共事姚氏，暂作秦臣。虎兕终难免出柙。

惟南凉秃发氏与后凉吕氏常有战争，小子宜就此补叙，表明后凉衰乱情形。吕光晚年，政刑无度，土宇分崩，除北凉段业，另行建国，已见前文外，见七十九回。尚有散骑常侍太史令郭黁，读若贲。连结西平司马杨统，叛光为乱，借兵南凉。于是两凉构兵，差不多有一年余。黁颇识天文，素善占候，为凉人所信重。会荧惑星守东井，黁语仆射王详道："凉地将有大兵，主上老病，太子暗弱，太原公指吕光庶长子纂。又甚凶悍，我等为彼所忌，倘或乱起，必为所诛。现田胡王乞基两部最强，东西二苑卫兵素服二人；我欲与公共举大事，推乞基为主帅，俟得据都城，再作计较。"详颇以为然，与黁约期起事。不料事尚未发，谋已先泄，王详在内，首被捕诛。黁即据东苑，集众作乱。凉主吕光，急召太原公纂讨黁，纂司马杨统，为黁所诱，密告从兄桓道："郭黁举事，必不虚发。我欲杀纂应黁，推兄为主，西袭吕弘，据住张掖，号令诸郡，这却是千载一时的机会哩。"桓勃然道："臣子事君，有死无贰，怎得称兵从乱？吕氏若亡，我为弘演，尚是甘心哩。"弘演系春秋时卫人，见《列国志》。统见兄不从，恐为所讦，遂潜身奔黁。太原公纂，初击黁众，为黁所破。嗣由西安太守石元良来援，方得杀败黁兵。黁先入东苑，拘住光孙八人，及兵败生愤，把光孙一并杀死，肢分节解，饮血盟众。众皆掩目，惨不忍睹。识天文者果如是耶？

适凉人张捷、宋生等，纠众三千，起据休屠城，与麐勾通，共推凉后军杨轨为盟主。轨遂自称大将军凉州牧西平公，令司马郭伟为西平相，率步骑二万人，往助郭麐。麐已打了好几个败仗，遣人至南凉乞援。南凉利鹿孤傉檀，先后发兵赴救，两路兵共逼姑臧，凉州大震，亏得吕纂已驱麐出城，严兵把守。麐兵十死五六，余众因麐性残忍，尽已离心。麐不禁气夺。至杨轨进营城北，欲与纂决一雌雄，反被麐从旁阻住，屡引天道星象，作为证据，只说是不宜急动，急动必败。此时想又换过一天，故前后言行不符。看官试想！行兵全仗一股锐气，若久顿城下，不战自疲；还有南凉兵远道前来，携粮不多，利在速战，但因杨轨等未尝动手，也只好作壁上观，不但兵粮日少一日，军心也日懈一日。相持至数阅月，已有归志。会凉常山公吕弘，为北凉沮渠男成所攻，拟自张掖还趋姑臧。凉主吕光，令吕纂发兵往迎，杨轨闻报，语将士道："吕弘有精兵万人，若得入姑臧，势且益强，凉州万不可取了。"乃与南凉兵邀击纂军。纂正防此着，驱军大杀一阵，南凉兵先退，轨亦败退，于是纷纷溃散。郭麐先东奔魏安，轨与王乞基等南走廉川。南凉兵当然归国，姑臧解严，纂与宏安然入都。惟吕光受了一番虚惊，老病益甚，要从此归天了。小子有诗叹道：

重瞳肉印并奇闻，谁料耄昏治日棼。
十载光阴徒一瞥，五胡毕竟少贤君。

欲知吕光临死情形，且至下回说明。

殷仲堪与杨佺期，皆非桓玄敌手，仲堪之失在畏玄，佺期之失在忌玄。畏玄者终为所制，忌玄者不能制玄，终必失败，其结果同归一死而已。罗企生不从胡藩之言，甘心殉主，徒死无益，殊不足取。惟当世道陵夷之日，犹得一视死如归之烈士，不可谓非名教中人，《晋书》之列入《忠义传》，良有以也。乞伏乾归，承兄遗业，斩杨定，杀吕延，拓地西陲，几若一鲜卑霸王，然姚兴兵至，一败即奔，又何其怯也？姚兴能屈服乾归，而吕光反为所屈，此后凉之所以一蹶不振也夫。

第八十六回

受逆报吕纂被戕　据偏隅李暠独立

却说后凉主吕光老病已剧，自知不起，乃立太子绍为天王，自称太上皇，命庶长子纂为太尉、纂弟弘为司徒，且力疾嘱绍道："我之病势日增，恐将不济，三寇窥窬，指南凉、北凉、西秦。迭伺我隙，我死以后，汝宜使纂统六军，掌朝政。委重二兄，尚可保国，倘自相猜贰，起衅萧墙，恐国祚从此殄灭了。"说毕，又召纂弘入嘱道："永业绍字永业。非拨乱才，但因正嫡有常，使为元首，今外有强寇，人心未宁，汝兄弟能互相辑睦，自可久安，否则内自相图，祸不旋踵，我死亦难瞑目呢。"乘乱窃国，怎得久存？纂与弘受命而退。未几光死，享年六十三，在位十年。已算久长。绍恐有内变，秘不发丧。已忘父训。纂已闻知，排闼入哭，尽哀乃出。绍所忌惟纂，恐为所害，乃呼纂与语道："兄功高年长，宜承大统，我愿举国让兄。"纂答道："臣虽年长，但陛下系国家冢嫡，不能专顾私爱，致乱大伦。"绍尚欲让纂，纂终不从，绍乃嗣位，为父发丧，追谥光为"懿武皇帝"，庙号"太祖"。

光有从子二人，长名隆，次名超，皆为军将。此次送葬已毕，超即乘间白绍道："纂连年统兵，威震内外，临丧不哀，步高视远，看他举止，必成大变；宜设法早除，方安社稷。"绍摇首道："先帝顾命，音犹在耳。况我年尚少，骤当大任，方赖二兄安定家国，怎得相图？就使彼若图我，我亦视死如归，终不忍自戕骨肉，愿卿勿言！”超又道：“纂威名素盛，安忍无亲，今不早图，后必噬脐。”劝人杀兄，难道非安忍无亲么？绍半晌答道：“我每念袁尚兄弟，未尝不痛心忘食，宁可待死，不愿相戕。”恐非由衷之言。超叹息道：“圣人尝言，知几其神，陛下临几不断，臣恐大事去了。”既而绍在湛露堂，适纂进来白事。超持刀侍侧，屡次顾绍，用目示意，欲绍下令收纂。绍终不为动，纂得从容退去。

弘前得光宠，望为世子，及绍得嗣立，弘常怀不平；至是遣尚书姜纪，私下语纂道：“先帝登遐，主上暗弱，兄尝总摄内外，威震远迩，弟欲追踪霍子孟，即汉霍光。废暗立明，即推兄为中宗，兄以为如何？”又是一个乱首。纂尚觉踌躇，再经姜纪怂恿数语，动以利害，不由纂不从弘议，遂夜率壮士数百人，潜逾北城，攻广夏门。弘亦率东苑卫士，斫洪范门，与纂相应。左卫将军齐从，方守融明观，闻禁门外有哗噪声，即孑身出视，问为何人？纂手下兵士齐声道：“太原公有事入宫。”从抗声道：“国有大故，主上新立，太原公行不由道，夜入禁门，莫非谋乱不成？”说着，即抽剑直前，向纂斫去。纂连忙闪过，额已被伤，左右争来救纂，与从对敌。从双手不敌四拳，终为所擒。纂称为义士，宥从勿杀。绍在宫中闻变，乃遣武贲中郎将吕开，率禁兵出战端门。吕超亦引众助战，偏兵士都惮纂声威，相率溃散。纂得入青光门，升谦光殿。绍知不可为，趋登紫阁，自刎而亡，超独出奔广武去了。

弘入殿见纂，纂见弘部众强盛，也不得不佯为推让，劝弘即位。弘微笑道：“绍为季弟，入嗣大统，所以人心未顺，因有此变。我违先帝遗训，愧负黄泉，若复越兄僭号，有何面目偷息人间？大兄年长才高，威名远振，宜速就大位，安定人心。”纂遂僭称天王，改元咸宁，谥绍为“隐王”，命弘为侍中大都督大司马车骑大将军，录尚书事，封番禾郡公。此外封拜百官，不胜具述。惟前左卫将军齐从，仍令复职。纂引从入见，且与语道："卿前次砍我，未免太甚。"从泣答道："隐王为先帝所立，臣当时惟知有隐王，尚恐陛下不死，怎得说是太甚呢？"纂仍嘉从忠，优礼相待，且遣人慰谕吕超，说他迹不足取，心实可原。超乃上疏陈谢，得复原官。

惟弘因功名太盛，恐不为纂所容，时有戒心，纂亦不免加忌。两下里猜嫌已久，弘竟从东苑起兵，围攻禁门。纂遣部将焦辨，率众出击，弘战败出奔，逃往广武。纂纵兵大掠，所有东苑将士的妇女，悉充军赏。弘妻女不及出走，也被纂兵掠去，任意淫污。纂自鸣得意，笑语群臣道："今日战事，卿等以为何如？"侍中房晷应声道："天祸凉室，衅起萧墙，先帝甫崩，隐王幽逼，山陵甫讫，大司马惊疑肆逆，京邑交兵，骨肉相戕。虽由弘自取夷灭，究竟陛下亦未善调和。今宜省己责躬，慨谢百姓，乃反纵兵大掠，污辱士女，衅止一弘，百姓何罪？况弘妻为陛下弟妇，弘女为陛下侄女，奈何使无赖小人，横加凌侮？天地鬼神，岂忍见此？"谠直可风。说罢，欷歔泣下。纂亦不禁改容，乃禁止骚扰，召还弘妻及男女至东宫，妥为抚养。已被人污辱得够了。寻由征东将军吕方，执弘系狱，飞使告纂。纂使力士康龙，驰往杀弘。康龙将弘拉死，还归复命。身为戎首，宜其先亡。

纂妻杨氏，为弘农人杨桓女，美艳绝伦，纂即立为皇后，授后父桓为散骑常侍、尚书左仆射，封金城侯。且因内乱已平，侈图远略，遂拟兴兵往攻南凉。中书令杨颖进谏道："秃发利鹿孤，上下用命，国未有衅，不宜遽伐。今且缮备兵马，劝课农桑，待至有机可乘，然后往伐，乃可一举荡平。今日国家多事，公私两困，若非先固根本，内患恐将复起，愿陛下计出万全，毋轻用兵。"纂不肯从，竟引兵渡浩亹河，侵入南凉境内，果为利鹿孤弟傉檀所败。纂尚未肯罢休，复移兵西袭张掖。尚书姜纪又谏道："今当盛夏，农事方殷，若废农用兵，利少害多；且逾岭攻虏，虏亦必乘虚来袭都下，不可不防，还请回军为是。"纂尚不以为然，侈然说道："利鹿孤有什么大志，若闻朕军大至，自守尚且不暇，还敢来攻我都么？"已经一败，还要自夸。遂进围张掖。偏傉檀不即赴援，竟引兵入逼姑臧，当由姑臧守将，飞报纂军。纂慌忙驰还，傉檀乃收兵退去。

先是纂弑绍据国，姑臧城内，有母猪生一小猪，一身三头；又有黑龙出东厢井中，蟠卧殿前，良久方去。纂目为祥瑞，改殿名为龙翔殿。俄而黑龙又升悬九宫门，纂复改名九宫门为龙兴门。大约是条黑蛇，纂强名为黑龙。时西僧鸠摩罗什，尚在姑臧，因吕光父子，不甚听从，所以闲居寺中，无所表白，至是闻纂用兵不已，才入殿告纂道："前时潜龙屡出，豕且为妖，恐有下人谋上的隐祸，宜亟增修德政，上挽天心。"纂虽当面应诺，下令罢兵；但性好游畋，又耽酒色，越是酣醉，越是喜游。杨颖一再谏阻，终不少改；再经殿中侍御史王回，中书侍郎王儒，叩马极谏，仍然不从。好容易过了一年，吕超调任番禾太守，擅发兵击鲜卑思盘。思盘遣弟乞珍，至姑臧诉纂谓超无故加兵。纂乃征超与思盘，一同入朝。超至姑臧，当然惧罪，先密结殿中监杜尚，求为内援，然后进见。纂怒目视超道："汝仗着兄弟威势，敢来欺我，我必须诛汝，然后天下可定。"超叩首求免，纂乃将超叱退。欲斩即斩，何必虚张声势，况超固有可诛之罪耶！

超趋出殿门，心下尚跳个不住，乃急往兄第。兄隆为北部护军，此时正返姑臧，便与超密商多时，决定异谋，伺机待发。也是纂命已该绝，不能久待；越日即引入思盘，与群臣会宴内殿，又召隆、超两人，一同预席，意欲为超与思盘，双方和解。当下和颜与语，谈饮甚欢。超佯向思盘谢过，思盘亦不敢多求，宴至日旰，大家都已尽兴，谢宴辞出，思盘亦随着退去。惟隆超两人，怀着异图，尚留住劝酒。纂是个酒中饿鬼，越醉越是贪饮，到了神志昏迷，才乘车入内。隆与超托词保护，跟入内庭，车至琨华堂东阁，不得前进。纂亲将窦川骆腾，置剑倚壁，帮同推车，方得过阁。超顺便取剑，上前击纂，因为车轼所隔，急切不得刺着。偏纂恃着勇力，一跃下车，徒手与搏，怎奈醉后晕眩，一阵眼花，被超刺入胸间，鲜血直喷，急返身奔入宣德堂。川腾与超格斗，超持剑乱斫，劈死二人。纂后杨氏，闻变趋出，忙命禁兵讨超。哪知殿中监杜尚，不奉后命，反引兵助超，导入宣德堂，把纂杀死，且枭首徇众道："纂背先帝遗命，杀害太子，荒耽酒猎，昵近小人，轻害忠良。番禾太守超，属在懿亲，不敢坐视，所以入除僭逆，上安宗庙，下为太子复仇。凡我臣庶，同兹休庆。"这令一下，众皆默然，不敢反抗。

惟巴西公吕他、陇西公吕纬居守北城，拟约同讨贼。他妻梁氏，阻他不赴，纬又为超所诱，佯与结盟，伪言将奉纬为主。纬欣然入城，立被拿下，结果性命。超径入宫中，搜取珍宝。纂后杨氏厉声责超道："尔兄弟不能和睦，乃致手刃相屠，我系旦夕死人，尚要金宝何用？现皆留储库中，一无所取，但不知尔兄弟能久享否？"倒是个巾帼须眉。超不禁怀惭；又见她华色未衰，起了歹心，因暂退出。少顷，又着人索交玉玺。杨氏谓已毁去，不肯交付，自与侍婢十余人，收殓纂尸，移殡城西。超召后父杨桓入语道："后若自杀，祸及卿宗。"桓唯唯而退，出语杨后。杨氏知超不怀好意，便毅然语桓道："大人本卖女与氐，冀图富贵，一次已甚，岂可至再么？"遂向殡宫前大哭一场，扼吭自尽。烈妇可敬。

还有吕绍妻张氏，前因绍被弑，出宫为尼，姿色与杨氏相伯仲，并且年才二八，正是娇艳及时。前为吕隆所见，久已垂涎，此次已经得志，即自造寺中，逼她为妾。张氏登楼与语道："我已受佛戒，誓不受辱。"隆怎肯罢手，竟上楼胁迫，强欲行淫。张氏即从窗外跳出，跌得头青额肿，手足俱断，尚宛转诵了几声佛号，瞑然而逝。足与杨氏并传不朽。

隆扫兴乃返，超遂请隆嗣位。隆有难色，超忙说道："今譬如乘龙上天，怎好中途坠下呢？"隆遂僭即天王位，拟改年号。超在番禾时，曾得小鼎一枚，遂以为神瑞，劝隆改元神鼎。隆当然依议，追尊父宝吕光之弟。为皇帝，母卫氏为皇太后，妻杨氏为皇后，命弟超为辅国大将军，都督中外诸军事，封安定公。一面为纂发丧，追谥为"灵皇帝"，与杨后合墓同葬，总计纂在位不过年余，惟自晋安帝隆安三年冬季僭号，至五年仲春被弑，先后总算三年。纂平时与鸠摩罗什弈棋，得杀罗什棋子，辄戏言斫胡奴头。罗什从容答道："不斫胡奴头，胡奴斫人头。"纂听了不以为意，谁料吕超小字胡奴，竟将纂斫死，后人才知罗什所言，寓着暗谜。真是玄语精深，未易推测呢。

话分两头。且说北凉主段业，虽得乘时建国，却是庸弱无才，威不及远。当时出了一个敦煌太守李暠，起初是臣事北凉，后来也居然自主，另建年号，变成一个独立国，史家叫做西凉。不过他本是汉族华裔，与五胡种类不同。十六国中有三汉族，前凉居首，西凉次之，其三为北燕，见下文。相传暠为汉李广十六世孙，系陇西成纪人。高祖雍，曾祖柔，皆仕晋为郡守。祖弇仕前凉为武卫将军，受封安世亭侯。父旭少有令名，早年逝世，遗腹主暠。暠字玄盛，幼年好学，长习武略，尝与后凉太史令郭麐，及同母弟宋繇同宿。想是母已改嫁宋氏。麐起谓繇道："君当位极人臣，李君且将得国，有台騧马生白额驹，便是时运到来了。"麐明于料人，暗于料己。已而段业自称凉州牧，调敦煌太守孟敏为沙州刺史。敏署暠为效谷令，宋繇独入任中散常侍。及孟敏病殁，敦煌护军郭谦、沙州治中索仙等，因暠温惠服人，推为敦煌太守。暠尚不肯受，适宋繇自张掖告归，即语暠道："段王本无远略，终必无成，兄尚记郭黁遗言么？白额驹今已生了。"暠乃依议，遣使向业请命。业竟授暠为敦煌太守，兼右卫将军。至业僭称凉王，右卫将军索嗣，向业谮暠道："李暠难恃，不可使居敦煌。"业乃遣嗣为敦煌太守，令骑兵五百人从行。将到敦煌，移文至暠，使他出迎。暠颇欲迎嗣，宋繇及效谷令张邈，同声劝阻道："段王暗弱，正是豪杰有为的机会，将军已据有成业，奈何拱手让人？"暠问道："若不迎嗣，当用何策？"宋繇遂与暠密谈数语，暠点首许可，乃即遣繇往见索嗣。繇与嗣晤谈，满口献谀，说得嗣手舞足蹈，得意扬扬。繇辞归语暠道："嗣志骄兵弱，容易成擒，请即发兵击嗣便了。"暠遂使二子歆、让，及宋繇、张邈等引兵出击，出嗣不意，杀将过去。嗣不知所措，急忙拍马返奔，逃回张掖，五百人死了一大半，歆让等得胜回军。暠与嗣本来友善，此次反被谗间，当然痛恨，遂上书段业，请即诛嗣。业迟疑未决，适辅国将军沮渠男成，亦与嗣有嫌，从旁下石借端复仇，于是业竟杀嗣；且遣使谢暠，进藿都督凉兴巴西诸军事，领镇西将军。即此可知业之庸弱。

时有赤气绕暠后园，龙迹出现小城，众以为瑞应在暠，交相传闻。疑是暠捏造出来。晋昌太守唐瑶首先佐命，移檄六郡，推暠为大都督大将军凉公，领秦凉二州牧。暠既得推戴，便颁令大赦。是年，岁次庚子，系晋安帝隆安四年。即以庚子纪元。追尊祖弇为凉景公，父旭为凉简公，命唐瑶为征东将军，郭谦为军谘祭酒，索仙为左长史，张邈为右长史，尹建兴为左司马，张体顺为右司马，宋繇为从事中郎兼折冲将军。即遣繇东略凉兴，并拔玉门以西诸城，屯田积谷，保境图强，是为西凉。北凉主段业，闻暠独立，也欲发兵出讨，无如庸柔不振，力未从心；再加沮渠蒙逊等从中作梗，连自己位且不保，怎能顾及敦煌。所以李暠背业自主，安稳连年，那段业非但不能往讨，甚至大好头颅，也被人取去。看官欲问业为何人所杀？便是那尚书左丞沮渠蒙逊。小子有诗叹道：

文弱终非命世才，因人成事反招灾。
须知祸福无常理，大祸都从幸福来。

究竟蒙逊如何弑业，非一二语所能详尽，欲知底细，请至下回看明。

观本回后凉之乱，全由兄弟互阋而成，实则自吕光启之。光既知永业之非才，则舍嫡立长，未始非权宜之举；况纂有却敌之功，岂肯受制乃弟乎？光以为临危留嘱，可无后患，讵知口血未干，内衅即起，绍忌纂，纂亦忌绍，又有超与弘之隐相构煽，虽欲不乱，乌得而不乱？然纂之弑绍，弘实首谋，首祸者必先罹祸，故弘即被诛；纂不能逃弑主之罪，卒授手于超以杀之。胡奴斫头，何莫非因果之报应耶？惟绍妻张氏，纂妻杨氏，宁死不辱，并足千秋，吕宗之差强人意者，只此巾帼二人，余皆不足道也。西凉李暠，乘势自主，犹之吕光、段业诸人。吕光氐也，段业籍隶京兆，虽非胡裔，而不得令终。暠为汉族，能崛起于河朔腥膻之日，亦未始非志在有为，庸中佼佼之称，暠其犹足当此也夫。

第八十七回

扫残孽南燕定都　立奸叔东宫失位

却说北凉主段业，用沮渠蒙逊为尚书左丞，貌似信用，暗实猜嫌。蒙逊窥业意，深自晦匿。业授门下侍郎马权为张掖太守，甚见亲重。权自恃豪略，蔑视蒙逊，蒙逊遂伺隙谮权，业信以为真，将权杀死。蒙逊既除去一患，还想设法除业，因复语从兄男成道："段业愚暗，非济乱才，信谗爱佞，鉴断不明。前有索嗣马权，为业心腹，未可急图；今已皆诛死，我正可下手，除业奉兄，兄以为何如？"男成道："业本孤客，为我家所拥立。彼得我兄弟，情同鱼水，人既亲我，我不应背人，背人不祥。"蒙逊即默然趋出。越宿，即向业而陈，愿出为西安太守。业正虑蒙逊内逼，巴不得他离开眼前，既得此请，当即乐从。蒙逊佯赴外任，致书男成，约与同祭兰门山，暗中却先使司马许成，入告段业道："男成将乞假为乱，若求祭兰门山。便见臣言不虚了。"业疑信参半，到了次日，果由男成请假，谓须出祭兰门山。业遂信许成言，把他拿下，勒令自杀。耳软若此，不死何为？男成道："蒙逊先与臣谋反，臣因兄弟至亲，但加斥责，不忍遽发。今与臣共约祭山，反诬臣为逆，臣若朝死，彼必夕发。为大王计，不若诈言臣死，暴臣罪恶；待蒙逊倡乱，然后出臣往讨，名正言顺，无忧不克了。"业竟不肯听，迫使速死。愚愤之至。

蒙逊闻男成死状，便泣告部众道："我兄男成，忠事段王，反被枉杀，岂不可恨？况我等拥段为主，本欲安土息民，今段王如此无道，戮害忠良，试想我等还能安枕么？诸君如肯为我兄复仇，请速从我来。”杀兄求逞，心术之险，自古罕闻。部众未悉阴谋，并怀男成旧恩，便即泣涕应命，踊跃从行，霎时间已得万人。便由蒙逊引逼氏池，镇军臧莫孩，率众请降，羌胡亦多响应。蒙逊又进屯侯坞，业至此悔杀男成，亟授梁中庸为武卫将军，饬使专征。右将军田昂得罪被囚，业复将他释放，令与中庸共讨蒙逊。别将王丰孙入谏道：“昂貌恭心险，不宜重用。且羁囚有日，定必怀仇，奈何反使他讨逆呢？”业蹙然道：“我亦未尝无疑，但事至今日，非昂不能讨蒙逊，卿且勿言！”疑人勿用，业乃反是，真是该死！昂奉命出发，一至侯坞，即率骑五百，归降蒙逊。中庸麾下各将士，不战先溃，害得中庸无法可施，也只好向蒙逊请降。

蒙逊毫不费力，长驱直进，竟到张掖。昂兄子承爱，愿为内应，就斩关纳蒙逊军。业惶急万状，号召左右，已皆奔散，顿时抖做一团，没法摆布。俄而蒙逊率兵进来，业越加惊慌，不得已流涕语蒙逊道：“孤孑然一身，为君家所推，勉居此位。今愿推位让国，但乞全我一命，使得东还，与妻子相见，便是再造宏恩了。”还想求生，徒形其丑。蒙逊回顾部众道：“彼杀人时，并未加怜，今死在目前，倒想人怜惜，汝等以为可恕么？”部众听了，都说是“可杀、可杀”，杀声一起，便由蒙逊顺手一挥，众刃齐进，就使段业铜头铁额，到此也裂成数段了。蒙逊既得斩业，便召集梁中庸等，拟立嗣主。全是诈伪。中庸等当然推立蒙逊，蒙逊尚谦让三分，但自称大都督大将军凉州牧张掖公，改元永安，署从兄伏奴为镇军领张掖太守，封和平侯；弟挐为建忠将军，封都谷侯；田昂为镇南将军，领西郡太守；臧莫孩为辅国将军，梁中庸；房晷为左右长史，张骘，谢正礼为左右司马，布赦安民。臣庶大悦。看官！你道蒙逊窃位的方法，善不善呢？刁不刁呢？

小子一支秃笔，演述这边，又不得不演述那边。当时南燕王慕容德，已自滑台徙都广固，竟由王称帝了，回应八十二回。说来又有一段表白，请看官浏览下去。五胡十六国时，实是头绪纷繁，不能不特笔表明。先是秦主苻登，为姚兴所灭，事见前文。登弟广收拾残众，奔依南燕。慕容德令为冠军将军，使居乞活堡，会荧惑守东井，有人谓秦当复兴，广遂自称秦王，击败南燕北地王慕容钟。德乃留鲁王慕容和守滑台，自率精骑讨广，竟得荡平，斩广了事。不意滑台留守慕容和，竟为长史李辩所杀，举城降魏。德闻报大怒，即欲引兵还攻。前邺令韩范谏阻道："前时魏为客，我为主；今日我为客，魏为主，客主情形，大不相同，人心危惧，不可再战。今宜先据一方，自立根本，然后养足兵力，取还滑台，方为上计。"正议论间，帐外报称右卫将军慕容云到来。此慕容云与高云不同。德即传入。云献上李辩首级，并言已救出将士家属二万余口，一并带来。德军正系念家眷，得了此信，统去分别认领，聚首言欢。

德又集将佐商议道："苻广虽平，滑台复失，进有强敌，退无所依，将用何策？"给事中书令张华进言道："彭城为楚旧都，依山带川，地广民饶，可取作基本，急往勿延。"德不甚赞成，犹豫未答。慕容钟、慕舆护、封逞、韩谆等，谓不如仍攻滑台。独尚书潘聪献议道："滑台四通八达，不易安居，且北通大魏，西接强秦，两国环伺，防不胜防。彭城土广人稀，坦平无险，又距晋甚近，晋必与我相争。我长陆战，彼长水战，就使我幸得彭城，到了秋夏霖潦的时候，江淮水涨，千里为湖，晋人鼓棹前来，如何抵御？故欲取彭城，亦非久计。惟青齐沃壤，向号东秦，地方二千里，户口十余万，右控山河，左负大海，可谓用武胜地。况广固为曹嶷所营，曹嶷事见前。山形险峻，足为皇都，今被辟闾浑据住，浑本燕臣，辜负国恩，今宜遣辩士先往招谕，再用大兵在后继进，彼若不从，一战可下。既得广固，然后闭关养锐，伺衅乃动，这也好似西汉的关中，东汉的河内呢。”德尚以为疑，特遣牙门苏抚，往询齐州沙门僧朗。朗素善占候，与抚相见，抚即自陈来意，并述群臣各议。朗答道：“三策中莫如潘议。按诸天道，亦无不合。今岁彗星起自奎娄，遂扫虚危，奎娄二星，当鲁分野，虚危二星，当齐分野，彗星适现，正是除旧布新的天象。今请先定兖州，巡抚琅琊，待至秋风戒令，乃可北转临齐，应天顺人，正在此举。”抚又密问道：“将来历年几何？”朗微笑不言。抚再三固问，朗乃布蓍占易，详审卦兆，才密告道：“燕衰庚戌，年适一纪，传世及子。”为后文南燕败亡张本。抚惊起道：“有这般短促么？”朗说道：“卦兆如是，无关人事，但留证后来便了。”人果不能胜天吗？抚当即告别，还报慕容德，但说当进取广固，所有年数长短，不敢遽述。

德遂决意东行，引兵入薛城。兖州北鄙诸郡县，望风迎降。德另置守宰，禁兵侵掠，百姓安堵，统赍牛酒犒军。德又遣谕齐郡太守辟闾浑，辟闾浑抗命不从，乃命慕容钟率步骑二万，即日进攻，自率兵进据琅琊。徐、兖人民，陆续归附，数达十余万户。兖州守将任安，弃城遁去。渤海太守封孚，就是后燕的吏部尚书，前次兰汗作乱，孚南奔辟闾浑，浑令他署守渤海。兰汗乱事，见八十二回。及德至莒城，孚乃出降。德大喜道：“我得平青州，尚不足喜，所喜者在得卿呢。”遂委任机密，事辄与商。再拟进军广固，为钟后援。辟闾浑闻德将至，徙八千余家守广固，遣司马崔诞守薄荀、平原太守张豁守柳泉，诞豁俱遣子奉书，向德投诚。浑孤立无助，当然惊骇，急挈妻子奔魏。行至莒城，被德将刘刚追及，擒住斩首。浑有少子道秀，自诣德营，愿与父俱死。德叹息道：“父虽不忠，子独能孝，我何忍加诛呢？”遂赦免道秀，只杀浑参军张瑛，随即入据广固，作为都城，并为僧朗建神通寺，酬绢百匹。越年，德自称皇帝，即位南郊，改元建平。因人民不易避讳，特在“德字”上加一“备”字，叫做“备德”，即援二名不偏讳故例，诏示境内。名果能副实么？复在宫南建筑祖庙，遣使致祭，奉策告成，追谥前燕主慕容暐为幽皇帝，用慕容钟为司徒，慕舆拔为司空，封孚为左仆射，慕舆护为右仆射，立妻段氏为皇后。后即段仪次女季妃，自誓不作庸夫妇，见六十回回。至此果得为南燕后，也可谓如愿以偿了。

惟备德为前燕主慕容皝少子，母公孙氏尝梦日入脐，因致怀孕。生备德时，尚昼寝未醒，及侍女惊呼，方醒寤起床。皝谓此儿寤生，颇似郑庄公，将来必有大德，乃以德为名。郑庄亦未见有德。及为范阳王，由后秦太史令高鲁，遗赠玉玺一纽，上有篆文镌着，系“天命燕”三字。又图谶秘文，载有四语云：“有德者昌，无德者亡，德受天命，柔而复刚。”此外尚有童谣云：“大风蓬勃扬尘埃，八井三刀卒起来。四海鼎沸中山颓，唯有德人据三台。”为了种种征验，所以备德入广固，终称尊号。独母公孙氏及兄慕容纳，陷落长安。备德前时别母，曾留金刀与诀，及从慕容垂起兵背秦，秦苻昌收捕备德家属，杀纳及备德诸子，公孙氏因老免死。纳妻段氏方娠，下狱待刑，狱掾呼延平，为备德故吏，私释二人，同奔羌中。纳妻段氏，生下一男，就是慕容超。超年十岁，祖母公孙氏方殁，临危时取出金刀，付超垂嘱道：“这是汝叔留下的纪念。若天下太平，汝可东往寻叔，赍刀送还便了。”超自然受教。呼延平代为理丧，复恐秦人掩捕，转挈超母子往投后凉。备德屡遣使入关，访问母兄，杳无下落。后由故吏赵融从长安东来，具述前情，才知母兄凶闻；备德连番恸哭，甚至呕血，寝疾数日，经良医调治，始得渐愈。但兄纳妻子，逃入后凉，不但备德无从探悉，就是赵融亦未尝闻知。后来超得东归，容至下文表明，叙入此段，为立超嗣位伏案。小子却要叙入后燕了。

后燕主慕容盛，苛刻少恩，前文中已经叙过，见八十三回。勉强过了二年，宗族亲旧，多半携贰。盛尚不知恩抚，单靠着暗地钩考的思想，寻隙索瘢，不遗余力。独有一种暧昧的事情，发自太后宫中，盛虽自矜明察，反被她始终瞒着，毫无所闻。丁太后为盛伯母，看官应早阅悉，见八十二回。她本是个燕中的尤物。到了中年，还是丰容盛鬋、雪貌花肤。就中有个河间公慕容熙，索性渔色，又仗着皇叔懿亲，骠骑重任，时常出入宫廷，谒问太后。丁氏见他年甫逾冠，绰有丰仪，好一个翩翩公子，免不得另眼相看。熙就此勾引，朝挑暮拨，惹动丁氏情肠；你有情、我有意，彼此不顾嫂叔名义，竟凑成一番露水缘。宫中大小妇寺，就使得知，总教利诱势驱，自然不敢多口。只碍着主子慕容盛，不好明目张胆、夜夜交欢。盛又尝调熙远征，东伐高句骊，北讨奚、契丹。情郎行役，闺妇怀愁，个中况味，唯有两人亲尝，不能与外人诉说。所以两人视盛已似眼中钉一般，恨不得置盛死地，好让他日夜欢娱。谋夫杀子，多由纵奸所致。

可巧燕主盛长乐三年，盛往伐库莫奚，大获而还，饮至行赏，宫廷交庆。左将军慕容国，与秦舆段讚等，谋率禁兵袭盛。熙与丁氏，稍有所闻，但望他一举成功，偏偏机事未密，被盛察觉，竟将慕容国等先行拿斩，连坐至五百余人，惟舆子兴讚子泰等，幸得逃脱。过了数日，兴与泰串同思悔侯段玑，见八十三回。夜入禁中，鼓噪大呼，响震屋瓦。盛闻变起床，亟率左右出战，击退乱党，玑亦被创，走匿厢屋间。忽有一贼潜蹑盛后，用刀斫盛。盛闻声跃起，身虽闪免，足已受伤，回顾那贼，却一闪儿不见了。此贼恐系丁氏所遣。盛忍不住痛苦，忙乘辇出升前殿，申约禁卫，宣召叔父河间公熙，拟嘱后事。熙尚未至，盛已晕倒座上，经左右舁入内廷，便即断气。中垒将军慕容拔、冗从仆射郭仲，急入白太后丁氏。丁氏装出一副泪容，颦眉与语道："嗣主不测，为贼所伤，现惟有亟立新君，捕诛贼党，方足安慰先灵。"慕容拔道："太子在外，请即迎立。"丁氏道："国家多难，宜立长君，太子年幼，恐不堪承祚呢。"郭仲从旁插入道："太子即不可立，不如迎立平原公。"丁氏又复摇首。再由慕容拔等请示，丁氏乃推出那心上人儿，说他名望素隆，足靖国难。又温言笼络拔等，即令他乘夜往迎，休得漏泄。拔等奉命而出，适值慕容熙进来，遂导令入宫，准备即位。又好与丁氏续欢了。

转眼间，便是天明，群臣联翩入朝，才知盛已暴殁。内廷有择立长君的消息，当时平原公慕容元，系盛季弟，曾任司徒尚书令，群望相属，总道是不立太子，必立太弟，就是郭仲所说，也属此人。偏待了半晌，由内侍传出太后手诏，乃是继立河间公熙，竟使叔承侄统，大众未免惊愕。但因熙职掌兵权，不好反抗，只得联名上书，向熙劝进。熙尚谓元宜嗣位，故意推让。元当然固辞，熙遂僭即尊位，捕诛叛臣段玑，及秦兴、段鬒等人，并夷三族。且将平原公元，亦牵入案内，只说是与玑同谋，迫令自尽。真是辣手。乃下令大赦，为盛营葬。盛在位三年，殁时只二十九岁，追谥"昭武皇帝"，庙号"中宗"，出葬兴平陵。丁氏亦出都送葬，尚未还宫，中领军慕容提及步军校尉张佛等，谋立故太子定，乘间发难。偏有人报知慕容熙，熙忙发兵捕获慕容提张佛，立即斩首，并将定一并赐死。又下了一次毒手。及丁氏回来，宫廷已安静如常了。

熙再颁赦令，改元光始，把北燕台改称大单于台，置在右辅，位次尚书，每日除视朝外，惟与太后丁氏调情取乐，俨然与伉俪相似。丁氏亦华装盛饰，日夜陪着，还道天长地久，生死不离，那知男子心肠，本多薄幸；再加丁氏华年，要比熙加长十余龄，熙未免嫌她年老，暗嘱左右幸臣，采选美人儿入宫。凑巧有一对姊妹花流寓龙城，得被选入。经熙仔细端详，端的是面似桃花，眉似柳叶，目如点漆，发如堆云，齿若瓠犀，领若蝤蛴，再加一副轻盈体态，画笔难描；真令熙喜极欲狂，真把魂灵儿交付两美，惹得颠倒迷离。慢慢地按定了神，讯明姓氏，方知是前中山尹苻谟女儿，长名娀娥，次名训英。见八十一回。熙也不暇再问来历，便命左右摆起盛宴，令两美左右侍饮。红灯绿酒，翠鬓朱颜，真个是春色撩人，无情不醉。况熙系登徒子一流人物，怎得不馋涎欲滴？才饮数觥，已按不住欲火，便搂住两美，同入欢帏，去做那阳台梦了。小子有诗叹道：

冶容本是诲淫媒，况复娇雏并翼来。
一箭双雕原快事，谁知极乐即生哀。

熙既得了大、小苻女，左拥右抱，欢爱的了不得，当然将丁氏冷淡下去，欲知后事，且看下回便知。

典午之季，五胡云扰，无礼无义，其淆乱也甚矣！沮渠蒙逊欲废主而窃国，虽卖兄亦所不恤，兄可卖，主亦何不可弑乎？慕容德之下青齐，入广固，定都称帝，似夺之于乱臣之手。于后燕绝不相关，然德既为后燕臣，后燕未亡，德乌能称帝？是德固无君也。若慕容熙更不足责矣。太后可烝，太子可杀，淫凶暴戾，凌侮孤寡，此而畀之以国，天道果真无知乎？但稔恶必亡，近报在身，远报在儿孙，觉于慕容熙之结果，不及慕容德，又不及沮渠蒙逊，乃知恶愈甚者亡愈速，天道固非尽无凭也。

第八十八回
吕隆累败降秦室　刘裕屡胜走孙恩

却说大、小苻女，并邀宠幸，与慕容熙欢爱数宵。大苻女娀娥，受封贵人；小苻女训英，受封贵嫔。两姊妹轮流伴寝，说不尽的凤倒鸾颠。但小苻女年既娇小，态愈鲜妍，更足令人生爱，所以得熙专宠，比阿姊还突过一筹。看官试想，两苻女貌本相同，只为了年龄上长幼，略有区别，便觉大不如小；何况这太后丁氏，已过中年，任她如何美艳，究竟残花败叶，不及嫩柳娇枝，自从两苻女入宫，熙遂与丁氏断绝关系，好几月不去续欢。丁氏忍耐不住，尝遣侍女请熙，熙哪里肯往，有时还要谩骂侍女，侵及丁氏。痴心女子负心汉，教丁氏如何不恼？如何不怨？七兵尚书丁信，为丁氏兄子，当由丁氏召他入议，密谋废熙。天道祸淫，不使丁氏再得快意，竟至密谋发泄，信被执下狱；所有丁氏定策功劳，一笔钩消，反说她是谋逆首犯，活活的胁使自尽，还算保全太后脸面。丁氏至此，悔也无及，只有一死罢了。是淫妇结局，后之妇女其鉴诸。熙命用后礼殓葬，谥曰献幽皇后，想还念旧日恩情。惟将丁信处斩了事。高而不危之言，奈何忘却？越年，进大苻女为昭仪，嗣复立小苻女为皇后。阿妹竟高出阿姊么？大苻女好微行游宴，熙为凿曲光海、清凉池，盛暑兴工，役夫多半渴死。小苻女好骑马游畋，熙尝与她并辇出猎，北登白鹿山，东过青岭，南临沧海，沿途征索供亿，不堪骚扰。士卒多为豺狼所害，并因路上遇寒，冻死至五千余人。熙全不顾恤，但教得两美人的欢心，还管什么兵民，眼见是要好色亡国了。好色未必亡国，好色不爱兵民，国必亡。

且说后凉主吕隆，僭称天王，一意逞威，收捕内外叛党，不遗余力。杨轨王乞基等，早自廉川奔降南凉，郭黁亦自魏安奔依西秦。应八十五回。南凉主利鹿孤，本收纳杨轨等人，既而杨轨阴有异谋，为利鹿孤所杀。了却杨轨。西秦主乞伏乾归，服属后秦，势力方衰，郭黁虽然投奔，不过苟延残喘，未能唆使乾归，进图后凉。吕隆本可少安，偏他尚疑忌群臣，只恐为吕纂复仇，稍涉嫌疑，即加诛戮，因此内外骚然，各有戒心。魏安人焦朗，遣人至后秦，怂恿陇西公姚硕德道："吕氏自武皇弃世，后凉谥吕光为懿武皇帝，见前文。诸子相攻，政治不修，但务威虐，百姓饥馑，死亡过半。明公位尊分陕，威振遐方，何不弃吕氏衰残，吊民伐罪，救此一方涂炭呢？"也是一个虎伥。硕德遂转告秦主姚兴，兴令率步骑六万人，进攻后凉。乞伏乾归亦领七千骑从军。硕德自金城渡河，直逼姑臧，部将姚国方献策道："今悬军深入，后无援应，乃是危道。宜乘我锐气，与他速战，他总道我远来疲乏，可以力拒，我若得将他杀败，他自然生畏，无虑不克了。"硕德遂严申军律，准备厮杀。吕隆遣弟吕超，及龙骧将军品邈等，出城迎战。兵刃甫交，秦军如潮涌进，十荡十决。杀毙凉兵无数，超慌忙遁回，邈迟走一步，已被秦军打倒马下，活捉去了。姑臧大震，巴西公吕他，率东苑兵二万五千，出降秦营。隆惊惶得很，急忙收集离散，婴城拒守。

西凉主李暠、北凉主沮渠蒙逊、南凉主秃发利鹿孤俱遣使贡秦，且贺秦胜凉。

凉尚书姜纪，前因隆超僭夺，惧奔南凉。南凉广武公傉檀，与谈兵略，甚相契合，坐必同席，出必同车。利鹿孤常语傉檀道："姜纪原有美才，但我看他目动言肆，必不肯在此久留。倘若入秦，必为我患，不如趁早除去。"傉檀闻言大惊，忙接口道："臣以布衣交待纪，料纪必不负我，请勿他疑。"未免过信。利鹿孤乃止。不意秦凉战起，纪竟潜奔秦军，往说硕德道："吕隆孤城乏援，明公率大军围攻，城中危急，势必乞降，但乞降乃是虚文，非真心服，公若班师，彼又抗命。现请给纪步骑三千，与焦朗等互为犄角，箝制吕隆，隆必无能为了。否则秃发在南，兵强国富，若乘公退兵，入据姑臧，威势益振，李暠、沮渠蒙逊等，必且折入秃发，岂非公将来大患么?"硕德大喜，遂表为武威太守，给兵三千，使屯晏然，再督兵进攻姑臧。城中多谋外叛，将军魏益多，且煽惑兵士，谋杀隆超，事泄被诛，连坐至三百余家。于是群臣多向隆上书，请与秦军通和。隆尚不许，再经超一再进劝，略说"强寇外逼，兵粮内竭，上下嗷嗷，势难自固，不如遣使乞和，卑辞退敌。敌果退去，完境息民，若卜世未终，自可复旧，万一天命已去，亦得保全宗族"等语。隆乃依议，派使出城，乞降秦营，愿遣子弟为质。硕德不欲苛求，允如所约，一面转报长安。秦主兴即使鸿胪卿桓敦，册拜隆为镇西大将军，都督河西军事，领凉州刺史，封建康公。隆对使受命，乃遣母弟爱子，及文武旧臣慕容筑杨颖等五十余家，入质长安。硕德振旅而还，往返皆严肃部伍，秋毫无犯，西土皆称为义师。

过了两日，吕超又引兵攻姜纪，因纪严守不下，转攻焦朗。朗向南凉求救，南凉广武公傉檀，率兵赴援，到了魏安，见城下并无一人，只城门还是紧闭，一些儿没有影响。傉檀大是惊疑，即在城下大呼，促朗出迎，但听城上有人应声道："寇已退走，无劳援军费心，也请退还，恕不送迎。"好似一种调侃语。傉檀勃然怒起，便欲麾兵攻城，部将俱延谏阻道："朗但靠孤城，总难久持，今岁不降，明年自服，何必多劳士卒，同他拼命？且为丛驱雀，转非良策，不如退兵数里，发使晓谕，令他自知无礼，定然出来谢罪了。”傉檀依议而行，果由朗复使谢过，乃仍与朗连和，顺道进军姑臧，就胡坑立营。夜间防凉兵掩袭，蓄火戒严，兵不解甲。到了夜半，营外突然火起，凉将王集果来劫垒；傉檀徐起，纵兵出击，内外火炬齐明，光同白昼。集部下不过千人，敌不住傉檀大营，便欲返奔。偏傉檀驱兵杀上，集措手不及，竟被砍死。

败兵逃回姑臧，吕隆惊骇，与超密谋，想出一条诈计，致书傉檀，伪与修好，且请傉檀入盟。傉檀也恐有诈，因使将军俱延往代。俱延入城，由超引至东苑，发伏出攻。俱延不及上马，徒步急奔，还亏城寔两旁，有南凉将军郭祖引兵待着，让过俱延，截住超兵，且战且走，才得退归营中。傉檀大愤，遂攻显美城。昌松太守孟祎固守待援，吕隆遣将荀安国石可等，领兵往救，中道却还。孟祎守了数旬，援军不至，竟被傉檀陷入，祎巷战被擒。傉檀问他何不早降？祎抗声道：“祎受吕氏厚恩，分符守土，若明公大军甫至，便即归附，如何对得住吕氏？想明公亦必斥为不忠呢。”傉檀改容礼祎，命即释缚，面授为左司马。祎固辞道：“吕氏将亡，圣朝必取河右，可无疑义。但祎为人守，城不能全，若再忝居显任，益增愧赧。果使明公加惠，令祎就戮姑臧，祎死且知感了。”词婉意诚，不失为忠，傉檀称为义士，纵使归去。且恐师劳粮绝，收兵自归。

会姑臧大饥，斗米值钱五千，人自相食，饿莩盈途。吕隆恐有变祸，饬闭城门，日夜不开，樵采路绝。百姓乞出城觅食，愿为胡虏奴婢，日有数百。隆恨他煽动众心，索性把他拘住，尽行坑死，尸积如山。北凉主沮渠蒙逊，乘隙攻姑臧，隆不得已卑辞厚币，向南凉乞援。南凉再使傉檀赴急。蒙逊闻傉檀将至，勒兵挑战，为隆所败，乃与隆讲和结好，留谷万余斛，赈济凉民，然后退还。傉檀到了昌松，得知蒙逊回兵消息，因亦引军折回，途次接到利鹿孤命令，嘱他移讨魏安，乃改辙北行，再攻魏安守将焦朗。朗无力守城，不得已面缚出降。傉檀送朗赴西平，徙魏安人民至乐都。嗣是复屡寇姑臧，再加沮渠蒙逊，与吕隆背了前盟，也去侵扰。傉檀在南，蒙逊在北，恰好似喝着同心酒，共图后凉，累得隆南防北守，奔走不遑。偏后秦又来作祟，遣使征吕超入侍，隆急得没法，只好令超赍着珍宝，奉献秦廷，情愿将姑臧归秦，请兵相迎。秦主兴遂遣左仆射齐难等，率步骑四万人迎隆。军至姑臧，隆素车白马，出候道旁。难令司马王尚署凉州刺史，给兵三千，权守姑臧，分置守宰，镇守仓松、番禾二城。隆使吕胤告辞光庙道："陛下前抒远略，开建西夏，德被苍生，威震遐裔，后嗣不肖，迭相篡弑，二虏交迫，将归东京，谨与陛下诀别，从此长离。"早知今日，何必当初？胤告毕复命，隆即率宗族僚属，及民万户至长安。秦主兴授隆为散骑常侍，超为安定太守，其余文武三十余人，量才录用，不使向隅。但后凉自吕光开基，至隆亡国，共历四主，合十九年。

先是太史令郭黁，占得术数，谓代吕者王，故叛凉起兵，先推王详，后推王乞基。及吕隆东迁，代以王尚，恰如黁言，可惜黁徒算得一半，知姓不知名，所以终归失败。且奔投西秦后，从乞伏乾归降秦，又暗中推算，以为灭秦者晋。却是算着，但不能自算存亡，终归差了半着。乃复潜身东奔，偏被秦人追获，割去头颅，这叫做人有千算，天教一算，算到尽头，徒落得身首两分，追悔无及了。了过郭黁。那吕隆仕秦数年，亦连坐乱党，终至伏诛，待后再表。此处却要补述晋事了。

自孙恩被逐入海后，余灰复燃，又纠众进寇勾章，转攻海盐。接应八十五回。勾章守将刘裕，随地抵御，且就海盐添筑城堡。恩屡来攻城，由裕麾兵出击，得破孙恩，阵斩恩党姚盛，然后收兵还城。惟恩虽败挫，余焰未衰，城中兵少势孤，恐难久持；裕乃想出一法，待至夜半，把城上旗帜，一齐拔去，密遣精兵伏住城闉。到了天明，竟把城门大开，只遣几个老弱残兵，嘱付数语，登城立着。恩探得城内空虚，驱兵复进，将到城下，遥见城门开着，便厉声喝问道："刘裕何在?"城上羸卒答应道："昨夜已引兵出走了。"贼众信为真言，拥众入城，陡听得一声鼓响，城门左右，突出两路伏兵，大刀阔斧，向贼乱斫。贼挤住城闉，进退无路，除被裕军杀死外，多半由自相蹴踏，倒毙无数。恩尚在城外，掉头急奔，幸逃性命，余众死了一半，一半随恩北走，径趋沪渎。

裕复弃城追击，海盐令鲍陋遣子嗣之率吴军一千从裕讨贼。嗣之年少，自恃骁勇，请为前驱。裕与语道："贼众善战，非吴军所能与敌，卿为前驱，倘或失利，必至牵动我军，不如随着我后，可作声援。"嗣之勃然道："将军亦未免小觑后生了。嗣之决意前行，效力杀贼，虽死无怨。"确是前去送死。说着，引兵即去。裕明知不佳，没奈何从后继进，但使两旁多伏旗鼓，作为疑兵，等到前驱遇贼，两下交锋，裕令伏兵扬旗呐喊，擂鼓助威，贼果疑他四面有军，仓皇引退。偏嗣之不肯少停，策马急追，竟致裕军落后，无人相助，冒冒失失的闯将进去，被贼众翻身杀转，围住嗣之。嗣之独力难支，竟至战殁。贼众既得胜仗，便乘势来击裕军。裕见来势凶猛，也只得且战且走，走了数里，贼尚未肯舍去，麾下兵却死伤多人。裕索性下马，令左右脱去死人衣，故示闲暇。贼众见了，倒不禁生疑，勒马停住。裕反上马大呼，麾兵杀贼，贼始骇退，裕得从容引归。刘裕用兵仿佛曹阿瞒。孙恩知裕不易敌，竟北赴沪渎，攻入守将袁山松营垒，将山松杀死，山松部下伤毙四千人。恩劫掠三吴丁壮，胁使为贼，遂航海直往丹徒。党羽十余万，楼船千余艘，烽火夜逼建康，都城大骇，内外戒严。

百官入命省内，使冠军将军高素等守石头，辅国将军刘袭堵淮口，丹阳尹司马恢之戍南岸，冠军将军桓谦等备白石，左卫将军王嘏等屯中堂，征豫州刺史谯王尚之入卫京师。会稽都督刘牢之，自山阴发兵邀击孙恩，已是不及，乃使刘裕从海盐入援。裕闻命即行，部兵不满千人，偏兼程前进。恩甫至丹徒，裕亦踵至，丹徒守军，本无斗志，百姓多荷担欲逃。恩率众登岸，鼓噪登蒜山，声震江流，兵民益骇。独裕晓谕兵民，叫他勿惧，自率步兵上山奋击，一当十、十当百，竟把恩众击退，复乘胜杀下，大破恩众。恩狼狈遁回船中，贼党投崖溺水，不下万人。惟恩尚有余众八九万，势还猖獗，他想丹徒有刘裕守住，未可轻进，不如直趋建康，遂驶舰西上，步步进逼。会稽世子后将军元显，发兵拒战，并皆失利。

会稽王道子，无他谋略，但向蒋侯庙中焚香祷禳，日日不休。蒋侯名叫子文，系东汉时广陵人，嗜酒好色，尝自谓骨具青色，死当为神。及汉末为秣陵尉，逐贼至钟山下，受创而死。吴据江东，有故吏见子文出现，乘白马、执白扇，遮道与语道："我当为此间土神。"言讫不见。后来土地祠中，果常见灵异，吴主乃封为都中侯，加印绶，立庙堂，改钟山为蒋山，表示神灵。说明蒋侯来历，亦不可少。道子很是敬信，所以镇日祈祷，只望他暗中显灵，驱除贼寇，哪知寇氛甚恶，日逼日紧，宫廷内外，恂惧的了不得。幸亏谯王尚之，率锐驰至，入屯积弩堂。恩楼船高大，又遇逆风，不得疾行，莫非就是蒋侯显灵了。好几日才到白石，探得尚之已至建康，都城有备，倒也不敢径进。又恐刘牢之截住后路，或至腹背受敌，因浮海北走郁洲，另遣党羽攻陷广陵，杀毙守兵三千人。朝旨调刘裕为下邳太守，集兵讨恩。裕仗着谋力，与恩大小数十战，无一不胜。恩逃至沪渎，再走海盐，俱由裕督兵尾追，好似飚迅电扫一般，杀得恩抱头狂奔，仍然窜入海中。到了安帝六年，改年元兴，恩还想出来骚扰，入寇临海，被太守辛景一场痛击，几乎杀尽贼党，恩投海自溺，方才毕命。亲党及妻妾等，从死百人，残众还称他为水仙。小子有诗叹道：

黄巾左道尽虚诬，篝火狐鸣吓腐愚。
若果水仙通妙术，海滨何事伏兵诛。

恩既溺死，尚有残众数千，未曾解散，又由众推出一个头目来了。欲知头目为谁，容至下回报明。

吕隆、吕超，篡逆得国，兄为君，弟为相，踌躇满志，谓可安享天年，孰知焦朗、姜纪，为秦作伥，竟导姚硕德之进攻乎？超战败请降，秦军即返，威虽尽杀，国尚幸存，孰知北有沮渠，声有秃发，相逼而来，竟欲分割后凉而后快乎？隆、超两人，无术保全，不得已弃国降秦，此非邻国之不肯容隆，实天意之不肯恕隆也。孙恩以海岛余孽，招集亡命，骚扰东南，得良将以扑灭之，原非难事，乃一误于王凝之，再误于谢琰，遂致匪党日盛。当时尚疑其妖术胜人，未可力敌，然观于刘寄奴之累战累胜，乃知恩固无术，徒为胁从之计而已。寄奴非能破法者，胡为足使水仙之返劫乎？

第八十九回

覆全军元显受诛　夺大位桓玄行逆

却说孙恩溺死，尚有妹夫卢循未曾从死，为众所推，奉为头目。循系晋从事中郎卢谌从孙，双眸炯彻，眉宇清扬，少时工草隶书，并善弈棋。沙门惠远有相人术，尝语循道：“君可谓风雅士，可惜志存不轨，终乏善果，奈何、奈何！”卢循听了此言，倒也不以为意。及长，娶孙恩妹为妻。恩纠众作乱，与循通谋。循常劝恩抚绥士卒，故人乐为循用。恩死后即奉循为主，仍然蟠踞海岛，不服晋命。晋廷还想命刘牢之等，出兵剿循，偏长江上游，突起了一场大乱，几乎把东晋江山，席卷了去，于是不暇顾循，但期扫清长江乱事，好几年才得就绪。

看官欲问乱首为谁？就是都督八州兼领荆、江二州刺史的桓玄。应八十五回。玄先令兄伟为雍州刺史，晋廷不敢驳议，他遂得步进步，表移伟为江州刺史，镇守夏口。司马刁畅为辅国将军，监督八郡军事，镇守襄阳。且遣部将桓振皇甫敷冯该等，并戍湓口。移沮漳蛮二千户至江南，为立武宁郡，更招集流民万人，为立绥安郡。两郡俱增设郡丞。晋廷征广州刺史刁逵，及豫章太守郭昶之入都，俱被玄留住不遣。玄自谓地广兵强，势压朝廷，遂欲篡夺晋祚，屡上书报告祯祥，隐讽执政。更向会稽王道子上笺，再为王恭讼冤。会稽王父子见了玄笺，当然惶惧。庐江太守张法顺进白元显道：“玄始得荆州，人心未附。若使刘牢之为先锋，再用大军继进，取玄不难了。”激成乱衅，斯为厉阶。元显本倚法顺为谋主，听了此言，自然心动。适武昌太守庾楷，密使人自结元显，请为内应，反复小人，最为可恶。元显大喜，即遣法顺至京口，转告牢之，牢之颇有难色。法顺还报元显道："牢之无意效命，看他词色，将来必且叛我，不如召他入京，先斩此人，否则反多一敌，难免误事。"元显听了，不以为然，竟不从法顺所请。此议偏独不从，也是该死。一面大治水军，准备讨玄。

元兴元年元旦，竟由晋廷颁诏，数玄罪状。即授元显为骠骑大将军，征讨大都督，加黄钺，节制十八郡军马。小船怎可重载。使刘牢之为前锋，谯王尚之为后应，克日出发，前往讨玄。加会稽王道子为太傅，居中秉政。元显欲尽诛诸桓，骠骑长史王诞为中护军桓修舅，力向元显解免，谓修等与玄，志趣不同，元显乃止。法顺又入请道："桓谦兄弟，谦即修兄。每为上流耳目，应速即加诛，借杜奸谋。况兵事成败，系诸前军，牢之居前，一或有变，祸败立至，最好令刘牢之杀谦兄弟，示无贰心，彼若不肯受命，隐情已露，我也好预先防备了。"元显怫然道："今非牢之不能敌玄；且三军甫出，先诛大将，人情亦必不安，这事怎可行得？"法顺再三固请，元显只是不从，且因谦父桓冲，遗惠及荆，特授谦荆州刺史，都督荆益宁凉四州军事，冀抚荆人。不杀反赏，真是颠倒。

桓玄坐踞江陵，自思东土未靖，朝廷不暇西顾，可以蓄力观衅。及闻元显已统军出讨，也不禁意外惊心，因欲完城聚甲，为自固计。长史卞范之道："明公声威，传闻远近，元显口尚乳臭，刘牢之大失物情，若进逼近畿，示以祸福，势必瓦解。明公自可得志，怎可延敌入境，自取穷蹙呢？"玄依范之言，遂抗表传檄，罪责元显。留兄伟守江陵，自举大兵东下。途次尚未免却顾，及行过寻阳，并不见有官军，才放大了胆，驱军急进，部众亦勇气加倍。又探悉庾楷诡谋，分兵诱袭，把他拘住，于是江东大震。元显甫出都门，接得桓玄来檄，已经心慌，再得庾楷被囚消息，免不得惊上加惊，勉强下船，终不敢发。晋廷上下，也不免着忙，特遣齐王柔之，系故南顿王宗之子，过继齐王冏，承祀袭封。执着驺虞幡，出告荆、江二州，谕令罢兵。途中遇着桓玄前锋，不服朝命，竟将柔之杀死。玄顺流直至姑孰，使部将冯该等，往攻历阳。襄城太守司马休之，即谯王尚之弟。婴城固守，玄军堵截洞浦，纵火焚豫州军舰。豫州刺史谯王尚之，率步卒九千，列阵浦上，又遣武都太守杨秋，屯兵横江。秋竟降玄军，反引玄军攻尚之，尚之众溃，自奔涂中，避匿数日，终被玄军擒去。休之出战败绩，弃城遁走。

刘牢之本来观望，不附元显，他想利用桓玄，除去元显父子；再伺玄隙，把玄翦除，然后好职掌大权，唯所欲为，算盘太精明了。所以牢之虽为前驱，始终未肯效力。下邳太守刘裕，此时也奉调从军，为牢之参谋，请牢之亟往击玄。牢之摇首不答。可巧牢之的族舅何穆，阴受玄嘱，进说牢之道："从古以来，功高必危，试看越文种、秦白起、汉韩信、俱身事明主，尽忠戮力，功成以后，且不免诛夷，何况为暗主所任使呢？君如今日战胜，亦必倾宗，战败当然夷族，胜败俱不能自全。何若幡然改图，尚得长保富贵。古人射钩斩袪，还不害为辅佐，今君与桓玄，素元嫌隙，难道不好相亲么？"牢之正有此意，便令何穆报玄，阴与相通。刘裕再谏不从，牢之甥何无忌为东海中尉，也极谏牢之，终不见听。裕又使牢之子敬宣入谏，以汉董卓比玄，请牢之急击勿失。牢之反怒叱道："我也知桓玄易取，但平玄以后，试问骠骑能容我否？"敬宣不好违父，只得唯唯听受。牢之遂遣敬宣潜诣玄营，奉上降书。玄佯为优待，授任谘议参军，乘势进迫建康。

元显将要出发，忽有急报传到，谓玄已至新亭，吓得魂不附体，弃船返奔，退屯国子学。越日，出阵宣阳门外，军中自相惊扰，俄而玄军前队，鼓噪前来，大呼放仗。元显拍马急奔，还入东府，元显讨王恭时，曾以果锐见称，此时竟如此颓靡，到已死得半截了。将佐统皆逃散，惟张法顺一骑随归。元显前曾录尚书事，与乃父东西对居，道子所居称东录，元显所居称西录；西府车骑辐辏，东府门可张罗。后来星孛天津，元显解职，仍加尚书令。吏部尚书车胤，密白道子，请抑元显。元显闻悉，谓胤离间父子，意欲害胤，胤竟惶急自杀。自是公卿以下，无一敢与元显抗礼。至元显败还，大都袖手旁观，无人顾恤。只有道子是情关骨肉，狼狈相依，虽平时亦隐恨元显，到此丢去前嫌，想替儿子设法。怎奈想了多时，不得一筹，惟有相对泣下。俄而从事中郎毛泰，导引玄军，闯将进来，七手八脚，把元显抓了出去，送往新亭，缚诸舫前，由玄历数元显罪恶。元显也不多言，但自称为王诞、张法顺所误，懊悔不休。玄复命将王诞、张法顺拿住，与元显同付廷尉，置诸狱中，一面整仗入京，矫诏解严，自为丞相，总掌百揆，都督中外诸军，录尚书事，领扬州牧。令桓伟为荆州刺史，桓谦为尚书左仆射，桓修为徐、兖二州刺史，桓石生为江州刺史，卞范之为丹阳尹，王谧为中书令。新安太守殷仲文，系玄姊夫，弃郡投玄，星夜入都，玄即授为谘议参军。

晋安帝本同木偶，未晓国事，内政一切，统由琅琊王德文代理，德文又无兵无权，如何能制服桓玄？玄得独断独行，不过借着天子的名目，号令四方。当下将元显等牵出狱外，先将元显开了头刀，次及谯王尚之，又次及庾楷张法顺。惟王诞本应同斩，桓修为舅乞怜，才得免死，流戍岭南。再收捕元显家属，得元显子六人，一并处死。只因道子为安帝叔父，不得不欺人耳目，先行奏闻，然后处置。奏中有“道子酣纵不孝，罪应弃市”等语。复诏援议亲故例，贷道子死，徙居安成郡，使御史杜竹林，偕往管束。竹林密承玄旨，鸩死道子，父子代握政权，威吓已极，至此相继遇害，这叫做自作孽、不可活呢。法语之言。

刘牢之留次溧州，静待好音，好几日才见朝命，但授为会稽内史。牢之惊叹道：“今日便夺我兵权，祸在目前了。”已而敬宣自建康驰至，乃是讨差出来，佯称替玄慰谕，暗中却为父设谋，进袭桓玄。牢之迟疑未决，私召刘裕入商道：“我悔不用卿言，致为桓玄所卖。今欲北趋广陵，联结高雅之等，起兵讨逆，卿可从我去否？”裕答道：“将军率劲卒数万，望风降玄；今玄已得志，威震天下，朝野人士，已失望将军，将军岂尚能再振么？裕只有弃官归里，不敢再从将军。”言毕即退，出外遇着何无忌。无忌密问道：“汝将何往？”裕与语道：“我观刘公必不能免，卿不若随我至京口。桓玄若守臣节，我与卿不妨事玄，否则与卿图玄便了。”无忌依议，也不向牢之告辞，竟偕裕同往京口去了。牢之大集僚佐，拟据住江北，纠众讨玄。参军刘袭进言道：“天下惟一‘反’字，最悖情理。将军前反王兖州，指王恭。近日反司马郎君，指元显。今又欲反桓玄；一人三反，如何自立？”这数句话说得牢之瞠目结舌，无言可答。袭亦退出，飘然自去。佐史亦多半散走。牢之惊惧，使敬宣至京口迎家眷。敬宣愆期不还，牢之还道是机谋已泄，为玄所杀，乃率部曲北走。到了新洲，部众散尽，牢之悔恨已极，且恐玄军追来，竟解带悬林，自缢而死。真是死得不值。尚有左右数人，代为棺殓，草草了事。及敬宣奔至，惊悉牢之早死，无暇举哀，匆匆渡江，逃往广陵。桓玄闻报，命将牢之斫棺枭首，曝尸市中。牢之骁勇过人，当时推为健将，惟故太傅谢安在日，尝说牢之器小，不可独任，独任必败，至是果如安言。

桓玄又伪示谦恭，让去丞相，改官太尉，兼领豫州刺史，余官如故。国家大事，俱就谘询，小事乃决诸尚书令桓谦及丹阳尹卞范之。自从安帝嗣位以来，会稽父子，秉权乱政，闹得一蹋糊涂。玄初入建康，黜奸佞，揽贤豪，都下人民，欣然望治。过了月余，玄即奢侈无度，政令失常，朋党互起，凌侮朝廷，甚至宫中供奉，亦隐加尅扣。安帝以下，不免饥寒；再加三吴大饥，民多饿死。临海永嘉，又遭孙恩、卢循等侵掠，十室九空，百姓流离死亡，苦不胜言。桓玄出屯姑孰意欲抚安东土，乃遣人招致卢循，使为永嘉太守。循虽然受命，仍是暗中劫夺，骚扰不休。玄却自诩有功，隐讽朝廷，录取前后勋绩，加封豫章桂阳诸郡公。又复表辞不受，暗嘱有司为子侄请封。晋廷怎敢不依，因封玄子昇为豫章公，玄兄子濬为桂阳公。乐得炫赫。一面钩求异党，再杀吴兴太守高素、将军竺谦之、刘袭等人。数子皆牢之旧将，故一并遇害。袭兄冀州刺史刘轨，邀同司马休之、刘敬宣、高雅之等，共据山阳，欲起兵攻玄，被玄先期察觉，发兵控御。轨等自知无成，走投南燕去了。

越年二月，玄上表申请，愿率诸军讨平关洛，有诏授玄为大将军。玄命整缮舟师，先制轻舸数艘，装载服玩书画。有人问为何因？玄答道：“兵凶战危，倘有意外，当使轻便易运，免为敌人所掠呢。”这语一传，大众始知他饰辞北伐，其实为求封大将军起见。果然不到数日，朝旨复下，饬玄缓进。玄借朝命宣示将士，不复出兵。一味诈伪。已而荆州刺史桓伟病死，玄令桓修继任。从事中郎曹靖之说玄道：“谦、修兄弟，专据内外，权势太重，不可不防。”玄乃令南郡相桓石康为荆州刺史，石康为玄从弟，仍系桓氏亲属。曹靖之徒费唇舌，反多为桓氏增一羽翼罢了。侍中殷仲文、散骑常侍卞范之为玄心腹，密劝玄早日受禅，且由仲文起草，代撰九锡文及册命，玄当然心喜。朝右大臣统是玄党，便即迫安帝下诏，册命玄为相国，总百揆，晋封楚王，领南郡、南平、宜都、天门、零陵、营阳、桂阳、衡阳、义平十郡，加九锡典礼，得置丞相以下官属。桓谦进任卫将军，录尚书事。王谧为中书监，领司徒；桓胤为中书令，桓修为抚军大将军。

时刘裕为彭城内史，修因召裕密问道："楚王勋德崇隆，中外属望，闻朝廷将俯顺人情，仿行揖让故事，卿意以为何如？"裕应声道："楚王为宣武令嗣，温谥宣武，见前文。勋德盖世，宜膺大宝。况晋室衰弱，民望久移，乘运禅代，有何不可？"看到后文，实是请君入瓮。修欣然道："卿以为可，还有何人敢云不可呢？"裕暗笑而退。

新野人庾仄，为殷仲堪旧党，闻玄谋篡逆，即纠众袭击襄阳，逐走刺史冯该。当下辟地为坛，祭晋七庙祖灵，禡师誓众，传檄讨玄，也是汉翟义流亚，故特叙入。江陵震动。适值桓石康莅镇，引兵攻襄阳，仄出战败绩，奔投后秦。玄伪欲避嫌，自请归藩。桓修等入白安帝，请帝手诏慰留，安帝不得不从。玄又诈言钱塘临平湖忽开，江州有甘露下降，使百僚集贺庙堂，矫诏谓："相国至德，感格神祇，所以有此嘉瑞"云云。玄复自思前代受命，多得隐士，乃特征前朝高隐皇甫谧六世孙希之，为著作郎，又使希之固辞不就，然后下诏旌礼，号为高士，时人讥为充隐。都人士有法书好画及佳园美宅，必为玄所垂涎，尝诱令赌博，使作孤注，得胜便取为己有。生平尤爱珠玉，玩不释手，至逆谋已成，遂假传内旨，加玄冕十有二旒，建天子旌旗；出警入跸，车驾六马，乐舞八佾；妃得称王后，世子得称太子。卞范之便代草禅诏，迫令临川王司马宝，持入宫中，胁安帝照文誊录，盖用御印，当即发出。越宿，逼帝临轩，交出玺绶，遣令司徒王谧赍给楚王，复徙帝出居永安宫。又越宿，迁太庙神主至琅琊庙，逼何皇后系穆帝后，尝居永安宫。及琅琊王德文，出居司徒府。何皇后行过太庙，停舆恸哭，哀感路人；后来为玄所闻，勃然怒道："天下禅代，不自我始，与何氏妇女何涉，乃无端妄哭呢？"你既要笑，何后怎得不哭？

王谧既将玺绶献玄，百官又统至姑孰，联名劝进。玄命在九井山北，筑起受禅台来，便于元兴二年十二月朔旦，僭即帝位，改国号楚，纪元永始，废安帝为平固王，王皇后为平固王妃，降何后为零陵县君。琅琊王德文为石阳公，武陵王遵为彭泽县侯，追尊父温为"宣武皇帝"，母南康公主为"宣皇后"，封子昇为豫章王。余如桓氏子弟族党，一律封赏，大为王，次为公，又次为侯。过了数日，玄乘法驾，设卤簿，驰入建康宫。途中适遇逆风，旌旗皆偃，及登殿升座，猛听得"豁喇"一声，御座陷落，好似有人在后推玄，险些儿跌将下来。小子走笔至此，因随书一诗道：

唐虞禅位传文德，汉魏开基本武功。
功德两亏谋盗国，任他狡猾总成空。

究竟玄曾否跌下，待至下回续表。

会稽父子，相继为恶，实为东晋厉阶。桓玄之起兵作乱，祸实启于元显一人，而道子之不能制子，亦宁得谓其无咎？故元显之枭首，与道子之鸩死，理有应得，无足怪也。惟刘牢之欲收鹬蚌之利，卒死于桓玄之手，党恶亡身，欲巧反拙，天下之专图利己者，其亦可自返乎？桓玄才智，不及乃父，徒乘晋室之衰，遍树族党，窃人家国，彼方以为人可欺，天亦可欺，篡逆诈夺，任所欲为，庸讵知冥漠之中，固自有主宰在耶？盖观于逆风之阻，御座之倾，而已知天意之诛玄矣。

第九十回

贤孟妇助夫举义　勇刘军败贼入都

却说桓玄上登御座，忽致陷落，几乎跌下。左右慌忙扶住，才得站住。群下统皆失色，独殷仲文向前道："这是圣德深厚，地不能载，所以致此。"亏他善谀。玄乃易惊为喜，出殿还宫，徙安帝出居寻阳，纳桓温神主于太庙中，立妻刘氏为皇后。散骑常侍徐广，请依据晋典，建立七庙。玄自以为祖彝以上，名位未显，不欲追尊，但诡词辩驳道："礼云三昭三穆，与太祖为七，是太祖应为庙主，昭穆皆在太祖以下。近如晋室太庙，宣帝反列在昭穆中，次序错乱，怎得奉为定法呢？"广乃默然退出，适遇秘书监卞承之，述及前言。承之喟然道："宗庙祭祀，上不及祖，眼见是楚德不长了。"桓彝忠晋，桓玄篡晋，祖孙志趣不同，无怪玄之不愿追尊。承之谓楚德不长，岂尊祖便能长久么？

玄性苛细，好自矜伐，朝令暮更，群下无所适从，遂致奏案停积，纪纲不治；惟素好游畋，日必数出。兄伟葬日，旦哭晚游。且出入未尝预告，一经命驾，传呼严促，侍从奔走不暇，稍或迟慢，即遭斥责，所以众情咸贰，怨气盈廷。玄心中也不自安，时常戒备。一夕，有涛水涌至石头城下，奔腾澎湃，突如其来，岸上人不及奔避，多被狂涛卷去，顿时天昏地黯，鬼哭神号。玄在建康宫中，也有声浪传到，矍然惊起道："敢是奴辈发作么，如何是好？"说着，即命左右出外探听。

及接得还报，方知巨涛为祟，才得放心。

寻遣使至益州，加封刺史毛璩为散骑常侍，兼左将军。璩不肯服玄，竟将来使拘住，扯碎玄书。因授桓希为梁州刺史，令他分派诸将，调戍三巴，严防毛璩。璩索性传檄远近，列玄罪状，慷慨誓师，克日东讨。仿佛似雷声一震。当下遣巴东太守柳约之、建平太守罗述、征虏司马甄季之，会攻桓希，大得胜仗，遂引兵进屯白帝城。玄又命桓弘为青州刺史，镇守广陵，刁逵为豫州刺史，镇守历阳。弘令青州主簿孟昶，入都报政，玄见他词态雍容，很加器重，便语侍臣刘迈道："素士中得一尚书郎，与卿同一州里，卿可相识否?"迈与昶皆下邳人，素不相悦，至是即应声道："臣在京口，不闻昶有异能，但闻他父子纷纷，互相赠诗哩。"玄付诸一笑，乃遣昶仍返青州。昶行至京口，正与刘裕相遇，彼此叙谈，颇觉投机。裕笑语道："草泽间当有英雄崛起，卿可闻知否?"昶接口道："今日英雄为谁，想便应属卿了。"看官听说，昶因刘迈从中媒孽，隐怀愤恨，所以见了刘裕，乐得乘间挑衅，要他去做个冲锋，推倒桓玄。

裕乃与昶共议匡复方法，当时有好几处机会，可以联络，一是弘农太守王元德，与弟仲德皆有大志，不服桓玄，此时卸职入都，正好使他内应；还有前河内太守辛扈兴，振威将军童厚之，亦寓居建康，与裕素有往来，亦可密令起应元德，做个帮手；二是裕弟道规，方为青州中兵参军，正好使他暗袭桓弘，当令孟昶还白道规，佐以沛人刘毅合同举事；三是豫州参军诸葛长民，也是裕一个密友，正好使他同时举发，袭取豫州刺史刁逵，据住历阳。安排已定，便分头通知。

孟昶立即辞行，返至青州，即向妻周氏说道："刘迈在都中毁我，使我一生沦落。我决当发难，与卿离绝。倘然得遇富贵，迎汝未迟。”周氏接口道：“君有父母在堂，理应奉养，今君欲建立奇功，亦非妇人所能谏阻。万一不成，当由妾谨事舅姑，死生与共，义无归志，请君不必多心。”好妇人。昶沉吟多时，欲言不言，因抽身起座，意欲外出。周氏已瞧破情形，抱儿呼昶，复令返座道：“看君举措，并非欲谋及妇人，不过欲得我财物呢。”说着，又指怀中儿示昶道：“此儿如可质钱，亦所不惜。”昶乃起谢。原来周氏多财，积蓄颇饶，至此遂倾资给昶，昶得与刘道规等联同一气，相机下手，一面预报刘裕。裕与何无忌同居京口，无忌尝思为舅复仇，当然与裕同志，事必预谋。裕既决计起兵，令无忌夜草檄文，无忌母为刘牢之姊，从旁瞧着，不禁流涕道：“我不及东海吕母，王莽时人，见《汉书》。汝能行此，还有何恨？”随即问同谋为谁？无忌答称刘裕。母大喜道：“得裕为主，桓玄必灭了。”孟昶有妻，何无忌有母，却是无独有偶。

过了两日，无忌偕裕出行，托词游猎，号召义徒，共得百余名，就中选得志士二十人，使充前队，自己冒作敕使，一骑当先，扬鞭入丹徒城。徐、兖二州刺史桓修，闻有敕使到来，便出署相迎。兜头遇着无忌，正要启问，偏被无忌顺手一刀，头随刀落，当下大呼讨逆，众皆骇散。刘裕得无忌捷报，即驰入府舍，揭榜安民，片时已定。当将桓修棺殓，埋葬城外。召东莞人刘穆之为府主簿，穆之直任不辞。徐州司马刁弘，得知丹徒有变，方率文武佐吏，来探虚实。裕登城与语道：“郭江州指前刺史郭昶之。已奉乘舆，反正寻阳，我等并奉密诏，诛除逆党，今日贼玄首级，已当枭示大众，诸君皆大晋臣子，来此何干？”弘等闻言，信以为真，当即退去。适值孟昶、刘毅、刘道规，诱杀桓弘，收众渡江，来会刘裕。裕令刘毅追袭刁弘，杀死了事。

青、徐、兖三州已经略定，只有建康及豫州二路，尚未发作。裕令毅作书报告乃兄，乃兄就是刘迈，得了毅书，踌躇未决。致书人周安穆，见迈怀疑，恐谋泄罹祸，匆匆告归。迈正受玄命为竟陵太守，意欲夤夜出行，冀得避难，忽由桓玄与书，谓："北府人情云何？卿近见刘裕，彼作何词？"迈阅书后，还道玄已察裕谋，竟默然待旦，自行出首。玄顿觉大惊，面封迈为重安侯，立饬卫兵出宫，收捕王元德、辛扈兴、童厚之等，骈戮市曹。已而有人向玄谮迈，谓迈纵归周安穆，不免同谋。玄遂收迈下狱，亦处死刑。迈亦该死。

那刘裕已为众所推，作为盟主，总督徐州军事，用孟昶为长史，檀凭之为司马，当下号召徐、兖二州众士，得一千七百人，出次竹里，传檄远近，声讨桓玄。玄因命扬州刺史桓谦为征讨都督，并令侍中殷仲文，代桓修为徐、兖二州刺史，会同拒裕。谦请发兵急击，玄皱眉道："彼众甚锐，向我致死，我若一挫，大事去了。不若屯兵覆舟山下，以逸待劳，彼空行至二百里，无从一战，锐气必挫。忽见我大军屯守，势必却顾，我再按兵坚垒，勿与交锋，使彼求战不得，自然散去，这乃是今日的上计哩。"谦尚执定前议，仍然固请。玄乃请顿邱太守吴甫之，右卫将军皇甫敷，北击裕军。各军陆续出发，玄心下还带着惊慌，绕行宫中，徬徨不定。左右从旁劝慰道："裕等不过乌合，势必无成，至尊何必多虑？"玄摇言道："裕乃当世英雄；刘毅家无担石，樗蒱且一掷百万；何无忌酷似彼舅。共举大事，何谓无成？"说至此，又忆从前不听妻言，懊怅不置。原来裕为彭城内史，曾在桓修麾下，兼充中书参军。修尝入都谒玄，裕亦从行。玄见裕风骨不凡，称为奇杰，待遇甚优，每值宴会，必召裕入座。玄妻刘氏，从屏后窥见裕貌，谓裕龙行虎步，瞻顾非凡，将来必不可制，因劝玄趁早除裕。玄欲倚裕为助，故终不见从，谁知裕还京口，果然纠众发难，做了桓玄的对头，玄怎得不悔？怎得不恨？但已是无及了。刘寄奴王者不死，蛇神且无如之何，玄夫妇怎能死裕。

刘裕率军径进，攻克京口，用朱龄石为建武参军。龄石父绰，曾为桓冲属吏，至是龄石虽受裕命，自言受桓氏厚恩，不欲推刃。裕叹为义士，但令随着后队，不使前驱。行至江乘，正值玄将吴甫之，引兵杀来。甫之向称骁勇，全不把刘裕放在眼中，拍马直前，挺槊急进。裕军前队，却被拨落数人，正在杀得兴起，蓦有一将驰至，厉声大呼道："吴甫之敢来送死吗？"甫之未曾细瞧，已被来将大刀一劈，剁落马下。看官道是何人？原来就是刘裕。裕乘甫之不备，把他劈死，便即杀散余众，进军罗落桥。对面有敌阵列着，乃是玄将皇甫敷。裕又欲亲出接战，独司马檀凭之，纵马先出，与敷交锋，战了数十回合，凭之力怯，一个失手，为敷刺死。裕不禁大怒，自出接仗，敷素闻裕名，不敢轻与交手，惟麾众围裕，绕裕数重。裕毫不畏缩，倚着大树，与敷力战。敷呼裕道："汝欲作何死？"说着，即拔戟刺裕。裕大喝一声，吓得敷倒退数步，不敢近前。可巧裕党共来救应，击破敷众，敷解围欲走，裕令军士一齐放箭，射中敷额，敷遇创仆地，裕持刀直前，将要杀敷，但听敷凄声语道："君得天命，敷应受死，惟愿以子孙为托。"裕一面允诺，一面下手斩敷，随令军吏厚恤敷家，安抚孤寡，示不食言。且因檀凭之战死军中，特令他从子檀祗，代领遗众，仍然进薄建康。

桓玄闻二将战死，越觉惊心，忙召诸术士推算吉凶，并为厌胜诅咒诸术，并问及群臣道："朕难道就此败亡么？"群臣皆不敢发言。独吏部郎曹靖之抗声道："民怨神怒，臣实寒心。"玄瞿然道："民或生怨，神有何怒？"靖之道："晋氏宗庙，飘泊江滨，大楚祭不及祖，怎得不怒?”玄又道：“卿何不先谏?”靖之道：“辇下君子，统说是时逢尧舜，臣何敢多言。”玄无词可答，只长叹了好几声。威风扫尽。寻使桓谦出屯东陵、卞范之出屯覆舟山西，共合二万人。裕至覆舟山东，使军士饱餐，弃去余粮，期在必死；先令老弱残兵，登高张旗，作为疑兵，然后与刘毅等分作数队，突进谦阵。毅与裕俱身先士卒，拼死直前，将士亦踊跃随上，喊声动地。适有大风从东北吹来，裕军正在上风，便放起一把火来，火随风势，风助火威，烧得桓谦部下，都变了焦头烂额的活鬼，那里还敢恋战，纷纷大溃。谦与范之，也一溜烟似的跑去，苟延生命。

玄因两军交战，时遣侦骑探报，侦骑见了疑兵，即返报裕军四塞，不知多少。玄亟遣武卫将军庾赜之，带领精兵，往援谦军，暗中却使领军将军殷仲文，至石头城预备船只，以便逃走。忽有探马踉跄入报，说是桓谦、卞范之两军，俱已败溃。玄忙集亲信数千人，仓皇出奔，口中还声言赴战，挈同子昇及兄子濬，出南掖门。适遇前相国参军胡藩，叩马谏阻道：“今羽林射手，尚有八百，非亲即故，彼受陛下累世厚恩，应肯效力，乃不驱令一战，偏舍此他去，究竟何处可以安身?”玄不暇对答，但用鞭向天一指，便即策马西走。驰至石头，见仲文已备齐船只，即下船驶行。船中未曾备粮，经日不食。及驶至百里外，方从岸上觅得粗粝，刈苇为炊，大众才得一饱。玄勉强取食，咽不能下，由子昇代为抚胸，惹得玄涕泣俱下，复恐追兵到来，径往寻阳去了。

惟建康城内，已无主子，司徒王谧等当然背玄，迎裕入都。王仲德抱元德子方回，出城候裕。裕接见后，便将方回抱入怀中，与仲德对哭一场，面授仲德为中兵参军，追赠元德为给事中，然后将方回缴还仲德，引兵驰入都中。越日，移屯石头城，设立留台，令百官照常办事，取出桓温神主，至宣阳门外毁去，另造晋室新主，奉入太庙。又派刘毅等追玄，所有桓氏族党，留居建康，尽行捕诛。再使部将臧熹入宫检收图书器物，封闭府库，熹一一敛贮，毫无所私。裕乃倡言迎驾，使尚书王嘏，率百官往寻阳，迎还安帝。嘏与百官奉令去讫，惟王谧居守留台，推裕领扬州军事。裕一再固辞，让谧为扬州刺史，仍领司徒，兼官侍中，录尚书事。谧复推裕都督扬、徐、兖、豫、青、冀、幽并八州，领徐州刺史，裕即受任不辞。辞扬州而不辞八州，其意可知。当下令毅为青州刺史，何无忌为琅琊内史，孟昶为丹阳尹，刘道规为义昌太守。凡军国处置，俱委任刘穆之，仓猝办定，无不就绪，朝野翕然。只诸葛长民前与裕约，谋据历阳，事尚未发，为刺史刁逵所闻，将他拘住，槛送建康。行亚当利，闻得桓玄出走，建康已属刘裕，解差乐得用情，破槛放出长民，还趋历阳。历阳兵民，乘机反正，逐去刺史刁逵，逵弃城出走，正与长民相值，再经城中兵士追来，无从逃避，只好下马受缚，由他解送石头，一刀处死。子侄等亦皆骈戮，惟季弟给事中刁聘，幸得赦免。裕令魏咏之为豫州刺史，镇守历阳，诸葛长民为宣城内史。

先是裕少年微贱，轻狡无行，名流多不与往来，惟王谧素来重裕，尝语裕道："卿当为一代英雄。"裕亦因此自负。会与刁逵赌博，输资不偿，逵缚诸树上，责令还值，嗣由谧代为偿还，方得释裕。裕感谧愈深，恨逵亦愈甚，至是酬恩报怨，才得伸志。惟桓玄篡位时，谧实助玄为虐，手解安帝玺绶，献与桓玄。见前回。时论皆不直王谧，谓宜声罪伏诛，独裕力为保全，谧才得无恙。因私废公，终属非是。

桓玄奔至寻阳，将要息肩，闻得刘毅等又复追来，他急胁迫安帝兄弟，及何、王二后，乘舟西行。安帝被徙寻阳，事见上文。留龙骧将军何澹之与前将军郭铨、刺史郭昶之等，堵仗溢口。刘毅等不能前进，尚书王嘏等，无从迎驾，只好还报刘裕。裕乃托称受帝密诏，迎武陵王司马遵为大将军，暂居东宫，承制行事。遵父名晞，就是元帝第四子，受封武陵，由遵袭爵，留官建康，任中领军。桓玄篡位，降遵为彭泽侯，勒令就镇。遵甫出石头，裕军已至，乃退还就第，此时总摄百揆，称制大赦，惟桓玄一族，不在赦例。可巧刘敬宣、司马休之，自南燕奔归，遂令休之领荆州刺史，监督荆、益梁、宁秦、雍、六州军事，敬宣为晋陵太守。他两人奔往南燕时，曾与刘轨、高雅之同行，见前回。后欲密图南燕王慕容备德，事泄南奔，轨与雅之被南燕兵追斩，独休之、敬宣得脱，还为晋臣。休之奉命赴镇，但此时的荆州，尚为桓石康所据，怎肯让与休之，再加桓玄自寻阳奔赴，当然迎纳桓玄，与晋反抗。玄仍称楚帝，即以江陵为楚都，眼见得桓玄虽败，还有一片尾声。小子有诗咏道：

石头城内庆安全，半壁江山得少延。
只有荆襄还未靖，尚劳兵甲扫残烟。

欲知江陵如何攻克，待至下回再表。

刘裕起兵讨玄，主谋者实为孟昶，昶之怂恿刘裕，为私怨而发，非真知有公义也。观其对妻之言，全为刘迈一人，而周氏独能倾囊相助。且谓义无归志，彼知从夫之义，宁不能知报国之忠，其所由慨然给资者，正欲昶之乘间除逆耳。周氏诚贤矣哉！本回特举以标目。所以扬巾帼，愧须眉也。何无忌母，为弟复仇，犹其次焉者耳。刘裕一举，桓氏瓦解，师直为壮，曲为老，复得裕以统率之，何患不成？玄之惧裕，譬诸贼胆心虚，不寒自栗耳。然裕诛刁逵而不诛王谧，裕已第知有私，不知有晋矣，宁待篡位而始见裕之心哉？

第九十一回

截江洲冯迁诛逆首　陷成都谯纵害疆臣

却说桓玄退居江陵，仍称楚帝，署置百官，用卞范之为尚书仆射，倚作心腹。自恐奔败以后，威令不行，乃更加严刑罚，好杀示威。殷仲文劝玄从宽，玄发怒道：“今因诸将失律，天文不利，故还都旧楚。今群小纷纷，妄兴异议，方当严刑惩治，奈何反说从宽呢？”仲文不便再劝，只好退出。玄兄子歆，贿结氐帅杨秋，进寇历阳，为魏咏之、诸葛长民、刘敬宣等击败，追至练固，将秋杀毙。玄再使武卫将军庾雅祖、江夏太守桓道恭，率数千人助何澹之，共守湓口。见前回。晋将何无忌、刘道规，引兵至桑落洲，与澹之等乘舟交战。澹之平时的坐船，羽仪旗帜，很是辉煌，无忌语众将道：“澹之必不居此，无非虚张声势，摇惑我军，我当先夺此船。”众将道：“澹之既不在此船，就使夺得，也属无益。”无忌道：“彼众我寡，胜负难料。澹之既不居此船，战士必弱；我用劲兵往攻，定可夺取。夺取以后，彼衰我盛，乘势迫击，破贼无疑了。”以实攻虚，也是一策。道规也以为然，遂遣精兵往攻。船中果无健将，立被晋兵夺来。无忌即令军士传呼道：“我军已擒得何澹之了。”是谓以虚欺实。澹之军中，闻声大惊，自相哗扰。就是晋军也道是已得澹之，勇气百倍，当由无忌、道规麾军进攻澹之等。澹之各军，已经气夺，怎禁得晋军猛扑，奋勇杀来，顿时逃的逃，死的死，澹之等一齐遁去。无忌道规得驶入溢口，进屯寻阳，取得晋宗庙主祐，奉还京师。

桓玄接得澹之等败报，复大集荆州士卒，得众二万人，楼船数百艘，再挟安帝东下，亲来督战。使散骑常侍徐放先行，入说刘裕等道："若能旋军散甲，当共同更始，各授爵位，令不失职。"裕等当然不从，更拨青州刺史刘毅，及下邳太守孟怀玉，会师寻阳，与何无忌、刘道规两军，西出拒玄。两军相遇峥嵘洲，毅军尚不满万人，见玄军军容甚盛，各有惧色，意欲退还寻阳。独刘道规挺身道："行军全在气势，不在多寡。今欲畏怯不进，必为所乘，就使得返寻阳，亦岂遂能固守？玄虽外示声威，内实恇怯；并且前次已经奔败，众无固志，临机决胜，在此一举，怕他什么！"说着，即麾众前进，毅等乃鼓棹随行。两下方才交锋，忽江面刮起一阵大风，吹向玄舟，道规大喜，即令军士纵火，顺风烧贼。毅等亦助薪扬威，烟焰迷蒙，统望玄舟扑去。玄众本无斗志，再加大火冲来，船多被焚，哪里还敢对敌，当下散舟大溃。玄坐舫边备有小舸，慌忙挟帝换船，飞桨西走。时何、王二后亦被玄胁令从军，避火乱奔，行至巴陵，殷仲文收集散卒，背叛桓玄，奉二后奔往夏口，旋即东入建康。惟桓玄挟住安帝，再返江陵，玄将冯该，请再整兵拒战，无如人情离沮，号令不行。玄不得已乘夜出走，欲奔汉中，往依梁州刺史桓希。甫至城闉，忽暗中有数人闪出，持刀斫玄。玄手下尚有心腹百余人，慌忙代玄格住，玄才得免伤。彼此互相刺击，天又昏黑，不能细辨，但乱杀了一回，徒落得肝脑涂地，尸首塞途。玄单骑逃出，幸得下船，待了片刻，唯卞范之踉跄奔来，尚有嬖人丁仙期、万盖等，也随后趋至，偕玄西行。好算是桓玄患难朋友。安帝才免挟去，由荆州别驾王康产，奉帝入南郡府舍。南郡太守王腾之，率领文武，为帝侍卫。琅琊正德文，始终随着安帝，不离左右。安帝至此，才觉惊魂粗定，稍安寝食了。慢着。

益州刺史毛璩，前曾移檄讨玄，因为桓希所阻，未曾东下。事见前回。有任修之，为汉中屯骑校尉，与璩交通。他闻玄战败西奔，正好设法除奸，便亲诣玄舟，诈言蜀地无恙，不妨前往。玄已如漏网鱼，脱笼鸟，但教有路可奔，无不愿行；再加子侄辈陆续奔集，船中也有数十人，乐得一同西往，权寻一个安身窠。日暮途穷，还想择地安身么？适宁州刺史毛璠，在任病殁，璠系璩弟，由璩遣从孙毛祐之，及参军费恬，督护冯迁等，护丧归江陵，道出枚回洲，正与桓玄遇着。两边俱系舟行，祐之眼快，看见玄坐在舟中，便遥问道："逆贼何往？"一声喝着，舟中竞起，统弯弓放箭，射向玄舟。玄惊慌得很，嬖人丁仙期、万盖，挺身蔽玄，俱被射死。益州督护冯迁，索性督同壮士，跃过玄舟，持刀径入。玄战声道："汝，汝何人？敢杀天子？"迁应声道："我来杀天子的贼臣。"道声未绝，刀光一闪，已将玄首劈下。玄子昇忙来救护，已是不及，反被冯迁等打倒，捆绑起来。毛祐之、费恬等，一齐到玄舟中，劈死桓石康桓濬，惟卞范之凫水逃去。毛修之持了玄首，毛祐之锁住桓昇，同赴江陵，即遣人迎入安帝，暂借江陵为行宫，下诏大赦。惟桓氏不赦，命将桓昇牵出市曹，一刀斩讫。进毛修之为骁骑将军，余亦封赏有差，一面传送玄首，悬示大桁。

刘毅等闻乘舆反正，总道江陵已平，不必速进，且连日为逆风所阻，未便行舟，所以沿途逗留。哪知死灰复燃，余孽再炽。玄从子桓振，自华容浦纠众出来，掩袭江陵城。桓谦本避匿沮中，也聚党应振，众又逾千。江陵空虚，只有王康产王腾之守着，蓦被桓振等陷入，慌忙抵敌，已是不及，两人相继战死。桓振跃马操戈，直入行宫，向安帝追索桓昇，张目奋须道："臣门户何负国家，乃屠灭至此？"安帝面如土色，连一句话都说不出来。还是琅琊王德文，从旁代答道："这岂我兄弟本意么！”语亦可怜。振尚不肯敛手，奋戈指帝。可巧桓谦驰入，斥振无礼，苦加禁阻。振乃敛容下马，再拜而出。越宿为玄发丧，伪谥“武悼皇帝”。又过一宵，桓谦等率领群臣，奉还玺绶，且上言道：“主上法尧禅舜，德媲唐虞。今楚祚不终，民心仍还向晋室，谨将玺绶奉缴，借副众望。”琅琊王德文，接了玺绶，交与安帝，又不得不婉言羁縻，令他退候诏旨，谦等奉命退出。未几，即有诏命颁发，授德文为徐州刺史；桓振为荆州刺史都督八郡军事；桓谦复为侍中卫将军，加江、豫二州刺史。于是桓氏又得专政，侍御左右，皆振爪牙。振少时无赖，为玄所嫉，至是振叹息道：“我叔父不早用我，遂致败亡；若使叔父尚在，我为前锋，天下已早定了。今局居此地，果将何归？看来是不能久持呢。”颇有自知之明。谦劝振引兵东下，自守江陵。振方纵情酒色，肆行杀戮，欲安享几日的威福，怎肯再行赴敌？谦只得招募徒众，出堵马头，使桓蔚往戍龙泉。

刘毅、何无忌、刘道规等，接得江陵警耗，方鼓行西进，击破桓谦，又分兵再破桓蔚，兵势大振。无忌欲乘胜直趋江陵，道规谏阻道：“兵法屈伸有时，不可轻进。诸桓世居西楚，群小皆为竭力，振又勇冠三军，难与交锋。今且息兵养锐，佯为示弱，待他骄怠，不患不胜。”无忌不从，引军直进。桓振果倾众出战。冯该、卞范之等，又先后趋集，与无忌交战灵溪。无忌抵挡不住，前队多死，没奈何退保寻阳，与刘毅等上笺请罪。刘裕仍命毅节度诸军，惟夺去青州刺史官职。毅整署兵甲，修缮船械，再图西进。刘敬宣豫储粮食，拨给各军，所以无忌等虽然败退，不致大挫。休养数日，复从寻阳出发，前往复口。桓振遣冯该守东岸，孟山图据鲁山城，桓仙客守偃月垒。共计万人，水陆互援。刘毅攻孟山图，道规攻偃月垒，无忌遏住中流，抵御冯该。自辰至午，晋军大胜，擒住山图、仙客，独冯该走往石城。毅等进拔巴陵，军令严整，不准侵掠，百姓安堵如常。

刘裕复命毅为兖州刺史，规复江陵。时益州刺史毛璩从白帝城引兵出发，袭破汉中，得诛桓希。桓氏势力日蹙，惟荆襄尚为所据。桓振令桓蔚驻守襄阳，勉强过了残年。一交正月，南阳太守鲁宗之，起兵讨逆，掩入襄阳城。桓蔚走还江陵，刘毅并集各军，再攻马头。桓振挟安帝出屯江津，遣使求割江、荆二州，然后送还天子。刘毅不许。振正欲拒战，不防鲁宗之杀入柞溪，击破振将桓楷，进驻纪南。振不得不还防宗之，留桓谦、冯该、卞范之守住江陵，监视安帝兄弟。谦令冯该堵截豫章口，为刘毅等所击败，再奔石城。毅等直至江陵城下，纵火焚门，谦等弃城西遁。惟卞范之迟走一步，被晋军拦住，拿下处斩。随即扑灭余火，麾军入城。卞范之到此才死，总算桓氏的异姓忠臣。桓振到了纪南，杀退鲁宗之军，返救江陵，途中望见火起，料知城已被陷，部众溃散，振无路可归，逃往涢川。安帝再得正位，改元义熙，复下赦诏，惟桓氏仍不得赦。前丰城公桓冲，有功王室，特赦免冲孙胤一人，徙居新安。进刘毅为冠军将军，所有行宫政令，悉归毅主持。授鲁宗之为雍州刺史，毛璩为征西将军，都督益梁、秦、凉、宁五州军事。璩弟瑾为梁、秦二州刺史，瑗为宁州刺史，遣建威将军刘怀肃，追剿桓氏余党，阵斩冯该。桓谦、桓蔚、桓楷、何澹之等，都西奔后秦。

会建康留台备齐法驾，来迎安帝。何无忌奉帝东还，留刘毅、刘道规居守夏口，江陵归荆州刺史司马休之入守，不意桓振再收遗众，又从涢川进袭江陵。司马休之未曾豫备，仓皇出敌，吃了一个败仗，奔往襄阳。振再入江陵，自称荆州刺史。建威将军刘怀肃，急引军救江陵城，刘毅又遣广武将军唐兴为助，夹攻桓振。振出战沙桥，还靠着一把大刀，盘旋飞舞，乱劈晋军。怀肃素知桓振厉害，早备着强弓硬箭，与他对敌，兵刃初交，便令军士弯弓迭射，箭如骤雨一般。振众死了一半，逃去一半，那时振亦没法支持，拍马欲逃，偏偏马已中箭，掀倒地上，振亦坠马。怀肃急抢前一步，手起刀落，把振剁作两段。桓氏后起悍将，至此才尽。江陵城当然夺还。

惟益州刺史征西将军毛璩，得了江陵再陷消息，集众三万，东出讨振。使弟瑗出外水，参军谯纵出涪江，偏蜀人不乐远征，多有怨言；纵将侯晖，与巴西人阳昧联谋，逼纵为主。纵不敢承受，自投水中，又为晖等捞起，再三固请，胁纵登车，往攻秦、梁二州刺史毛瑾。瑾在涪城，闻变调兵，一时无从召集，即被侯晖等陷入，把瑾杀死，遂推纵为梁、秦二州刺史。毛璩行至略城，才知纵等为乱，慌忙赶还成都。亟使参军王琼率三千人讨纵，又令弟瑗领兵四千，作为后应。琼至广汉，适值侯晖引众拦阻，当由琼麾兵杀去，击毙晖众数十名，晖即引退。琼乘胜急追，瑗亦从后趋进，驰至绵竹。不意谯纵弟明子，奉了兄命，暗设两重伏兵，悄悄待着。琼陷入第一重伏中，尚然未觉，及深入第二重，前后胡哨大作，伏兵齐起，把琼困在垓心。琼拼命冲突，竟不得出。至毛瑗兵到，杀开血路，救琼出国，琼众已十死八九，就是毛瑗麾下，也战死了一半。瑗与琼奔还成都，侯晖谯明子等追至成都城下，日夕攻扑。益州营户李腾，潜开城门，引入外寇，毛璩及瑗，不及逃避，均为所戕。侯晖谯明子，遂据住成都，迎纵为主。纵令从弟洪为益州刺史，明子为征东将军，领巴州刺史，使率部众五千，出屯白帝城，于是全蜀大乱，汉中空虚。氐帅仇池公杨盛，得遣兄子杨抚，乘虚袭据汉中，余地多归入谯氏。晋廷方搜捕桓氏余孽，不遑西顾，谯纵得安然为成都王，霸占一隅了。谯纵据蜀，不在十六国之列。

且说晋安帝东还建康，留台诸官，诣阙待罪，有诏令一律复职，命琅琊王德文为大司马、武陵王遵为太保；刘裕为侍中，兼车骑将军，都督中外诸军事，领青、徐二州刺史；刘毅为左将军、何无忌为右将军，分督扬州豫州、诸军事。刘道规为辅国将军，督淮北诸军事。魏咏之为征虏将军，兼吴国内史。余官亦进职有差。惟刘裕固让不受，安帝还道他未足偿愿，优诏慰勉，再加裕录尚书事。裕又表辞，且恳请归藩。安帝复遣百僚敦劝，并亲幸裕第，面加劝谕，裕仍不受命，始终请调任外镇。居心可知。乃改授裕都督荆、司、梁、益、宁、秦、雍、凉、诸州军事，并前时扬、徐等八州，合成十六州都督，驻守京口，裕始拜命而去。已将东晋江山，一大半归诸掌握了。

先是，刘毅尝为刘敬宣宁朔参军，时人或称毅为雄杰，独敬宣说他“内宽外忌，夸己轻人，将来得志，必致陵上取祸”云云。毅得闻此言，衔恨甚深。及敬宣因功加赏，擢任江州刺史，毅使人白裕道：“敬宣未预义谋，授为郡守，已属过优，今超任至江州刺史，岂不令人骇愕么？”是即夸己轻人之一斑。裕却未依毅议。敬宣已稍有所闻，自请解职，乃召还为宣城内史。毅复与何无忌等，分讨桓氏余党，所有桓亮、桓玄等遗孽，一概荡平。荆、湘、江、豫四州，从此肃清。有诏命毅都督淮南五郡，无忌都督江东五郡，晋室粗安。惟永安何皇后自巴陵还都后，年已六十有六，累经跋涉，饱受虚惊，便即一病去世，追谥为“章皇后”。了结何后，笔不渗漏。当时，宫廷虽经丧乱，但大憝已除，人心自然思治，共望升平。

惟有一个彭泽令陶潜，系是故大司马陶侃曾孙，表字元亮，一字渊明，独因郡中遣到督邮，县吏谓应束带出迎。潜慨然太息，谓不能为五斗米折腰，遂于义熙二年，解印去县，归隐栗里，自作《归去来辞》表明高志。后来诗酒自娱，屡征不起；到了刘宋开国，还去征召，仍然不就，竟得寿终，这也是危邦不居、无道则隐的意思。不没高士。小子有诗赞道：

摆脱尘缨且挂冠，何如归隐尚堪安。
北窗醉卧东皋啸，能效陶公始达观。

陶潜归隐，寓有深衷，实在是江左乱端，未曾平定，试看下回卢循等事，便可分晓。

桓玄无赫赫之功，足以名世，但乘会稽父子之乱政，闯入建康，窃取大位，其为舆情之不服也可知。刘裕、刘毅、何无忌等，奋臂一呼，玄即败溃，始则犹挟安帝为奇货，及一失所挟，即被诛于枚回洲。计其僭位之期，不过半年，其亡也忽，谁曰不宜？论者谓玄挟主而不敢弑主，至桓振再起，欲弑主矣，而卒为桓谦所阻，是桓氏犹有敬主之心，虽曰为逆，尚可少原。不知彼欲借主以逃死，并非活主以鸣恭，假使玄得在位一二年，安帝宁尚得再生乎？惟毛璩首先倡义，不愧为忠，至闻桓振复陷江陵，又率众东下，报主之心，可谓挚矣。乃其后卒为叛徒所戕，祸及灭门，忠而构难，是亦当与刘越石同一叹惜也。然观于谯纵之速亡，璩亦可无遗恨也乎？

第九十二回

贪女色吞针欺僧侣　泚妇翁拥众号天主

却说卢循侵掠海滨，连年未已，虽前应桓玄招抚，受职永嘉太守，仍然未肯敛锋。见八十九回。当时为刘裕堵击，一再败循，循弃去永嘉，浮海南走。及裕起义讨玄，循复转寇南海，攻陷番禺，执住广州刺史吴隐之，自称平南将军，摄广州事，使姊夫徐道复往袭始兴，掩入城中，把始兴相阮腆之拘住。于是，循据广州，道复据始兴。及安帝反正，得平逆党，循亦未免畏忌，乃使人入贡晋廷，窥探虚实。晋廷方欲休兵息民，无暇南讨，因令循为广州刺史，道复为始兴相。实属不当。循复贻刘裕益智粽，裕报以续命汤。前琅琊内史王诞，时在广州，为循所迫，令为平南长史。诞因说循道："诞未习戎旅，留此无用，不若遣诞北上。诞与刘镇军素来友善，前去必蒙委任，倘与将军交际，定当从中相助，仰答厚恩。"循颇以为然，正要使诞启行，忽接刘裕来书，令循释还吴隐之。循尚不肯从，诞复语循道："将军今留吴公，实非良策。孙伯符即孙策。岂不欲留华子鱼？即华歆。但一境不容二主，所以纵还，将军独未闻此义么？"好口才。循乃释出隐之，使与诞同还建康。裕因隐之既归，得休便休，奈何忘却阮腆之。且暂时羁縻卢徐，容后再图。小子亦暂搁循事，到后再表。

且说后秦主姚兴，自收纳吕隆后，应八十八回。闻西僧鸠摩罗什，道行甚高，也即遣人迎入，尊为国师，鸠摩罗什散见前文。令居西明阁及逍遥园，翻译佛经。罗什博通经典，所有西域梵音，无不熟诵。及见关中通行诸佛书，多半错谬，乃召集沙门僧睿、僧肇等八百余人，传授奥旨，笔述经纶三百余卷。沙门慧睿，才识高明，尝随罗什传写，罗什每与慧睿详论西方辞体，商榷异同，且云："天竺国俗，甚重文制，大约以宫商声韵，可入管弦，最为美善，所以臣民觐见国王，必有赞德经中偈颂等，语皆叶调，无不谐音。惟因中土流传，多非大乘教旨。"因特撰《实相论》二卷，呈诸姚兴。兴奉若神明，亲率朝臣及沙门千余人，肃容静听。罗什登座谈经，从容演讲。

一日讲了多时，忽下座白兴道："有二小儿登我肩上，致生欲障，不得不求御妇人。"兴欣然道："大师聪明超悟，海内无双，若一旦入定，怎可使法种无嗣呢？"因即罢讲还宫，拨遣宫女一人，使伴罗什住宿。罗什一与交媾，果生二子，嗣是不住僧房，别立廨舍。兴敬礼不衰，优加供给，更拨女使十名，为充服役。罗什得了众女，索性肉身说法，与结大欢喜缘。高僧亦如是耶。僧徒等从旁艳羡，免不得互相效尤，作狭邪游。罗什乃持出一钵，召语僧徒道："汝等能将钵内贮物，取食净尽，方可蓄养妻妾，否则不得效我。"僧徒听了，都向钵中瞧着，不禁咋舌。原来钵中并非他物，乃是七大八小的绣花针，当下无人敢食，面面相觑。罗什却举匕箝针，一一进食，好似食韭一般，到口便软，自然熔化。恐怕是遮眼术。僧徒等不禁叹服，方才敛迹，相戒淫游。佛子佛孙，想已有许多传出了。后来，罗什居秦九年，年已七十有四，自觉不适，因口出三番神咒，令外国弟子传诵，意图自救。偏是大命该绝，诵祷无灵，到了病危时候，与众僧诀别，但言"传译诸经，俱系真旨，当使焚身以后，舌不燋烂"云云。西俗向用火葬，故罗什留有此语。罗什既死，姚兴令在逍遥园中，依西域法，用火焚尸，薪灭形碎，唯舌尚存。僧肇为作诔文，说得罗什非常神悟，共计有数千言。小子不忍割爱，特节录诔词如下：

先觉登遐，灵风缅邈，通仙潜凝，应真冲漠。从从九流，是非竞作，悠悠盲子，神根沈溺。时无指南，谁识冥度？大人远觉，幽怀独悟。冲恬静默，抱此玄素，应期乘运，翔翼天路。既曰应运，宜当时望，受生乘利，形标奇相。襁褓俊远，龆龀逸量，思不再经，悟不待匠。投足八道，游神三向，玄根挺秀，宏音远唱。又以抗节，忽弃荣俗，从容道门，尊尚素朴。有典斯寻，有妙斯录，弘无自替，宗无拟族。霜结如冰，神安如岳，外迹弥高，内朗弥足。恢恢高韵，可模可因，愔愔冲怀，惟妙惟真。静以通玄，动以应人，言为世宝，默为时珍。华风既立，二教亦宾，谁谓道消？玄化玄新。自公之觉，道无不弘，灵风遐扇，逸响高腾。廓兹大力，燃斯慧镫，道音始唱，俗网以崩。痴棍弥拔，上善弥增，人之寓俗，其徒无方。统斯群有，纽兹颓网，顺以四恩，降以慧霜。如彼维摩，迹参城坊，形虽圆应，神冲帝乡。来教虽妙，何足以臧？伟哉大人，振隆圆德。标此名相，显彼冲默，通以众妙，约以玄则。方隆般若，以应天北，如何运遭，幽里冥克。天路谁通？三途谁塞？呜呼哀哉！

至人无为，而无不为，拥网遐笼，长途远羁。纯恩下钧，客旅上擒，恂恂善诱，肃肃风驰。道能易俗，化能移时，奈何昊天，摧此灵规？至真既往，一道莫施，天人哀泣，悲恸灵祇。呜呼哀哉！

公之云亡，时维百六，道匠韬斤，梵轮摧轴。朝阳颓景，琼岳颠覆，宇宙昼昏，时丧道目。哀哀苍生，谁抚谁育？普天悲感，我增摧衄。呜呼哀哉！

昔吾一时，曾游仁川，遵其余波，纂承虚玄。用之无穷，钻之弥坚，跃日绝尘，思加数年。微情未叙，已随化迁，如何赎兮？贸之以千。时无可待，命无可延，惟身惟人，靡凭靡缘，驰怀罔极，情悲昊天。呜呼哀哉！

自从鸠摩罗什讲经以后，尚有道恒、道标、道融、昙无成等，具为罗什高徒广传佛法。西僧佛陀耶舍、弗若多罗及觉贤法明，亦开关入秦，与罗什辩疑析难，多所发明。秦人沿为风气，佞佛唪经，十居八九。姚兴迷信释氏，煦煦为仁。关中臣民，颇免刑虐。但小信未孚，大体已失，姚氏国运，已启衰机。佛教是一种哲学，究非治平之道。晋十六州都督刘裕，因桓氏余孽，奔入关中，恐他引秦入寇，特遣参军衡凯之，诣秦通好。秦亦遣吉默报聘，由是使节往来，东西不绝。裕复求南乡诸郡，兴慨然许诺。廷臣多半谏阻，兴遍谕道："天下善恶，彼此从同。刘裕拔萃起微，匡辅晋室，乃能讨平逆党，修明政治，这正是当世英雄，我何惜数郡土地，不成彼美呢？"这也是信佛所致。遂将南乡、顺阳、新野、舞阴等十二郡，割与东晋。惟仇池公杨盛，附魏抗秦，兴乃遣陇西公姚硕德，及冠军将军徐洛生等，往伐仇池，连得胜仗。盛穷蹙乞降，遣子难当及僚佐等数十人，入质长安。兴因署盛为征南大将军益州牧，都督益、宁二州军事，召硕德等还师。硕德为姚氏勋戚，独具忠忱，兴亦特别待遇，每见硕德，必具家人礼，语必称字，车马服御，赏给甚丰。至此硕德凯旋，顺道入觐，兴盛筵相待，欢宴数日。待硕德辞行返镇，兴亲送至雍，然后与别，这也是兴优礼勋戚的好处。一节之长，不忍略过。

是时，南凉王秃发利鹿孤已早去世，由弟广武公傉檀嗣立，傉檀少时机警，颇有才略，乃父思复鞬，尝语诸子道："傉檀器识，非汝等所及。"因此乌孤传位利鹿孤，利鹿孤传位傉檀，兄终弟及，有吴子诸樊兄弟遗意。谁知傉檀竟至亡国，可见小时了了，大未必佳。傉檀既嗣兄位，自号凉王，迁居乐都，改元弘昌。他见姚秦势盛，不能不与为联络，因此上表秦廷，报称嗣立。秦主兴遣使册拜傉檀为车骑将军，封广武公。已而，傉檀欲得姑臧，特向秦格外输诚，自去年号，罢尚书丞郎官，乃遣参军关尚诣秦入贡。秦主兴与语道："车骑投诚献款，为国屏藩，今闻他擅兴兵众，自造大城，究属何意？"尚答道："王公设险守国，系是古来成制，预备不虞。试想车骑僻处遐藩，密迩勍寇，南方逆羌未宾，西方蒙逊跋扈，一或有失，不但危及车骑，并且有害大秦，陛下奈何反启猜嫌呢？"兴闻言始笑道："卿言甚是，朕不免错怪了。"尚归报傉檀，傉檀乘机用兵，使弟文支出破南羌，向秦告捷，并求凉州。姚兴不许，但加傉檀散骑常侍，增邑二千户。傉檀再发兵攻北凉，沮渠蒙逊登陴固守，傉檀芟割禾苗，掠得牲畜数千头，引兵退还。于是再遣使至秦，献马三千匹、羊二万口，复乞给凉州城。秦王兴以傉檀为忠，始命都督河右诸军事，进车骑大将军，领凉州刺史，镇守姑臧。召凉州留守王尚还长安。王尚守姑臧，见八十八回。

凉州人申屠英等，遣主簿胡威赴长安，请留王尚仍守凉州。兴不肯从，威流涕白兴道："臣州奉戴王化，迄今五年，仰恃陛下威德，良牧仁政，士民戮力固守，才得保全。陛下何故贱人贵畜，以臣等易马羊呢？若军国须马，但烦尚书一符，令臣州三千余户，各输一马，朝下夕办，并非难事。昔汉武倾天下财力，开拓河西，截断匈奴右臂；今陛下无故弃五郡士民，俾资暴虏，窃恐虏情狡诈，不但虐我百姓，且劳圣朝旰食呢。"说得有理。兴始有悔意，使人止住王尚，并谕令傉檀缓进，哪知傉檀已率众三万，倍道行至五涧，逼尚出城。尚不得已让去姑臧，自还长安，傉檀遂入姑臧城，就宣德堂宴集群僚；酒至半酣，仰视建筑，很觉崇闳，便感叹道："古人谓作者不居，居者不作，今果然了。”凉州故吏孟祎进言道：“从前张文王指前凉张骏，张祚尝尊骏为文王。筑造城苑，缮治宫庙，无非欲传诸子孙，永垂久远，乃秦兵渡河，全州瓦解；梁熙据有此州，拥兵十万，丧师酒泉，亡身彭济；吕氏掩入，势可排山，称王西夏，再传以后，率土崩离，衔璧秦雍。事并见前。昔人有言，富贵无常，忽乱易人。此堂建设，已将百年，共历十有二主，大约信顺乃可久安，仁义才能永固，愿大王慎图远久，无间始终。”傉檀改容称谢，推为谠言。先令弟文支镇守姑臧，自还乐都，旋即迁居姑臧城，车服礼仪，统如王制，不过向秦称藩罢了。

先是魏主拓跋珪称帝，暂不立后。前文八十三回，叙述魏事未及立后，至此补足数语。珪本来好色，所得妃妾，不下十百，大都恃娇倚宠，想做一个正宫娘娘，无如旧不敌新，后来居上，那慕容宝的季女，被虏入魏，竟因年轻貌美，得宠专房。见八十一回。魏俗欲立皇后，必先范铜为像，像成乃得册立。慕容氏铸像适成，遂得立为魏后。约莫过了三五年，珪又想另选娇娃，特遣北部大人贺狄干，向秦求婚。秦王兴闻魏已立后，当然不从，且将贺狄干拘留，不令归魏。珪闻报大怒，便亲自督兵，出攻秦属没奕于诸部。

当时，北狄有柔然国，为东胡苗裔，姓郁久间氏，始祖名木骨间，本为代王猗，卢骑卒，遁匿广漠。子车鹿会勇武过人，始纠众立国，号为柔然。后裔社仑，正与拓跋珪同时，连结后秦，屡侵魏境。至是复援秦拒魏，为珪所破，远徙漠北，夺高车为根据地，自号豆代可汗，不劳琐叙。惟秦主兴也遣弟姚平，率兵攻魏平阳，陷入乾壁。珪移众击平，将平围住。平向兴乞援，兴自统兵往救，被珪邀击蒙坑，杀退兴军。姚平乃不得出围，粮竭矢尽，投水殉难。余将狄伯支等，尽被擒去。兴力不能救，举军恸哭，因遣使向魏请和。珪尚不许，且进攻蒲坂。守将姚绪，用了坚壁清野的计策，固垒扼守，珪无从抄掠，方才引还。嗣因柔然复盛，又为魏患，魏乃与秦通好，放还秦俘。秦亦遣归贺狄干，释怨罢兵，谁知反恼了一个降臣，恨秦通魏，居然叛秦自立，独霸一方。看官道是何人？原来是刘卫辰子勃勃。

卫辰为魏所灭，勃勃辗转入秦，奔依秦高平公没奕于。事见前文。没奕于妻以爱女，使谒姚兴。兴见他身高八尺，腰带十围，仪容伟岸，应对详明，禁不住暗暗称奇，便面授骁骑将军兼奉车都尉，所有军国大议，常使参谋。兴弟邕入谏道："勃勃天性不仁，未可轻近，愿陛下留意。"兴怫然道："勃勃有济世才，我方欲与平天下，何为见疏？"这叫做养虎自卫。寻命勃勃为安远将军，封阳川侯，使助没奕于镇高平。且令朔方杂夷，及卫辰遗众三万人，拨归勃勃节制，使他伺魏间隙，报复宿仇。姚邕复与兴固争，力言不可。兴又道："卿如何知他性气？"邕答道："勃勃奉上慢，御众残，贪暴无亲，轻为去就，如欲过宠，必为边害。"兴乃罢议。未几，复拜勃勃为安北将军，封五原公，配以三交五部鲜卑，及杂虏三万余落，使镇朔方。勃勃既得专方面、号令一隅，免不得暗蓄雄心，跃跃思逞。会闻秦魏通和，遂与秦有嫌，起了叛意。适值柔然部酋社仑，遣使贡秦，有马八千匹，路过大城，竟被勃勃截住，夺为己有。又复召集部众三万余人，伪猎高平川，诱令没奕于出会。没奕于以女夫入境，定无歹心，便即坦然相迎。不料勃勃生成戾性，不顾妇翁，竟暗嘱部众，刺死没奕于，并有高平部曲，众至数万。晋安帝义熙二年，便僭称天王大单于，建元龙升，署置百官，自谓系出匈奴，乃夏后氏苗裔，因以夏为国号。也列入十六国中。命长兄右地代为丞相，封代公，次兄力俟提为大将军，封魏公，弟阿利罗引为征南将军，兼司隶校尉。异姓依次授任，尊卑有差。当下出击鲜卑薛干等三部，收降万余人，复进攻三城以北诸戍垒。

三城为秦要塞，由秦将杨丕、姚石生等守着，既闻勃勃来攻，当然督兵堵击。偏勃勃兵锋甚锐，势不可当，杨、姚二将，连战失利，相继败亡。勃勃尚随地侵掠，不肯少休。部将请定都高平，自固根本，勃勃道："我新创大业，士众未多；姚兴亦一时英雄，诸将用命，未可骤图。我若专恃一城，彼必并力攻我，亡可立待。不如东西飚突，攻他无备，彼顾后必失前，顾前必失后，劳碌奔波，不战亦敝。我得游食自如，不出十年，岭北河东，可尽为我有。待兴既死，然后进攻长安，兴子泓庸弱小儿，怎能敌我？我自有擒他的计策。古时轩辕氏亦迁居无常，至二十多年，始定国都，何必以我为怪呢？"确是狡谋。部将相率拜服。勃勃遂攻秦岭北诸城，忽来忽去，害得诸城门终日关闭，白昼不开。种种警报，传入长安，秦主兴方自叹道："我不用黄儿言，致生此患，今已无及了。"小子有诗咏道：

狼性难驯本易知，献箴况复有黄儿。
如何不纳忠良语，坐昧先几后悔迟。

欲知黄儿为谁，且看下回便知。

观鸠摩罗什之所为，实是一种邪术，不足厕入高僧之列，否则六根已净，何致再生欲障，纳女生男。食针之举，特借此以欺人耳。吾尝谓佛图澄之入后赵，无救石氏之亡，鸠摩罗什之入后秦，反致姚氏之敝，释氏子之无益人国，已可概见。而鸠摩罗什之道行，且出佛图澄下，修己未能，遑问济人乎？姚兴自佞佛后，割南乡十二州以畀晋，弃凉州五郡以给南凉，皆误会佛氏舍身救人之义。而轻撤国防，至命赫连勃勃之镇朔方，尤为大误。勃勃胡种，与秦异族，狼子野心，岂宜重任？就使秦不和魏，亦必有反噬之忧，及僭号叛秦，侵轶岭北，而姚兴始有不用良言之悔，晚矣。

第九十三回

葬爱妻遇变丧身　立犹子临终传位

却说后秦主姚兴，连接岭北警报，始悔从前不听黄儿，但此时已经无及，只好严饬边城防备。勃勃已杀死妇翁没奕于，不欲立妻为后，乃更遣使至南凉，向秃发傉檀乞婚。傉檀不许，勃勃遂率骑兵二万，进攻南凉。傉檀方与沮渠蒙逊互起战争，少胜多败，又遇勃勃来攻，慌忙移军阳武，与他对敌。勃勃气势方盛，所向无前，南凉兵已经战乏，怎能招架得住？一场角逐，傉檀大败，将佐死了十余人，兵士伤毙万余，自与散骑逃入南山，才得幸免。勃勃裒尸成邱，号为“髑髅台”；又大掠人民牲畜，满载而归。

时西秦主乞伏乾归，自苑川入朝后秦。姚兴闻他兵势寝强，恐将来不易制服，因留乾归为主客尚书，惟令他长子炽磐，署西夷校尉，监抚部众。傉檀阴欲背秦，曾遣使邀同炽磐，共图姚氏。炽磐杀死来使，传首长安。兴得炽磐报闻，方知傉檀已有贰心，非但不肯往援，且欲声罪致讨。傉檀大惧，急还姑臧，并将三百里内民居，悉数徙入，国中骇怨。屠各部内的成七儿，劫众谋叛，幸亏殿中都尉张猛，设法解散，骑将白路等追斩七儿，才得无事。寻又由军谘祭酒梁裒、辅国司马边宪等，潜图不轨，事泄被诛，这是南凉气运未终，所以还有此侥幸呢。暂作一结。

小子因后燕构乱，正在此时，不得不插叙慕容熙事，成一片段文章。回应八十八回。慕容熙纳二苻女，姊为昭仪，妹为皇后，宠爱的了不得。大兴土木，筑造宫室，最大的叫做龙腾苑，广袤十余里，役徒二万人，苑内架造景云山，台广五百步，峰高十七丈；又建逍遥宫甘露殿，连房数百，观阁相交。熙与苻氏两姊妹，朝游暮乐，快活异常，两女所言，无不依从。甚至刑赏大政，亦尝关白帷房，使她裁断，所以两女权力，几出熙上。会熙游城南，暂憩大柳树下，忽听树中有声发出，好似有人呼道："大王且止！大王且止！"熙甚觉骇异，即命卫士用斧伐树。树方劈开，忽有一大蛇蜿蜒出来，长约丈余，闪闪有光，当由卫士各用长槊，竞相攒刺，好多时才得刺死。维虺维蛇，女子之祥。大苻女正随熙同行，见了这般大蛇也觉惊心，追还宫后，遂至精神恍惚，体态慵松，过了数日，便一病不起，奄卧床中。龙城人王荣，自言能疗昭仪疾病，愿为诊治。熙忙使入视，开方进药，连服了两三剂，竟把这如花似玉的苻昭仪医得两眼翻白，一命呜呼。好一个医生。熙不胜悲愤，命将王荣拿下，责他妄言诞语，反使宠妾速亡，当下推出公车门，处以磔刑，支解四体，焚骨扬灰。庸医杀人，未尝无过，但何至犯此大罪？一面用后礼殓葬，追谥为"愍皇后"。熙经此悼亡，连日不欢，亏得宫中还有个小苻女，本来是宠过乃姊，以小加大，此次从旁解劝，格外绸缪，方把那慕容熙的悲伤，渐渐的淡了下去。娥眉善妒，不问姊妹。熙固悼亡，安知小苻女不暗地生欢？

光始四年冬季，光始系慕容熙年号，见前。东方的高句骊国，入寇燕郡，杀掠百余人。越年孟春，熙督兵东征，令苻后从行。到了辽东，攻高句骊城，仰用冲车，俯凿地道，高下并进，守兵不遑抵御，几被陷入。熙遍号令军中道："待铲平寇城，朕当与后乘辇共入，休得着忙！"将士等得了此令，只好缓进，城内得严加堵塞，反致难下。会春寒加剧，雨雪霏霏，兵士多致冻僵；熙与苻后披裘围炉，尚觉不温，只好引兵退还。辽西太守邵颜供应不周，遂至黜责，并欲将颜处死。颜亡命为盗，侵掠人民。熙遣中常侍郭仲往讨，用了无数的兵力，才得斩颜。转瞬间又是暮冬，苻后欲北往围猎，熙不得不依。出猎已毕，苻后尚不肯还宫，劝熙北袭契丹，熙乃在塞外过年。元旦已过，即与苻后进趋陉北，探得契丹兵戍很是严密，料难进取，因拟收兵南归。偏苻后不欲空行，定欲出些风头、得着战胜的荣誉方肯回南。熙不忍违抗后旨，又未敢轻迫契丹，只好想出别法，改向东行，再袭高句骊。途中不便载重，索性将辎重弃去，但率轻骑东趋。军行三千余里，士马俱疲，又适遇着大雪，冻死累累，勉强行至木底城，攻打了一二旬，全然无效。夕阳公慕容云，身中流矢，因伤辞归，士卒亦无斗志，苻后兴亦垂尽，乃一并引还。妇人之误国也如此。

慕容宝子博陵公虔、上党公昭皆为熙所忌，诬他谋反，相继赐死。又为苻后砌承华殿，高出承光殿一倍，负土培基，土与谷几至同价。宿卫典军杜静载棺诣阙，上书极谏。熙怒令斩首，弃尸野中。苻后尝在季夏时，思食冻鱼脍，至仲冬时，思食生地黄。熙令有司采办，有司无从觅取，竟责他不奉诏命，辄置死刑。到了光始七年的元旦，复改元建始，大赦境内。太史丞梁延年梦见月光散采，化为五白龙，就在梦寐中占验吉凶，谓："月为臣象，龙为君象，将来臣化为君的预兆。"说着，竟被鸡声唤醒，想了片刻，觉得梦象不虚，乃起语家人道："国运恐要垂尽了。"

已而由春历夏，苻后忽然遘疾，急得慕容熙眠食不安，遍求内外名医，多方疗治。偏偏昙花易散，好梦难圆，苶苜无灵，芙蕖竟萎。熙悲号擗踊，如丧考妣，且在尸旁陪着，终日不离，自朝至暮，抚尸大哭道："体已冷了，难道果就此绝命么?"道言未绝，竟至晕倒地上。好一个义夫。左右慌忙救护，过了多时，才得苏醒，不如就此死去，省得后来饮刀。还是哭泣不休，嘱令缓殓。时当孟夏，天气温和，尸身不致骤坏，停搁两日，左右屡请殓尸，方才允准。大殓已毕，盖棺移殿。熙不许移棺，还望她起死回生，再命左右启棺审视。说也奇怪，那尸体原是未朽，并且面色如生，仍然杏脸桃腮、红白相衬。熙亲为摩抚，看一回、哭一回，嗣复想入非非，俯下了首，与死后接一个吻。两口相交，禁不住欲火上炎，竟遣开左右，扒入棺内，俯压尸身，把她卸去下衣，演出一番独角戏。闻所未闻。好一歇才平欲火，仍复出棺，见尸身忽然变色，蓬蓬勃勃的臭气，熏将出来。熙方始避开，召入侍从，把棺盖下，自己斩衰食粥，就宫内设立灵位，令百僚依次哭灵；且暗令有司监视，凡哭后有泪，方为忠孝，若无泪即当加罪。于是群臣震惧，莫不含辛取泪，免受罪名。

前高阳王慕容隆妻张氏本为熙嫂，素美姿容，兼有巧思。熙将令为苻氏殉葬，特吹毛索瘢，把她襚靴拆毁，见有敝毡，即诬她厌胜，勒令自尽。三女叩头求免，熙终不许。可怜这位张嫠妇，平白地丧了性命。毕竟美人薄命。熙又传出命令，凡公卿以下，及兵民各户，统须前往营墓。墓制非常弘敞，周轮数里，内备藻绘，下及三泉，所费金银，不可胜计。熙语监吏道："汝等须妥为办理，朕将随后入此陵了。"右仆射韦璆等，并恐殉葬，沐浴待死，还算命未该绝，不见令下。至墓已营就，号为"徽平陵"。启殡时全体送葬，惟留慕容云居守。熙披发跣足，步随柩后。丧车高大，不能出城，因即拆毁北门，才得舁出。长老私相叹息道："慕容氏自毁国门，怎得久享呢？"

既至南苑，忽由中黄门赵洛生踉跄奔至，报称祸事。看官道是何因？原来中卫将军冯跋、左卫将军张兴，曾坐事出奔，至是得混入城中，与跋从兄万泥等二十二人，密结盟约，即推慕容云为主，发尚方徒五千余人，分屯四门。跋兄子乳陈等鼓噪入宫，禁卫皆散，遂由跋等闭门拒熙。熙得赵洛生警报，却投袂奋起道："鼠子有何能为？待朕还剿，便可荡平。"说着，即收发贯甲，驰还赴难。夜至龙城，门已紧闭，命卫士攻扑多时，无从得胜，乃退入龙腾苑中。越日，由尚方兵褚头，逾城从熙，自称营兵将至，愿来助顺。熙未曾听明，便即趋出。前勇复怯，不死已馁。左右不及随行，待了半日，未见熙还，方向各处找寻，并无下落，只有衣冠留在沟旁。中领军慕容拔，语中常侍郭仲道："大事垂捷，主上却无故出走，令人可怪，但城内已经悬望，不应久延，我当先往城中，留卿待着，卿如寻得主上，便应速来。若主上一时未归，我亦好安抚兵民，再出迎驾，也不为迟哩。"郭仲允诺。拔即率壮士二十余人，趋登北城。城中将士，还道是熙已前来，俱投械请降。已而熙久不至，拔无后继，众心疑惧，复下城赴苑，遂皆溃散，拔竟为城中人所杀。

慕容云既据龙城，令冯跋等搜捕慕容熙。熙自龙腾苑出走，错疑城中兵来攻，避匿沟下，累得拖泥带水，狼狈不堪。良久不见变动，方从沟中潜出，脱去衣冠，辗转逃入林中，为人所执，送至云处。云亲数熙罪，把他处斩，好与大小苻女，再去交欢，也不枉一死了。并杀熙诸子，同殡城北。总计熙在位七年，还只二十三岁，当时先有童谣云："一束藁，两头燃，秃头小儿来灭燕。"燕人初不解所谓，及熙死云手，才应谣言，"藁字"上有"草"，下有"木"，两头燃着，乃是草木俱尽，成一高字。云本姓高，系高句骊支庶，从前慕容皝破高句骊，被徙青山，遂世为燕臣。云父名拔，小字秃头，拔有三子，云列第三，所以称为秃头小儿，起初入事慕容宝，拜为侍御郎，旋因袭败慕容会军，宝乃养为义儿，封夕阳公。见八十一回。冯跋向与交好，所以推他为主，篡了燕祚，当下僭称天王，复姓高氏，大赦境内，改元正始，国仍号燕。命冯跋为侍中，都督中外诸军事，领征北大将军，开府仪同三司，录尚书事，封武兴公。冯万泥为尚书令，冯乳陈为中军将军，冯素弗为昌黎尹，兼抚军大将军，张兴为辅国大将军。此外，封伯子男及乡亭侯，共五十余人。所有慕容熙故臣，仍令复官。谥熙为“昭文皇帝”，与苻后同葬徽平陵。自慕容垂僭号称帝，至熙共历四世，凡二十四年。高云为慕容宝养子，或仍附入后燕谱录，其实是已经易姓，不能再沿旧称了。《通鉴》列高云于北燕，不为无见，惟《晋书》及《十六国春秋》，仍附云于后燕之末。

是时，南燕主慕容备德，据住广固，势尚未衰。蹉跎过了五年，已是六十九岁，苦无后嗣。探闻兄子超流寓长安，乃遣使购求。超母子尝随呼延平奔入后凉，前文中已曾叙过，见八十七回。后因凉主吕隆，失国降秦，呼延平又挈超母子徙入长安。未几平殁，超号恸经旬，母段氏语超道：“我母子死中逃生，全亏呼延氏保护，若受恩不报，必受天殃。平今虽死，我欲为汝纳呼延女，聊报前恩，汝以为何如?”超当然从命，遂娶平女为妻。平女嫁超，想有两三年称后的福气。惟因诸父在东，恐为秦人所捕，乃佯狂乞食，敝服游市中，秦人都目为贱丐。独东平公姚绍看破隐情，即入白姚兴道：“慕容超姿干魁伟，必非真狂，愿微加爵禄，略示羁縻。”兴便召超入见，详加研诘。超故为谬语，答非所问，兴顾语绍道：“谚云‘妍皮裹痴骨’，今始知是妄语哩。”乃叱超令退，不复加意。超得自由往来，无拘无束，途中遇着一个相士，叫做宗正谦，看超面目，便与语道：“汝当大贵，奈何混居市中?”超不禁着忙，亟引正谦入僻静处，详告履历，嘱使讳言。正谦系济阴人，即替超设法，使人密报南燕。备德才有所闻，因遣济阴人吴辩，往探虚实。辩至长安，先访宗正谦，当由正谦告超。超不敢转白母妻，竟与吴、宗两人，变易姓名，潜行至梁父，投入镇南长史悦寿解舍，方吐真名。寿报诸兖州刺史南海王法，法说道："昔汉有卜人，诈称卫太子，今怎知非此类呢？"遂不肯迎超。为下文伏案。悦寿即送超入广固，备德闻超到来，大喜过望，即遣三百骑往迎。超进谒备德，呈上金刀，具述祖母临终遗语。备德抚超大恸，泣下数行，当下封超为北海王，授官侍中，拜骠骑大将军，领司隶校尉。超仪表雄壮，颇肖备德，备德很加宠爱，意欲立超为嗣，乃为超筑第万春门内，规制崇闳，每日有暇，必亲自临幸，与超谈论国事。超曲意承欢，侍奉弥谨；又复开府置吏，屈己下人，内外誉望，翕然相从。

约莫过了一年，暮秋天凉，汝水忽竭，备德未免失惊，越两月，竟至寝疾。超请往祷汝水神，备德道："人主命数，本自天定，难道汝水神所能专主么？"遂不从所请。是夜，备德梦见父慕容眺，临榻与语道："汝既无男，何不立超为太子？否则恶人将从此生心了。"这恐是因想成梦。备德欲问恶人何名，偏有人从旁唤醒，开目一瞧，乃是皇后段氏，不由的欷歔道："先帝有命，令我立储，看来是我将死了。"翌日，力疾起床，勉御东阳殿，引见群臣，议立超为太子。事尚未决，忽觉地面震动，坐立不安。百僚都窜越失位，备德也支持不住，乘辇还宫，延至夜分，病已大增，口不能言。段氏在旁大呼道："今召中书草诏，立超为嗣，可好么？"备德张目四顾，见超已侍侧，便即颔首。段后因宣入中书，草定遗诏，立超为皇太子，备德遂瞑目而逝。年正七十，在位六年。

诘朝由超登殿，嗣为南燕皇帝，循例大赦，改元太上。尊备德后段氏为太后，命北地王慕容锺都督中外诸军，录尚书事。南海王慕容法为征南大将军，都督徐、兖、扬、南兖四州诸军事。桂阳王慕容镇为开府仪同三司，尚书令封孚为太尉，麴冲为司空，潘聪为左光禄大夫，段弘为右光禄大夫，封嵩为尚书左仆射。此外封拜各官，不必备述。追谥备德为"献武皇帝”，庙号“世宗”。惟奉灵出葬时，却先有十余柩，夜出西门，潜葬山谷，至正式告窆的东阳陵，实是一口空棺，谅想由备德生前的预嘱呢。小子有诗叹道：

奸诈几同曹阿瞒，不为疑冢即虚棺。
生前若肯留余地，朽骨何容虑未安！

欲知慕容超嗣位后事，且看下回再表。

苻秦之灭，慕容氏为之，慕容氏之灭，苻氏实为之，天道好还，因果不爽。且俱斫丧于妇人女子之手，何其事迹之相似也？慕容垂妻段氏，苻坚尝与之同辇出游，慕容冲姊弟专宠，长安有雌雄凤凰之谣，至慕容熙纳苻谟二女，宠爱绝伦，大苻早殁，熙杀王荣，小苻继逝，熙如丧考妣，衰服送葬，以嫂为殉，而叛徒即乘间发难。说者谓衅起冯跋，成于高云，于苻氏何与？不知兴土木，倾府库，惟妇言是用，皆亡国之媒介也。岂尽得归咎于冯、高二子哉？若慕容备德之立慕容超，犹子比儿，不违古义。且超内能尽孝，外能下士，贤名夙表，誉重一时，此而不立，将立何人？况有慕容钠之感及梦象哉！然其后终不免亡国，此非德立超之过，乃德叛宝之过也。德不知有主，安能传及后嗣？十余柩之潜发，德亦自知负疚矣乎？

第九十四回

得使才接眷还都　失兵机纵敌入险

却说慕容超既得嗣位，引亲臣公孙五楼为武卫将军，领司隶校尉，内参政事。五楼欲离间宗亲，多方媒孽。超因出慕容钟为青州牧，段弘为徐州刺史。太尉封孚语超道："臣闻亲不处外，羁不处内。钟系国家宗臣，社稷所赖，弘亦外戚懿望，百姓具瞻，正应参翼百揆，不宜远镇外方。今钟等出藩，五楼内辅，臣等实觉未安。"超终信五楼，不听孚言。钟与弘俱不能平，互相告语道："黄犬皮恐终补狐裘呢。"嗣为五楼所闻，嫌隙益深。超因前时归国，为慕容法所不容，因亦怀恨在心。备德殁时，法恐为超所忌，不入奔丧，至是超遣使责法。法遂与慕容钟段、弘等，合谋图超。不意被超察悉，立召令入都，法与钟皆称疾不赴。超先搜查内党，捕得侍中慕容统、右卫将军慕容根、散骑常侍段封等，一体枭斩；复将仆射封嵩轘裂以殉。然后遣慕容镇攻钟，慕容昱攻弘，慕容凝、韩范攻法。封嵩弟融，出奔魏境，号召群盗，袭石塞城，击杀镇西大将军余郁。青土震恐，人怀异议。慕容凝也有异心，谋杀韩范，袭击广固。范侦得凝谋，勒兵攻凝，凝出奔后秦。慕容法亦保守不住，弃城奔魏。钟在青州，亦被镇引兵攻入，钟自杀妻孥，凿隧逃出，也奔往后秦去了。枝叶已尽，根本何存？

超既平叛党，遂以为人莫敢侮，肆意畋游。仆射韩焯切谏不从。百姓屡受征调，不堪供役，多有怨言。会超忆念母妻，特使御史中丞封恺，前往长安请求。秦主姚兴本已将超母妻拘住，至此闻恺到来，乃召入与语道："汝主欲乞还母妻，朕亦不便加阻。但从前苻氏败亡，太乐诸伎悉数归燕；今燕当前来归藩，并将诸伎送还。否则或送吴口千人，方可得请呢。"恺如言还报，超使群臣详议。左仆射段晖谓："不宜顾全私亲，自降尊号。且太乐诸伎，为先代遗音，怎可畀秦？万不得已，不如掠吴口千人，付彼罢了。"是乃忍人之言。尚书张华力驳晖议，说是："侵掠吴边，必成邻怨，我往彼来，赔祸无穷。今陛下慈亲，在人掌握，怎可靳惜虚名，不顾孝养？今果降号修和，定能如愿，古人谓'枉尺直寻'，便是此意。"超大喜道："张尚书深得我心，我也不惜暂屈了。"遂遣中书令韩范奉表入秦。

秦主兴取阅表文，见他称藩如仪，便欣然语范道："封恺前来，致燕王书，曾与朕抗礼；今卿赍表来附，莫非为母受屈么？还是以小事大，已识《春秋》古义呢？"范从容答道："昔周爵五等，公侯异品，小大礼节，缘是发生。今陛下命世龙兴，光宅西秦；我朝主上，上承祖烈，定鼎东齐，南面并帝；通聘结好，若来使矜诞，未识谦冲，几似吴晋争盟，滕薛竞长，恐伤大秦堂堂国威，并损皇燕巍巍美德，彼此俱失，义所未安。"兴不待说毕，便作色道："若如卿言，是并非以小事大了。"范又道："大小且不必论，今由寡君纯孝，来迎慈母，想陛下以孝治人，定必推恩锡类，沛然垂悯呢。"不亢不卑，是专对才。兴方转怒为喜道："我久不见贾生，自谓过彼，今始知不及了。"乃厚礼相待，欢颜与叙道："燕王在此，朕亦亲见；风表有余，可惜机辩不足。"范答道："'大辩若讷'，古有名言。若使锋芒太露，便不能继承先业了。"兴笑道："使乎？使乎？朕今当为卿延誉了。"范复乘间聘词，说得兴非常惬意，面赐千金，许还超母妻。时慕容凝已早至长安，入白姚兴道："燕王称藩，实非本心，若许还彼母，怎肯再来称臣呢？"兴意乃中变，又不好自食前言，但称天时尚热，当俟秋凉送还，因即遣范归燕，且使散骑常侍韦宗报聘。

超北面受秦诏敕，赠宗千金，再遣左仆射张华、给事中宗正元赴秦，送入乐伎一百二十人。兴喜如所望，延华入宴，酒酣乐作，雅韵铿锵。黄门侍郎尹雅语华道："昔殷祚将亡，乐师归周；今皇秦道盛，燕乐来庭。废兴机关，就此可见了。"华不肯受嘲，忙即接口道："从古帝王，为道不同，欲伸先屈，欲取姑与。今总章西人，必由余东归，由余戎人，入关事秦，见《列国演义》。祸福相倚，待看后来方晓哩。"兴听着华言，不禁勃然道："古时齐楚竞辩，二国兴师，卿乃小国使臣，怎得抗衡朝士？"华乃逊辞道："臣奉使西来，实愿交欢上国。上国不谅，辱及寡君社稷，臣何敢守默，不为仰酬？"也是一个辩才。兴始改容道："不意燕人都是使才。"乃留华数日，许奉超母妻东还。宗正元先驰归报命，超乃亲率六宫，出迎母妻。彼此聚首，自有一种悲喜交并的情形，无庸细表。

越年，为太上四年，正月上旬，追尊父纳为"穆皇帝"，立母段氏为皇太后，妻呼延氏为皇后。超亲祀南郊，柴燎无烟。灵台令张光，私语僚友道："今火盛烟灭，国将亡了。"及超将登坛，忽有一怪兽至圜丘旁，大如马，状类鼠，毛色俱赤，少顷即不知所在，但见暴风骤起，天地昼昏，行宫羽仪帷幔，统皆毁裂。超当然惶恐，密问太史令成公绥。绥答道："陛下信用奸佞，诛戮贤良，赋税烦苛，徭役杂沓，所以有此变象哩。"超因还宫大赦，谴责公孙五楼等，疏远了好几日，旋复引用如前；再遇地震水溢诸变，毫不知儆，又荒耽了一年。

太上五年元旦，超御东阳殿朝会群臣，闻乐未备音，自悔前时送使入秦，乃拟南掠吴人，补充乐伎。领军将军韩谆进谏道："先帝因旧京倾覆，戢翼三齐，遵时养晦。今陛下嗣守成规，正当闭关养锐，静伺贼隙，恢复先业。奈何反结怨南邻，自寻仇敌呢?"超怫然道："我意已决。卿勿多言!"祸在此了。当下遣将军慕容兴、宗斛、谷提、公孙归等，率骑兵寇晋宿豫，掳去阳平太守刘千载、济阴太守徐阮及男女二千五百人，载归广固。超令乐官分教男女，充作乐伎。并论功行赏，特进公孙归为冠军将军，封常山公；归为公孙五楼兄，故赏赉独隆；五楼且加官侍中尚书令，兼左卫将军，专总朝政；就是他叔父公孙穳，也得授武卫将军，封兴乐公。桂阳王慕容镇入谏道："臣闻悬赏待勋，非功不侯。今公孙归结祸构兵，残贼百姓，陛下乃封爵酬庸，岂非太过?从来忠言逆耳，非亲不发，臣虽庸朽，忝居国戚，用敢竭尽愚款，上渎片言。"超默然不答，面有怒容，镇只好趋退。群臣从旁瞧着，料知超喜佞恶直，遂相戒不敢多言。尚书都令史王俨，谄事五楼，连年迁官，超拜左丞，时人相传语云："欲得侯，事五楼。"超又使公孙归等率骑五千，入寇南阳，执住太守赵光，俘掠男女千余人而还。

晋刘裕欲发兵进讨，先令并州刺史刘道怜出屯华阴，一面部署兵马，请命乃行。时刘裕已晋封豫章郡公，刘毅、何无忌也分封南平、安成二郡公。三公当道，裕权最盛。无忌素慕殷仲文才名，因仲文出任东阳太守，请他过谈。仲文自负才能，欲秉内政，偏被调出外任，悒悒不乐，因此误约不赴。无忌疑仲文薄己，遂向裕进谗道："公欲北讨慕容超么?其实超不足忧，惟殷仲文、桓胤是心腹大病，不可不除。"裕也以为然。适部将骆球谋变，事泄被诛，裕遂谓仲文及胤与球通谋，即将他二人捕戮，屠及全家。二人罪不至死，惟为桓氏余孽，死亦当然。

已而，司徒兼扬州刺史王谧病殁，资望应由裕继任。刘毅等不欲裕入辅政，拟令中领军谢混为扬州刺史。或恐裕有异言，谓不如令裕兼领扬州，以内事付孟昶。朝议纷纭莫决，乃遣尚书右丞皮沈，驰往询裕。大权已旁落了。沈先见裕记室刘穆之，具述朝议。穆之伪起如厕，潜入白裕道："晋政多阙，天命已移，公勋高望重，岂可长作藩臣？况刘、孟诸人与公同起布衣，共立大义，得取富贵；不过因事有先后，权时推公，并非诚心敬服，素存主仆的名义。他日势均力敌，终相吞噬，不可不防。扬州根本所系，不可假人。前授王谧，事出权道；今若再授他人，恐公终为人制。一失权柄，无从再得，不如答言事关重大，未便悬论，今当入朝面议，共决可否。俟公到京，彼必不敢越公，更授他人了。"裕之篡晋，实由穆之一人导成。裕极口称善；见了皮沈，便依言照答，遣他复命。果然沈去数日，便有诏征裕为侍中，扬州刺史，录尚书事。裕当然受命，惟表解兖州军事，令诸葛长民镇守丹徒，刘道怜屯戍石头。

会闻谯纵据蜀，有窥伺下流消息，乃亟遣龙骧将军毛修之，会同益州刺史司马荣期共讨谯纵。荣期先至白帝城，击败纵弟明子，再请修之为后应，自引兵进略巴州。不料参军杨承祖忽然心变，刺死荣期，擅称巴州刺史，回拒修之。修之到了宕渠，接得警耗，退还白帝城，邀同汉嘉太守冯迁，即九十一回中之益州督护。同击承祖，幸得胜仗，把他枭首。再欲进讨谯纵，偏来了一个新益州刺史鲍陋，从旁阻挠，牵制修之。修之据实奏闻，刘裕乃表举刘敬宣为襄城太守，令率兵五千讨蜀；又命并州刺史刘道规为征蜀都督，节制军事。谯纵闻晋师大至，忙遣使至后秦称臣，奉表乞师；且致书桓谦，招令共击刘裕。

谦将来书呈入秦主，自请一行。秦主兴语谦道："小水不容巨鱼，若纵有才力，自足办事，何必假卿为鳞翼？卿既欲往，宜自求多福，毋堕人谋。"谦志在报怨，竟拜辞而去。到了成都，与纵晤谈，起初却还似投契，后来谦虚怀引士，交接蜀人，反被纵起了疑心，竟把他锢置龙格，派人监守。谦流涕道："姚主果有先见，求福反致得祸了。"已而谯纵出兵拒敌，与刘敬宣接战数次，均至失利，再遣人至秦求救。秦遣平西将军姚赏，梁州刺史王敏，率兵援纵。纵亦令将军谯道福，悉众出发，据险固守。敬宣转战入峡，直抵黄虎，去成都约五百里。前面山路崎岖，又为谯道福所阻，不能进军。相持至六十余日，军中食尽，且遭疫疠，伤毙过半，没奈何收兵退回。敬宣坐是落职，道规亦降号建威将军。裕因荐举失人，自请罢职，有诏降裕为中军将军，余官如故。

裕本欲自往讨蜀，因南燕为患太近，不得不后蜀先燕，于是抗表北伐，指日出师。朝臣多说是西南未平，不宜图北，独左仆射孟昶、车骑司马谢裕、参军臧熹，赞同裕议。安帝不能不从，便命裕整军启行。

时为义熙五年五月，夏日正长，大江方涨，裕率舟师发建康，由淮入泗，直抵下邳，留住船舰辎重，麾兵登岸。步至琅琊，所过皆筑城置守。或谓裕不宜深入，裕笑道："鲜卑贪婪，何知远计？诸君不必多虑，看我此行破虏呢。"乃督兵急进，连日不休。

南燕主超闻有晋师，方引群臣会议，侍中公孙五楼道："晋兵轻锐，利在速战，不宜急与争锋。今宜据住大岘山，使不得入，旷日延时，挫他锐气；然后徐简精骑二千，循海南行，截彼粮道；别敕段晖发兖州兵士，沿山东下，腹背夹攻，这乃是今日的上计。若依险分戍，筹足军粮，芟刈禾苗，焚荡田野，使彼无从侵掠，彼求战不得，求食无着，不出旬月，自然坐困，这也不失为中策。二策不行，但纵敌入岘，出城逆战，便成为下策了。"莫谓五楼无才，超本深信五楼，何为此时不用？超作色道："今岁星在齐，天道可知，不战自克。就是证诸人事，彼远来疲乏，必不能久。我据有五州，拥民万亿，铁骑成群，麦禾布野，奈何芟苗徙民，先自蹙弱哩？不若纵使入岘，奋骑逆击，以逸待劳，何忧不胜？”辅国将军贺赖卢道：“大岘为我国要塞，天限南北，万不可弃，一失此界，国且难保了。”超摇首不答。太尉桂林王慕容镇又谏道：“陛下既欲主战，何不出岘逆击？就使不胜，尚可退守，不宜纵敌入岘，自弃岩疆。”超终不从，拂袖竟入。镇出语韩谆道：“既不能逆战却敌，又不肯徙民清野，延敌入腹，坐待围攻，是变做刘璋第二了。刘璋即汉后主。今年国灭，我必致死，卿系中华人士，恐仍不免文身了。”谆无言自去，径往白超。超怒镇妄言，收镇下狱，乃集莒与梁父二处守兵，修城隍，简车徒，静待晋兵到来。

刘裕得安然过岘，指天大喜道：“兵已过险，因粮灭虏，就在此举了。”慕容超方命五楼为征虏将军，使与辅国将军贺赖卢、左将军段晖等，率步骑五万人，出屯临朐。自督步骑四万，作为后应。临朐南有巨蔑水，距城四十里，公孙五楼领兵往据。方达水滨，已由晋将孟龙符杀来，兵势甚锐，不容五楼不走。晋军有车四千辆，分作左右两翼，方轨徐进。将至临朐城下，与慕容超大兵相遇，杀了半日有余，不分胜负。刘裕用胡藩为参军，至是向裕献策，请出奇兵径袭临朐城。裕即遣藩及谘议将军檀韶、建威将军向弥，引兵绕出燕兵后面，直攻临朐，且大呼道：“我军从海道来此，不下十万人，汝等守城兵吏，能战即来，否则速降。”城内只有老弱残兵，为数甚少，惟城南有燕将段晖营，不及乞援，已被向弥擐甲登城，立即陷入。段晖闻变，料难攻复，只得遣人飞报慕容超。超闻报大惊，单骑奔还，投入段晖营中。南燕兵失了主子，统皆骇散，当被刘裕纵兵奋击，追到城下，乘胜踹入晖营。晖出营拦阻，一个失手，要害处中了一槊，倒毙马下。还有燕将十余人，相继战死。超策马急奔，不及乘辇，所有玉玺豹尾等件，一股脑儿抛去。晋军一面搬运器械，一面长驱追超。超逃入广固，仓皇无备，那晋军已随后拥入，竟将外城占据了去。小子有诗咏道：

设险方能制敌强，如何纵使入萧墙？
良谋不用嗟何及，坐致岩疆一旦亡。

欲知慕容超如何拒守，容至下回说明。

慕容超之迎还母妻，不可谓非孝义之一端。超母跋涉奔波，备尝艰苦，超既得承燕祀，宁有身为人主，乃忍其母之常居虎口乎？呼延女之为超妇，超母以报德为言，夫欲报之德，反使之流落长安，朝不保暮，义乎何在？所屈者小，所全者大，此正超之不昧天良也。惜乎！有使才而无将才，顾私德而忘公德，无端寇晋，启衅南邻，迨至晋军入境，又不听公孙五楼之上中二策，纵使入岘，自撤藩篱，愚昧如此，几何而不为刘璋乎？史称超身长八尺，腰带九围，雄伟如此，乃不能保一广固城，外观果曷恃哉！

第九十五回

覆孤城慕容超亡国　诛逆贼冯文起开基

却说晋军入广固外城，急得慕容超奔避不遑，慌忙闭内城门，集众固守。刘裕督兵围攻，四面筑栅，栅高三丈，穿堑三重，抚纳降附，采拔贤俊，华夷大悦。超闷坐围城，无计可施，乃遣尚书郎张纲诣秦乞援，并赦桂林王慕容镇，令督中外诸军，兼录尚书事。当即召入与语，自悔前误，殷勤问计。迟了，迟了！镇慨答道："百姓怨望，系诸一人，今陛下亲董六师，战败奔还，群臣离心，士民短气，今欲乞秦援兵，闻秦人亦有外患，恐不暇分兵救人。惟我散卒还集，尚有数万，宜尽出金帛，充作犒赏，更决一战。若天意助我，定能破敌，万一不捷，死亦殉国，比诸闭门待尽，恰是好得多了。"语尚未毕，旁有司徒乐浪王慕容惠接口道："晋兵乘胜，气势百倍，今徒令羸兵与战，不败何待？秦虽与勃勃相持，未足为患，且与我分据中原，势如唇齿，怎得不前来相援？但不令大臣西向，恐彼未必遽出重兵，尚书令韩范望重燕秦，宜遣令乞师为是！"超依了惠言，再令韩范前去。

是时，秦主兴因南凉生贰，秃发傉檀内外多难，意欲乘此进讨，收还姑臧。应九十三回。先使尚书郎韦宗往觇虚实，宗与傉檀相见，傉檀纵横辩论，洞悉古今。宗大为叹服，归报秦主兴道："凉州虽敝，傉檀权谲过人，未可骤图。"兴疑问道："刘勃勃兵皆乌合，尚能击破傉檀，况我军曾经百战，攻无不克，难道还不及勃勃么？”宗答道：“傉檀为勃勃所欺，敝在轻视勃勃，不先留意，今我用大军往讨，彼必戒惧求全，兵法有言：‘两军相见，哀者必胜。’臣所以为不宜轻攻哩。”兴不信宗言，竟令子广平公弼及后军将军敛成、镇远将军乞伏乾归等，率领步骑三万，袭击傉檀。又使左仆射齐难率领骑兵二万，往攻勃勃。吏部尚书尹昭入谏道：“傉檀自恃险远，故敢违慢，不若诏令沮渠蒙逊及李皓往讨，使他自相残杀，互致困敝，不必烦我兵力哩。”是即卞庄刺虎之计。兴仍然不从，惟使人致书傉檀，伪称：“我国发兵，实是往讨勃勃，请勿多虑！”兴自以为得计，谁知弄巧反拙。傉檀信为真言，遂不设备。谁知秦军已乘虚直进，攻克昌松，杀毙太守苏霸，直达姑臧城下。傉檀方知为秦所赚，急忙调兵登陴，日夕督守，伺敌少懈，密遣精骑夜出，劫破秦垒。秦统将姚弼退据西苑，暗使人嗾动城中，买嘱凉州人王钟、宋钟、王娥等，使为内应。偏被傉檀察悉，把他叛党坑死。再命各郡县散牛羊，作为敌饵。果然秦将敛成纵兵抄掠，自紊军律。傉檀即遣将军俱延敬归等，开城纵击，大败秦兵，斩首七千余级。

姚弼收集败兵，固垒自守，且驰报长安，请速济师。秦主兴复遣常山公显，率骑二万，倍道赴援。显至姑臧，令射手孟钦等五人，至凉风门前挑战，不意城外已伏着凉将宋益，觑得孟钦走近，引兵突出。孟钦弦不及发，已被劈倒，余四人不值一扫，尽皆毙命。显始知傉檀有备，不易攻克，乃遣人与傉檀修好，委罪敛成，引众退归。还有齐难一军，驰入夏境，沿途四掠。勃勃却退兵河曲，佯示虚弱，乘难无备，潜师掩袭，俘斩至七千人。难慌忙退走，奔至木城，被勃勃引兵追到，四面兜围，把难擒去，余众皆为所虏，数共万三千人于是岭北一带，俱降勃勃。勃勃遍置守宰，分疆拒秦，秦已将亡，故两路俱败。秦主兴未免懊悔，尚欲再讨勃勃，适值南燕求援，自觉不遑东顾，但权允发兵，令张纲先行返报。纲经过泰山，为太守申宜所执，送入晋营。刘裕素闻纲有巧思，善制攻具，便引纲入见，亲为解缚，好言抚慰，使登楼车巡城，呼语守吏道："刘勃勃大破秦军，秦主无暇来救，只好由汝等自寻生路罢。"守吏听了此言，无不失色。慕容超惶急异常，乃遣使至裕营请和，愿割大岘山南地归晋，世为藩臣。裕拒绝不许，未几来一秦使，传语刘裕道："慕容氏与秦毗邻，素来和好，今晋军无端加攻，秦已遣铁骑十万，行次洛阳，若晋军不还，便当长驱直进了。"裕怒答道："汝可归白姚兴，我平燕后，便当来取关洛，若姚兴自愿送死，尽管速来。"秦使自去。参军刘穆之入白道："公奈何挑动敌怒？今广固未下，再来羌寇，敢问公将如何抵御？"裕笑道："这是兵机，非卿所解。试想姚兴果肯救燕，方且潜师前来，何至先遣使命，令我预防，这明明是虚声吓人，不足为虑。"一口道破。穆之乃退。

秦主兴本遣卫将军姚强，带着步骑万人，偕燕使韩范至洛阳，令与洛城守将姚绍合兵，往救广固。嗣闻勃勃杀败秦军，窥伺关中，乃追还姚强，但用了一个虚张声势的计策，去吓刘裕。裕不为所动，秦谋自沮。只韩范怏怏自归，且悲且叹道："天意已要亡燕了。"燕臣张华、封恺出兵击裕，均被裕军擒住。封融、张俊相继乞降。俊语刘裕道："燕人所恃，惟一韩范，今范甫归，还道他能致秦师，若得范来降，燕城自下了。"裕乃表范为散骑常侍，致书招范。长水校尉王蒲劝范奔秦，范慨然道："刘裕起自布衣，灭桓玄，复晋室，今兴师伐燕，所向崩溃，这乃天授，未必全由人力呢。燕若灭亡，秦亦难保，我不可再辱，不如降晋罢了。"遂潜投裕营。裕得范大喜，即使范至城下，招降守将，城中愈觉夺气。或劝燕主超诛范家族，超因范弟谆尽忠无贰，因赦范家。嗣见晋军建设飞楼，悬梯木，幔板屋，覆以牛皮，上御矢石，料知此种攻具，定是张纲所为，遂将纲母捕到，悬缚城上，支解以徇。死在目前，何必行此惨虐。

既而太白星入犯虚危，灵台令张光谓天象亡燕，劝超降晋。超并不答言，便把佩剑拔出，剁落光首。好容易过了残腊，翌日为晋义熙六年元旦，超登天门，在城楼朝见群臣，杀马犒飨将士，并迁授文武百官。越宿，与宠姬魏夫人登城，见晋兵势甚强盛，不禁欷歔泪下，与魏氏握手对泣。韩谆从旁进言道："陛下遭际厄运，正当努力自强，鼓励士气，奈何反与女子对泣呢？"超乃拭泪谢过。尚书令董锐又劝超出降，超复系锐下狱。贺赖卢、公孙五楼暗凿地道，通兵出战。晋军不及防备，几被掩入，幸亏裕军律素严，前仆后继，仍把燕军杀退。城门久闭不开，居民无论男女，俱生了一种脚气病，不能行走，就是超亦染了此症，乘攀登城。尚书悦寿语超道："今天助寇为虐，战士雕敝，城孤援绝，天时人事，已可知了。从来历数既终，尧舜尚且避位，陛下亦应达权通变，庶得上存宗庙，下保人民。"超忾然道："兴废原有天命，我宁奋剑致死，不愿衔璧求生。"颇有血性，可惜不知守国。

刘裕见城中困乏，乃下令破城，悉众猛扑。或谓："今日往亡，不利行师。"裕掀须道："我往彼亡，有何不利？"遂亲自督攻，不克不止。悦寿在城上望着，料知不能支持，因开门迎纳晋军。超与左右数十骑，逾城出走，才行里许，即被晋军追到，捉得一个不留。当下押至裕前，由裕叱责数语，大略是说他抗命不降，殃及兵民。超神色自若，但将母托刘敬宣，余无一言。裕乃命将超置入槛车，解送建康。且因广固围久乃下，恨及燕人，意欲把男子一并坑死，妇女尽赏将士。韩范入谏道："晋室南迁，中原鼎沸，士民失主，不得不归附外族。既为君臣，自当替他尽力，其实统是衣冠旧族，先帝遗民，今王师吊民伐罪，若不问首从，一概加诛，窃恐西北人民，将从此绝望了。”裕虽改容称谢，尚斩燕王公以下三千人，没入家口万余，毁城平濠，变成白地，然后班师。慕容超解入晋都，枭首市曹，年才二十有六。总计超僭位六年，与慕容德合并计算，共得十有一年，南燕遂亡，慕容氏从此垂尽。慕容宝养子高云，已经篡位，仍复原姓。见九十三回。但使慕容归为辽东公，使主燕祀，是前燕、后燕、南燕、三国，至此俱已沦亡。就是史家把高云僭位，列入后燕，也不过一年有余，便即告终。

云本由冯跋等推立，僭号“天王”，立妻李氏为后，子彭城王为太子，名目上算做一国主子，实际上统是冯跋专权。云亦恐跋等为变，心不自安，特养壮士为爪牙，令他宿卫。当时卫弁头目，一名离班，一名桃仁，日夕随侍，屡蒙厚赐，甚至高云的饮食起居，也慷慨推解，毫不少吝，居然有甘苦同尝的意思。哪知小人好利，贪婪无厌，任你高云如何宠遇，总有一二事未惬他意，遂致以怨报德，暗起杀心。迁延到一年有余，突然生变，班、仁两人怀剑直入，向内启事。高云毫无所觉，出临东堂。桃仁递上一纸，交云展阅。云接纸在手，不防离班抽剑斫来，吓得云不知所措，还算忙中有智，把几提起，当住离班的剑锋，无如一剑未中，一剑又至，这剑乃是桃仁所刺，急切无从招架，竟被穿入腰胁，大叫一声，晕倒地下；再经离班一剑，当然结果性命。小人之难养也，如此。

冯跋在外闻报，忙升洪光门观变。帐下督张泰、李桑语跋道：“二贼得志，将无所不为，愿为公力斩此贼。”跋点首应诺，泰与桑仗剑下城，招呼徒众，扑入东堂。途中遇着离班，大呼杀贼，班迫不及避，也恶狠狠的持剑来斗，桑接住厮杀，徒众齐上，并力击班。独泰恐桃仁遁走，亟向东堂驰入，冤冤相凑，正值桃仁出来，由泰劈头一剑，好头颅左右分离，立致倒毙。可巧桑已枭了班首，进来助泰，见泰诛死桃仁，自然大喜，当下迎跋入殿，推他为主。跋情愿让弟素弗，素弗道："从古以来，父兄得了天下，方传子弟，未闻子弟可突过父兄。今鸿基未建，危甚赘疣，臣民俱属望大兄，何必再辞。"张泰、李桑等，亦同声推戴。跋乃允议，遂在昌黎城即天王位，改元太平，国仍号燕，是为北燕。为十六国之殿军。

跋字文起，世为汉族，系长乐郡信都人。祖父和曾避晋乱，迁居上党，父安雄武有力，尝为西燕将军。西燕灭亡，跋复东徙和龙，住居长谷。屋上每有云气护住，状若楼阁，时人诧为奇观。及慕容宝即位，署跋为中卫将军。跋弟素弗，素性豪侠，不务正业，尝与从兄万泥及诸少年同游水滨，见一金龙出溪水中，问诸万泥等人，皆云未见。素弗捞得金龙，取示大众，无不惊异。后来被慕容熙闻知，暗加疑忌。熙既篡立，欲诛冯跋兄弟，增设禁令。跋适犯禁，惧祸潜奔，与子弟同匿山泽，每夜独行，猛兽尝为避路。跋乃奋然起事，与兄弟潜入龙城，弑熙立云。补九十三回中所未详。云既被戕，跋得称尊，总算不忘旧谊，为云举哀发丧，依礼奉葬。云妻子亦已遇害，统皆代埋，设立云庙，置园邑二十家，四时致祭。追谥云为"惠懿皇帝"。一节可取。一面追尊祖考，称祖和为"元皇帝"，父安为"宣皇帝"，奉母张氏为太后，立妻孙氏为王后，子永为太子，弟范阳公素弗为车骑大将军，录尚书事。次弟汲郡公弘为侍中，兼尚书仆射。从兄广川公万泥，领幽、平二州牧；从兄子乳陈为征西大将军，领并、青二州牧。余如张兴冯护等，佐命功臣，亦皆封赏有差。

素弗当弱冠时，曾向尚书左丞韩业处求婚，业因素弗行谊不修，毅然谢绝。素弗再求尚书郎高邵女，邵亦弗许。至是得为宰辅，并不记嫌，待遇韩业等反且加厚。又能拔寒畯，举贤能，谦恭俭约，以身率下，端的是休休有容，不愧相度，这也好算是难得呢。惟万泥、乳陈，自命勋亲，欲为公辅，偏跋令居外镇，作为二藩。乳陈性尤粗悍，不顾利害，因密遣人告万泥道：“乳陈有至谋，愿与叔父共议。”万泥遂往与定约，兴兵作乱。跋遣弟弘与将军张兴率步骑二万人往讨，弘先传书招谕道：“我等兄弟数人，遭际风云，鼓翼齐起。今主上得群下推戴，光践宝位，裂土分爵，与兄弟共同富贵，并享荣华，奈何无端起衅，目寻干戈呢？人非圣人，不能无过；过贵能改，方不终误。属在至亲，所以极诚相告，还望释嫌反正，同奖王室，勿再沉迷。”万泥得书，便欲罢兵谢罪，独乳陈按剑怒吼道：“大丈夫死生有命，怎得中道生变，不战即降呢？”遂答书不逊，约同一战。张兴语弘道：“贼与我约，明日争锋，恐今夜就来劫营，应命三军格外戒备，方保无虞。”弘乃密下军令，每人各携草十束，备着火种，分头埋伏，自与张兴出伏要路，静待乱兵到来。

黄昏已过，万籁无声，尚不闻有什么动静。到了夜半，果见尘头纷起，约莫有千余人，疾趋而来。弘不禁暗叹道：“张将军确有先见，贼众前来送死了。”再阅半时，那乱兵已经过去，才发了一声胡哨，号召各处伏兵。霎时间火炬齐明，呼声四集，吓得乱兵东逃西窜，拼命乱跑。怎奈四面八方，统已有人拦着，不是被杀，就是被擒，扰乱了小半夜，千余人全体覆没，无一得还。弘等得胜回营，天色已大明了。乳陈得了败耗，方才惊惧，与万泥诣营乞降。只有这般胆量，何必前此发威。弘召他入营，诘责罪状，即命左右推出斩首。余众赦免，然后班师。跋进弘为骠骑大将军，改封中山公，且署素弗为大司马，改封辽西公。嗣是除苛政，惩贪赇，省徭赋，课农桑，燕人大悦，恰享了好几年的太平。同时，南凉的秃发傉檀复称凉王，改元嘉平。西秦的乞伏乾归也逃归苑川，复称秦王，改元更始。这都因后秦浸衰，所以不甘受制，仍然独立。惟有那雄长朔方的拓跋珪，立国已二十四年，尚只三十九岁，被那逆子清河王绍入宫弑死，这也是北魏史上的骇闻。小子有诗叹道：

父子相离已灭伦，况经手刃及君亲。
莫言胡俗无天性，祸报由来有夙因。

毕竟拓跋弑何故遇弑，且至下回再详。

慕容超之亡国，非刘裕得亡之，超实自亡之也。超之致亡，已见前评，及城不能保，尚未肯出降，自决一死，卒至为裕所虏，送斩建康，彼得毋援国君死社稷之义，诩诩然自谓正命耶。但王公以下，被杀之三千人，家口没入至万余，虽由裕之残虐不仁，亦何莫非由超之倔强不服，激成裕愤，区区一死，亦何足谢国人也。彼慕容云之愚昧，且出超下，其得立也出诸意外，其被戕也亦出乎意外。冯跋不必防而防之，离班桃仁，不宜亲而亲之，然欲不死得乎？跋之称尊，不得谓其非僭，然较诸沮渠蒙逊辈，相去远矣，况有冯素弗之良宰辅乎。

第九十六回

何无忌战死豫章口　刘寄奴固守石头城

却说拓跋珪素来好色，称帝时曾纳刘库仁从女，宠冠后宫，生子名嗣，后因慕容氏貌更鲜妍，特立为后，已见前文。见九十二回。珪母贺氏，已早殁世，追谥为“献明太后”。太后有一幼妹，入宫奔丧，生得一貌如花，纤浓合度，珪瞧入眼中，暗暗垂涎，便想同她狎昵。无如这位贺姨母，已经嫁人，不肯再与苟合，惹得珪心痒难熬，竟动了杀心，密嘱刺客，把贺姨夫杀毙。贺姨母做了寡妇，无从诉冤，只好草草发丧。丧葬已毕，即由宫中差来干役，逼令入宫。贺氏明知故犯，不能不随他同去，一经见珪，还有什么好事，眼见得衾裯别抱，露水同栖。冤家有孽，生下了一个婴儿，取名为绍，蜂目豺声，与乃母大不相同。想是贺姨夫转世。渐渐的长大起来，凶狠无赖，不服教训，珪尝把他两手反缚，倒悬井中，待他奄奄垂毙，然后释出。他经此苦厄，稍稍敛迹，但心中愈加含恨。珪哪里知晓，还道他惧罪知改，特拜为清河王。

后来珪势益盛，纳妾愈多，一人怎能御众，免不得求服丹药，取补精神。哪知这药性统是燥烈，愈服愈燥，愈燥愈厉，遂至喜怒乖常，动辄杀人。长子嗣本受封齐王，至是立为太子，嗣母刘贵人，反被赐死。珪召嗣与语道：“昔汉武将立太子，必先杀母，实预恐妇人与政，所以加防。今汝当继统，我不得不远法汉武了。”汉武杀钩弋夫人，宁足为训？况珪曾赖母得立，奈何不思？嗣闻言泣下，悲不自胜。珪反动怒，把他叱退。待嗣还居东宫，还闻他朝夕恸哭，又遣人召嗣入见。东宫侍臣劝嗣不应遽入，因托疾不赴。卫王拓跋仪前镇中山，为珪所忌，召还闲居，阴有怨言。珪适有所闻，便说他蓄谋不轨，勒令自杀。贺夫人偶然忤珪，亦欲加刃，吓得贺氏奔避冷宫，立遣侍女报绍，令他入救。绍本怀宿愤，又听得生母将死，气得双目直竖，五内如焚，当下招致心腹，贿通宫女宦官，使为内应，趁着天昏夜静，逾垣入宫，宫中已有人前导，引至内寝，破户直入。珪才从梦中惊醒，揭帐启视，刀已飞入，不偏不倚，正中项下，颈血模糊，便即毕命。莫非孽报。

绍既弑父，便去觅母。贺氏见绍夜至，问明情状，却也一惊，忙去视珪，果被杀死，不由的泪下两行。曾忆念前夫么？绍却欲号召卫士，往攻东宫，意图自立。卫士多不愿助绍，相率观望。适东宫太子拓跋嗣，使人报告将军安同，促令诛逆。安同慷慨誓众，无不乐从，遂一拥入宫，搜捕逆绍。卫士争先应命，七手八脚，把绍抓出，送交安同。安同迎嗣登殿，声明绍罪，立命枭斩。绍母贺氏，一并坐罪赐死。死后却难见二夫。于是嗣即尊位，为珪发丧，追谥为“宣武皇帝”，庙号“太祖”。后来改谥“道武”，这且慢表。

且说晋刘裕既平南燕，还屯下邳，意欲经营司雍二州，忽由晋廷飞诏召裕，促令还援。看官道是何因？原来卢循陷长沙，徐道复陷南康庐陵豫章，顺流东下，居然想逼夺晋都了。先是卢、徐二人，虽受晋官职，仍然阳奉阴违，伺机思逞。徐道复闻刘裕北伐，致书卢循，劝他入袭建康，循复称从缓。道复自往语循道：“我等长住岭外，岂真欲传及子孙？不过因刘裕多智，未易与敌，所以郁郁居此。今裕方顿兵北方，未有还期，我正好乘虚掩击，直入晋都，何无忌、刘毅等皆不及裕，无能为力。若我得攻克建康，裕虽南还，也不足畏了。”却是个好机会。循尚狐疑未决。道复奋起道："君若不肯同行，我当自往。始兴兵甲虽少，也可一举，难道不能直指寻阳么?"循见他词气甚厉，不得已屈志相从。道复即还至始兴，整顿舟舰。他本预蓄异谋，尝在南康山伐取材木，至始兴出售，鬻价甚贱，居民争往购取，不以为疑，其实是留贮甚多，至尽取做船材，旬日告成，遂与卢循北出长江，分陷石城，舣舟东指。

晋廷单靠刘裕，自然驰使飞召。裕即令南燕降臣韩范，都督八郡军事，封融为渤海太守，引兵南行。到了山阳，又接得豫章警报，江荆都督何无忌为徐道复所败，竟至阵亡。无忌系江左名将，突然败死，令裕也惊心。究竟无忌如何致败？说将起来，也是冒险轻进，有勇寡谋，遂落得丧师失律，毕命战场。当无忌出师时，自寻阳驶舟西进，长史邓潜之进谏道："国家安危，在此一举，卢、徐二贼，兵舰甚盛，势居上流，不可轻敌。今宜暂决南塘，守城自固，料彼必不敢舍我东去。我得蓄力养锐，待他疲老，然后进击，这乃是万全计策呢。"无忌不从。参军殷阐复谏道："循众皆三吴旧贼，百战余生；始兴贼亦骁捷善斗，统难轻视。将军宜留屯豫章，征兵属城，兵至合战，也不为迟。若徒率部众轻进，万一失利，悔将何及?"无忌是个急性鬼，仗着一时锐气，径至豫章西隅。徐道复已据住西岸小山，带了数百弓弩手，迭射晋军。晋军前队，多受箭伤，不敢急驶过去，惹得无忌性起，改乘小舰，向前直闯。偏偏西风暴起，将他小舰吹回东岸，余舰亦为浪所冲，东飘西荡。道复乘着风势，驶出大舰，来击无忌，无忌舟师已散，如何抵当，顿致尽溃。独无忌不肯倒退，厉声语左右道："取我苏武节来。"左右取节呈上，无忌执节督战，风狂舟破，贼众四集，可怜无忌身受重伤，握节而死。虽曰忠臣，实是无益有害。

刘裕得知无忌死耗，恐京畿就此失守，便即卷甲急趋，与数十骑驰至淮上。可巧遇着朝廷来使，急忙问讯，朝使谓贼尚未至，专待公援，裕才放心前进。行至江滨，适值风急波腾，众不敢济。裕慨然道："天若佑晋，风将自息，否则总是一死，覆溺何害！"此时尚是一大忠臣。说着，便挺身下舟，众亦随下。说也奇怪，舟行风止，竟安安稳稳的驶至京口。百姓见裕到来，齐声相庆，倚若长城。越二日，裕即入都，因江州覆没，表送章绶，有诏不许。时青州刺史诸葛长民、兖州刺史刘藩、并州刺史刘道怜各将兵入卫。藩系豫州刺史刘毅从弟，与裕相见，报称毅已起兵拒贼，有表入京。裕谓兵宜缓进，不可求速，遂展纸作书云：

吾往日习击妖贼，晓其变态，贼新获利，锋不可当。今方整修船械，限日毕工，当与老弟同举。平贼以后，上流事自当尽委，愿弟勿疑！

书毕加封，令藩赍书诣毅，并嘱他传语乃兄，切勿躁进。藩趋往姑孰，投书与毅，且述裕言。毅展阅未毕，便瞋目顾藩道："前日举义平逆，权时推裕，汝道我真不及他吗？"休说大话！说着，将书掷地，立集水师二万，出发姑孰。到了桑落州，正值卢循、徐道复合兵前来，船头很是高锐，毅舰低脆，一与相触，便致碎损。客主情形既不相符，毅众当然惊避。卢徐乘势冲突，连毅舟都被撞碎。毅慌忙弃舟登岸，徒步奔还，随行只有数百人，余众都被贼虏去。果能及刘裕否？卢循审讯俘虏，得知刘裕已还建康，颇有戒心，意欲退还寻阳，攻取江陵，据住江、荆二州，对抗晋廷。独道复谓宜乘胜急进。彼此争论数日，毕竟道复气盛，循不得不从，便即连樯东下。

警报传达建康，裕因都城空虚，亟募民为兵，修治石头城。或谓宜分守津要，裕摇首道："贼众我寡，再若分散，一处失利，全局俱动。今不如聚众石头，随宜应赴，待至徒众四集，方可再图。”诸葛长民、孟昶等，探得贼势猖獗，舳舻蔽江，有众十数万，都不禁魂驰魄散，想出了一条趋避的计策，欲奉乘舆过江，独裕不许。昶料事颇明，曾谓何无忌、刘毅出师，必遭败衄。后皆果如昶言。此时因北师甫还，战士已经疲乏，亦恐裕不能抗循，所以主张北徙，朝议亦大半赞成。惟龙骧将军虞邱面折昶议，还有中兵参军王仲德，也不服昶论，独向裕进言道：“明公具命世才，新建大功，威震六合，妖贼乘虚入寇，闻公凯旋，自当惊溃。若先自逃去，威名俱丧，何以图存？公若误从众议，仆不忍同尽，请从此辞。”裕大喜道：“我意正与卿相同。南山可改，此志不移呢。”正问答间，见孟昶踉跄进来，又申前议。裕勃然道：“今重镇外倾，强寇内逼，人情惶骇，莫有固志。若一旦迁动，必致瓦解，江北岂果可得至么？就使得至，也不能久延。今兵士虽少，尚足一战，我能胜贼，臣主同休；万一不胜，我当横尸庙门，以身殉国，难道好窜伏草间，偷生苟活么？我计已决，卿勿再言！”昶还要泣陈，自请先死。裕忿然道：“汝且看我一战，再死未迟。”昶怏怏退出，归书遗表，略言“臣裕北讨，臣实赞同，今强贼乘虚进逼，自愧失策，愿一死谢过”云云。表既封毕，便仰药而死。愚不可及。

俄闻卢循已至淮口，不得不内外戒严，琅琊王德文督守宫城，刘裕出屯石头，使咨议参军刘粹，辅着四龄少子义隆，往镇京口。余将亦由裕调度，各有职守。裕登城遥望，见居民多临水眺贼，不禁动疑，顾问参军张劭。劭答道：“今若节钺未临，百姓将奔散不暇，尚敢临水观望吗？照此看来，定是有恃无恐，所以得此安详。”裕又凝望片刻，召语将佐道：“贼若由新亭直进，锐不可当，只好暂时回避，徐决胜负。若回泊西岸，贼势必懈，便容易成擒了。”将佐等听了裕言，便专探贼舰消息。徐道复原欲进兵新亭，焚舟直上，偏卢循不肯冒险，逡巡未行，且语道复道："我军未向建康，闻孟昶已惧祸自裁，看来晋都空虚，必且自乱，何必急求一战，多伤士卒呢？"道复终不得请，退自叹息道："我必为卢公所误，事终无成。若使我独力驰驱，得为英雄，取天下如反手哩。"也是过夸，试看后来豫章之战。

既而刘裕登石头城，望见敌船，引向新亭，也觉失色。嗣看他退驻蔡洲，方有喜容。龙骧将军虞邱请伐木为栅，保护石头淮口，又修治越城，增筑查浦、药园、廷尉官寺所居之处。三垒，杜贼侵轶。裕皆依计施行，人心渐固。刘毅奔还建康，诣阙待罪。有诏降毅为后将军，裕却亲加慰勉，使知中外留守事宜。再派冠军将军刘敬宣屯北郊，辅国将军孟怀玉屯丹阳郡西，建武将军王仲德屯越城，广武将军刘默屯建阳门外。又令宁朔将军索邈，用突骑千匹，外蒙虎皮，分扎淮北。部署既定，壁垒皆新。卢循探悉情形，才悔因循误事，急遣战舰十余艘，进攻石头城的防栅。栅中守卒，并不出战，但用神臂弓竞射，一发数矢，无不摧陷，循只好退去。寻又伏兵南岸，伪使老弱东行，扬言将进攻白石。刘裕留参军沈林子、徐赤特防备南岸，截堵查浦，嘱令坚守勿动，自与刘毅、诸葛长民等往戍白石，拒遏贼军。卢循闻裕北去，自喜得计，遂引众进毁查浦，直攻张侯桥。徐赤特即欲出击，林子道："贼众声往白石，乃反来此挑战，情诈可知。我众寡不敌，不如据垒自固，静待大军。况刘公曾一再面嘱，怎好有违？"赤特不听，自引部曲出战，遇伏败走，遁往淮北。贼众趁势攻栅，喊杀连天，亏得林子据栅力御，又经别将刘钟朱龄石等，相率来援，方将贼众击退，循引锐卒趋往丹阳。

裕抵白石，未见贼至，料知贼有诈谋，急率诸军驰还石头，捕斩赤特，然后出阵南塘，令参军诸葛叔度及朱龄石等渡淮追贼。贼众转掠各郡，郡守统坚壁待着，毫无所得。循乃语道复道：“我兵老了，不如退据寻阳，并力取荆州，徐图建康便了。”乃留徒党范崇民率众五千，居守南陵，自向寻阳退去。晋廷进刘裕为太尉，领中书监，并加黄钺。裕表举王仲德为辅国将军，刘钟为广州太守，蒯恩为河间太守，令与谘议参军孟怀玉等，引兵追循，自还东府整治水军，增筑楼船；特遣建威将军孙处、振武将军沈田子，领兵三千，自海道径袭番禺，捣循巢穴。将佐谓海道迂远，不宜出发，裕微笑不答，但嘱孙处道：“大军至十二月间，必破妖贼，卿可先倾贼巢，截彼归路，不怕不为我所歼哩。”却是釜底抽薪的妙计。孙处等奉令自去。

那卢循退至寻阳，遣人从间道入蜀，联结谯纵，约他夹攻荆州。纵复称如约，并向后秦乞师。秦主姚兴册封纵为大都督，相国蜀王，加九锡礼，得承制封拜，并使前将军苟林，率兵会纵。纵乃释出桓谦，令为荆州刺史，应九十四回。又使谯道福为梁州刺史，兴兵二万，与秦将苟林共寇荆州。荆州为贼寇所阻，与建康音问不通，刺史刘道规曾遣司马王镇之，率同天门太守檀道济、广武将军刘彦之入援建康。镇之行至寻阳，适值秦苟林抄出前面，击败镇之，镇之退走。卢循欢迎苟林，使为南蛮校尉，拨兵相助，会攻荆州。桓谦又沿途募兵，得众二万，进据枝江。苟林入屯江津，二寇交逼江陵，荆州大震，士民多思避去。刘道规会集将士，对众晓谕道：“诸君欲去，尽请自便。我东来文武，已足拒寇，可不烦此处士民了。”说着，令大开城门，彻夜不闭，任令自由出入，暗中却日夕增防，士民不禁惮服，反无一人出走。

会雍州刺史鲁宗之，自襄阳率军与援，或谓宗之情不可测，道规独单骑迎入，推诚相待，引为腹心。虽是一番权术，却不愧为济变才。当下留宗之居守，自引各军士击桓谦，水陆齐进，直达枝江。天门太守檀道济奋呼陷阵，大破谦众。谦单舸奔逃，被道规追击过去，一阵乱箭，把谦射死。再移军进攻苟林。林闻谦败死，未战先逃，道规令参军刘遵，从后追赶，驰至巴陵，得将苟林击毙。道规回军江陵，检得士民通敌各书，一律焚去，不复追究，人情大安。鲁宗之当即辞去。

忽闻徐道复率贼三万，奄至破冢，将抵江陵。城中又复惊哗，一时谣言蜂起，且云："卢循已陷京邑，特使道复来镇荆州。"道规也觉怀疑，自思追召宗之，已是不及，眼前惟有镇定一法，募众守城。好在江陵士民，统感道规焚书德惠，不再生贰，誓同生死，因此秩序复定。可巧刘遵亦得胜回来，道规即使为游军，自督兵出豫章口，逆击道复。道复来势甚锐，突破道规前军，节节进逼。不防斜刺里来了战舰数艘，横冲而入，把道复兵舰截作两段，道复前后不能相顾，顿致慌乱。道规得乘隙奋击，俘斩无算。再经来舰中的大将帮同拦截，杀得道复走投无路，拼死的杀出危路，走往湓口去了。小子有诗赞刘道规道：

江陵重地镇元戎，战守随宜终立功。
尽有良谋能破贼，强徒漫自诩英雄。

究竟何人来助道规，得此胜仗，待至下回报明。

叙何无忌、刘毅之败衄，益以显刘裕之智能。无忌猛将也，而失之轻，刘毅亦悍将也，而失之愎，轻与愎皆非良将才，徐道复谓其无能为，诚哉其无能为也。然观于毅之苟免，犹不如无忌之舍生，虽曰徒死无益，究之一死足以谢国人，况观于后来之刘毅，死于刘裕之手，亦何若当时殉难，尚得流芳千古乎？刘裕临敌不挠，见机独断，诚不愧为一代枭雄，曹阿瞒后，固当推为巨擘，卢循徐道复诸贼，何足当之？宜其终归败灭也。刘道规为裕弟，智力不亚乃兄，刘氏有此二雄，其亦可谓世间之英乎？

第九十七回

窜南交卢循毙命　平西蜀谯纵伏辜

却说刘道规至豫章口，击破徐道复，全亏游军从旁冲入，始得奏功。游军统领便是参军刘遵。当时道规将佐，统说是强寇在前，方虑兵少难敌，不宜另设游军。及刘遵夹攻道复，大获胜仗，才知道规胜算，非众所及，嗣是益加敬服，各无异言。刘裕闻江陵无恙，当然心喜，便拟亲出讨贼。刘毅却自请效劳，长史王诞密白刘裕道："毅既丧败，不宜再使立功。"裕乃留毅监管太尉留府，自率刘藩、檀韶、刘敬宣等出发建康。王仲德、刘锺、各军前奉裕令追贼，行至南陵，与贼党范崇民相持。至此闻裕军且至，遂猛攻崇民，崇民败走，由晋军夺还南陵。凑巧裕军到来，便合兵再进，到了雷池，好几日不见贼踪，乃进次大雷。越宿，见贼众大至，舳舻衔接，蔽江而下，几不知有多少贼船。裕不慌不忙，但令轻舸尽出，并力拒贼；又拨步骑往屯西岸，预备火具，嘱令贼至乃发，自在舟中亲提旛鼓，督众奋斗。右军参军庾乐生，逗留不进，立命斩首徇众。众情知畏，不敢落后，便各腾跃向前。裕又命前驱执着强弓硬箭，乘风射贼，风逐浪摇，把贼船逼往西岸。岸上晋军，正在待着，便将火具抛入贼船，船中不及扑救，多被延烧，烈焰齐红，满江俱赤，贼众纷纷骇乱，四散狂奔。卢循、徐道复也是逃命要紧，走还寻阳。卢、徐二贼，从此休了。

裕得此大捷，依次记功，复麾军进迫左里。左里已遍竖贼栅，无路可通，裕但摇动麾竿，督众猛扑，砉然一声，麾竿折断，幡沉水中，大众统皆失色。裕笑语道："往年起义讨逆，进军覆舟山，幡竿亦折；今又如此，定然破贼了。"覆舟山之战，系讨桓玄时事，见九十回。大众听了，气势益奋，当下破栅直进，俘斩万余。卢、徐二贼分途遁去。裕遣刘藩、孟怀玉等轻骑追剿，自率余军凯旋建康。时已为义熙六年冬季，转眼间便是义熙七年了。徐道复走还始兴，部下寥寥，只剩了一二千人，并且劳疲得很，不堪再用。偏晋将军孟怀玉与刘藩分兵，独追道复，直抵始兴城下。道复硬着头皮，拼死守城。一边是累胜军威，精神愈振；一边是垂亡丑虏，喘息仅存。彼此相持数日，究竟贼势孤危，禁不住官军骁勇，一着失手，即被攻入。道复欲逃无路，被晋军团团围住，四面攒击，当然刺死。

独卢循收集散卒，尚有数千，垂头丧气，南归番禺。途次接得警报，乃是番禺城内，早被晋将孙处、沉田子从海道掩入，占踞多日了。回应前回。原来卢循出扰长江，只留老弱残兵，与亲党数百人，居守番禺。孙处、沉田子引兵奄至城下，天适大雾，迷蒙莫辨，当即乘雾登城，一齐趋入。守贼不知所为，或被杀，或乞降。孙处下令安民，但将卢循亲党，捕诛不赦外，余皆宥免，全城大定。又由沈田子等分徇岭表诸郡，亦皆收复。只卢循得此音耗，累得无家可归，不由的惊愤交并，慌忙集众南行。倍道到了番禺，誓众围攻，孙处独力拒守，约已二十余日，晋将刘藩，方驰入粤境，沈田子亦从岭表回军，与藩相遇，当下向藩进言道："番禺城虽险固，乃是贼众巢穴，今闻循集众围攻，恐有内变，且孙季高系处表字。兵力单弱，未能久持，若再使贼得据广州，凶势且复振了，不可不从速往援。"藩乃分兵与田子，令救番禺。田子兼程急进，到了番禺城下，便扑循营，喊杀声递入城中。孙处登城俯望，见沈田子与贼相搏，喜出望外，当即麾兵出城，与田子夹击卢循，斩馘至万余人。循狼狈南遁。处与田子合兵至苍梧郁林宁浦境内，三战皆捷。适处途中遇病，不能行军，田子亦未免势孤，稍稍迟缓，遂被卢循窜去，转入交州。

先是九真太守李逊作乱，为交州刺史杜瑗讨平，未几瑗殁，子慧度讣达晋廷，有诏令慧度袭职。慧度尚未接诏，那卢循已袭破合浦，径向交州捣入。慧度号召中州文武，同出拒循，交战石琦，得败循众。循党尚剩三千人，再加李逊余党李脱等纠集蛮獠五千余人，与循会合。循又至龙编南津，窥伺交州。慧度将所有私财，悉数取出，犒赏将士。将士感激思奋，复随慧度攻循。循党从水中舟行，慧度所率，都是步兵，水陆不便交锋，经慧度想出一法，列兵两岸，用雉尾炬烧着，掷入循船。雉尾炬系束草一头，外用铁皮缚住，下尾散开，状如雉尾，所以叫做雉尾炬。循船多被燃着，俄而循坐船亦致延烧，连忙扑救，还不济事，余舰亦溃。循自知不免，先将妻子鸩死，后召妓妾遍问道："汝等肯从死否？"或云："雀鼠尚且贪生，不愿就死。"或云："官尚当死，妾等自无生理。"循将不愿从死的妓妾，一概杀毙，投尸水中，自己亦一跃入江，溺死了事。又多了一个水仙。慧度命军士捞起循尸，枭取首级，复击毙李脱父子，共得七首，函送建康。南方十多年海寇，至此始荡涤一空，不留遗种了。也是一番浩劫。晋廷赏功恤死，不在话下。

且说荆州刺史刘道规，莅镇数年，安民却寇，惠及全州，嗣因积劳成疾，上表求代。晋廷令刘毅代镇荆州，调道规为豫州刺史。道规转赴豫州，旋即病殁。荆人闻讣，无不含哀。独刘毅素性贪愎，自谓功与裕埒，偏致外调，尝郁郁不欢。裕素不学，毅却能文，因此朝右词臣多喜附毅。仆射谢混、丹阳尹郗僧施更与毅相投契。毅奉命西行，至京口辞墓。谢、郗等俱往送行，裕亦赴会。将军胡藩密白裕道："公谓刘荆州终为公下么?”裕徐徐答道:“卿意云何?”藩答道:“战必胜、攻必取,毅亦知不如公。若涉猎传记,一谈一咏,毅却自诩雄豪。近见文臣学士,多半归毅,恐未必肯为公下,不如即就会所,除灭了他。”裕之擅杀,藩实开之。裕半晌方道:“我与毅共同匡复,毅罪未著,不宜相图,且待将来再说。”杀机已动。随即欢然会毅,彼此作别。裕复表除刘藩为兖州刺史,出据广陵。毅因兄弟并据方镇,阴欲图裕,特密布私人,作为羽翼。乃调僧施为南蛮校尉,毛修之为南郡太守,裕皆如所请,准他调去。是亦一郑庄待弟之策。毅又常变置守宰,擅调豫、江二州文武将吏,分充僚佐;嗣又请从弟兖州刺史刘藩为副。于是刘裕疑上加疑,不肯放松,表面上似从毅请,召藩入朝,将使他转赴江陵。藩不知是计,卸任入都,便被裕饬人拿下,并将仆射谢混一并褫职,与藩同系狱中。越日,即传出诏旨,略言“刘藩兄弟与谢琨同谋不轨,当即赐死。毅为首逆,应速发兵声讨”云云。一面令前会稽内史司马休之为荆州刺史,随军同行。裕弟徐州刺史刘道怜为兖、青二州刺史,留镇京口。使豫州刺史诸葛长民监管太尉府事,副以刘穆之。

裕亲督师出发建康,命参军王镇恶为振武将军,与龙骧将军蒯恩,率领百舰,充作前驱,并授密计。镇恶昼夜西往,至豫章口,去江陵城二十里,舍船步上,扬言刘兖州赴镇。荆州城内尚未知刘藩死耗,还道传言是实,一些儿不加预防。至镇恶将到城下,毅始接得侦报,并非刘藩到来,实是镇恶进攻,当即传出急令,四闭城门。哪知门未及闭,镇恶已经驰入,驱散城中兵吏。毅只率左右百余人,奔突出城,夜投佛寺。寺僧不肯容留,急得刘毅势穷力蹙,没奈何投缳自尽。究竟逊裕一筹,致堕诡计。镇恶搜得毅尸,枭首报裕。裕喜已遂计,即西行至江陵,杀郗僧施,赦毛修之。宽租省调,节役缓刑,荆民大悦。裕留司马休之镇守江陵,自率将士东归。有诏加裕太傅，领扬州牧，裕表辞不受，惟奏征刘镇之为散骑常侍。镇之系刘毅从父，隐居京口，不求仕进，尝语毅及藩道：“汝辈才器，或足匡时，但恐不能长久呢。我不就汝求财位，当不为汝受罪累，尚可保全刘氏一脉，免致灭门。”毅与藩哪里肯信，还疑乃叔为疯狂，有时过门候谒，仪从甚多，辄被镇之斥去。果然不到数年，毅、藩遭祸，亲族多致连坐，惟镇之得脱身事外。裕且闻他高尚，召令出仕，镇之当然不赴，唯守志终身罢了。不没高士。

豫州刺史诸葛长民本由裕留监太尉府事，闻得刘毅被诛，惹动兔死狐悲的观念，便私语亲属道：“昔日醢彭越，今日杀韩信，祸将及我了。”长民弟黎民进言道：“刘氏覆亡，便是诸葛氏的前鉴，何勿乘刘裕未还，先发制人？”长民怀疑未决，私问刘穆之道：“人言太尉与我不平，究为何故？”穆之道：“刘公溯流西征，以老母稚子委足下。若使与公有嫌，难道有这般放心么？愿公勿误信浮言！”穆之为刘裕心腹，长民尚且不知，奈何想图刘裕？长民意终未释。再贻冀州刺史刘敬宣书道：“盘龙刘毅小字。专擅，自取夷灭，异端将尽，世路方夷。富贵事当与君共图，幸君勿辞！”敬宣知他言中寓意，便答书道：“下官常恐福过灾生，时思避盈居损。富贵事不敢妄图，谨此复命！”这书发出，复将长民原书，寄呈刘裕。裕掀髯自喜道：“阿寿原不负我呢。”阿寿就是敬宣小字。说毕，即悬拟入都期日，先遣人报达阙廷。

长民闻报，不敢动手，惟与公卿等届期出候，自朝至暮，并不见刘裕到来，只好偕返。次日，又出候裕，仍然不至，接连往返了三日，始终不闻足迹，免不得疑论纷纭。裕又作怪。谁知是夕黄昏，裕竟轻舟径进，潜入东府，大众都未知悉，只有刘穆之在东府中，得与裕密议多时。到了诘旦，裕升堂视事，始为长民所闻，慌忙趋府问候。裕下堂相迎，握手殷勤，引入内厅，屏人与语，非常款洽。长民很是惬意，不防座后突入两手，把他拉住，一声怪响，骨断血流，立时毙命，遂舆尸出付廷尉，并收捕长民弟黎民、幼民及从弟秀之。黎民素来骁勇，格斗而死；幼民、秀之被杀。当时都下人传语道："勿跋扈，付丁旿。"旿系裕麾下壮士，拉长民、毙黎民，统出旿手，这正好算得一个大功狗了。意在言中。

裕又命西阳太守朱龄石，进任益州刺史，使率宁朔将军臧熹、河间太守蒯恩、下邳太守刘钟等率众二万，西往伐蜀。时人统疑龄石望轻，难当重任，独裕说他文武优长，破格擢用。臧熹系裕妻弟，位本出龄石上，此时独属归龄石节制，不得有违。临行时，先与龄石密商道："往年刘敬宣进兵黄虎，无功而还，今不宜再循覆辙了。"遂与龄石附耳数语，并取出一锦函，交与龄石，外面写着六字云："至白帝城乃开。"龄石受函徐行，在途约历数月，方至白帝城。军中统未知意向，互相推测，忽由龄石召集将士，取示锦函，对众展阅，内有裕亲笔一纸云："众军悉从外水取成都，臧熹从中水取广汉，老弱乘高舰十余，从内水向黄虎，至要勿违。"大众看了密令，各无异言，便即倍道西进。前缓后急，统是刘裕所授。

蜀王谯纵早已接得警报，总道晋军仍由内水进兵，所以倾众出守涪城，令谯道福为统帅，扼住内水。黄虎系是内水要口，此次但令老弱进行，明明是虚张声势，作为疑兵。外水一路，乃是主军，由龄石亲自统率，趋至平模，距成都只二百里。谯纵才得闻知，亟遣秦州刺史侯晖、尚书仆射谯诜，率众万余，出守平模夹岸，筑城固守。时方盛暑，赤日当空，龄石未敢轻进，因与刘钟商议道："今贼众严兵守险，急切未易攻下，且天时炎热，未便劳军，我欲休兵养锐，伺隙再进，君意以为可否？"钟连答道："不可、不可。我军以内水为疑兵，故谯道福未敢轻去涪城。今大众从外水来此，侯晖等虽然拒守，未免惊心，彼阻兵固险，明明是不敢来争；我乘他惊疑未定，尽锐进攻，无患不克。既克平模，成都也易取了。若迟疑不定，彼将知我虚实，涪军亦必前来，并力拒我，我求战不得，军食无资，二万人且尽为彼虏了。”龄石矍然起座，便誓众进攻。能从良策，便是良将。

蜀军筑有南北二城，北城地险兵多，南城较为平坦，诸将欲先攻南城，龄石道：“今但屠南城，未足制北，若得拔北城，南城不麾自散了。”当下督诸军猛攻北城，前仆后继，竟得陷入，斩了侯晖、谯诜，再移兵攻南城。南城已无守将，兵皆骇遁，一任晋军据住。可巧臧熹亦从中水杀进，阵斩牛脾守将谯抚之，击走打鼻守将谯小狗，留兵据守广陵，自引轻兵来会龄石。两军直向成都，各屯戍望风奔溃，如入无人之境，成都大震。谯纵魂飞天外，慌忙挈了爱女，弃城出走，先至祖墓前告辞。女欲就此殉难，便流泪白纵道：“走必不免，徒自取辱，不若死在此处，尚好依附先人。”纵不肯从，女竟咬着银牙，用头撞碣，“砰”的一声，脑浆迸裂，一道贞魂，去寻那谯氏先祖先宗了。烈女可敬！纵心虽痛女，但也未敢久留，即纵马往投涪城。途次正遇着道福，道福勃然怒道：“我正因平模失守，引兵还援，奈何主子匹马逃来？大丈夫有如此基业，骤然弃去，还想何往？人生总有一死，难道怕到这般么？”说着，即拔剑投纵。纵连忙闪过，剑中马鞍，马尚能行，由纵挥鞭返奔，跑了数里，马竟停住，横卧地上。纵下马小憩，自思无路求生，不如一死了事，遂解带悬林，自缢而亡。不出乃女所料。

巴西人王志斩纵首级，赍送龄石。龄石已入成都。蜀尚书令马耽，封好府库，迎献图籍。当下搜诛谯氏亲属，余皆不问。谯道福尚拟再战，把家财尽犒兵士，且号令军中道：“蜀地存亡，系诸我身，不在谯王。今我在，尚足一战，还望大家努力！”众虽应声称诺，待至金帛到手，都背了道福，私下逃去。都是好良心。剩得道福孤身远窜，为巴民杜瑾所执，解送晋营，结果是头颅一颗，枭示军门。总计谯氏僭称王号，共历九年而亡。小子有诗叹道：

九载称王一旦亡，覆巢碎卵亦堪伤。
撞碑宁死先人墓，免辱何如一女郎。

朱龄石既下成都，尚有一切善后事情，待至下回续叙。

卢循智过孙恩，徐道复智过卢循，要之皆不及一刘裕，裕固一世之雄也。道复死而循乌得生？穷窜交州，不过苟延一时之残喘而已。前则举何无忌刘毅之全军，而不能制，后则仅杜慧度之临时召合，即足以毙元恶，势有不同故耳。然刘毅不能敌卢循，乌能敌刘裕？种种诈谋，徒自取死。诸葛长民，犹之毅也。谯纵据蜀九年，负险自固，偏为朱龄石所掩入，而龄石之谋，又出自刘裕，智者能料人于千里之外，裕足以当矣。然江左诸臣，无一逮裕，司马氏岂尚有幸乎？魏崔浩论当世将相，尝目裕为司马氏之曹操，信然。

第九十八回

南凉王愎谏致亡　西秦后败谋殉难

却说朱龄石入成都后，上书告捷，晋廷叙功加赏，命龄石监督梁、秦二州军事，赐爵丰城县侯。龄石恐降臣马耽在蜀生事，特将他徙往越巂。耽至徙所，私语亲属道："朱侯不送我入凉，无非欲杀我灭口，看来我必不免了。"乃盥洗而卧，引绳扼死，既而龄石使至，果来杀耽。见耽已死，即戮尸归报，龄石乃安。可见龄石不免营私。后来龄石遣使诣北凉，宣谕晋廷威德，北凉王沮渠蒙逊，却也有些畏惧，因上表晋廷。略云：

> 上天降祸，四海分崩，灵耀拥于南裔，苍生没于丑虏。陛下累圣重光，道迈周汉，纯风所被，八表宅心。臣虽被发旁徼，才非时俊，谬经河右遗黎，推为盟主。臣之先人，世荷恩宠，虽历夷险，执义不回，倾首朝阳，乃心王室。近由益州刺史朱龄石，遣使诣臣，始具朝廷休问。承车骑将军刘裕，秣马挥戈，以中原为事，可谓天赞大晋，笃生英辅。彼亦唯知一裕。臣闻少康之兴大夏，光武之复汉业，皆奋剑而起，众无一旅，犹能成配天之功，著《车攻》之咏。陛下据全楚之地，拥荆、扬之锐，宁可垂拱晏然，弃二京以资戎虏乎？若六军北轸，克复有期，臣愿率河西诸戎，为晋右翼，效力前驱，櫜鞬待命！

看官听说！这时候的沮渠蒙逊已夺了南凉的姑臧城，从张掖徙都姑臧，自称河西王，改元玄始，差不多与吕光一律了。原来南北二凉，互相仇敌，争战不休。迭见前文。南凉王秃发傉檀，背秦僭位，称妻折掘氏为王后，子虎台为太子，也设置臣僚，封拜百官。应九十五回。且遣左将军枯木与驸马都尉胡康等，往侵北凉，掠去临松人民千余家。北凉怎肯干休？由蒙逊亲率骑士，称戈报怨，突入南凉的显美境内，大掠而去。南凉太尉俱延引兵追蹑，被蒙逊回军奋击，大败遁还。于是傉檀也征兵五万，往攻蒙逊。左仆射赵晁及太史令景保谏阻道："近年天文错乱，风雨不时，陛下惟修德责躬，方可晋吉，不宜再动干戈。"傉檀勃然道："蒙逊不道，入我封畿，掠我边疆，残我禾稼，我若不再征，如何保国？今大军已集，卿等反出言沮众，究出何意？"谁叫你先去害人？景保道："陛下令臣主察天文，臣若见事不言，便负陛下。今天象显然动必失利。"傉檀道："我挟轻骑五万，亲征蒙逊，可战可守，有什么不利呢？"景保还要强谏，惹得傉檀性起，锁保随军，且与语道："有功当斩汝徇众，无功当封汝百户侯。"当下亲自出马，引众直趋穷泉。

蒙逊当然出拒，两下相见，北凉兵非常厉害，杀得南凉人仰马翻，纷纷逃溃。傉檀亦单骑奔还，只有景保锁着，不能自由行走，致被北凉兵擒去，推至蒙逊面前。蒙逊面责道："卿既识天文，为何违天犯顺，自取羁辱？"保答道："臣非不谏，谏不肯从，亦属无益。"蒙逊道："昔汉高祖免厄平城，赏及娄敬；袁绍败溃官渡，戮及田丰。卿谋同二子，可惜遇主不同，卿若有娄敬的功赏，我当放卿回去，但恐不免为田丰呢。"保又道："寡君虽才非汉祖，却与袁本初不同，臣本不望封侯，亦不至虑祸呢。释还与否，悉听明断便了。"蒙逊乃放归景保。保还至姑臧，傉檀引谢道："卿为孤蓍龟，孤不能从，咎实在孤，孤今当从卿了。”乃封保为安亭侯。已经迟了。

蒙逊进围姑臧，城内大骇，民多惊散。傉檀亦非常着急，只得遣使请和，遣子他及司隶校尉敬归入质蒙逊。蒙逊乃引兵退去。归至胡坑，乘间逃还，他亦走了里许，仍被追兵拘住，将他械归。傉檀恐蒙逊复至，不敢安居，竟率亲党徙居乐都，但留大司农成公绪守姑臧。甫出城门，魏安人焦谌、王侯等闭门作乱，收合三千余家，占据南城，推焦朗为大都督，自称凉州刺史，通款蒙逊。蒙逊复进兵姑臧，焦朗未悉谌谋，纠众守城，偏偏谌为内应，潜开城门，迎纳蒙逊。朗不及出奔，束手受擒。还算蒙逊大开恩典，把朗赦免，再移兵往取北城。成公绪早已遁去，姑臧城遂全属蒙逊了。傉檀轻弃姑臧，原是失策，但易得易失，亦理所固然。蒙逊令弟挐为秦州刺史，居守姑臧，自率兵进攻乐都。

傉檀迁居未久，闻得蒙逊兵至，慌忙勒兵登陴，日夕守御。蒙逊相持匝月，尚幸全城无恙，惟守卒已死了多人，总觉岌岌可危，不得已再与讲和。蒙逊索傉檀宠子为质，傉檀不肯遽许，旋经群臣固请，才令爱子安周出质，蒙逊乃去。过了数月，傉檀复欲往攻蒙逊，邯川护军孟恺进谏道：“蒙逊方并姑臧，凶势方盛，不宜速攻，且保守境土为是。”傉檀急欲复仇，不听恺言，忽惧忽忿，好似小儿模样。遂分兵五路，同时俱进。到了番禾苕藋等地方，掠得人民五千余户，乃议班师。部将屈右入白道：“陛下转战千里，已属过劳，今既得利，亟宜倍道还师，速度险阨。蒙逊素善用兵，士众习战，若轻军猝至，出我意外，强敌外逼，徙户内叛，岂不危甚？”道言方绝，卫将伊力延接口道：“彼步我骑，势不相及，若倍道急归，必致捐弃资财，示人以弱，这难道是良策么？”屈右出语诸弟道：“我言不用，岂非天命？恐我兄弟将不能生还了。”傉檀徐徐退还，途次忽遇风雨，阴雾四塞。那蒙逊兵果然大至，喊声四震，吓得南凉兵魂不附体，没路飞跑。傉檀亦即返奔，弃去辎重，狼狈走还。蒙逊追至乐都，四面围攻，傉檀又送出一个质子染干，方得令蒙逊回军。亏得多男。

是时，西秦王乞伏乾归，叛秦独立。见九十五回。乃号妻边氏为王后，子炽磐为太子，兼督中外诸军，录尚书事。屡寇秦境，陷入金城、略阳、南安、陇西诸郡。秦主姚兴不遑西讨，只好遣吏招抚，曲为周旋。乾归方欲图南凉，乃与秦修和，送还所掠守宰，答书谢罪。兴更册拜乾归为征西大将军，河州牧，大单于，河南王，都督陇西岭北匈奴杂胡诸军事。炽磐为镇西将军左贤王平昌公。乾归父子受了秦命，送遣炽磐及次子审虔，带领步骑万人往攻南凉，击败南凉太子虎台，掠得牛马十余万匹而还。未几，复与秦背约，寇掠略阳南平，徙民数千户至谭郊，令子审虔率众二万，赴谭郊筑城；筑就后又复迁都，但命炽磐留镇苑川。

从子乞伏公府，系国仁子，年已长成，自恨前时不得嗣立，深怨乾归。公府事见前文。会乾归出畋五溪，有枭鸟飞集手上，忙即拂去，心中不能无嫌，惟未曾料及隐患。是夕，宿居猎苑，被公府招引徒党突入寝处，刺死乾归。因恐炽磐往讨，走保大夏。炽磐闻变，立命弟智达、木奕于等，引兵讨逆，留骁骑将军娄机镇苑川，自帅将佐至枹罕城。已而智达击败大夏，追公府至嵻崀山，把他擒住，并获公府四子，解至谭郊，车裂以徇。炽磐遂自称“大将军河南王”，改元永康，迎回乾归遗柩，安葬枹罕，追谥为“武元王”，号称“高祖”。署翟勍为相国，麹景为御史大夫，段晖为中尉；当即兴兵四出，攻讨吐谷浑诸胡，先后俘得男女二万八千人。越二年余，有五色云出现南山，炽磐目为符瑞，喜语群臣道：“我今年应得太庆，王业告成了。”嗣是缮甲整兵，专待四方衅隙。适南凉王傉檀，西讨乙弗，炽磐拔剑奋起道：“平定南凉，在此一行了。”当下征兵二万，克日起行。

那傉檀连年被兵，损失不资，国威顿挫。唾契汗乙弗，向居吐谷浑西北，臣事南凉，至是亦叛。因此傉檀定议西征。邯川护军孟恺，又进谏道：“连年饥馑，百姓未安，炽磐蒙逊，屡来侵扰，就使远征得克，后患必深。计不如与炽磐结盟，通籴济难，足食缮兵，相时乃动，方保万全。”傉檀不从，使太子虎台居守，预约一月必还。倍道西去，大破乙弗，掳得马牛羊四十余万头，饱载归来。哪知乐极悲生，福兮祸倚，中途遇着安西将军樊尼，报称：“乐都失守，王后太子，俱已陷没了。”傉檀听到此耗，险些儿晕了过去。勉强按定了神，问明情形，才知为炽磐所掩袭。乐都城内的兵民，仓猝奔溃，虎台不及出奔，遂致被掳。妻妾等统是怯弱，当然不能脱身了。傉檀踌躇多时，复号众与语道：“今乐都为炽磐所陷，男夫多死，妇女赏军，我等退无所归，只好再行西掠，尽取乙弗资财，还赎妻子罢。”说着，又麾众西进。偏将士俱思东归，多半逃还。傉檀遣镇北将军段苟往追，苟亦不返。俄而将佐皆散，惟安西将军樊尼、中军将军纥勃、后军将军洛肱、散骑常侍阴利鹿，尚是随着。傉檀泣叹道：“蒙逊炽磐，从前俱向我称藩，今我若穷蹙往降，岂不可耻？但四海虽广，无可容身，与其聚而同死，不若分而或生。樊尼系我兄子，宗祧所寄，我众在北，尚不下二万户，可以往依。蒙逊方招怀远迩，不致寻仇，纥勃洛肱，俱可同去。我已老了，无地自容，宁与妻子同死罢。”言若甚悲，实由自取。樊尼与纥勃洛肱，依言别去。傉檀掉头东行，随从只阴利鹿一人，因凄然顾语道：“我亲属皆散，卿何故独留？”利鹿道：“臣家有老母，非不思归，但忠孝不能两全，臣既不能为陛下保国，难道尚敢相离么？”傉檀感叹道：“知人原是不易。大臣亲戚，统弃我自去，惟有卿终始不渝，卿非负我，我实愧卿。”说毕，泪下如雨。利鹿亦泣慰数语，乃再相偕同行。

途次探得炽磐已归，留部将谦屯都督河右，镇守乐都，又任秃发赴单为西平太守，镇守西平，赴单系乌孤子，为傉檀侄。傉檀得此援系，当即往投。赴单已臣事西秦，自然报达炽磐。炽磐从前入质南凉，利鹿孤尝给宗女为妻，后来炽磐奔还，傉檀曾将炽磐女送归。及炽磐攻入乐都，掳得傉檀季女，见她艳丽动人，遂逼令侍寝。为此两道姻谊，所以遣使往迎傉檀，待若上宾，令为骠骑大将军，封左南公。就是虎台被他带归，亦优礼相待。傉檀乃遣阴利鹿归省，利鹿方去。自从乐都失陷，南凉各城，尽归炽磐，惟浩亹守将尉贤政，固守不下。炽磐遣人招谕道："乐都已溃，卿妻子都在我处，何不早降?"贤政答道："主上存亡，尚未探悉，所以不敢归命。若顾恋妻子，便忘故主，试问大王亦何用此臣?"去使还报炽磐。炽磐再使虎台赍去手书，往招贤政。贤政见了虎台，便正色道："汝为储副，不能尽节，弃父忘君，自堕基业，贤政义士，岂肯效汝么?"虎台怀惭而去。及傉檀受爵左南，才举城归附后秦。与阴利鹿志趣相同，犹为彼善于此。炽磐既并吞南凉，遂自称秦王，立傉檀女秃发氏为王后，前妻秃发氏为左夫人。重后轻前，亦属非是。旋恐傉檀尚存，终为后患，竟遣人赍了鸩毒，往毒傉檀。傉檀一饮而尽，俄而毒发，痛不可当，左右请亟服解药，傉檀瞋目道："我病岂尚宜疗治么?"言讫即毙。年终五十一，在位十三年。南凉自秃发乌孤立国，兄弟相传，共历三主，凡十有九年而亡。

傉檀子保周破羌，利鹿孤孙副周，乌孤孙承钵，皆奔往北凉，转入北魏。魏并授公爵，且赐破羌姓名，叫作源贺，后来为北魏功臣。就是傉檀兄子樊尼，亦入魏授官，不遑细叙。惟虎台仍在西秦，北凉王沮渠蒙逊遣人引诱虎台，许给番禾西安二郡，且愿借兵士，使报父仇。虎台恰也承认，阴与定约。偏被炽磐闻知，召入宫廷，不令外出，但表面上还不露声色，待遇如初。炽磐后秃发氏，与虎台为兄妹，起初是无法解脱，只好勉侍炽磐，佯作欢笑，及得立为后，历承恩宠，心中总不忘君父，自恨身为女流，无从报复。可巧乃兄召入，尝得相见，遂觑隙与语道："秦与我有大仇，不过因婚媾相关，虚与应酬，试想先王死于非命，遗言不愿疗治，无非为保全子女起见，我与兄既为人子，怎可长事仇雠，不思报复呢？"虽含有烈性，究竟自己被污，也不免迟了一着。虎台点首退出，密与前时部将越质洛城等设谋，阴图炽磐。不料宫中却有一个奸细，本是秃发氏遗胄，偏他甘心事虏，反噬虎台兄妹这叫丧尽天良，可叹可恨呢！

看官道是何人？便是炽磐左夫人秃发氏。她自傉檀女入宫得宠，已怀妒意，又平白地失去后位，反使后来居上，越觉愤愤不平，但面上却毫不流露，佯与王后相亲，很是投机。秃发后仍以姊妹相呼，误信她为同宗一派，当无异心，所以有时晤谈，免不得将报仇意计，漏说数语。她便假意赞成，盘问底细，得悉她兄妹隐情，竟去报知炽磐。炽磐不听犹可，听了密报，自然怒起，立把王后兄妹，及越质洛城等人，一并处死。自是左夫人秃发氏，得快私愤，复沐专宠了。惟炽磐元妃早殁，遗下数男，次子叫做慕末，由炽磐立为太子。慕末弟轲殊罗，亦为前妻所出，后来炽磐身死，慕末继立，秃发左夫人做了寡妇，不耐嫠居，竟与轲殊罗私通，谋杀慕末。慕末闻知，鞭责轲殊罗，赦他一死，独勒令秃发氏自尽，事在刘宋元嘉六年，乃是东晋后事。小子因她妒悍淫昏，终遭恶报，所以特别提出，留作榜样。奉劝后世妇女，切莫效此丑恶事呢。是有心人吐属。因随笔凑成一诗道：

一门姊妹不相侔，谗杀同宗甘事仇。

待到后来仍自尽，何如死义足千秋。

西秦方盛，后秦却已垂亡，欲知详情，试看下回分解。

秃发傉檀，北见侵于蒙逊，东受迫于炽磐，其危亡也必矣。然使听孟恺之言，和东拒北，尚不至于遽亡，乃人方眈伺，彼尚逞兵，乙弗不必讨而讨之，乐都不可忽而忽之，卒至众叛亲离，束手降虏，举先人之基业，让诸他人，寻且服鸩自毙，嗟何及哉！傉檀女为西秦后，冀复父仇，谋泄而死。一介妇人，独有亢宗之想，计虽不成，志足悲也。彼左夫人亦秃发氏女，何忘仇无耻若是？同一巾帼，判若径庭，然则秃发后其可不传乎？特笔以表明之，所以补《晋书》之阙云。

第九十九回

入荆州驱除异党　夺长安翦灭后秦

却说秦主姚兴嗣位后，曾立昭仪张氏为后，长子泓为太子，余子懿、弼、洸、宣、谌、愔、璞、质、逵、裕、国儿等，皆封公爵。弼受封广平公，素性阴狡，潜谋夺嫡，外面却装作孝谨，深得父宠，出为雍州刺史，权镇安定。降臣姜纪曾叛凉归秦，依弼麾下，劝弼结兴左右，自求入朝。弼如言施行，果得兴诏，征为尚书侍中大将军，得参朝政。嗣是引纳朝士，勾结党羽，势倾东宫，为国人所侧目。左将军姚文宗与东宫常相往来，很是亲昵。弼因之加忌，诬称文宗怨望，嘱使侍御史廉桃生为证人。兴不察虚实，竟将文宗赐死，群臣益复畏弼，不敢多言。溺爱不明，适足致乱。弼令私人尹冲为给事黄门郎，唐盛为治书侍御史，伺察机密，监制朝廷。右仆射梁喜、侍中任谦、京兆尹尹昭不忍坐视，乘间白兴道："家庭父子，人所难言，但君臣恩义，与父子相同，臣等理不容默，故敢直陈。广平公弼势倾朝野，意在夺嫡，陛下反假他威权，任所欲为，时论皆言陛下有废立意，果有此事，臣等宁死不敢奉诏。"兴愕然道："哪有此事？"喜等复道："陛下既无此事，爱弼反致祸弼，应亟加裁制，方免他忧。"兴默然不答，喜等只好趋退。大司农窦温、司徒左长史王弼为弼说情，劝兴改立弼为太子。兴虽然不允，亦未尝驳责，益令朝右生疑，但不过腹诽心议罢了。

未几，兴遇重疾，太子泓入侍，弼谋作乱，潜集党羽数千人，披甲为备，拟俟兴死后，杀泓自立。兴子裕侦悉弼谋，遣使四出，飞告诸兄。于是上庸公懿治兵蒲坂，陈留公洸治兵洛阳，平原公谌治兵雍州，俱欲入赴长安，会师讨弼。尚幸兴病渐愈，弼谋不得遂。征虏将军刘羌乘兴升殿，泣告前情。兴慨然道："朕过庭无训，使诸子不睦，负惭四海，今愿卿等各陈所见，俾安社稷。"京兆尹尹昭复请诛弼，右仆射梁喜亦如昭议，惟兴始终不忍，但免弼尚书令，使以将军公就第。懿、洸、谌闻兴已瘳，各罢兵还镇。已而懿、洸、谌及长乐公宣联翩入朝，使弟裕先入报兴，求陈时事。兴怫然道："汝等无非论弼得失，我已尽知，不烦进言了。"裕答道："弼果有过，陛下亦宜垂听，若懿等妄言，尽可加罪，奈何不令入见呢？"兴乃就咨议堂引见诸子。宣流涕极陈弼罪，兴徐嘱道："我自当处弼，何必汝等加忧？"宣始趋出。抚军东曹属姜虬疏请黜弼，兴将虬疏取示梁喜，喜复请早决，兴仍然不从，蹉跎过去，又越年余。

晋荆州刺史司马休之据住江陵，雍州刺史鲁宗之据住襄阳，与太尉刘裕相争，因驰书入关，乞发援兵。秦主兴遣将姚成王、司马国璠等率八千骑赴援，指日出发。究竟休之、宗之，何故与裕失和？说来又是一番原因。休之出镇江陵，颇得民心，子文思过继谯王，留居建康，豪暴粗疏，为太尉裕所嫉视。有司希旨，阴伺文思过失。适文思捶杀小吏，正好据事纠弹。有诏诛文思党羽，本身贷死。裕将文思送给休之，令自训厉，意欲休之将子处死。休之但表废文思，并寄裕书，陈谢中寓讥讽意。裕因之不悦，特使江州刺史孟怀玉，兼督豫州六郡，监制休之。翌年，又收休之次子文质、从子文祖，并皆赐死，一面声讨休之，即加裕黄钺，领荆州刺史，起兵西行。裕令弟中军将军刘道怜监留府事，进刘穆之兼左仆射，佐助道怜，自己好放心前去。休之闻报，忙邀雍州刺史及宗之子竟陵太守鲁轨，合拒裕军。裕使参军檀道济、朱超石率步骑出襄阳。江夏太守刘虔之聚粮以待，偏被鲁轨暗袭虔之，把他击死。裕婿徐逵之与别将蒯恩、沈渊子等，出江夏口，又堕入鲁轨的埋伏计。逵之、沈渊子阵亡，惟蒯恩得免。

裕连接败报，不由的怒气勃勃，麾军渡江，亲决胜负。休之也恐不能敌裕，因向后秦乞援。秦虽遣将为助，究因道途相隔，未能遽至。回应上文。休之子司马文思与宗之子鲁轨，合兵四万，夹江扼守，列阵峭岸，高约数丈。裕舟近岸，将士见了峭壁，不敢上登。裕披甲出船，自欲跃上，诸将苦谏不从。主簿谢晦把裕掖住，气得裕瞋目扬须，拔剑指晦道："我当斩汝！"晦答道："天下可无晦，不可无公。"有何用处？不过留他篡晋呢。将军胡藩忙趋出裕前，用刀头挖穿岸上，可容足趾，便蹑迹登岸。将士亦陆续随上，向前力战。文思与轨稍稍却退。转瞬间，裕亦上岸，麾军大进，顿将文思等击退，直指江陵。休之、宗之闻裕军锐甚，无心固守，亦弃城北遁，惟轨退保石城。裕令阆中侯赵伦之、参军沈林子攻轨，另遣武陵内史王镇恶领着舟师，追蹑休之、宗之。休之在途中收集败军，拟援石城，不意石城已被攻破。轨独狼狈奔来，乃相偕奔往襄阳。襄阳参军李应之闭门不纳，休之等只好奔往后秦。行至南阳，正遇秦将姚成王等前来，彼此谈及，知荆雍已被裕军夺去，不如同入长安，再作后图，乃相引入关去了。

休之有亲属司马道赐，为青、冀二州刺史刘敬宣参军，密拟起应休之，与裨将王猛子等合谋，竟将敬宣刺毙。敬宣府吏，当即召众戡乱，捕斩道赐、猛子，青、冀二州仍然平定。裕饬诸军还营，奏凯入朝。廷旨加裕太傅扬州牧，剑履上殿，入朝不趋，赞拜不名。裕表辞太傅州牧，其余受命。是年，又命裕都督二十二州军事。越年，再任裕为中外大都督。裕闻后秦乱起，骨肉相残，已有亡征，乃说他援纳叛党，决计西讨；当下敕令戒严，准备启行。

自从秦主兴收纳休之，命为镇军将军，领扬州刺史，使他侵扰荆襄，且欲调兵接应。无如诸子相争，国内不安；天灾地变，复随时告警。忽而大旱，忽而水竭，忽而白虹贯日，忽而荧惑出东井，童谣讹言，哗传不息。兴亦未免怀忧，乃不遑出师。再越一年，已是秦主兴的末年了。正月元旦，兴御太极前殿，朝会群臣，礼毕退朝，群臣忽闻有哭泣声，仔细一查，乃是沙门贺僧。贺僧能言未来吉凶，为兴所敬礼，所以宴会时尝得列席。此次退朝哭泣，大众不免疑问，他且默然自去。尽在不言中。兴哪里知晓，北与拓跋魏和亲，特遣女西平公主，嫁与拓跋嗣为夫人，南使鲁宗之父子寇晋襄阳。宗之道死，由鲁轨引兵独行，为晋雍州刺史赵伦之击退。兴自出华阴，调兵南下，不意旧疾复发，没奈何趋还长安。太子泓留守西宫意欲出迎，宫臣进谏道："主上有疾，奸臣在侧，殿下今出，进不得见主上，退且有不测奇祸，不如勿迎。"泓蹙然道："臣子闻君父疾笃，尚可不急往迎谒么？"宫臣答道："保身保国，方为大孝，怎可徒拘小节呢？"泓乃不敢出郊，但在黄龙门下，迎兴入宫。时黄门侍郎尹冲，果欲因泓出迎，刺泓立弼，偏偏计不得遂，只好罢议。

尚书姚沙弥为冲画策，拟迎兴入弼第。冲因兴生死未卜，欲随兴入宫作乱，故不用沙弥言。兴既入宫，命太子泓录尚书事，且召入东平公姚绍，使与右卫将军胡翼度典兵禁中，防制内外。且遣殿中上将军敛曼嵬，往收弼第中甲仗，纳诸武库。未几，兴疾益剧，有妹南安长公主入内问疾，兴不能答，于是阖宫仓皇，群谓兴死在目前。兴少子耕儿出告兄南阳公愔道："主上已崩，请速决计！"愔闻言即出，号召党羽尹冲、姚武伯等，率甲士攻端门。敛曼嵬勒兵拒战，胡翼度率禁兵闭守四门，愔等不得突入，索性在端门外面，放起火来，那时宫内臣妾见外面火光烛天，当然骇噪。秦主兴耳目尚聪，力疾起问，才得乱报，便令侍臣扶掖出殿，传旨收弼，立即赐死。何若先事预防，或可免此惨剧。禁兵见兴出临，无不喜跃，争往击愔。愔败奔骊山。愔党建康公吕隆即后凉亡国主，奔雍，尹冲及弟泓奔晋，秦宫少定。兴已弥留，亟召姚绍、姚讚、梁喜、尹昭、敛曼嵬等，并入内寝，受遗诏辅政，越日兴殂。泓秘不发丧，便遣将捕诛南阳公愔及吕隆等人，然后发丧。追谥兴为“文桓皇帝”，总计兴在位二十二年，寿终五十一岁。

泓乃嗣位，改元永和。北地太守毛雍起兵叛泓，泓命东平公绍往讨，将雍擒斩。长乐公宣未知雍败，遣将姚佛生等入卫长安。佛生既行，宣参军韦宗好乱，劝宣乘势自立，宣竟为所误，也即发难。再由东平公绍移军往击，大破宣兵。宣诣绍归罪，为绍所杀。既而西秦王炽磐、仇池公杨盛、夏主勃勃、先后交侵，秦土日蹙。再经晋刘裕引着大军，得步进步，姚氏宗祚，从此要灭亡了。

刘裕既兴兵讨秦，加领征西将军，兼司、豫二州刺史。世子义符为中军将军，留监府事。左仆射刘穆之，领监军中军二府军司，入居东府，总摄内外，司马徐羡之为副。左将军朱龄石守卫殿省，徐州刺史刘怀慎守卫京师。部署既定，然后西讨军出都，分作数路。龙骧将军王镇恶、冠军将军檀道济自淮淝向许洛，新野太守朱超石、宁朔将军胡藩趋阳城，振武将军沈田子、建威将军傅弘之入武关，建武将军沈林子、彭城内史刘遵考，率水军出石门，自汴达河，又命冀州刺史王仲德为征虏将军，督领前锋，开钜野入河。刘穆之语镇恶道：“刘公委卿伐秦，卿宜努力！”镇恶道：“我若不克关中，誓不复渡江。”当下各路出发，陆续西进。裕亦徐出彭城，连接前军捷报。王镇恶收服漆邱，檀道济降项城，拔新蔡，下许昌，沈林子克仓垣，王仲德亦入滑台，好算是势如破竹，先声夺人了。

惟滑台系是魏地，守将尉建骤见晋军到来，不明虚实，便即遁去。魏主拓跋嗣闻报，即遣部将叔孙建、公孙表等，引兵渡河。途遇尉建返奔，就将他缚住，押往滑台城下，一刀斩首，投尸河中。随即问城上晋兵，责他何故入犯？仲德使司马竺和之答语道："刘太尉遣王征虏将军，自河入洛，清扫山陵，并未敢侵掠魏境，不过魏将弃城自去，王征虏暂借空城休息兵士，缓日即当西去，便将原城奉还。"不假道而入城，究属牵强。叔孙建不便启衅，使人飞报魏主。魏主嗣又令建致书刘裕，裕婉词答复道："洛阳系我朝旧都，山陵具在，今为西羌所掠，几至陵寝成墟，且我朝叛犯，均由羌人收纳，使为我患，我朝因此西讨，假道贵国，想贵国好恶从同，定无违言。滑台一军，便当令彼西引，断不久留。"这一席话，答将过去，魏人倒也无词可驳，只好按兵待着，俟仲德他去，收复滑台。

那晋将檀道济进拔秦阳、荥阳二城，直抵成皋。秦征南将军姚洸屯戍洛阳，急向关中乞援。秦主泓遣武卫将军姚益男、越骑校尉阎生，合兵万三千人，往救洛阳。又令并州牧姚懿南屯陕津，作为声援。姚益男等尚未到洛，晋军已降服成皋，进攻柏谷。秦宁朔将军赵玄劝洸据险固守，静待援师，怎知司马姚禹已暗通晋军，但请洸发兵出战。洸即令赵玄领兵千余，出堵柏谷坞，广武将军石无讳出守巩城。玄临行时，泣语洸道："玄受三帝重恩，理当效死。但公误信奸人，必贻后悔。"说毕，即与司马骞鉴驰往柏谷，正值晋军攻入，便与交锋。晋军越来越多，玄兵只有千余，又无后继，如何拦截得住？玄拼命冲入，身中十余创，力不能支，据地大呼。司马骞鉴抱玄泣下。玄凄声道："我死此地，君宜速去。"鉴泣答道："将军不济，鉴将何往？"遂相偕战死。不愧为姚氏忠臣。无讳至石阙奔还，姚禹逾城降晋。晋军直逼洛阳，四面围攻。姚洸待援不至，只好出降。檀道济俘得秦兵四千余名，或劝他悉加诛戮，封作京观。道济道：“伐罪吊民，正在今日，怎得多杀哩？”是极。因皆释缚遣归，入城安民，秦人大悦。

姚益男等闻洛阳失陷，不敢再进，折回关中。刘裕使冠军将军毛修之往镇洛阳，再饬道济等前进。适西秦王炽磐遣使诣裕，愿击秦自效。裕即表封炽磐为平西将军河南公，自引水军发彭城，接应前军。秦主泓方惶急得很，不防并州牧姚懿到了陕津，误听司马孙畅计议，意图篡立，反倒戈还攻长安。秦主急遣东平公姚绍等引兵击懿。懿败被擒，孙畅伏诛。接连是征北将军齐公姚恢复自称大都督，托言入清君侧，自北雍州还趋长安，再由姚绍移军攻恢，恢方败死。懿为泓弟，恢为泓叔，不思共救国危，反相继谋逆，真是姚氏气数。姚绍得进封鲁公，升官太宰，都督中外诸军事，率同武卫将军姚鸾等，拥兵五万，东援潼关。别遣副将姚驴守蒲坂。晋将王镇恶入渑池，进薄潼关，檀道济、沈林子自陕北渡河，进攻蒲坂。蒲坂城坚难下，林子谓不若会同镇恶，合攻潼关。道济依议，便与林子回军，共至潼关下寨。姚绍开关搦战，被道济等纵兵奋击，丧亡千人，不得已退保定城，据险固守。再令姚鸾出击晋军粮道，偏为晋将沈林子所料，夤夜袭鸾，把鸾击毙。绍又使东平公姚讃，截晋水军，亦被沈林子击败，奔回定城。

秦主泓连接败报，仓皇失措，只好向魏乞援。晋刘裕溯泝河西上，亦使人向魏借道。魏主拓跋嗣集众会议，多说秦、魏方通婚媾，理应拒晋援秦。秦女西平公主为魏夫人事，见上文。独博士祭酒崔浩谓：“秦已垂亡，往救无益，不如假裕水道，听他西上，然后发兵堵塞东路。裕若胜秦，必感我惠，否则我亦有救秦的美名，这乃是一举两得的上计。”拓跋嗣不能无疑，再经宫内的拓跋夫人，劝嗣拒晋，嗣乃遣司徒长孙嵩等屯兵河北，遏住裕军。裕引军入河，魏兵随裕西行。裕遣亲兵队长丁旿，率勇士七百人，坚车百乘，登岸列阵。再命朱超石领着弓弩手二千，登车环射魏兵，且射且进。再用大锤短槊，左右猛击，连毙魏兵无数。魏兵大溃，魏将阿薄干阵亡，裕军遂安然向西去了。

魏主嗣始悔不听崔浩，再与浩商议军情，欲截裕军归路。浩答道："裕能得秦，不能守秦，将来关中终为我有，何必目前劳兵？臣尝私论近世将相，王猛佐秦，乃是苻坚的管仲；慕容恪辅燕，乃是慕容暐的霍光；刘裕相晋，乃是司马德宗的曹操。彼欲立功震世，篡代晋室，岂肯长留关中么？"料事如神。嗣乃大喜，不再出兵。晋将王镇恶久驻潼关，粮食将尽，意欲弃去辎重，还赴大军。沈林子拔剑击案道："今许洛已定，关右将平，前锋为全军耳目，奈何自沮锐气，功败垂成呢？"镇恶乃自至弘农，晓谕百姓，劝送义租，百姓应命输粮，军食复振。林子复击破河北秦军，斩秦将姚洽、姚墨蠡、唐小方。姚绍愧愤成疾，呕血而亡。秦兵失了姚绍，越加惊心，无心战守。晋将沈田子、傅弘之等领着偏师千余骑，袭破武关，进屯青泥。秦主泓率众数万，前来抵御，弘之欲退，田子独慷慨誓众，鼓噪奋进。姚泓素未经大战，蓦见晋军各执短刀，冒死冲来，好似虎狼一般，不由的惊心动魄，急忙返奔，余众当然披靡，统皆溃散，所有乘舆麾盖，抛弃殆尽。沈林子恐田子有失，亟往驰救，见秦主已经败去，便相偕追入，再加刘裕到了潼关，令王镇恶自河入渭，亟捣长安。裕军继进，斩姚强，走姚难，直达渭桥。姚丕扼守渭桥，由镇恶舍舟登岸，身先士卒，大破丕军。姚泓引兵援丕，反被丕败卒还冲，自相践踏，不战即溃。泓匹马奔还，镇恶追入平朔门，长安已破，急得泓不知所为，挈妻子奔往石桥。姚讚还救姚泓，众皆散去，胡翼度走降晋军。泓无法可施，只得输款乞降。后秦自姚苌僭号，共历三世，凡三十二年而亡。小子有诗叹道：

霸踞关中卅二年，如何豆釜竟相煎！
内忧外侮侵寻日，莫怪姚宗不再延。

姚泓出降，独有一幼子涕泣谏阻，坠城殉国。欲知详情，下文还有一回，请看官仔细看明。

司马休之，晋宗室之强者也。刘裕既杀刘毅与诸葛长民，宁能再容休之？其所由使镇荆州者，亦一调虎离山之秘计耳。文思有罪，废之可也，乃必送交休之，令其处死，是明知休之之不忍杀子，可声罪以讨之。休之不能敌裕，卒致兵败西走，而鲁宗之父子，亦随与同行，裕之驱除异己，从此垂尽矣。后秦主姚兴父子，其恶皆不若姚苌，兴得幸免，泓竟速亡，祸实由苌贻之。内有诸子之相争，外有强邻之相逼，虽曰人事，亦由天道。如姚苌之狡鸷，犹得传祚三世，不可谓非幸事。姚泓以仁孝闻，卒致失国陨身，乃知凶人之必归无后也。

第一百回

招寇乱秦关再失　迫禅位晋祚永终

却说姚泓幼子佛念，年才十二，他料乃父出降，未足自全，因涕泣语泓道："陛下今虽降晋，亦必不免，还不如自裁为是。"泓怃然不应。佛念竟自登宫墙，跃坠下地，脑破身亡。倒是一个国殇。泓率妻子及群臣诣镇恶营前乞降，镇恶命属吏收管，待刘裕入城处置，一面出示抚慰，严申军令，阖城粗安。既而闻裕到来，出迎灞上，裕面加慰劳道："成我霸业，卿为首功。"镇恶再拜道："威出明公，力出诸将，镇恶何功足录呢？"裕笑道："卿亦欲学汉冯异么？"说着，即偕镇恶入城，收秦仪器法物，送往建康，外如金帛珍宝，分赏将士。秦平原公姚璞及并州刺史尹昭，以蒲坂降。东平公姚讚亦率宗族百余人投降。裕尽令处斩，且解送姚泓入都，枭首市曹，年才三十。司马休之父子及鲁轨，已见机先遁，逃入北魏，裕无法追捕，只好罢休。

晋廷遣琅琊王德文，暨司空王恢之，并至洛阳，修谒五陵。裕欲表请迁洛，咨议将军王仲德谓："劳师日久，士卒思归，迁都事未可骤行。"裕乃罢议，惟暗嘱行营长史王弘入朝讽请，加九锡礼。有诏进裕为相国，总掌百揆，封十郡为宋公，兼加九锡。裕反佯辞不受。请之而复辞之，全是狡诈。寻又封裕为王，裕仍表辞。

时夏主勃勃雄踞朔方，就黑水南面筑一大城，作为夏都，自谓将统一天下，君临万邦，故名都城为统万城。又言祖宗误从母姓，实属不合，特改刘氏为赫连氏，取徽赫连天的意思。远族以铁伐为氏，谓刚锐如铁，并足伐人。无非杜撰。嗣是屡寇秦边，掠民突境。至闻刘裕伐秦，因笑语群臣道：“姚泓本非裕敌，且兄弟内叛，怎能拒人？眼见是要灭亡了。但裕不能久留，必将南归，但使子弟及诸将居守，我正好进取关中呢。”遂秣马厉兵，进据安定。秦岭北郡、县、镇、戍皆降勃勃。

裕得此消息，亦知勃勃必进图关中，乃遣使贻勃勃书，约为兄弟。勃勃使侍郎皇甫徽，预草答书，一诵即熟，乃对着裕使，口授舍人，令他书就，即交裕使赍归。裕问悉情形，并展读复书，不禁愧叹，自谓勿如，也被勃勃所绐么？因欲经略西北，为弭患计。偏由建康递到急报，乃是左仆射刘穆之得病身亡。裕恃穆之为腹心，府事统归他主裁，忽然病死，顿令裕内顾怀忧，当即决意东归，留次子义真为安西将军，都督雍、梁、秦州军事，镇守关中。义真年仅十三，特使咨议将军王修为长史，王镇恶为司马，沈田子、毛德祖、傅弘之为参军从事，留辅义真，自率诸军启行。既知勃勃为患，乃使幼子守秦，裕亦有此失策，令人不解！三秦父老各诣军门泣阻道：“残民不沾王化，已阅百年，今复得睹汉仪，人人相贺，长安十陵，是公祖墓，咸阳宫阙，是公旧宅，去此将何往呢？”裕祖乃汉高帝弟交，曾见前文，故秦民所言如此。裕只以受命朝廷，不得擅留为辞。且言：“有次子义真及诸文武共守此土，可保无虞。”吾谁欺？欺天乎？秦民只好退去。王镇恶恃功贪恣，盗取库财，不可胜记。又与沈田子等不和，田子屡次白裕，谓：“镇恶贪婪不法，且家住关中，不可保信。”裕终不问。至裕启程时，又与傅弘之同申前议。裕答道：“猛兽不如群狐，卿等十余人，难道怕一王镇恶么？”此语益错。语毕即行，自洛入河，开汴渠以归。

夏主勃勃闻裕已东归，便召王买德问计，欲夺关中。买德道："关中为形胜地。裕乃令幼子居守，匆匆东返，无非欲急去篡晋，不暇顾及中原，一语窥破。我若不再取关中，尚待何时？青泥、上洛是南北险要，可先遣游军截住，再发兵东塞潼关，断他水陆要道，然后传檄三辅，兼施威德，区区义真，如网罟中物，自然手到擒来了。"勃勃大喜，遂命子赫连璝率兵二万，南向长安。前将军赫连昌往屯潼关，使买德为抚军长史，出据青泥，自率大军继进。璝至渭阳，秦民多降。关中守将沈田子、傅弘之等督兵出御，因闻夏兵势盛，不敢前进，但退守刘回堡，遣使还报刘义真。王镇恶语王修道："刘公以十岁儿付我侪，理当竭力匡辅，今大敌当前，拥兵不进，试问虏何时得平？"说着，即遣还来使，自率部曲往援。田子得使人返报，益恨镇恶，随即造出一种讹言，谓："镇恶将自王关中，送归义真，杀尽南人。"军士闻言，当然惊惶。及镇恶到来，由田子邀入傅弘之营，诈称有密计相商，请屏左右。镇恶贸然径入，突被田子宗党沈敬仁一刀刺死，复矫称："刘太尉密令，谓镇恶系前秦王猛孙，反复难恃，所以加诛"云云。弘之本未与田子同谋，骤遭此变，急忙奔还长安，告知王修。修拥义真披甲登城，潜令军士埋伏城外，等到田子返报，即发伏拿下田子，责他擅杀大将，斩首徇众。当下命冠军将军毛修之，代为司马，与傅弘之同出拒战，连破夏兵，夏兵乃退。

王修遣人报知刘裕，裕表赠镇恶为左将军、青州刺史，别遣彭城内史刘遵考为并州刺史，领河东太守，出镇蒲坂。征荆州刺史刘道怜为徐、兖二州刺史，调徐州刺史刘义隆出镇荆州。义隆系裕第三子，年尚幼弱，辅以刘彦之、张邵、王昙首、王华等人，四方重镇，统用刘氏子弟扼守，刘裕心术，不问可知了。已而相国宋公的荣封，及九锡殊礼，联翩下诏，裕居然受封。正要将篡立事下手进行，偏得关中警耗，乃是长安大乱，夏兵四逼，非但秦地难守，连爱子义真都命在须臾。裕不禁着忙，急遣辅国将军蒯恩率兵西往，召还义真，再派右司马朱龄石为雍州刺史，代镇关中。龄石临行，裕与语道："卿到长安，速与义真轻装出关，待至关外，方可徐行，若关右必不可守，即与义真俱归便了。"既知爱子，何必令守关中？龄石领命而去。裕又遣龄石弟超石宣慰河洛，随后继进，才稍稍放下忧心。

哪知关中变乱，统是义真一人酿成。所谓成事不足，败事有余。义真年少好狎，赏赐无节，王修每加裁抑，为众小所嫉视，遂日进谗言，诬修谋反。义真不明曲直，便使嬖人刘乞等刺杀王修，于是人情疑骇，无复固志。义真悉召外兵入卫，闭门拒守，这消息传入夏境，赫连勃勃即发兵南下，占据关中郡县，复自率亲军入踞咸阳，截断长安樵汲，长安大震。义真自然向裕乞援，到了蒯恩入关，促义真即日东归。偏义真左右志在子女玉帛，一时未肯动身；及龄石踵至，再三敦促，义真乃出发长安。部下趁势大掠，满载妇女珍宝，方轨徐行，傅弘、之蒯恩随着，一日只行十里。忽闻夏世子赫连璝轻骑追来，弘之急白义真，劝他弃了辎重，赶紧出关。义真还不肯从。俄而夏兵大至，尘雾蔽天，弘之即令义真先行，自与蒯恩断后，且战且走。夏兵不肯舍去，尽管追蹑，累得傅、蒯两人，力战了好几日，杀得人困马乏，才到青泥。不料夏长史王买德引兵截住，傅弘之、蒯恩虽然死斗，究竟敌不住夏兵，结果是同被擒去。司马毛修之也为买德所擒，单逃出一个义真。还是死的干净。义真见左右尽亡，避匿草中，幸遇中兵参军段宏，窃负而逃，又当夜色迷蒙，无人能辨，才得脱归。

夏主勃勃入攻长安，长安只有朱龄石居守，百姓不服龄石，把他撵逐。龄石焚去前朝宫殿，奔往潼关。弟超石奉令西行，亦入关探兄，兄弟方才相会，同入戍将王敬垒中。偏夏将赫连昌引众来攻，先截水道，后扑戍垒，垒中兵渴不能战，竟被陷入。龄石使超石速去，超石泣道："人谁不死？宁忍今日别兄，自寻生路呢？"遂与敬等出斗，力竭负伤，统为所擒。勃勃遂入长安，据有关中。龄石兄弟及王敬、傅弘之等，并皆不屈，均遭杀害。勃勃且积人头为京观，号为髑髅台，然后命在灞上筑坛，自称皇帝，改元昌武。寻复还居统万城，留世子赫连璝为雍州牧，镇守关中，号为南台，这且搁下不提。

且说刘裕闻长安失守，未知义真存亡，顿时怒不可遏，即欲兴兵北伐。侍中谢晦等固谏，尚未肯从，嗣得段宏启闻，知已救出义真，乃不复发兵，但登城北望，慨然流涕罢了。是岁为晋义熙十四年，即安帝二十二年。西凉公李歆遣使至建康，报称父丧，且告嗣位。歆父就是李暠，自与北凉脱离关系，据有秦、凉二州郡县，初称凉公，嗣称秦、凉二州牧。应八十六回。改年建初，由敦煌迁都酒泉，一再奉表建康，词极恭顺。就是境内自治，亦注重文教，志在息民。惟北凉主沮渠蒙逊，屡往侵扰。暠每出防堵，互有胜负。在位十九年，年已六十七岁，得疾而亡。临殁时，遗命长史宋繇道："我死后，我子与卿相同，望卿善为训导，勿负我心。"繇当然受命，嗣奉暠子歆为西凉公，领凉州牧，改元嘉兴，追谥暠为"武昭王"，尊暠继妻尹氏为太后。暠元配辛氏，贞顺有仪，中年去世，暠尝亲为作诔，并撰悼亡诗数十首。续配尹氏，本是扶风人马元正妻，元正早卒，尹乃改嫁，自恨再醮失节，三年不言，抚前妻子，恩过所生；及暠创业时，多所赞助，故当时有"李尹王敦煌的谣传"。尹氏排入《晋书·列女传》，故文不从略。歆既嗣位，进宋繇为武卫将军，录三府事。繇劝歆仍事晋室，尹太后语亦从同，所以歆遣使报晋。晋授歆为镇西大将军，封酒泉公。北凉王蒙逊闻歆得邀封，也遣使向晋称藩。有诏授蒙逊为凉州刺史，惟此时颁发诏旨，已为琅琊王德文所出，那晋安帝已被刘裕弑死了。

裕年逾六十，急欲篡晋，自娱晚年。尝查阅谶文云：“昌明后尚有二帝。”昌明即晋孝武帝表字，见前文。乃决拟弑主应谶，密嘱中书侍郎王韶之贿通安帝左右，乘间弑帝。安帝原是傀儡，一切辅导，全仗弟琅琊王德文。德文自往洛阳谒陵后，便即还都，仍然日侍帝侧，不敢少离。韶之等无隙可乘，如何下手？会德文有疾，不得不回第调养。韶之趁势入宫，指挥内侍，竟用散衣作结，套住安帝颈中，生生勒毙。阅至此，令人发指。年止三十七岁，在位二十二年。韶之既已得手，便去报知刘裕，裕因托称安帝暴崩，且诈传遗诏，奉琅琊王德文嗣位，是为恭帝。越年正朔，改元元熙，立妃褚氏为皇后。后系义兴太守褚爽女，颇有贤名。可惜已成末代。恭帝因先兄未葬，一切典仪，概从节省。过了元宵，方将梓宫奉葬，追谥为“安皇帝”，一面加封百官，进刘裕为宋王。裕老实受封，移镇寿阳。嗣复讽令朝臣，再加殊礼，得用天子服驾，出警入跸，进母萧氏为王后，世子义符为太子。

好容易过了一年，裕在寿阳宴集群僚，伪言将奉还爵位，归老京师。僚属莫名其妙，只有一中书令傅亮悉心揣摩，居然窥透裕意，到了席散出厅，复叩扉请见道：“臣暂应还都。”裕掀髯一笑，并无他言。贼心相照。亮便即辞去，仰见天空中现出长星，光芒四射，不禁抚髀长叹道：“我尝不信天文，今始知天道有凭了。”越宿，即驰赴都中。未几，即有诏命传出，征裕入辅。裕留四子义康镇寿阳，参军刘湛为辅，自率亲军匆匆启行。到了建康，傅亮已安排妥当，迫帝禅位，自具诏草，进呈恭帝，令他照稿誊录。恭帝顾语左右道：“桓玄时晋已失国，亏得刘公恢复，又复重延，到今将二十年。今日禅位，也是甘心。”说着，即强作欢颜，操笔书就，付与傅亮；

眼中想已包含无数泪珠。复取出玺绶，交给光禄大夫谢澹、尚书刘宣范，赍送宋王刘裕；自挈皇后褚氏等，凄然出宫去了。

当时，司马氏中，稍有才望的人物，或逐或死，已经垂尽。只司马楚之有万余人，屯据长社，司马文荣引乞活千余人，屯据金墉城南；乞活见前。司马道恭自东坦率三千人，屯据城西；司马顺明集五千人屯陵云台，彼此统是晋室遗胄，志在规复，但没有一定统领，好似散沙一般，如何成事？结果是被各处戍将，驱逐出境，同奔北魏去了。强弩之末，势不能穿鲁缟。宋王刘裕得了禅诏，表面上还三揖三让，佯作谦恭，那一班攀鳞附翼的臣僚，连番劝进，遂在南郊筑坛，祭告天地，即皇帝位，国号宋，颁诏大赦，改晋元熙二年为宋永初元年。废晋恭帝为零陵王，晋后褚氏为零陵王妃，徙居故秣陵县城。使冠军将军刘遵考率兵管束，东晋遂亡。

更可恨的是狠心辣手的刘裕，暗想废主尚存，终是祸根，不如一律铲除，好免后患。自晋元熙二年六月受禅，到九月中，竟用毒酒一罂，命鸩零陵王司马德文。起初是遣琅琊郎中令张伟往鸩，伟竟取来自饮，毒发即亡。尚是一个晋氏忠臣，故特表出。后竟令兵士逾垣，再鸩德文。德文不肯饮鸩，竟被兵士用被掩死。可怜德文在位才及年余，便遭惨毙，年终三十六岁。宋主裕佯为举哀，辍朝三日，追谥曰“恭”。总计东晋自元帝至恭帝，共十一主，得一百零四年，若与西晋并合计算，共十五主，得一百五十六年。

至若刘宋开国，一切事实，具详《南北史演义》中，此书名为《两晋演义》，便应就此收场。惟东晋亡时，西凉亦亡。西凉主李歆，好兴土木，又尚严刑，累得人民不安，变异迭出。歆尚不知儆，从事中郎张显切谏不从。北凉主蒙逊，乘隙图歆，佯引兵攻西秦，暗中却屯川岩，专待歆军，果然歆为彼所诱，拟乘虚往袭北凉。武卫将军宋繇等苦口谏阻，终不见听，再经尹太后危词劝戒，仍然不从；遂将步骑三万人东行。中途被蒙逊邀击，一败涂地。或劝歆还保酒泉，歆慨然道："我违母训，自取败辱，不杀此胡，有何面目再见我母呢?"当下收拾残兵，再战再败，竟为所杀。蒙逊遂进据酒泉，灭掉西凉。西凉自李暠独立，一传而亡，凡二主，共二十二年。只西凉母后尹氏，见了蒙逊，蒙逊却好言劝慰，尹氏正色道："李氏为胡所灭，尚复何言?"蒙逊默然，仍令退去。或语尹氏道："母子命悬人手，奈何倨傲若此?"尹氏道："兴灭死生，乃是定数，但我一妇人，不能死国，难道尚怕加斧钺，求为他人臣妾么? 若果杀我，我愿毕了。"蒙逊闻言，反加敬礼，娶尹氏女为子妇。后来尹氏自往伊吾，与诸孙同居，竟得寿终。特叙西凉之亡，全为尹氏一人。惟北燕沮渠蒙逊，传子牧犍，为魏所灭；西秦乞伏炽磐，传子慕末，为夏所灭。夏历二传，赫连冒、赫连定。北凉只一传，冯跋弟弘。先后入魏。就是仇池杨氏，亦被魏吞并，这都属刘宋时事，详载《南北史演义》，请看官另行取阅便了。交代清楚。不过五胡十六国的兴亡，却有略表数行，录述如下：

（一）汉，刘渊。（前赵）刘曜。匈奴。汉历三主，分为二赵，前赵刘曜，为后赵所灭。

（二）北凉沮渠蒙逊。同上凡二主，为北魏所灭。

（三）夏赫连勃勃。同上凡三主，为北魏所灭。

（四）前燕慕容皝。鲜卑凡三主，为前秦所灭。

（五）后燕慕容垂。同上凡五主，为北燕所篡。

（六）南燕慕容德。同上凡二主，为晋所灭。

（七）西秦乞伏国仁。同上凡四主，为夏所灭。

（八）南凉秃发乌孤。同上凡三主，为西秦所灭。

（九）后赵石勒。羯凡七主，为冉闵所篡，闵复为前燕所灭。

（十）成（汉）李雄。氐凡三主，雄弟寿，改国号汉，寿子势为晋所灭。

（十一）前秦苻洪。同上凡七主，为后秦所灭。

（十二）后凉吕光。同上凡四主，为后秦所灭。

（十三）后秦姚苌。同上凡二主，为晋所灭。

（十四）前凉张重华。汉族凡五主，为前秦所灭。

（十五）西凉李询。同上凡二主，为北凉所灭。

（十六）北燕冯跋。同上凡二主，为北魏所灭。

小子叙述既毕，尚有煞尾诗二首，作为本编的余声，看官毋遽掩卷，且再阅后面两行。诗云：

百年遗祚竟沦亡，大好江东让宋王。
我篡他人人篡我，祖宗作法子孙偿。
彝夏如何溃大防，五胡迭入竞猖狂。
可怜中土无宁宇，话到沧桑也黯伤。

刘裕既得关中，乃令次子义真居守，彼岂不知义真尚幼，无守土才，况王沈诸将，嫌隙已萌，即无赫连勃勃之窥伺，亦未必常能保全。其所由遽尔东归者，篡晋之心已急，利令智昏，不暇为关中妥计耳。至裕一归而秦地即乱，诸将多死，惟义真幸得脱归，失于彼必偿于此，而裕之篡晋益急矣。弑安帝复弑恭帝，何其残忍至此！意者其亦司马氏篡魏之果报欤？然司马昭弑高贵乡公，其子炎犹不杀陈留王，故尚能传祚至百余年；裕以一身弑两主，欲子孙之得长世，难矣！本回叙东晋之亡，简而不略，诛刘裕之心也。

(详见《南北史演义》中）末段复将五胡十六国始末，作一总结，以便收束全书，阅者得此，则回忆前文，更自了然，而作者之苦心，益可见矣。